【国学精粹珍藏版】

唐诗·宋词·元曲

李志敏⊙编著

◎尽览中国古典文化的博大精深 ◎读传世典籍，赢智慧人生

——受益终生的传世经典

卷一

民主与建设出版社
·北京·

图书在版编目 (CIP) 数据

唐诗·宋词·元曲/李志敏编著;郑琦绘图

—北京：民主与建设出版社，2015.8（2022.8重印）

ISBN 978 -7-5139 - 0705 -7

I.①唐... II.①李...②郑... III .①唐诗–诗集②宋词–选集③元曲–选集 IV.①1222

中国版本图书馆CIP数据核字(2015) 第175899号

唐诗·宋词·元曲

TANG SHI SONG CI YUAN QU

编 著	李志敏
责任编辑	王颂
装帧设计	王洪文
出版发行	民主与建设出版社有限责任公司
电 话	（010）59417747 59419778
社 址	北京市海淀区西三环中路 10 号望海楼 E 座 7 层
邮 编	100142
印 刷	永清县晔盛亚胶印有限公司
版 次	2016年1月第1版
印 次	2022年8月第4次印刷
开 本	710 毫米 × 1000 毫米 1/16
印 张	32
字 数	460千字
书 号	ISBN 978 -7-5139 - 0705 -7
定 价	278.00元(全四册)

注：如有印、装质量问题，请与出版社联系。

前　言

中华文化博大精深，唐诗、宋词、元曲更是璀灿夺目，内容丰富多彩，发展源远流长。它们以深蕴的内涵，特有的艺术形式，反映了各个时代社会生活的风貌，怡悦人们的情志，陶冶人们的性格，自古以来深受人们喜爱。

唐诗展示了前所未有的无限生命力，蓬勃且光辉灿烂。这一时期的诗歌作品，风格高昂明朗，雄浑壮大；或追求完善的诗歌意境；或展示"清水出芙蓉"的自然美。

宋词为词的发展开辟了新天地，花间词派、婉约词派、豪放词派各自发展，既反映了社会繁荣的"升平景象"，也反映了市民生活的熙攘景观。

元曲开拓了一代新诗风，给后来诗人以启迪，并且推动了杂剧艺术的形成，是弥足珍贵的艺苑奇葩。

本卷书经典选目，经典解读，力图最大限度展现经典的魅力，从入选作品的时间上来看，贯穿了整个古代社会，反映了诗、词、曲各自萌芽、成熟的历史风貌；从入选作品的作者来看，既有文人、学者，又有帝王、名臣和民间无名氏；从入选作品的内容来看，既反映了沙场征战、社稷安危的国家大事，也表现普通群众生活的喜怒哀乐。

目录

卷 一

唐 诗

卷 二

宋　词

卷 三

元　曲

卷 四

唐诗

虞世南

虞世南,字伯施,余姚(今属浙江省)人。沉静寡欲,精思读书。文章婉缛,初见称于南朝徐陵,后仕隋,为秘书郎。入唐,为秦府记室参军。唐太宗时,历弘文馆学士、秘书监。他的诗仍有六朝绮错婉媚的作风。《全唐诗》编其诗一卷。

蝉

垂緌饮清露,流响出疏桐①。
居高声自远,非是藉秋风。

【注释】

①垂緌:緌,音 ruí,下垂的冠缨,以状蝉之触须。清露、疏桐:二语似借用《世说新语·赏誉》"清露晨流,新桐初引"的现成词藻,而出以新意。

【赏析】

这诗借物咏怀,寄意高远。作者以高洁的蝉自比,说只要栖桐饮露、立身高洁,则声名自远,而无须凭借外物的力量。

王 绩

王绩(585—644),字无功,自号东皋子,太原祁(今山西省祁县)人,一作绛州龙门(今山西省河津县)人,在隋官秘书省正字,出任六合县丞。入唐为太乐丞。有《王无功集》(一名《东皋子集》)。

野 望

东皋薄暮望①,徙倚欲何依②。
树树皆秋色,山山唯落晖③。
牧人驱犊返,猎马带禽归④。
相顾无相识,长歌怀采薇⑤。

【注释】

①东皋:在今山西省河津县,作者隐居于此,因自号"东皋子"。皋:水边地。

薄暮:傍晚。

②徙倚:徘徊、彷徨。依:归依。

③落晖:落日的余晖。

④禽:猎获物,包括鸟和兽。

⑤薇:多年生草本,嫩苗可作蔬菜。《诗经·召南·草虫》末章:"陟彼南山,言采其薇。未见君子,我心伤悲。"

【赏析】

这首诗写于隋末社会动乱之时,是王绩作品中最受人喜爱,并广为人传诵的一首诗。作者虽然过着隐居生活,但身处乱世,不无感触,诗中不免流露出彷徨苦闷的情绪。

寒 山

寒山,唐代诗僧。号称寒山子,唐太宗贞观时人。姓氏、籍贯、生卒年皆不详。长期隐居在台州始丰(今浙江天台)寒岩。其诗宣扬佛教出世思想,语言通俗,语气诙谐,但因与当时诗风不合,少为时人称引。后人辑为《寒山子诗集》。《全唐诗》(卷806)编录其诗303首。

杳杳寒山道

杳杳寒山道①,落落冷涧滨②。
啾啾常有鸟③,寂寂更无人④。
淅淅风吹面⑤,纷纷雪积身。
朝朝不见日,岁岁不知春。

【注释】

①杳杳:深远、幽暗貌。屈原楚辞《怀沙》:"眴兮杳杳,孔静幽默。"王逸注:"杳杳,深冥貌也。"

②落落:冷落孤寂貌。《文选》左思《咏史》之八:"落落穷巷士,抱影守空庐。"李善注:"落落,疏寂貌。"

③啾啾:鸟兽细小的鸣叫声。屈原《离骚》:"扬云霓之唵蔼兮,鸣玉鸾之啾啾。"王逸注:"啾啾,鸣声。""啾啾"二句有王籍《入若耶溪》诗"蝉噪林愈静,鸟

达摩面壁图

鸣山更幽"之意境。

④寂寂:《说文》:"寂寂,无人声也。"《文选》左思《咏史》之四:"寂寂扬子宅,门无卿相舆。"

⑤淅淅:风声。《文选》谢惠连《咏牛女诗》:"淅淅振条风。"

【赏析】

这首诗是写寒岩左近高山深壑中的景色,最后见出心情,通篇浸透了寒意,句句使用迭字的艺术显示了威力。

骆宾王

骆宾王(619~?),婺州义乌(今浙江义乌)人。七岁作咏鹅诗。最初在道王府供职,后历任奉礼郎、武功主簿、长安主簿、侍御史等职,曾从军西域,宦游蜀中。武后时因上疏议政获罪下狱,一年后贬为临海丞。684年随徐敬业扬州起兵讨武后,写《讨武氏檄》传遍天下。兵败后下落不明,或说被杀,或说出家为僧。骆宾王是"初唐四杰"之一,擅长七言歌行,五律也有佳作。有《骆临海集》。

在狱咏蝉 并序

余禁所禁垣西,是法厅事也,有古槐数株焉。虽生意可知,同殷仲文之古树①;而听讼斯在,即周召伯之甘棠。每至夕照低阴,秋蝉疏引,发声幽息,有切尝闻。岂人心异于曩时,将虫响悲于前听?嗟乎,声以动容,德以象贤。故洁其身也,禀君子达人之高行;蜕其皮也,有仙都羽化之灵姿。候时而来,顺阴阳之数;应节为变,审藏用之机。有目斯开,不以道昏而昧其视;有翼自薄,不以俗厚而易其贞。吟乔树之微风,韵姿天纵;饮高秋之坠露,清畏人知。仆失路艰虞,遭时徽纆②。不哀伤而自怨,未摇落而先衰。闻蟪蛄之流声,悟平反之已奏;见螳螂之抱影,怯危机之未安。感而缀诗,贻诸知己。庶情沿物应,哀弱羽之飘零;道寄人知,悯余声之寂寞。非谓文墨,取代幽忧云尔。

> 西陆蝉声唱,南冠客思深。
> 那堪玄鬓影,来对白头吟。
> 露重飞难进,风多响易沉。
> 无人信高洁,谁为表予心?

【注释】

①殷仲文:东晋人,见大司马桓温府中的古槐树,叹说:"此树婆娑,无复

生意。"

②徽纆:纆:音 mò,捆绑犯人的绳子,这里指被囚禁。

【赏析】

全诗借咏蝉的高尚品行,寓情于物,抒发了自己品行高洁却"遭时徽纆"的哀伤情怀,表达了辨明无辜、昭雪沉冤的愿望。

易水送别①

此地别燕丹②,壮士发冲冠③。
昔时人已没④,今日水犹寒⑤。

【注释】

①易水送别:又一作《于易水送人》。易水:河名,发源于河北省易县,在今河北省雄县城南二十五里。

②此地:指易水。燕丹:燕太子丹。

③壮士:指战国将士荆轲。发冲冠:即今"怒发冲冠"。

④昔时人:指荆轲。后泛指古代爱国壮士。没:消逝,死去。

⑤犹:仍然。寒:本指寒冷。这里指壮士的凛然之气。

【赏析】

这是一首抒情送别诗。诗人在构思上别开生面,借送别而思古,以思古而惜今。前两句写送别和送别时悲壮的情形,后两句抒发了诗人内心积极向上的情怀,流露出诗人怀才不遇、生不逢时的情绪,表达了诗人想像荆轲那样为国作贡献却又不得志的失落感和诗人有荆轲那样的进取精神。全诗仅用二十个字,把诗的整个气势渲染得至浓至烈,而且无一写壮志的词却写出了悲壮的意境,显示了诗人高超的艺术手法。

王 勃

王勃(650—676),字子安,绛州龙门(今山西河津)人。麟德初应举及第,曾任虢州参军。后往交趾探父,因溺水,受惊而死。少时即显露才华,与杨炯、卢照邻、骆宾王以文词齐名,并称"初唐四杰"。明人辑有《王子安集》。

滕王阁诗①

滕王高阁临江渚②,佩玉鸣鸾罢歌舞③。
画栋朝飞南浦云,珠帘暮卷西山雨④。
闲云潭影日悠悠⑤,物换星移几度秋⑥。
阁中帝子今何在⑦? 槛外长江空自流。

【注释】

①滕王阁:唐高祖第二十二子滕王元婴在唐高宗显庆四年(659)任洪州都督期间所修建,故址在今江西南昌市赣江边。王勃二十七岁时(676)去交趾省父路过洪州,应当时洪州都督阎公邀请赴宴,作著名骈文《滕王阁序》和这首《滕王阁》诗。《王子安集》中,《滕王阁序》题作《滕王阁诗序》,把文作为诗的序,由此可以看出此诗在王勃诗中的重要地位。

②临:靠近。江:指赣江。渚:水中小块陆地。

③"佩玉"句:意为滕王已去,歌舞之声已罢歌。佩玉鸣鸾:歌女舞女身上佩着玉石,唱着悦耳的歌声。

④画栋:指阁中有彩绘装饰的栋梁。南浦:古地名,今南昌市西南旧有南浦亭。西山:即南昌山,在今南昌市西北三十里处。

⑤闲云潭影:悠闲的白云倒映在潭水中。日悠悠:指岁月久长。

⑥物换星移:事物的变换和时光的流逝。几度秋:意为过了几年。

⑦帝子:指滕王李元婴。

【赏析】

这首诗回忆起腾王阁当年的繁华,如今却是物转星移,面对世间的盛衰无常,诗人不禁感慨万千。全诗含蓄、凝练,情景交融,意境深远。

杜少府之任蜀州①

城阙辅三秦②,风烟望五津③。
与君离别意,同是宦游人④。
海内存知己,天涯若比邻。
无为在歧路,儿女共沾巾⑤。

【注释】

①这是一首送别诗。当时作者在长安任职,送他的朋友到蜀地赴任。杜少府:作者的朋友,其名不详。少府即县尉。之:前往。蜀州:泛指蜀地。

②城阙:城门上面的楼观,这里指长安。辅:夹辅、护持。三秦:泛指当时长

安附近的关中之地。项羽灭秦后,将秦分为雍、塞、翟三国,称为三秦。辅三秦:一本作"俯西秦"。

③五津:长江自湔堰至犍为有白华津、万里津、江首津、涉头津、江南津五个渡口,合称五津,这是指杜少府所要前往的蜀地。

④君:指杜少府。宦游人:离家出游以求官职的人。

⑤歧路:岔道。沾:湿润。

【赏析】

这首诗是送别佳作,也是王勃的代表作。可能是他二十岁以前,在长安作朝散郎和任沛王府修撰时所写的。

九日登高①

九月九日望乡台②,他席他乡送客杯③。
人今已厌南中苦④,鸿雁那从北地来。

【注释】

①九日登高:又一作《蜀中九日》。九日:即九月九日,我国的重阳节,古人每逢此日都要出外登高并举行宴会。

②望乡台:在成都北边的玄武山上。

③他席:指异乡的酒席。他乡:指剑南(今四川成都县)。

④人:指诗人王勃。南中:即剑南。诗人的家乡在剑南的北边,故指剑南为南中。现泛指我国南部地区,即四川、贵州、云南等地。

【赏析】

这是一首思念家乡的诗作。本诗和王维的《九月九日忆山东兄弟》同为脍炙人口之佳作,抒发了诗人"佳节思亲"的感情。

陈子昂

陈子昂(661—702),字伯玉,梓州射洪(今四川射洪县)人,出身豪富家庭,年轻时慷慨任侠,后发愤读书。进士及第后任麟台正字、右拾遗,敢于直谏而且切中时弊,曾两度随军到北部边塞。后因父亲年老辞官返家,被县令陷害,死于狱中。

他反对齐、梁"采丽竞繁,而兴寄都绝"的形式主义诗风,提倡"汉魏风骨"和"风雅兴寄",要求诗歌有政治社会内容,爽朗刚健的风格。他的诗歌创作实践了这些主张,抨击时弊、抒写胸臆,广阔地反映了当时的社会生活。诗风苍劲浑厚、高峻深沉,对唐代诗歌的革新和发展,起到了开拓性的作用。李白、杜甫、韩愈、白居易对他都很推崇。代表作有《感遇》三十八首及《登幽州台歌》等,有《陈子昂集》。

登幽州台歌①

前不见古人②,后不见来者③。
念天地之悠悠④,独怆然而涕下⑤。

【注释】
①幽州台:幽州的治所在蓟县,幽州台即蓟北楼,故址在今北京市北郊。
②古人:指前代的明君贤士,如燕昭王、乐毅、邹衍等。
③来者:指后代的明君贤士。
④悠悠:久远的样子,这里指永无穷尽。
⑤怆然:怆,音 chuàng,凄恻伤感的样子。

【赏析】
作者曾随武攸宜北征契丹,到过幽州一带。因在布兵上与武攸宜意见不合,受降职处分。作者登幽州台"泫然流涕而歌"此诗。

燕 昭 王

南登碣石馆,遥望黄金台①。
丘陵尽乔木,昭王安在哉?
霸图今已矣,驱马复归来。

【注释】
①黄金台:相传为燕昭王所筑,昭王置金于台上,在此筵请天下之士。

【赏析】
作者于万岁通天二年(697)随建安郡王武攸宜北征契丹,过蓟丘,访问古燕都遗迹。作者在武攸宜部下颇不得志,有感于燕昭王招贤的故事,写了这首诗。

感 遇

朔风吹海树,萧条边已秋。
亭上谁家子,哀哀明月楼①。
自言幽燕客②,结发事远游③。
赤丸杀公吏,白刃报私仇④。
避仇至海上,被役此边州。
故乡三千里,辽水复悠悠。

每愤胡兵入,常为汉国羞。

何知七十战,白首未封侯⑤。

【注释】

①亭、楼:指边防军士的住所,即戍楼。

②幽燕:幽州和燕州。唐幽州治所在今北京大兴,燕州治所在今北京顺义。

③结发:束发,古时男子成年就把披散的头发束起,结在顶上,上面加冠。

④赤丸:《汉书·尹赏传》载,长安少年有专门刺杀官吏,为人报仇的组织。每次行动前设赤白黑三种弹丸,使各人摸取,拿到赤丸的去杀武吏,拿到黑丸的去杀文吏,拿到白丸的为行动中死去的同伙办丧。

⑤这句借李广故事,写今日的悲愤。

【赏析】

本篇写一个生长在幽燕的游侠子弟,从军边州,慷慨卫国,久戍不归。结果是有功无赏。这首诗旨在讽当时的政治,非为个别人鸣不平。

贺知章

贺知章(659—744),字季真,自号四明狂客,越州永兴(今浙江萧山)人。证圣进士,官至秘书监。后还乡为道士。善诗歌及草隶书,与张旭相善,为"吴中四士"之一,今存诗二十首。

回乡偶书①

少小离家老大回,乡音无改鬓毛衰。

儿童相见不相识②,笑问客从何处来。

【注释】

①偶书:偶然地写出来。

②识:读入声。

【赏析】

本首诗感情自然、逼真,语言声韵仿佛自肺腑自然流出,朴实无华。全诗抒发了山河依旧,人事不同,人生易老,世事沧桑的感慨。

贺知章像

咏　柳

碧玉妆成一树高①，万条垂下绿丝绦②。

不知细叶谁裁出③，二月春风似剪刀。

【注释】

①碧玉：形容柳树绿的颜色。

②绦：音 tāo，用丝绒织成的扁平带子。喻柳条。

③细叶：指柳叶。

【赏析】

这是一首咏物名诗。巧妙地运用比喻手法，韵味倍增。"二月春风似剪刀"一句更成为经久不衰的名句。

张若虚

张若虚(约660—约720)，扬州(治所在今江苏省扬州市)人。曾官兖州兵曹。文学与贺知章齐名，事迹略见于《旧唐书·贺知章传》。《全唐诗》存诗仅二首。一首《代答闺梦还》，风格接近齐梁体，水平不超过一般初唐诗；另一首《春江花月夜》，却是一篇出色的作品。

春江花月夜①

春江潮水连海平，海上明月共潮生。

滟滟随波千万里，何处春江无月明②。

江流宛转绕芳甸，月照花林皆似霰。

空里流霜不觉飞，汀上白沙看不见③。

江天一色无纤尘，皎皎空中孤月轮。

江畔何人初见月？江月何年初照人④？

人生代代无穷已，江月年年只相似。

不知江月待何人，但见长江送流水⑤。

白云一片去悠悠，青枫浦上不胜愁。

谁家今夜扁舟子？何处相思明月楼⑥？

可怜楼上月徘徊，应照离人妆镜台。

玉户帘中卷不去,捣衣砧上拂还来⑦。
此时相望不相闻,愿逐月华流照君。
鸿雁长飞光不度,鱼龙潜跃水成文。
昨夜闲潭梦落花,可怜春半不还家。
江水流春去欲尽,江潭落月复西斜。
斜月沉沉藏海雾,碣石潇湘无限路。
不知乘月几人归,落月摇情满江树。

【注释】

①《春江花月夜》:乐府旧题,属《清商曲·吴声歌》,相传创自陈后主。

②江:指长江。滟滟:音 yàn yàn,水面闪光的样子。

③宛转:曲折。芳甸:长满花草的平野。霰:音 xiàn,雪珠。空里流霜:古人以为霜像雪一样从空中落下,所以常说"飞霜",这里是以霜比月色,因此只觉其"流"而不觉其"飞"。汀:水边平地。

④纤尘:微小的灰尘。皎皎:洁白明亮。孤月轮:一轮孤月。初见月:指最早见到月亮。初照人:指最早照到人间。

⑤人生:指人类。代代:一代接一代。无穷已:无穷尽。只相似:指月亮年年没有什么变化。待:等待。但见:只见。送:送走。

⑥悠悠:遥远、长久的样子。青枫浦:在今湖南省浏阳县,便此处是泛指分别的地点。扁舟子:扁,音 piān,驾着小船漂流在外的人。明月楼:明月照射着的楼,指思妇居住的楼。

⑦月徘徊:因思妇彻夜不眠,望见月光回转,所以产生徘徊之感。实际是用"月徘徊"来表现时间的推移和思妇心情的不安。离人:指思妇。妆镜台:即梳妆台。玉户:指闺中。砧:音 zhēn,捣衣石。卷不去、拂还来:都指月光。

【赏析】

诗人凭借对春江花月夜的描绘,讴歌了人间纯洁的爱情,把对游子思妇的同情心与对人生哲理的追求结合起来,从而汇成一种幽美而邈远的意境。

张 说

张说(667—730)。字道济,又字说之。洛阳(今属河南)人。在武后至玄宗四朝任官。曾因不肯亲附张易之兄弟,被武后流放钦州。玄宗时任中书令,封燕国公。张说善文辞,掌朝廷诏诰三十多年,与许国公苏颋齐名,时称"燕许大手笔"。他的不少诗作语言质朴,抒情凄婉。有《张燕公集》。

送梁六自洞庭山①

巴陵一望洞庭秋②,日见孤峰水上浮③。
闻道神仙不可接④,心随湖水共悠悠⑤。

【注释】

①梁六:名知微,是潭州(今湖南长沙)刺史,当时途经岳州去京都长安。洞庭山:又名君山,在洞庭湖中。距岳州很近。

②巴陵:即岳州(今岳阳)。

③孤峰:指君山。

④神仙:关于君山传说中的各种神仙故事,如湘君姐妹常来游憩,或下有金堂,住着玉女等。不可接:不能实际接触到。

⑤悠悠:忧思深长。

【赏析】

这首送别诗,由君山的孤寂可见诗人心情的孤寂,从湖水悠悠可见诗人心绪如同浩瀚的湖水一般悠远深长,真是言有尽而意无穷。

张九龄

张九龄(678—740),字子寿,韶州曲江(今广东省韶关市)人。唐中宗景龙元年(707)中进士,为张说所赏。后以"道侔伊吕科"对策高第,迁左拾遗。累官至中书令。被奸相李林甫排挤,贬荆州大都督府长史。数年后乞归乡,卒。他是唐代名相之一,有政治才干,直言敢谏。曾指出不可以李林甫为相,并预言安禄山必反。后来玄宗深悔未听其言。他的诗文浑厚清雅、平易实在,很少受当时浮艳、雕琢风气的影响。有《曲江集》。

望月怀远①

海上生明月,天涯共此时②。
情人怨遥夜③,竟夕起相思④。
灭烛怜光满⑤,披衣觉露滋⑥。
不堪盈手赠,还寝梦佳期⑦。

【注释】

①怀远:怀念远方的亲人。

②"海上"二句:天涯,天边。

③情人:指有怀远之情的人,指亲人,也指自己。遥夜:长夜。

④竟夕:整夜。

⑤"灭烛"句:怜,爱。光:指月光。

⑥露滋:露水沾湿。

⑦不堪:不能。盈手:满手,指把月光抓满手。寝:指卧室。佳期:相会的时刻。

【赏析】

这首诗是作者在离乡时,望月而思念远方亲人及妻子而写的。本诗意境幽静秀丽,情感真挚。

王之涣

王之涣(688—742),字季凌,绛州(今山西新绛县)人,任衡水主簿,后受人诬陷,辞官归里,曾漫游黄河南北,到过边塞。晚年出任文安县尉,廉洁清白,死于任所。他是盛唐重要诗人,当时已负诗名,"传乎乐章,布在人口"。《凉州词》被后人推为唐人绝句压卷之作。诗作多散佚,《全唐诗》录诗六首。

登鹳雀楼①

白日依山尽,黄河入海流②。

欲穷千里目,更上一层楼③。

【注释】

①鹳雀楼:旧址在今山西省永济县,其楼三层,前可瞻望中条山,下可俯视黄河。因常有鹳雀栖其上,故有此名。后被河水冲没。鹳:音guàn,形状像白鹤的鸟。

②依:傍着。尽:西下。入海流:东流入海。

③穷:尽。目:此处指视力。更:再。

【赏析】

这是一首脍炙人口的五言绝句,记叙了作者登上鹳雀楼的所见所思,整首诗气势恢弘,意境高远。

出　塞①

黄河远上白云间②，一片孤城万仞山③。

羌笛何须怨杨柳，春风不度玉门关④。

【注释】

①本诗题一作《凉州词》。这是王之涣为凉州曲谱写的唱词。

②黄河远上：一作"黄沙直上"。白云间：是形容黄河从极远处奔流而下。

③孤城：这里指玉门关。万仞：极言山高。古代一仞相当现今八尺。

④羌笛：羌族的一种管乐器。杨柳：指羌笛吹奏的《折杨柳》曲调。北朝乐府《鼓角横吹曲》有《折杨柳枝》，歌词说："上马不捉鞭，反折杨柳枝。下马吹横笛，愁杀行客儿。"度：越过。玉门关：在今甘肃省敦煌县西，是古代通往西域的要道。

【赏析】

这首诗旨在写凉州险僻，守边艰苦，深沉含蓄，耐人寻味，不愧为边塞诗的绝唱。

孟浩然

孟浩然(689—740)，襄州襄阳(今属湖北)人。早年隐居鹿门山。年四十，游长安，应进士不第。后为荆州从事，患疽卒。曾游历东南各地，诗与王维齐名，称为"王孟"。其诗清淡，长于写景，是唐代第一个大量写作山水诗的人，以五言为主要形式，多反映隐逸生活。作品有《孟浩然集》。

夏日南亭怀辛大

山光忽西落，池月渐东上。

散发乘夕凉①，开轩卧闲敞②。

荷风送香气，竹露滴清响。

欲取鸣琴弹，恨无知音赏③。

感此怀故人，中宵劳梦想。

【注释】

①散发：把头发披散开来。古人蓄发，把长发挽在头顶上。

②轩:窗。闲敞:安静而开敞的地方。

③知音:通晓音律。据《吕氏春秋·本味》,言伯牙子期事,后世称知己为知音。此处指辛大。

【赏析】

全诗表现封建士大夫的隐逸生活,虽然闲适,但也有孤寂之感。

临洞庭上张丞相①

八月湖水平,涵虚混太清②。

气蒸云梦泽,波撼岳阳城③。

欲济无舟楫,端居耻圣明④。

坐观垂钓者,徒有羡鱼情⑤。

【注释】

①这首诗题一作《望洞庭湖赠张丞相》。张丞相即张九龄。唐玄宗开元二十一年(733),张九龄为相,孟浩然曾西游长安,希望得到张九龄的引荐,于是将这首诗赠给当时在相位的张九龄。

②涵:包容。虚:虚空。太清:天。

③云梦泽:古代二泽名,在湖北省长江南北,长江之南为梦泽,长江之北为云泽,并称为"云梦泽"。后淤积成陆地,约当今洞庭湖北岸地区。宋人范致明《岳阳风土记》载:"孟浩然洞庭诗有'波撼岳阳城',盖城据湖东北,湖面百里,常多西南风,夏秋水涨,涛声喧如万鼓,昼夜不息。"撼:摇动。岳阳城:即今湖南省岳阳市,在洞庭湖东岸。

④济:渡。楫:音jí,船橹。端居:安居,闲居,这里指隐居。耻圣明:有愧于圣明之世。

⑤羡鱼情:《淮南子·说林训》:"临河而羡鱼,不如归家织网。"

【赏析】

这是一首请求别人荐举的干谒诗。它通过观赏洞庭湖景色托兴,表达自己不甘隐居、渴望出仕的迫切心情,希望得到张丞相的援引、帮助。

过故人庄①

故人具鸡黍,邀我至田家②。

绿树村边合,青山郭外斜③。

开轩面场圃,把酒话桑麻④。

待到重阳日,还来就菊花⑤。

【注释】

①过:访问、拜访。故人:老朋友。

②具:备办。黍:音 shǔ,黄米。鸡黍:泛指待客的丰盛饭菜。田家:即农家。

③合:环绕。因村子四周都是绿树,所以称"合"。郭:外城,此指村外。

④轩:窗。面:向。场:打谷的场地。圃:菜园。把酒:此指饮酒。话:谈论。桑麻:泛指农事。

⑤待到:等到。重阳日:即阴历九月初九日,古人认为九是阳数,所以称九月九日为重阳。古代风俗,重阳节这天,人们要赏菊,饮菊花酒。就:接近。就菊花:即赏菊。

【赏析】

这首诗描写了优美的田园风光与故人待客的热情,表现了诗人对田家生活的热爱,对宾主间真挚友情的赞美。

春　　晓①

春眠不觉晓,处处闻啼鸟②。

夜来风雨声,花落知多少。

【注释】

①春晓:春天的早晨。

②啼鸟:鸟啼声。听到各处都有鸟雀呼晴的欢叫声。

【赏析】

作者用白描手法,将寻常话语点缀入诗,不假雕琢,不尚工巧,语言精炼自然,明白如话,音韵和谐,意境清丽。

李　颀

李颀(690—751),赵郡(今河北赵县)人。寄居颍阳(今河南许昌附近)。唐玄宗开元二十三年(735)进士。任新乡县尉。因久未升迁,便辞官归隐东川。《全唐诗》录存其诗三卷。

古 意①

男儿事长征②,少小幽燕客③。

赌胜马蹄下,由来轻七尺④。

杀人莫敢前,须如猬毛磔⑤。

黄云陇底白云飞,未得报恩不得归。

辽东小妇年十五⑥,惯弹琵琶解歌舞。

今为羌笛出塞声⑦,使我三军泪如雨。

【注释】

①这是一首拟古诗。

②长征:长途旅行。此指赴边参战。

③幽燕:古幽州后为燕国所在之地。在今河北北部及辽宁部分地区。古时多慷慨悲歌之士。

④轻七尺:指不以生命为重。

⑤须:胡须。磔:音 zhé,张开的样子。《晋书·桓温传》:"(刘)惔尝称之曰:'温眼如紫石棱,须作猬毛磔,孙仲谋、晋宣王之流亚也'。"

⑥辽东:即指前幽燕地。此地曾设辽东郡。

⑦羌笛:管乐器,出于羌,故名。古时军中常用。出塞:边疆上的乐曲。《乐府诗集》收入《横吹曲辞》类。其曲易引起乡思之情。此种描写,唐人诗中屡见。

【赏析】

全诗塑造了一位亡命沙场的少年英雄形象。诗的前六句以五言正面描写,其面貌、气概均如在目前,气势逼人;后六句以七言侧面烘托,表现细腻,韵味深长。

听董大弹胡笳兼寄语弄房给事①

蔡女昔造胡笳声,一弹一十有八拍。

胡人落泪沾边草,汉使断肠对归客②。

古戍苍苍烽火寒,大荒沉沉飞雪白。

先拂商弦后角羽③,四郊秋叶惊摵摵④。

董夫子,通神明,深山窃听来妖精⑤。

言迟更速皆应手,将往复旋如有情。

空山百鸟散还合,万里浮云阴且晴。

嘶酸雏雁失群夜,断绝胡儿恋母声⑥。

川为静其波,鸟亦罢其鸣。

乌孙部落家乡远⑦,逻娑沙尘哀怨生⑧。

幽音变调忽飘洒⑨,长风吹林雨堕瓦。

迸泉飒飒飞木末⑩,野鹿呦呦走堂下。

长安城连东掖垣,凤凰池对青琐门。

高才脱略名与利,日夕望君抱琴至。

【注释】

①胡笳弄:琴曲名,蔡琰(蔡文姬)被掠入南匈奴,翻笳调入琴曲,即为《胡笳十八拍》。

②汉使:指建安十二年(207)曹操派往南匈奴赎蔡琰的使者。归客:指蔡琰。

③"先拂"句:从此句开始,转入直接描写董庭兰的弹琴。商、角、羽:古代音乐术语,代表三个音阶。古琴七弦,配七音,据《三礼图》说琴第一弦为宫,依次为商、角、羽、徵(zhǐ)、少宫、少商六个音阶。

④摵摵:即瑟瑟,落叶声。

⑤窃听来妖精:意为妖精来听琴,犹如"动鬼神"。

⑥"嘶酸"二句,是说董的琴声再现了蔡琰的生活和感情。蔡琰的《悲愤诗》曾写到她归汉时和她所生的胡儿的痛苦诀别。

⑦乌孙部落:指汉时西域乌孙国。汉王朝曾以江都王刘建女儿细君嫁给乌孙国王昆莫。

⑧逻娑:唐时吐蕃都城,即今西藏拉萨。唐代先后有文成、金城公主嫁给吐蕃王。

⑨幽音:幽咽哀怨之音。飘洒:飘逸洒脱。

⑩迸泉:喷泉。木末:树梢。

【赏析】

李颀擅长以诗歌描写音乐,这一首与《听安万善吹觱篥歌》是其代表作。题目中的"董大"即董庭兰,是著名的琴师,房琯门客;"房给事"指房琯,肃宗时任宰相。此诗当作于玄宗天宝五载(746),房琯时任给事中。董庭兰所奏,是由胡笳声调翻成的琴曲,故诗先从东汉蔡文姬《胡笳十八拍》写起,然后转入董庭兰的弹奏,用各种视觉形象形容听觉形象,又从各种听觉形象化出视觉形象,把看不见、摸不着的音乐旋律和听众的感受描绘得有声有形有色。与此后韩愈的《听颖师弹琴》、白居易的《琵琶行》及李贺的《箜篌引》,同为写音乐的名作。

王昌龄

王昌龄(698？—756？)，字少伯，京兆万年(今陕西西安市)人。进士及第后，历任秘书省校书郎、汜水尉、江宁丞、龙标尉。安史乱时，避乱江淮，准备折返江宁时，被濠州刺史闾丘晓忌杀。后世称他为"王江宁"、"王龙标"。他是开元、天宝时期的杰出诗人，时称"诗家夫子王江宁"。与王之涣、高适、岑参、王维、李白有交往。他的诗题材较广泛，边塞军旅、官怨闺怨、赠别离情都有佳作。诗风俊爽婉丽、雄厚自然。擅长七绝，后人赞为"神品"。有《王昌龄诗集》。

同从弟南斋玩月，忆山阴崔少府①

高卧南斋时，开帷月初吐②。
清辉澹水木③，演漾在窗户④。
苒苒几盈虚⑤，澄澄变今古。
美人清江畔⑥，是夜越吟苦。
千里其如何，微风吹兰杜⑦。

【注释】

①从弟：叔伯兄弟。崔少府：王昌龄的好友。事迹不详。

②开帷：拉开窗幕。

③清辉：皎洁的月光。淡：一本作"澹"。

④演漾：流动起伏的样子。

⑤盈虚：指月圆缺变化。

⑥美人：此指崔少府。

⑦兰杜：兰草与杜若，都是香草。

【赏析】

这是一首即景抒怀诗，前六句写玩月情景及其感慨，后四句写由赏月而产生的对友人的思念之情。全诗景象清远，托兴高洁。

塞　上　曲

蝉鸣空桑林①，八月萧关道②。

出塞入塞寒③，处处黄芦草。

从来幽并客④，皆共尘沙老⑤。

莫学游侠儿，矜夸紫骝好。

【注释】

①空桑林：一作"桑树间"。

②萧关：故址在今甘肃省固原县。

③入塞寒：一作"复入塞"。

④幽并：古幽州、并州。《隋书·地理志》："自古言勇侠者，皆推幽并。"

⑤共尘沙：一作"向沙场"。

【赏析】

这是一首边塞诗。前四句写景，荒凉而空阔，气氛萧森。后四句写投边壮士，意气纵横，昂扬而豪迈。全诗环境的衬托，突出了人物的英姿与气概，是边塞诗中的上乘之作。

芙蓉楼送辛渐

寒雨连江夜入吴，平明送客楚山孤①。

洛阳亲友如相问，一片冰心在玉壶②。

【注释】

①"寒雨"二句：吴、楚皆指送别之地润州，其地古时先属吴、后属楚。"入吴"的主语是"寒雨"，寒雨夜入吴而平明送客。

②"一片"句：鲍照《白头吟》"清如玉壶冰"，姚崇《冰壶诫》"内怀冰清，外涵玉润，此君子冰壶之德也"。"冰心玉壶"之喻，正是作者针对"谤议"向亲友自明心迹

【赏析】

芙蓉楼在唐润州（今江苏镇江市）城上西北角，王

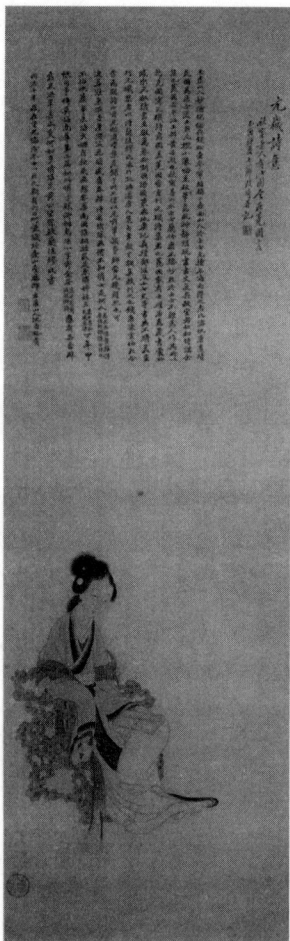

宫娥梳髻图

昌龄被贬为江宁丞时,于此楼送友人辛渐去洛阳而作此诗。前两句,以寒雨入吴、楚山孤寂烘托离愁;后两句,托辛渐告慰洛阳亲友,虽被贬谪,而品格高洁,问心无愧。俞陛云《诗境浅说续编》云:"借送友以自写胸臆,其词自潇洒可爱。"

闺　　怨①

闺中少妇不知愁,春日凝妆上翠楼②。
忽见陌头杨柳色,悔教夫婿觅封侯③。

【注释】

①闺:闺房,妇女的内室。闺怨:谓少妇的哀怨之情,用这种题材写的诗,就叫"闺怨"诗。

②凝妆:盛妆、着意妆束,与上句"不知愁"相应。

③觅封侯:指从军。

【赏析】

本诗描写闺中少妇见春色而引起春愁的微妙心理变化,表现了世俗荣华不如朝夕相爱的思想。全诗先抑后扬,耐人寻味。

出　　塞

秦时明月汉时关,万里长征人未还。
但使龙城飞将在①,不教胡马度阴山②。

【注释】

①飞将:汉代将领李广,以防边胜敌著名,号称飞将军。

②阴山:在今内蒙中部。

【赏析】

古乐府旧题。作者用旧题描写边塞生活,表现了诗人希望起任良将,早日平息边塞战事,使人民过安定的生活。

王　维

王维(701—761),字摩诘,祖籍太原祁(今山西祁县)人。从他父亲开始,迁家蒲州(今山西永济县)。早年曾居长安、洛阳。进士及第后历任太乐丞、济州司仓参军、右拾遗。曾以监察御史出使凉州,回朝后任殿中侍御史,一度以选补副使赴桂州知南选。中年隐居终南山及兰田辋川别业,亦官亦隐。至安史乱前,任给事中。安史攻陷长安,王维被俘,被迫接受伪职。乱平后,因被俘后曾作思念唐王室的诗免罪,降为太子中允,后转尚书右丞。晚年笃信佛教,优游山水田园间。死后葬在辋川。

他的诗题材广泛,各体都擅长,五律五绝成就最高。早期作品表现对权贵的不满和自我进取精神,后期写了大量山水田园诗佳作,极富诗情画意,后人赞为"诗中有画"。诗风清丽淡雅,意境高远。他是盛唐山水田园诗派中最杰出的代表,在当时被誉为"诗名冠代",诗一写出即"人皆讽诵"。有《王右丞集》。

送綦毋潜落第还乡①

圣代无隐者,英灵尽来归②。
遂令东山客③,不得顾采薇④。
既至金门远,孰云吾道非?
江淮度寒食,京洛缝春衣。
置酒长安道,同心与我违。
行当浮桂棹⑤,未几拂荆扉。
远树带行客,孤城当落晖⑥。
吾谋适不用⑦,勿谓知音稀。

【注释】

①綦毋潜:唐诗人,字孝通,开元中,由宜寿尉入集贤院待制,迁右拾遗,终著作郎。与张九龄、王维友善。诗题一作《送别》。

②英灵:此指綦毋潜。《隋书·文学传序》:"江汉英灵,燕赵奇俊。"

③东山客:指隐士。《晋书·谢安传》:"中丞高崧戏之曰:'卿累违朝旨,高卧东山'。"

④采薇:指伯夷、叔齐不食周粟,采薇终南山之事。

⑤桂棹:这里指船。《楚辞·九歌·湘君》:"桂櫂兮兰枻。"

⑥"远树"二句:《青轩诗缉》:"'带'字'当'字极佳,非得画中三昧者,不能下此二字。"

⑦"吾谋"句:《左传·文公十三年》:(士会)乃行,绕朝赠之以策,曰:"子无谓秦无人,吾谋适不用也。"此借其语以明心迹。

【赏析】

这是一首送别诗,全诗就应试、落第、还乡、送别、慰勉次第写来,丝丝入扣,从容不迫。写景如绘,语含微讽也是本诗特色。

渭川^①田家

斜阳照墟落,穷巷牛羊归^②。
野老念牧童,倚杖候荆扉^③。
雉雊麦苗秀,蚕眠桑叶稀^④。
田夫荷锄至,相见语依依^⑤。
即此羡闲逸,怅然吟《式微》^⑥。

【注释】

①渭川:即渭水。

②斜光:指夕阳。墟落:村庄。穷巷:深巷。

③野老:农村的老人。候:等候。荆扉:扉,音fēi,柴门。

④雊:音gòu,鸣叫。秀:谷物吐穗。蚕眠:蚕蜕皮时,不食不动,如睡眠状态,凡四眠即吐丝作茧。

⑤田夫:即农夫。荷:扛。语:谈论。依依:依恋不舍的样子。

⑥歌《式微》:歌唱《诗经·邶风》中的《式微》诗,其中说:"式微,式微,胡不归!"这里用其"胡不归"之意。歌:一作"吟"。

【赏析】

这首诗是王维后期隐居终南山辋川别墅时所写。诗人在诗中描写农村初夏薄暮的景色和闲逸、幽静、和睦相处的田家生活,并对此生活流露出一种羡慕、向往之情。

洛阳女儿行

洛阳女儿对门居^①,才可容颜十五馀。
良人玉勒乘骢马,侍女金盘脍鲤鱼^②。
画阁朱楼尽相望^③,红桃绿柳垂檐向。
罗帷送上七香车,宝扇迎归九华帐^④。
狂夫富贵在青春,意气骄奢剧季伦^⑤。
自怜碧玉亲教舞,不惜珊瑚持与人^⑥。
春窗曙灭九微火,九微片片飞花琐^⑦。
戏罢曾无理曲时,妆成只是熏香坐^⑧。
城中相识尽繁华,日夜经过赵李家^⑨。
谁怜越女颜如玉,贫贱江头自浣纱^⑩。

【注释】

①对门居:作者与她对门而居,故对她的一切了解得很清楚,意在强调下文描写的真实性。

②良人:丈夫。玉勒:带玉饰的马笼头。骢马:毛色黑白相间的马。鲙:细切的鱼肉。

③画阁朱楼:经过彩绘油漆的楼阁。

④罗帷:用丝织品缝成的帷帐。七香车:用多种香料涂饰过的车子。宝扇:指饰有珍宝的羽扇。九华帐:最富丽华美的帷幕。

⑤狂夫:即前面所说的"良人",因其骄纵,所以这样称呼他。青春:年少。意气:任性。剧:烈于,胜于。季伦:晋代石崇字季伦,以奢侈著称。这两句写"良人"正当少年,又有高官厚禄,极其骄奢。

⑥怜:爱。碧玉:汝南王的宠妾,这里借指"良人"的爱妾。珊瑚持与人:用石崇的典故。《世说新语》说石崇与王恺斗富,王恺是贵戚,皇帝暗中支持他,让他将宫中一株三尺高的珊瑚带去比富。石崇故意打碎它,然后取出自己的珊瑚来赔偿,他的任何一株也比皇帝的高大。

⑦曙:天亮。九微:灯名。《汉武内传》写汉武帝在宫中点燃"九光九微"灯以恭候西王母。飞花琐:(灯花)溅落在窗前。花琐:窗户的花格子。

⑧理曲:温习歌曲。熏香:坐在熏炉旁,让衣服熏上香味。熏炉,古代特制来熏香和取暖的炉子,燃料中可以加檀香等香料。

⑨繁华:指繁华之家,即富贵人家。赵李:指贵戚。汉成帝宠爱赵飞燕、李平,她们的家族便显赫起来。一说指赵飞燕、李夫人的家族。这里是借用。

⑩越女:春秋时越国美女西施。

【赏析】

盛唐时代的东都洛阳富丽繁华,豪门贵族之骄奢淫逸与贫贱人家的艰辛生活形成鲜明对照,作者有感于此,在诗中对前者给予嘲讽而对后者深表同情,表现了青年诗人的正义感。吴北江云:"借此以刺讥豪贵,意在言外,故妙。"

老　将　行

少年十五二十时,步行夺得胡马骑①。

射杀山中白额虎,肯数邺下黄须儿②。

一身转战三千里,一剑曾当百万师。

汉兵奋迅如霹雳,虏骑奔腾畏蒺藜③。

卫青不败由天幸,李广无功缘数奇④。

自从弃置便衰朽,世事蹉跎成白首⑤。
昔时飞箭无全目,今日垂杨生左肘⑥。
路旁时卖故侯瓜,门前学种先生柳⑦。
苍茫古木连穷巷,寥落寒山对虚牖⑧。
誓令疏勒出飞泉,不似颍川空使酒⑨。
贺兰山下阵如云,羽檄交驰日夕闻⑩。
节使三河募年少,诏书五道出将军⑪。
试拂铁衣如雪色,聊持宝剑动星文⑫。
愿得燕弓射天将,耻令越甲鸣吾君。
莫嫌旧日云中守,犹堪一战立功勋。

【注释】

①这两句写老将少年时机智英勇。

②肯数:言不让。数:推许。邺下:曹操封魏王,建都于邺(今河南临漳县西)。黄须儿:指曹操次子曹彰,黄须,刚勇。

③霹雳:急雷。形容汉兵临敌神速如迅雷。"虏骑"句:说敌骑遇到铁蒺藜,互相践踏,乱了阵营。崩腾:溃乱互相践踏。铁蒺藜:古代兵家制铁如蒺藜(蔓生地上的草本植物,果实有角刺)形,以阻挠敌人。

④这两句写老将命运不济,竟未立功。

⑤弃置:抛弃不用。

⑥这两句写这位闲散的老将身体逐渐衰老,武艺逐渐退步。

⑦故侯瓜:《史记·萧相国世家》:"召平者,故秦东陵侯,秦破,为布衣,贫,种瓜于长安城东。瓜美,故世俗谓之东陵瓜。"先生柳:晋陶潜退隐后尝著《五柳先生传》以自况,云:"先生不知何许人也,亦不详其姓字,宅边有五柳树,因以为号焉。"

⑧虚牖:敞开的窗户。

⑨疏勒出飞泉:后汉名将耿恭攻匈奴以援车师,引兵驻疏勒(今新疆维吾尔自治区喀什专区疏勒县),匈奴截断城外的涧水,耿恭士兵在城内掘井十五丈仍不得水。士兵渴极,饮马粪汁。耿恭向井拜祝,不久,水涌出,士兵高呼"万岁"。耿恭令士卒扬水以示匈奴,匈奴以为有神助,遂引去(见《后汉书·耿弇传》)。颍川空使酒:汉将军灌夫,颍川人,性刚直,常借酒发脾气,后被田蚡诬陷灭族(见《史记·魏其武安侯列传》)。

⑩贺兰山:在今甘肃省贺兰县。阵如云:军队屯驻很密。羽檄:调兵遣将的紧急文书。本以木简为书,长尺二寸,有急事插羽毛在檄上,表示火急(见《汉书

·高帝纪》颜师古注)。闻:传报,这里是说兵马调动频繁。

⑪节使:古代使臣持皇帝所给的节以为信符,这里泛指一般受命办事的官吏。三河:汉时称河东、河南、河内为三河,这个地区的青年多从军者。诏书:皇帝所颁布的文告。五道出将军:《汉书·常惠传》载有五将军(田广明、赵充国、田顺、范明友、韩增)分道出击匈奴的事。

⑫铁衣:铠甲。星文:宝剑上刻有七星花纹。动星文:试执。聊持:是说拿起宝剑,剑上的七星文闪闪发亮。

【赏析】

本篇描写一个老将的经历:少年时勇武过人,转战疆场,后以"无功"被弃,过着闲散的生活。当边地烽火又起的时候,他壮心复起,仍想为国立功,诗中揭露了统治者对将士的冷酷无情,歌颂了老将的爱国精神。

山居秋暝①

空山新雨后,天气晚来秋。
明月松间照,清泉石上流。
竹喧归浣女,莲动下渔舟②。
随意春芳歇,王孙自可留③。

【注释】

①暝:夜。此处指傍晚。

②"竹喧"二句:是说竹林间响起喧闹、谈笑声,原来是洗衣女子结伴归来;水面上莲花摇动,知是渔船下水。

③随意:任凭、自由地。春芳歇:春天的花草凋谢了。王孙:本指贵族公子,此指诗人自己。《楚辞·招隐士》:"王孙兮归来,山中兮不可以久留。"王维反用其意,是说山中春天的花草即使衰歇,自己也仍乐意留在山中,说明山中秋景可恋。

【赏析】

这首诗描绘山村秋天傍晚的景色,表现诗人对山居生活的喜悦之情。

归嵩山①作

清川带长薄②,车马去闲闲③。
流水如有意,暮禽相与还。
荒城临古渡,落日满秋山。
迢递嵩高下④,归来且闭关⑤。

【注释】

①嵩山:嵩,音 sōng,古名嵩高,五岳之一(中岳),在河南省登封县北。

②清川:空旷的平野。薄:草木丛生。

③闲闲:动摇的样子。

④迢递:高峻。

⑤闭关:闭门谢绝人事。

【赏析】

这首诗写作者辞官归隐途中所见的景色和心情的变化。整首诗没有任何修饰,随意写来,情真意切,平淡自然。

终 南 山

太乙近天都①,连山到海隅②。

白云回望合,青霭入看无。

分野中峰变③,阴晴众壑殊。

欲投人处宿,隔水问樵夫。

【注释】

①太乙:山名,即终南山,在陕西长安县南五十里。天都:指京都长安。

②这句极写终南山绵延之远。终南山西起陇山,东蹂商、洛,绵亘千里有余。说"到海隅",则是一种夸张。海隅:隅,音 yú,海边。

③这句是说终南山的中峰把周围地面分割成不同的区域。按,古人把与天上二十八星宿座标相对应的九州地面的区域划分称为"分野"。

【赏析】

这首诗从不同角度描写终南山的宏伟气象。整首诗情景交融,寓心于山水,展现了一种恢弘壮大的气势。

终南别业①

中岁颇好道②,晚家南山陲③。

兴来每独往④,胜事空自知⑤。

行到水穷处⑥,坐看云起时。

偶然值林叟⑦,谈笑无还期⑧。

【注释】

①终南别业:作者自己在终南山的别墅。

②中岁:中年。

③晚家:晚年移家。南山:终南山。陲:边。

④兴:兴致。

⑤胜事:快意的事。空:只。

⑥穷处:尽头。

⑦值:逢着,遇见。村叟:乡村老人。

⑧无还期:指回家的日期不定。

【赏析】

这首诗把退隐后自得其乐的闲适情趣,写得有声有色,惟妙惟肖,突出表现了退隐者豁达的性格。

和贾至舍人早朝大明宫之作

绛帻鸡人报晓筹①,尚衣方进翠云裘②。

九天阊阖开宫殿③,万国衣冠拜冕旒④。

日色才临仙掌动⑤,香烟欲傍衮龙浮⑥。

朝罢须裁五色诏,佩声归到凤池头⑦。

【注释】

①鸡人:唐代皇宫中有头戴红巾的卫士报晓,这种卫士被称为“鸡人”。筹:更筹,计时的竹签。

②“尚衣”句:专门掌管皇帝衣服的“尚衣局”正为皇帝进上翠云裘,准备登朝。

③“九天”句:一重重的宫殿大门仿佛九重天门依次打开。

④衣冠:衣冠之士,指朝见皇帝的群臣和外国使者。冕旒:皇冠,指代皇帝。

⑤仙掌:指仪仗中的羽扇。

⑥衮龙:指皇帝龙袍上的龙。

⑦“朝罢”二句:这是和贾至的诗,故结尾落到贾至,说他早朝后回到凤池头为皇帝起草诏书。贾至任中书舍人,其职责是为皇帝起草文件。凤池:指中书省,中书舍人办公的地方。佩声:走路时身上佩带的饰物发出撞击之声。

【赏析】

这首诗写了早朝前、早朝中、早朝后三个阶段,写出了大明宫早朝的气氛和皇帝的威仪,同时,还暗示了贾至的受重用和得意。

鹿　柴①

空山不见人,但闻人语响。

返景入深林②,复照青苔上。

【注释】

①柴:音 zhài,栅篱。

②返景:夕阳返照的光。

【赏析】

这诗写鹿砦黄昏时的静谧,使人感到眼前呈现一幅空山深林残阳落照图,除光影移动和隐约的一两声对话之外,一切都归于寂静。

送　别①

山中相送罢,日暮掩柴扉。

春草明年绿,王孙归不归②?

【注释】

①这是一首送别诗。

②"春草"二句:谢朓《酬王晋安》:"春草秋更绿,公子未西归。"

【赏析】

以送别为题材的作品,汗牛充栋。好诗往往有好的角度。本诗选取别后的沉静相思入笔,化用前人诗句叙写,赋予作品以更丰富的内涵,更深沉的意蕴,读之令人神远;在同类作品中显示出独特的艺术魅力。

相　思①

红豆生南国②,春来发几枝。

愿君多采撷③,此物最相思。

【注释】

①诗题一作《江上赠李龟年》。

②红豆:又称相思子,产于岭南,其子赤红首黑,晶莹如珊瑚,南方人常用以作饰物(详《资眼集》卷下、《本草纲目》卷三十五)。

③"愿君"句:一作"劝君休采撷"。

【赏析】

这是一首著名的抒写相思之情的小诗。《全唐诗话》卷一:"禄山之乱,李龟年奔放江潭,曾于湘中采访使筵上唱'红豆生南国,……'又'秋风明月苦相思……'此皆王维所制,而梨园唱焉。"可见在当时,王维这首诗便传唱极广。作者选择极富形象性且又含美好传说的红豆作素材,寄寓深沉的相思之情熔铸为诗,一气呵成,浑融厚重,使其达到更高的艺术境界,成为长诵不衰的名篇。

杂　诗

君自故乡来,应知故乡事。

来日绮窗前①,寒梅著花未②?

【注释】

①来日:指离开故乡到这里来的那天。绮窗:雕刻着花纹的窗子,这里指女子居室的窗子。

②著花未:开花没有。著:音 zhù,显出,引申为"开"。

【赏析】

《杂诗》三首描写男女别后相思。本篇写离乡在外的男子向从家乡来的人打听女子的生活情况。

九月九日忆山东兄弟①

独在异乡为异客②,每逢佳节倍思亲。

遥知兄弟登高处③,遍插茱萸少一人④。

【注释】

①九月九日:即重阳节,古人有登高风习。山东:华山以东,作者家乡蒲州在华山以东。兄弟:弟弟,作者有四个弟弟。本诗原注:"时年十七"。

②独在异乡:作者十七岁时居长安,有时居洛阳。

③遥知:遥想。

④茱萸:音 zhū yú,乔木名,果实有浓烈香味,可入药。古人重阳日登高,或头上插茱萸,或身上佩带茱萸囊,认为可以去邪避灾。一人:指作者自己。

【赏析】

这首诗脍炙人口,广为人们传诵,抒发了身在异乡的游子适逢佳节对故乡亲人深切的思念之情,反映出人们的共同心声。

渭　城　曲①

渭城朝雨浥轻尘②,客舍青青柳色新③。

劝君更尽一杯酒,西出阳关无故人④。

【注释】

①此诗被乐工采集入乐,名为《阳关三叠》。入乐时,为了便于歌唱,用裁截和重迭两种方法,使整齐的诗句成为长短句,当作送别曲(见无名氏《大石调·阳关三叠》)。诗题一作《送元二使安西》。元二:不详何人。安西:安西都护府

治所,在今新疆维吾尔自治区库车附近。

②渭城:秦时的咸阳城,汉改称为渭城,在今西安市西北,渭水之北。浥:湿润,沾湿。

③客舍:供旅客投宿的处所。柳色新:柳树被雨水冲刷,显得更青翠。

④阳关:在今甘肃省敦煌西南,玉门关之南,是当时出塞入塞的交通要道,出了阳关,就是西域。故人:朋友。

【赏析】

这是一首著名的送别诗,表现了作者对友人的深挚情谊。

丘 为

丘为,生卒年不详。嘉兴(今属浙江人)。天宝进士,曾官太子右庶子。与王维、刘长卿友善。卒年九十六。其诗多为五言,写田园风物。

寻西山隐者不遇

绝顶一茅茨①,直上三十里。扣关无僮仆②,窥室唯案几。
若非巾柴车③,应是钓秋水。差池不相见,黾勉空仰止④。
草色新雨中,松声晚窗里。及兹契幽绝,自足荡心耳。
虽无宾主意,颇得清净理。兴尽方下山,何必待之子⑤!

【注释】

①茅茨:茅草屋顶。《韩非子·五蠹》:"尧之王天下也,茅茨不剪,采椽不斫。"这里指茅屋。

②关:门闩。这里指房门。

③巾柴车:陶渊明《归去来兮辞》:"或命巾车,或棹孤舟。"(《文选》卷三十一江淹《杂诗》李善注引作"或巾柴车")。

④黾勉:勉力,尽力。

⑤"兴尽"二句:《世说新语·任诞》:"王子猷居山阴,夜大雪,……忽忆戴安道。时戴在剡,即便夜乘小船就之。经宿方至,造门不前而返。人问其故,王曰:'吾本乘兴而行,兴尽而返,何必见戴。'"

【赏析】

这是一首表现隐逸情趣的诗。前八句写寻访隐者而不见的怅惘;后八句写从幽绝的环境氛围中,自得理趣的满足。全诗通过对隐者清寂居室及幽雅环境的描绘,构成志趣高洁的意境,表现了作者超凡脱俗的情趣和闲适旷达的胸怀。

李 白

李白(701—762),字太白,号青莲居士。祖籍陇西成纪(今甘肃秦安),隋末其先人流寓碎叶(今巴尔喀什湖南之楚河流域),他即于此出生。五岁时随父迁居绵州昌隆(今四川江油)青莲乡。二十五岁离蜀,长期漫游各地。天宝年间被供奉翰林。安史之乱中,曾入永王李璘幕府,因璘败牵累,流放夜郎。中途遇赦东还。晚年漂泊困苦,卒于当涂。其诗风雄奇豪放,想象丰富,语言流转自然,音律和谐多变。善于从民歌、神话中吸取营养和素材,构成其特有的瑰玮绚烂的色彩,达到了浪漫主义诗歌艺术的高峰。有《李太白集》。

关 山 月①

明月出天山②,苍茫云海间③。
长风几万里,吹度玉门关④。
汉下白登道⑤,胡窥青海湾⑥。
由来征战地,不见有人还。
戍客望边邑,思归多苦颜。
高楼当此夜,叹息未应闲。

【注释】

①《关山月》:乐府旧题,属《鼓角横吹曲》。

②天山:即今甘肃西北部之祁连山。匈奴人称天为祁连。"明月出天山"是从戍守在天山之西的士兵的视点来写的。士兵戍守在西方边塞,东望月亮从天山背后升起。

③云海:云气弥漫如海。

④玉门关:关名,在今甘肃敦煌西,是古代通往西域的要道。

⑤下:指出兵。白登:山名,在今山西大同东。汉高祖刘邦率兵伐匈奴曾被围困于此。

⑥青海湾:即青海湖,在今青海东北部。唐时曾多次在青海一带与吐蕃(bō)作战。

【赏析】

古乐府《关山月》歌词多写离别的哀伤。李白以乐府古题描写兵士离别家乡去守卫边塞,长期不返,引起思归的痛苦。

梦游天姥吟留别①

海客谈瀛洲,烟涛微茫信难求。

越人语天姥,云霞明灭或可睹②。

天姥连天向天横,势拔五岳掩赤城。

天台四万八千丈,对此欲倒东南倾。

我欲因之梦吴越,一夜飞渡镜湖月。

湖月照我影,送我至剡溪。

谢公宿处今尚在,渌水荡漾清猿啼。

脚著谢公屐,身登青云梯。

半壁见海日,空中闻天鸡③。

千岩万转路不定,迷花倚石忽已暝。

熊咆龙吟殷岩泉,慄深林兮惊层巅④。

云青青兮欲雨,水澹澹兮生烟。

列缺霹雳,丘峦崩摧。

洞天石扉,訇然中开。

青冥浩荡不见底,日月照耀金银台。

霓为衣兮风为马,云之君兮纷纷而来下。

虎鼓瑟兮鸾回车,仙之人兮列如麻。

忽魂悸以魄动,恍惊起而长嗟。

惟觉时之枕席,失向来之烟霞。

世间行乐亦如此,古来万事东流水。

别君去兮何时还?且放白鹿青崖间,须行即骑访名山。

安能摧眉折腰事权贵,使我不得开心颜⑤!

【注释】

①《梦游天姥吟留别》:诗题一作《梦游天姥山别东鲁诸公》,是天宝四年(745)作者将由东鲁到南方的吴越漫游时写的。天姥:山名,在浙江省天台县西。留别:是说自己要到吴越游历,写诗赠给留在东鲁的朋友。

②越:春秋时越国在今浙江省一带。语:谈论。云霞明灭:指天姥山在云霞中时明时灭。或:有时。睹:音dǔ,看见。

③半壁:陡峭的半山腰。海日:海中升起的太阳。闻天鸡:听到天鸡的啼叫。《述异记》载:我国东南有座桃都山,山上有棵大树叫桃都,树上有天鸡,太阳初照到这大树时,天鸡就鸣叫,于是天下的鸡都随着鸣叫起来。

④熊咆:熊在咆哮。龙吟:龙在吟叫。殷:音 yǐn,形容雷声,此处有震荡的意思。慄:战慄,发抖。惊:惊惧。层巅:重叠的山峰。

⑤须行即骑:须要走时就骑着。安能:怎么能够。摧眉:低着眉头。折腰:弯着腰。事:服侍,事奉。开心颜:心情舒畅,喜笑颜开。

【赏析】

《梦游天姥吟留别》是李白诗歌中积极浪漫主义的代表作。这首诗通过对梦游天姥山的精心描绘,表现诗人对理想生活的热烈追求和对现实社会的强烈不满,以及蔑视权贵的反抗精神。

长 干 行①

妾发初覆额,折花门前剧②。
郎骑竹马来,绕床弄青梅③。
同居长干里,两小无嫌猜④。
十四为君妇,羞颜未尝开。
低头向暗壁,千唤不一回⑤。
十五始展眉,愿同尘与灰⑥。
常存抱柱信,岂上望夫台⑦。
十六君远行,瞿塘滟滪堆⑧。
五月不可触,猿声天上哀⑨。
门前迟行迹,一一生绿苔。
苔深不能扫,落叶秋风早。
八月蝴蝶黄,双飞西园草。
感此伤妾心,坐愁红颜老⑩。
早晚下三巴⑪,预将书报家。
相迎不道远,直至长风沙⑫。

【注释】

①《长干行》:是乐府《杂曲歌辞》旧题,共两首,这是选其第一首。长干:古金陵里巷名,故址在今南京市南。

②妾:古代妇女对自己的谦称。初覆额:头发刚刚盖住前额,指童年时候。

剧:游戏。

③郎:是女子对丈夫的称呼。骑竹马、弄青梅:都是孩子们玩的游戏。

④同居:共同居住在一个地方。无嫌猜:毫无嫌隙、猜疑。

⑤为君妇:嫁给心爱的郎君为妻。羞颜:害羞的脸色。未尝开:未曾舒展。向暗壁:面向墙壁。不一回:不回转身来。这四句写女子初婚时的害羞情态。

⑥始展眉:开始舒展双眉,露出笑容。愿同尘与灰:愿意同丈夫白头到老,即使化为尘灰也不分离。

⑦抱柱信:《庄子·盗跖》载:尾生与女子约好在桥下相会,女子未来,大水忽至,尾生不肯离开,抱着桥柱被水淹死。后人以抱柱为守信约之词。望夫台:在忠州(今四川省忠县)南,相传古代有人久出未归,他的妻子天天登台远望。

⑧瞿塘:峡名,长江三峡之一。在四川省奉节县东。滟滪堆:滟滪,音 yàn yù,瞿塘峡口江心的一块巨大礁石,冬天露出水面二十多丈,夏天没入水中。船经此处很容易触礁。

⑨不可触:因五月江水暴涨,滟滪堆几乎全被淹没,舟行于此极易触礁沉没,所以说"不可触"。猿声:三峡两岸高山上多猿,其鸣声哀切。古乐府《西曲歌·女儿子》:"巴东三峡猿鸣悲,猿鸣三声泪沾衣。"

⑩此:指前面六句所描写的秋景和双飞的黄蝶。坐:因为。红颜老:丈夫长期不归,妻子在家因相思忧愁使年轻的容颜变得衰老了。

⑪早晚:何时。下:顺江而下,指回家。三巴:古巴郡、巴东、巴西三地,今四川省东北部。下三巴:自三巴顺江而下,回到家中。

⑫不道远:不说远,不嫌远。长风沙:地名,在今安徽省安庆市东长江边上。陆游《入蜀记》载:"自金陵至长风沙七百里。"

【赏析】

这首诗通过一个女子的自述,表现她与丈夫自幼建立起来的纯洁真挚的爱情以及对长期远出的丈夫无限思念之情。

下终南山①过斛斯山人宿置酒

暮从碧山下,山月随人归。
却顾所来径②,苍苍横翠微③。
相携及田家④,童稚开荆扉⑤。
绿竹入幽径,青萝拂行衣⑥。
欢言得所憩⑦,美酒聊共挥⑧。
长歌吟松风⑨,曲尽河星稀⑩。
我醉君复乐,陶然共忘机⑪。

【注释】

①终南山：又称南山，秦岭主峰之一，在陕西西安市南。过：访问。斛：音hú。斛斯：复姓。山人：隐士。

②却顾：回头看。

③翠微：青翠掩映的山峦林木深处。

④田家：即斛斯山人的家。

⑤童稚：小孩子。荆扉：柴门。

⑥青萝：即女萝，又名松萝，地衣类植物，常寄生在松树上，蔓延下垂。

⑦所得憩：憩，音qì，得到休息之所，指被留宿。

⑧挥：指开怀畅饮。

⑨松风：古乐府琴曲有《风入松》。

⑩河星稀：银河中星渐稀少，谓夜已深。

⑪陶然：快乐陶醉的样子。忘机：道家语，意思是忘却尘俗的得失，与世无争。

【赏析】

此诗写月夜下山访友情事，表达了诗人从幽美景色和饮酒吟诗中体味的陶然忘机之乐。诗中全用白描，风格自然真率。熔叙事、写景、抒情于一炉，于清新旷远中透露出李白诗所特有的俊逸英迈之气。

子夜吴歌

长安一片月，万户捣衣声①。
秋风吹不尽，总是玉关情②。
何日平胡虏？良人罢远征③。

【注释】

①捣衣：解释历来多不统一。谢惠连《捣衣》诗："櫩（廊）高砧响发，楹（柱）长杵（棒）声哀。微芳起两袖，轻汗染双题（额）。纨素既已成，君子（丈夫）行未归。裁用笥中刀，缝为万里衣。"它形象地描写出捣衣的动作，按情况是妇女把织好的布帛，放在砧上，用杵棰击，使之软熟，以备裁缝衣服。又李白《捣衣篇》："有使凭将金剪刀，为君留下相思枕。"说明捣了以后，还剪下一块做枕头，可知所捣的是衣料。但已成衣服，有时也用这种方法捣，使之整洁。

②玉关情：对远在玉门关戍守的丈夫的思念情绪。

③良人：丈夫。罢：停止。

【赏析】

六朝乐府吴声歌曲有《子夜歌》，相传是晋代一位名叫子夜的女子所创造的。因为产在吴地,又名《子夜吴歌》。内容多写女子思念情人的哀怨感情。本篇题材与古乐府相近。

宣州谢朓楼饯别校书叔云①

弃我去者,昨日之日不可留。

乱我心者,今日之日多烦忧。

长风万里送秋雁,对此可以酣高楼②。

蓬莱文章建安骨③,中间小谢又清发④。

俱怀逸兴壮思飞⑤,欲上青天览日月⑥。

抽刀断水水更流,举杯消愁愁更愁。

人生在世不称意,明朝散发弄扁舟⑦。

【注释】

①这首诗是天宝末年李白在宣城时所作。谢朓楼:在今安徽宣州市,南朝齐代诗人谢朓所建。校书:秘书省校书郎的简称。云:李云,当是李白族叔。

②酣:饮酒正酣,形容喝酒喝得惬意痛快。

③蓬莱文章:指文学上最丰富美好的境界。蓬莱:神话中的海外仙山。传说仙府图书都集中贮藏在这里。汉代皇家藏书处称东观,后世常有蓬莱代称,故"蓬莱文章"即指汉代的文章。建安:汉献帝年号(196—219),后人称这一时期曹操、曹丕、曹植、孔融、王粲、陈琳、徐干、刘桢、应玚、阮瑀等人的诗为"建安体"。因他们的作品能反映现实社会,风格又都刚健、道劲,故誉之为"建安风骨"。

④小谢:指谢朓(464—499),字玄晖。以区别于大谢(谢灵运)。清发:指一种清逸而能抒发个性的诗风。

⑤逸兴:雅致的意兴。

⑥览:同"揽"。

⑦散发:散开头发,即不作官了,无拘无束。弄扁舟:指放浪江湖。

【赏析】

这首诗意气豪迈,辞语慷慨,深刻地抒发了诗人怀才不遇的苦闷,同时也流露出消极出世思想。

蜀 道 难①

噫吁嚱,危乎高哉!蜀道之难难于上青天。

蚕丛及鱼凫,开国何茫然。

尔来四万八千岁,不与秦塞通人烟②。

西当太白有鸟道,可以横绝峨眉巅。

地崩山摧壮士死,然后天梯石栈相钩连。

上有六龙回日之高标,下有冲波逆折之回川③。

黄鹤之飞尚不得过,猿猱欲度愁攀援。

青泥何盘盘,百步九折萦岩峦。

扪参历井仰胁息,以手抚膺坐长叹。

问君西游何时还,畏途巉岩不可攀。

但见悲鸟号古木,雄飞雌从绕林间。

又闻子规啼,夜月愁空山④。

蜀道之难难于上青天,使人听此凋朱颜。

连峰去天不盈尺,枯松倒挂倚绝壁。

飞湍瀑流争喧豗,砯崖转石万壑雷。

其险也若此,嗟尔远道之人胡为乎来哉!

剑阁峥嵘而崔嵬,一夫当关,万夫莫开,所守或匪亲,化为狼与豺。

朝避猛虎,夕避长蛇,磨牙吮血,杀人如麻。

锦城虽云乐,不如早还家。

蜀道之难难于上青天,侧身西望长咨嗟⑤。

【注释】

①《蜀道难》:为乐府《相和歌辞·瑟调曲》旧题,此题内容都是描写蜀道的险阻。

②尔来:自从蚕丛、鱼凫开国以来。四万八千岁:极言年代久远。不与:一作"乃与"。秦塞:秦地,今陕西一带。通人烟:相互往来。

③六龙:古代神话传说记载,羲和驾着六条龙所拉的车,载着太阳在空中运行。回日:蜀山极高,载太阳的车无法通过,只好回车。标:原是树尖。高标:此指山的最高峰。冲波:波涛冲击。逆折:回旋。回川:江中的漩涡。

④子规:即杜鹃,又名杜宇。相传是蜀古望帝魂魄所化。其鸣声哀怨动人。愁空山:使空旷的山谷充满忧愁。浪漫气质和热爱祖国满足要求山的感情。

⑤侧身:侧过身子。长咨嗟:长声叹息。

【赏析】
全诗又山川之险言蜀道之难,给人们回荡气质之感,无分显示了诗人的

长 相 思①二首

其 一

长相思,在长安。络纬秋啼金井阑②,微霜凄凄簟色寒③。孤灯不明思欲绝④,卷帷望月空长叹⑤。美人如花隔云端⑥,上有青冥之长天,下有渌水之波澜⑦。天长路远魂飞苦,梦魂不到关山难。长相思,摧心肝⑧。

【赏析】
本首诗以"长相思"三字开头,又以"长相思"三字结尾,写得情真意切,读起来令人荡气加肠。

其 二

日色欲尽花含烟,月明欲素愁不眠⑨。赵瑟初停凤凰柱⑩,蜀琴欲奏鸳鸯弦。此曲有意无人传,愿随春风寄燕然⑪,忆君迢迢隔青天。昔时横波目⑫,今作流泪泉⑬。不信妾肠断,归来看取明镜前⑭。

【注释】
①《长相思》:乐府曲调名,属《杂曲歌辞》。旧辞多写思妇之情。
②络纬:昆虫名,俗称纺织娘。金井阑:精美的井边栏干。
③簟:音 diàn,竹席。
④思欲绝:犹言想煞人。相思之苦达到极点。
⑤帷:音 wéi,帐幔。
⑥隔云端:隔着一层天,形容相隔遥远。
⑦渌:音 lù,水清澈。
⑧摧:折断。
⑨素:白色的绢。
⑩赵瑟:先秦时赵国人善鼓瑟,故称赵瑟。凤凰柱:瑟柱刻作凤凰形。
⑪燕然:山名,即杭爱山,在蒙古。
⑫横波目:形容眼睛明亮动人。
⑬流泪泉:泉水潺潺不绝,形容泪多。
⑭看取:看。取为语助词。

【赏析】
这首诗描写了一个女子在月光皎洁的春夜怀念远方的丈夫,从多个角度把

女子的思念之情表现得淋漓尽致。

行 路 难①

金樽清酒斗十千,玉盘珍馐直万钱②。
停杯投箸不能食,拔剑四顾心茫然③。
欲渡黄河冰塞川,将登太行雪满山④。
闲来垂钓碧溪上,忽复乘舟梦日边⑤。
行路难,行路难。多歧路,今安在⑥?
长风破浪会有时,直挂云帆济沧海⑦。

【注释】

①《行路难》:乐府《杂曲歌刮》旧题。其内容叙写人生道路艰难和离别的愁苦。李白的三首《行路难》,大约是天宝三载(744)诗人被谗离开长安时所写。

②樽:音 zūn,古代盛酒器具。斗:有柄的盛酒器。斗十千:一斗酒价值十千钱。珍羞:珍贵的菜肴。直:同"值",价值。

③箸:音 zhù,筷子。四顾:四面张望。茫然:渺茫无所适从的样子。

④太行:山名,连绵于现在山西、河南、河北三省交界处。

⑤垂钓碧溪:据《史记·齐太公世家》记载,吕尚年老垂钓于渭水边,后遇到周文王而得到重用。梦日边:传说伊尹在受成汤征聘前,梦见自己乘船经过日月旁边。这两句是说,只好在清闲时,到碧溪边上去钓鱼,还做了一个乘船经过日月旁边的梦。

⑥多歧路:很多岔道。

⑦长风破浪:比喻远大抱负得以施展。《宋书·宗悫(què)传》载:宗悫的叔叔问宗悫的志向是什么?宗悫回答说:"愿乘长风破万里浪。"会有时:总当有这样一天。云帆:像白云般的船帆。济:渡过。沧海:大海。这两句是说,总有一天自己会乘长风破万里浪,挂起云帆渡过大海,实现远大的抱负。

【赏析】

这首诗集中反映了诗人思想上的矛盾:一方面想实现自己的远大理想,辅佐圣君,拯物济世;另方面,却受到统治者的排挤打击,

太白醉酒图

因怀才不遇,心情极为苦闷。在诗中,作者抒发了自己在政治上遭受挫折后的愤慨之情,但诗人并未因此而变得消沉,对自己的前途仍然充满信心和乐观精神,相信自己的远大理想一定会实现。

将 进 酒①

君不见黄河之水天上来,奔流到海不复回。

君不见高堂明镜悲白发,朝如青丝暮成雪。

人生得意须尽欢,莫使金樽空对月。

天生我材必有用,千金散尽还复来。

烹羊宰牛且为乐,会须一饮三百杯。

岑夫子,丹丘生②,将进酒,杯莫停。

与君歌一曲,请君为我倾耳听。

钟鼓馔玉不足贵③,但愿长醉不愿醒。

古来圣贤皆寂寞,惟有饮者留其名。

陈王昔时宴平乐,斗酒十千恣欢谑。

主人何为言少钱,径须沽取对君酌。

五花马,千金裘,

呼儿将出换美酒,与尔同销万古愁。

【注释】

①《将进酒》:乐府《鼓吹曲·铙歌》曲之一。将:请。

②岑夫子、丹丘生:即岑勋、元丹丘,都是李白的好友。

③钟鼓馔玉:这里用作功名富贵的代称。"钟鼓"指勋阀人家专用的音乐。"馔玉"是"玉馔"的倒文,指豪门贵族奢移的生活享受。

【赏析】

本诗抒写饮酒放歌时的豪放情感,表现了对功名富贵的轻蔑,释放对现实不满的苦闷。

赠孟浩然

吾爱孟夫子,风流天下闻①。

红颜弃轩冕,白首卧松云②。

醉月频中圣③,迷花不事君④。

高山安可仰⑤,徒此揖清芬。

【注释】

①风流:指孟的爱喝酒、善吟诗等生活行为。

②红颜:指少年。轩:华美的车子。冕:高级官员戴的帽。古制,大夫以上的官才可乘轩服冕。后来就以轩冕为高官的代称。松云:松树云霞,借指山林。

③醉月:赏月醉酒。中圣:古时嗜酒的人把清酒叫做圣人,浊酒叫做贤人。中圣:就是中酒(喝醉了)的隐语。中:本应读去声,如中暑、中风的中,这里限于平仄,仍当读平声。

④迷花:迷恋花卉,指过隐居生活。

⑤"高山"句:《诗经·小雅·车辖》:"高山仰止,景行行止。"安:怎、哪里。这里是说孟浩然的品格不可企及。

【赏析】

本篇赞美孟浩然不愿仕宦、醉酒隐居的性格和生活,表现了诗人思想中傲岸出世的一面。孟浩然于开元二十三年(735)自长安归襄阳,开元二十八年(740)死去。据中间四句诗意,本篇当是李白在孟浩然归襄阳后所作。

渡荆门送别①

渡远荆门外,来从楚国游②。

山随平野尽,江入大荒流③。

月下飞天镜,云生结海楼。

仍怜故乡水,万里送行舟。

【注释】

①这首诗是作者于开元十四年(726)由三峡出蜀,途中所写。荆门:山名,在今湖北省宜昌市南,位于长江南岸,与虎牙山隔江对峙。沈德潜在《唐诗别裁》中指出:"诗中无送别意,题中二字可删。"

②从:就。楚国:今湖北省及其周围地区,春秋战国时属楚国。这两句是说,乘船远渡过荆门山,来到楚地游览。

③尽:尽头,完了。大荒:广阔的原野。蜀地多山,但自荆门以东,地势平坦。

【赏析】

这首诗写作者乘船出蜀远游楚地,在渡荆门山时所见的壮丽奇幻的景色及对故乡的眷恋之情。

送 友 人①

青山横北郭②,白水绕东城。

此地一为别③,孤蓬万里征④。

浮云游子意⑤,落日故人情⑥。
挥手自兹去⑦,萧萧班马鸣⑧。

【注释】

①这是一首送别诗,所送之人,已不可考。

②郭:外城。古代的城有内城、外城。

③为别:作别,分别。

④孤蓬:蓬草,一名飞蓬,随风飘转,诗中常用来比喻游子。

⑤浮云:比喻游子的来去无定。游子:指友人。

⑥落日:比喻送行者恋恋不舍的感情。故人:老朋友,诗人自指。

⑦兹:此,这里。

⑧萧萧:马嘶叫声。班马:离群的马。

【赏析】

这是一首充满诗情画意的送别诗,诗人与友人策马辞行,情意绵绵,动人肺腑。

夜泊牛渚怀古①

牛渚西江夜②,青天无片云。
登舟望秋月,空忆谢将军③。
余亦能高咏,斯人不可闻。
明朝挂帆席,枫叶落纷纷。

【注释】

①牛渚:渚,音 zhǔ,山名,在安徽当涂县西北。山北部突入长江,名采石矶。

②西江:指江苏省南京至江西省九江市之间这一段长江。牛渚山即在此段江边。

③空忆:徒然想念。谢将军:指东晋谢尚。史载谢尚镇守牛渚时,秋夜乘月泛舟,遇袁宏咏诗,便请他登舟长谈达旦,从此袁宏名声大振。(见《晋书·袁宏传》)

【赏析】

此诗题为怀古,实为自伤。诗中怀念晋代袁宏为谢尚赏识,感怀自身怀才不遇。通篇以古行律,不拘对偶,一气挥洒,情胜于辞,被誉为画家所说的"逸品"。

登金陵凤凰台①

凤凰台上凤凰游,凤去台空江自流。
吴宫花草埋幽径②,晋代衣冠成古丘③。

三山半落青天外④,二水中分白鹭洲⑤。
总为浮云能蔽日⑥,长安不见使人愁。

【注释】

①《登金陵凤凰台》:这首诗可能作于上元二年(761)李白游金陵时。金陵:即今南京。凤凰台:据《江南通志》,南朝刘宋元嘉十六年(439),有三鸟翔集山间,文彩五色,状如孔雀,时人认为是凤凰,于是筑台于山上,台曰凤凰台,山曰凤凰山。故址在今南京东南。

②吴宫:三国吴国时的王宫。

③晋代:指建都于金陵的东晋王朝。衣冠:士大夫穿戴的衣帽,代指豪门贵族。古丘:古坟。

④三山:在金陵城西南长江边上,三峰排列,南北相连,故名三山。半落青天外:形容山非常远,隐约不清。陆游《入蜀记》:"三山自石头及凤凰台望之,杳杳有无中耳。及过其下,则距金陵才五十余里。""杳杳有无中"即"半落青天外"之注脚。

⑤二水中分白鹭洲:据《建康志》载:"秦淮源出句容溧水两山间,合流至建康之左,分为二支,一支入城,一支绕城外,共夹一洲,曰白鹭。"白鹭洲在今南京市西南,当秦淮河分支之处。

⑥总为:都是因为。浮云能蔽日:汉陆贾《新语·慎微篇》:"邪臣之蔽贤,犹浮云之障日月也。"李白即用此意。浮云:喻指奸佞小人。日:指皇帝。

【赏析】

这首诗是唐代律诗中脍炙人口的杰作,作者以登临凤凰台时的所见所感而起兴唱叹,把天荒地老的历史变迁与悠远飘忽的传说故事结合起来,用以表达深沉的历史感喟与清醒的现实思索。

静 夜 思

床前明月光,疑是地上霜。
举头望明月,低头思故乡①。

【注释】

①"举头"二句:因月色而引起乡思。

【赏析】

此诗写的是在寂静的月夜思念家乡的感受,语俗而意隽,为千古名诗。

秋 浦 歌

白发三千丈,缘愁似个长①。

不知明镜里,何处染秋霜②。

【注释】

①缘:因为。个:指三千丈。

②秋霜:指白发。

【赏析】

这是一首抒愤诗,作者以奔放的激情,把积蕴极深的怨愤和抑郁宣泄出来,发挥了强烈感人的艺术力量。

崔 颢

崔颢(704—754),汴州(今河南开封)人。唐玄宗开元十一年(723)中进士,官司勋员外郎。《全唐诗》录存其诗一卷,共四十二首。

黄 鹤 楼①

昔人已乘黄鹤去,此地空余黄鹤楼。

黄鹤一去不复返,白云千载空悠悠。

晴川历历汉阳树,芳草萋萋鹦鹉洲②。

日暮乡关何处是?烟波江上使人愁。

【注释】

①黄鹤楼:在今武汉市长江大桥武昌桥头的黄鹤矶上,背依蛇山,俯瞰长江,与岳阳楼、滕王阁合称江南三大名楼。

②鹦鹉洲:在汉阳西南长江中。

【赏析】

诗的前四句写的是想象,是传说;而后回句则写眼前所见、所感,抒发了个人情怀。目睹景物,吊古伤今,尽抒情月意,一气呵成。

黄鹤楼

行经华阴①

岧峣太华俯咸京②,天外三峰削不成。

武帝祠前云欲散,仙人掌上雨初晴③。

河山北枕秦关险,驿路西连汉畤平④。

借问路旁名利客,何如此处学长生。

【注释】

①华阴:唐关内道华州属县(今陕西华阴东南),因位于华山之北,山北为阴,故名。

②太华:即西岳华山,对其西少华而言。岧峣:高峻貌。咸京:秦的都城咸阳,唐人多用以代指长安。三峰:指华山的芙蓉、明星、玉女三峰。削不成:《山海经·西山经》记"太华之山,削成而四方,其高五千仞,其广十里"。此反用其意。

③"武帝"二句:相传华山为巨灵所开,其手迹尚存华山东顶峰,五指俱全,因此称华山东峰为仙人掌。汉武帝曾作巨灵祠以祭之,即为武帝祠。

④"河山"二句:是"北枕河山秦关险,西连驿路汉畤平"的倒文。上句谓华山北枕潼关、黄河天险。下句谓华山西则有驿道相连,越长安,延展向雍县汉五帝畤(鄜畤、密畤、吴阳上畤、吴阳下畤、北畤)。畤:"神灵之所止"。

【赏析】

此诗乃崔颢于开元年间从河南入长安、行经华阴时所作。先写太华三峰高插天外,然后以此为视点俯览秦川,展开宏阔的画面;结尾又回到太华,劝名利客来此隐居。浑颢流转,气象峥嵘。沈德潜评曰:"太华三峰如削,今反云削不成,妙。"(《唐诗别裁集》卷一三)方东树评曰:"写景有兴象,故妙。"(《昭昧詹言》卷一六)

王 翰

王翰,生卒年不详,字子羽,并州晋阳(今山西太原)人。睿宗景云元年(710)登进士第。玄宗开元八年(720),登直言极谏科,调昌乐县尉。后又登超拔群类科。张说为宰相时,被任为秘书省正字,升通事舍人,转驾部员外郎。十四年(726)张说罢相,王翰出为汝州长史、徙仙州别驾。其后因与豪侠饮乐游猎,贬道州司马,卒。新、旧《唐书》有传。其诗善写边塞生活,以《凉州词》出名。

原有集十卷,已佚,《全唐诗》存诗一卷。

凉 州 词

葡萄美酒夜光杯①,欲饮琵琶马上催②。
醉卧沙场君莫笑,古来征战几人回?

【注释】

①夜光杯:《十洲记》载"周穆王时,西域献夜光常满杯,杯是白玉之精,光明照夜"。此指精美的酒杯。

②"欲饮"句:欲饮之际,闻马上乐伎奏琵琶催饮、助兴。

【赏析】

前两句以美酒琼杯、琵琶催饮渲染军中欢宴,意在以乐景写悲。后两句却不说悲而展现其醉卧沙场的形态及心态,一任读者驰骋想象。沈德潜《唐诗别裁集》云:"故作豪饮之辞,然悲感已极。"李锳《诗法易简录》云:"意甚沉痛,而措语含蓄。斯为绝句正宗。"宋顾乐《〈唐人万首绝句选〉评》云:"气格俱胜,盛唐绝作。"施补华《岘佣说诗》云:"作悲伤语读便浅,作谐谑语读便妙,在学人领悟。"

张 旭

张旭(675?—750?),字伯高,排行九,吴(今江苏苏州)人。曾官常熟(今属江苏)尉、金吾长史,世称"张长史"。他是盛唐时代著名书法家,工草书,性嗜酒,常于醉后呼叫狂走,然后落笔作狂草,时称"张颠",亦称"草圣"。其草书与李白诗、斐旻剑舞齐名,时号"三绝"。与贺知章、包融、张若虚合称"吴中四士",又与高适、李颀友善,有诗赠答。生平事迹见张怀瓘《书断》卷三、僧适之《金壶记》卷中及《新唐书》本传。其诗多描写山水景物,抒发自由洒脱的思想情趣,清迥超妙,别饶神韵。明人钟惺云:"张颠诗不多见,皆细润有致。乃知颠者不是粗人,粗人颠不得也。"(《唐诗归》卷一三)《全唐诗》存其诗六首、《全唐诗续拾》补诗四首。

桃 花 溪

隐隐飞桥隔野烟①,石矶西畔问渔船②。
桃花尽日随流水,洞在清溪何处边!

【注释】
①飞桥:架在高处的桥。
②矶:水边突出的岩石。

【赏析】

《清一统志》:"常德府桃源县有桃花洞,洞北有桃花溪。"陶潜《桃花源记》:"晋太元中,武陵(郡名,辖桃源县)人捕鱼为业,缘溪行,忘路之远近,忽逢桃花林,夹岸数百步,中无杂树,芳草鲜美,落英缤纷。"张旭即以此为题材驰骋想象,成此名篇。"桃花源"本是虚构的理想境界,故诗以"隐隐"发端,而以"洞在何处"收尾,渲染出美好而又隐约飘忽的意境,强化了诱人的艺术魅力。孙洙评云:"四句抵得一篇《桃花源记》。"

高 适

高适(700?—765),字达夫,排行三十五,渤海蓨(今河北景县)人。早年随其父崇文(任韶州长史)旅居岭南,后客居梁、宋。开元七年(719)前后西游长安,求仕无成,乃远游燕赵,复客宋城(今河南商丘)。天宝八载(749)举有道科,授封丘尉,因不忍敲剥黎庶,不久去职。十二载(753)入河西节度使哥舒翰幕府,为左骁卫兵曹,掌书记。安史乱起,助哥舒翰守潼关。其后历任左拾遗、淮南节度使、太子少詹事、彭州刺史、蜀州刺使、剑南西川节度使等职。广德二年(764)入朝为刑部侍郎,转左散骑常侍,进封渤海县侯。次年正月卒于长安,赠礼部尚书,谥曰"忠"。后世称"高常侍"。生平事迹见《唐诗纪事》《唐才子传》及新、旧《唐书》本传。高适以边塞诗著称,与岑参齐名,并称"高岑"。曾几度出塞,往来幽燕、河西,熟悉边塞及军旅生活,形于吟咏,意境雄阔。殷璠称其诗"多胸臆语,兼有气骨,故朝野通赏其文。至如《燕歌行》等篇,甚有奇句"(《河岳英灵集》卷上)。于各种诗体中最擅长七古歌行;五律、七律也各有佳作。陆时雍云:"七言古盛于开元以后,高适当属名手。"(《诗镜总论》)胡应麟云:"达夫歌行、五律,极有气骨。至七言律,虽和平婉厚,然已失盛唐雄赡,渐入中唐矣。"(《诗薮》内编卷五)《全唐诗》存其诗四卷,今人刘开扬有《高适诗集编年笺注》、孙钦善有《高适集校注》。

燕 歌 行①并序

开元二十六年,客有从元戎出塞而还者,作《燕歌行》以示适。感征戍之事,因而和焉。

汉家烟尘在东北③,汉将辞家破残贼。
男儿本自重横行,天子非常赐颜色。
摐金伐鼓下榆关④,旌旆逶迤碣石间⑤。
校尉羽书飞瀚海⑥,单于猎火照狼山⑦。
山川萧条极边土,胡骑凭陵杂风雨⑧。
战士军前半死生,美人帐下犹歌舞。
大漠穷秋塞草腓⑨,孤城落日斗兵稀。
身当恩遇恒轻敌,力尽关山未解围。
铁衣远戍辛勤久,玉箸应啼别离后⑩。
少妇城南欲断肠⑪,征人蓟北空回首。
边庭飘飖那可度,绝域苍茫更何有!
杀气三时作阵云,寒声一夜传刁斗。
相看白刃血纷纷,死节从来岂顾勋?
君不见沙场征战苦,至今犹忆李将军!

【注释】

①《燕歌行》:乐府《相和歌辞·平调曲》旧题,多咏东北边地征戍之情。

③汉家:借指唐朝。烟尘:战地的烽烟和飞尘,此指战争警报。

④摐:音 chuāng,敲锣。榆关:山海关。

⑤逶迤:音 wēi yí,曲折行进貌。碣石:山名,在今河北省昌黎县东。

⑥校尉:武官,官阶次于将军。羽书:羽檄,紧急军情文书。瀚海:大沙漠。

⑦单于:音 chán yú,秦汉时匈奴君主的称号,此指敌酋。狼山:在今宁夏境内。

⑧凭陵:凭信威力,侵凌别人。

⑨腓:音 féi,病,枯萎。

⑩玉箸:玉筋、玉筷,此借喻眼泪。刘孝威《独不见》:"谁怜双玉箸,流面复流襟。"

⑪城南:长安住宅区在城南,故云。沈佺期《独不见》:"丹凤城南秋夜长。"

【赏析】

本诗写的是边塞战争,但重点不在于民族矛盾,而是同情广大兵士,讽刺和愤恨不恤兵士的将军。

送李少府贬峡中王少府贬长沙

嗟君此别意何如,驻马衔杯问谪居①。
巫峡啼猿数行泪②,衡阳归雁几封书③。
青枫江上秋帆远④,白帝城边古木疏⑤。
圣代即今多雨露,暂时分手莫踟蹰。

【注释】

①谪居:贬官的地方。

②巫峡:在今四川巫山县东。《水经注·江水》"巴东三峡巫峡长,猿鸣三声泪沾裳。"

③衡阳归雁:相传每年秋天,北方的南飞大雁至衡阳的回雁峰,便不再南飞。

④青枫江:在今长沙市南。

⑤白帝城:在今四川奉节县城东瞿塘峡口。

【赏析】

这是一首特殊的送别之作。之所以说它特殊,因为高适送别的两个朋友,一贬四川,一贬长沙,除了有寻常的惜别之情,更有高适对他们的安慰之语。

别 董 大①

千里黄云白日曛②,北风吹雁雪纷纷。
莫愁前路无知己③,天下谁人不识君④?

【注释】

①董大:即董庭兰,诗人的好友,姓董,在兄弟中排行老大,称董大。是唐玄宗时期著名的琴师。

②白日:日光。曛:昏暗。

③莫愁:不用担心,不要发愁。前路:未来的日子。

④谁人:哪一个人。君:指董大。

【赏析】

这是一首送别诗。诗的前两句写送别友人时的天气和环境,暗示了董大前途渺茫的愁苦心情。后两句写诗人对好友的安慰和激励。诗人劝慰朋友,实则也是勉励自己。这两句从另一面暗示了友人身怀绝艺却又怀才不遇的心情。诗人末句巧妙地运用夸大手法激励友人"千里马"不怕遇不上"伯乐",只要自信地走下去,"伯乐"自然很多。此诗虽然是送别诗,但全诗无一离别话语,也无凄凉感觉,而是通过诗人对友人积极向上的激励来表达他们之间的深情厚意。这正是此诗有别于其他送别诗作的地方。

刘长卿

刘长卿(709—约780),字文房,河间人。开元末进士。至德中,官鄂岳观察使,左迁后,终随州刺史。诗至中唐,渐秀渐平,前此浑厚兀傺之气不存。文房五律工于铸意,巧不伤雅,犹有前辈体裁,当时目为"五言长城",不虚也。

秋日登吴公台①上寺远眺

古台摇落后,秋入望乡心。
野寺来人少,云峰隔水深。
夕阳依旧垒,寒磬满空林。
惆怅南朝事,长江独至今。

【注释】

①吴公台:在今江苏省江都县,原为南朝沈庆之所筑工事,后陈将吴明彻重修。

【赏析】

这是作者旅居扬州时,秋月登吴公台有感而作的一首吊古思乡的诗。因观赏前朝古迹的零落,不禁感慨万千。

送李中丞归汉阳别业

流落征南将,曾驱十万师。
罢归无旧业①,老去恋明时②。
独立三边静③,轻生一剑知。
茫茫江汉上,日暮欲何之?

【注释】

①旧业:在家乡的产业。

②明时:对当时朝代的美称。

③三边:指汉幽、并、凉三州,其地皆在边疆。此处泛指边疆。

【赏析】

此诗四十个字当得王维那首《老将行》——二诗的感慨是相同的。诗人为主人公被斥退罢归的不幸遭遇所感,抒发惋惜不满与感慨之情。

逢雪宿芙蓉山主人①

日暮苍山远②,天寒白屋贫③。
柴门闻犬吠④,风雪夜归人。

【注释】

①逢:遇上,碰到。宿:投宿。芙蓉山:芙蓉山在我国多处都有,此处所指无从考证。主人:指诗人借宿的人家。

②日:指太阳。暮:傍晚,太阳落山的时候。苍山:青山。

③白屋:贫苦百姓居住的房屋,因不加装饰,故称白屋。这里指茅草盖的房子。

④柴门:用散碎木材、树枝等做成的门。和前句的"白屋"对应,都指主人家的贫困。犬吠:狗叫声。

【赏析】

这首诗描写了诗人逢雪暮夜投宿农家时的所见所闻。全诗仅用二十字,把自己的所见所闻所感写得淋漓尽致。诗的四句按照时间顺序写下来,每一句都构成一个独立的画面,却能给读者一个完整的印象。

送方外上人①

孤云将野鹤②,岂向人间住③。
莫买沃洲山④,时人已知处。

【注释】

①方外上人:指那种娱志世俗之外而具备德智善行的人。《庄子·大宗师》:"孔子曰:'彼游方之外者也,而丘游方之内者也。'"曹子建《七启》:"雍容暇豫,娱志方外。"《十种律》曰:"人有四种:一粗人,二浊人,三中间人,四上人。"

②孤云、野鹤:比喻闲逸逍遥之人。将:携带,带领。《后汉书·蔡邕传》:"遂携将家属,逃入深山。"

③岂向:还要在,终究要在。

④沃洲:山名。在唐京兆府大兴县(万年县)东南五十里。一说,在今浙江省新昌县东。相传晋高僧支遁曾居于此。白居易有《沃洲山禅院记》,刘长卿《初到碧澜招明契上人》诗:"沃洲能共隐,不用道林钱。"

【赏析】

这首诗,语淡而俊,思巧而古,是近体而像古诗,其调之高,格之雅,远非一般作者所能及。言方外上人,虽欲远离尘浊,终当要食人间烟火,寓调侃于蕴藉之中,托规劝于讽喻之外,结尾两句,更是想落天外,思出意表,真可谓"婉而多讽","谑而不虐"了。

李 冶

李冶(? —784),冶一作"裕",字秀兰,中唐女道士,峡中(三峡一带)人。长期寓居江浙,与刘长卿、陆羽、皎然等有诗往还。肃宗上元二年(761),曾往浙东观察使杜鸿渐幕府。代宗大历末奉诏赴阙,在官中受到礼遇。德宗建中年间朱泚叛军攻占长安,逼其献诗,兴元元年(784)德宗回长安后被杀。其天资聪颖,潜心翰墨,善弹琴,工格律,尤长于五言。刘长卿称之为"女中诗豪"(见《唐诗纪事》)。高仲武《中兴间气集》选李冶诗六首,称其"形成既雄,诗意亦荡,自鲍昭(应作鲍令晖)以下,罕有其伦"。后世辑有《薛涛李冶诗集》二卷。

寄校书七兄①

无事乌程县②,蹉跎岁月余③。
不知芸阁吏④,寂寞竟何如。
远水浮仙棹⑤,寒星伴使车⑥。
因过大雷岸⑦,莫忘八行书。

【注释】

①校书:古代掌管校理书籍的官员。胡曾《赠薛涛》:"万里桥边一校书,枇杷树下闭门居。"

②乌程县:治所在今浙江吴兴。《旧唐书·地理志》:"湖州,武德四年置,领乌程一县。"

③蹉跎:光阴虚度,李颀《送魏万之京》:"莫见长安行乐处,空令岁月易蹉跎。"

④芸阁:亦称芸台、芸署、兰阁,即秘书省,掌管图书的官署。洪刍《香谱》卷上引《典略》:"芸香辟纸鱼蠹,故藏书台称'芸台'。"

⑤仙棹:仙槎,仙人所乘之筏。此喻校书乘舟远行。

⑥寒星句:《艺文类聚》卷一引《李郃传》:"公好天文之术。和帝遣使者观风俗,有二使向益州。夏月,郃露坐,问二人曰:'君发京师,宁知二使何时发?'二人惊问曰:'何以知之?'公指星曰:'有二使星来向益部。'"后世遂称使者为星使。

⑦大雷岸：即《水经》所谓大雷口，唐属淮南道舒州，清属安庆府望江县，在今安徽省境内。《水经》："雷水南经大雷戍，西注大江，谓之大雷口；一派东南流入江，谓之小雷口也。"南朝宋鲍照有《登大雷岸与妹书》，其妹鲍令晖有诗名。此以令晖自喻。

【赏析】

本诗写对校书七兄的惦念和向往，情真意切，颇具神韵。钟惺《名媛诗归》曰："声律高亮，即用虚字，亦自得力，此全在有厚气耳。用事不肤不浅，自然情致，只'远水'、'寒星'，略涉意便妙。""远水"一联用事入化，尤被称道。胡应麟称其"幽闲和适，孟浩然莫能过"（《诗薮》）。

杜 甫

杜甫(712—770)，字子美，祖籍襄阳(今湖北襄樊)，生于巩义(今属河南)。开元后期，举进士不第，漫游各地。后寓居长安近十年。安史叛军陷长安，他逃至凤翔(今属陕西)，谒见肃宗，官左拾遗。长安收复后，随肃宗还京。不久，遭贬弃官入蜀，筑草堂于成都浣(huàn)花溪上。一度在剑南节度使严武幕中任职，官参谋、检校工部员外郎，故世称"杜工部"。晚年携家出蜀，病死湘江途中。他的诗表现了唐代由盛转衰的历史过程，多触及社会黑暗、人民疾苦，被称为"诗史"，本人被尊为"诗圣"。他的诗众体兼备，以古体、律诗见长，风格多样，而以沉郁顿挫为主，与李白双峰并峙。有《杜工部集》。

赠卫八处士①

人生不相见，动如参与商②。

今夕复何夕③，共此灯烛光。

少壮能几时，鬓发各已苍。

访旧半为鬼④，惊呼热中肠。

焉知二十载，重上君子堂⑤。

昔别君未婚，儿女忽成行⑥。

怡然敬父执⑦，问我来何方。

问答及未已⑧，驱儿罗酒浆。

夜雨剪春韭，新炊间黄粱⑨。

主称会面难，一举累十觞。

十觞亦不醉,感子故意长。
明日隔山岳,世事两茫茫。

【注释】

①卫八:杜甫年轻时的至交。八,是他在兄弟中的排行。处士:隐居不仕的人。

②动:每每,往往。参与商:参:音 shēn,二星名,东西相对,此出彼落,永不相见。

③今夕:今夜。《诗经·唐风·绸缪》:"今夕何夕,见此邂逅。"此用其典。

④访:询问。旧:亲戚故旧。

⑤君子:尊称。指卫八。

⑥成行:行:音 háng,意为众多。

⑦怡然:和悦的样子。父执:父亲的朋友。

⑧已:结束。

⑨间:搀杂。黄粱:黄米。古代北方把黄米当成细粮。

杜甫画像

【赏析】

萧宗乾元元年(758)六月,杜甫因上疏为宰相房琯辩护,触怒肃宗,由左拾遗贬为华州(今陕西华县)司功参军。乾元二年春回故乡洛阳探望。卫处士所居或在洛阳,或在杜甫返华州任所的途中。杜甫与之久别重逢,分手时吟赠此诗。诗中表现了老朋友之间的深厚友情,抒写了对和平宁静生活的向往。

佳　人

绝代有佳人,幽居在空谷①。
自云良家子,零落依草木②。
关中昔丧乱③,兄弟遭杀戮。
官高何足论,不得收骨肉④。
世情恶衰歇,万事随转烛⑤。
夫婿轻薄儿,新人美如玉。
合昏尚知时,鸳鸯不独宿⑥。
但见新人笑,那闻旧人哭。
在山泉水清,出山泉水浊⑦。
侍婢卖珠回,牵萝补茅屋⑧。

摘花不插发,采柏动盈掬⑨。
天寒翠袖薄,日暮倚修竹⑩。

【注释】

①上句言其色之美,下句言其品之高。《李延年歌》:"北方有佳人,绝世而独立。"绝代:犹绝世,举世无双意。

②零落:犹飘零。依草木:应上在空谷。

③关中:函谷关以西概称关中,此实指长安,天宝十五载六月,安禄山陷长安。

④"官高"二句:连兄弟的骨头都不能收葬,官高又有何用?

⑤二句慨叹人情冷暖,世态炎凉,母家衰败,夫婿也就厌恶我了。蔡梦弼《草堂诗笺》:"转烛,言世态不常也。烛影随风转而无定。"杜甫《写怀》:"鄙夫到巫峡,三岁如转烛。"按杜甫在夔州,首尾凡三年,初居西阁,后迁居亦甲、瀼西、东屯等地,故以转烛为喻。

⑥合昏:即夜合花,其花朝开夜合,故名。鸳鸯:水鸟,雌雄常相随。花亦有情,鸟亦有谊,但夫婿却只见新人之笑,不闻旧人之哭,连花鸟也不如,正写其轻薄。

⑦二句解说颇纷歧,徐而庵云:"此二句,见谁则知我?泉水,佳人自喻,山,喻夫婿之家。妇人在夫家,为夫所爱,即是在山之泉水,世便谓是清的;妇人为夫所弃,不在夫家,即是在山之泉水,世便谓是浊的。"(《说唐诗》卷一)按此解近是。封建社会女子为夫所弃是被人瞧不起的。

⑧二句言生活之苦。卖珠,见饮食不继。牵萝补屋,见所居破败。

⑨上句言无心修饰,不插发,不戴在头上。下句言清苦自甘。柏味最苦,故以为比。掬:两手捧取曰掬。

⑩二句具体描写佳人的坚贞形象,不发空论,自有无限同情和尊敬。

【赏析】

诗的主人公是一个战乱时被遗弃的女子,作者在她身上寄予了自己的身世之感。

梦李白二首

其 一

死别已吞声①,生别常恻恻②。
江南瘴疠地③,逐客无消息④。
故人入我梦,明我长相忆。
君今在罗网,何以有羽翼?
恐非平生魂,路远不可测。

魂来枫林青,魂返关塞黑⑤。

落月满屋梁,犹疑照颜色⑥。

水深波浪阔,无使蛟龙得⑦。

【注释】

①吞声:泣不成声。

②恻恻:内心悲痛不已。

③瘴疠:山林间易致人病的湿热之气。

④逐客:被朝廷流放的人,与下句"故人"都指李白。

⑤关塞:指杜甫旅居的秦州。

⑥颜色:容貌。

⑦蛟龙:古代传说中能兴风作浪、发洪水的龙。这里喻指恶人。

其　　　二

浮云终日行,游子久不至。

三夜频梦君,情亲见君意。

告归常局促①,苦道来不易。

江湖多风波,舟楫恐失坠。

出门搔白首,若负平生志。

冠盖满京华②,斯人独憔悴③。

孰云网恢恢④,将老身反累⑤?

千秋万岁名,寂寞身后事。

【注释】

①局促:匆促不安。

②冠盖:指冠冕和车盖,这里指京城的达官显贵。满:雍塞。

③斯人:指李白。

④网恢恢:《老子》:"天网恢恢,疏而不漏。"天网:天理。恢恢:宽广。意思是苍天如网,网孔虽宽疏,却无漏失。

⑤将老:已近老年,当时李白五十九岁(比杜甫大十一岁)。

【赏析】

这两首诗写于唐肃宗乾元二年秋,表达了作者对李白不幸遭遇的深切同情和关切,体现了一种生死不渝的兄弟般的情谊。

丹 青 引 赠曹将军霸

将军魏武之子孙,于今为庶为清门①。
英雄割据虽已矣,文采风流今尚存。
学书初学卫夫人,但恨无过王右军②。
丹青不知老将至,富贵于我如浮云。
开元之中常引见,承恩数上南薰殿。
凌烟功臣少颜色,将军下笔开生面。
良相头上进贤冠,猛将腰间大羽箭。
褒公鄂公毛发动,英姿飒爽来酣战③。
先帝御马玉花骢,画工如山貌不同。
是日牵来赤墀下,迥立阊阖生长风④。
诏谓将军拂绢素,意匠惨淡经营中。
斯须九重真龙出⑤,一洗万古凡马空!
玉花却在御榻上,榻上庭前屹相向⑥。
至尊含笑催赐金,圉人太仆皆惆怅。
弟子韩干早入室,亦能画马穷殊相。
干惟画肉不画骨,忍使骅骝气凋丧。
将军善画盖有神,必逢佳士亦写真。
即今漂泊干戈际,屡貌寻常行路人。
途穷反遭俗眼白,世上未有如公贫。
但看古来盛名下,终日坎壈缠其身。

【注释】

①为庶:为庶人,即布衣。清门:寒门。

②王右军:即王羲之。羲之书为古今之冠,官右军将军。无过:没能超过。

③飒爽:所谓威风凛凛。来酣战:就活像要和谁厮杀个痛快似的。酣:如酣饮、酣睡之酣。二十四人中只写此二人,大概这二人画得最突出、最生动。——以上八句为第二段,追叙曹霸的奉诏画功臣。对画马来说,则仍是陪衬,逐步深入。

④迥立:昂头卓立。阊阖:天子宫门。生长风:写马飞动神骏的气势。

⑤斯须:一作"须史",都是不久的意思,指画得很快。九重:指皇宫,因为天子有九重门。马画得逼真,所以说"真龙出"。马高八尺曰龙,此即指玉花骢。

⑥庭前:指赤墀下的真马。画马与真马难分,故云"屹相向"。屹:屹然

如山。

【赏析】

这是杜甫有名的一首七古。大概作于 764 年,可以看出杜甫的艺术修养和当时高度的艺术成就对他的诗作的影响,有曹霸的丹青,才有杜甫的《丹青引》。丹青,是画时所用红绿等颜料,故称画为丹青。曹霸为盛唐时期著名的画马大师,安史之乱后,潦倒漂泊,杜甫十分同情他的遭遇,写下了这首诗。

丽 人 行

三月三日天气新①,长安水边多丽人。
态浓意远淑且真,肌理细腻骨肉匀。
绣罗衣裳照暮春,蹙金孔雀银麒麟②。
头上何所有?翠微匐叶垂鬓唇。
背后何所见!珠压腰衱稳称身。
就中云幕椒房亲③,赐名大国虢与秦。
紫驼之峰出翠釜,水精之盘行素鳞。
犀箸厌饫久未下,鸾刀缕切空纷纶。
黄门飞鞚不动尘,御厨络绎送八珍。
箫鼓哀吟感鬼神,宾从杂遝实要津。
后来鞍马何逡巡,当轩下马人锦茵。
杨花雪落覆白蘋,青鸟飞去衔红巾。
炙手可热势绝伦,慎莫近前丞相嗔。

【注释】

①三月三日:为上巳日,古人多于这一天到水边春游祭祀,除灾求福,上巳成了游春宴会的节日。

②蹙:音 cù,刺绣的一种方法。蹙金孔雀:用金线绣出的孔雀图案。银麒麟:用银线绣出的麒麟图案。

③就中:其中。云幕:描绘着云彩的帐幕。椒房:汉代后妃宫室,以椒末和泥涂壁,取其温暖而有香气,后借称后妃。此处指杨贵妃。亲:指杨贵妃的姐姐。

【赏析】

全诗通过描写杨氏兄弟曲江春游的情景,侧面反映了唐玄宗的昏庸和朝政腐败。

哀 王 孙

长安城头头白乌①，夜飞延秋门上呼。
又向人家啄大屋，屋底达官走避胡。
金鞭断折九马死②，骨肉不待同驰驱。
腰下宝玦青珊瑚③，可怜王孙泣路隅。
问之不肯道姓名，但道困苦乞为奴。
已经百日窜荆棘，身上无有完肌肤。
高帝子孙尽隆准，龙种自与常人殊④。
豺狼在邑龙在野⑤，王孙善保千金躯。
不敢长语临交衢，且为王孙立斯须。
昨夜东风吹血腥，东来橐驼满旧都。
朔方健儿好身手，昔何勇锐今何愚！
窃闻天子已传位，圣德北服南单于。
花门剺面请雪耻⑥，慎勿出口他人狙。
哀哉王孙慎勿疏，五陵佳气无时无。

【注释】

①头白乌：白头乌鸦，旧时以乌鸦为不祥之物。

②九马：九匹骏马，指皇帝御用之马。

③玦：环形的玉佩。宝玦、珊瑚均为贵族的饰物。

④"高帝"二句：《史记》说汉高祖"隆准而龙颜"。隆准：高鼻。这里借指唐皇族子弟，言有龙种的特征。

⑤"豺狼"句：指安史叛军盘踞在长安，唐皇反而流亡外地。

⑥花门剺面：花门指回纥。剺面：音 lí miàn，古匈奴俗以割面流血表示忠诚哀痛。一说回纥人宣誓的仪式。

【赏析】

天宝十五年(756)，潼关失守，玄宗同少数亲贵出延秋门西去，长安大乱。安禄山部将孙孝哲占领长安后，大肆搜捕百官，杀戮宗室。王孙们隐匿逃窜，十分狼狈凄惨。杜甫这首《哀王孙》，就是咏此事的。

月 夜

今夜鄜州月，闺中只独看①。
遥怜小儿女，未解忆长安。

香雾云鬟湿,清辉玉臂寒。
何时倚虚幌②,双照泪痕干。

【注释】

①闺中:闺中人,指妻子。

②虚幌:轻薄透明的帷幔。

【赏析】

本诗写于天宝十五年(756),题为《月夜》,句句从月色中照出。"鄜州"、"长安"与平叛后夫妻欢聚的某一地点,"今夜",往夕与平叛后夫妻欢聚的某一良宵,统统用"独看"、"双照"相绾合,从而体现出双向多维、立体交叉、回环往复、百感纷呈的审美心态。夫妻的悲欢离合,国家的治乱兴衰,以及诗人对动乱现实的忧愤和对太平盛世的向往,都一一浮现于字里行间。如黄生所说:"五律至此,无忝诗圣矣!"

春宿左省

花隐掖垣暮,啾啾栖鸟过①。
星临万户动,月傍九霄多②。
不寝听金钥,因风想玉珂③。
明朝有封事,数问夜如何④?

【注释】

①二句写黄昏时景。

②二句写夜中景。九霄:指天。宫殿高入云霄,接近月亮,故觉其得月独多。白居易诗:"雁断知风急,湖平得月多",可互参。

③二句写不寝时的心情。金钥:金锁。玉珂:马饰,百官上朝皆骑马。风吹铎鸣,有似玉珂,故因而想及。杜甫怕耽误上朝,所以如此。

④二句写不寝之故。封事:即密奏。唐时拾遗,掌供奉讽谏,大事廷诤,小则上封事。

【赏析】

这是乾元元年(758)春所作。杜甫为左拾遗,属门下省。门下省在东,故曰左省。宿是值宿。仇注:"自暮而夜而朝,叙述详明。而忠勤为国之意,即在其中。"

月夜忆舍弟

戍鼓断人行,秋边一雁声①。
露从今夜白,月是故乡明②。
有弟皆分散,无家问死生③。
寄书长不达,况乃未休兵④!

【注释】

①戍鼓:将夜时戍楼所击禁鼓。一雁:即孤雁,不用孤雁,是平仄关系。古人以雁行喻兄弟,说一雁,已含兄弟分散意。

②二句是上一下四句法,露、月二字应略顿。露无夜不白,但感在今夜,又适逢白露节,故曰露从今夜白。月无处不明,但心在故乡,故曰月是故乡明。尽管头上所见乃是秦州的月亮,却把月亮派给了故乡。

③分散而有家,则谁死谁生,尚可从家中问知;现在是既分散而又无家,连死活都无问处。语极悲切。杜甫在洛阳附近的老家,毁于安史之乱。

④这年九月,史思明复陷洛阳,十月,又进攻河阳,为李光弼所败。故曰未休兵。

【赏析】

此诗亦流寓秦州时所作。杜甫有四弟:颖、观、丰、占。此时唯占相随,其他分散在山东、河南。过去对人称弟为"舍弟",犹称"家兄"、"家父"。

旅夜书怀①

细草微风岸,危樯独夜舟②。
星垂平野阔③,月涌大江流④。
名岂文章著⑤,官因老病休⑥。
飘飘何所似⑦,天地一沙鸥⑧。

【注释】

①代宗永泰元年(765)五月,杜甫率家人离开成都草堂,乘舟东下。九月,到了云安县(今四川云阳县)暂住下来。这首诗大约是他舟经渝州(今四川重庆)、忠州(今四川忠县)一带时写的。这次杜之东下,是势不得已。本年一月,辞去节度参谋职务,四月严武死,失去了依靠。

②危:高貌。樯:船的桅杆。

③星垂:远处繁星垂挂。

④月涌:月光入水,光涌奔流。此联为名句。

⑤"名岂"句:实为反语。作者有济世志,本不欲以文章得名。

⑥辞职罢官,表面是说因老而且病,实为因受诽谤排挤而不得不辞官的反语。

⑦飘飘:各地飘泊不定。

⑧沙鸥:水鸟,作者自喻。

【赏析】

这首诗既写旅途风情,又感伤老年多病,却仍然只能像沙鸥在天地间飘零。

登岳阳楼

昔闻洞庭水,今上岳阳楼。
吴楚东南坼①,乾坤日夜浮②。
亲朋无一字,老病有孤舟。
戎马关山北③,凭轩涕泗流④。

【注释】

①吴楚:指春秋战国时的吴、楚两国之地,在我国东南一带。大致说来,吴在洞庭湖东,楚在洞庭湖西。坼:音 chè,裂。

②乾坤:指日月。《水经注·湘水》:"湖广圆五百余里,日月若出没其中。"

③"戎马"句:指吐蕃入侵,长安戒严。

④轩:指楼上窗户。

【赏析】

大历三年(768)冬,杜甫飘泊湖湘一带,登岳阳楼而作此诗。"吴楚东南坼,乾坤日夜浮"一联,雄伟壮阔,与孟浩然"气蒸云梦泽,波撼岳阳城"同为咏洞庭湖名句。然孟诗后半篇稍弱,杜诗则通体完美,"气压百代,为五言雄浑之绝"(刘辰翁《批点千家注杜诗》卷一五)。

蜀　相

丞相祠堂何处寻?锦官城外柏森森①。
映阶碧草自春色②,隔叶黄鹂空好音③。
三顾频烦天下计④,两朝开济老臣心⑤。
出师未捷身先死⑥,长使英雄泪满襟。

【注释】

①锦官城:成都的别称。森森:树木繁茂的样子。

②映:掩映。自春色:自有春色。

③黄鹂:鸟名,就是黄莺。

④顾:访问。三顾:指诸葛亮隐居隆中时,刘备曾三顾茅庐向他请教。频烦:屡次劳烦。天下计:筹划天下大事。

⑤两朝:指蜀汉刘备(先主)、刘禅(后主)两朝。开济:开创基业,匡济危时。

⑥出师:出兵。诸葛亮上《出师表》率兵伐魏,曾六出祁山。公元239年占领五丈原(今陕西省郿县西南),与司马懿相持百余日,八月,病死军中。

【赏析】

此诗乃杜甫于上元元年(760)春初到成都时作。首联写祠堂所在而以“何处寻”唤起,以“柏森森”表现气象肃穆,仰慕之意,溢于言表。次联即景抒情。三联以十四字写尽诸葛亮的际遇、才智、功业、德操而反跌尾联。尾联以“出师未捷身先死”写诸葛亮遗恨,以“长使英雄泪满巾”吐露包括作者在内的无数志士仁人之心声,感人肺腑。南宋爱国名将宗泽因未能收复中原而忧愤成疾,临终诵此二句,大呼“过河”者三而卒。壮志难酬,千秋同憾。

客　至①

舍南舍北皆春水,但见群鸥日日来②。
花径不曾缘客扫③,蓬门今始为君开④。
盘飧市远无兼味⑤,樽酒家贫只旧醅⑥。
肯与邻翁相对饮,隔篱呼取尽馀杯。

【注释】

①客至:诗人原注:“喜崔明府相过。”明府:县令。过:访,探望。

②但见:只见。

③缘:因为。

④蓬门:用蓬草编的门。

⑤盘飧:盘中的菜肴。飧:音 sūn,熟食。兼味:不止一味,即多样的菜肴。

⑥醅:音 pēi,未经过滤的酒。

【赏析】

这首诗是诗人在久经离乱,安居成都草堂后不久,客人来访时所作。全诗流露出诗人淳朴恬淡的情怀和好客的心情。

野　望

西山白雪三城戍,南浦清江万里桥①。
海内风尘诸弟隔,天涯涕泪一身遥。

惟将迟暮供多病②,未有涓埃答圣朝③。
跨马出郊时极目,不堪人事日萧条④。

【注释】

①二句写望。上句远景,下句近景,已含人事萧条之感。西山在成都西,因终年积雪,一名雪岭。杜诗:"雪岭界天白。"由于平仄关系,杜甫有时亦称"西岭",如"窗含西岭千秋雪"。当时因受吐蕃侵扰,曾在松、维、堡三城设戍。

②杜甫这年五十岁,故云迟暮。杜甫困守长安时已患了肺病、疟疾,到成都后又得了头风等症,故曰多病。"供"字沉痛。对一个有作为的人说来,不多的迟暮光景,是尤为可贵的。

③涓:细流。埃:微尘。句意谓未曾为国家做得一点事。

④极目:放眼远望。

【赏析】

这首诗是写交流野望的感触,表现了诗人忧伤时局、忧国忧民的沉痛感情。

闻官军收河南河北①

剑外忽传收蓟北②,初闻涕泪满衣裳。
却看妻子愁何在③,漫卷诗书喜欲狂④。
白日放歌须纵酒⑤,青春作伴好还乡⑥。
即从巴峡穿巫峡,便下襄阳向洛阳⑦。

【注释】

①唐代宗广德元年(763)正月,史思明之子史朝义兵败被杀,其部下率军降唐。延续近八年的安史之乱,至此基本结束。时杜甫流落在梓州(今四川三台县)。河南河北:今洛阳一带及河北北部。

②剑外:剑门以南,此代指蜀地。蓟北:古蓟州州治在今北京东北。蓟北是泛指唐时幽州、蓟州一带地方,即今河北省北部。当时安史叛军根据地。此诗被称为"生平第一首快诗",全诗虽只出现一个"喜"字,但细读之无句不喜。

③却看:回头看。

④漫卷:胡乱卷起。欲:像要。

⑤白日:一作"白首"。纵酒:开怀畅饮

⑥青春:指春天。作伴:与家人为伴。还乡:回到洛阳。作家原注:"余田园在东京。"(东京:即洛阳)

⑦"即从"二句:预拟还乡的路线。上句出蜀入楚,由西向东;下句由楚向

洛,自南而北。巴
峡:疑指长江上游
巴县(今重庆市
郊)至涪陵一带的
山峡。巫峡:在今
四川巫山县东,为
三峡中最长者,故
此处概指三峡(包

张果见明皇图(局部)

括瞿塘、西陵二峡)。便下:就下,再下。

【赏析】

这首诗除第一句叙事点题外,其余各句都是抒发忽闻胜利消息之后的喜悦之情。后代诗论家都极为推崇此诗,赞其为杜甫"生平第一首快诗也"。

登　楼

花近高楼伤客心,万方多难此登临①。

锦江春色来天地,玉垒浮云变古今②。

北极朝廷终不改,西山寇盗莫相侵③。

可怜后主还祠庙,日暮聊为《梁甫吟》④。

【注释】

①客:杜甫自指。万方多难:指内忧外患,天灾人祸,举国动荡不安。

②玉垒:山名。在今四川省茂汶羌族自治县。其东南新保关,为唐代蜀中通往吐蕃的要道。

③北极:北极星。这里比喻唐王朝。终不改:借北极星在天空固定不变来比喻唐王朝的安全巩固。广德元年(761)十月,吐蕃侵入长安,郭子仪等收复,唐王朝转危为安。西山寇盗:指吐蕃攻陷松、维等州(在今四川省北部)。

④后主:刘禅。刘备死后,刘禅继位,昏庸无能,宠信宦官,朝政腐败,终于亡国。还:仍。祠庙:成都锦官门外有刘备庙,西为武侯祠,东即后主庙。梁甫吟:古乐府篇名。《三国志·蜀书·诸葛亮传》:"亮躬耕陇亩,好为《梁甫吟》。"这两句是以登楼所见古迹来抒写感慨。意思是说,像后主那样一个亡国之君,还有祠庙,实为可怜。自己在万方多难之时,登楼四望,触景伤怀,惜无诸葛亮那样的际遇与才能力挽危局,只能吟诵《梁甫吟》而已。

【赏析】

此诗抒写了诗人对国家灾难的深重忧思和自己报国无门的无限感伤。

登 高

风急天高猿啸哀,渚清沙白鸟飞回①。
无边落木萧萧下②,不尽长江滚滚来。
万里悲秋常作客③,百年多病独登台④。
艰难苦恨繁霜鬓⑤,潦倒新停浊酒杯。

【注释】
①渚:音 zhǔ,水中小洲。渚清:指渚边的江水清澈。
②落木:落叶。萧萧:风吹落叶发出的声响。
③万里:指远离故乡。常作客:指长久客居异乡。
④百年:犹言老来。独登台:独自登高眺望。
⑤苦恨:极恨。繁霜鬓:两鬓白发繁多。

【赏析】
此诗大历二年(766)作于夔州,胡应麟评云:"此章五十六字,如海底珊瑚,瘦劲难移,沉深莫测,而精光万丈,力量万钧。通章章法、句法、字法,前无昔人,后无来者。此当为古今七言律第一,不当为唐人七言律第一也。"(《诗薮》内编卷五)

江南逢李龟年

岐王宅里寻常见①,崔九堂前几度闻②。
正是江南好风景,落花时节又逢君。

【注释】
①岐王:唐玄宗的弟弟李范,以好学爱才著称,雅善音律。寻常:经常。
②崔九:即崔涤(九是其排行),曾任殿中监,出入禁中,得玄宗宠幸。

【赏析】
本诗抒发了作者动荡时代有着不平凡结历的故人重逢时的深痛感触,暗寓着对往昔的无限眷恋,对现实的深沉慨叹,以及对昔盛今衰、人情聚散的千般感触。

赠 花 卿①

锦城丝管日纷纷②,半入江风半入云③。

此曲只应天上有④,人间能得几回闻。

【注释】

①花卿:即花敬定,当时是四川一位有名的将军。在参与平定段子璋反叛中立下大功。

②锦城:今四川省成都市,成都一名锦官城。丝管:指弹吹的乐器,丝指弦乐器,管指管乐器。此处均指音乐声。日:每天,整天。纷纷:此处指音乐声和歌声之多。

③入江风:指音乐声被卷入江风。江,锦江。成都在锦江边上,所以写"入江风"。

④天上:封建时代用来指皇宫。

【赏析】

这是一首含有讽刺意义的诗作。诗篇通过赞美世间少有的美妙乐曲来讽刺有功将士居功自傲、生活奢侈的作风。诗前两句写花敬定在成都寻欢作乐、日日宴饮歌舞的情形,暗示了安史之乱以后悍将骄兵已成为当时的普遍现象。后两句写在普通地方也能日日听到如此美妙的乐曲,暗示了花敬定的奢侈生活简直与皇帝不分上下,这在封建等级制度森严的唐朝一来被看作是非法,二来被看作是对皇帝的无礼,同时还暗示了花敬定作为地方将领不顾人民生活的贫困,用百姓的血汗过着皇宫一样的生活。

李 华

李华,字遐叔,赵州赞皇(今河北省赞皇县)人。开元二十三年(735)进士及第,天宝二年又举博学宏词科。他曾弹劾过杨国忠党羽为非作歹,为权幸所嫉。安禄山陷两京,李华接受了伪职;贼平,贬杭州司户参军,大历年间卒。李华的诗名不及文名,文章与萧颖士并称。有《李遐叔文集》。所存诗无论咏史、记游,都能抒发怀抱,有所讽托,不只是形式的流丽而已。

春行即兴

宜阳城下草萋萋①,涧水东流复向西。
芳树无人花自落②,春山一路鸟空啼。

【注释】

①宜阳:县名,今属河南。唐代的著名行宫——连昌宫就坐落在这里。萋

萋:草茂密的样子。

②芳树:花木。晋人阮籍《咏怀》之十三:"芳树垂绿叶,清云自逶迤。"

【赏析】

这是写安史乱后满目疮痍的景物小诗。妙在诗人用了一系列明媚的春景,诸如绿草、碧涧、春山、芳树、花落、鸟啼,都是宜人的春色,来写战后的荒凉、寂寥、凄清、哀伤的心境。字字若不关情,句句似不经心,而时代的沧桑、人生的巨变、战争的阴影,全在字里行间表现了出来。绝不只是诗中出现了"自落"的繁花、"空啼"的好鸟,才显示出诗人对战争的诅咒,对时代的叹惋。这是诗歌艺术更深的造诣,更高的境界。

岑 参

岑参(715—770),荆州江陵(今属湖北)人。天宝年间进士,先后两次到西北边塞,佐高仙芝、封常清军幕。晚年官嘉州刺史,世称岑嘉州。罢官后客死成都旅舍。以边塞诗与高适齐名,并称"高岑"。作品有《岑嘉州集》。

与高适薛据登慈恩寺浮图①

塔势如涌出②,孤高耸天宫。
登临出世界③,蹬道盘虚空④。
突兀压神州⑤,峥嵘如鬼工⑥。
四角碍白日,七层摩苍穹⑦。
下窥指高鸟,俯听闻惊风。
连山若波涛,奔走似朝东。
青槐夹驰道⑧,宫观何玲珑。
秋色从西来,苍然满关中。
五陵北原上⑨,万古青濛濛。
净理了可悟⑩,胜因夙所宗⑪。
誓将挂冠去,觉道资无穷。

【注释】

①薛据:河中宝鼎人,官至水部郎中。慈恩寺:在今西安市南郊。浮图:指佛塔。慈恩寺塔又名大雁塔,为唐高宗永徽三年(652)高僧玄奘所建。

②涌出:《妙法莲华经·宝塔品》:"尔时佛前有七宝塔……从地涌出。"

③出世界:高出于人间世界之上。

④蹬道：塔内盘旋的梯道。

⑤突兀：高耸的样子。神州：中国古称赤县神州。

⑥峥嵘：高耸的样子。鬼工：鬼斧神工。

⑦苍穹：天空。

⑧驰道：供车马驰行的大道。

⑨五陵：长安城西北有汉代五位皇帝的陵墓：汉高祖长陵，惠帝安陵，景帝阳陵，武帝茂陵，昭帝平陵。

⑩净理：佛教的教义。了：了然。悟：觉悟。

⑪胜因：善缘。夙：素来。宗：信仰。

【赏析】

这首诗作于天宝十一年(752)秋。当时同登慈恩寺的还有杜甫、储光羲，五人皆作有诗。沈德潜认为："登慈恩寺塔，少陵[杜甫]下应推此作。"诗在描绘登塔四面眺望时，各有胜景特色，东面群峰连绵，南面宫观玲珑，西面秋色满关，北面五陵青。身临这种苍莽的景色，又登的是佛塔，自然使人领悟到佛理，甚至想辞官皈依佛门。这不过是诗人突发奇想，借题发挥而已。

走马川①行奉送封大夫出师西征

君不见走马川②，雪海边，平沙莽莽黄入天。

轮台九月风夜吼③，一川碎石大如斗④，随风满地石乱走。

匈奴草黄马正肥，金山西风烟尘飞，汉家大将西出师⑤。

将军金甲夜不脱，半夜军行戈相拨，风头如刀面如割。

马毛带雪汗气蒸，五花连钱旋作冰，幕中草檄砚水凝。

虏骑闻之应胆慑，料知短兵不敢接，车师西门伫献捷。

【注释】

①走马川：未详。按诗中走马川与雪海并举，据《新唐书·地理志》："雪海，又三十里至碎卜戍，傍碎卜水五十里至热海。"则雪海距热海不到百里，其地即在天山主峰与伊塞克湖之间，正合于诗中"金山西见烟尘飞"的描写。

②"川"下原有"行"字，无意义，且破坏全诗韵型(全诗逐句用韵，三句一转)。吴仰贤《小匏庵诗话》卷一、汪瑔《松烟小录》卷一皆谓自题目中混入。

③轮台：在今新疆库车县东。

④川：指旧河床。

⑤这三句说秋后草黄马肥，敌人发兵进攻。金山：即阿尔泰山，蒙古语和突厥语系的哈萨克语、维吾尔语都称金为阿尔坦。阿尔泰山就是有金的山。阿尔泰山不在此次封常清去作战的地方，此处用以泛指塞外山脉。烟尘飞：是说战事

已经发生。汉家大将:指封常清。

【赏析】

此诗乃天宝十三载(754)于轮台军营为欢送北庭都护、伊西节度、瀚海军使封常清西征播仙(今新疆且末县)而作。这首送封常清西征平叛的《走马川行》,是盛唐边塞诗名篇,方东树评为"奇才奇气,风发泉涌"(《昭昧詹言》卷一二)。句句用韵,每三句换韵,跳跃动荡,节奏急促,恰切地表现了军情之紧张与行军之急骤。"平沙莽莽黄入天","一川碎石大如斗,随风满地石乱走","风头如刀面如割"诸句,语奇、意奇,充分体现了岑参诗以"奇"为主要特征的艺术风貌。

轮台①歌奉送封大夫出师西征

轮台城头夜吹角,轮台城北旄头落。

羽书昨夜过渠黎,单于已在金山西。

戍楼西望烟尘黑,汉军屯在轮台北。

上将拥旄西出征,平明吹笛大军行。

四边伐鼓雪海涌,三军大呼阴山动。

虏塞兵气连云屯,战场白骨缠草根。

剑河风急云片阔,沙口石冻马蹄脱。

亚相勤王甘苦辛,誓将报主静边尘。

古来青史谁不见,今见功名胜古人。

【注释】

①轮台:唐时属庭州,隶北庭都护府,在今新疆维吾尔自治区库车县之东。封常清曾驻兵于此。天宝十三年至十四年岑参充安西、北庭节度判官,亦多居此。

【赏析】

全诗充满了浪漫主义激情和边塞生活的气息,表现了三军将士建功报国的英勇气概。

白雪歌送武判官归京①

北风卷地百草折,胡天八月即飞雪。

忽如一夜春风来,千树万树梨花开②。

散入珠帘湿罗幕,狐裘不暖锦衾薄。

将军角弓不得控,都护铁衣冷难着。

瀚海阑干百丈冰,愁云惨淡万里凝。

中军置酒饮归客,胡琴琵琶与羌笛。

纷纷暮雪下辕门,风掣红旗冻不翻。

轮台东门送君去,去时雪满天山路。

山回路转不见君,雪上空留马行处。

【注释】

①天宝十三年(754)岑参任安西北庭节度判官。这诗是他在轮台幕府雪中送人归京之作,表现了边防军营的奇寒与天山、瀚海的壮丽雪景。

②这四句写边塞北风猛烈,飞雪来得很早。白草:《汉书·西域传》颜师古注:"白草似莠而细,无芒,其干熟时正白色,牛马所嗜也。"王先谦补注谓白草"春兴新苗与诸草无异,冬枯而不萎,性至坚韧。"梨花:指雪。

【赏析】

此诗是岑参任安西、北庭节度判官时送人回京之作。紧扣诗题,以奇丽雪景烘托送行。此诗发挥了歌行体特长,两句、四句换韵,平仄相间,跌宕生姿,随着迅速的换韵迅速地转换画面,令人眼花缭乱。句尾有意避开律句,也不用对偶句,增强了音调的奇峭感,与景色的奇丽、气候的奇寒、人物的奇情水乳交融,相得益彰。

寄左省杜拾遗①

联步趋丹陛②,分曹限紫微③。

晓随天仗入,暮惹御香归。

白发悲花落,青云羡鸟飞。

圣朝无阙事,自觉谏书稀。

【注释】

①杜拾遗:即杜甫。唐肃宗至德二年至乾元元年初(757—758),岑参与杜甫同在朝中为官,岑任右补阙,属中书省,居右署;杜任左拾遗,属门下省,居左署,故称"左省"。

②丹陛:皇宫中红色的台阶,这里借指朝廷。

③曹:古时分科办事的官署。紫微:帝王宫殿,这里指朝会时皇帝所居的宣政殿。门下省和中书省分列在殿的东、西两侧,故称"分曹"。

【赏析】

这首诗通过描写皇宫仪仗等事物,说明朝中忠臣稀少。

逢入京使

故园东望路漫漫①,双袖龙钟泪不干②。
马上相逢无纸笔,凭君传语报平安。

【注释】

①故园:指长安。岑
参别业在长安杜陵山中
(见《唐才子传》卷三),
故以长安为故园。集中
有《行军九日思长安故
园》。漫漫:长远的样子。

虢国夫人游春图

②"双袖"句:用两袖试泪,袖已沾湿而泪仍不止。龙钟:意同"泷冻",沾湿。

【赏析】

唐玄宗天宝八载(749),安西四镇节度使高仙芝奏调岑参为右威卫录事参
军,充节度使府掌书记。这诗是赴安西(今新疆维吾尔自治区库车县)途中
所作。

景 云

景云,约为安史乱后人。诗僧。幼通经纶,性识超悟。草书初学张旭,久而
精熟,有意外之妙。《全唐诗》录存其诗三首。

画 松

画松一似真松树,且待寻思记得无①?
曾在天台山上见②,石桥南畔第三株③。

【注释】

①"且待"句:且让自己想想记不记得哪里见过。

②天台山:在今浙江天台县北。

③石桥:天台山有石梁桥。

【赏析】

此诗通过观赏画松的感受,赞美了画家高超的艺术造诣。先说画松"一似"

真松,继言与其似曾相识,三、四句愈说愈真,明确指出画的就是某地某株树。这种指实的手法,形象表现了画松逼真的程度。此外,"天台山上"、"石桥南畔"背景的点染,也间接传达出画松苍劲秀丽的风姿。

刘方平

刘方平,生卒年不详,河南(今河南洛阳市)人。善画,能诗,隐居于颍水、汝河之滨,终生未仕。其诗多写闺情、乡思,内容狭窄。然寓情于景,蕴藉含蓄,颇有名篇传世。

月 夜

更深月色半人家,北斗阑干南斗斜[①]。
今夜偏知春气暖,虫声新透绿窗纱。

【注释】

①阑干:这里是横的意思。

【赏析】

此诗状写了作者对春天来临的喜悦之情,将宁静的月夜景色,月影偏斜、寂静的庭院初闻虫声等景色呈现出来,清新诱人,别具一格。

裴 迪

裴迪(716—?),关中(今陕西)人。官蜀州刺史及尚书省部。早年与王维友善,同住终南山。后同在辋川,弹琴赋诗,互相唱和。任蜀州刺史时,与杜甫、李颀友善。《全唐诗》录存其诗三十九首。

送崔九[①]

归山深浅去,须尽丘壑美。
莫学武陵人,暂游桃源里。

【注释】

①崔九:崔兴宗。据《唐诗纪事》:"裴迪初与王维、崔兴宗俱居终南。"

【赏析】

崔九曾与王维、裴迪同隐于终南山,从裴迪这首送崔九归山的诗中看得出来,崔九大约不大愿意再隐居下去了,于是有了裴迪的这一番劝勉。

张　继

张继,生卒年不详,字懿孙,南阳(今属河南)人,一说襄州(今湖北襄阳)人。天宝年间进士,曾任检校祠部员外郎、洪州盐铁判官。有《张祠部诗集》。

枫桥①夜泊

月落乌啼霜满天②,江枫渔火对愁眠③。
姑苏城外寒山寺④,夜半钟声到客船⑤。

【注释】

①枫桥:《清一统志·苏州府》:"枫桥在阊阖门外西九里。"今苏州西有枫桥镇,即此。其地有桥名枫桥,故名。

②乌啼:乌鸦哀鸣。霜满天:霜花布满天空。

③江枫:江边枫树。对愁眠:谓自己之客愁郁闷,面对渔火而难于入睡。

④姑苏:苏州别名,因城西南有姑苏山而得名。寒山寺:《清一统志·苏州府》:"寒山寺在吴县西十里枫桥,相传寒山、拾得(均唐初僧人)尝止此,故名,今尚存。"

⑤夜半:半夜。

【赏析】

这是记叙夜泊枫桥的景象和感受的诗,短短四句胜似一幅美妙而奇幻的图画。

钱　起

钱起(722—780),字仲文,吴兴(今属浙江)人。天宝十年中进士,曾任蓝田尉,官终考功郎中。是"大历十才子"之一。有《钱考功集》。

送僧归日本

上国随缘住①,来途若梦行。
浮天沧海远,去世法舟轻②。
水月通禅寂,鱼龙听梵声③。
惟怜一灯影④,万里眼中明。

【注释】

①上国:这里指中国。

②法舟:指僧人所乘的船。

③梵声:念经的声音。

④灯:这里是双关语,以舟灯喻禅灯,暗指佛法。

【赏析】

这是一首赠给日本僧人的送别,诗中多用了"随缘""法舟"等佛家术语,紧扣送僧的主题,寄寓颂扬的情意。

赠阙下裴舍人①

二月黄鹂飞上林②,春城紫禁晓阴阴③。
长乐钟声花外尽④,龙池柳色雨中深⑤。
阳和不散穷途恨⑥,霄汉常悬捧日心⑦。
献赋十年犹未遇⑧,羞将白发对华簪⑨。

【注释】

①阙下:宫阙之下,借指朝廷。阙:宫门前的望楼。舍人:指中书舍人,任草拟诏书之职,得以亲近皇帝,以有文学资望者充任。

②上林:上林苑,秦旧苑,汉武帝扩建,在今西安市。这里借指唐宫苑。

③紫禁:古人以紫微星垣比喻皇帝居处,因称皇宫为紫禁。禁:指宫中禁卫森严,故名。

④长乐:本汉宫名,这里借指唐宫。

⑤龙池:唐玄宗登基前,王邸中的一个小湖。后改王邸为兴庆宫,玄宗常于此听政。

⑥阳和:暖和之气,《史记·秦始皇本纪》:"时在中春,阳和方起。"穷途:穷困之处境。

⑦捧日:旧时以皇帝喻日。捧日即辅佐皇帝的意思。《魏志·程昱传》:"昱

少时常梦上泰山,两手捧日,昱私异之。"后有功,曹操知此后说:"卿当终为吾腹心。"

⑧献赋:向朝廷献上诗赋,这里指参加科举考试。

⑨华簪:古人戴帽,为使帽子固定,便用簪子将帽穿连于发髻之上。《旧唐书·舆服志》:"毳冕者,三品之服也。七旒,宝饰角簪导。"这些有装饰的簪,就是华簪。此诗以华簪指代地位显赫的官员、贵族。

【赏析】

这是钱起写给裴舍人的一首干谒诗,抒写了自己十年来落第的苦闷,希望裴舍人能给予援引,让他能走上仕途。

贾 至

贾至(718—772),字幼邻,洛阳人。礼部侍郎曾之子。擢明经第。玄宗幸蜀,拜中书舍人,知制诰。撰肃宗册文,命往奉册。累封信都县伯,官至散骑常侍。谥曰"文"。

春 思

草色青青柳色黄,桃花历乱李花香①。
东风不为吹愁去②,春日偏能惹恨长③。

【注释】

①历乱:杂乱无章。

②为:音 wèi,介词,替、给。

③偏:特别,最。惹:牵扯。

【赏析】

这是一首抒情诗,抒发了作者对大自然的热爱。

巴陵夜别王八员外①

柳絮飞时别洛阳②,梅花发后到三湘③。
世情已逐浮云散,离恨空随江水长。

【注释】

①巴陵:古郡名,治所在今湖南岳阳,辖境相当于今湖南岳阳、湖北监利、通城、崇阳等县。

②洛阳:我国古都之一,自东汉至隋、唐,是全国的政治、经济、文化中心。隋、唐的故城,为武周时所修建,周围约七十里,跨洛水南北,瀍水东西。

③三湘:泛指湘江流域、洞庭湖南北一带。具体的说法很多,以潇湘、资湘、沅湘为通说。

【赏析】

这是一首情韵别致的送别诗,以迁谪之人送迁谪之人,情形加倍难堪,写得沉郁苍凉,可称佳作。

郎士元

郎士元(?—780?),字君胄,排行四,中山(今河北定县)人。

柏林寺南望

溪上遥闻精舍钟①,泊舟微径度深松。
青山霁后云犹在,画出西南四五峰。

【注释】

①精舍:僧人清修之所,此指柏林寺。

【赏析】

先写到寺,后写寺中南望,俞陛云的解释极透辟:"诗仅平写寺中所见,而吐属蕴藉,写景能得其全神。首二句言闻钟声而寻精舍,泊舟山下,循小径前行,松林度尽,方到寺中。在寺中登眺,霁色初开,湿云未敛,西南数峰,已从云隙参差而出,苍润欲滴。读此诗,如展秋山晚霁图,所谓'欲霁山如新染画'也。"(《诗境浅说续编》)

韩 翃

韩翃,生卒年不详。字君平,南阳(今河南南阳)人。天宝十三载(754)中进士。宝应元年(762)在淄青节度使侯希逸幕中为从事、检校金部员外郎。

看 调 马

鸳鸯赭白齿新齐①,晚日花中散碧蹄②。
玉勒乍回初喷沫③,金鞭欲下不成嘶。

【注释】

①鸳鸯赭白:形容马的毛色。齿新齐:言马壮。
②散碧蹄:指腾开四蹄奔驰。
③玉勒:精美的马笼头。

【赏析】

此诗写调马,是唐诗中少见之题材。全篇着力描写被调之马的神骏,在金鞭欲下之时,其勃勃英风,仍难掩抑。

寒 食①

春城无处不飞花,寒食东风御柳斜。
日暮汉宫传蜡烛,轻烟散入五侯家②。

【注释】

①寒食:节令名。清明前一天或两天。相传春秋时晋文公为纪念大夫介子推烧山时抱木而死,因而禁火、寒食,后演变成俗。
②五侯:指汉桓帝时的宦官单超、徐璜、其瑗、王珰、唐衡。

【赏析】

这是一首政治讽刺诗,作者借后汉故事讽刺唐肃宗、代宗朝宦官专权的情况。

司空曙

司空曙(720—790),字文明,广平(今河北省永年县东南)人。曾举进士,入剑南节度使韦皋幕府。官水部郎中,为"大历十才子"之一。有《司空文明诗集》。

云阳馆与韩绅宿别①

故人江海别,几度隔山川。
乍见翻疑梦,相悲各问年。
孤灯寒照雨,深竹暗浮烟。
更有明朝恨,离杯惜共传②。

【注释】
①云阳:今陕西省三原县。宿别:同宿后又分别。
②共传:互相举杯。

【赏析】
此诗写动荡岁月故乡重逢的喜悲。诗由上次别离说起,接着写此次相会,然后写叙谈,最后写惜别,波澜曲折,富有情致。

喜外弟卢纶见宿

静夜四无邻,荒居旧业贫。
雨中黄叶树,灯下白头人。
以我独沉久,愧君相见频。
平生自有分①,况是蔡家亲②。

【注释】
①分:音 fēn,情谊。
②晋羊祜为蔡邕外孙,这里借指两家是表亲。

【赏析】
此诗前半写自己荒居之苦,后半写外弟见宿之乐。

贼平后送人北归①

世乱同南去,时清独北还。
他乡生白发,旧国见青山②。
晓月过残垒,繁星宿故关。
寒禽与衰草,处处伴愁颜。

【注释】
①贼平:指安史之乱已平。
②旧国:指故乡。

【赏析】
安史之乱持续八年,致使百姓流离失所。此诗当是安史之乱结束不久时的作品。

僧皎然

僧皎然,生卒年不详,俗姓谢,字清昼,湖州(今浙江省吴兴县)人。出家为僧,法号皎然,久居吴兴杼山妙喜寺。自称为南朝刘宋时谢灵运十世孙。颜真卿为湖州刺史,对皎然十分器重。他是唐代著名诗僧,与韦应物以及较晚的刘禹锡等均有唱和。有《杼山集》。

寻陆鸿渐不遇①

移家虽带郭,野径入桑麻②。
近种篱边菊,秋来未著花③。
扣门无犬吠,欲去问西家。
报道山中去,归来每日斜④。

【注释】
①陆鸿渐:名羽,复州竟陵(今湖北天门)人。二十多岁时避乱隐居苕溪(今浙江湖州),与皎然、颜真卿等交厚。精于品茗,著有《茶经》三卷。后人尊之为"茶圣"。
②"移家"二句:写陆羽新居的幽静,充满野趣。移家:迁居。带郭:离城不

远。带:连着。郭:外城。入:意为"穿过"。

③"近种"二句:以篱边新种的菊花衬托主人的隐士形象,也点明了作者造访的时间。

④"报道"二句:借邻居的答话进一步烘托陆羽超然物外、自享山水之乐的旷达情怀。

【赏析】

此诗通过对陆羽新居幽僻环境及篱边种菊、山中漫游等闲情逸趣的描写,勾勒出陆羽超脱凡尘、潇洒旷达的情怀。侧面烘托极妙。全诗为散句,不求对仗,使形式的潇洒自然与内容的放旷洒脱完美地统一起来。

李 端

李端(?—785?),字正己,赵州(今河北赵县)人。少时曾于嵩山学道。大历五年(770)中进士,任秘书省校书郎,后因病辞官,居终南山草堂寺。德宗时曾出任杭州司马,后隐居衡山,自号衡岳幽人。其诗多应酬赠别之作,情调较为低沉,为"大历十才子"之一。

闺 情

月落星稀天欲明①,孤灯未灭梦难成。
披衣更向门前望,不忿朝来鹊喜声②!

【注释】

①欲:将来,快要。

②不忿:音 bù fèn,不恨。朝来:朝,音 zhāo,早晨。来,语助词,无义。鹊喜声:喜鹊报喜的声音。旧俗,以为喜鹊在门前叫,是报喜信;乌鸦在门前叫,是报凶信。这种迷信,一直传到现在。

【赏析】

这是一首少妇思远的情诗。诗人以清新朴实的语言,把少妇急切盼望丈夫归来的情景,描写得含蓄细腻,楚楚动人。

胡令能

胡令能,生卒年不详,贞元、元和间人。年少时从事手工劳动。他喜欢《列子》,受禅学影响较大,隐居圃田(今河南中牟县)。《全唐诗》存其诗四首。

咏 绣 障①

日暮堂前花蕊娇②,争拈小笔上床描。

绣成安向春园里,引得黄莺下柳条。

【注释】

①障:屏风。

②拈:音 niān,此指取物。床:绣架。

【赏析】

这首诗描写一群绣女们描取花样的情节,说明景色的优美。

小儿垂钓

蓬头稚子学垂纶①,侧坐莓苔草映身②。

路人借问遥招手,怕得鱼惊不应人。

【注释】

①垂纶:垂钓,钓鱼。纶:钓丝。

②莓苔:音 méi tái,泛指贴着地面在阴暗潮湿地方生长的低级植物。

【赏析】

这首诗描写了头发蓬乱的小孩子在河边学钓鱼时那种专心致志的情景,把一个天真活泼、聪明伶俐的儿童形象地展现在读者面前。

孟 郊

孟郊(751—814),字东野,湖州武康(今浙江德清)人。少年时隐居嵩山。近五十岁才中进士,任溧阳县尉。与韩愈交谊颇深。其诗感伤自己的遭遇,多寒苦之音。与贾岛齐名,有"郊寒岛瘦"之称。著有《孟东野诗集》。

游 子 吟

慈母手中线,游子身上衣。

临行密密缝,意恐迟迟归。

谁言寸草心,报得三春晖①?

【注释】

①寸草:象征子女。心:草木的茎干也叫做心。"心"字双关。三春晖:春天的阳光,象征贫寒人家的母亲对子女的关心。这两句说子女对母亲的心意,不能报答母亲对子女的爱于万一。

【赏析】

题下作者自注云:"迎母溧上作。"作时当为贞元十六年(800)。孟郊出身贫寒,其父孟庭玢早卒,母亲裴氏受尽千难万苦,抚养三个儿子成人。孟郊多次辞家,奔走衣食,直到五十岁才被授予溧阳(今属江苏)县尉小官。当他迎养老母时,以往辞家别母的情景浮现眼前,情不自禁地写出这篇《游子吟》。

古 别 离①

欲别牵郎衣,郎今到何处?

不恨归来迟,莫向临邛去②。

【注释】

①古别离:乐府旧题,唐人多用其作诗题,多写离别之情。

②临邛:县名,西汉司马相如与卓文君一见倾心的地方,在今四川省邛崃县。

【赏析】

这是一首爱情小诗。全诗只用二十个字把妻子对丈夫外出时的心情刻画得细腻自然,表达了妻子对丈夫的深厚感情和对丈夫的依赖心理。诗篇感情真挚,道出了历代妇女对丈夫外出时表现的共同心理,此诗之所以能成为永传不败的名篇,原因也许就在于此吧。

李 约

李约,字存博。唐宗室,宰相李勉之子。贞元十五年(799)至元和二年(807)为浙西节度从事,后官至兵部员外郎。工诗文,晓音乐。《全唐诗》录存其诗十首。

观 祈 雨①

桑条无叶土生烟②,箫管迎龙水庙前③。
朱门几处看歌舞④,犹恐春阴咽管弦⑤。

【注释】

①祈雨:是旧时于天旱时节举行的一种迷信活动。

②"桑条"句:桑叶因久旱而枯死,尘土飞扬。

③水庙:即龙王庙。迷信的说法,以为龙王管天降雨。

④朱门:红漆大门,指富贵人家。

⑤"犹恐"句:唯恐天阴乐器受潮,声音喑哑。

【赏析】

这首诗写作者观看民间祈雨时所产生的感慨。前两句写干旱严重,农夫为求生存而求雨;后两句则写富贵人家担心影响自己寻欢作乐而害怕阴天下雨。两事同举管弦言之,对照鲜明,笔锋犀利,对富人的讽刺和对农夫的同情见于言外。

杨巨源

杨巨源(755—?),字景山,河中(今山西永济西)人。贞元五年(789)登进士第。元和六年(811)以监察御史为河中节度使从事。历太常博士、凤翔少尹等职。长庆元年(821)为国子司业,四年以河中少尹退归乡里。以诗知名,与白居易、元稹、刘禹锡、张籍等诗人交往。《全唐诗》录存其诗一卷,《全唐诗续拾》补诗三首,断句五,题一则。

和练秀才杨柳

水边杨柳曲尘丝,立马烦君折一枝。
惟有春风最相惜①,殷勤更向手中吹。

【注释】

①相:表示动作偏指一方。"惜"的对象是柳枝。

【赏析】

此诗抒发了对早春景色的喜爱和赞美。起句点明早春最富有诗意;次句写新柳,既是写早春最典型的景物,也是对上句中"清景"的具象化。后两句用芳春的秾丽加以反衬,进一步突出了早春景色的清新和诗意盎然。本篇不惟别具慧心,而且富有理趣。

韦应物

韦应物(737—792),唐代京兆长安(今陕西西安)人。少年时以三卫郎事玄宗。历任滁州、江州、苏州刺史,故称韦江州或韦苏州。其诗以写田园风物著名,语言高度锤炼以自然平淡出之,著有《韦苏州集》。

寄全椒山中道士

今朝郡斋冷①,忽念山中客。
涧底束荆薪,归来煮白石②。
欲持一瓢酒,远慰风雨夕。
落叶满空山,何处寻行迹。

【注释】

①郡斋:刺史官署的斋舍。

②煮白石:葛洪《神仙传》记白石先生"常煮白石为粮,因就白石山居,时人故号曰白石先生"。这里喻指全椒道士清苦。

【赏析】

韦应物早年宿卫内廷,任侠使气,生活颇为放浪。安史乱后,折节读书,变为沉静清雅的读书人,与道士之流往返密切。这首《寄全椒山中道士》一诗,最能见出他抱散守淡的情怀。

东　郊

吏舍跼终年,出郊旷清曙①。
杨柳散和风,青山澹吾虑②。
依丛适自憩,缘涧还复去③。
微雨霭芳原,春鸠鸣何处。

乐幽心屡止,遵事迹犹遽。
终罢斯结庐④,慕陶直可庶⑤。

【注释】

①踽:拘束的意思。

②澹:澄静。虑:思绪。

③缘:通"沿"。还复去:往来徘徊。

④庐:茅庐,草屋。

⑤庶:差不多。

【赏析】

韦应物晚年对陶渊明极为向往,不但作诗"效陶体",而且生活上也"慕陶"、"等陶"。此诗就是韦应物羡慕陶渊明生活和诗歌创作的证明。

送杨氏女

永日方戚戚①,出行复悠悠②。
女子今有行③,大江溯轻舟。
尔辈苦无恃④,抚念益慈柔。
幼为长所育,两别泣不休。
对此结中肠,义往难复留。
自小阙内训⑤,事姑贻我忧。
赖兹托令门⑥,仁恤庶无尤⑦。
贫俭诚所尚,资从岂待周?
孝恭遵妇道,容止顺其猷⑧。
别离在今晨,见尔当何秋?
居闲始自遣,临感忽难收⑨。
归来视幼女,零泪缘缨流⑩。

【注释】

①戚戚:悲伤忧愁。

②悠悠:遥远。

③行:出嫁。《诗经·邶风·泉水》:"女子有行,远父母兄弟。"

④无恃:幼时无母。作者自注:"幼女为杨氏所抚育。"

⑤阙:通"缺"。内训:母亲的训导。

⑥令门:好的人家。这里指女儿的夫家。

⑦尤:过失。

⑧容止:仪容举止。猷:规矩。

⑨临感:临别伤感。

⑩缘:沿着。缨:系帽的带子。

【赏析】

诗人的大女儿要出嫁,他的心情异常复杂,遂写了此诗。殷殷叮嘱,情事意切,令人感动。

淮上喜会梁州故人①

江汉曾为客,相逢每醉还。

浮云一别后,流水十年间。

欢笑情如旧,萧疏鬓已斑②。

何因不归去?淮上有秋山。

【注释】

①淮:淮河。梁州:今河南开封。

②"萧疏"句:谓两鬓头发稀疏、斑白。

【赏析】

此诗约作于大历八年(773)左右,当时韦应物有淮海之行,在淮上(今江苏淮阴一带)遇见以前在梁州(今陕西南郑)结交的一位朋友,今昔之感,形诸吟咏。首联追叙梁州聚会之乐;次联写梁州一别,转瞬十年;三联写久别重逢,欢笑如旧,而人已衰老;尾联写二人同有羁旅之苦,何不归去而飘泊于淮上?通篇一气回旋,兴象超妙。次联用流水对,以"浮云"比喻行踪无定,以"流水"象征岁月流逝,而"一别后"、"十年间"既表现阔别之久,又蕴含重逢之乐,别后十年间两人的经历,当然又是重逢话旧的内容。可谓天然佳句,至今犹能引起久别重逢者的情感共鸣,故传诵不衰。

常 建

常建,生卒年不详,《唐才子传》说他是长安(今陕西西安)人。玄宗开元十五年(727)与王昌龄同榜登进士第,曾任盱眙尉。仕途失意,放浪诗酒,往来于关中太白、紫阁诸峰间。天宝时隐居鄂渚(今湖北武昌西山),王昌龄、张偾贬龙标,常建有《鄂渚招王昌龄张偾》诗,含招与共隐之意。其生平事迹,仅《唐诗纪事》《唐才子传》等书有零星记述。常建诗名颇盛,殷璠《河岳英灵集》首列其诗,评云:"其旨远,其兴僻,佳句辄来,惟论意表。"并对他"高才而无位"、"沦为一尉"深表同情。《全唐诗》存诗一卷。

宿王昌龄隐居

清溪深不测,隐处惟孤云。
松际露微月,清光犹为君。
茅亭宿花影,药院滋苔纹①。
余亦谢时去,西山鸾鹤群②。

【注释】

①药院:种药的院子。滋苔纹:长了苔藓,言人迹罕至。

②"余亦"二句:言自己也将谢绝时世,与王昌龄偕隐。

【赏析】

这是常建的五古名篇。殷璠称"松际露微月,清光犹为君"两句"警策"。沈德潜认为通篇"清澈之笔,中有灵悟"(《唐诗别裁集》卷一)。周敬也说"常建诗灵慧雅秀,清中带厚,如'清溪深不测'、'清晨入古寺'等篇,令人诵欲忘年"(《唐诗选脉会通评林》卷三〇)。

题破山寺后禅院①

清晨入古寺,初日照高林。
曲径通幽处,禅房花木深②。
山光悦鸟性,潭影空人心③。
万籁此皆寂④,惟闻钟磬音⑤。

【注释】

①破山寺:即兴福寺,在今江苏常熟市虞山北麓,六朝南齐时建造。后禅院:寺庙后面僧人居住修行的处所。

②禅房:僧侣清修居住的房屋。

③潭影:花木山岭在水潭的倒影。空人心:净化了人内心的尘世俗念。

④万籁:指自然界的一切声音。

⑤钟磬:寺庙中的两种打击乐器。

【赏析】

这首诗题咏的是佛寺禅院,抒发的是寄情山水的隐逸情怀。

张 籍

张籍(768?—830?),字文昌。祖籍吴郡(今江苏苏州市)人,实际生长于和州(今安徽和县)。唐德宗贞元十五年(799)进士。曾任太常寺太祝、水部员外郎、国子司业等官。其诗颇多反映当时社会现实之作,特别是直接描写社会问题的乐府体诗尤为人民喜爱,与王建的乐府诗并称为"张王乐府"。有《张司业集》。

没蕃故人①

前年戍月支②,城下没全师③。
蕃汉断消息④,死生长别离。
无人收废帐⑤,归马识残旗。
欲祭疑君在,天涯哭此时⑥。

【注释】

①没:消失,此处指死了。蕃:音bō,吐蕃。

②月支:汉西域国名。这里借指吐蕃。

③没全师:全军覆没。

④这句意谓交战双方信息断绝,死生的情况不明。汉:代指唐。

⑤废帐:战斗结束后遗弃的军中帐篷。

⑥天涯:天边,指故人牺牲的地方。一说是作者所在的地方。

【赏析】

这是一首哀悼和吐蕃作战而壮烈牺牲的友人的诗,语真情苦,流露出非战思想。

秋 思

洛阳城里见秋风,欲作家书意万重①。
复恐匆匆说不尽,行人临发又开封②。

【注释】

①重:重叠。意万重:极言意思之多。

②行人临发:捎信去的人快要出发。开封:打开已封好的家书。这句说明写

家书的人心有千言万语,叮咛唯恐不至,踌躇凝想,所以一再要作补充。

【赏析】

这首诗寓情于事,借助寄家书时的思想活动和行动细节,真切地表达了客居他乡之人对家乡亲人的深切思念。

王 建

王建(766—830),字仲初,颍川(今河南许昌)人。大历年间进士。晚年为陕州司马,又从军塞上。擅长乐府诗,与张籍齐名,世称"张王"。所作《宫词》一百首颇有名。有《王司马集》。

江 馆①

水面细风生,菱歌慢慢声。
客亭临小市,灯火夜妆明。

【注释】

①江馆:指市镇上一所临江的旅馆。

【赏析】

本诗主要描写了诗人夜宿江馆所见江边夜市的景色。

望 夫 石①

望夫处,江悠悠。化为石,不回头。
山头日日风复雨,行人归来石应语。

【注释】

①望夫石:相传古代有个女子,天天上山远望离家远行的丈夫。丈夫始终没回来,这女子便在山头化为一块形状如一位女子翘首远望的石头,人们就把此石称为望夫石,此山称为望夫山。

【赏析】

这诗采用民间故事为题材,写一女子对丈夫的爱情永远不变。

薛 涛

薛涛(770? —832),字洪度,长安(今陕西西安)人。唐朝女诗人。幼随父入蜀。贞元元年(785)韦皋镇蜀,令侍酒赋诗,因入乐籍。以巧言语,善为诗闻名。后罚赴松州,以献诗获释。还成都后,即脱乐籍,卜居西郊浣花溪。与当代仕宦名流如武元衡、李德裕、元稹、王建等俱有唱和。其诗情调感伤,道丽喜人。又自制深红小笺书写其诗,人称薛涛笺,深为后世文士所赏爱。后人辑有《薛涛诗》,或称《洪度集》。

牡 丹

去春零落暮春时,泪湿红笺怨别离。

常恐便同巫峡散,因何重有武陵期①?

传情每向馨香得,不语还应彼此知。

只欲栏边安枕席,夜深闲共说相思。

【注释】

①巫峡散:化用"巫山云雨"的典故,担心一散而不复聚。武陵期:化用"刘、阮遇仙女"的典故:别后再见无望。因何:犹言"无由",不可能。

【赏析】

此诗将牡丹拟人化,对牡丹作情人语,妙用典故,表示对聚而又散的失望和担心。诗人的"安枕席"语:对花联床夜话,将诗情推向高潮。诗构思新颖纤巧,意境绵长。

送 友 人

水国蒹葭夜有霜,月寒山色共苍苍①。

谁言千里自今夕,离梦杳如关塞长。

【注释】

①两句暗用《诗·秦风·蒹葭》意,深藏对"伊人"的怀恋。

【赏析】

诗写离情,全从如画景色中透出。末二句以千里边关烘托杳杳离梦,辞气沉郁不觉一丝儿女情态。

韩 愈

韩愈(768—824),字退之,河阳(今河南孟县)人。自谓昌黎韩愈,世称韩昌黎。唐德宗贞元进士,曾任节度判官、监察御史、国子博士等职。卒谥文,世称韩文公。其散文被列为"唐宋八大家"之首,与柳宗元并称"韩柳"。作品有《韩昌黎集》。

早春呈水部张十八员外①

天街小雨润如酥②,草色遥看近却无。
最是一年春好处,绝胜烟柳满皇都③。

【注释】

①水部:唐时属工部四司之一,掌管水道的有关政令。水部张十八员外:指诗人张籍。以兄弟辈排行十八,故称"张十八"。曾任水部员外,世称"张水部"。是诗人的好友。

②天街:指长安朱雀门外的街道。酥:酥油。以牛羊乳酪制成,形容初春细雨的滋润。

③绝胜:远远胜过。烟柳:柳丝如烟。指暮春景象。皇都:指京城长安。

【赏析】

这是一首描写和赞美早春景色的七绝,首句"润如酥"来比喻初春小雨柔腻的滋润,非常形象,可与杜甫的《春夜喜雨》"随风潜入夜,润物细无声"媲美,次句描写草芽初绽时那一抹似有还无的依稀绿意,刻绘细腻,形神兼备,三四句直接抒发诗人的赞美,对以上两句总结,"最"、"绝"二字领句,通过对比,表现自己对早春的喜爱,全诗语言清新流畅,平淡自然,读来耐人寻味。

山 石

山石荦确行径微①,黄昏到寺蝙蝠飞。
升堂坐阶新雨足,芭蕉叶大栀子肥②。
僧言古壁佛画好,以火来照所见稀③。
铺床拂席置羹饭④,疏粝亦足饱我饥⑤。
夜深静卧百虫绝,清月出岭光入扉。
天明独去无道路,出入高下穷烟霏⑦。

山红涧碧纷烂漫,时见松枥皆十围。

当流赤足踏涧石。水声激激风吹衣。

人生如此自可乐,岂必局促为人靰。

嗟哉吾党二三子,安得至老不更归!

【注释】

①荦:音 luò,山石险峻不平的样子。微:细小,这里指道路狭窄。

②栀子:茜草科常绿灌木,夏日开花,白色,味香。栀:一作"支"。

③稀:稀罕,以前很少见过这种壁画。一说,稀即依稀,看不清。

④拂席:拂拭席子。置:摆上。羹饭:泛指饭菜。

⑤疏枥:粗糙的饮食。枥:音 lì,糙米。

【赏析】

这是一首叙写游踪的纪游诗,贞元十六年或十七年作。这首诗不是咏"山石"的,只是取首句首二字作为诗题。

八月十五夜赠张功曹①

纤云四卷天无河,清风吹空月舒波。

沙平水息声影绝,一杯相属君当歌。

君歌声酸辞正苦,不能终听泪如雨。

洞庭连天九疑高,蛟龙出没猩鼯号②。

十生九死到官所,幽居默默如藏逃。

下床畏蛇食畏药,海气湿蛰熏腥臊。

昨者州前捶大鼓,嗣皇继圣登夔皋③。

赦书一日行千里,罪从大辟皆除死。

迁者追回流者还,涤瑕荡垢清朝班。

州家申名使家抑,坎轲只得移荆蛮。

判司卑官不堪说,未免捶楚尘埃间。

同时辈流多上道,天路幽险难追攀。

君歌且休听我歌,我歌今与君殊科。

一年明月今宵多,人生由命非由他,

有酒不饮奈明何!

【注释】

①张功曹:指张署。功曹:官名,功曹参军的简称,刺史的属官。

②猩:指猿猴。鼯:音 wú,一种飞鼠。别名夷由,形似蝙蝠。张署和韩愈贬谪南方时,曾路经洞庭湖一带,深知旅途的荒凉艰险。

【赏析】

这是一首政治抒情诗。通过对被贬谪生活及遇赦受压抑的记叙和倾诉,抒发了诗人对当时黑暗政局的愤懑不平之情。

谒衡岳庙遂宿岳寺题门楼①

五岳祭秩皆三公,四方环镇嵩当中。
火维地荒足妖怪②,天假神柄专其雄。
喷云泄雾藏半腹,虽有绝顶谁能穷?
我来正逢秋雨节,阴气晦昧无清风。
潜心默祷若有应,岂非正直能感通?
须臾静扫众峰出,仰见突兀撑青空。
紫盖连延接天柱,石廪腾掷堆祝融③。
森然魄动下马拜,松柏一径趋灵宫。
粉墙丹柱动光彩,鬼物图画填青红。
升阶伛偻荐脯酒,欲以菲薄明其衷。
庙令老人识神意,睢盱侦伺能鞠躬。
手持杯珓导我掷⑤,云此最吉余难同。
窜逐蛮荒幸不死,衣食才足甘长终。
侯王将相望久绝,神纵欲福难为功。
夜投佛寺上高阁,星月掩映云曈曨。
猿鸣钟动不知曙,杲杲寒日生于东。

【注释】

①谒:朝拜。衡岳:南岳衡山,在湖南衡山县。衡岳庙指衡山上的山神庙,在衡山县西三十里。题门楼:把诗题写在庙的门楼上。贞元十九年(803),韩愈上书德宗,请求宽减赋税徭役,被贬为阳山令。永贞元年(805)宪宗继位遇大赦,至郴州待命。九月,赴江陵府任法曹参军,途中游衡山,写下这首诗。诗中描写了南岳衡山的磅礴气势,抒发了对仕途坎坷、被贬蛮荒的怨愤。

②火维:炎热如火的边疆,指南方。

③紫盖、天柱、石廪、祝融:是衡山七十二峰中的四个峰名。

【赏析】

顺宗永贞元年(805)九月,韩愈从郴州出发赴江陵任法曹参军,途中游南岳衡山,谒衡岳庙,宿于岳寺,作此诗题门楼。诗中生动地描绘了南岳的壮丽、岳庙的古朴,并因景抒情,托物言志,亦庄亦谐,表现了被贬受压的心态和豪迈倔强的性格,是韩愈的代表作之一。

石　鼓　歌

张生手持石鼓文^①,劝我试作石鼓歌。

少陵无人谪仙死,才薄将奈石鼓何。

周纲凌迟四海沸,宣王愤起挥天戈。

大开明堂受朝贺,诸侯剑佩鸣相磨。

蒐于岐阳骋雄俊,万里禽兽皆遮罗。

镌功勒成告万世,凿石作鼓隳嵯峨。

从臣才艺咸第一,拣选撰刻留山阿。

雨淋日炙野火燎,鬼物守护烦㧬呵。

公从何处得纸本,毫发尽备无差讹。

辞严义密读难晓,字体不类隶与蝌。

年深岂免有缺画,快剑斫断生蛟鼍。

鸾翔凤翥众仙下,珊瑚碧树交枝柯。

金绳铁索锁钮壮,古鼎跃水龙腾梭。

陋儒编诗不收入,二雅褊迫无委蛇。

孔子西行不到秦,掎摭星宿遗羲娥。

嗟余好古生苦晚,对此涕泪双滂沱。

忆昔初蒙博士征,其年始改称元和。

故人从军在右辅,为我度量掘臼科。

濯冠沐浴告祭酒,如此至宝存岂多。

毡包席裹可立致,十鼓只载数骆驼。

荐诸太庙比郜鼎,光价岂止百倍过?

圣恩若许留太学,诸生讲解得切磋。

观经鸿都尚填咽,坐见举国来奔波。

剜苔剔藓露节角,安置妥贴平不颇。

大厦深檐与盖覆,经历久远期无佗。

中朝大官老于事,讵肯感激徒媕娿!

牧童敲火牛砺角,谁复著手为摩挲?

日销月铄就埋没,六年西顾空吟哦。

羲之俗书趁姿媚,数纸尚可博白鹅。

继周八代争战罢,无人收拾理则那!

方今太平日无事,柄任儒术崇丘轲。

安能以此上论列,愿借辩口如悬河。

石鼓之歌止于此,呜呼吾意其蹉跎!

【注释】

①张生:张籍,字文昌,原籍吴郡(今江苏苏州)。唐代贞元进士,历任太常寺太祝、水部员外郎、国子司业等职,著名诗人。石鼓文:是我国现存最早的刻石文字,因记君王游猎事,也称"猎碣"。近人研究,认为是秦刻石。石鼓现存故宫博物馆。

【赏析】

韩愈诗歌的特色——"以文为诗"的特征在此诗中表现得淋漓尽致。韩愈以散体文入诗,以议论入诗,体势典重,音节响朗,把枯燥的"金石学"写得生动开张,气势宏伟。也为后来以学术内容写诗的人,开了一条途径。

【国学精粹珍藏版】

李志敏⊙编著

唐诗·宋词·元曲

◎尽览中国古典文化的博大精深 ◎读传世典籍，赢智慧人生——

—— 受益终生的传世经典

卷二

民主与建设出版社
·北京·

刘禹锡

刘禹锡(772—842),字梦得,河南洛阳人。贞元进士,又登博学宏词科,授监察御史。参加王叔文领导的政治革新运动失败,贬郎州司马,迁连州刺史,晚年入朝为主客郎中,迁太子宾。世称刘宾客,官终检校礼部尚书。诗与白居易齐名,并称"刘白",有"诗豪"之誉。有《刘梦得文集》。

蜀先主庙①

天地英雄气,千秋尚凛然。
势分三足鼎,业复五铢钱②。
得相能开国,生儿不象贤。
凄凉蜀故伎,来舞魏宫前③。

刘禹锡像

【注释】

①蜀先主:蜀汉的开国皇帝刘备。其庙在今四川奉节县东的白帝山。

②五铢钱:汉武帝元狩五年(前118)铸造的一种钱币。王莽代汉时废除了它,东汉光武帝刘秀又恢复了它。

③魏宫:曹魏的宫殿。刘禅降魏,举家迁洛阳。司马昭让蜀汉歌伎歌舞,刘禅说:"此间乐,不思蜀。"

【赏析】

这是作者经过蜀先主(刘备)庙吊古的诗。庙在夔州,作者曾在夔州做刺史。

西塞山怀古①

王濬楼船下益州②,金陵王气黯然收③。
千寻铁锁沉江底④,一片降幡出石头⑤。
人世几回伤往事,山形依旧枕寒流⑥。
从今四海为家日⑦,故垒萧萧芦荻秋⑧。

【注释】

①西塞山：在今湖北大冶市东面的长江边，是东吴西部的江防要塞。

②下益州：西晋益州刺史王濬制造战舰，带水军从益州顺江东下，烧毁东吴横锁江面的铁链，东吴皇帝孙皓出降，中国又复统一。

③金陵：今江苏南京市，曾是东吴国都，当时叫建业。王气：指帝王所在地的祥瑞之气。

④寻：八尺为一寻。

⑤幡：音 fān，旗子。石头：石头城，故址在今江苏南京市，此指建业。

⑥寒流：指长江。

⑦四海为家：指全国统一。

⑧故垒：旧时的吴国堡垒，也喻指当时的藩镇割据。

【赏析】

西塞山在今湖北大冶的长江边上，为六朝军事要塞，长庆四年(824)刘禹锡由夔州(今四川奉节)刺史调任和州(今安徽和县)刺史，在赴任途中经过这里，写下了这首诗。

春 词

新妆宜面下朱楼，深锁春光一院愁。
行到中庭数花朵，蜻蜓飞上玉搔头①。

【注释】

①玉搔头：玉簪。

【赏析】

这是一首写宫怨的诗。美人精心梳妆后，走下朱楼，结果无人欣赏。失望之余，以闲数花朵打发无聊的时间，不料蜻蜓倒来欣赏新妆。这样描写，含义一看就知：女主人公处境孤寂冷落。本诗细腻而生动，留有想象的余味。

白居易

白居易(772—846)，字乐天，祖籍太原，(今山西省太原市)，出生于河南新郑(今河南省新郑县)。青少年时为避战乱和谋生，曾长时期在江淮一带辗转漂泊。后通过进士、拔萃科、制科考试，并先后任过校书郎、盩厔(zhōu zhì)县尉、翰林学士、左拾遗、左赞善大夫等职。这时他仕途得意，"兼济天下"的思想占主导地位,政治上"有阙必规,有违必谏",文学创作上"启奏之外,有可以救济人病,裨补时阙,而难于指言者辄咏歌之"(《与元九书》),写下了大量讽谕诗。815 年因上表请求缉拿藩镇派来刺杀宰相武元衡的凶手,被政敌诬为越职言事,贬为江州司马,这是白居易一生的转折点。这时他虽仍很关心人民疾苦,但抗争精神却减弱了,思想上从"兼济天下"为主转为以"独善其身"为主,其诗歌创作则以大量闲适诗、感伤诗为主要内容。因致仕前曾任太子少傅,后人又称其为"白傅"。致仕后居洛阳,思想上更趋消沉,以隐士佛子自居,自号"香山居士"。

白居易画像

长 恨 歌

汉皇重色思倾国^①,御宇多年求不得。
杨家有女初长成,养在深闺人未识。
天生丽质难自弃,一朝选在君王侧。
回眸一笑百媚生,六宫粉黛无颜色。
春寒赐浴华清池,温泉水滑洗凝脂。
侍儿扶起娇无力,始是新承恩泽时。
云鬓花颜金步摇^②,芙蓉帐暖度春宵。
春宵苦短日高起,从此君王不早朝。
承欢侍宴无闲暇,春从春游夜专夜。
后宫佳丽三千人,三千宠爱在一身。
金屋妆成娇侍夜,玉楼宴罢醉和春。
姊妹弟兄皆列土,可怜光彩生门户。
遂令天下父母心,不重生男重生女。
骊宫高处入青云,仙乐风飘处处闻。
缓歌慢舞凝丝竹,尽日君王看不足。
渔阳鼙鼓动地来,惊破霓裳羽衣曲。
九重城阙烟尘生,千乘万骑西南行。
翠华摇摇行复止,西出都门百余里。
六军不发无奈何,宛转蛾眉马前死。
花钿委地无人收,翠翘金雀玉搔头。
君王掩面救不得,回看血泪相和流。

黄埃散漫风萧索，云栈萦纡登剑阁。

峨嵋山下少人行，旌旗无光日色薄。

蜀江水碧蜀山青，圣主朝朝暮暮情。

行宫见月伤心色，夜雨闻铃肠断声。

天旋地转回龙驭，到此踌躇不能去。

马嵬坡下泥土中，不见玉颜空死处。

君臣相顾尽沾衣，东望都门信马归。

归来池苑皆依旧，太液芙蓉未央柳③。

芙蓉如面柳如眉，对此如何不泪垂？

春风桃李花开日，秋雨梧桐叶落时。

西宫南内多秋草，落叶满阶红不扫。

梨园弟子白发新④，椒房阿监青娥老。

夕殿萤飞思悄然，孤灯挑尽未成眠。

迟迟钟鼓初长夜，耿耿星河欲曙天。

鸳鸯瓦冷霜华重，翡翠衾寒谁与共！

悠悠生死别经年，魂魄不曾来入梦。

临邛道士鸿都客，能以精诚致魂魄。

为感君王展转思，遂教方士殷勤觅。

排空驭气奔如电，升天入地求之遍。

上穷碧落下黄泉⑤，两处茫茫皆不见。

忽闻海上有仙山，山在虚无缥缈间。

楼阁玲珑五云起，其中绰约多仙子。

中有一人字太真，雪肤花貌参差是。

金阙西厢叩玉扃，转教小玉报双成。

闻道汉家天子使，九华帐里梦魂惊。

揽衣推枕起徘徊，珠箔银屏迤逦开⑥。

云鬓半偏新睡觉，花冠不整下堂来。

风吹仙袂飘飘举，犹似霓裳羽衣舞。

玉容寂寞泪阑干，梨花一枝春带雨。

含情凝睇谢君王，一别音容两渺茫。

昭阳殿里恩爱绝，蓬莱宫中日月长。

回头下望人寰处，不见长安见尘雾。

惟将旧物表深情⑦，钿合金钗寄将去。

钗留一股合一扇，钗擘黄金合分钿。

但教心似金钿坚，天上人间会相见。

临别殷勤重寄词，词中有誓两心知。

七月七日长生殿，夜半无人私语时。

在天愿作比翼鸟，在地愿为连理枝。

天长地久有时尽，此恨绵绵无绝期⑧。

【注释】

①汉皇：以汉代唐，此处指唐玄宗。倾国：指美女。汉武帝的乐人李延年在汉武帝面前借唱歌赞叹他的妹妹道："北方有佳人，绝世而独立。一顾倾人城，再顾倾人国。"后人因此"倾城倾国"为美女的代称。

②云鬓：蓬松如云的鬓发。花颜：美丽如花的容貌。步摇：一种头饰，能随人步行而摇。

③太液：汉代宫中池苑名。芙蓉：荷花。未央：汉代宫殿名。此处以汉代唐，泛指唐代内宫。句意为宫殿内的景物，如芙蓉和柳，都和以前一样。

④梨园弟子：当年玄宗在梨园教练出来的乐工，其中包括一部分宫女。椒房：本指皇后住处，其房内以椒粉涂壁，取其香气，此处泛指后宫。阿监：宫内女官。青娥：指年轻的宫女。这两句形容玄宗的周围都是一些憔悴不堪的老宫女。

⑤穷：找遍。碧落：道家称天为碧落。下黄泉：即下穷黄泉。黄泉指地下。这两句即陈鸿《长恨歌传》所说的"出天界，入地府。"

⑥箔：帘。屏：屏风。迤逦：音yǐ lǐ，接连。这句是形容神仙洞的重重门户先后打开。

⑦旧物：指生前贵妃与玄宗的定情之物。即下文的钿合、金钗。

⑧绵绵：长远不绝，以结题面"长恨"之意。

【赏析】

诗中写流传已久的唐玄宗(李隆基)和杨贵妃(杨玉环)的悲剧故事，一面是揭露和讽刺，在一定程度上反映了当时社会复杂而尖锐的阶级矛盾的某些方面；一面又因作者封建士大夫的立场，对帝王的悲剧表示了某种程度的同情。

琵 琶 行并序

元和十年，予左迁九江郡司马。明年秋，送客湓浦口，闻舟中夜弹琵琶者。听其音，铮铮然有京都声。问其人，本长安倡女，尝学琵琶于穆、曹二善才。年长色衰，委身为贾人妇。遂命酒，使快弹数曲。曲罢悯然，自叙少小时欢乐事，今漂沦憔悴，转徙于江湖间。余出官二年，恬然自安，感斯人言，是夕始觉有迁谪意，因为长句，歌以赠之，凡六百一十二言，命曰《琵琶行》。

浔阳江头夜送客，枫叶荻花秋瑟瑟①。

主人下马客在船，举酒欲饮无管弦。

醉不成欢惨将别，别时茫茫江浸月。

忽闻水上琵琶声，主人忘归客不发。

寻声暗问弹者谁，琵琶声停欲语迟。

移船相近邀相见，添酒回灯重开宴。

千呼万唤始出来，犹抱琵琶半遮面。

转轴拨弦三两声，未成曲调先有情。

弦弦掩抑声声思，似诉生平不得志。

低眉信手续续弹，说尽心中无限事。

轻拢慢捻抹复挑②，初为《霓裳》后《六幺》。

大弦嘈嘈如急雨，小弦切切如私语。

嘈嘈切切错杂弹，大珠小珠落玉盘。

间关莺语花底滑，幽咽泉流水下难；

冰泉冷涩弦凝绝，凝绝不通声暂歇。

别有幽愁暗恨生，此时无声胜有声。

银瓶乍破水浆迸，铁骑突出刀枪鸣。

曲终收拨当心画，四弦一声如裂帛。

东船西舫悄无言，惟见江心秋月白。

沉吟放拨插弦中，整顿衣裳起敛容。

自言本是京城女，家在虾蟆陵下住。

十三学得琵琶成，名属教坊第一部。

曲罢曾教善才伏，妆成每被秋娘妒。

五陵年少争缠头，一曲红绡不知数。

钿头银篦击节碎，血色罗裙翻酒污。

今年欢笑复明年，秋月春色等闲度。

弟走从军阿姨死，暮去朝来颜色故。

门前冷落鞍马稀，老大嫁作商人妇。

商人重利轻别离，前月浮梁买茶去。

去来江口守空船，绕船明月江水寒。

夜深忽梦少年事，梦啼妆泪红阑干。

我闻琵琶已叹息，又闻此语重唧唧。

同是天涯沦落人，相逢何必曾相识。

我从去年辞帝京，谪居卧病浔阳城。

浔阳地僻无音乐，终岁不闻丝竹声。

住近浔江地低湿,黄芦苦竹绕宅生。
其间旦暮闻何物,杜鹃啼血猿哀鸣。
春江花朝秋月夜,往往取酒还独倾。
岂无山歌与村笛?呕哑嘲哳难为听。
今夜闻君琵琶语,如听仙乐耳暂明。
莫辞更坐弹一曲,为君翻作《琵琶行》。
感我此言良久立,却坐促弦弦转急。
凄凄不似向前声,满座重闻皆掩泣。
座中泣下谁最多?江州司马青衫湿。

【注释】

①荻:芦苇。瑟瑟:风吹草木声。

②拢、捻、抹、挑:琵琶演奏的几种指法和拨法。轻、慢:是形容拢和捻这两种动作的。复:又、还。

【赏析】

这首诗作于元和十一年秋。诗题原作《琵琶引》,这里为了和序文统一,改"引"作"行"。引、行都是歌曲名。本篇记浔阳舟中一位商人妇弹奏琵琶并叙述她的不幸遭遇,联系作者自己在政治上的升沉经历,揭露封建社会的一些黑暗,抒发了自己的愤慨。诗中关于琵琶女的故事是否真实,前人早有怀疑。作者可能虚构这些情节,借以寄托感慨。白集另有《夜闻歌者寄鄂州》一诗,情调和本篇相似,但不如本篇情节感人。

卖 炭 翁①

卖炭翁,伐薪烧炭南山中②。
满面尘灰烟火色,两鬓苍苍十指黑。
卖炭得钱何所营③?身上衣裳口中食。
可怜身上衣正单,心忧炭贱愿天寒。
夜来城外一尺雪,晓驾炭车辗冰辙。
牛困人饥日已高,市南门外泥中歇。
翩翩两骑来是谁?黄衣使者白衫儿④。
手把文书口称敕,回车叱牛牵向北。
一车炭,千余斤,宫使驱将惜不得。
半匹红绡一丈绫,系向牛头充炭值⑧。

【注释】

①这首诗是《新乐府》中的第32首。原序云:"苦宫市也"。所谓"宫市"是德

宗李适贞元末年所定的一种由太监直接办理购物的"制度"：他们不携带任何文书和凭证，只要遇到想要的东西，口称"宫市"，就可任意抢夺。本篇所写的就是典型一例。

②南山：终南山。

③何所营：何所求，求什么，做什么用。

④黄衣使者：指宫中派出采办货物的太监，穿黄衣。白衫儿：指太监手下的爪牙，穿白衣。

【赏析】

本诗描写了一个烧木炭的老人谋生的困苦，揭露了唐代"宫市"的罪恶，也表现了作者对下层劳动人民的深切同情。

草①

离离原上草②，一岁一枯荣。

野火烧不尽，春风吹又生。

远芳侵古道③，晴翠接荒城④。

又送王孙去⑤，萋萋满别情。

【注释】

①诗题一作《赋得原上草》。

②离离：繁茂的样子。

③远芳：远方的芳草。侵：渐近之势。这句是形容芳草已逐渐覆盖住古道。

④晴翠：雨后嫩绿的草色。

⑤王孙：原指贵族子弟。此处借称被送的人。萋萋：草盛的样子，此处借喻离情别绪之深有如这一望无际的古原草。这两句语出《楚辞·招隐士》："王孙游兮不归，春草生兮萋萋。"

【赏析】

此诗作于贞元三年(787)，当时白居易才十六岁。据唐人张固《幽闲鼓吹》等书记载，白居易曾拿这首诗谒当时著名诗人顾况，顾很赞赏这首诗，"因为之延誉，声名大振"。古代举子依限定的成语为题目作诗，要照例在诗题上加"赋得"两字。这首诗是白居易练习应考的拟作，所以诗题上也加这两个字。又因诗的内容是借咏古原上的萋萋青草来写送别，所以用了这样的诗题。

暮 江 吟①

一道残阳铺水中，半江瑟瑟半江红②。

可怜九月初三夜,露似真珠月似弓③。

【注释】

①暮江:指曲江池,故址在今陕西西安市东南曲江,以池曲折而得名。池岸花卉围绕,烟水明媚,是当时都中第一胜景。唐玄宗每年三月三日要在那里宴请群臣。白居易在长安时,也喜欢去那里游览。吟:吟诗。

②瑟瑟:一种深绿色宝石。这里形容落日余晖没有照到的江水呈现的颜色。

③弓:弯弓,这里形容初三夜晚的月牙。

【赏析】

此诗是一首写景作品,诗中描绘的是江上晚霞的景色和秋夜露珠的晶莹。全诗以"可怜"为主旨,极力描写了夏历九月初三夜晚的景色。诗人用残阳、江水、露珠、弯月构成一幅美丽的夜景,让人读后有身临其境之感,给人以美的感受。诗虽是写黄昏时江边的风景,但却没有"夕阳无限好,只是近黄昏"的遗憾与惋惜之情。全诗通俗易懂不造作,用笔自然、洒脱。

李　绅

李绅(772—846),字公垂,无锡(今属江苏)人。元和元年(806)考中进士。会昌元年(841)任宰相,封赵国公。后出任淮南节度使。《全唐诗》录其《追昔游诗》三卷,杂诗一卷。

悯　农二首①

其　一

春种一粒粟②,秋收万颗子③。
四海无闲田④,农夫犹饿死⑤。

【注释】

①诗题一作《古风》二首。悯:音 mǐn,哀怜、怜悯。

②粟:音 sù,谷子。这里指代所有粮食作物。

③收:一作"成"。子:植物的籽实。

④四海:指普天之下、全中国。闲田:荒废闲置不种的土地。

⑤农夫:从事农业体力劳动的人。犹:还,仍然。

【赏析】

这首诗深刻地揭露了统治阶级的残酷剥削,描写了劳动者的苦难生活,表达了作者对广大农民的深挚感情。

其 二

锄禾日当午①,汗滴禾下土。
谁知盘中餐②,粒粒皆辛苦。

【注释】

①禾:泛指庄稼、农作物。当:处在某个时候。午:十二时辰之一。午时等于现在中午十一时至十三时。

②餐:音 cān,饮食。

【赏析】

这首诗写出了农民劳动的艰辛和对浪费粮食的愤慨。在百花竞丽的唐代诗苑,此诗虽算不上精品,但意味深长,流传极广。

柳宗元

柳宗元(773—819),字子厚,生于西安,世称柳河东。贞元进士,又中博学宏词科,授集贤殿正字。迁蓝田尉,拜监察御史。因参加王叔文领导的政治革新运动失败,贬永州司马,再贬柳州刺史,死于任所,世又称柳柳州。是唐代古文运动的倡导者之一,与韩愈齐名,并称"韩柳",同被列入"唐宋八大家"。有《柳河东集》。

晨诣超师院读禅经①

汲井漱寒齿,清心拂尘服。
闲持贝叶书②,步出东斋读。
真源了无取,妄迹世所逐。
遗言冀可冥,缮性何由熟?
道人庭宇静,苔色连深竹。
日出雾露余,青松如膏沐。
澹然离言说,悟悦心自足。

【注释】

①诣:到。超师:僧人。禅经:释家典籍。

②贝叶书:即佛经。古印度没有纸时,常用贝多树叶写经文。

【赏析】

这是一首抒写感想的抒情诗,作者写出了晨读禅经的情景和感受,曲折地表达了埋藏在心底的抑郁之情。

柳宗元画像

溪 居①

久为簪组累,幸此南夷谪②。

闲依农圃邻,偶似山林客。

晓耕翻露草,夜榜响溪石③。

来往不逢人,长歌楚天碧。

【注释】

①这首诗虽强写欢娱,强写闲适,但贬居时的抑郁之气却时有流露,不必作闲适诗读。

②簪组:义同"簪缨",指古代官吏的冠饰。上句指久为官职所羁累。南夷:旧称南方少数民族。这里指柳宗元所谪居的永州。下句说幸亏迁谪到南方。

③榜:音 pàng,进船。这句说撑船傍岸,触溪石而有声。

【赏析】

《溪居》的"溪"指"愚溪"。刘禹锡《伤愚溪》诗前小序曰:"故人柳子厚之谪永州,得胜地,结茅树蔬,为沼沚、为台榭,目曰愚溪。"这首诗寥寥八句,写他溪居的日常生活和心态,简淡高洁,体现了柳宗元五言古体诗的基本风格。

渔 翁①

渔翁夜傍西岩宿②,晓汲清湘燃楚竹③。

烟销日出不见人,欸乃一声山水绿④。

回看天际下中流,岩上无心云相逐⑤。

【注释】

①本篇作于永州。

②西岩:疑即永州的西山。作者另有《始得西山宴游记》。

③湘：湘水。

④欸乃：音 ǎi nǎi，橹桨戛轧声，或云人声。唐时湘中棹歌中有《欸乃曲》(见元结《欸乃曲序》)。欸乃一声：即棹歌一声。山水绿：承上"烟销日出"，谓青山绿水，顿现原貌。

⑤末两句说渔翁驾舟向中流行去，回看天际，发现岩上缭绕舒展的白云仿佛追随着渔舟。天际：即"岩上"。陶潜《归去来兮辞》："云无心以出岫。"

【赏析】

诗人谪居永州时作，以渔翁自况，寓政治上失意的孤愤。苏轼赞叹说："熟味此诗，有奇趣。"

江　雪

千山鸟飞绝，万径人踪灭①。

孤舟蓑笠翁，独钓寒江雪②。

【注释】

①这两句说栖鸟不飞，行人绝迹，极写大雪中环境的幽寂。

②这两句以孤舟独钓，点缀雪景。曲折地反映了作者在政治革新失败后不屈而又孤独的精神面貌。后世许多山水画都取此二句所写景物为题材。

【赏析】

诗人谪居永州(今湖南零陵)时作，寄托清高、孤傲的情感，抒发政治上的失意和苦闷。

李　涉

李涉，生卒年不详，自号清溪子，洛阳人。宪宗时，为太子通事舍人，后贬为陕州司仓参军。文宗时，召为太学博士，复以事流配康州，浪游桂林，不知所终。其诗擅长七绝，语言通俗。《全唐诗》存其诗一卷。

再宿武关①

远别秦城万里游②，乱山高下出商州③。

关门不锁寒溪水，一夜潺湲送客愁④。

【注释】

①题一作《从秦城回再题武关》。武关：旧商州的关名，在今陕西省商县东。

②秦城:在今陕西省陇县境内。或借指长安。

③乱山高下:商州山势高下曲折,旧有"七盘十二绛"(绛:绳索,一作"绕")的名称。

④潺湲:水声。送:等于"输送"。末两句意思说,溪水仿佛是载着离愁别恨,长流远去,关门也阻挡不了。

【赏析】

武关在今陕西商县东,是著名的险关。作者曾由太学博士流放康州,此诗或作于赴贬所途中,故以"远别秦城万里游"开头、以"一夜潺湲送客愁"结尾。

元 稹

元稹(779—831),字微之,河南河内(今河南省洛阳市)人。十五岁明经及第,授校书郎。唐宪宗时任监察御史,唐穆宗长庆二年拜为宰相,唐文宗时任武昌军节度使,死于任所。与白居易友善,常相唱和,世称"元白"。有《元氏长庆集》。

行 宫①

寥落古行宫,宫花寂寞红②。
白头宫女在,闲坐说玄宗。

【注释】

①古行宫:洛阳行宫上阳宫。

②寥落:萧条冷落。

【赏析】

本诗描定了一位白发苍苍的老宫女在开满红花的寂寥古行宫里闲聊唐玄宗的情景,倾诉了宫女无穷的衰怨之情,寄托了诗人深沉的盛衰之感。

杨敬之

杨敬之,生卒年不详,字茂孝,虢州弘农(今河南灵宝县)人。元和初登进士

第,官屯田、户部二郎中,因参与牛宗闵党被贬为连州刺史。当时诗名颇盛。《全唐诗》存其诗二首。

赠 项 斯

几度见诗诗总好,及观标格过于诗①。
平生不解藏人善,到处逢人说项斯。

【注释】
①标格:风范、人品风度。

【赏析】
本诗不但赞美了项斯的诗写得好,而且夸奖了项斯的品格,语言朴实无华,所表现的感情高尚美好。

贾 岛

贾岛(779—843),字浪仙(一作阆仙),范阳(今北京市一带)人。早年为僧,法号无本,后还俗。应进士试,屡试不中。做过长江主簿、普州司仓参军之类的小官。以"苦吟"著称于世。诗格清苦,与孟郊并称为"郊寒岛瘦"。有《长江集》传世,《全唐诗》录其诗四卷。

寻隐者不遇①

松下问童子,言师采药去②。
只在此山中,云深不知处。

【注释】
①此诗在《全唐诗》中凡两见,又题作《访羊尊师》,署作者为孙革。
②药:这里指方术之士所服用的茯苓、柏实之类养生药物。

【赏析】
这首诗情节非常简单,诗人通过以答赅问、省略问句的方式,将丰富的内容浓缩到二十个字中,且写得意味深长,令人神往。诗人一问,童子告之"采药去",不免失望,但接着得知他"只在此山中",不禁燃起了新的希望。最后童子又说"云深不知处",又再次失望,这样层层深入,把"不遇"二字写得透彻,也引出一个超凡脱俗、行踪飘然的隐士形象。此外,诗中"松"、"云"又暗寓着隐士的高风亮洁之义,揭示出作者对隐者的仰慕。仰而"不遇",更加突出作者的惆怅之情。

剑　　客

十年磨一剑①,霜刃未曾试②。
今日把示君③,谁有不平事?

【注释】

①磨:指磨剑使之锋利。

②霜刃:剑锋亮如白霜。极写其锋利。

③示:出示,给人看。

【赏析】

诗人以客的口吻,着力刻画剑和剑客的形象,托物言志,抒写自己兴利除弊的政治抱负。

题李凝幽居

闲居少邻并①,草径入荒园。
鸟宿池边树,僧敲月下门②。
过桥分野色,移石动云根③。
暂去还来此,幽期不负言④。

【注释】

①闲居:独居。

②这句诗有个传说:《苕溪渔隐丛话·前集》卷十九引《刘公嘉话》:"岛初赴举京师,一日,于驴上得句云:'僧敲月下门。'始欲着'推'字,又欲着'敲'字。练之未定,遂于驴上吟哦,时时引手作'推敲'之势。时韩愈吏部权京兆,岛不觉冲至第三节。左右拥至尹前,岛具对所得诗句云云。韩立马良久,谓岛曰:作'敲'字佳矣。"后世遂称斟酌字句、反复考虑为"推敲"。

③云根:古人认为云"触石而出",故称石为云根。

④幽:幽雅。期:约会。

【赏析】

这首诗用传神、准确的词语,为我们勾画出一种清寂空灵的意境,表达了诗人对隐居生活的热切向往。

李 贺

李贺(790—816),字长吉,福昌(今河南宜阳县)人,因避父晋肃讳,不得参加进士考试。曾任奉礼郎。年少失意,忧郁而死。他善于熔铸词采,驰骋想象,巧用神话传说。诗中常带有感伤情调。有《李长吉歌诗》四卷,《外集》一卷。

雁门太守行①

黑云压城城欲摧,甲光向日金鳞开。
角声满天秋色里,塞上燕脂凝夜紫②。
半卷红旗临易水,霜重鼓寒声不起。
报君黄金台上意,提携玉龙为君死。

【注释】

①《雁门太守行》:古乐府诗题,多以边塞征战为内容。行:歌行体,古代诗歌的一种体裁。

②燕脂:即胭脂。这里喻鲜血。

【赏析】

诗人借用古乐府题,通过描写一座将被攻破的边城中所展开的激烈战斗,赞扬了守将誓死保国精神,表达了爱国思想。

李凭箜篌引①

吴丝蜀桐张高秋②,空山凝云颓不流③。
江娥啼竹素女愁④,李凭中国弹箜篌⑤。
昆山玉碎凤凰叫⑥,芙蓉泣露香兰笑。
十二门前融冷光⑦,二十三丝动紫皇⑧。
女娲炼石补天处⑨,石破天惊逗秋雨。
梦入神山教神妪⑩,老鱼跳波瘦蛟舞。
吴质不眠倚桂树⑪,露脚斜飞湿寒兔⑫。

【注释】

①李凭:供奉宫廷的梨园弟子,擅长弹箜篌。箜篌:古乐器,有二十三根弦,竖抱在怀中两手齐奏。引:古代乐府诗歌体裁名。

②吴丝蜀桐:指精美的箜篌。蜀中桐木宜为乐器。

③颓：堆集。

④江娥：即湘娥，舜的妃子之一，舜死后，湘娥悲泣，泪洒竹上，变成了斑竹。素女：神话中的女神，传说黄帝曾使素女鼓瑟，声调悲切。

⑤中国：国中，指国都。

⑥昆山：昆仑山，产玉之地。

⑦十二门：长安城有十二座门。

⑧紫皇：天神。

⑨女娲：神话传说中的女神，古时天崩地裂，女娲炼五彩石补天。

⑩神妪：妪，音 yù，神女，传说有神女叫成夫人，喜好音乐，能弹箜篌。

⑪吴质：吴刚。传说吴刚被罚在月宫里砍桂树。

⑫寒兔：指月亮。传说月宫中有只兔子。

李 贺

【赏析】

李凭是中唐时代的宫廷乐师，身高六尺一寸（约合今 1.9 米），以善弹箜篌名重一时，以至"天子一日一回见，王侯将相立马迎"。顾况、杨巨源等人都写诗赞扬他的技艺，这些诗中，以李贺的这首为最好。他以奇特的想象，瑰丽的形象描摹了演奏技巧的高超和巨大魅力。

梦　天①

老兔寒蟾泣天色②，云楼半开壁斜白。
玉轮轧露湿团光③，鸾珮相逢桂香陌。
黄尘清水三山下④，更变千年如走马。
遥望齐州九点烟⑤，一泓海水杯中泻⑥。

【注释】

①梦天：梦见到了天上。
②老兔寒蟾：古代神话说，月宫中有玉兔和蟾蜍（chán chú）。
③玉轮：指月亮。
④黄尘清水：指沧海变桑田、桑田变沧海。三山：指蓬莱、方丈、瀛州，古人想像中的三座仙山。
⑤齐州：中州，指中国，中国古代分为九州。
⑥一泓：一汪水。泓，音 hóng，水深而清的样子。

【赏析】

描写梦入月宫的情景。先写月宫景色,在那里,他曾与仙女相遇;后从天空俯瞰世界,世界十分渺小,大海有如杯水。以想象丰富而著称。

南园十三首①选二

其 一

花枝草蔓眼中开②,小白长红越女腮③。

可怜日暮嫣香落④,嫁与春风不用媒。

【注释】

①南园:李贺在昌谷的家乡中有南园和北园两座家园。这组诗是诗人辞官家居时所作。

②草蔓:本指草的长茎。这里指草本的花。

③越女:美女的代称。

④嫣香:娇艳和芳香,此泛指花。

【赏析】

首句写出南园花草的可爱:在诗人眼前,枝上繁花竞相开放,青草翠蔓,摇曳多姿。次句以少女粉红丰腴的面颊比喻花朵色彩的鲜艳。"小白长红",用语奇特,给人们以耳目一新的感受。三、四两句写花落,它在诗人笔下,既没有"化作春泥",也没有"逐水流去",而是宛如到了婚期的少女,不用媒妁,便径自嫁给了东风。这是多么奇特的想象。

其 五

男儿何不带吴钩①,收取关山五十州②?

请君暂上凌烟阁③,若个书生万户侯④?

【注释】

①吴钩:刀名,刃弯。

②五十州:指唐代朝廷不能控制的地区。

③凌烟阁:在长安,唐太宗贞观十七年在阁上画开国功臣二十四人像。

④若:哪。万户侯:食邑万户之侯。此泛指高官显爵。

【赏析】

这首诗由两个设问句组成,顿挫激越,而又直抒胸臆,把家国之痛和身世之悲表现得酣畅淋漓。

杜 牧

杜牧(803—852),字牧之,京兆万年(今陕西西安)人。太和进士,曾为江西、宣歙(xì)、淮南诸使幕僚,历任监察御史及黄州、池州、睦(mù)州、湖州刺史,官终中书舍人。其诗多指陈时政之作,尤长于七言律诗与绝句,词采清丽,情思豪爽。

将赴吴兴登乐游原①

清时有味是无能②,闲爱孤云静爱僧。
欲把一麾江海去③,乐游原上望昭陵④。

【注释】

①赴:去,往。吴兴:郡名,即今浙江湖州。乐游原:地名,在今陕西西安南,地势高敞,可以眺望,西汉宣帝于此建乐(yuè)游苑,故名。唐时为京郊著名游览胜地。

②清时:太平时节。有味:指有闲逸的兴味。

③把:持。麾:音 huī,旌旗之类。汉代制度,郡太守一车两幡。幡即旌麾的一种。故古人称外出任郡守为"建麾"。这里指诗人即将赴任湖州刺史。江海:指吴兴,因吴兴北面是太湖和长江,东南是大海,故称。

④昭陵:是唐太宗李世民的陵墓,在今陕西醴泉东北九嵕(zōng)山上。

【赏析】

这首诗是杜牧于宣宗大中四年(850)由尚书司勋员外郎外调湖州刺史,离京前登乐游原有感而作。表达了作者想出守外郡为国效力,又不忍离京的爱国之情。

清 明

卷地风抛市井声①,病夫危坐了清明。
一帘晚日看收尽,杨柳微风百媚生。

【注释】

①市井:市街。危坐:端坐。了:了结,度过。病夫:一作"病扶"。

【赏析】

这首绝句写于徽宗宣和五年(1123),是陈与义早期的作品。前人称这首诗

"与唐人声情气息不隔累黍",这主要在于诗人不作说理议论,而是用深情的语言来表现自己对美好事物的真切感受,这是一种单纯的美,充满对生活的热爱,和唐诗那种明净而富有情韵的"声情气息"的确是相通的。

过华清宫①

长安回望绣成堆②,山顶千门次第开③。

一骑红尘妃子笑,无人知是荔枝来。

【注释】

①华清宫:唐代皇帝行宫,故址在今陕西临潼县南骊山上。《唐会要》:"开元十一年(723)十月五日,置温泉宫于骊山,至天宝六载(747)十月三日,改温泉宫为华清宫。"每年十月,唐玄宗与杨贵妃到此避寒。

②回望:从长安回望骊山。绣成堆:形容长满树木花卉的骊山犹如一堆锦绣。

③千门:形容宫门极多。次第:一个挨着一个。

【赏析】

唐玄宗与杨贵妃的爱情故事,从白居易的《长恨歌》以来,就广为流传,因《长恨歌》写道"春寒赐浴华清池;温泉水滑洗凝脂"。所以诗人以华清宫为背景,写了唐玄宗对贵妃的宠爱,含蓄而有力地讽刺了皇帝的荒淫。全诗没有正面议论,都是即事写景,但对历史的批判,对现实的讽刺却相当深刻,体现了杜牧咏史诗的特点。

赤　　壁

折戟沉沙铁未销①,自将磨洗认前朝②。

东风不与周郎便,铜雀春深锁二乔③。

【注释】

①折戟:折断的戟。戟:音 jǐ,古代的一种兵器,如矛,旁有小枝。销:销蚀,毁坏。

②将:拿起。前朝:指三国时代。

③铜雀:即铜雀台。建安十五年(210)曹操建于邺城(今河北临漳西),以楼顶铸有大铜雀而得名。锁:关闭,藏起。二乔:当作"二桥",后人讹"桥"为"乔"。即大桥、小桥姐妹,吴国的著名美女。《三国志·吴书·周瑜传》载,桥公两女,皆国色,吴主孙策娶大桥,周瑜娶小桥。

【赏析】

这是一首咏史诗,是诗人当时任黄州刺史时所作。诗人面对"折戟",思绪万千,由眼前想到过去,想到自己壮志难酬,因而不但借凭吊古迹,抒发心中感慨之情,而且表现出深刻的哲理思想。

泊　秦　淮

烟笼寒水月笼沙,夜泊秦淮近酒家。
商女不知亡国恨,隔江犹唱《后庭花》①。

【注释】

①商女:指以歌唱为生的乐妓。江:指秦淮河。长江以南,无论水的大小,口语都称为江(见孔颖达《尚书正义·禹贡》"九江孔殷"条注)秦淮河横贯金陵城,沿河两岸酒家林立。乐妓在酒店替客人唱歌侑觞,从船中听去,故云"隔江"。后庭花:《玉树后庭花》的简称。陈后主在金陵时,荒于声色,作《玉树后庭花》舞曲。终朝与狎客、妃嫔们饮酒作乐,不理政事,终至亡国。

【赏析】

这首诗是诗人夜泊秦淮时触景感怀之作,于六代兴亡之地的感叹中,寓含忧念现世之情怀。

寄扬州韩绰判官

青山隐隐水迢迢①,秋尽江南草木凋。
二十四桥明月夜②,玉人何处教吹箫③。

【注释】

①隐隐:隐隐约约、模糊不清的样子。迢迢:遥远的样子。

②二十四桥:唐时扬州繁盛,城内共有二十四座桥,但因州城几经改建,二十四桥即或存或废。一说二十四座桥即吴家砖桥,又名红药桥,因古时有二十四位美人吹箫于桥上而得名。

③玉人:这里指韩绰。《晋书》裴楷、卫玠二人并有玉人之称。唐代也有此称,如元稹《莺莺传》说"疑是玉人来"即指张生。

【赏析】

此诗是杜牧离开扬州以后,在江南怀念昔日同僚韩绰判官而作,表现了作者深深的惆怅情思。

遣 怀

落魄江湖载酒行,楚腰纤细掌中轻①。
十年一觉扬州梦,赢得青楼薄幸名。

【注释】

①楚腰:《汉书·马廖传》:"楚王好细腰,宫中多饿死。"《韩非子》载有楚灵王好细腰的故事。掌中轻:《飞燕外传》:"赵飞燕体轻,能为掌上舞。"

【赏析】

杜牧三十多岁时,曾经在扬州淮南节度使府中作幕僚,有志难申,便流连声色,常出入青楼妓院,颇受时人责备,离开扬州后,有所悔悟,作此诗以抒情怀,也含蓄地透露出他政治上不得志时对现实的不满情绪。

赠 别

娉娉袅袅十三馀①,豆蔻梢头二月初②。
春风十里扬州路,卷上珠帘总不如。

【注释】

①娉娉袅袅:美好的样子。
②豆蔻:植物名,初夏开花。这里喻未嫁女子。

【赏析】

本诗是《赠别》的第一首。诗中主人公是杜牧在扬州青楼结识的歌妓。诗的内容并无甚意义,无非是赞扬歌妓的美貌。但本诗却流传很广。

清 明①

清明时节雨纷纷,路上行人欲断魂②,
借问酒家何处有?牧童遥指杏花村③。

【注释】

①这首诗杜牧的诗集中没有收入,《全唐诗》也未收录,最早见于南宋谢枋得编选的《千家诗》,他认为是杜牧的作品,明清时也有人认为是杜牧所作。

②欲断魂:形容极度伤感愁苦。清明是家人聚会、上坟扫墓的节日,离家在外的行人此时自然非常伤感愁苦。

③杏花村:当指今安徽贵池市(唐属池州)城西之杏花村,以产酒著名。杜牧曾任池州刺史,《江南通志》记载,杜牧就是在池州任上写的《清明》诗。

【赏析】

这首诗描写清明时节的天气特征,抒发了孤身行路之人的情绪和希望。

温庭筠

温庭筠(812?—866?),本名歧,字飞卿,太原祁(今山西省祁县)人。做过隋县和方城县尉,官终国子助教。他是行为放荡的没落贵家子弟,屡试进士不得登第,又是任性的不驯服的才人,因此,终身不得志。他还是晚唐著名的诗词家,诗风与李商隐相近,色彩艳丽,词藻繁密,世称"温李"。但温诗成就颇逊于李。在词史上,温庭筠与韦庄齐名,号"温韦"。词风浓艳纤巧,开五代"花间词"之先河。有《温飞卿诗集》及词集《金荃集》。《全唐诗》存其诗九卷。

利州南渡①

澹然空水对斜晖②,曲岛苍茫接翠微③。
波上马嘶看棹去,柳边人歇待船归。
数丛沙草群鸥散,万顷江田一鹭飞。
谁解乘舟寻范蠡,五湖烟水独忘机。

【注释】

①利州:唐代属山南西道,治所在今四川省广元县。

②澹然:音dàn rán,水波闪动的样子。斜晖:傍晚的太阳。

③苍茫:旷远无边。翠微:指青翠掩映的山腰幽深处。

【赏析】

这首诗描写日暮渡江的景色,抒发欲步范蠡后尘忘却俗念,没有心机,功成引退的归隐之情。

温庭筠画像

苏 武 庙①

苏武魂销汉使前②,古祠高树两茫然③。
云边雁断胡天月④,陇上羊归塞草烟⑤。
回日楼台非甲帐⑥,去时冠剑是丁年⑦。
茂陵不见封侯印⑧,空向秋波哭逝川⑨。

【注释】

①苏武:西汉著名的坚持民族气节的英雄人物。字子卿,西汉杜陵(今陕西省西安市)人。汉武帝天汉元年(前100)以中郎将奉命出使匈奴,被匈奴扣押,他坚贞不屈,被放逐到没有人烟的北海(今贝加尔湖)牧羊。度过了"渴饮雪,饥吞毡"的十九年非人生活,直到汉昭帝始元六年(前81)匈奴与汉和亲,苏武才被放回长安。后世敬仰其威武不屈的气节,为他立庙纪念。

②魂销:魂魄消散。汉使:指公元前81年,匈奴与汉和亲时汉昭帝派往匈奴的使臣。

③古祠:指苏武庙。茫然:无知的样子。

④胡:匈奴。

⑤陇:同"垄",即丘陵地带。塞草:边塞草地。

⑥回日:指苏武归汉返回长安的时候。甲帐:指汉武帝所居宫殿。非甲帐:指汉武帝已死,虽宫室依旧,皇帝却已更换。

⑦冠剑:戴冠佩剑。丁年:壮年。

⑧茂陵:汉武帝的陵墓,在今陕西省兴平县东北,这里代指武帝。

⑨逝川:流逝的河川,比喻时间的流逝。

【赏析】

这是一首咏史诗,大概是作者瞻仰苏武庙时所作,赞颂了苏武高尚的民族气节。

瑶 瑟 怨①

冰簟银床梦不成②,碧天如水夜云轻③。
雁声远过潇湘去④,十二楼中月自明⑤。

【注释】

①瑟:我国古代的一种弹拨乐器,形似古琴,通常为二十五弦,每弦一柱,常用来与琴、筝等乐器合奏。瑶瑟:即镶嵌宝石之瑟。

②簟:音 diàn,竹席。冰簟:形容竹席之凉。银床:豪华精美的床。梦不成:好梦难以做成。

③云轻:流云轻盈。

④潇湘:二水名,在今湖南境内,潇水流至零陵与湘水汇合,世称潇湘。

⑤十二楼:据《汉书·郊祀志》应劭注说:"昆仑、玄圃五城十二楼,仙人之所常居。"此处借指思妇所居之处。

【赏析】

诗写怀人之情,却句句布景,只"梦不成"三字略作暗示,浑涵婉丽,乃为佳作。

李商隐

李商隐(813—858),字义山,号玉溪生,怀州河内(今河南省沁阳县)人。开成进士,曾任秘书省校书郎、东川节度使判官等小官。因受牛(僧孺)李(德裕)党争影响,被人排挤,潦倒终身,卒于郑州。以诗与杜牧齐名,并称"小李杜"。有《李义山诗集》。

韩 碑

元和天子神武姿,彼何人哉轩与羲。

誓将上雪列圣耻,坐法宫中朝四夷。

淮西有贼五十载,封狼生貙貙生罴①。

不据山河据平地,长戈利矛日可麾②。

帝得圣相相曰度,贼斫不死神扶持。

腰悬相印作都统,阴风惨澹天王旗。

愬武古通作牙爪③,仪曹外郎载笔随。

行军司马智且勇,十四万众犹虎貔。

入蔡缚贼献太庙,功无与让恩不訾。

帝曰汝度功第一,汝从事愈宜为辞。

愈拜稽首蹈且舞,金石刻画臣能为。

古者世称大手笔,此事不系于职司。

当仁自古有不让,言讫屡颔天子颐。

公退斋戒坐小阁④,濡染大笔何淋漓。

点窜《尧典》《舜典》字,涂改《清庙》《生民》诗。

文成破体书在纸,清晨再拜铺丹墀。

表曰臣愈昧死上,咏神圣功书之碑。

碑高三丈字如斗,负以灵鳌蟠以螭⑤。

句奇语重喻者少,谗之天子言其私。

长绳百尺拽碑倒,粗沙大石相磨治。

公之斯文若元气,先时已入人肝脾。

汤盘孔鼎有述作,今无其器存其辞。

呜呼圣王及圣相,相与烜赫流淳熙。

公之斯文不示后,曷与三五相攀追!

愿书万本诵万遍,口角流沫右手胝。

传之七十有二代,以为封禅玉检明堂基⑥。

【注释】

①封狼:天狼星。《楚辞·九歌·东君》:"青云衣兮白霓裳,举长矢兮射天狼。"王逸注:"天狼,星名,以喻贪残。"古星象家认为此星主侵掠。貙:音 chū,古籍中记载的猛兽。罴:音 pí,《尔雅》:"罴:如熊,黄白文。"柳宗元《罴说》:"鹿畏貙,貙畏虎,虎畏罴。"

②日可麾:《淮南子·览冥》载:鲁阳公与韩国打仗,正打得难分难解,天已黄昏,于是举戈指挥太阳,太阳竟为之回升。麾:同"挥"。

③愬:音 sù,指邓随节度使李愬;武:淮西都统韩弘之子韩公武;古:鄂岳观察使李道古;通:寿州团练使李文通。四人皆裴度手下大将。牙爪:即爪牙,指得力部将,无今日之贬意。

④斋戒:古人于祭祀前沐浴更衣。戒其嗜欲,以示敬诚。此处指韩愈撰碑文时的严谨态度。

⑤鳌:音 áo,传说中的大海龟,此处指碑座雕刻的动物形装饰。实则应为赑屃(bì xì),传说中的龙子,好负重,形似龟。蟠盘曲状。螭:音 chí,传说中的无角龙。

⑥封禅:古代帝王宣扬功业的一种祭礼典礼,登泰山祭天为封,在泰山南梁父山祭地为禅。玉检:封禅书的书函封套。明堂:古代帝王颁布政教、接见诸侯,举行祭祀的场所。

【赏析】

唐宪宗元和十二年(817),宰相裴度为削平藩镇,亲赴淮西指挥战斗,韩愈为行军司马。淮西平后,韩愈奉命作《平淮西碑》,碑文突出了裴度的决策统帅之功。邓随节度使李愬则以为在淮西之役中,他雪夜入蔡州,生擒吴元济,应居首功。李愬妻是唐安公主的女儿,出入宫禁,在宪宗前说此碑文不真实,宪宗乃使人倒碑磨去韩文,命翰林学士段文昌重新撰文刻碑。平心而论,李愬之功虽著,但是为裴度作战计划中的一部分,韩愈在碑文突出裴度之功勋,是公平允当的。李商隐此诗,咏的即是此事。

蝉

本以高难饱,徒劳恨费声。
五更疏欲断,一树碧无情。
薄宦梗犹泛①,故园芜已平。
烦君最相警②,我亦举家清。

【注释】

①梗犹泛:言身不由己,四处飘泊。《战国策·齐策三》,土偶对桃梗语:"今子东国之桃梗也,刻削子以为人,降雨下,淄水至,流子而去,则子漂漂者将何如耳?"

②君:此处指蝉。

【赏析】

此诗名为咏蝉,实则咏诗人自家情怀,诗中的蝉也就是诗人自己的影子。

风 雨

凄凉《宝剑篇》①,羁泊欲穷年②。
黄叶仍风雨,青楼自管弦③。
新知遭薄俗④,旧好隔良缘。
心断新丰酒⑤,销愁斗几千⑥。

【注释】

①《宝剑篇》:一作《古剑篇》,是唐代前期名将郭震落拓未遇时所写的托物言志之作。这首诗借古剑尘埋寄寓才士不遇,在磊落不平之中显示出积极用世的热情。郭震后上《宝剑篇》,得武则天赏识,实现匡国之志。

②羁泊:羁旅漂泊。

③青楼:指显贵人家的闺阁。管弦:指音乐。

④薄俗:轻薄的风俗。

⑤心断:极盼而不能实现。新丰:故址在今陕西临潼县东,出产美酒。《旧唐书·马周传》记载:马周曾寄居新丰旅舍,店主对其冷遇。马周命酒独酌。后

受到唐太宗赏识,授监察御史。此暗用此事。

⑥斗:古代的盛酒器。斗几千:极言酒价昂贵。

【赏析】

这是李商隐晚年一首极其凄凉的悲歌。诗人的一生,夹在牛李党争的夹缝中,遭受了种种排挤、打击和摧残,恰如自然界的狂风暴雨摧残一株幼嫩弱小的树苗一样,故以"风雨"为题,其象征意义是极为明显的。诗中用典恰当,对比鲜明,写得凄婉悲愤,是一首抒情杰作,值得我们三复其味!

落　花

高阁客竟去,小园花乱飞。

参差边曲陌,迢递送斜晖。

肠断未忍扫,眼穿仍欲归。

芳心向春尽,所得是沾衣①。

【注释】

①沾衣:下泪沾湿衣襟。

【赏析】

此诗借落花寄寓诗人身世之感,是历代传诵的咏物名作。诗人也借落花勉励他人不要因失败而沉沦。

凉　思

客去波平槛①,蝉休露满枝。

永怀当此节,倚立自移时。

北斗兼春远②,南陵寓使迟③。

天涯占梦数,疑误有新知。

【注释】

①槛:栏杆。

②北斗:指客所在之地。

③南陵:今安徽南陵县。指作者怀客之地。寓使:指传书的使者。

【赏析】

这首诗是作者在南陵时所作。客居甚寂寞,思念自己的亲友情更切,末二句描写用占卜问梦境,忧虑对方已把自己忘记,细腻真切。

北 青 萝①

残阳西入崦②,茅屋访孤僧。
落叶人何在,寒云路几层。
独敲初夜磬,闲倚一枝藤。
世界微尘里③,吾宁爱与憎。

【注释】

①青萝:指山。

②崦:音 yān,指日没的地方。

③"世界"二句:佛教认为三千大千世界全在微尘之中,人在世间,更微乎其微,何必拘于憎爱而苦此心呢?

【赏析】

诗人在暮色中去寻访一位山中的孤僧,通过体味山中疏淡清丽的景色,孤僧恬静闲适的生活,诗人领悟到"大千世界,全在微尘"的佛家境界。

隋 宫

紫泉宫殿锁烟霞①,欲取芜城作帝家②。
玉玺不缘归日角③,锦帆应是到天涯④。
于今腐草无萤火⑤,终古垂杨有暮鸦⑥。
地下若逢陈后主⑦,岂宜重问后庭花⑧。

【注释】

①紫泉:应作"紫渊",因避唐高祖李渊讳而改。司马相如《上林赋》中有"紫渊经其北"之句,写长安形胜。此以紫泉指长安。

②芜城:隋时江都(今江苏扬州市)的别称。

③玉玺:皇帝的玉印。日角:古人认为额骨突出饱满如日为"日角",是帝王之相。唐俭曾说李渊"日角龙庭",此指李渊。

④锦帆:锦缎制成的帆。此指隋炀帝所乘的龙舟。

⑤腐草:古代有"腐草化为萤"的说法。隋炀帝曾在东都洛阳搜求萤火虫数斛,夜游时放开取乐。

⑥终古:久远。垂杨:隋炀帝开通济河,在沿河御道栽种柳树。

⑦陈后主:陈朝末代皇帝陈叔宝,著名的荒淫君主。

⑧后庭花:陈后主所创制的淫靡舞曲。全名是《玉树后庭花》。

【赏析】

本诗揭露了隋炀帝纵欲拒谏,不顾国家安危和人民死活的丑恶本质,暗示隋朝灭亡是在所难免的。

无　题

相见时难别亦难,东风无力百花残。
春蚕到死丝方尽,蜡炬成灰泪始干①。
晓镜但愁云鬓改,夜吟应觉月光寒②。
蓬山此去无多路,青鸟殷勤为探看③。

【注释】

①丝:与"思"谐音双关。泪:指蜡烛燃烧时流下的蜡油,古人称它为"蜡泪"。杜牧《赠别》诗:"蜡烛有心还惜别,替人垂泪到天明。"

②"晓镜"二句:想象所思念的女子,当清晨对镜梳妆之时,也许为发现镜中容颜衰谢而发愁;当夜间对月吟诗之时,也许会感到月光如水,心绪悲凉。

③蓬山:神话传说中的海上仙山,此指所思念的女子居住之处。无多路:没多少路程,并不遥远。青鸟:神话传说中为西王母传递信息的仙鸟,古代诗文中用以指送信的使者。这两句自作宽解,对方与自己距离不远,希望有人代为殷勤致意,帮助成全。何焯云:"末路不作绝望语,愈悲。"

【赏析】

诗人不愿标明主题,故以"无题"为题。时当暮春,伤别念远。从第三联看,所思念者是一位女性,当为爱情诗;而许多注家则认为所反映的是作者陷入牛李党争中的遭遇与困惑。男女关系与君臣、朋友关系可以相通,故爱情诗亦不排除某种寄托。"春蚕到死丝方尽,蜡炬成灰泪始干"所体现的执著追求精神,实具有极大的普遍意义。

春　雨

怅卧新春白袷衣①,白门寥落意多违②。
红楼隔雨相望冷,珠箔飘灯独自归③。
远路应悲春晼晚④,残宵犹得梦依稀⑤。
玉珰缄札何由达⑥,万里云罗一雁飞。

【注释】

①白袷:音 bái jiá,白布夹衫。

②白门:地名。古来有白门之称的不止一地,这里所指不能十分确定。作者

的诗集中有《江东》《隋宫》《南朝》等篇,他可能到过长江下游。这里的"白门"可能指金陵。寥落:寂寥冷落。

③珠箔:珠帘,箔:音 bó。人行雨中,细雨飘落在手提的灯笼前,好像珠帘。

④晼:音 wǎn,太阳将下山的光景。

⑤残宵:凌晨。依稀:模糊、仿佛。

⑥玉珰:玉制耳珠。缄札:书信。古代常以玉珰作为男女间定情致意的礼物,并将耳珰与信札一齐寄给对方,称"俦缄"。

【赏析】

此诗当是写春雨中对情人的怀念。春雨中望着对方居住过的红楼,对伊人思念之情如雨丝而引发出许多怀思的情愫,最后连情书都无法寄出,更可知这种思念的无奈而又无尽。

筹 笔 驿①

鱼鸟犹疑畏简书②,风云长为护储胥③。
徒令上将挥神笔④,终见降王走传车⑤。
管乐有才真不忝⑥,关张无命欲何如⑦。
他年锦里经祠庙⑧,梁父吟成恨有余。

【注释】

①筹笔驿:故址在今四川广元县北一百里。相传诸葛亮出师伐魏,曾在此筹划军事。

②简书:古代写在竹简上的文字。此指军令文书。

③储胥:军队驻扎时设以防卫的藩篱木栅。

④上将:指诸葛亮。

⑤降王:指蜀汉后主刘禅。传车:驿站所备供长途乘坐的车。刘禅降魏后,全家被迁至洛阳。

⑥管:管仲,春秋时曾辅佐齐桓公成为五霸之首。乐:乐毅,战国时曾为燕昭王破齐。诸葛亮隐居南阳时,常自比管仲、乐毅。忝:音 tiǎn,愧。

⑦关:关羽。张:张飞。两个都是蜀国大将,是实现诸葛亮谋略的有力助手。无命:指关羽兵败荆州,被孙权的部将所杀;张飞伐吴时被部将所杀。

⑧锦里:在成都城南,纪念诸葛亮的武侯祠在此。

【赏析】

这是李商隐的一个咏史名篇,是大中十年(856)诗人四十四岁时由梓潼随柳仲郢还朝经过广元时所作。作者于吊古中,当融有现实感慨。又认为此诗如杜甫《蜀相》一样,融抒情、写景、叙事、议论为一体,"而议论成分更见突出","于抑扬顿挫中突出诸葛'才命相妨'之悲剧,尤为本篇特色"。

登乐游原

向晚意不适①,驱车登古原②。
夕阳无限好,只是近黄昏。

【注释】

①向晚:近晚,即傍晚时候。意不适:心情不愉快。

②驱车:驾车。古原:指乐游原。据《汉书·宣帝纪》,神爵三年(前59)春,起乐游苑,到晚唐时已有九百年左右。

【赏析】

李商隐一生磋跎不遇,此诗就是他感慨岁月易逝、功业未成的作品。

夜雨寄北

君问归期未有期,巴山夜雨涨秋池①。
何当共剪西窗烛,却话巴山夜雨时。

【注释】

①巴山:即大巴山。广义的大巴山指绵延川、甘、陕、鄂四省边境山地的总称。狭义大巴山指汉江支流任何谷地以东,川、陕、鄂之省边境。此处指蜀中山川。

【赏析】

此诗语言朴素流畅,情真意切,有力地表现了作者思归的急切心情。

方 干

方干(?—888),字雄飞,新定(今浙江建德)人,一说清溪(今浙江淳安)人。屡试不第,隐居以终,门人私谥玄英先生,并辑有《玄英先生集》十卷。其诗"清润小巧",颇为时人所重。《全唐诗》存诗六卷。

题报恩寺上方①

来来先上上方看,眼界无穷世界宽。

岩溜喷空晴似雨②，林萝碍日夏多寒。
众山迢递皆相叠③，一路高低不记盘④。
清峭关心惜归去⑤，他时梦到亦难判⑥。

【注释】

①上方：报恩寺在山上，上方指山顶。

②岩溜：岩上的飞泉悬瀑。

③迢递：高远貌。

④盘：登山以一次回旋为一盘。

⑤清：形容岩溜、林萝之美。峭：指众山，一路之陡峭。

⑥判：割舍、分开。

【赏析】

这首诗借景抒情。描写登高远眺眼界宽广。

司空图

司空图(837—908)，字表圣，自号知非子，耐辱居士。河中虞乡(今山西永济附近)人。咸通进士，曾官中书舍人，后见世乱，归隐中条山王官谷。其诗避世思想较浓。他主要成就在诗论。诗论名著《二十四诗品》为不朽之作，影响深远。今存《司空表圣文集》十卷、《司空表圣诗集》五卷。《全唐诗》存诗三卷。

退居漫题七首①选二

其 一

花缺伤难缀，莺喧奈细听。

惜春春已晚，珍重草青青。

【注释】

①退居：指司空图弃官归隐中条山王官谷。漫题：随便写来的诗。

【赏析】

诗的前两句对仗极其工稳，抒写伤春，从表现春光已晚的典型景色着笔，后两句仿佛是诗人于无可奈何中的自遣、自慰和自励。

其　三

燕语曾来客,花催欲别人①。
莫愁春已过,看着又新春。

【注释】

①"花催"句:言春光催着百花开放,这也是催着百花与春光作别,也正是催着与赏花人作别。

【赏析】

这首诗借用事情的正反对比,说明万物有喜有悲,有好有坏。

张　乔

张乔,生卒年不详,字伯达,池州(今安徽贵池县)人。懿宗咸通年间,与许崇、喻坦之、任涛、郑谷等合称"咸通十哲"。曾四处漫游,黄巢兵起,隐于池州九华山。其诗多为旅游题咏,送友赠别之作。长于五律。

河湟旧卒①

少年随将讨河湟,头白时清返故乡②。
十万汉军零落尽,独吹边曲向残阳。

【注释】

①河湟:湟水源出青海,流入甘肃与黄河交合,其地称"河湟"。此处指唐肃宗以来为吐蕃所占的河西陇右之地。宣宗时河湟之地尽复归唐朝,但持久的战乱给人民造成了巨大痛苦。

②时清:时局清明安定。

【赏析】

此诗以简淡闲和的笔触勾画了一个老兵的形象,但从"少年"、"头白"、"零落尽"、"独吹"、"残阳"等词面中,可看出诗中所蕴涵的深婉感慨和情怀。

章碣

章碣,诗人章孝标之子,钱塘(今浙江杭州)人。咸通末即以篇什名世,但困于科场,乾符中始登进士第。后流落不知所终。与罗隐、方干等有唱酬。尝草创诗律,于八句中足字平侧,各从本韵,自称变体,引起当时趋风者效仿。诗多愤激之语,显得泼辣犀利。

焚 书 坑①

竹帛烟销帝业虚②,关河空锁祖龙居③。
坑灰未冷山东乱④,刘项原来不读书⑤。

【注释】

①焚书坑:在今陕西临潼骊山上。秦始皇三十四年(前213),始皇纳丞相李斯建议,下令除秦记、医药、卜筮、种树书外,焚毁民间所藏的《诗》《书》和百家书等。这是我国历史上的一次文化浩劫。

②竹帛:本为古之书写材料,此处代称书。帝业虚:言秦统治崩溃。

③关河:以函谷关和黄河为主的关隘和江河等。祖龙:《史记·秦始皇本纪》集解引苏林云:"祖,始也。龙,人君象,谓始皇也。"

④山东:崤山函谷关以东,即战国末年秦以外六国的地盘。

⑤刘项:刘邦和项羽。

【赏析】

此诗虚实相间,夹叙夹议,口吻冷静委婉,但讽刺意味辛辣,结构圆转如环,十分高妙。

崔道融

崔道融(?—907?),荆州(今湖北江陵)人,自号"东瓯散人"。早年漫游各地,尝征为永嘉(今浙江省温州市)令,累官至右补阙,后避乱入闽。与司空图、方干为诗友。工绝句,诗多写个人生活情趣,语言明净自然,语意殊妙。前人以"舞女低腰,仙人啸树"来形容其诗。有《申唐集》《东浮集》。

溪上遇雨

坐看黑云衔猛雨①,喷洒前山此独晴②。
忽惊云雨在头上,却是山前晚照明③。

【注释】

①"坐看"句:言夏雨疾骤。

②"喷洒"句:言一边日出一边雨的景象。

③这两句言雨在时空上的快迅变幻。晚照:夕阳。

【赏析】

这是一首纯粹的写景诗。诗人从对夏雨这一自然现象的观察玩味中发现了某种奇特的情趣,语言明快自然,风趣幽默,风格颇似南宋杨万里的"诚斋体"。可见晚唐诗人从取材到手法都与前期有所标新立异。此诗结构新奇,写景穷形尽相,颇值得玩味。

韩 偓

韩偓(842—923),字致尧,自号玉山樵人,京兆万年(今陕西西安)人。龙纪进士,官翰林学士、中书舍人。随昭宗奔凤翔,进兵部侍郎、翰林承旨。后以不附朱温被贬斥,南依闽王王审知而卒。其诗多写艳情,词藻华丽,有"香奁体"之称。后人辑有《韩内翰别集》。

已 凉

碧阑干外绣帘垂,猩色屏风画折枝①。
八尺龙须方锦褥②,已凉天气未寒时③。

【注释】

①猩色:血红色。折枝:花卉画法之一,一般画花卉不带根,故名。

②龙须:草名,茎可织席;此处指龙须草席。

③指初秋时节。

【赏析】

这是一首近于闺情诗的作品,但通篇布景,不露情思,而情愈深远。着笔从室外起,一层进一层,最后写到香闺绣榻,构思精巧,笔意含蓄。

葛鸦儿

葛鸦儿,生卒年不详,《全唐诗》录诗三首。

怀 良 人

蓬鬓荆钗世所稀①,布裙犹是嫁时衣。
胡麻好种无人种②,正是归时底不归③?

【注释】

①荆钗:木制的发钗。

②胡麻:即芝麻。传说种时夫妇双手同种,收籽加倍。

③底不归:为何不归。

【赏析】

这首诗是一位劳动妇女的怨歌,描写了穷家妇女对运行不归丈夫的怀思。

于武陵

于武陵,生卒年不详,杜曲人,大中中进士。以五言律见长,其诗多送别寄赠、羁旅题咏之作。《全唐诗》录其诗为一卷。

赠卖松人

入市虽求利,怜君意独真①。
欲将寒涧树,卖与翠楼人②。
瘦叶几经雪,淡花应少春③。
长安重桃李,徒染六街尘④!

【注释】

①"入市"二句:卖松人虽然也入市求利,但可怜唯有他情意真切。

②"欲将"二句:想把那生于寒涧边的松树,卖与那住在高楼大厦中的人。
涧:两山之间的流水。翠楼:华美的楼阁。

③淡花:松树花色浅淡。

④"长安"二句:长安城内只种鲜艳的桃李树,卖松人徒劳一场,沾染上六街不洁的尘埃。六街:指唐长安城中左右六条街道。

【赏析】

这是首赠送诗,言说卖松人所卖的松树货不应时。世俗、富贵人家只重艳丽的桃李,无人赏识高洁的青松,也寓意自己的孤高劲节。

鱼玄机

鱼玄机(844?—871?),字幼微,一字蕙兰,长安人。本是李亿之妾,咸通中出家为女道士,后因杀侍婢被处死。有《鱼玄机诗》。

江陵愁望子安有寄①

枫叶千枝复万枝,江桥掩映暮帆迟②。
忆君心似西江水③,日夜东流无歇时。

【注释】

①江陵:指唐江陵府治所,即今湖北江陵。子安:玄机原来的丈夫李亿,字子安。玄机出家为道姑后,一直未能忘情于李亿,为他写下了不少诗篇。

②枫:自古以来,江边的枫叶最易引起人的愁绪。《楚辞·招魂》:"湛湛江水兮,上有枫。目极千里兮,伤春心。"迟:迟迟不归之意。

③西江:指长江。三国时魏国徐干《室思》:"思君如流水,无有穷已时。"

【赏析】

此诗是作者漫游途经江陵时寄李亿所作,诗的前两句以景起兴,写江头凝望,久盼不归;后两句以景喻情,以江水东流喻相思无尽。全诗清丽深婉,真挚缠绵。

花蕊夫人徐氏

花蕊夫人徐氏(一作费氏,925?—965),青城(今四川都江堰市西)人。因才貌双全得幸于后蜀主孟昶,赐号"花蕊夫人"。孟昶亡国后,被虏入宋,又以才貌受宠于宋太祖。后被晋王(太祖弟,后为太宗)借射猎之机射死。幼能文,尤长于宫词,或言其曾仿王建作宫词百首,不确。近人考证认为宫词是前蜀主的小徐妃亦号"花蕊夫人"者所作。

述国亡诗

君王城上竖降旗①,妾在深宫那得知?
十四万人齐解甲②,更无一个是男儿。

【注释】

①君王:指蜀主孟昶。竖降旗:指公元965年蜀主降宋一事。

②解甲:指军队投降,放弃了抵抗。更:一作"宁"。男儿:男子汉大丈夫。清薛雪《一瓢诗话》评这两句:"何等气魄?何等忠愤?当令普天下须眉一时俯首。"吴曾《能改斋漫录·沿袭》载前蜀王衍降后唐时,蜀臣王承旨所作诗,云:"蜀朝昏主出降时,牵羊衔璧倒悬旗。二十万人齐拱手,更无一个是男儿!"此两句当沿袭王诗后两句。

【赏析】

这是公元965年花蕊夫人被虏入汴京宋宫时应太祖之命所作"述亡国之由"的诗。宋太祖颇为赞赏,后世评论家也多赞美之语。诗的前两句直陈亡国之事,申明自己并不知情,为自己洗刷红颜祸水的罪名,遣词委婉;后两句直斥国中无人,满怀愤激之情,义正词严。全诗对比鲜明,态度不卑不亢。

张 泌

张泌,生卒年不详,字子澄,淮南(今江苏扬州)人。南唐时为句容县尉,官至中书舍人。《全唐诗》存其诗一卷。

寄 人①

别梦依依到谢家,小廊回合曲阑斜②。
多情只有春庭月,犹为离人照落花③。

【注释】

①清李良年《词坛纪事》云:"张泌仕南唐为内史舍人。初与邻女浣衣相善,作《江神子》词。……后经年不复相见,张夜梦之,写绝句云云。"原诗二首,此为第一首。

②谢家：以东晋大户谢家，代指所思女子之家。回合：弯曲成圆形。此两句是梦中所见。

③离人：作者自指。这两句写梦醒时分所见所感，惟有春庭明月映照落花，隐含对对方鱼沉雁杳的些许怨意。也有人认为"离人"是指所思之女子，那么后两句仍是梦景，从女子所处美丽孤独的环境反衬自己对她的思忆之深，亦通。

【赏析】

这首怀人诗寓情于景，表达含蓄而极有风韵。

宋词

王禹偁

王禹偁(954—1001),字元之,巨野(今山东县名)人。出身农家。宋太宗时进士。做过翰林学士、知制诰(替皇帝草拟诏令的官吏)。在朝廷里敢说话,多次受到贬谪。他是北宋初期首先起来反对绮靡文风的诗文家。著有《小畜集》等书。

点 绛 唇①

感 兴

雨恨云愁②,江南依旧称佳丽③。水村渔市,一缕孤烟细④。

天际征鸿⑤,遥认行如缀⑥。平生事⑦,此时凝睇⑧。谁会凭阑意⑨?

【注释】

①《点绛唇》:词牌名。又名《南浦月》《点樱桃》等。双调41字,仄韵。

②雨恨云愁:形容江南雨多,容易使人生恨发愁。这是愁闷者的主观感受。

③江南:一般用来指长江下游江苏南部和浙江一带,也泛指长江以南。此指前者。佳丽:形容景色秀美。谢朓《入朝曲》:"江南佳丽地,金陵帝王州。"语本于此。

④孤烟细:指水乡地远人稀。烟:炊烟。

⑤天际:天边,形容距离遥远。征鸿:远飞的大雁。江淹《赤亭渚》诗:"远心何所类,云边在征鸿。"罗隐《夏州胡常侍》诗:"征鸿过尽边云阔,战国闲来塞草秋。"

⑥行如缀:指群雁在空中排列整齐,一行连一行地飞过。缀:连接不断。

⑦平生事:意谓一生的功名事业。

⑧凝睇:凝视。睇:斜视貌。

⑨谁会凭阑意:谁能理解我凭着栏干远眺时的内心情感呢(指怀才不遇)?

【赏析】

这是王禹偁仅存的一首词。这首词,作者以清淡的笔触,描绘了江南的佳丽景色。在借景抒情之中,词里含蓄地表达了作者用世的抱负和不为世人理解的忧闷。

寇 准

寇准(961—1023),字平仲,下邽(今陕西渭南县)人。进士出身。宋真宗时官至宰相。曾力劝真宗亲征,阻止契丹(辽国)入寇,对国势起了稳定作用。他在朝廷里是一个比较正直的大臣,后来受到贬谪。当时京城里有民谣说:"欲得天下好,无如召寇老。"著有《巴东集》。他能诗,不是词家,但下面这首小词是"一时脍炙"(司马光语)的作品。

阳 关 引^①

塞草烟光阔,渭水波声咽^②。春朝雨霁轻尘歇^③,征鞍发^④。指青青杨柳,又是轻攀折^⑤。动黯然,知有后会甚时节^⑥。

更尽一杯酒,歌一阕^⑦。叹人生,最难欢聚易离别。且莫辞沉醉,听取阳关彻^⑧。念故人,千里自此共明月^⑨。

【注释】

①《阳关引》:词牌名。唐代著名诗人王维《送元二使安西》:"渭城朝雨浥轻尘,客舍青青柳色新。劝君更尽一杯酒,西出阳关无故人。"谱为曲,名《阳关曲》,又名《阳关三叠》,调名出此。

②渭水:黄河主要支流之一,源出甘肃,东流至陕西潼关入黄河。

③雨霁:雨后转晴。

④征鞍:指代远行的人。

⑤"指青青"二句:《三辅黄图》:"灞桥在长安东,跨水作桥,汉人送客至此桥,折柳赠别"。这里表达了依依惜别之情。

⑥黯然:心情抑郁的样子。南朝梁代人江淹《别赋》:"黯然消魂者,惟别而已矣。"

⑦"更尽"句:再喝完一杯酒。

⑧阳关:指《阳关三叠》一曲。

⑨"千里"句:出自南朝刘宋时人谢庄的《月赋》:"美人迈兮音尘阙,隔千里兮共明月。"

【赏析】

这是一首赠别之作,却没有耽于哀伤。起句描写景物,开阔宏大,奠定了全词的基调。词中多处化用前人的诗作,自然贴切。全词语言流畅自然,平白浅近,但与友人的情谊深切可见,虽为词体而颇有唐诗风味。

踏莎行

春色将阑①,莺声渐老②,红英落尽青梅小③。画堂人静雨蒙蒙④,屏山半掩余香袅⑤。

密约沉沉⑥,离情杳杳⑦,菱花尘满慵将照⑧。倚楼无语欲销魂,长空暗淡连芳草⑨。

【注释】

①春色将阑:春天即将逝去。阑:指将尽。

②莺声渐老:指黄莺的鸣声不似初春时婉转动听。

③红英:红花。青梅:梅树早春开花,果实于立夏后熟,生者青色,叫青梅。

④画堂:指有画饰的厅堂。梁简文帝《饯庐陵内史王鹏应令》诗:"回池泻飞栋,浓云垂画堂。"

⑤屏山:即屏风。余香袅:指炉烟缭绕升腾散发出一股淡淡的香气。

⑥密约:指男女之间互诉衷情,暗约佳期事。沉沉:深沉,此指重大之事,即终身大事。

⑦离情杳杳:指离别之情缠绵不断。杳杳:幽远貌。

⑧菱花:指镜子。古铜镜中,六角形的或背刻有菱花的,叫菱花镜。后诗文中常以菱花为镜的代称。李白《代美人愁镜》:"狂风吹却妾心断,玉箸并堕菱花前。"慵将照:懒得拿起镜子来照。慵:懒散。将:拿。

⑨"倚楼"二句:闺中女子独自靠在高楼上远眺,但见春草遍地,直接灰蒙蒙的天边;眼看相会无期,心中悲苦难以言表。销魂:形容人受到刺激后若有所失,好像魂不附体。指痛苦悲愁的心情。江淹《别赋》:"黯然销魂者,唯别而已矣。"

【赏析】

这是一首即景写闺情的词,情致缠绵,属伤时惜别之作。这首词题为"暮春",通过寓情于景的手法,表现出一种青春易逝的惆怅情绪。在词风上显然受到韦庄、李煜的影响,以清新流畅见长,情景交融,充满画意。

江 南 春

波渺渺①,柳依依②。孤村芳草远③,斜日杏花飞。江南春尽离肠断,苹满汀洲人未归④。

【注释】

①渺渺:水远貌。

②依依:轻柔貌。

③芳草:香草。

④蘋:浮萍,一种水生植物。汀:水中或水边的平地。

【赏析】

这是一首抒写游子思乡之情的小令。前四句状景,描绘暮春三月江南水乡的迷人景色。开篇两个三字短句点出"江南春"的题意,接着两句用对偶形式展开画面。最后两句即景抒怀,表达游子的羁旅乡愁。此阕简古可爱,含思婉转,"体制高妙,不减花间",在宋初小令中颇有特色。

潘 阆

潘阆(？—1009),字逍遥,大名(今河北县名)人。宋太宗时,经王继恩推荐,赐进士,授四门国子博士(国立大学的教官)。后以"狂妄"的罪名被斥,隐姓名飘泊多年,以卖药为生。真宗时,受到赦免,做过滁州(今安徽滁县)参军(州府里分科办事的官吏)。他能诗词,今传《逍遥词》(只存《酒泉子》十首)。

酒 泉 子

长忆观潮,满郭人争江上望①。来疑沧海尽成空②,万面鼓声中。

弄潮儿向涛头立③,手把红旗旗不湿。别来几向梦中看,梦觉尚心寒。

【注释】

①满郭:满城。

②沧海:大海。海水呈青绿色,故称沧(同苍)海。这句是说,潮来时海水都像被吸干了一样。

③弄潮儿:指在潮水中翻波腾浪的"善泅者"。

【赏析】

这首词回忆钱塘江上观潮的情景。这首词篇幅虽短,却写得有声有色,生动地再现了钱塘江潮的奇观和"弄潮儿"精采的水上表演。结尾两句说自己离开杭州以后,这一场面曾多次出现在梦中,醒来后还感到心惊胆战,不寒而栗。词中通过夸张,使作品更富有艺术魅力。

又

长忆西山①,灵隐寺前三竺后②,冷泉亭上旧曾游③,三伏似清秋④。

白猿时见攀高树⑤,长啸一声何处去⑥?别来几向画图看⑦,终是欠峰峦⑧!

【注释】

①西山:指杭州西湖西北灵隐山。

②灵隐寺:亦名"云林禅寺"。我国佛教禅宗十刹之一,在杭州西湖西北灵隐山麓,前临冷泉,面对飞来峰。东晋咸和初年建寺,取名"灵隐",清康熙帝南巡时赐名"云林禅寺"。三竺:指灵隐寺南的并立三峰:曰上天竺、中天竺、下天竺,合称三竺。此地风景清幽。

③冷泉亭:原在杭州灵隐寺西南隔水中,为唐代杭州刺史元藇所建。田汝成《西湖游览志馀》二三《委巷丛谈》云:"冷泉亭,建于唐时,至宋时,郡守毛友者乃拆去之。今所建,又不知起于何时也。"清雍正九年修《西湖志·园亭》则云:"冷泉亭,在飞来峰下云林寺前,唐刺史元藇建。旧传冷泉深广,可通舟楫,亭在水中,宋郡守毛友移置岸上,亭倚泉而立。"《西湖游览志》云:"冷泉二字,白乐天书;苏子瞻续书亭字,今皆亡矣!"

④三伏:农历夏至后第三庚日起为初伏,第四庚日起为中伏,立秋后第一庚日起为末伏。三伏是一年中最热的时候。

⑤白猿:指相传晋代僧人慧理曾在此蓄白猿,冷泉亭左侧有呼猿洞。此为虚事实写。

⑥长啸:拉长声音叫。

⑦几向:几次对着。

⑧欠峰峦:指缺少好的峰峦。意谓图画的峰峦远远比不上西山的峰峦那样秀美。

【赏析】

这首词回忆杭州西山的情景。全词充满了对西山的风景名胜(如灵隐寺、三竺峰、冷泉亭、呼猿洞等)的赞美之情。这里风光宜人,气候凉爽,而且又是古今僧人长住之地,故作者对此常怀深挚的眷恋。词中通过对晋代僧人的缅怀,寄托着自己许身湖山,出世隐居的愿望。这首词含蓄隐曲,手法多样,感染力强,能引起读者共鸣,以期一游为快。

又

长忆钱塘,不是人寰是天上①,万家掩映翠微间②,处处水潺潺。

异花四季当窗放,出入分明在屏障③,别来隋柳几经秋④,何日得重游?

【注释】

①人寰:人间。

②翠微:青翠掩映的山腰幽深处。

③屏障:形容山峦重叠像屏风一样。

④隋柳:即隋堤柳。隋代开通济渠,沿岸筑堤,称为隋堤,堤上多植柳树,称隋柳。后来便以隋柳代指柳树。

【赏析】

作者为大名(今属河北)人,曾寓居钱塘(今浙江杭州)多年。这里的湖山风光和名胜古迹给他留下了深刻的印象,离去以后常常恋恋不忘,因而写了十首《酒泉子》回忆那段美好的生活,咏赞杭州无比秀丽的风光景物。词的首句均用"长忆"二字开篇,一则点明所叙乃是往事,同时也流露出深深的眷恋之情。此阕总叙杭州的迷人风采:家家绿树掩映,处处流水潺潺,一年四季奇花异卉竞相开放,令人应接不暇,真是名不虚传的人间天堂啊!结拍两句表示希望旧地重游,流露出对杭州美景的无限怀念。

林 逋

林逋(967—1028),字君复,钱塘(今浙江杭州市)人。他终生不仕,长期隐居西湖孤山,种梅养鹤,也不婚娶,旧时称其"梅妻鹤子",卒谥"和靖先生"。他是北宋诗人,其诗风格淡远,内容大都反映他的隐逸生活和闲适心情。以诗著称,词流传很少。有《和靖集》。

霜天晓角

冰清霜洁,昨夜梅花发。甚处玉龙三弄①,声摇动、枝头月。

梦绝,金兽爇②,晓寒兰烬灭③。要卷珠帘清赏④,且莫扫,阶前雪。

【注释】

①玉龙:代指笛。三弄:即《梅花三弄》,瑟曲,又名《梅花引》《梅花曲》《玉妃引》。最早见于《神奇秘谱》,据该谱称,此曲系根据晋桓伊所作笛曲改编而成,为咏赞凌霜傲雪的梅花。

②金兽:铜制兽形香炉。爇:音ruò,又读rè,点燃。

③兰烬:灯花,亦用以代指油灯。兰,指兰膏,古代用泽兰炼成的油脂,以之点灯,有香气。烬,灯花。皇甫松《梦江南》词:"兰烬落,屏上暗红蕉。"

④珠帘:用珍珠缀成或饰有珍珠的帘子。

【赏析】

这是宋人最早的一首咏梅词。虽不如作者的七言律诗《山园小梅》那样著名,却也写得风神绵邈,将梅花的特征及其爱梅、赏梅的情怀表现得十分生动而富有意趣。

长 相 思①

吴山青②,越山青③。两岸青山相送迎④,谁知离别情?
君泪盈⑤,妾泪盈⑥。罗带同心结未成⑦,江头潮已平⑧。

【注释】

①《长相思》:唐教坊曲名,后用为词牌。因梁陈乐府《长相思》而得名。又名《双红豆》《忆多娇》等。双调36字,平韵。二叠韵。敦煌曲子词中有一体,双调44字,平韵,字句格律与前者全异,当是同名异曲。宋人演为《长相思慢》,双调103字,或104字,平韵。

②吴山:在浙江杭州市南钱塘江北岸,这里泛指钱塘江北岸的山,此地古代属吴国。

③越山:泛指钱塘江以南,绍兴市以北的山。这里古代属越国,故名。

④两岸青山相送迎:是说钱塘江两岸的青山在那儿接、送远行之人。

⑤君:此指女子的情人。泪盈:两眼含满了泪水。

⑥妾:古代妇女对自己的称呼。

⑦罗带同心结未成:是说要把罗带打个同心结而未成功(喻婚事受到阻碍未成)。罗带:香罗带,古人把带子打成同心结来表示永远相爱。结未成:表示爱情受到了波折。

⑧江头潮已平:钱塘江的潮水已涨到与岸相齐(意味着即将开船相互离别)。

【赏析】

这首词写离情别意。作者借女子口吻,抒写她含泪江边相送与情人诀别的悲怀。这无人能够理喻的离别的痛苦,便是他们的爱情生活横遭不幸。虽然他们心心相印而终难成眷属,只能各自带着心头的痛恨洒泪而别。这首词具有鲜明的民歌风味,并采用了《诗经》中常用的反复咏叹的形式,情深韵美,前后相应,具有清新流美的艺术效果。

范仲淹

范仲淹(989—1052),字希文,先世邠(今陕西县名)人,迁居吴县(今江苏苏

州市)。进士出身。宋仁宗时官至参知政事(副宰相)。他在陕西守卫边塞多年,西夏不敢来犯,说他"胸中自有数万甲兵"。在政治上他主张革新,为守旧派所阻挠,没有显著成就。词作不多。他的边塞词《渔家傲》写自己悲凉的怀抱,突破了词限于男女与风月的界线。今传《范文正公诗馀》(只有五首)。

渔 家 傲

　　塞下秋来风景异①,衡阳雁去无留意②。四面边声连角起③,千嶂里④,长烟落日孤城闭⑤。

　　浊酒一杯家万里⑥,燕然未勒归无计⑦。羌管悠悠霜满地⑧,人不寐,将军白发征夫泪⑨!

【注释】

①塞下:边关。这里指西北边疆。

②"衡阳"句:衡阳雁指秋日南飞的归雁。

③边声:指边塞上羌笛声、胡笳声、风声、马嘶驼鸣声等等混合的声音。

④嶂:像屏障一样的山峰。

⑤"长烟"句:化用王维《使至塞上》诗:"大漠孤烟直,长河落日圆。"及杜甫诗"夔府孤城落日斜"、"孤城早闭门"句意。

⑥浊酒:古人以米酿酒,酒汁乳色,故称"浊酒"。

⑦燕然:山名,即今杭爱山,在今内蒙古自治区内。勒:刻石。《后汉书·窦融列传》载窦宪、耿秉率军追击北单于,大获全胜,"宪、秉遂登燕然山,去塞三千余里,刻石勒功,纪汉威德,令班固作铭。"后世称战功告成曰"燕然勒石"。

⑧羌管:即羌笛。羌为西北民族名,笛本出羌中,故称。

⑨征夫:戍边军士。

【赏析】

　　此词别本题作"秋思"。范仲淹于宋仁宗康定元年(1040),任陕西经略副使兼知延州(治所在今陕西延安市),守边四年。此篇词境开阔,格调悲壮,给宋初充满吟风弄月、男欢女爱的词坛,吹来一股清劲的雄风,对以后的词风革新产生了积极影响,是一首难得的佳作。

剔 银 灯

与欧阳公席上分题①

昨夜因看《蜀志》,笑曹操、孙权、刘备。用尽机关②,徒劳心力,只得三分天地。屈指细寻思③,争如共刘伶一醉④?

人世都无百岁,少痴騃、老成尫悴⑤。只有中间,些子少年⑥,忍把浮名牵系⑦?一品与千金,问白发,如何回避⑧?

【注释】

①欧阳公:指欧阳修。分题:诗人聚会,分题目而赋诗,谓之分题。宋严羽《沧浪诗话·诗体》:"有拟古,有连句,有集句,有分题。"自注:"古人分题,或各赋一物,如云送某人分题得某物也。"

②机关:计谋。

③寻思:思索。

④争如:怎如。刘伶:晋嗜酒者。《晋书·刘伶传》:"刘伶字伯伦,沛国人也……常乘鹿车,携一壶酒,使人荷锸而随之,谓曰:'死便埋我'。"

⑤騃:音ái,痴呆。尫悴:瘦弱憔悴。

⑥些子:一点儿、少数。

⑦忍:岂忍。浮名:功名。古人发牢骚时把功名说成浮(虚)名。牵系:牵挂。

⑧一品:当时官分九品,一品为最高级别。

【赏析】

(宋)龚明之《中吴纪闻》卷五:"范文正与欧阳文忠席上分题作《剔银灯》,皆寓劝世之意。"

御 街 行①

纷纷坠叶飘香砌②,夜寂静,寒声碎③。真珠帘卷玉楼空④,天淡银河垂地⑤。年年今夜,月华如练⑥,长是人千里。

愁肠已断无由醉⑦,酒未到,先成泪。残灯明灭枕头敧⑧,谙尽孤眠滋味⑨。都来此事⑩,眉间心上,无计相回避⑪。

【注释】

①《御街行》:词牌名。又名《孤雁儿》。《乐章集》及《安陆集》均入"双调"。

②纷纷:杂乱貌。坠叶:落叶。香砌:即香阶。指有落花香味的台阶。砌:台阶。

③寒声碎:指寒风吹着落叶发出轻微、细碎的声音。

④真珠:即珍珠。玉楼:天帝住的白玉楼,借指华美的楼阁。另一解释:这句是写天上宫殿的颜色。

⑤天淡银河垂地:天色清明,银河斜挂着像垂到了大地上。银河:晴夜所见环绕天空呈灰白色的光带,由大量恒星构成。古谓之云汉,又名天河、天汉等。

杜甫《江月》诗:"玉露团清影,银河没半轮。"

⑥月华如练:形容月光皎洁。庾信《舟中望月》诗:"舟子夜离家,开舲望月华。"练:指洁白的丝绸。人千里:谓两人相距千里。

⑦无由:没有缘由。

⑧明灭:谓时隐时现,忽明忽暗。杜甫《北征》:"回首凤翔县,旌旗晚明灭。"敧:音qī,侧向一边,即斜靠的意思。这句是说,深夜里残灯忽明忽暗,睡不着,斜靠在枕头上。

⑨谙尽:意谓尝尽。

⑩都来:王闿运《湘绮楼词选》说:"'都来',即'算来'也。因此字宜平(平声),故用都字。"

⑪无计:没有办法。回避:躲避。

【赏析】

这首词一本有副题"秋日怀旧",是一首怀人之作,其间洋溢着一片柔情。许霄昂《词综偶评》谓"铁石心肠人亦作此销魂语"。上片描绘秋夜寒寂的景象:深秋之夜,万籁俱寂,只听见树叶纷纷飘落在香阶上沙沙作响。作者站在高楼之上,卷起珠帘,观看夜色,眼见皓月当空,人远千里,不禁引起思乡之情。下片写酌酒垂泪的愁意:酒未到愁肠,先已化成泪。眼下,室外明月如昼,室内灯光昏暗,作者倚枕欲眠,辗转不能入睡。愁思绵绵,时而心头萦绕,时而眉头攒聚,其怀人之情何等凄切。这首词语言生动,情景交融。词中写愁意、愁志、愁容,步步逼进,层层翻出,独具特色。

苏 幕 遮①

碧云天,黄叶地,秋色连波,波上寒烟翠②。山映斜阳天接水③,芳草无情④,更在斜阳外。

黯乡魂⑤,追旅思⑥,夜夜除非,好梦留人睡⑦。明月楼高休独倚⑧,酒入愁肠,化作相思泪。

【注释】

①《苏幕遮》:唐玄宗时教坊曲名。幕:一作"莫"或"摩"。此曲本出自西域龟兹国,"苏幕遮"乃"西戎胡语"。曲辞原为七绝体,以配合《浑脱舞》,后改为词调,衍为长短句。这首词黄升《花庵词选》题作《别恨》。

②波上寒烟翠:谓江波之上笼罩着一层翠色的寒烟。烟霭本呈白色,因其上连碧天,下接绿波,远望即与碧天同色而莫辨,如所谓"秋水共长天一色",故曰"寒烟翠"。

③山映斜阳:斜阳映射在山头。天接水:远处水天相接。

④"芳草无情"二句：古代文人多以草喻离情。李煜《清平乐》词："离恨恰如春草，更行更远还生。"杜牧《池州送前进士蒯希逸》："芳草复芳草，断肠还断肠。自然堪下泪，何必更斜阳。"这里化用其意。芳草远接斜阳外的天涯（暗指远方的故乡），斜阳尚可看到，而故乡却望不见，芳草触动人的离愁，逗引人的乡思，这是何等的无情啊！

⑤黯乡魂：思念家乡，黯然销魂。江淹《别赋》："黯然销魂者，惟别而已矣！"黯然：心情颓丧貌。

⑥追旅思：羁旅的愁绪重叠相续。追：纠缠不放的意思。

⑦夜夜除非、好梦留人睡：每天晚上只有在回乡的好梦中，才能使自己睡得安稳。除非：只有这个，别无他计。

⑧明月高楼休独倚：是说不要独倚明月映照下的高楼，以免更添愁绪。休：不要。

【赏析】

这首词抒写羁旅相思之情，题材基本不脱离传统的离愁别恨的范围，但意境的阔大却为这类词所少有。这首词，情景交融，前后贯通，浑然一体。尤其是语言清丽工巧，"碧云天，黄叶地"确为概括力极强的咏秋名句，王实甫《西厢记》中"长亭送别"一折的"碧云天，黄花地"即从此化来。

柳 永

柳永，生卒年不详，字耆卿，初名三变，宋代福建崇安人。晚年才考中进士，官至屯田员外郎。善于填词，以铺叙委婉细密见长。柳词在当时，流传甚广，一西夏归朝官曰："凡有井水饮处，即能歌柳词。"后卒于润州僧寺。今传《乐章集》。

迷 神 引

一叶扁舟轻帆卷。暂泊楚江南岸①。孤城暮角，引胡笳怨②。水茫茫，平沙雁③、旋惊散。烟敛寒林簇，画屏展④。天际遥山小，黛眉浅⑤。

旧赏轻抛⑥，到此成游宦⑦。觉客程劳⑧，年光晚。异乡风物，忍萧索⑨、当愁眼。帝城赊⑩，秦楼阻，旅魂乱⑪。芳草连空阔，残照满。佳人无消息，断云远⑫。

【注释】

①楚江：流经古楚地的那一段长江。

②胡笳:古代北方民族管乐器,传说为张骞由西域传入,其音悲凉。李陵《答苏武书》:"侧耳远听,胡笳互动,牧马悲鸣。"

③平沙:平旷的沙原。

④画屏展:比喻山水风光佳美如画。

⑤黛眉浅:比喻山色暗淡如眉黛色。

⑥旧赏:如知。

⑦游宦:离家在外作官。晋陆机《为顾彦先赠妇》诗之二:"游宦久不归,山川修且阔。"

⑧客程:旅程。唐张乔《送南陵尉李频》诗:"客程淮馆月,思乡海船灯。"

⑨忍:不忍。当:对着。愁眼:因自己心中充满忧愁,连眼神也显得忧郁。这两句说:不忍观看萧索景象,可景象却都对着自己充满忧愁的双眼。

⑩赊:远。

⑪旅魂:羁旅的情绪。

⑫断云:孤云。

【赏析】

这是柳永晚年游宦时羁旅行役之作。作者仕途蹭蹬,屡不得志,直到仁宗景祐元年(1034)才进士及第,此时年已约五十岁;此后长期任地方小官,久经辗转,四处游宦。这首词就是他行役途中的写作。上片写晚景,下片抒愁情,全词寓情于景,情景交融,语言哀愁缠绵,情调清凄婉约,气韵含蓄沉郁,风格清劲浑厚,完全呈现出游宦失意的凄凉晚景。羁旅行役是柳永词的主要题材之一,本词的中心,就是"游宦成羁旅"。

木兰花慢

拆桐花烂漫①,乍疏雨、洗清明。正艳杏烧林,缃桃绣野,芳景如屏②。倾城。尽寻胜去,骤雕鞍绀鞍出郊坰③。风暖繁弦脆管,万家竞奏新声④。

盈盈。斗草踏青。人艳冶、递逢迎⑤。向路旁往往,遗簪堕珥⑥,珠翠纵横。欢情。对佳丽地,信金罍罄竭玉山倾⑦。拚却明朝永日,画堂一枕春醒⑧。

【注释】

①拆桐花:紫桐花开放。

②芳景如屏:美好艳丽的景物犹如画屏。

③绀:天青色。鞍:音 xiǎn,车幔。绀鞍:代指车子。坰:音 jiōng,遥远的郊野。

④新声:新的歌曲。

⑤递逢迎:一个接着一个地在路上相逢,互相问候迎接。

⑥珥：妇女珠玉耳饰。

⑦罍：音 léi，古代青铜盛酒器。罄竭：这里是说坛中酒已干净。玉山倾：即"玉山自倒"，形容喝醉了酒。《世说新语·容止》："嵇叔夜之为人也，岩岩若孤松之独立，傀俄若玉山之将崩。"

⑧酲：酒后所感觉的困惫如病状态。

【赏析】

柳永的这首清明词，通过描绘节日风光景物，从一个侧面反映了北宋前期社会较为安定，市民生活富庶的现实。上片描绘京城开封郊外桐花烂漫、桃李争艳、芳草如茵以及车马如流、新声竞奏、倾城出游的繁华景象。下片叙述市民仕女盛妆艳服，斗草踏青，纵情欢乐的场面。据孟元老《东京梦华录》载："清明节……莫非金装绀幰，锦额珠帘，绣扇双遮，纱笼前导。士庶阗塞诸门，纸马铺皆于当街用纸衮叠成楼阁之状。四野如市，往往就芳树下，或园囿之间，罗列杯盘，互相劝酬。都城之歌儿舞女，遍满园亭，抵暮而归。"这与柳词所描写的景象是相吻合的。

少 年 游

长安古道马迟迟①。高柳乱蝉嘶。夕阳岛外，秋风原上，目断四天垂。

归云一去无踪迹②，何处是前期③？狎兴生疏④，酒徒萧索，不似去年时。

【注释】

①迟迟：徐行貌。《诗·邶风·谷风》："行道迟迟，中心有违。"毛传："迟迟，舒行貌。"

②归云：这里指离去的所爱女子。

③前期：前约、预约。

④狎兴：狎爱的兴致。狎：冶游。

【赏析】

这首词描写作者落魄潦倒时茕茕独处的凄凉情形。上片写秋风萧瑟，作者在长安古道马行迟迟，乱蝉鸣柳，四天低垂，一派凄景。下片写所爱离去，难寻难期，似乎已床头金尽，冶趣疏远，连昔日酒友也寥寥无几。全词尽露世态炎凉，人情冷暖的悲绪，表现出作者心灰功名，意懒宦游的思想。

卜 算 子①

江枫渐老②，汀蕙半凋，满目败红衰翠。楚客登临③，正是暮秋天气。引疏砧④，断续残阳里。对晚景，伤怀念远，新愁旧恨相继。

脉脉人千里。念两处风情⑤，万重烟水。雨歇天高，望断翠峰十二⑥。无佀言、谁会凭高意⑦。纵写得,离肠万种,奈归云谁寄⑧?

【注释】

①《卜算子》:词牌名。万树《词律》谓取义于"卖卜算命之人"。或谓唐骆宾王诗喜用数字,人谓"卜算子"。调名取此。柳永此词为慢体,此体亦名《卜算子慢》。最早见于钟辐词。或疑其词不可靠,它以柳永、张先之作为早。

②江枫渐老:《楚辞·招魂》:"湛湛江水兮上有枫,目极千里兮伤春心"。枫叶老而变红,故下文言"败红"。汀蕙:水中小洲所长的一种香草。

③"楚客"句:宋玉《九辩》:"悲哉愁之为气也,萧瑟兮草木摇落而变衰。憭慄兮若在远行,登山临水兮送将归。"这里楚客泛指离人,是作者自谓。

④引疏砧:梁武帝《捣衣》诗:"参差夕杵引,哀怨秋砧扬。"砧是捣衣石,引是持杵捣击之意。疏指捣衣声稀疏。

⑤风情:指男女间的感情。

⑥望断:极目远望。翠峰十二:"巫山云雨"因宋玉《高唐赋》而被喻为男女情事的代称。巫山有名峰十二座,故翠峰十二即指巫山,亦即指男女之情。

⑦凭:登临。

⑧归云:情人离去,如云归巫山,情怀无由寄达。

【赏析】

这首词写离别相思之情。词人宦游江南,正值暮秋时节,映入眼帘的是渐老的江枫、半凋的汀蕙,败红衰翠。听到的是时断时续的稀疏的捣衣声。这些,使人对远方的情人产生出浓烈的怀恋心情。然而相隔"万重烟水",不尽的相思无人寄与。这种凄恻的怀恋感伤之情,悲切感人。

采 莲 令

月华收,云淡霜天曙①。西征客,此时情苦。翠娥执手②,送临歧③。轧轧开朱户④。千娇面,盈盈伫立⑤,无言有泪,断肠争忍回顾⑥。

一叶兰舟,便凭急桨凌波去⑦。贪行色⑧、岂知离绪。万般方寸⑨,但饮恨,脉脉同谁语⑩?更回首,重城不见⑪,寒江天外,隐隐两三烟树。

【注释】

①霜天:秋季之天。庾信《和裴仪同秋日》诗:"霜天林木燥,秋气风云高。"

②翠娥:美女的代称。李白《忆旧游寄谯郡元参

北宋李成《寒林平野图》

军》诗:"翠娥婵娟初月晖,美人更唱舞罗衣。"

③临歧:指分道时的惜别。唐高适《别韦参军》诗:"丈夫不作儿女别,临歧涕泪沾衣巾。"

④轧轧:象声词,开门声。

⑤盈盈:体态轻盈的样子。

⑥争:即"怎"。

⑦凭:如此,这样。

⑧行色:出行前的准备。

⑨方寸:心思、心绪。

⑩脉脉:内心情感无法倾吐而沉默貌。杜牧《题桃花夫人庙》诗:"细腰宫里露桃新,脉脉无言几度春?"

⑪"重城"句:欧阳詹《初发太原途中寄太原所思》诗:"高城已不见,况复城中人。"此处化用其意。

【赏析】

这首词写离别情。上片写离别时月落云收,霜天欲曙;离人去去情苦,居人依依不舍。"千娇面"至"断肠怎忍回顾"几句,生动细腻地描绘了离人内心的痛苦。下片写离人别后无限惆怅和不尽的留恋;而无人可与诉说愁苦,只能恨别吞声;其哀其痛,更是不堪忍受。全词以景起兴,以景作结,景中寓情,景黯情凄;写景抒情,铺叙有致,层层渐进,语言浅淡而意深情挚。写景叙事抒情,三位一体,高妙过于当世前人。

蝶 恋 花

伫倚危楼风细细①,望极春愁,黯黯生天际②。草色烟光残照里,无言谁会凭阑意。

拟把疏狂图一醉③,对酒当歌④,强乐还无味。衣带渐宽终不悔⑤,为伊消得人憔悴⑥。

【注释】

①危楼:高楼。

②黯黯:阴沉貌。

③拟:打算。疏狂:疏散狂放。

④对酒当歌:此句借用曹操《短歌行》"对酒当歌,人生几何?"诗句。

⑤"衣带"句:《古诗十九首·行行重行行》:"相去日已远,衣带日已缓。"此处化用其句。

⑥消得:值得。

【赏析】

这首词又题为《凤栖梧》。上片以写景为主,景中含情,见出作者伫立望远之苦;下片以明畅淋漓的笔调抒写他"虽九死其犹未悔"的执著恋情,真挚感人。其中"衣带渐宽终不悔,为伊消得人憔悴"为传诵千古的名句。王国维《人间词话》以这两句词所表现的刻骨爱情,来比喻"古今之成大事业、大学问者,必经过三种之境界"的第二境,即锲而不舍、甘愿献身的精神,并说此等语"非大词人不能道"。

八声甘州

对潇潇暮雨洒江天①,一番洗清秋。渐霜风凄紧②,关河冷落③,残照当楼。是处红衰翠减④,苒苒物华休⑤。惟有长江水,无语东流⑥。

不忍登高临远,望故乡渺邈⑦,归思难收⑧。叹年来踪迹,何事苦淹留⑨?想佳人妆楼颙望⑩,误几回、天际识归舟⑪。争知我⑫,倚阑干处⑬,正恁凝愁⑭!

【注释】

①潇潇:风雨急骤的样子。《诗·郑风·风雨》:"风雨潇潇。"

②霜风:秋风。

③关河:山河关隘。

④是处:处处。

⑤苒苒:同"冉冉",渐渐。屈原《离骚》:"老冉冉其将至兮。"物华:美好的景物。南朝梁柳恽《赠吴均》诗之一:"主念已郁陶,物华复如此。"

⑥"惟有"二句:五代高蟾《秋日北固晚望》诗:"何事满江惆怅水,年年无语向东流。"此处化用其意。

⑦渺邈:遥远貌。

⑧归思:思归的心绪。陶渊明《始作镇军参军经曲阿作》诗:"眇眇孤舟逝,绵绵归思纡。"

⑨淹留:久留。屈原《离骚》:"时缤纷其变易兮,又何可以淹留。"

⑩凝望:一本作"长望""颙望"。

⑪"误几回"二句:翻用谢朓、刘采春诗句。

⑫争:怎。

⑬阑干:即"栏杆"。

⑭恁:这。

【赏析】

作者在暮雨潇潇、霜风凄紧的秋日登高临远,满目山河冷落,残照当楼,万物萧疏,大江东流,不由勾起作者思乡怀人的愁情。这种愁情却无人可与诉知,更令人伤感悲戚。全词意境舒阔高远,气魄沉雄清劲,写景层次清晰有序,抒情淋漓尽致。语言凝炼,气韵精妙。千古来深受词家叹服欣赏。

雨 霖 铃

寒蝉凄切,对长亭晚①,骤雨初歇。都门帐饮无绪②,留恋处③、兰舟催发④。执手相看泪眼,竟无语凝噎⑤。念去去、千里烟波,暮霭沉沉楚天阔⑥。

多情自古伤离别,更那堪、冷落清秋节。今宵酒醒何处⑦?杨柳岸、晓风残月。此去经年⑧,应是良辰好景虚设。便纵有、千种风情⑨,更与何人说⑩?

【注释】

①长亭:古时驿路上十里一长亭,五里一短亭,都是给行人休息、送别的地方。

②都门帐饮:在京城郊外,设置帐幕宴饮送行。

③留恋处:一作"方留恋处"。

④兰舟:木兰舟,船的美称。

⑤凝噎:喉咙里像是塞住了,说不出话来。一作"凝咽"。

⑥暮霭沉沉楚天阔:傍晚的时候,天气阴沉沉的,南天空阔无边。楚国在南方,故称南天为楚天。

⑦今宵酒醒何处:这句以下都是设想的话。

⑧经年:一年复一年。

⑨风情:旧指男女之间的情意。

⑩更:一作"待"。

【赏析】

这是柳永著名的代表作。词的主要内容是以冷落的秋景作为衬托来表达和爱人难以割舍的离情。不难看出,这时作者因在仕途上失意,不得不离开京师而远行,他这种抑郁的心情和失去爱情慰藉的痛苦交织在一起,便更加感到生活前途的黯淡无光。作者诚然是写他的真情实感,但情调太伤感、太低沉了。这首词的写作技巧相当高明。全篇的组织结构,非常自然,如行云流水找不出连接的痕迹。运用白描的手法,刻画别离的情景也是极其生动的。

张 先

张先(990—1078),字子野,吴兴(今浙江湖州市)人。宋仁宗朝进士。做过

都官郎中(刑部所属曹司的主管官)。晚年往来于杭州、吴兴间,过着优游的生活。今传《安陆词》,又名《张子野词》。

天 仙 子

时为嘉禾小倅①,以病眠,不赴府会

《水调》数声持酒听②,午醉醒来愁未醒。送春春去几时回?临晚镜,伤流景③,往事后期空记省④。

沙上并禽池上暝⑤,云破月来花弄影。重重帘幕密遮灯,风不定,人初静,明日落红应满径。

【注释】

①嘉禾:宋时郡名,今浙江嘉兴市。倅:副职。小倅,指小官。张先这时在嘉兴做判官。

②《水调》:曲调名,相传为隋炀帝所制。唐宋时这个歌曲很流行。

③流景:等于说似水年华。

④后期:后会的期约。

⑤并禽:成对的鸟儿,这里指鸳鸯。

【赏析】

这首词黄昇《花庵词选》题作"春恨"。胡仔《苕溪渔隐丛话》引《古今诗话》:"有客谓子野曰:'人皆谓公张三中,即心中事、眼中泪、意中人也(见《行香子》词)。'子野曰:'何不目之为张三影?'客不晓。公曰:'云破月来花弄影'、'娇柔懒起,帘压卷花影'、'柳径无人,堕风絮无影',此余生平所得意也。'"于此可见,作者所致力的是在某些字句描写的精工上。

青 门 引

乍暖还轻冷,风雨晚来方定。庭轩寂寞近清明①,残花中酒②,又是去年病。楼头画角风吹醒③,入夜重门静。那堪更被明月,隔墙送过秋千影。

【注释】

①庭轩:庭院、走廊。

②残花中酒:悼惜花残春暮,喝酒过量。中,读去声。

③楼头画角风吹醒:楼头,指城上的戍楼。画角,军用的号角,涂了彩色故称画角。黄蓼园《蓼园词选》说:"角声而曰风吹醒,醒字极尖刻。"

【赏析】

这首词无名氏《草堂诗馀》题作"怀旧",写的是残春时节诗人寂寞的心情。

"隔墙送过秋千影",后人称为"描神之笔"。他没有提到那个打秋千的少女,只提到秋千,而且只是秋千的影子:这就是历来词话家所欣赏的张先的"含蓄"和"韵味"。

醉 垂 鞭

双蝶绣罗裙。东池宴,初相见。朱粉不深匀,闲花淡淡春①。

细看诸处好。人人道,柳腰身②。昨日乱山昏,来时衣上云③。

【注释】

①闲花:闲,平常。闲花即一般的花。

②柳腰身:旧时以柳树的柔条形容女人纤柔的腰肢。北周庾信《和人日晚景宴昆明池》诗:"上林柳腰细,新丰酒径多。"唐韩偓《频访卢秀才》诗:"药诀棋经思致论,柳腰莲脸本忘情。"

③"来时"句:暗喻此女美如仙女。宋玉《高唐赋》中神女对楚王言:"妾在巫山之阳,高丘之阻,旦为朝云,暮为行雨。朝朝暮暮,阳台之下。"

【赏析】

这首词描绘了一位酒宴上的美丽女子。张先示人美感如同给人美酒,让人先尝,使你品味,然后令你慢慢陶醉在不尽的美的享受之中。

一丛花令

伤春怀远几时穷①。无物似清浓。离愁正引千丝乱②,更东陌、飞絮濛濛③。嘶骑渐遥,征尘不断,何处认郎踪?

双鸳池沼水溶溶④。南北小桡通。梯横画阁黄昏后,又还是,斜阳帘栊⑤。沈恨细思,不如桃杏,犹解嫁东风。

【注释】

①伤春:一作"伤高"。几时穷:何时才能穷尽。

②千丝:指游丝,即蜘蛛和小虫所吐的丝。

③飞絮濛濛:形容杨花乱飞,如濛濛细雨一样。

④溶溶:水流动貌。

⑤帘栊:帘子和窗棂。

【赏析】

此词写的是闺怨。上片抒发情郎别后的愁怀,下片感伤今日的孤独寂寞。结拍三句以花喻人,悔恨自己当初未能追随郎踪而去,不如桃花和杏花还懂得嫁给东风,从一而终,有所归宿。构思新颖,意浓语俊,一时传为佳句,作者也因此而被称为"桃杏嫁东风郎中"。

蝶 恋 花

绿水波平花烂漫。照影红妆,步转垂杨岸。别后深情将为断。相逢添得人留恋。

絮软丝轻无系绊。烟惹风迎,并入春心乱。和泪语娇声又颤,行行尽远犹回面①。

【注释】

①尽远:尽管很远。

【赏析】

短暂恋情的特写。预料别后情将断,重逢会增添留恋。情感结束后,虽然会像杨丝柳絮那样无牵无挂,但离别终究激起了心中阵阵波澜。末两句把欢会结束后的留恋,写得如在目前,又含蓄宛转。

晏 殊

晏殊(991—1055),字同叔,抚州临川(今江西抚州市)人。少年时以神童召试,赐同进士出身。宋仁宗朝官至宰相。他引用了一批贤能的人,如范仲淹、韩琦、欧阳修等都出他的门下。后人称他为晏元献(死后的谥号)。《宋史》本传说他:"文章赡丽,应用不穷。尤工诗,闲雅有情思。"他是北宋初期的重要词人,今传《珠玉词》。

浣 溪 沙

青杏园林煮酒香。佳人初试薄罗裳①。柳丝无力燕飞忙。
乍雨乍晴花自落②,闲愁闲闷日偏长。为谁消瘦减容光。

【注释】

①"佳人"句:美人们刚刚试着穿起了薄绸衣裳。点明季节,谓春天里天刚转暖。

②乍:忽然。

【赏析】

这首词写女子孤独寂寞的愁闷之情。文字明白如话,风格明快畅达,却耐人品味。

又

淡淡梳妆薄薄衣。天仙模样好容仪①。旧欢前事入颦眉②。
闲役梦魂孤烛暗,恨无消息画帘垂。且流双泪说相思。

【注释】

①容仪:容态仪表。

②颦眉:皱眉,闷闷不乐的样子。

【赏析】

此阕写一女子独守幽闺的相思之情。上片描摹女主人公的仪表容态。用"淡淡"形容"梳妆","薄薄"修饰衣裾,虽不着色,却自有风韵。接着又以"天仙模样"加以赞叹,活画出一位洗尽铅华、身着轻罗衣衫的美女图。下片集中刻画人物的心理活动。在暗淡的烛光下,她深感寂寞无聊,于是闭目进入梦乡,去寻求往日的欢乐。可是梦中醒来,烛光暗淡,睁眼一望,只见"画帘"仍旧低垂,重门紧锁,远方的消息一点也没有。着一"恨"字,表达了女子深深的怨怅之情。本篇写人物不用浓墨重彩,更无金玉黛碧之类的色泽,仅用"淡淡梳妆薄薄衣"一句,勾画其外表轮廓,运笔简练,细腻入微。两片结句含而不露,尤为传神,可以当作一幅少女肖像画来看。

又

一向年光有限身①。等闲离别易销魂②。酒筵歌席莫辞频。
满目山河空念远,落花风雨更伤春。不如怜取眼前人③。

【注释】

①一向:即"一晌",片刻。

②等闲:平常。

③怜取:即怜悯的意思。取为语助词,无义。远稹《会真记》崔莺莺诗:"还将旧来意,怜取眼前人。"

【赏析】

晏殊一生仕宦得意,过着"未尝一日不宴饮"、"亦必以歌乐相佐"(叶梦得《避暑录话》)的生活。这首词描写他有感于人生短暂,想借歌筵之乐来消释惜春念远、感伤时序的愁情。"不如怜取眼前人"句,表现出作者感情的浅薄,他的《木兰花》词:"美酒一杯谁与共?往事旧欢时节动。不如怜取眼前人,免更劳魂兼役梦"等句,可作为此句的注脚。本词语言清丽、音调谐婉。

撼 庭 秋

别来音信千里。恨此情难寄。碧纱秋月①,梧桐夜雨,几回无寐。

楼高目断,天遥云暗,只堪憔悴。念兰堂红烛②,心长焰短,向人垂泪。

【注释】

①碧纱:绿色的丝帐。

②兰堂:华美的厅堂,此指女子所居之处。

【赏析】

　　此阕表现的是男女之间的离别相思,全篇均从女子方面着笔。上片说自从与情郎分别以来,彼此远隔千里,音信不通,想念他的一片深情无从寄去,实在令人怅恨。碧纱帐内仰望晴空秋月,绿窗之下夜听雨打梧桐之声,度过了多少个寂寞愁苦的不眠之夜!过片写女子白日登上高楼眺望,天空辽阔,阴云密布,离人踪影全无,使人更加忧伤憔悴。结拍三句,以烛拟人,形象地描绘出女主人公因相思而陷入无可奈何的愁苦情状。"心长焰短,向人垂泪"两句,脱化于杜牧《赠别》诗:"蜡烛有心还惜别,替人垂泪到天明。"可谓形神俱现,比喻巧妙,给读者以丰富的联想和美感。

破 阵 子

春 景

　　燕子来时新社①,梨花落后清明。池上碧苔三四点,叶底黄鹂一两声。日长飞絮轻②。

　　巧笑东邻女伴③,采桑径里逢迎。疑怪昨宵春梦好,原是今朝斗草赢④。笑从双脸生。

【注释】

①社:指春社。这个节日在立春后、清明前。相传燕子这时候从南方飞来。

②飞絮:飘扬的柳花。

③巧笑:美好的笑。

④"疑怪"两句:看到东邻女伴的巧笑,疑她昨夜做上一个美好的梦,原来却是"今朝斗草赢"的缘故。古代妇女常用草来做比赛的游戏。梁宗懔《荆楚岁时记》:"五月五日,四民并踏百草,又有斗百草之戏。"

【赏析】

　　这首词黄昇《花庵词选》题作《春景》。作者用轻淡的笔触,刻画暮春接近初夏的景色。后段写得特别生动:采桑少女斗草的兴高采烈和她的天真无邪的笑声,划破了寂静的春的田野,格外使人感到生活的温馨和美丽。

采 桑 子①

时光只解催人老,不信多情,长恨离亭②,泪滴春衫酒易醒。

梧桐昨夜西风急,淡月胧明③,好梦频惊,何处高楼雁一声?

【注释】

①《采桑子》:词牌名。南朝乐府有《采桑》《杨下采桑》,名取自古乐府《陌上桑》。唐教坊曲有《采桑》,后用为词牌名。

②离亭:古时大路旁供行人休息的亭舍,常为送别之所,故称"离亭"。

③月胧明:月色微明。

【赏析】

这首词表达念远怀人。首二句把时光拟人化,暗含"多情自古伤离别"和"思君令人老"双重意思。"多情"二字,总摄全篇。下片先写不眠,次写惊梦。结句以设问写闻雁,其中蕴含着思妇的遐想。含蓄蕴藉,余韵悠长。

木 兰 花

燕鸿过后莺归去。细算浮生千万绪①。长于春梦几多时,散似秋云无觅处②。

闻琴解佩神仙侣③。挽断罗衣留不住。劝君莫作独醒人④,烂醉花间应有数⑤。

【注释】

①浮生:《庄子·刻意》:"其生若浮,其死若休。"庄子认为人生在世,虚浮无定。后来相沿称人生为浮生。李白《春夜宴桃李园序》:"浮生若梦,为欢几何?"

②"长于春梦"二句:白居易《花非花》诗:"来如春梦不多时,去似朝云无觅处。"此处化用其意。

③闻琴:用卓文君、司马相如事。《史记·司马相如列传》:"是时卓王孙有女文君,新寡,好音。故相如缪与令相重,而以琴心挑之……从车骑,雍容闲雅甚都。及饮卓氏,文君窃从户窥之,恐不得当也。既罢,相如乃使人重赐文君侍者,通殷勤,文君夜亡奔相如。"解佩:亦用典。汉刘向《列仙传·江妃二女》:"江妃二女者,不知何所人也,出游于江汉之湄,逢郑交甫。见而悦之,不知其神人也,谓其仆曰:'我欲下请其佩。'……遂下欲之言曰:'……愿请子之佩。'遂手解佩与交甫。"

④"劝君"句:《楚辞·渔父》:"屈原曰:'举世皆浊我独清,众人皆醉我独醒,是以见放。'渔父曰:'圣人不凝滞于物,而能与世推移。世人皆浊,何不掘其泥而扬其波?众人皆醉,何不铺其糟而歠其醨?何故深思高举,自令放为?'"此处

用其意。

⑤数:运数,即命运。

【赏析】

这首词真实表达了晏殊人生苦短、及时行乐的思想。他感叹岁月易逝、浮生短暂,却纷纷乱乱千头万绪,而春梦一枕的美好时光却不多长;欢会难得易散,不如也烂醉花间,与世同浊皆醉。此词一反晏殊含蓄委婉风格,直抒胸臆,言所欲言,明朗畅达,毫不隐晦。

清 平 乐①

金风细细②,叶叶梧桐坠③。绿酒初尝人易醉④,一枕小窗浓睡⑤。
紫薇朱槿花残⑥,斜阳却照阑干⑦。双燕欲归时节⑧,银屏昨夜微寒⑨。

【注释】

①《清平乐》:词牌名。又名《忆萝月》《醉东风》等。双调46字。上阕押仄韵,下阕换平韵。《尊前集》所传李白《清平乐》词,恐系后人伪托。

②金风:秋风。《文选》晋张协《杂诗》"金风扇素节"李善注曰:"西方为秋而主金,故秋风曰金风也。"

③坠:落下。

④绿酒:美酒的意思。绿:一作"渌"。盛弘之《荆州记》:"渌水出豫章康乐县,其间乌程乡有酒官,取水为酒,极甘美,与湘东酃湖酒,年常献之,世称酃渌酒。"

⑤浓睡:熟睡。

⑥紫薇:花名。四五月花始开,有时连续至八九月,故又叫百日红。朱槿:即木槿,落叶灌木,叶卵形,花有白、红、紫等颜色。《礼记》:"仲夏之月木槿荣。"此句以"紫薇"、"朱槿"两种花反衬秋天的到来。

⑦斜阳:傍晚的太阳。阑干:同栏杆。

⑧双燕欲归时节:燕子乃候鸟,每年春来秋去。现在已是秋季,燕子知时节,故双双成群向南归去越冬。

⑨银屏:银色的屏风。

【赏析】

这首词写秋景,却不露悲意。它所表现的是一种风调闲雅、气象华贵的情趣,颇得花间遗韵。刘攽《中山诗话》云:"元献尤喜冯延巳歌词,其所自作,亦不减延巳乐府。"上片写酒醉后的浓睡。起二句点明时间、渲染环境。接着写以酒遣愁,用一个"初"字、"易"字点出有愁,故而易醉,愁浅则睡浓的感受。下片次日薄暮酒醒后的感觉。作者通过眼中所见之景,表现出一点淡淡的哀愁。

浣 溪 沙

一曲新词酒一杯,去年天气旧亭台,夕阳西下几时回?

无可奈何花落去,似曾相识燕归来,小园香径独徘徊①。

【注释】

①香径:花园里的小路。徘徊:来回往复,流连不舍。

【赏析】

这是晏殊的名篇之一,无名氏《草堂诗馀》误为李璟作。意思只是悼惜春残,感伤年华的飞逝。它之所以著名,在于其中"无可奈何花落去,似曾相识燕归来"一联属对工巧而流利。作者也自爱其词语之工,还把它组织在一首题作《示张寺丞王校勘》的七言律诗里。

少 年 游

重阳过后①,西风渐紧,庭树叶纷纷。朱阑向晓②,芙蓉妖艳③,特地斗芳新④。

霜前月下,斜红淡蕊,明媚欲回春。莫将琼萼等闲分⑤,留赠意中人。

【注释】

①重阳:农历九月初九,也称重九,古代重阳节有登高的风俗。

②朱阑:朱红栏杆。向晓:拂晓。

③芙蓉:指木芙蓉,秋天开花。

④特地:特意。

⑤琼萼:花的美称,此处指芙蓉花。萼,指花。等闲:随意。

【赏析】

本篇以写芙蓉花为主,明为惜花,实为惜人。先写深秋季节,万木萧条,只有芙蓉花独自盛开。而后具体写霜前月下的芙蓉花,明艳异常,似乎唤回了春天。最后又写这种品格高洁,不趋同于世俗,而且美丽无比的花,不应随意对待,应该留赠意中人,结句可谓传神之笔,使全篇富于情致。

蝶 恋 花①

槛菊愁烟兰泣露②。罗幕轻寒,燕子双飞去③。明月不谙离恨苦,斜光到晓穿朱户④。

昨夜西风凋碧树⑤。独上高楼,望尽天涯路。欲寄彩笺兼尺素⑥,山长水阔知何处?

【注释】

①《蝶恋花》:词牌名。本名《鹊踏枝》,唐教坊曲名,后用为词牌,又被改名

为《蝶恋花》。另名《凤栖梧》《一箩金》《黄金缕》《卷珠帘》等。双调60字，仄韵。

②槛菊愁烟兰泣露：谓花园里的菊花笼罩在雾气里像是含愁，兰花也像在露中饮泣。这"愁烟"、"泣露"是思妇的独特感受，是作者将它们人格化，通过移情入景，把人的感情注入了菊与兰之中，借以透露女主人公自己的哀愁。槛：栏杆。

③"罗幕轻寒"二句：古代居室，堂前惯用罗幕来作障蔽，燕子常常结巢于幕侧。现在堂前渐有微寒侵入，燕子知秋季来临，随即双双离巢而去。罗幕：丝罗做的帷幕。

④"明月"二句：古代诗人常把明月与离情相联系。大概别后思忆故人，常常不能入寐，如果那明月正徘徊窗户间，就更容易引起感触。所以这两句责怪明月通宵达旦地照进房间，刺激起自己相思的情绪，它真是不理解人们心中有着离恨的痛苦啊！谙：深深了解。斜光：指西斜的月光。朱户：朱红色的门户，指富贵人家。

⑤凋：菱谢，凋零。碧树：绿色的树。

⑥欲寄彩笺兼尺素：谓兼寄表达相思之情的题咏和书信，表示怀念很切。彩笺：指题诗的诗笺。尺素：指书信。

【赏析】

这是晏殊词的著名代表作。词中所表现的是闺中秋思。上片用拟人化手法烘托闺中妇人秋日怀人的愁苦，她由夜到晓的离别相思，愁情无限。下片写时间由昨夜而破晓，而清晨，地点由室外而室内，而登楼，最后又回室内题诗寄赠，表现其对爱情执着认真，一往深情的思念。

欧阳修

欧阳修(1007—1072)，字永叔，号醉翁，晚年又号六一居士，吉州永丰(今江西永丰)人。天圣八年(1030)进士。官至枢密副使、参知政事。欧阳修是北宋诗文革新的领袖，一代文宗，散文名列唐宋八大家，又是其中影响较大的一位，文风平易流畅，纡徐婉曲，富于情韵。他又是史学家，与宋祁同修《新唐书》，独力完成《新五代史》。

长 相 思

蘋满溪①。柳绕堤。相送行人溪水西②。回时陇月低③。

烟霏霏。风凄凄。重倚朱门听马嘶。寒鸥相对飞。

【注释】

①蘋:多年生草本植物,生浅水中,叶浮水面。

②行人:出门远行之人。

③陇月:陇山上的月亮。山在今陕西与甘肃交界处。借称边塞之月,用于相思寄远。

【赏析】

这是一首意境凄迷朦胧的送别词。全词以景语结情,融情入景。通过一系列的景色营造出一个朦胧的境界,有效地渲染、烘托出送者凄迷的心境。

采 桑 子

天容水色西湖好①,云物俱鲜。鸥鹭闲眠。应惯寻常听管弦。

风清月白偏宜夜,一片琼田。谁羡骖鸾②,人在舟中便是仙。

【注释】

①天容:指天空中的景色。水色:指湖水中奇丽的倒影。

②骖鸾:语出韩愈诗"远胜登仙去,飞鸾不暇骖。"指乘着鸾鸟到仙境中去。骖:一车驾三马,这里作"骑"讲。鸾:传说中凤凰一类的鸟。

【赏析】

作者早年仕途坎坷,晚年虽位居高官,但已无意于政治,只求远祸全身。这种静谧、悠闲的晚境,已逐渐成为他的追求和生活情趣的折射,所以当他置身舟中,面对如此美景时,他从内心由衷地叹道:"谁羡骖鸾,人在舟中便是仙。"谁还羡慕神仙? 人在舟中,就是神仙! 这随口说出的话,却是他心灵深处愿望的流露。本词信手拈来,寄意深远,景色淡雅,意境开阔。

玉 楼 春

残春一夜狂风雨,断送红飞花落树①。人心花意待留春,春色无情容易去。

高楼把酒愁独语,借问春归何处所? 暮云空阔不知音②,惟有绿杨芳草路。

【注释】

①红:指花。红飞:即花落。

②不知音:不知道(春归的)消息。

【赏析】

此词写惜春,但词人的构思巧妙,颇具新意。他采用拟人的手法,赋予花和春以情感。花要留春,春却无情离去,形成强烈的反差。下片描写人的感觉,春归何处,无从可知,只有路边的绿杨芳草映入眼中。含无情之情于无言中,含蓄有致。

临 江 仙

妓 席①

池外轻雷池上雨②,雨声滴碎荷声。小楼西角断虹明。阑干倚处,待得月华生③。

燕子飞来窥画栋,玉钩垂下帘旌④。凉波不动簟纹平。水晶双枕,傍有堕钗横。

【注释】

①妓:郡守钱演宴客后园,一官妓与永叔后至。诘之,妓云:"中暑,往凉堂睡觉,失金钗,犹未见。"钱曰:"乞得欧阳推官一词,当即偿妆。"永叔即席赋此词。(见《尧山堂外纪》)

②池外:一本作"柳外"。

③月华:月光。

④帘旌:即窗帘。

【赏析】

上段写中暑天气,下段写凉堂睡觉。前幅,写自然景物,由轻雷而雨声,而断虹,而月华,循序写去,自然入妙。尤妙在以池上、小楼、栏杆作衬托,显得非常生动、鲜明。又其中以荷声陪衬雨声,栏杆改从见者角度去写,笔有变换。这样去描摹,便显得不寂寞、不单调。后幅,写人物活动,却又从燕子写入。这里迭连写了画栋、玉钩、帘旌、簟、枕,从表面看,似专写物事,实则人物动态,正隐隐从其间显现出来。又上用一"窥"字,则下帘有意;后用一"双"字,则非独睡可知。用意用词,不粘不脱。读来顿生清新婉丽之感,信是一首绝妙好词。

欧阳修像

圣 无 忧

世路风波险①,十年一别须臾②。人生聚散长如此,相见且欢娱。
好酒能消光景,春风不染髭须。为公一醉花前倒,红袖莫来扶③。

【注释】

①世路:这里指宦途。

②十年:指作者贬滁州(庆历五年)后的十年,由离京到再进京任职。

③红袖:指歌女。

【赏析】

旧时京官被贬,总是谪向外任,所以再回京任职,总是风光事。这首词却写的是"相见且欢娱"的心情,今人所谓"平常心"。至于春风也无法染黑我的胡须这种感叹,就更添悲凉了。

蝶 恋 花

百种相思千种恨。早是伤春,那更春醪困①。薄幸辜人终不愤。何时枕畔分明问?

懊恼风流心一寸。强醉偷眠,也即依前闷②。此意为君君不信。泪珠滴尽愁难尽。

【注释】

①春醪:酒名。

②依前:照旧。

【赏析】

此词写一个多情女子对薄幸情郎的怨而不怒的复杂的情感。她不愤怒,但她懊恼、烦闷、愁苦、哭泣。尽管如此,她仍然抱有天真的希望:"何时枕畔分明问"。然而,"此意为君君不信",她等待的恐怕还是失望。一首小词,感情容量却如此复杂。

浪 淘 沙①

把酒祝东风,且共从容②。垂杨紫陌洛城东③。总是当时携手处,游遍芳丛。聚散苦匆匆,此恨无穷。今年花胜去年红。可惜明年花更好,知与谁同?

【注释】

①《浪淘沙》:词牌名。原唐教坊曲名,后用为词牌。创自唐白居易、刘禹锡。为七言绝句体,词调始见于南唐李煜词。

②"把酒"二句:语出司空图《酒泉子》:"黄昏把酒祝东风,且从容。"希望春天不要很快逝去。

③洛城:洛阳城。

【赏析】

此词抒发游春感慨。上片叙事,从游赏宴饮起笔,却转向与友人同游的愉悦之感,由此可见他们的深情厚谊。下片抒情,感叹聚散匆匆的苦痛。然后把惜别融于赏花中,将三年的花做比较,构思新颖,足见其别情之重。后人称此词"因惜花而怀友,前欢寂寂,后会悠悠,至情语以一气挥成,可谓深情如水,行气如虹矣"。由此可见它疏放而又婉丽隽秀的风格。

司马光

司马光(1019—1086),字君实,陕州夏县(今山西省闻喜)涑水乡人,世称涑水先生。宋仁宗宝元元年(1038)进士。历知谏院、翰林学士。因反对王安石新法,出知永兴军(今陕西西安),后退居洛阳,主编《资治通鉴》。元丰八年(1085)哲宗即位,高太皇太后听政,召他入主国政,次年任尚书左仆射,兼门下侍郎,尽废新法,复旧制。卒赠太师、温国公,谥文正。为文记叙周详,词句简练、通畅。历史著作有《资治通鉴》《稽古录》《涑水纪闻》等,诗文有《司马文正公集》。《全宋词》录存其词三首。

阮 郎 归

渔舟容易入春山,仙家日月闲。绮窗纱幌映朱颜①,相逢醉梦间。

松露冷,海霞殷。匆匆整棹还②。落花寂寂水潺潺,重寻此路难。

【注释】

①朱颜:指青春壮健的颜色。

②整棹:准备好船桨。

【赏析】

这是一首春日入山寻幽探胜之作。上片叙述作者乘舟来到一座依山傍水的道观,与悠闲自得、红光满面的道士们交谈。这儿环境优美,妙语解颐,恍如醉梦之间。下片描写归途见闻,松露云霞,落花流水,真像仙境一般。结句说今后想要重游此地,恐怕是难上加难,表达了对桃花源式的胜境的向往和留恋。

宋代史学家司马光

西 江 月

宝髻松松挽就①,铅华淡淡妆成②,红烟翠雾罩轻盈③,飞絮游丝无定。
相见争如不见④,有情何似无情。笙歌散后酒初醒,深院月斜人静。

【注释】

①宝髻:妇女头上漂亮的发结子。

②铅华:铅粉。妇女用以敷面的妆饰品。

③"红烟翠雾"两句:形容珠翠冠的盛饰。李清照《永遇乐》词:"铺翠冠儿,捻金雪柳,簇带争济楚。"铺翠冠:指妇女戴的翡翠珠子镶的帽儿。捻金雪柳:系用黄纸、白纸扎的柳枝,也是妇子头上的妆饰品,步行时似飞絮游丝,颤动不定。轻盈:形容仪态纤弱。

④争:怎。

【赏析】

此为咏歌伎之词。上段写佳人妆饰之美,下段写作者眷恋之情。宝髻,就形写;铅华,就色写;红烟翠雾、飞絮游丝,就妆饰、容态写。不描眉目,而轻盈美艳,自然涂抹出来。相见、不见,说明一见倾倒。有情无情,表示高不可攀。及至歌止酒醒,月明人静,回溯彼美,渺不可寻。系恋之情,其何能已。前幅以词丽胜,后幅以意曲工,总见笔精墨妙。

王安石

王安石(1021—1086),字介甫,号半山,临川(今江西抚州市)人。宋神宗时宰相。创新法,改革旧政,是一个进步的政治家。文学上的主要成就在诗文方面。词作不多,但其特点是能够"一洗五代旧习"(刘熙载《艺概》中语),不受当时绮靡风气的影响,这是高出于晏、欧诸人的地方。今传《临川先生歌曲》。

南 乡 子

自古帝王州,郁郁葱葱佳气浮①。四百年来成一梦②。堪愁,晋代衣冠成古丘。绕水恣行游,上尽层城更上楼。往事悠悠君莫问。回头,槛外长江空自流。

【注释】

①帝王州:可以成就帝业的州郡,指金陵。谢朓《入朝曲》:"江南佳丽地,金陵帝王州。"佳气:瑞气,王气。前人以为金陵有王者之气。

②四百年:指东吴、东晋、宋、齐、梁、陈六个建都金陵的王朝,共三百六十七年,四百年是举约数。

【赏析】

本篇为作者在金陵登楼怀古时所作。情调与《桂枝香》(登临送目)相近,很可能写于同一时期。上片以赞

王安石像

叹金陵的地理形势开篇,接着转入抒发怀古之情。纵目眺望,只见自古以来的帝王之州,钟山龙蟠,石城虎踞,草木葱郁,佳气浮空。当年曾经繁华一时,然而时过境迁,转眼一切皆空,四百年间的王都,恍如一梦,晋代的王公贵族、风流名士,早已化成一座座荒芜、古老的坟丘。抚今思昔,能不令人发愁!下片写作者漫步水滨,乘兴闲游,攀登城墙,再上高楼,触景生情,往事一幕幕浮现在眼前,一切都像东流的长江之水那样,滚滚而去,永不回头。词中流露出一种迷惘的失落之感。

浣 溪 沙

百亩中庭半是苔①。门前白道水萦回②。爱闲能有几人来?小院回廊春寂寂③,山桃溪杏两三栽。为谁零落为谁开④?

【注释】

①中庭:庭院之中。

②白道:指洁净的小路。

③回廊:曲折的走廊。

④"山桃"二句:作者借景寓情,暗喻自己身居山林,但内心世界却未完全平静。

【赏析】

王安石罢相后,退隐江宁"半山园",度过了他生命的最后十年。这首词也作于晚年。上片写寓居的环境:宽敞的庭院,洁净的小路,盘旋的溪水,呈现出一种淡泊宁静的村野生活情景。下片即景寓情,对生长在寂寞环境中的溪边桃杏,发出深沉的慨叹,寄托着自己内心的惆怅与不平。

桂 枝 香

登临送目,正故国晚秋①,天气初肃。千里澄江似练,翠峰如簇。征帆去棹残阳里,背西风、酒旗斜矗。彩舟云淡,星河鹭起,画图难足。

念往昔,繁华竞逐。叹门外楼头,悲恨相续②。千古凭高,对此漫嗟荣辱。六朝旧事随流水,但寒烟衰草凝绿。至今商女,时时犹唱,《后庭》遗曲。

【注释】

①故国:指金陵,三国东吴、东晋、宋、齐、梁、陈六朝旧都,地在今江苏南京。

②悲恨相续:指南朝各个王朝的覆亡相继(也暗指后来隋炀帝在江都的身死国灭及五代南唐的灭亡)。

【赏析】

本词黄昇《花庵词选》题作《金陵怀古》,上片描绘金陵山河的清丽景色,大笔挥洒,气象宏阔。下片对六朝统治者竞逐繁华,亡国覆辙相蹈的可悲历史发出浩叹,并寓谴责之意,又暗含伤时之慨。词中多融入前人诗句而浑化无迹。

渔 家 傲

平岸小桥千嶂抱,柔蓝一水萦花草①。茅屋数间窗窈窕②。尘不到,时时自有春风扫③。

午枕觉来闻语鸟,欹眠似听朝鸡早④。忽忆故人今总老⑤。贪梦好,茫然忘了邯郸道⑥。

【注释】

①柔蓝:指水色。此句是描写周围环境。

②此句是说几间茅屋很别致,与周围环境很和谐。

③此句是说茅屋草舍虽很简陋,但非常洁净。因为有水润风扫。

④此句是说午间一觉醒来,听见小鸟的鸣叫,还以为是鸡在司晨。欹:音 qī,斜卧。

⑤总:一概、全部。

⑥邯郸道:其典邯郸梦。唐人小说记有卢生在邯郸旅店中,遇吕洞宾,以枕受生,生睡入梦,历数十年富贵荣华。及醒,主人炊黄粱尚未熟。此处,作者反用此典故以喻现实生活。所以这句是说,还是在梦里好,这样就可忘记了一切世间的荣辱。

【赏析】

这首词是作者退居金陵时的。词中虽流露出了类似"十年扬州梦"的慨叹,但依然显得十分平和,真是大家气象。比起其《桂枝香·金陵怀古》来,则显得沉潜多了。据载,苏轼在读了其《金陵怀古》一词后,曾叹曰:"此老乃野狐精也。"两相比较,不知苏东坡又会发何感叹。沈际飞在《草堂诗余正集》中评说王安石:"媚出于老,流动出于整齐,其笔墨自不可议。"

晏几道

晏几道,生卒年不详,字叔原,号小山,江西临川人。约生于宋仁宗天圣八年(1030),卒于宋徽宗崇宁五年(1106)。他是晏殊的第七子。童年时,正值其父仕宦显赫之际,所以他自幼过着贵公子的生活,处境十分顺适。由于晏殊爱好文学,平日又多喜宴宾客,文士们常在他家来往唱酬,充满了诗的气氛,故晏几道从小深受濡染,很早从事诗歌创作。

鹧 鸪 天

醉拍春衫惜旧香①,天将离恨恼疏狂②。年年陌上生秋草③,日日楼中到夕阳。
云渺渺,水茫茫,征人归路许多长。相思本是无凭语,莫向花笺费泪行④。

【注释】

①旧香:染在衣衫上的余香。

②疏狂:不拘束,狂放之态。此处为词人自指。

③陌:路。

④花笺:信纸的美称。

【赏析】

本词上片写离别相思之情。下片选择的意象阔大,高远,有苍莽豪放之感。

生 查 子

坠雨已辞云,流水难归浦。遗恨几时休?心抵秋莲苦①。
忍泪不能歌,试托哀弦语②。弦语愿相逢,知有相逢否?

【注释】

①抵:比得上。秋莲苦:秋天莲蓬结子,莲心味苦。

②哀弦语:哀伤的琴声。

【赏析】

本词上片写无法消解、无法了结的离愁。相聚难再,离恨无边,似乎已感到
这段柔情已失去,但又还抱着一线希望,心情矛盾痛苦,笔调凄婉哀伤。下片写
本来想把哀伤表现于琴声,却不知为何弹出了"愿相逢"的弦语,刻画十分精细。

长 相 思

长相思,长相思,若问相思甚了期①,除非相见时。
长相思,长相思,欲把相思说似谁②,浅情人不知。

【注释】

①甚了期:什么时候才完结。

②说似谁:向谁说。

【赏析】

这首词用民歌体裁,语言质朴,风格率真,抒发相思之情。全词短短八句,

"相思"一词出现了六次,但并不给人以重复之感,能让人体会到主人公的一往情深。

思 远 人

红叶黄花秋意晚①。千里念行客。飞云过尽,归鸿无信②,何处寄出得③?
泪弹不尽临窗滴。就砚施研墨④。渐写到别来,此情深处,红笺为无色。

【注释】

①红叶:枫叶。枫叶秋来色红,故称。黄花:菊花。

②信:无差误,有规律。马王堆汉墓帛书《经法·论》:"日信出信入……信者,天之期也。"

③得:语尾助词,无实义。

④就:移就,接近。

【赏析】

这是一首闺中念远怀人词。开首句以红叶黄花秋意晚起兴,暗衬闺中人悲华年消逝之忧愁,故思念千里外的爱人;云来雁去,不见来信,又无处可寄音书。离愁别恨,如是之深,故下片接写和泪研墨书写离别愁情;愁情到深痛时,红笺为之无色。极尽悲情,小山真古之伤心人。

虞 美 人

曲阑干外天如水。昨夜还曾倚。初将明月比佳期。长向月圆时候、望人归。
罗衣著破前香在①。旧意谁教改。一春离恨懒调絃。犹有两行闲泪②,宝筝前。

【注释】

①罗衣著破:著:穿。唐崔国辅诗:"妾有罗衣裳,秦王在时作。为舞春风多,秋来不堪著。"此处化用其意。

②闲泪:闲愁之泪。

【赏析】

这是一首写思妇怀人怨别的小词。上片起首二句,将思妇望人归来的思情淡淡提起,而接下二句,将情调转深:离人去时言明月圆满时即是相会佳期,使得闺中人长在月圆时望其归来,思妇盼归的痴情,可怜可叹。下片写思妇情深,虽罗衣著破,仍留前香;可是离人情薄,早已将旧意更改。"谁教"二字,可见思妇怨恨之深。结尾几句,将思妇内心痛苦以泪洒筝前表达,更显深沉。此词语言平易自然,却意境含蓄深远。

临 江 仙①

梦后楼台高锁,酒醒帘幕低垂②。去年春恨却来时③,落花人独立,微雨燕双飞④。

记得小蘋初见⑤,两重心字罗衣⑥。琵琶弦上说相思⑦。当时明月在,曾照彩云归⑧。

【注释】

①《临江仙》:唐教坊曲名,后用为词牌。原曲多用以咏水仙,故名。双调58字或60字,皆用平韵。

②"梦后"二句:谓午夜梦回,只见四周的楼台已闭门深锁;宿酒方醒,那重重的帘幕低垂到地。即是,醒来时,醉梦中的欢情消失了,仍旧是人去楼空的凄凉景象。楼台高锁,帘幕低垂,形容人去室空的景况。

③去年春恨却来时:去年春天离别的愁恨恰好这时候又来到心头。却来时:正来时。

④"落花人独立"二句:谓落花时节,春意正浓,却只剩得自己一人孤零零地独立而凝思。眼见微雨中燕子双飞,两两相形,益增其恨。谭献在《复堂词话》中评此二句为"千古不能有二"的名句。这二句原出五代翁宏《春残》诗:"又是春残也,如何出翠帏?落花人独立,微雨燕双飞。"这里全是套用原句,但与全词相配,显得更为出色,可谓妙手天然,点铁成金。

⑤小蘋:歌女名。《小山词·自序》云:"始时,沈十二廉叔、陈十君龙家有莲、鸿、蘋、云,品清讴娱客。每得一解,即以草授诸儿。吾三人持酒听之,为一笑乐。"

⑥两重心字罗衣:此句有二解:(一)指上面绣有"心"字图案花纹的薄罗衫子。宋代妇女衣裙上喜欢绣类似小篆"心"的图案。(二)用一种"心"字香熏过的罗衣。这里"心字"还含有深情密意的双关意思。

⑦琵琶弦上说相思:通过弹琵琶的美妙乐声,传递胸中爱慕之情愫。

⑧"当时明月在"二句:在当时皎洁的明月映照下,小蘋像一朵冉冉的彩云飘然归去。彩云:比喻美人,此指小蘋。李白《宫中行乐词》:"只愁歌舞散,化作彩云飞。"

【赏析】

这首词是晏几道的代表作之一,主要写别后怀念歌女小蘋的惆怅之情。上片写"春恨"。梦后酒醒,落花微雨,皆春恨来时的情境。下片写"相思"。主要是追忆"初见"及"当时"的情况,表现作者的苦恋之情、孤寂之感。全词情深意厚,耐人寻味。陈廷焯《白雨斋词话》评此词曰:"既闲雅,又沉着,当时更无敌手。"

鹧 鸪 天

彩袖殷勤捧玉钟①，当年拚却醉颜红②。舞低杨柳楼心月，歌尽桃花扇影风。从别后，忆相逢，几回魂梦与君同。今宵剩把银釭照③，犹恐相逢是梦中。

【注释】

①彩袖：指穿着彩衣的歌女。玉钟：玉杯，珍贵的酒杯。

②拚却：甘愿、不顾惜。

③剩把：尽把。银釭：银灯。

【赏析】

这首词写作者与一位歌女久别后的重逢。上片追忆初次会见时的情景，换头三句写别后相思，结拍两句写意外的重逢。全篇依时间顺序，写了情事发展的全过程：初欢——久别——重逢；从感情的起伏变化看，则是：欢乐——愁苦——欢乐。结构严谨，层次分明，语言工丽，色彩鲜明，场面生动，曲折深婉，有较强的艺术感染力，曾被列为宋金十大曲之一。

苏 轼

苏轼（1037—1101），字子瞻，自号东坡居士，眉州眉山（今四川县名）人。二十二岁中进士，以文章知名。他的政治思想比较保守。宋神宗朝，王安石当政，行新法。他极力反对，出为杭州等处地方官。复因作诗得罪朝廷，被捕入狱，贬为黄州（今湖北黄冈县）团练副使（执掌地方军事的助理官）。宋哲宗朝，旧党当权，召还为翰林学士（替皇帝草拟诏令的官吏）。新党再度秉政后，又贬谪惠州（今广东惠阳县），并以六十三岁的高龄远徙琼州（今海南岛）。赦还的次年，死于常州（今江苏市名）。他是一个全能作家，诗、词、文章造诣都很高。他的词今传《东坡乐府》三百多首。

水调歌头①

丙辰中秋，欢饮达旦，大醉，作此篇兼怀子由②。

明月几时有③？把酒问青天。不知天上宫阙④，今夕是何年？我欲乘风归去⑤，又恐琼楼玉宇⑥，高处不胜寒⑦。起舞弄清影，何似在人间！　转朱阁，低绮户，照无眠。不应有恨，何事长向别时圆？人有悲欢离合，月有阴晴圆缺，此事古难全。但愿人长久，千里共婵娟。

【注释】

①《水调歌头》：词牌名。相传隋炀帝开汴河时曾制《水调歌》，唐人演为大曲。大曲有散序、中序、入破三部分，"歌头"当为中序的第一章。又名《元会曲》《凯歌》《台城游》等。双调95字，平韵。宋人于上下阕中的两个六字句，多兼押仄韵。也有句句通押同部平仄声韵的。

②丙辰：指熙宁九年(1076)。子由：苏辙，字子由，苏轼之弟。

③几时：何时。把：持。李白《把酒问月》"青天有月来几时？我今停杯一问之。"当为这两句所本。

④宫阙：宫殿。阙：音 què，宫门左右两边的高建筑物(楼观之类)。何年：唐人小说《周秦行纪》中诗："香风引到大罗天，月地云阶拜洞仙。共道人间惆怅事，不知今夕是何年。"

⑤乘风：乘风势。《列子·皇帝》有"列子乘风而归"的记载。

⑥琼楼玉宇：神仙居住的天上宫阙。此指月中宫殿。《大业拾遗记》："瞿乾祐于江岸玩月。或谓此中何有。瞿笑曰：'可随我观之。'俄见月规半天，琼楼玉宇灿然。"

⑦不胜寒：禁受不了寒冷。据《明皇杂录》载：八月十五夜，叶静能邀明皇游月宫，临行，叶叫他穿上皮衣。到月宫，他果然冷得难以支持，叶给他服了两粒仙丹，才能支持。

【赏析】

这是一首在文学史上负盛誉的词。胡仔《苕溪渔隐丛话》说："中秋词自东坡《水调歌头》一出，余词尽废。"作者是在密州(今山东诸城县)做官时候写这首词的。当时他在政治上的处境既不得意，和亲人也多年不能团聚(苏辙和他已七年没有见面)，心情本有抑郁的一面。可是他并没有陷于消极悲观。词中反映了由超尘思想转化为喜爱人间生活的矛盾过程。词的开头是幻想着游仙，到月宫里去，可是他又亲自涂抹掉这种虚无的空中楼阁的彩画，而寄与人间现实生活以热爱。"千里共婵娟"，体现了诗人能够不为离愁别苦所束缚的乐观思想。这是难能可贵的一面。无可讳言，作者认为人生不可能全善全美，总有不可填补的缺陷，因而采取避免痛苦、自得其乐的生活态度，这种世界观里头仍然蕴蓄着一定程度的消极成分。

念 奴 娇

赤壁怀古①

大江东去，浪淘尽、千古风流人物。故垒西边，人道是、三国周郎赤壁②。乱石穿空,惊涛拍岸,卷起千堆雪。江山如画,一时多少豪杰!

遥想公瑾当年③,小乔初嫁了④,雄姿英发,羽扇纶巾,谈笑间、樯橹灰飞烟灭。故国神游,多情应笑我,早生华发。人间如梦,一尊还酹江月。

【注释】

①赤壁:赤壁之说不一,实际上三国时周瑜击败曹操大军的赤壁是在湖北薄圻县西北、长江南岸。

②周郎:即周瑜。

③公瑾:周瑜字公瑾。

④小乔:周瑜妻。

【赏析】

这首词是苏词豪放风格的代表作。他以赤壁怀古为主题,将奔腾浩荡的大江波涛、波澜壮阔的历史风云和千古而来的风流人物,酣畅淋

苏轼像

漓地泼墨挥写于大笔之下,抒发了作者宏伟的政治抱负和豪迈的英雄气概。词中也流露壮志未酬的感慨和人生如梦、岁月流逝的遗憾,但这种感慨和遗憾并非失望和颓废。它向人们揭示:千古风流人物身名俱灭,但江山长在,江月长留,当举酒相酹。

浣 溪 沙

咏 桔

菊暗荷枯一夜霜,新苞绿叶照林光。竹篱茅舍出青黄。
香雾噀人惊半破①,清泉流齿怯初尝。吴姬三月手犹香②。

【注释】

①噀:音 xùn,喷。

②吴姬:吴地的女子。李白《金陵酒肆留别》诗:"风吹柳花满店香,吴姬压酒劝客尝。"这里是泛指女子。

【赏析】

深秋时节,菊暗荷枯,一片萧瑟景象,唯独竹篱茅舍之间,或青或黄的柑桔缀满枝头,惹人喜爱。掰开一个来尝一尝吧,顿时香气袭人,犹如一股甘冽的清泉流入舌齿之间,美人手上的香味三个月后还洗不掉哩!桔子几乎人人都尝过,但咏桔之作却不多见。蜀中柑结古已闻名,作为家乡的特产,苏轼写来得心应手,毫不费力,寥寥数语便将桔的色、香、味描绘得十分生动而形象。

浣 溪 沙

籁籁衣巾落枣花①,村南村北响缫车②。牛衣古柳卖黄瓜③。

酒困路长惟欲睡④,日高人渴漫思茶⑤。敲门试问野人家⑥。

【注释】

①籁籁衣巾落枣花:枣花纷纷飘落在衣服和头巾上。籁籁:形容细微的声音,又形容纷纷下落之貌。这里二者兼用。籁籁衣巾落枣花是枣花籁籁落衣巾之倒装。

②缫车:缫丝的工具。俗称丝车,抽茧出丝用。

③牛衣古柳卖黄瓜:穿着粗糙衣服的乡下人在古老的柳树下叫卖黄瓜。牛衣:草制的蓑衣。这里借指粗布旧衣。

④酒困:喝酒过后感觉很疲乏。惟:只。

⑤漫思茶:很想喝茶。漫:颇,很。

⑥野人家:乡下人家。野人:乡下人,指村中的老百姓。这是封建社会士大夫阶级对农民的称谓,含有贬意。

【赏析】

这首词描绘了农村优美、宁静、纯朴的风光,表现了作者对农村生活的热爱、向往以及与农民亲密无间的感情。上片写作者在农村中的见闻:沿路枣花籁籁,路边老柳树下有人卖鲜嫩的黄瓜,村南村北一片紧张的缫丝车声。作者以清新之笔写出了朴素之景与纯洁之情。下片写作者的感受:酒困欲睡,日高思茶,敲门试问。寥寥几笔,表现了作者与农村生活之和谐,与农民关系之亲密,一片为民忧喜之心情跃然于纸上。

八声甘州

寄参寥①子

有情风万里卷潮来,无情送潮归。问钱塘江上,西兴浦口,几度斜晖?不用思量今古,俯仰昔人非。谁似东坡老,白首忘机。

记取西湖西畔,正春山好处,空翠烟霏。算诗人②相得,如我与君稀。约他年、东还海道,愿谢公雅志莫相违③。西州路,不应回首,为我沾衣。

【注释】

①参寥:僧道潜的字。道潜是苏轼平生交谊甚深的一位方外友人。苏轼守吴兴时会于松江,以精深的道义和清新的诗句为苏所称赞,二人交好日深。以后每当苏轼迁谪,参寥都辗转相从,苏知杭州,他更曾"卜智果精舍居之",二人诗

歌唱和颇丰。

②诗人:指参寥。

③"愿谢公"句:《晋书·谢安传》所载:谢安功业既盛,未忘归隐,结果病卒于西州门,未遂雅志。苏轼用谢安故事说明他今日虽被召还朝,并未忘归隐之志,他日亦将东还,与参寥重会杭州。

【赏析】

这首词抒写了词人怀参寥之间诚挚而不可多得的友谊。

江 城 子

十年生死两茫茫①。不思量,自难忘。千里孤坟②,无处话凄凉。纵使相逢应不识,尘满面,鬓如霜。

夜来幽梦忽还乡。小轩窗,正梳妆。相顾无言,惟有泪千行。料得年年肠断处,明月夜,短松冈。

【注释】

①十年:苏轼妻王氏去世十年。

②千里孤坟:王氏去逝后葬在四川。

【赏析】

用词写悼亡,是苏轼的首创。这首悼亡词运用分合顿挫,虚实结合以及叙述白描等多种艺术方法,来表达怀念亡妻的感情,在对亡妻的哀思中又糅进自己的身世感慨,因而将夫妻之间的感情表达得深婉而执著。

蝶 恋 花

花褪残红青杏小①。燕子飞时,绿水人家绕②。枝上柳绵吹又少③,天涯何处无芳草④!

墙里秋千墙外道⑤。墙外行人⑥,墙里佳人笑⑦。笑渐不闻声渐悄⑧,多情却被无情恼⑨。

【注释】

①花褪残红青杏小:红色的花瓣落掉了,小小的青杏长了出来。褪:卸落。杏:木名。落叶乔木,果名杏子。

②绿水人家绕:碧绿的春水把人家环绕住。

③柳绵:即柳絮(花)。

④天涯何处无芳草:芳草到了天边,哪儿没有?天涯:天边,指极偏远的地方,此处指惠州。芳草:香草。常用以比喻有美德之人。《离骚》:"何所独无芳

草兮,尔何怀乎故宇?"语本是卜者灵氛劝屈原不要执着故国的旷达语,苏轼活用此语,抒发了自己"无往而不适"的旷达胸怀。

⑤秋千:游戏工具,在木架上悬挂两绳,使前后摆动。我国古代妇女在春天里常做打秋千的游戏。相传系春秋时齐桓公由北方山戎传入。一说源于汉武帝时,见《事物纪原》卷八。道:此指大路。

⑥墙外行人:指作者自己。

⑦佳人:美人。

⑧笑渐不闻声渐悄:是说墙外的行人已渐渐听不到墙里荡秋千女子的欢声笑语了。

⑨多情:指墙外行人。无情:指墙里女子。恼:弄得烦恼。俞陛云《宋词选释》评此段曰:"多情而实无情,是色是空,公其有悟耶?"所云切中肯綮。

【赏析】

这首词的思想感情是真挚复杂的,思想风格是清新疏朗的。词中虽直写对佳人的追求,但毫不猥亵,格调健康,深沉幽默。王士禛《花草蒙拾》评曰:"'枝上柳绵',恐屯田(柳永)缘情绮靡,未必能过。孰谓坡但解作'大江东去'耶?髯(苏轼)直是轶伦绝群。"但这首词在婉约之中仍透露出一种苏轼特有的旷达与爽朗,这又是它不同于其他婉约作品之处。

满 庭 芳

有王长官者①,弃官黄州三十三年,黄人谓之王先生。因送陈慥来过余②,因为赋此。

三十三年,今谁存者?算只君与长江。凛然苍桧,霜干苦难双。闻道司州古县,云溪上③,竹坞松窗④。江南岸,不因送子,宁肯过吾邦。

摐摐⑤,疏雨过,风林舞破⑥,烟盖云幢⑦。愿持此邀君,一饮空缸。居士先生老矣,真梦里,相对残釭⑧。歌声断,行人未起,船鼓已逢逢。

【注释】

①王长官:不详其名。

②陈慥:字季常,少为豪侠,壮而折节读书,晚年隐居光州、黄州之间的岐亭。与苏轼过从甚密。本篇是王长官送陈慥到黄州访苏轼时(1083),苏为之所题之词。

③云溪:白云缭绕的山溪。

④竹坞:种竹以为屏障的土垒。松窗:窗外长满松柏。

⑤摐摐:音 chāng chāng,象声词,风吹树枝相摩击声。

⑥舞破:树木在大风中舞动,车帘好像快要被大风撕破。

⑦烟盖云幢:盖,车盖。幢,车帘。冠以"烟""云"二字,形容王长官所乘之

车都带有雾气云霞,表现他那山中隐士的高雅特征。

【赏析】

苏轼贬官黄州,弃官隐居的王先生送陈慥过访,苏轼结识了这位孤傲的王先生,十分赞赏他高洁的品格。

蝶 恋 花

春事阑珊芳草歇①。客里风光,又过清明节。小院黄昏人忆别。落红处处闻啼鴂。咫尺江山分楚越②。目断魂销,应是音尘绝。梦破五更心欲折。角声吹落梅花月。

【注释】

①春事阑珊:春残。阑珊:衰竭。

②"咫尺"句:大意说:我们相距很近,但好像被隔离得如同楚越一样远。周朝时,楚国在长江中游,越国在今浙江福建。

【赏析】

南朝宋谢灵运《游赤石进帆海》诗:"首夏犹清和,芳草犹未歇。"说的是初夏时芳草萋萋,此词却说暮春芳草已尽。这是由于谢灵运泛海心情愉快,苏轼暮春伤别而心情抑郁。美感对美的事物感受的主观性,于此可见。古时有情人常有"咫尺江山分楚越"的悲哀。在此词中,使得思人望穿眼睛、神魂消散的并不是因为相隔遥远,而是由于互相不通信息。至于互相不通信息的原因,也许是复杂而难以言喻的。

行 香 子

述　　怀

清夜无尘。月色如银。酒斟时,须满十分①。浮名浮利,虚苦劳神②。叹隙中驹,石中火,梦中身③。

虽抱文章,开口谁亲④,且陶陶,乐尽天真⑤。几时归去,作个闲人。对一张琴,一壶酒,一溪云。

【注释】

①十分:酒船(一种饮器,作成船形)中都盛满酒。《闲情小品·酒考》:"酒船,古以金银为之,内藏风帆十幅。酒满一分,则一帆举;酒干一分,则一帆落。"

②浮名浮利:空的、漂动而不固定的名利。虚苦:无代价的劳苦,徒劳。

③隙中驹:《庄子·知北游》:"人生天地之间,若白驹之过,忽然而已。"石中

火：北齐刘昼《新论·惜时》：“人之短生，犹如石火，炯然已过。”梦中身：《关尹子·四符》：“知共此身如梦中身。”

④开口谁亲：要说话，有谁是知音呢。言知音难得。

⑤陶陶：旧读 yáo yāo，《诗·王风·君子阳阳》次章“君子陶陶”，毛《传》：“陶陶，和乐貌。”

【赏析】

词中作者面对清风夜，喝酒赋词，回首往事，只觉得功名利禄全是烟云，表达了作者追求一种闲适的心境。

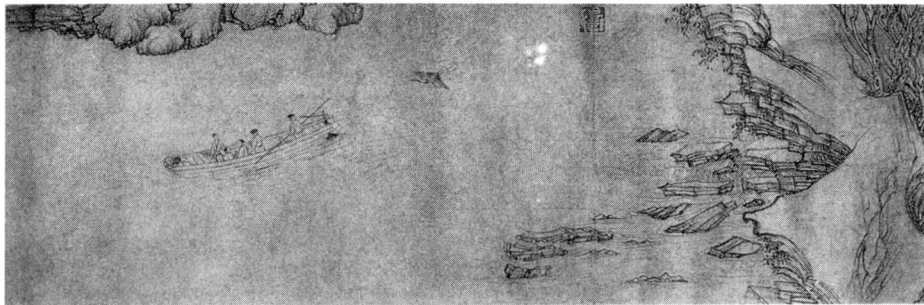

后赤壁赋图

江　神　子①

江　　景

凤凰山下雨初晴。水风清，晚霞明。一朵芙蕖②，开过尚盈盈。何处飞来双白鹭，如有意，慕娉婷③。

忽闻江上弄哀筝。苦含情。遣谁。烟敛云收，依约是湘灵④。欲待曲终寻问取，人不见，数峰青⑤。

【注释】

①此词为熙宁七年（1074）作。

②芙蕖：即荷花。

③娉婷：音 pīng tíng，风貌美丽大方之女。

④湘灵：湘水神女。

⑤“欲待”三句：钱起《湘灵鼓瑟》诗：“曲终人不见，江上数峰青。”

【赏析】

作者富有情趣地紧扣“闻弹筝”这一词题，从多方面描写弹筝者的美丽与音乐的动人。

卜 算 子

黄州定惠院寓居作①

缺月挂疏桐,漏断人初静②。时见幽人独往来③,缥缈孤鸿影④。

惊起却回头,有恨无人省⑤。拣尽寒枝不肯栖,寂寞沙洲冷⑥。

【注释】

①黄州:今湖北黄冈县。定惠院:一本作"定慧院"。《黄州府志》卷三:"定慧院在城东清淮门外。宋苏轼以元丰三年二月至黄,寓于院。"

②漏断:指夜深。漏:古代计时器。以铜壶盛水,水从壶中漏出,壶中箭上刻度显出时辰。夜深时,漏壶水少,不闻滴漏声,称"漏断"。

③幽人:被谪幽居的人,这是作者自指。

④"缥缈"句:高远隐约的样子。《文选·木华〈海赋〉》:"群仙缥缈,餐玉清涯。"孤鸿:失群孤飞的鸿雁。张九龄《感遇》诗十二之四:"孤鸿海上来"。

⑤省:音xǐng,理解,了解。

⑥"拣尽"二句:鸿雁拣尽高枝,觉其冷寒而非良木,故不肯栖息,宁愿忍受寂寞,栖息在寒冷的沙洲。这是作者以鸿雁自比。《野客丛书》卷二十四云:"观隋李元操《鸿雁行》曰:'夕宿寒枝上,朝飞空井傍。'坡语岂无自邪?"苏轼反其意而用之。

【赏析】

人而似鸿,鸿而似人,非鸿非人,亦鸿亦人,这就是本词艺术形象的特点,而托鸿以见人,自标清高,寄意深远,风格清奇冷隽,似非吃烟火食人间语。

南 歌 子①

寓 意

雨暗初疑夜,风回忽报晴。淡云斜照著山明②。细草软沙溪路、马蹄轻。

卯酒醒还困③,仙材梦不成。蓝桥何处觅云英④。只有多情流水,伴人行。

【注释】

①元丰二年(1079)五月十三日,苏轼送刘攽赴余姚,席中作《南柯子词》,首句"山雨潇潇过",这几首同韵。

②著:同"着",添上、涂上。

③卯酒:早晨空腹喝的酒。白居易《醉吟》:"耳底斋钟初过后,心头卯酒未消时。"卯,晨五至七时。

④蓝桥何处觅云英:唐人小说裴铏《传奇·裴航》记唐长庆中,有裴航秀才,因下第游于鄂渚,与樊夫人同舟,航献诗求见,樊夫人赠诗云:"一饮琼浆百感生,玄霜捣尽见云英。蓝桥便是神仙窟,何必崎岖上玉清。"后经蓝桥,睹女子云英,遂娶为妻。

【赏析】

这首小词写的是作者行路途中的所见所感,反映了他那宦海漂泊的生活经历中的一个片段。

减字木兰花

莺初解语①,最是一年春好处。微雨如酥。草色遥看近却无②。
休辞醉倒,花不看开人易老。莫待春回,颠倒红英间绿苔。

【注释】

①解:能、知道。语:这里指莺鸣,娇啼宛转,有如说话。
②"最是"三句:韩愈《早春呈张十八水部》诗二首之一:"天街小雨润如酥,草色遥看近却无。最是一年春好处,绝胜烟柳满皇都。"

【赏析】

这首词所表达的意思是要珍惜一生中最美好的时光,不要到年老时后悔无所作为。

苏 辙

苏辙(1039—1112),北宋散文家。字子由,号颍滨遗老,眉山(今属四川)人。嘉祐进士,官尚书右丞、门下侍郎。与父洵兄轼,合称"三苏",旧时都被列入"唐宋八大家"。政治态度与轼一致,文学上的成就不如其兄。有《栾城集》。

水调歌头

离别一何久,七度过春秋。去年东武今夕①,明月不胜愁。岂意彭城山下②,同泛清河古汴③,船上载凉州④。鼓吹助清赏,鸿雁起汀州。
坐中客,翠羽帔⑤,紫绮裘。素娥无赖⑥,西去曾不为人留。今夜清尊对客,明夜孤帆水驿,依旧照离忧。但恐同王粲⑦,相对永登楼。

【注释】

①东武:即密州(今山东诸城)。

②彭城：即徐州(今属江苏省)。

③清河：古河名，在黄河下游。古汴：即汴河、汴水。

④凉州：即《凉州曲》，唐开元中自凉州传入内地。

⑤帔：即披肩。

⑥素娥：即月亮。无赖：犹无奈，无可如何。

⑦王粲：汉末文学家，流寓荆州，依附刘表，不受重用，曾作《登楼赋》。

【赏析】

神宗熙宁十年(1077)，苏轼出知徐州，四月离京赴任，作者与之偕行，并在徐州停留百余日，然后转道赴南都(今河南淮阳)留守签判任。临别前夕，适逢中秋佳节，他们一同泛舟赏月，苏辙赋此词告别其兄。苏轼读后也即席写了一首同调和韵之作。序中云："余去岁在东武，作《水调歌头》以寄子由。今年子由相从彭门百余日，过中秋而去，作此曲以别。余以其语过悲，乃为和之，其意不以早退为戒，以退而相从之乐为慰云。"词中抒写作者和他的胞兄久别重逢接着又将分别的依依难舍之情。全篇音调凄凉，笼罩着浓厚的"愁"和"忧"的气氛，这与他们当时政治上的艰危处境也是有关的。本篇语言通畅自然，直抒胸臆，如话家常，娓娓而谈，生动地表现出苏氏兄弟亲密无间的同胞手足之情。

舒 亶

舒亶(1041—1103)，字信道，号懒堂，明州慈溪(今属浙江)人。治平二年(1065)进士。累官知制诰，试御史中丞，权直学士院。工小词，思致缜密。今有赵万里辑《舒学士词》一卷。

菩 萨 蛮

画船槌鼓催君去①，高楼把酒留君住。去住若为情。西江潮欲平②。

江潮容易得，只是人南北。今日此尊空。知君何日同。

【注释】

①槌鼓：击鼓，开船的信号。

②潮欲平：潮水将与堤岸相平，表示即将开船。

【赏析】

此阕为江楼钱别之作。所别者为友人或情人，词中并未明言，读者也无须深究，总之与抒情主人公的关系是相当密切的。词借江潮的涨落，将离别时依依难舍的心理活动刻画得极为曲折深婉,故黄昇称"此词极有味"。

虞 美 人

寄 公 度①

芙蓉落尽天涵水,日暮沧波起。背飞双燕贴云寒,独向小楼东畔、倚阑看。
浮生只合尊前老②,雪满长安道。故人早晚上高台,赠我江南春色、一枝梅③。

【注释】

①公度:其人未详。

②浮生:短促的人生。

③这句用南朝宋陆凯折梅题诗寄赠范晔的典故。其诗曰:"折梅逢驿使,寄
与陇头人。江南无所有,聊赠一枝春。"

【赏析】

这首词是作者怀念江南友人的寄赠之作。上片叙写日暮独自登楼所见景
物,下片抒发怀念故人的深情。全篇情景交融,有实有虚,言短意长,曲折而含蓄
地表达了两位知交的真挚友情。

黄庭坚

黄庭坚(1045—1105),北宋诗人、书法家。字鲁直,号山谷道人、涪翁,分宁
(今江西修水)人。自幼聪明,读书数遍,即能背诵。治平四年(1067)中进士,时
年二十二岁。因诗文受苏轼的赏识,游于苏轼门下,与张文潜、晁无咎、秦少游合
称"苏门四学士"。他因出于苏门,而与苏齐名,世人并称"苏黄"。

定 风 波

万里黔中一漏天①,屋居终日似乘船。及至重阳天也霁②,催醉,鬼门关外蜀
江前。

莫笑老翁犹气岸,君看,几人黄菊上华颠?戏马台南追两谢,驰射,风流犹拍
古人肩③。

【注释】

①黔中:包括蜀地在内的云贵川边远地区的泛称。

②霁:音 jì,本指雨止,引申为风雪停,云雾散,天气放晴。

③"戏马台南追两谢"三句:先用宋武帝于重阳节在徐州彭城县戏马台引宾客赋诗的典故,表明自己的文才可以追踪谢灵运和谢朓,而且武功犹能驰驱射逐,如此风流倜傥,可以追赶古人,与古人比肩。

【赏析】

此阕为作者贬谪黔州时所作。词的上片写黔州重阳前后阴雨连绵、变化无常的气候和词人所处的恶劣环境。下片叙述作者重九登高,簪菊驰射,表现出风流慷慨、老当益壮的豪迈性格。词语疏宕,意境开阔,显示了山谷虽身处逆境,去不甘消沉的精神风貌。

浣 溪 沙

一叶扁舟捲画帘①,老妻学饮伴清谈②。人传诗句满江南。
林下猿垂窥滌砚,岩前鹿卧看收帆。杜鹃声乱水如环③。

【注释】

①画帘:绘有图案的窗帘。

②清谈:亦称"清言"或"玄言"。魏晋时期崇尚虚无,空谈名理的一种风气。这里是指闲谈,聊天。

③杜鹃:鸟名,啼声凄厉。水如环:谓水道弯曲回环。

【赏析】

本篇为黄庭坚携家江行途中所作。一叶扁舟,旅途寂寞,为了安慰丈夫,老妻也学着喝酒,陪伴词人在船舱中聊天。下阕写舟行所见。猿窥滌砚、鹿看收帆,两组难得遇上的镜头,展示出偏僻荒远的峡中风光。幸好有同舟共济、体贴入微的老妻在身边,所以虽然被贬谪到蛮荒,却并不感到寂寞。这对患难夫妻的感情可谓深厚矣。语言平易自然,明白如话,纯用白描,不类山谷他作癖好用典的文风。

青 玉 案

至宜州次韵上酬七兄①

烟中一线来时路,极目送、归鸿去②。第四阳关云不度。山胡新啭,子规言语,正在人愁处③。

忧能损性休朝暮,忆我当年醉时句④。渡水穿云心已许⑤。暮年光景,小轩南浦,同卷西山雨⑥。

【注释】

①宜州:今广西宜山。七兄:指黄大临。

②"极目"句：嵇康《赠秀才入军五首》其四："目送归鸿，手挥五弦。"

③山胡：鸟名。苏轼《涪州得山胡》诗题注："善鸣，出黔中。"啭：鸟鸣。子规：一名子鹃、催归，即杜鹃鸟。据《华阳国志·蜀志》，古时有蜀王杜宇，禅位出奔，蜀人思之。其时正好子鹃鸟鸣，蜀人故觉此鸟鸣声悲切。

④"醉时"句：庭坚旧诗云："我只自如常日醉，满川风月替人愁。"（《夜发分宁寄杜涧叟》）

⑤渡水穿云：指归鸿。

⑥轩：有窗的长廊。浦：水滨，屈原《九歌·河伯》："子交手兮东行，送美人兮南浦。"后"南浦"成为诗文中送别之地的泛称。

【赏析】

这首词是黄庭坚酬答其兄黄大临《青玉案》而写的。词上片写景，虽场面阔远，却蒙上了一层惨淡的感情色彩，从而烘托出一个"愁"字。下片重情，委婉细致地表达了作者傲岸旷达的生活态度和安闲度日的生活理想，但偏偏又露出一个"忧"字来，忧暮年光景，忧南浦分别。

水调歌头

瑶草一何碧①，春入武陵溪②。溪上桃花无数，枝上有黄鹂③。我欲穿花寻路，直入白云深处，浩气展虹霓④。衹恐花深里，红露湿人衣⑤。

坐玉石⑥，倚玉枕，拂金徽⑦。谪仙何处⑧，无人伴我白螺杯⑨。我为灵芝仙草⑩，不为朱唇丹脸⑪，长啸亦何为？醉舞下山去，明月逐人归。

【注释】

①瑶草：仙草，指山里的香草。一何：何其。

②武陵溪：陶渊明《桃花源记》："晋太元中，武陵人捕鱼为业，缘溪行，忘路之远近，忽逢桃花林。"此用其事。武陵：今湖南常德市一带地区。

③枝上：一作"花上"。

④浩气展虹霓：一股豪迈之气和天空里的虹彩相接。这句写胸怀开阔，舒畅自如。

⑤红露：花上的露水。一作"红雾"。

⑥玉石：一作"白石"。

⑦金徽：即琴徽，用来定琴声高下之节的。李肇《唐国史补》："蜀中雷氏斫琴，常自品第：第一者以玉徽，次者以瑟瑟徽，又次者以金徽，又次者螺蚌之徽。"

⑧谪仙：世称李白为谪仙。这里是作为嗜酒傲世的诗

黄庭坚画像

人来提他。

⑨白螺杯:用螺壳做的酒杯,有红螺杯和白螺杯之别。

⑩我为灵芝仙草:作者以山中不同凡俗的春草自比。灵芝:紫芝草。

⑪不为朱唇丹脸:不愿意涂脂抹粉做一个随俗媚世的小人。

【赏析】

这首词反映了作者孤芳自赏、不肯媚世求荣的性格及其出世和入世矛盾的世界观。

鹧 鸪 天

坐中有眉山隐客史应之和前韵①,即席答之。

黄菊枝头生晓寒,人生莫放酒杯干。风前横笛斜吹雨,醉里簪花倒著冠②。
身健在,且加餐,舞裙歌板尽清欢。黄花白发相牵挽,付与时人冷眼看。

【注释】

①史应之:名铸,四川眉山人。山谷在戎州贬所结识的朋友。

②倒著冠:倒戴头巾,形容醉后的狂态。

【赏析】

元符元年(1098)春,山谷由黔州移戎州(今四川宜宾市)安置,至建中靖国元年(1101)正月,始离蜀东归。本篇系词人在戎州时所作。词写贬谪生活中,饮酒赏花,企图寻求精神上的暂时解脱。他不顾时人如何冷眼旁观,喝得酩酊大醉,簪满黄菊,倒戴头巾,斜吹横笛,按拍起舞,尽情地寻欢作乐,表现出傲岸不羁的精神风貌。

清 平 乐

春归何处?寂寞无行路①。若有人知春去处,唤取归来同住②。
春无踪迹谁知?除非问取黄鹂③。百啭无人能解,因风飞过蔷薇④。

【注释】

①"春归何处"二句:春天又到哪里去了?它悄悄离去,没有留下一点点脚印。寂寞:冷静。

②"若有人知春去处"二句:如果有谁知道春天的踪迹,喊它回来和我们留在一起。唤取:叫唤。

③"春无踪迹谁知"二句:春天的行踪谁知道呢,要想知道的话,只有去问问黄莺。问取:问。黄鹂:即黄莺。它多鸣于春夏之际。

④"百啭无人能解"二句:黄莺的叫声婉转动听,千百遍都没人能听懂。它

只好趁着风势飞过蔷薇那边去了。百啭:形容黄鹂的婉转鸣声。因风:顺着风势。飞:一作"吹"。蔷薇:音 qiáng wēi,花木名。品类甚多,花色不一,有红、黄、白几种;有单瓣重瓣,开时连春接夏,有芳香,果实可入药。

【赏析】

这首小令以清新活泼的笔调抒发了作者惜春、恋春的怅惘心情。虽是"晚春"词,却没有伤春气息,这在以惜春、伤春、送春入题的古曲诗词里,确有独到之处。这首词构思巧妙,转折多变,它赋予抽象的春以具体的人的特征,自始至终,表现得十分委婉、曲折,每一转折,都愈加深一层惜春之情。直至最后,仍不肯一语道破,真是言虽尽而意未尽。

南 乡 子

重阳日,宜州城楼宴集,即席作①。

诸将说封侯,短笛长歌独倚楼②。万事尽随风雨去,休休,戏马台南金络头③。

催酒莫迟留,酒味今秋似去秋。花向老人头上笑,羞羞,白发簪花不解愁④。

【注释】

①重阳:农历九月九日。宜州:今广西宜山县。

②"短笛"句:赵嘏《长安秋望》诗有"残星几点雁横塞,长笛一声人倚楼"之句,此用其意。

③戏马台:在彭城(今江苏徐州市)城南,相传项羽曾在这里戏马。南朝宋武帝刘裕(彭城人)在晋安帝义熙十二年(416)被封为宋公后,在重阳节大会群僚于戏马台,置酒高会,后即相承为惯例。金络头:有金饰的马笼头。

④簪花:插花。古人在重阳节有簪菊的风俗。苏轼《吉祥寺赏牡丹诗》:"人老簪花不自羞,花应羞上老人头。"

【赏析】

崇宁四年重阳(1105),黄庭坚登宜州城楼,听耳边人语:"今岁当鏖战取封侯。"因作此词,是月三十日,即病不起。这首词可能就是词人绝笔之作。黄庭坚晚年两次被贬,此时作者早年看重的功业名望早已荡然无存,其内心也已万念俱灰,因之词云:"休休,戏马台南金络头"。词下片作者自讽自嘲,貌似旷达,实则表达了他内心彻骨的悲哀。

望 江 东

江水西头隔烟树,望不见、江东路。思量只有梦来去,更不怕、江拦住。

灯前写了书无数,算没个、人传与。直饶寻得雁分付①,又还是、秋将暮!

【注释】

①直饶:即使,纵然。欧阳修《鼓笛慢》词:"便直饶、更有丹青妙手,应难写,天然态。"分付:交付,托付。

【赏析】

山谷很少描写男女恋情的婉约词,因而被人讥为"不是当行家语"。此词抒发女子对离人的深深怀念,托诸梦境,不怕江拦,灯下修书,待雁不至等等场面,构思亦自新颖,语挚情浓,缠绵婉曲,可与柳永和秦观的同类作品媲美。

秦 观

秦观(1049—1100),字少游,一字太虚,扬州高邮(今江苏县名)人。进士出身。宋哲宗元祐年间做过太学博士(国立大学的教官),兼国史院编修官。后坐党籍,在政治上再三受到打击,贬斥到遥远的西南,死于放还的道路中。他是苏门四学士之一,也长于诗文,但远被他所享有的词誉压倒了。今传《淮海词》,又名《淮海居士长短句》。

画 堂 春

落红铺径水平池,弄晴小雨霏霏①。杏园憔悴杜鹃啼②,无奈春归。
柳外画楼独上,凭栏手捻花枝。放花无语对斜晖,此恨谁知?

【注释】

①霏霏:形容雨雪之密。

②杏园:唐代长安著名园林,为新科进士游宴之地。杜牧《杏园》诗:"莫怪杏园憔悴去,满城多少插花人。"

【赏析】

这首闺情词,含蕴不露,柔婉动人。上片状景,笔调轻灵,画面优美。下片写人,从画楼凭栏"手捻花枝"到"放花无语"、"遥对斜晖",生动地表现出女主人公的神态及其内心深处的幽怨。或以为"杏园憔悴"暗喻作者应试落第,则此词乃以闺怨寄托自己仕途的失意之情。

行 香 子①

树绕村庄②,水满陂塘③。倚东风④、豪兴徜徉。小园几许⑤,收尽春光。有桃花红,李花白,菜花黄。

远远围墙,隐隐茅堂⑥。飏青旗⑦、流水桥旁。偶然乘兴⑧,步过东冈⑨。正莺儿啼,燕儿舞,蝶儿忙。

【注释】

①《行香子》:此词《全宋词》疑为张缲作。

②树绕村庄:绿树环绕村庄。

③陂塘:蓄水的池塘。陂,音 bēi。

④倚:靠着。此指迎着、伴着。东风:春风。豪兴:谓游兴正浓。徜徉:闲游,安闲自在地步行。

⑤几许:多少。

⑥茅堂:茅草盖顶的屋。

⑦青旗:即酒帘,酒家所用的招子。也称酒望、望子、招子。以布缀竿,悬于门首,作招徕酒客之用。唐李中《江边吟》诗:"闪闪酒帘招醉客,深深绿树隐啼莺。"宋洪迈《容斋随笔》续笔十六《酒肆旗望》:"今都城与郡县酒务及凡鬻酒之肆,皆揭大帘于外,以青白布数幅为之。"

⑧乘兴:音 chéng xìng,趁着一时高兴。

⑨东冈:东面的山冈。

【赏析】

这首词描写农村田园风光,表现作者乘兴闲游、欣赏春光的愉悦心情。这首词,语言清新,通俗生动,情绪欢快。作者通过白描手法,将动、静两组不同的景色,融成一个整体,使作品独具特色,这在北宋词苑中,为数并不多得。

浣 溪 沙

锦帐重重卷暮霞,屏风曲曲斗红牙①。恨人何事苦离家!
枕上梦魂飞不去,觉来红日西斜。满庭芳草衬残花。

【注释】

①斗红牙:抚弄牙板。斗:拼、凑的意思。红牙:调节乐曲板眼的拍板或牙板。因其以檀木制成,色红,故名。

【赏析】

这是一首闺情词,描绘一位被离别相思所苦的怨妇形象。小词情景相融,言短意长,含蓄深永,着重刻画女主人公的心理活动,虽未描写容貌服饰,但却显得栩栩如生,读来仿佛观赏一幅含情脉脉的闺阁佳人的肖像画。

如 梦 令

池上春归何处①，满目落花飞絮。孤馆悄无人②，梦断月堤归路。无绪、无绪，帘外五更风雨③。

【注释】

①春归何处：黄庭坚《清平乐》："春归何处。寂寞无行路。"

②孤馆：疑指郴州旅舍。秦观《踏莎行》词作于郴州，有句云"可堪孤馆闭春寒"，境界相似。

③"帘外"句：李煜《浪淘沙》词："帘外雨潺潺，……罗衾不耐五更寒。"欧阳修《浪淘沙》词："帘外五更风，吹梦无踪。"

【赏析】

秦观善写孤馆驿亭的寂寞孤独。这首词写的却是从白天到夜晚的一段愁绪。王安石云："看似寻常最奇崛，成如容易却艰辛。"

李之仪

李之仪，字端叔，自号姑溪居士，沧州无棣(今山东)宋神宗时进士。做过枢密院(掌管国家军事的最高机关)编修官(担任撰述职务)。后以文章获罪，编管太平州(今安徽当涂县)。晚年就住在那里。著有《姑溪词》。

忆 秦 娥

用太白韵

清溪咽，霜风洗出山头月。山头月，迎得云归，还送云别。

不知今是何时节？凌歊①望断音尘绝。音尘绝，帆来帆去，天际双阙。

【注释】

①凌歊：在安徽黄山顶，南朝宋武帝曾筑宫于此。

【赏析】

词题"用太白韵"，可证传为李白所作的《忆秦娥》词此时正在流行，所以李之仪也次其韵写了一首和作。无论从音节的哀迫，意境的清冷来看，它都近似于原作。

南 乡 子

绿水满池塘。点水蜻蜓避燕忙,杏子压枝黄半熟,邻墙。风送荷花几阵香。

角簟衬牙床①。汗透鲛绡昼影长②。点滴芭蕉疏雨过,微凉。画角悠悠送夕阳。

【注释】

①牙床:饰以象牙之床。

②鲛绡:传说中鲛人所织的丝绢。这里指丝织衣服。

【赏析】

此阕描写夏日风物,笔触细腻,体物入微,很有特色。蜻蜓避燕、杏子压枝、荷花飘香、芭蕉疏雨等等画面有声有色,给读者以淡雅清疏的自然美感。结句情韵悠长,富有诗意。

临 江 仙

登凌歊台感怀①

偶向凌歊台上望,春光已过三分②。江山重叠倍消魂。风花飞有态,烟絮坠无痕。

已是年来伤感甚③,那堪旧恨仍存。清愁满眼共谁论。却应台下草,不解忆王孙④。

【注释】

①凌歊台:台名,在安徽省黄山之巅。歊,音 xiāo。

②三分:宋词中写春色的习惯用法,如"三分春色一分愁"等。

③年来:近年来。

④"却应"二句:淮南小山《招隐士》有"王孙游兮不归,春草生兮萋萋"之语,后用以表示盼望出游的王孙归来。

【赏析】

此词所写亦即柳永《八声甘州》"不忍登高临远,望故乡渺邈,归思难收"之意。"消魂"、"伤感"、"旧恨"、"清愁"都与乡思有关。李之仪曾贬谪安徽当涂,词或即作于此时,因此这种乡愁与政治上的失意不无关系。比之一般的乡愁有更深刻的内涵。

卜 算 子

我住长江头①,君住长江尾②。日日思君不见君,共饮长江水。

此水几时休③?此恨何时已④?只愿君心似我心,定不负相思意⑤。

【注释】

①长江头:长江上游。

②长江尾:长江下游。

③休:停止。

④已:终了。

⑤定不负相思意:是说肯定不会辜负我的一片痴情实意。

【赏析】

这首小令仅四十五字,却言短情长。全词围绕着长江水,表达男女相爱的思念和分离的怨愁。全词处处是情,层层递进而又回环往复,短短数句却感情起伏。语言明白如话,感情热烈而直露,明显地吸收了民歌的优良传统。但质朴清新中又曲折委婉,含蓄而深沉。显示出高超的艺术技巧。在北宋词作中也不可多得。

菩 萨 蛮

五云深处蓬山杳①,寒轻雾重银蟾小②。枕上挹余香。春风归路长。

雁来书不到③,人静重门悄。一阵落花风。云山千万重④。

【注释】

①五云:五色瑞云。蓬山:即蓬莱山,神山名。相传仙人所居之处。李商隐《无题》:"蓬山此去无多路,青鸟殷勤为探看。"以"蓬山"指所恋好的居处。此用李商隐诗意。

②银蟾:月亮的别称。

③"雁来"句:《汉书·苏武传》:"教使者谓单于,言天子射上林中,得雁,足有系帛书。"后因以雁代称书信或指传递书信的人。

④"云山"句:李商隐《无题》:"刘郎已恨蓬山远,更隔蓬山一万重。"

【赏析】

本词虽写情思,但环境、景色及周围的气氛是本词的主要构成,作者以特有的表现方式形成情景融汇,使作品的一景一物皆成为主人公的图像。

李重元

李重元,生卒不详,约宋室南渡前后在世。今存词四首。

忆 王 孙

春 词

萋萋芳草忆王孙①,柳外楼高空断魂。杜宇声声不忍闻②。

欲黄昏。雨打梨花深闭门③。

【注释】

①王孙:此句出于《楚辞·招隐士》:"王孙游兮不归,春草生兮萋萋。"

②杜宇:即子规鸟。扬雄《蜀王本纪》:杜宇"乃自立为蜀王,号曰望帝。……自以德薄,不如鳖灵,乃委国授之而去,如尧之禅舜。望帝去时,子规鸣,故蜀人悲子规而思望帝。"

③雨打梨花:据宋人吴聿《观林诗话》:"半山酷爱唐乐府'雨打梨花深闭门'之句。"可知此句为唐人成句。

【赏析】

这首词表达了春愁闺怨的主题。作者精心选取了芳草萋萋、杨柳青青、杜宇悲啼、雨打梨花四种意象,这些意象组合营造出暮春时节令人伤感的氛围。

贺 铸

贺铸(1052—1125),字方回,号庆湖遗老。卫州共城(今河南辉县)人。宋太祖孝惠皇后族孙。授右班殿直。元祐中,通判泗州,又倅太平州。晚居吴下,博学强记,长于度曲。词多刻画闺情离思,也有抒发怀才不遇之慨叹及纵酒狂放之作品。风格多样,情深语工。有《庆湖遗老集》《东山词》。

减字浣溪沙①

秋水斜阳演漾金②,远山隐隐隔平林,几家村落几声砧?

记得西楼凝醉眼③,昔年风物似如今,只无人与共登临!

【注释】

①《减字浣溪沙》:即《浣溪沙》,因由《山花子》减字而来,故名。

②演漾金:金波流动起伏。

③西楼:疑指苏州城西之观风楼。

【赏析】

这首词写别后的凄凉兼及怀人。上片写登临所见,下片回忆往昔的欢会以突出物旧人非的凄凉处境。

青 玉 案

凌波不过横塘路,但目送、芳尘去①。锦瑟华年谁与度②?月桥花院,琐窗朱户③,只有春知处。

飞云冉冉蘅皋暮④,彩笔新题断肠句。若问闲情都几许?一川烟草,满城风絮,梅子黄时雨!

【注释】

①"凌波"二句:是说美丽的情人一去不复返。曹植《洛神赋》:"凌波微步,罗袜生尘。"横塘:地名,在今江苏省苏州市西南。是作者经常走过的地方。芳尘:美人过后扬起的尘土。

②锦瑟华年:李商隐《锦瑟》:"锦瑟无端五十弦,一弦一柱思华年。"这里指美好的年华。

③琐窗:雕成连锁形花纹的窗。

④冉冉:流动的样子。蘅皋:长着杜蘅的水边高地。杜蘅,香草名。

【赏析】

本词写对心目中情人的眷恋、怀想和闲愁。上片写眷恋和怀想。开头突兀,既是心目中人,却"不过",自己也只是"目送"。怕是有无端阻隔,情意难通了。接下去又别出心裁,去猜想她与谁在一起共度华光。继而四处神寻,落得无限怅惘。下片写相思的愁苦。在美好的夜晚,在充满幽情的水滨,恋情激发了诗情。想自己飞扬的文词可能打破种种阻隔,赢得她的芳心。可笔未提纸未铺,却是"愁都几许"。连用三个比喻,只能说愁无穷尽了。那么,全词是否除思念美人而不见,愁思缠绵而无穷,还另有意味呢?值得玩味。不过须强调的是,贺铸为词不屑于红绡翠袖的,他落笔高远,不同俗常。

行 路 难

缚虎手,悬河口①,车如鸡栖马如狗②。白纶巾③,扑黄尘④,不知我辈可是蓬蒿人⑤?衰兰送客咸阳道,天若有情天亦老⑥。作雷颠⑦,不论钱,谁问旗亭美酒斗十千⑧?

酌大斗,更为寿,青鬓长青古无有。笑嫣然,舞翩然,当垆秦女十五语如弦⑨。遗音能记秋风曲⑩,事去千年犹恨促。揽流光,系扶桑⑪,争奈愁来一日却为长。

【注释】

①缚虎手：谓手能缚虎，形容勇武过人。悬河口：谓口若悬河，形容才辩出众。

②车如鸡栖马如狗：语出《后汉书·陈蕃传》。意谓坐的车子像鸡窝那样简陋，驾车的马如狗一般瘦小，形容生活极不得意。

③白纶巾：白色的头巾，指庶民的装束。

④扑黄尘：奔走于风尘之中。

⑤蓬蒿人：草野之人。李白《南陵别儿童入京》诗："仰天大笑出门去，我辈岂是蓬蒿人。"

⑥这两句为李贺《金铜仙人辞汉歌》中的原句。

⑦雷颠：指雷义。据《后汉书·独行列传》载，雷义曾助人免于死罪，拒受酬金，后被举为秀才，另荐别人，刺使不准。"义遂阳狂被装走，不应命"，故被称为"雷颠"。

⑧旗亭：酒楼。

⑨当垆秦女：辛延年《羽林郎》诗："胡姬年十五，春日独当垆。"

⑩秋风曲：指汉武帝的《秋风辞》，结尾有"欢乐极兮哀情多，少壮几时兮奈老何"之句。

⑪扶桑：神话中树木名，传说太阳从这里升起。这两句说，把太阳系在扶桑树上，即留住时光之意。

【赏析】

此阕题作《行路难》，实非调名，乃作者根据内容所拟词题。词中描写世路多艰，怀才不遇，抒发"人生在世不称意"的愤懑和不平。上片叙述英雄无用武之地，只能以酒浇愁；下片慨叹生命短促，而在黑暗的现实中却度日如年。全篇表现作者失意无聊，纵酒放歌，难遣愁怀的矛盾苦闷心情，刻画了一位"大道如青天，我独不得出"，性格疏狂放浪的志士形象。词语多化用前人诗句，驱遣自如，起伏跌宕，在艺术上颇有特色。

陈师道

陈师道（1053—1101），字履常，一字无己，号后山居士，彭城（今江苏徐州）人。年少时，以文拜谒曾巩，深受赏识。元祐初，以苏轼等推荐，为徐州教授，官至秘书省正字。师道耿直有节，安贫乐道，一生贫穷潦倒。诗宗杜甫，受黄庭坚影响尤深,多苦吟之作,为江西派代表作家。其词"妙如其诗"(王灼《碧鸡漫志》),"宜其工矣"(《放翁题跋》),"卷中精警之句,亦复隐秀在神,蓄艳为质"(王鹏运《历代词人考略》)。著有《后山先生集》《后山丛谈》。有《后山词》。

木 兰 花

阴阴云日江城晚。小院回廊春已满①。谁教言语似鹏黄②,深闭玉笼千万怨③。蓬莱易到人难见④。香火无凭空有愿。不辞歌里断人肠,只怕有肠无处断。

【注释】

①回廊:曲折的廊道。

②鹏黄:即黄莺,鸣声婉转动听。

③玉笼:指精美贵重的鸟笼。王安石《见鹦鹉戏作》:"玉笼金锁只烦冤"。

④蓬莱:古代传说中神山名,后泛指想象中的仙境。

【赏析】

这是一首男子而为"闺词"的代表作。词中描绘了一个空守闺房、思夫心切的妇女形象,刻画了她哀怨悲苦、丰富复杂的内心世界,写得缠绵悱恻,真切动人。

张 耒

张耒(1054—1114),字文潜,号柯山,楚州淮阴(今属江苏)人。少时聪颖过人,以文章受知于苏轼兄弟。熙宁七年第进士。绍圣初,以龙图阁知润州,坐党籍,徙宣州,谪监黄州酒税。徽宗即位,召为太常少卿,出知颍、汝二州。崇宁初,又复坐党籍,贬房州别驾,黄州安置。晚年始得自便,居陈州而卒。耒仪观伟岸,笔力遒劲,居官清正廉洁,为"苏门四学士"之一。诗歌受白居易影响较深,朴素自然,平易舒坦,得唐人精髓。亦能词,其佳者深婉多情。著有《张右史文集》。词存《柯山诗余》一卷,赵万里辑。

秋 蕊 香

帘幕疏疏风透,一线香飘金兽①。朱栏倚遍黄昏后,廊上月华如昼②。别离滋味浓如酒,著人瘦③。此情不及墙东柳,春色年年如旧。

【注释】

①金兽:兽形的铜香炉。

②月华:月光。

③著:着使。

【赏析】

这首小令据说是张文潜离许州任,别官妓刘淑奴时所作。离别是词人常用之题材。而这首词则写得别具特色,婉约有致。其景真切,其情醇厚。全词写景抒情,自然清雅而不见铅华;字字洗炼,不事铺陈。如清风明月,韵味悠远。

谢 逸

谢逸,生卒年不详,字无逸,宋代江西临川人。今传《溪堂词》一卷。

江 神 子

杏花村馆酒旗风①,水溶溶②,飏残红③。野渡舟横④,杨柳绿阴浓⑤。望断江南山色远⑥,人不见,草连空⑦。

夕阳楼外晚烟笼⑧。粉香融⑨,淡眉峰⑩。记得年时⑪,相见画屏中⑫。只有关山今夜月,千里外,素光同。

【注释】

①杏花村:酒店名。杜牧《清明》诗:"借问酒家何处有,牧童遥指杏花村。"此后,酒店常以杏花村为名。酒旗:即酒帘。唐张籍《江南曲》:"长干午日沽春酒,高高酒旗悬江口。"

②溶溶:水流动貌。李商隐《裴明府居止》:"爱君茅屋下,向晚水溶溶。"

③飏残红:落花随风飞扬。残红:指落花。白居易《微之宅残牡丹》诗:"残红零落无人赏,雨打风吹花不全。"

④野渡舟横:唐韦应物《滁州西涧》诗:"春潮带雨晚来急,野渡无人舟自横。"野渡:指郊野的渡口。

⑤绿阴浓:指绿叶成荫,遮天蔽日。

⑥山色远:山峰连接不断。

⑦草连空:形容绿草遍野,仿佛连接天边。空:指天空。

⑧夕阳楼外晚烟笼:楼外夕阳西下,暮霭渐深,晚烟朦胧。

⑨粉香:脂粉香,女子常用的饰物。融:光润貌。

⑩眉峰:犹眉山,形容女子眉之美好。汉刘歆《西京杂记》二:"(卓)文君姣好,眉色如望远山。"

⑪年时:那年之时。

⑫画屏:绘有图画的屏风。

【赏析】

这首词写思乡怀人。上片写春暮夏初时的景物。微风吹动着酒旗,水面上碧波粼粼,地面上落花纷纷,杨柳掩映的渡口,寂寞无人,远远望去,只见绿草无际。如此凄清冷落,令作者忧心伤神。下片写回忆情景:楼外夕阳西下,暮霭沉沉,晚烟朦胧,一位满脸脂粉香、淡扫蛾眉的女子与他相见在画屏之中。而今夜,月色迷人,可佳人在千里之外,愿与她共对明月寄相思。

卜 算 子

烟雨幂横塘①,绀色涵清浅②。谁把并州快剪刀,剪取吴江半③。

隐几岸乌巾④,细葛含风软。不见柴桑避俗翁⑤,心共孤云远。

【注释】

①幂:音 mì,覆盖,笼罩。

②绀:音 gàn,深青带红的颜色。

③并州:在今山西太原一带,以制造锋利的刀剪著名。杜甫《戏题王宰画山水图歌》:"焉得并州快剪刀,剪取吴淞半江水。"

④隐几:凭着几案。《孟子·公孙丑下》:"隐(yìn)几(jī)而卧。"《庄子·齐物论》:"南郭子綦,隐几而坐。"乌巾:黑色头巾,为古代普通人的装束。唐张彦远《书法要录》:"吴时张弘,好学不仕,常著乌巾,时号张乌巾。"岸:把头巾掀起露出前额,表示态度洒脱、不拘束。孔融《与韦端书》:"不得复与足下岸帻广坐,举杯相于,以为邑邑。"

⑤柴桑避俗翁:指陶渊明。柴桑:县名,在今江西省九江市西南,陶潜故里。见《宋书·陶潜传》。

【赏析】

这首词化用前人诗意或全用成句,是典型江西诗派词风。此词上片写景,描画出隐者所处的环境。下片写人,境是仙境,人是高士,境界和谐完美。

西 江 月

晓艳最便清露①,晚红偏怯斜阳②。移根栽近菊花傍,蜀锦翻成新样③。

坐客联挥玉麈④,歌词细琢琼章⑤。从今故事记溪堂⑥,岁岁携壶共赏。

【注释】

①晓艳:早晨的艳丽。便:适宜。清露:晶莹的露珠。

②怯:怕。

③蜀锦:古代丝织物的一种,以其织法源于蜀地而得名。

④玉麈:鹿类动物的尾巴制作的拂尘之美称。

⑤琼章:喻美好的诗文,指咏木芙蓉的诗文。

⑥溪堂:作者有《溪堂集》。

【赏析】

木芙蓉大者下可成荫,初秋花开,红艳如霞。溪边堂前,芙蓉花下,品酒歌词,诚是雅事。

江 神 子

一江秋水碧湾湾。绕青山,玉连环①。帘幕低垂,人在画图间。闲抱琵琶寻旧曲,弹未了,意阑珊②。

飞鸿数点拂云端。倚阑看,楚天寒。拟倩东风,吹梦到长安③。恰似梨花春带雨。愁满眼,泪阑干④。

【注释】

①玉连环:形容江水纡回曲折如连环之碧玉。

②阑珊:衰落,将残、将尽之意。这里是形容心情极为悲伤。

③长安:指汴京。

④阑干:纵横散乱貌。白居易《琵琶行》:"夜深忽梦少年事,梦啼妆泪红阑干。"

【赏析】

这是一首闺怨词。描写一女子秋日楼上闲抱琵琶,弹奏旧曲,抒发胸中的郁闷和忧愁。

渔 家 傲

秋水无痕清见底,蓼花汀上西风起①。一叶小舟烟雾里。兰棹舣②,柳条带雨穿双鲤。

自叹直钩无处使,笛声吹彻云山翠。鲙落霜刀红缕细。新酒美,醉来独枕莎衣睡。

【注释】

①蓼:音 liǎo,一年生草本植物,花淡红色或白色。

②舣:音 yì,附船着岸。

【赏析】

这位渔翁虽然独来独往,自由自在,但由于他不趋时尚,朴直厚重,仍旧用"直钩"去钓鱼,难免会感到无所施其计了。即使如此,也用不着耿耿于怀,自寻

烦恼,有酒有鱼,不如畅饮一番,醉后独自头枕莎衣蒙头而睡,生活得也颇为
快乐。

周邦彦

周邦彦(1056—1121),字美成,号清真居士,钱塘(今浙江杭州人)。神宗时
为太学生,献《汴都赋》歌颂新法,被擢为太学正。居五年,出为庐州教授,知溧
水县,还京为国子主簿。徽宗朝仕至徽猷阁待制,提举大晟府。出知顺昌府,徙
处州,提举南京鸿庆宫,卒。邦彦精通音律,在大晟府审古乐,制新调,对词乐的
提高和发展有一定贡献。词风典丽精工,形象丰满,格律严谨。今传《片玉集》,又
名《清真集》。

兰 陵 王

柳阴直,烟里丝丝弄碧。隋堤上①,曾见几番,拂水飘绵送行色。登临望故
国,谁识京华倦客? 长亭路②、年去岁来,应折
柔条过千尺。

闲寻旧踪迹。又酒趁哀弦,灯照离席,梨
花榆火催寒食③。愁一箭风快,半篙波暖,回
头迢递便数驿,望人在天北。

凄恻,恨堆积。渐别浦萦回④,津堠岑
寂⑤,斜阳冉冉春无极。念月榭携手,露桥闻
笛。沉思前事,似梦里,泪暗滴。

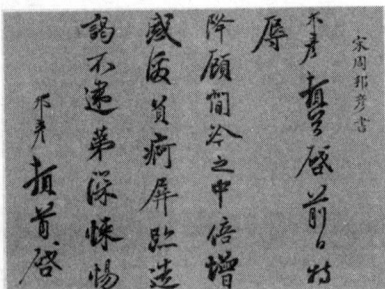

周邦彦《特辱帖》

【注释】

①隋堤:隋炀帝曾开导汴水,名通济渠,
沿渠筑堤,故称隋堤。

②长亭:古代驿路上设"十里一长亭,五里一短亭"供人休息或饯别。"应
折"句:古人有折柳赠别的风俗,柳谐"留"音,表示留恋之情,

③"梨花"句:旧时定清明前一二日为寒食节,相传为纪念介子推抱木焚死,
因而禁火三天,节后另取新火。唐宋时朝廷于清明日取榆、柳的火以赐百官。

④别浦:原指银河,这里借指分别的水路。

⑤津:渡口。堠:音hòu,古代瞭望敌情的土堡。津堠:指码头上可供守候、
住宿的处所。

【赏析】

全词分三迭。首迭借咏柳写别离之恨。首句写柳重在"弄碧",由此推出"隋堤",继而有了"行色",进而推出"故国",全为"京华倦客"出场铺垫。后面二首又回到咏柳上,反复映衬欲归不待的送别他人的"京华倦客"。全词分往昔、她我、送留、想象与现实反复套迭,叙事抒情萦回曲折,似浅实深,耐人寻味。

六　丑

蔷薇谢后作

正单衣试酒①,怅客里、光阴虚掷。愿春暂留,春归如过翼②。一去无迹。为问家何在?夜来风雨,葬楚宫倾国③。钗钿坠处遗香泽,乱点桃蹊,轻翻柳陌。多情为谁追惜?但蜂媒蝶使,时叩窗槅。

东园岑寂,渐蒙笼暗碧。静绕珍丛底,成叹息。长条故惹行客。似牵衣待话,别情无极。残英小、强簪巾帻④。终不似、一朵钗头颤袅,向人欹侧⑤。漂流处、莫趁潮汐,恐断红尚有相思字⑥,何由见得?

【注释】

①试酒:宋朝在农历三月末或四月初有尝新酒的习惯。

②过翼:飞鸟。

③楚宫倾国:楚王宫中美人。倾国,容貌绝代的佳人。这里比拟蔷薇花。

④巾帻:布帽。汉以来,盛行以整块布幅包头,称巾帻(zé)。

⑤欹侧:倾斜。

⑥"恐断红"句:据传,唐朝卢渥应举,在御沟边见一红叶,上题诗句:"流水何太急,深宫竟日闲。殷勤谢红叶,好去到人间。"这里是化用"红叶题诗"的故事。断红:落花。

【赏析】

《六丑》,是周邦彦自制的新调,据周密《浩然斋雅谈》载:宋徽宗"问《六丑》之义,莫能对。急召邦彦问之,对曰:'此犯六调,皆声之美者,然绝难歌。昔高阳氏有子六人,才而丑,故以此之。'"可见此词音律的精妙。

西　河

佳丽地①,南朝盛事谁记②?山围故国绕清江③,髻鬟对起。怒涛寂寞打孤城,风樯遥度天际。断崖树,犹倒倚,莫愁艇子谁系④。空馀旧迹郁苍苍,雾沉半垒。夜深月过女墙来⑤。伤心东望淮水。

酒旗戏鼓甚处市？想依稀、王谢邻里⑥，燕子不知何世。向寻常巷陌人家，相对如说兴亡，斜阳里。

【注释】

①佳丽地：指金陵。

②南朝：指建都金陵的东吴、东晋、宋、齐、梁、陈等朝代。

③故国：指金陵。即下句"孤城"。

④"莫愁"句："古乐府《莫愁乐》：'莫愁在何处？莫愁古城西。艇子打两桨，催送莫愁来。'"石城，在今湖北钟祥县，县西有莫愁村。后人多误将石城当作石头城(金陵别名)，今南京市水西门外有莫愁湖，塑有汉白玉的身像。

⑤女墙：城上的小墙。

⑥王谢邻里：刘禹锡《乌衣巷》诗："朱雀桥边野草花，乌衣巷口夕阳斜。旧时王谢堂前燕，飞入寻常百姓家。"王、谢，六朝时望族，住南京乌衣巷。

【赏析】

这是首怀古词。作者即景抒情，追怀古昔，抒发了人间沧桑和物是人非的感叹。它分三段：第一段写金陵的山川名胜。首两句是全词怀古的主题所在，有无限苍凉之感。以下四句化用刘禹锡《石头城》诗意，写金陵的壮丽景色，为下面感叹张本。第二段写历史古迹。先叙莫愁的美丽传说，次写半截营垒的悲凉，今昔对比强烈。最后写明月伤心秦淮的今不如昔。第三段写眼前景物。从上段寂寞悲凉的气氛，突然转入歌舞繁华，"甚处市？"无疑而问，引人沉思。"想依稀"以下，又化用刘禹锡《乌衣巷》诗意，对历史兴衰深为感慨。最后也用拟人手法，写燕子也在说兴亡，真是鸟兽如此，人何以堪！

解 连 环

商 调

怨怀无托。嗟情人断绝，信音辽邈。纵妙手，能解连环①，似风散雨收，雾轻云薄。燕子楼空②，暗尘锁，一床弦索③。想移根换叶。尽是旧时，手种红药。

汀洲渐生杜若④。料舟依岸曲，人在天角。谩记得，当日音书，把闲语闲言，待总烧却。水驿春回，望寄我，江南梅萼⑤。拚今生⑥，对花对酒，为伊泪落。

【注释】

①解连环：据《战国策·齐策六》载："秦昭王尝使使者遗君王后玉连环，曰：'齐多智，能解此环否？'君王后以示群臣，群臣不知解。君王后引椎破之，谢秦使曰：'谨以解矣。'"此处借喻情怀难解。

②燕子楼空：燕子楼在今江苏徐州。关盼盼是唐张愔爱妓，张死后，盼盼念

旧情而不嫁,一直空守燕子楼。这里指人去楼空。

③牀:放琴的架子。

④"汀洲"句:屈原《九歌·湘夫人》:"搴汀洲兮杜若,将以遗兮下女。"杜若:香草名。折此赠情人,是旧时习俗。

⑤"水驿"二句:南朝陆凯《赠范晔诗》:"折梅逢驿使,寄与陇头人。江南无所有,聊赠一枝春。"此处化用其意。

⑥拚:音 pàn,舍弃,不顾惜。

【赏析】

本词牌原名《望梅》,后因周邦彦词中有"纵妙手、能解连环"句而更名。可见本词影响之大。上片叹人去楼空情义断绝的怨恨。首句挈领全文,是主题所在。"嗟"字领下二句,是"怨怀"之因。"纵"字三句是由"断绝"滋生的怨,巧用了"解连环"典故,但情味不一。齐王后是难倒了秦使,而自己却失去了情人。接着又活用燕子楼空的典故,是诗人惯用的。最后三句的感叹,不仅仅是物在人亡的怅惘,还在"移根换叶"的悲哀上,暗喻难言之隐痛。下片写对情人的怀念与希望。

风 流 子

枫林凋晚叶,关河迥,楚客惨将归①。望一川暝霭②,雁声哀怨,半规凉月③,人影参差。酒醒后,泪花销凤蜡,风幕卷金泥④。砧杵韵高,唤回残梦,绮罗香减,牵起馀悲。

亭皋分襟地,难拚处、偏是掩面牵衣⑤。何况怨怀长结,重见无期。想寄恨书中,银钩空满;断肠声里,玉筋还垂⑥。多少暗愁密意,唯有天知。

【注释】

①迥:远。楚客惨将归:作者是南方人作客他乡,故自称楚客。惨将归:宋玉《九辩》:"憭慄兮若在远行,登山临水兮送将归。"

②暝霭:黑云。

③半规:半圆。语出谢灵运《游南亭》诗:"远峰隐半规。"凤蜡:词中对蜡烛之美称。

④金泥:用金屑在衣物上绘图形或字。

⑤亭皋:水边平地。难拚:难以割舍。

⑥银钩:指字迹。玉筋:指眼泪。

【注释】

这首词写的是离愁别恨,和其他经常运用含蓄手法迥异,此词运用沉拙之笔,直抒胸臆。"何况怨怀长结,重见无期。""多少暗愁密意,唯有天知。"哀怨悲愁之感由性灵肺腑纯然流出,酣畅淋漓。结构采用惯常逆挽法,离别场景由追忆用虚笔托出,实景在上下片末几句显,使得场景交错,浑融感人。

关 河 令

秋阴时晴渐向暝,变一庭凄冷。伫听寒声①,云深无雁影。

更深人去寂静,但照壁,孤灯相映。酒已都醒,如何消夜永?

【注释】

①寒声:即秋声,指秋天凄凉的风雨声,落叶和虫鸣声。

【赏析】

这也是首写羁旅孤寂的小令。作者时运乖蹇,常迁徙于寒秋孤馆,时令与遭际俱冷。触景生情,寄情于景,于是就有了这类作品。但本词意境却格外的凄凉。上片写眼前萧瑟的秋天景象。原应天高气爽,现在一片阴霾;天阴又近黄昏,景便显得阴沉凄清。人听寒声,既寂寞又无聊,于是使人联想到孤雁飘零。可天空不见孤雁,使人间的旅人更加孤寂冷清了。下片写孤馆寒灯长夜难消的愁闷。篇幅虽短,仍见构思的严谨。

蝶 恋 花

月皎惊乌栖不定,更漏将阑①,辘轳牵金井②。唤起两眸清炯炯,泪花落枕红绵冷。

执手霜风吹鬓影,去意徊徨,别语愁难听。楼上阑干横斗柄③,露寒人远鸡相应。

【注释】

①更漏:古代夜间以铜壶滴水计时,一夜分五更,故称。阑:尽。

②辘轳:音 lù lù,象声词,井上汲水器绞动的声音。

③阑干:横斜的样子。斗柄:北斗星的第五至第七的三颗星形似斗柄,故称。

【赏析】

这首词也是题作"早行"的,写秋天清晨送别情人的情绪。首三句写送行时间。"月皎惊乌",何尝不惊离人!数更漏直到天明。别前之景凄婉动人。"唤起"二句写浅睡假寐被唤起,不是睡眠惺忪,却是满眼晶莹,由于一夜辗转反侧,以致泪湿红棉中,别前之情凄切。下片写送别,"执手相看泪眼"已够伤心了,再加上凄凄的秋风催行。传神妙语还在"别语愁难听",情状刻划十分细腻,原想互相安慰,却愁上加愁不忍再听,抒写真切,缠绵动人。最后两句写送别之后,独上西楼,四周满目凄清,北斗横斜,伊人已上旅途。尾句也是以景结情,使人倍觉凄凉。

醉桃源

大　石

冬衣初染远山青,双丝云雁绫①。夜寒袖湿欲成冰,都缘珠泪零。

情黯黯②,闷腾腾③,身如秋后蝇④。若教随马逐郎行,不辞多少程⑤。

【注释】

①"双丝"句:面料是织有云雁图纹的双丝绫。白居易《缭绫》诗:"织为云外秋雁行,染作江南春水色。"

②情黯黯:心情黯淡深沉。李群玉《请告南归留别同馆》诗:"书阁乍离情黯黯。"

③闷腾腾:心中涌上烦闷。

④身如秋后蝇:谓自身已如秋后苍蝇,枯槁不堪。

⑤"若教随马逐郎行"二句:《四子讲德论》云:"蚊蝇终日经营,不能越阶亭,附骥尾则涉千里。"此言若能像附骥之蝇随郎远行,千山万水也在所不辞。

【赏析】

这首小令描写的是一个妇女相思情深的衷怀。这首小令,上片平淡无奇,但下片奇句突现,词意"纡徐曲折",人的感情"入微尽致"。

夜游宫

般　涉

叶下斜阳照水。卷轻浪 ,沉沉千里①。桥上酸风射眸子②。立多时,看黄昏,灯火市。

古屋寒窗底。听几片,井桐飞坠。不恋单衾再三起。有谁知,为萧娘,书一纸③。

【注释】

①沉沉:形容流水渺远不尽貌。

②酸风射眸子:冷风刺眼。李贺《金铜仙人辞汉歌》:"东关酸风射眸子。"

③"为萧娘"两句:杨巨源《崔娘》诗:"风流才子多春思,肠断萧娘一纸书。"萧娘:女子的泛称。

【赏析】

这首词是为思念情人而作。上片写秋日黄昏景色。落叶、夕阳、流水,是盛后衰败,一去不回的典型事物,在暗淡的景物中看流水沉沉,心情定当忧伤。下片写长夜不眠的孤寂凄清。"古屋寒窗"写凄凉,"井桐飞坠"写萧索。一个"听"字把不眠的愁思写得活灵活现。"再三起"原来为一封情书。全词没有正面直接的写相思愁苦,作者是通过典型环境的创造,主人公传神的细节来表现的。特别是傍晚桥上的翘首企待和若有所失的复杂感情,都能得到形象而含蓄的表露。而且这种相思情,是由傍晚到黄昏到深夜,由水滨到桥头(室外)到窗底到单衾(室内),层层渲染、步步推进的。末句一语双关,既是因为萧娘寄来的书信,又是因为自己有无限情思要向萧娘倾诉。为此而"再三起",尽供读者想象。

瑞 龙 吟

　　章台路①,还见褪粉梅梢,试花桃树。愔愔坊陌人家②,定巢燕子,归来旧处。

　　黯凝伫。因念个人痴小,乍窥门户③。侵晨浅约宫黄④,障风映袖,盈盈笑语。

　　前度刘郎重到,访邻寻里⑤,同时歌舞,惟有旧家秋娘,声价如故。吟笺赋笔,犹记燕台句。知谁伴,名园露饮,东城闲步?事与孤鸿去。探春尽是,伤离意绪。官柳低金缕。归骑晚,纤纤池塘飞雨。断肠院落,一帘风絮。

【注释】

①章台路:借指歌妓聚居的地方。

②愔愔:音 yīn yīn,安静的样子。坊陌人家:即坊曲人家,唐时常指歌妓所居的教坊。

③乍窥门户:指姑娘刚开始倚门卖笑。

④宫黄:宫女用来涂抹的黄色。在鬓角涂饰微黄,叫"约宫黄"或"约黄"。

⑤"前度"句:语出唐刘禹锡《再游玄都观》诗:"种桃道士归何处?前度刘郎今又来。"这里借喻重寻旧情。

【赏析】

《瑞龙吟》一调,始见于周邦彦词。此调为双拽头三片(中片字句与上片同)。这首词虽也是怀旧之作,"不过人面桃花,旧曲翻新耳"(周济《宋四家词选》)。也是唐人崔护式的故事。但描写却十分细腻,结构也缜密,且将写景、叙事、抒情融为一体,有很强的艺术魅力。

应 天 长

条风布暖①,霏雾弄晴,池台遍满春色。正是夜台无月②,沉沉暗寒食。梁间燕,前社客③、似笑我、闭门愁寂。乱花过、隔院芸香④,满地狼藉。

长记那回时,邂逅相逢,郊外驻油壁⑤。又见汉宫传烛,飞烟五侯宅⑥。青青草,迷路陌。强载酒、细寻前迹。市桥远,柳下人家,犹自相识。

【注释】

①条风:春天的东北风。

②夜台:坟墓。原作"夜堂",今从刘逸生先生说改。

③前社客:指燕子。社,祭社神之日,有春秋二社,立春后五戊为春社,即前社,立秋后五戊为秋社。

④芸香:香草。

⑤油壁:车壁经油漆涂饰的车。

⑥"又见"二句:化用唐韩翃《寒食》诗。本词的化用已无讽刺之意。

【赏析】

此词别本题作《寒食》。寒食节是游春的日子,也是上坟祭扫的时节。周邦彦原自风流,平生多女友。因此写了不少与之别离的怀人词作。本词可看作是对曾邂逅相遇竟成永诀的那位女子的悼念。

满 庭 芳

夏日溧水无想山作

风老莺雏,雨肥梅子,午阴嘉树清圆①。地卑山近,衣润费炉烟。人静乌鸢自乐②,小桥外、新绿溅溅。凭栏久,黄芦苦竹,疑泛九江船③。

年年,如社燕④,飘流瀚海⑤,来寄修椽。且莫思身外,长近尊前。憔悴江南倦客,不堪听急管繁弦。歌筵畔,先安枕簟,容我醉时眠。

【注释】

①"雨肥"二句:杜牧《赴京初入汴口》:"风蒲燕雏老。"杜甫《陪郑广文游何将军山林》:"绿垂风折笋,红绽雨肥梅。"这里是化用。

②乌鸢:乌鸦,老鹰。鸢:音 yuān。

③"黄芦"两句:化用白居易《琵琶行》:"住近湓江地低湿,黄芦苦竹绕宅生。"

④社燕:燕子春社时飞来,秋社时归去,故称。

⑤翰海:沙漠。这里泛指遥远、荒僻的地方。

【赏析】

宋哲宗元祐八年,周邦彦任溧水(今属江苏省)令,多年来辗转于州县小官,很不得志。这首词就反映了他对这种官宦生活的厌倦和流放式生活的不满。上片写江南初春景色。首三句美如花鸟屏幅,但在"老"、"肥"中却见春光已去的怅惘。次二句却不满情意,"费"字包含了对环境许多厌恶。"人静"三句又见诗情画意,令人赏心悦目。可最后的场景却是白居易式的遭遇,深含许多哀怨。下片感叹身世,抒发长年漂泊的苦闷心境。先以社燕自况,一是年年漂泊无定,二是还得寄居檐下"为五斗米折腰,拳拳事乡里小人"。作为文人,也只有借酒消愁以求解脱。

叶梦得

叶梦得(1077—1148),字少蕴,号石林居士,原籍吴县(今属江苏),居乌程(今浙江吴兴)。

念 奴 娇

云峰横起,障吴关三面①,真成尤物。倒卷回潮,目尽处,秋水粘天无壁。绿鬓人归,如今虽在,空有千茎雪②。追寻如梦,漫余诗句犹杰。

闻道尊酒登临,孙郎终古恨,长歌时发。万里云屯,瓜步晚③,落日旌旗明灭。鼓吹风高④,画船遥想⑤,一笑吞穷发⑥。当时曾照,更谁重问山月?

【注释】

①吴关三面:指北固山。北固山在今江苏省镇江市北,其山三面临水,高数十丈(见《世说新语·言语》注引《南徐州记》),为江防险要之地。

②千茎雪:指满头白发。

③瓜步:山名,在今江苏六合县东南。东邻镇江,西望南京,历来为兵家必争之地。

④鼓吹:这里泛指军乐。

⑤画船:这里指战船。

⑥穷发:极为荒远之地。这里指金国。

【赏析】

本篇为作者追怀南渡之初的战斗岁月而作。靖康间金人肆虐,中原糜烂,高宗驻跸扬州,石林为上南渡之策。后以江东安抚制置大使知建康府行宫留守,负责江防事宜,沿江自建康、太平、池州,置要塞十九处,分兵把守。金酋宗弼等屡屡南犯,迄不得渡,石林功不可没。方兵火炽时,石林足迹遍于江防各地。至晚年重登北固,东望建康,西眺瓜步,绿鬓已变为苍颜白发,旧事已如梦如烟。伤岁月之无情,能不感慨万千?不过,石林毕竟是一代人豪,虽千茎如雪,而诗句犹杰。当时一笑吞穷发的豪情壮志,虽已为时人遗忘,而长歌时发,山月留证,又何可泯灭?末句一问,犹有烈士暮年的慷慨情怀。全篇赓和东坡词韵,其豪放悲壮,亦颇能与坡仙仿佛。

点 绛 唇

绍兴乙卯登绝顶小亭①

缥缈危亭,笑谈独在千峰上。与谁同赏,万里横烟浪。

老去情怀,犹作天涯想,空惆怅。少年豪放,莫学衰翁样。

【注释】

①绍兴乙卯:即宋高宗绍兴五年(1135)。绝顶小亭:指吴兴西北卞山最高峰上作者所筑的"绝顶亭"。

【赏析】

此词为作者退居吴兴卞山之后所作。词中记述了作者独自登高眺望而引起的豪情壮怀。当时他虽然已经五十九岁,但仍旧志在天涯,希望能有机会为恢复中原万里河山而尽绵薄之力。同时还勉励年轻一代不要辜负了宝贵的青春时光。词意豪迈潇洒,体现出烈士暮年,壮心不已的高尚情怀。

八声甘州

寿阳楼八公山作①

故都迷岸草②,望长淮,依然绕孤城。想乌衣年少③,芝兰秀发④,戈戟云横⑤。坐看骄兵南渡⑥,沸浪骇奔鲸⑦。转盼东流水,一顾功成。

千载八公山下,尚断崖草木,遥拥峥嵘。漫云涛吞吐,无处问豪英。信劳生、空成今古。笑我来,何事怆遗情⑨。东山老,可堪岁晚,独听桓筝。

【注释】

①寿阳楼:指寿阳城楼。寿阳即寿春(今安徽寿县),东晋时改名为寿阳。八公山:在寿阳城北,又名北山。传说汉淮南王刘安的八位门客在山上炼丹成仙,因而得名。

②故都:指寿春。公元前241年,楚国曾迁都于此。

③乌衣年少:乌衣巷在南京秦淮河附近,东晋时王、谢等贵族居于此,人称其子弟为乌衣郎。淝水之战时,谢安指挥其弟谢石、侄谢玄、子谢琰率众八万打败前秦苻坚号称八十万的南侵大军。

④芝兰:《晋书·谢玄传》载,谢玄形容谢安教育子弟:"譬如芝兰玉树,欲使其生于庭阶耳。"后遂以"芝兰"比喻年轻有为的子弟。秀发:长得茂盛。语出《诗经·大雅·生民》:"实发实秀"。后来也用以形容人的才华出众。

⑤戈戟云横:形容队伍整齐,戈戟像阵云一样连成一片。

⑥骄兵:指苻坚的军队。

⑦奔鲸:逃奔的鲸鱼,指苻坚。谢眺《和王著作融八公山》诗:"长蛇固能剪,奔鲸自此曝。"《文选》李善注:"奔鲸,喻坚也。"

【赏析】

此词约作于绍兴三年(1134)前后,当时作者任江东安抚大使兼知建康府并寿春等六州宣抚使。词人在前线视察战备,登寿春城楼,遥望八公山,想到当年的淝水之战,于是写下了这首寄慨遥深的怀古咏史之作。词的上片由景入情,回忆东晋时期淝水之战以少胜多的巨大胜利;下片抒感,表达得不到朝廷信任的悲怆心情。作者当时虽然身为封疆大吏,但由于投降派的阻挠,自己难于有所作为,因而以谢安晚年被孝武帝疏远自比,流露出对当权者的不满。词中豪放与悲壮相结合,从某种意义上说为辛派词人开了先路。

水调歌头①

霜降碧天静,秋事促西风②。寒声隐地③,初听中夜入梧桐④。起瞰高城回望⑤,寥落关河千里⑥,一醉与君同⑦。叠鼓闹清晓⑧,飞骑引雕弓。

岁将晚⑨,客争笑,问衰翁⑩。平生豪气安在,沈领为谁雄⑪。何似当筵虎士⑫,挥手弦声响处⑬,双雁落遥空⑭。老矣真堪愧,回首望云中。

【注释】

①曾慥《乐府雅词》所录这首词的题序是:"九月望日,与客习射西园,余偶病不能射。客较胜相先。将领岳德,弓强二石五斗,连三发中的,观者尽惊。因作此词示坐客。前一夕大风,是日始寒。"望日:旧历月之十五日。习射:练习射击。西园:城西之园。泛指一般的园林。

②秋事促西风:即西风促秋事。西风:指秋风。促:催促。秋事:指秋收、制寒衣诸事。

③寒声:秋风之声。隐地:隐隐约约地。初听:刚听到一点声音(即能感到一些寒意)。

④中夜:半夜。入梧桐:意谓吹落梧桐树叶。

⑤起瞰高城回望:站在高高的城墙上远望。

⑥君:指岳德。

⑦叠鼓:小击鼓。《文选》李善注:"小击鼓谓之叠。"闹:指小击鼓不断地敲。清晓:早晨。

⑧岁将晚:时间已近傍晚。客:此指坐客。

⑨衰翁:作者年老有病,自称衰翁。

⑩为谁雄:即为谁逞雄威。

⑪何似:哪里像,岂似。当筵:指在筵席上对饮。虎士:勇士。指岳德。

⑫挥手:指举起弓箭。

⑬双雁落遥空:形容箭术非常高超。落遥空:从远处高空被射下来。此句用《北史·长孙晟传》载的长孙晟一箭双雕的故事。

⑭云中:指汉时云中郡,地名,在今内蒙古自治区托克托县,是军事上占有重要地位的边郡,因魏尚、李广在此抗击匈奴而著名。这里,寄托着作者的爱国精神。

【赏析】

这首词虽然是写悼惜流年,感叹衰病的主题,但作者是将其放在"与客习射"的雄健背景上,通过和"当筵虎士"的对比,抒发出一种高远与豪迈的气势,给人以振奋和鼓舞,字里行间,隐然饱含着作者赤诚的爱国精神。

虞 美 人

雨后同干誉、才卿置酒来禽花下作①

落花已作风前舞,又送黄昏雨。晓来庭院半残红,惟有游丝千丈罥晴空。

殷勤花下同携手,更尽杯中酒。美人不用敛蛾眉。我亦多情无奈酒阑时。

【注释】

①干誉、才卿:料是作者友人,生平不详。来禽:即林檎别名,南方称花红,北方人叫沙果。

【赏析】

这是首惜花伤春、惜别伤怀的抒情小令。上片写惜春。

朱敦儒

朱敦儒(1081—1159),字希真,洛阳(今河南市名)人。少年时代以"清都山水郎"自命,过着逍遥林泉的生活。北宋末年大变乱发生,他转辗流离,从江西跋涉到两广,在岭南住了一个时期。宋高宗绍兴二年(1132),应朝廷征召,赐进士出身,曾任秘书省正字兼兵部郎官等职。后以"专立异论,与李光交通"的罪名被劾,罢官。李光是指斥秦桧"怀奸误国"而被黜的名臣,朱敦儒与他往来,说明两人政治主张有相似之处。这时期写的词比较具有现实意义。晚年因畏被窜逐而应秦桧征召任鸿胪少卿。秦桧死,他随着也被废黜。

相 见 欢

金陵城上西楼,倚清秋①。万里夕阳垂地,大江流。
中原乱②,簪缨散③,几时收④?试倩悲风吹泪,过扬州⑤。

【注释】
①"金陵城上西楼"两句:在金陵(南京)城上靠着西楼看清秋的景色。
②中原乱:指1127年金兵占领北宋中原地区的变乱。
③簪缨散:贵族官僚都逃散了。簪缨:贵人的帽饰。
④收:恢复。
⑤"试倩悲风吹泪"两句:按照词意,这是一句。倩:托。悲风:悲凉的秋风。
过:到。扬州:今江苏市名,当时是南宋的前方,曾经多次受到金兵的侵扰。

【赏析】
上片写作者秋日登城楼远眺,面对落日与江流的萧条景象,发出深沉的慨叹,反映他在中原沦陷后的凄苦心情。下片抒发他关心国家命运的情感,并对南宋朝廷不图恢复表示愤懑和指斥,表现了作者强烈的爱国思想。这首小词气魄极大,寄寓尤深,感情激越,炽热动人。

鹧 鸪 天

西 都 作①

我是清都山水郎②,天教分付与疏狂。曾批给雨支风券③,累上留云借月章④。
诗万首,酒千觞,几曾着眼看侯王?玉楼金阙慵归去,且插梅花醉洛阳。

【注释】

①西都:洛阳为宋朝的西京,故称西都。

②清都:神话传说中天帝居住的地方。《列子·周穆王》:"王实以为清都紫微,钧天广乐,帝之所居。"山水郎:为天帝管理山水的侍从官。

③券:契据、凭证。这句说天帝曾批给我可以呼风唤雨的凭证。

④这句说我曾多次向天帝上过可以留住白云、借来月亮的奏章。

【赏析】

靖康之难以前,朱敦儒寄情山水,放浪林泉,过着悠闲自得的隐逸生活。《宋史·文苑传》说他:"志行高洁,虽为布衣而有朝野之望。靖康中,召至京师,将处以学官,敦儒辞曰:'麋鹿之性,自乐闲旷,爵禄非所愿也。'固辞还山。"此阕写于南渡前,作者隐居洛阳时。词中淋漓尽致地表现了他早年乐于游山玩水、性喜饮酒吟诗的闲散生活以及傲视王侯、不肯摧眉折腰的疏狂性格。词的语言疏快,形象鲜明,很有艺术个性。

好 事 近

摇首出红尘,醒醉更无时节。活计绿蓑青笠①,惯披霜冲雪。

晚来风定钓丝闲,上下是新月。千里水天一色,看孤鸿明灭②。

【注释】

①活计绿蓑青笠:依靠打鱼生活。绿蓑青笠:渔人的服装。

②孤鸿明灭:孤鸿飞来飞去,忽近忽远。灭:看不见。

【赏析】

朱敦儒于宋高宗绍兴十九年(1149)离开朝廷后,长期寓居嘉禾(今浙江嘉兴市),在城南放鹤洲经营了一座别墅。他前后用《好事近》词调写了六首渔父词来歌咏自己漫游江海的闲适生活。这里虽然只选一首,也可以看出是"世外人语"。这和他的实际生活是完全一致的。厉鹗《宋诗纪事》引《澄怀录》:"陆放翁云'朱希真居嘉禾,与朋侪诣之。闻笛声自烟波间起,顷之,櫂小舟而至。则与俱归。室中悬琴、筑、阮咸之类。檐间有珍禽,皆目所未睹。室中篮缶贮果实、脯醢,客至,挑取以奉客。'"于此可见,作者这时候已经不是二十多年前南渡时哀鸣的孤雁,他似乎忘记了人间的苦难,而安于世外桃源的生活了。

西江月

世事短如春梦,人情薄似秋云。不须计较苦劳心,万事原来有命。
幸遇三杯酒好①,况逢一朵花新②。片时欢笑且相亲,明日阴晴未定③。

【注释】

①三杯酒好:有三杯好酒。

②花:喻美人。

③阴晴未定:前途未卜。

【赏析】

这首小词以散文语句入词,表现了词人暮年对世情的一种彻悟,流露出一种闲适旷远的风致。

减字木兰花

刘郎已老①,不管桃花依旧笑。要听琵琶,重院莺啼觅谢家②。
曲终人醉,多似浔阳江上泪③。万里东风,国破山河落照红④。

【注释】

①刘郎已老:用刘禹锡《再游玄都观》诗:"前度刘郎今又来。"桃花依旧笑:用崔护《题都城南庄》诗:"桃花依旧笑东风"。

②重院:深院。谢家:泛指妓家。唐时称妓女为谢娘、谢娥,故称妓家为谢家。

③浔阳江上泪:白居易《琵琶行》:"浔阳江头夜送客……座中泣下谁最多,江州司马青衫湿。"

④落照:落日之光。

【赏析】

本首词上阕抒发了作者感慨年华已老、万事已休的心绪;下阕抒发了作者对国家败亡的痛惜心情。

鹧鸪天

唱得梨园绝代声,前朝惟数李夫人①。自从惊破霓裳后②,楚秦吴歌扇里新。
秦嶂雁③,越溪砧,西风北客两飘零。尊前忽听当时曲④,侧帽停杯泪满巾⑤。

【注释】

①李夫人:传说李师师曾被封为"瀛国夫人"。

②霓裳:指唐代宫廷乐舞《霓裳羽衣舞》。这句以唐代安史之乱,比喻金兵入侵、汴京沦陷。白居易《长恨歌》:"渔阳鼙鼓动地来,惊破霓裳羽衣曲。"

③秦嶂雁:北方飞来的大雁。秦嶂:泛指中原的山峦。越溪砧:江南妇女的捣衣之声。

④尊前:在酒杯面前,指饮酒。

⑤侧帽:帽子歪斜,谓衣冠不整,表示心情不好。

【赏析】

这首词中描写的女主人公"李夫人",就是北宋末年汴京的名妓李师师。通过女艺人李师师的盛衰辛酸,反映了战乱给各阶层人民带来的巨大痛苦和不幸。

朝 中 措

登临何处自销忧①。直北看扬州②,朱雀桥边晚市③,石头城下新秋④。

昔人何在,悲凉故国,寂寞潮头⑤。个是一场春梦⑥,长江不住东流。

【注释】

①何处:无处。销忧:消除忧愁。

②直北:往北。

③朱雀桥:建康(南京)朱雀门外的浮桥。东晋王、谢豪门多住在朱雀桥附近的乌衣巷中。

④石头城:南京一名石头城。

⑤寂寞潮头:刘禹锡《金陵五题·石头城》:"山围故国周遭在,潮打空城寂寞回。"

⑥个是:真是、确是。

【赏析】

这首词是作者在江南居住一个时期后回想南渡初期的情景,寄寓了作者关心祖国的思想感情。

诉 衷 情

老人无复少年欢,嫌酒倦吹弹。黄昏又是风雨,楼外角声残。

悲故国,念尘寰①,事难言。下了纸帐,曳上青毡,一任霜寒。

【注释】

①尘寰:尘世。

【赏析】

这首小词,调名《诉衷情》,的确是一位忧国忧民的老人自诉衷情之作。他不再有少年时期的欢乐,从前"日日杯深酒满"(《西江月》),而今却"嫌酒倦吹弹"。为什么变化这样大？都因为神州沉陆、中原沦陷,国家处于危急存亡之秋,朝廷却执行妥协投降政策,真是天意高难问,人情老易悲,许多事情实在难以明言。他虽有"悲故国,念尘寰"之心,却无力回天,因此只能放下纸帐,盖上毛毯,蒙头而睡,任他窗外风霜雨雪,搅得地冻天寒。词中既抒发了作者的故国之思和亡国之痛,同时也表现出在冷酷现实面前的软弱性,这在南渡的士大夫知识分子中有一定的典型意义。

采 桑 子

彭 浪 矶①

扁舟去作江南客。旅雁孤云,万里烟尘②,回首中原泪满巾。

碧山对晚汀洲冷。枫叶芦根,日落波平,愁损辞乡去国人。

【注释】

①彭浪矶:在江西彭泽县的长江南岸。王象之《舆地纪胜》引《同安志》:"江州有澎浪矶,语转为彭郎矶。"

②烟尘:指战争。

【赏析】

这是一首寓家园之痛于自然景物之中的山水词,上片抒情,下片写景,表达了爱国志士感喟。

李 纲

李纲(1083—1140),字伯纪,福建邵武(今福建省邵武县)人。宋徽宗政和二年(1112)进士。北宋末任太常少卿、兵部侍郎、尚书右丞。宣和七年(1125),金兵分道侵犯,宋徽宗惊慌万状,急于逃避。李纲刺臂血上书,要求抗战。宋钦宗靖康元年(1126),金兵围逼开封,李纲登城督战,激励将士,击退金兵。但不久就受到投降派的排挤。南宋王朝建立后,宋高宗召李纲为相。李纲仍力主抗金复国,积极备战,敌不敢犯,后因宋高宗听信主和派奸臣的谗言,遭到罢免。绍兴二年(1132)被起用为湖南宣抚使兼知潭州,不久被罢免。绍兴十年卒于福州。所著有《梁溪集》和《梁溪词》。李纲现存词有五十多首,他的七首咏史词很出色。内容生动,形象鲜明,风格沉雄,气势劲健。作者借古喻今,充满了抗战豪情和爱国赤心。

喜 迁 莺

晋师胜淝上①

长江千里,限南北,雪浪云涛无际。天险难逾,人谋克敌②,索虏岂能吞噬③!阿坚百万南牧④,倏忽长驱吾地。破强敌,在谢公处画⑤,从容颐指⑥。

奇伟!淝水上,八千戈甲⑦,结阵当蛇豕⑧。鞭弭周旋⑨,旌旗麾动⑩,坐却北军风靡⑪。夜间数声鸣鹤⑫,尽道王师将至。延晋祚,庇蒸民,周雅何曾专美。

【注释】

①淝上:淝上之滨。淝水,淮河支流,在安徽境内。

②人谋克敌:谓人的谋略可以克敌致胜。

③索虏:南北朝时南朝对北朝的辱称。《宋书》有《索虏传》。

④阿坚:指十六国时前秦皇帝符坚。坚字永固,一名文玉,略阳临渭(今甘肃秦安东南)人,氐族,公元357—385年在位。南牧:南侵。

⑤谢公:指谢安。处画:处理筹划。

⑥颐指:以下巴的动向示意,进行指挥。这里是形容谢安指挥若定。

⑦八千戈甲:指谢玄率领八千精兵渡淝作战,大破秦军。

⑧蛇豕:毒蛇和野猪,比喻凶残的敌人。

⑨鞭弭:挥鞭驾车前进。弭:弓末的弯曲处,以象骨为之,可作解辔之用。周旋:追随驰逐,指应战而言。

⑩麾:古代用以指挥军队的旗帜。

⑪风靡:望风披靡。

⑫鸣鹤:即风声鹤唳之意。符坚败退,见八公山的草木,以为都是晋军,听到风声鹤叫也以为是晋兵追来。

【赏析】

李纲以历代重大事件,特别是著名的战争为题材,创作了一组(共八首,其一为残句)咏史词,借以表达他的历史观和对待观实斗争的态度。这首反映秦晋淝水之战的《喜迁莺》,便是其中的一篇。东晋孝武帝太元八年(383),前秦符坚亲率90万军队,大举南下,企图一举灭晋。晋相谢安派谢玄等率兵迎战,结果在淝水大败秦军,取得了以弱敌强、以少胜多的巨大胜利。作者歌颂淝水之战的胜利,目的在于以古喻今,激励南宋君臣不畏强敌,坚持抗金,为光复失地、统一国土而战。词中叙事简明,语言精炼,章法严谨,层次井然,风格雄健,是咏史词中的一篇力作。

江 城 子

瀑 布

琉璃滑处玉花飞,溅珠玑,喷霏微①。谁遣银河,一派九天垂②?昨夜白虹来涧饮③,留不去,许多时。

幽人独坐石嵚崎④,赏清奇,濯涟漪⑤。不怕深沉,谭底有蛟螭⑥。澒洞但闻金石奏⑦,猿鸟乐,共忘归。

【注释】

①霏微:迷茫貌,形容瀑布溅起的水珠。

②一派:一条支流。九天:天空,言其高不可测。

③虹:阳光射入水滴经折射、反射、在雨幕或雾幕上形成的彩色或白色圆弧。

④嵚崎:崎、山高峻貌。

⑤濯:洗涤。涟漪:水波。

⑥螭:音 chī,古代传说中蛟龙之类的一种动物。

⑦澒洞:音 hòng dòng,弥漫无际。

【赏析】

提起瀑布,人们自然会想到李白歌颂庐山瀑布的著名诗篇:"日照香炉生紫烟,遥看瀑布挂前川。飞流直下三千尺,疑是银河落九天。"瀑布作为一种富有诗情画意的自然景观,遍布祖国南北,将神州大地装点得更加壮丽迷人。李纲作为南北宋之间的抗金名将,对祖国的大好河山满怀深情。此阕通过咏赞瀑布,表现了作者的爱国情怀以及他善于领略无限风光的审美情操。

廖世美

廖世美,生卒年里经历均不详。其词甚得况周颐称誉。

烛影摇红

题安陆浮云楼①

霭霭春空②,画楼森耸凌云渚③。紫薇登览最关情④,绝妙夸能赋。惆怅相思迟暮。记当日、朱阑共语。塞鸿难问⑤,岸柳何穷,别愁纷絮。

催促年光,旧来流水知何处? 断肠何必更残阳,极目伤平楚⑥。晚霁波声带雨⑦。悄无人,舟横野渡。数峰江上,芳草天涯,参差烟树。

【注释】

①安陆:今湖北安陆。

②霭霭:音 ǎi ǎi,云密集貌。

③森耸:高耸貌。

④紫薇:紫薇郎,唐中书郎别称。白居易《紫薇花》诗:"独坐黄昏谁是伴,紫薇花对紫薇郎。"关情:动情,牵惹情怀。

⑤塞鸿:边塞飞来的大雁。

⑥平楚:犹平林。

⑦晚霁:晚晴。

【赏析】

这首词通过春日晚景的描写,抒发离别相思之情。全词意境幽美,情景交融,婉曲新巧,词雅情深。

【国学精粹珍藏版】　李志敏⊙编著

唐诗·宋词·元曲

◎尽览中国古典文化的博大精深　◎读传世典籍，赢智慧人生——受益终生的传世经典

卷三

民主与建设出版社
·北京·

李清照

李清照(1084—约1151),号易安居士,宋代山东济南人。礼部员外郎格非之女,宰相赵挺之之子明诚之妻。早期与明诚共校勘,考证精凿,正史书之失,作《金石录》。靖康(1127)之变,金兵陷汴都,夫妇南迁。高宗建炎三年八月,明诚病卒。此后,境遇孤苦,辗转流离,至金华不久卒。其词,靖康前后不同。前期限于闺情一类,后期多凄凉身世之感。作词善用白描,语言清丽,崇尚情致,提出词"别是一家"之说。有《漱玉词》。

李清照

如 梦 令

常记溪亭日暮①,沉醉不知归路。兴尽晚回舟,误入藕花深处②。争渡,争渡,惊起一滩鸥鹭。

【注释】

①溪亭:临水的亭台。

【赏析】

这是一首追忆旧游之作。描绘作者早年一次泛舟湖中,寻幽探胜的经历。整篇词的语言浅俗,通篇白描,风格清新自然。

武 陵 春

风住尘香花已尽①,日晚倦梳头。物是人非事事休,欲语泪先流。闻说双溪春尚好②,也拟泛轻舟。只恐双溪舴艋舟③,载不动,许多愁。

【注释】

①尘香:尘土里有落花的香气。

②双溪:浙江金华市的江名。本来是两条溪,一为东港,一为南港,至金华合流的一段称婺港,又名双溪。唐宋时已成为诗人骚客吟咏的风景区。

③舴艋舟:像蚱蜢一样的小船。

【赏析】

俞正燮《癸巳类稿·易安居士事辑》把这首词定为宋高宗绍兴四年(1134)

作者避乱至金华以后的作品，并且指出词的内容"流寓有故乡之思"。

摊破浣溪沙

病起萧萧两鬓华①，卧看残月上窗纱②。豆蔻连梢煎熟水③，莫分茶④。

枕上诗书闲处好⑤，门前风景雨来佳⑥。终日向人多酝藉⑦，木犀花⑧。

【注释】

①两鬓华：写这首词时，李清照四十九岁，在古代已被视为"晚岁"，又因其境遇过于坎坷，故不满五十鬓发已经花白。萧萧：头发花白稀疏的样子。

②"卧看"句：此句或可谓因词人曾有离异之事为世人毁谤和不解，故其从破晓醒来，直到"终日"，只能孤寂地卧榻观月、闲翻诗书以遣怀。

③豆蔻：药物名，其性能生气、化湿、温中、和胃。熟水：当时的一种药用饮料。

④分茶：杨万里《澹庵坐上观显上人分茶》诗有云："分茶何似煎茶好，煎茶不似分茶巧。"由此可见，"分茶"是一种巧妙高雅的茶戏。其方法大致是用重茶匙取茶汤注盏中，技巧高超的"分茶"者能使盏中之茶水呈现出图案花纹，甚至文字、诗句。鉴于"分茶"的技巧高、难度大，病中的词人，一则无此精力和雅兴；二则此系高朋聚会之举，这时的李清照正因离异事承受着"多口"之谤，恐一时无人前来与其聚饮！

⑤"枕上"句：此句道出读书三昧，洵为全篇之颔下骊珠，所下"闲"字尤妙。"闲"可训作"安静"，又通"娴"，可作"文雅"、"熟习"解。"枕上诗书"，安然细绎，烂熟于心，方得真赏。

⑥"门前"句：此句似暗中概写西湖之美。在女词人看来，西湖不仅有像柳永的描写的"有三秋桂子，十里荷花"（《望海潮》）的旖旎风光；亦有苏轼所称道的"水光潋滟晴方好，山色空蒙雨亦奇"（《饮湖上初晴后雨》诗）的湖山佳境，雨中西湖尤为美不胜收……但这一切只能用"门前"概而言之，因为杭州西湖已经成了某些人心目中的"安乐窝"，如果对其美景再大加渲染，岂不更加使之贪图享乐，不思恢复！此种"心事"只有"岳王"相知（见夏承焘《瞿髯论词绝句》），故清照在杭州定居二十多年，其诗词与岳飞一样，表面一字不涉西湖，说明她与岳飞有着相似的爱国衷肠。

⑦"终日"句：此句意谓桂花像汉朝的薛广德那样，对人既宽和又有涵容。词人在其《鹧鸪天》（暗淡轻黄）一词中，曾称誉桂花"自是花中第一流"。桂，既是她的观赏对象，亦是其理想的寄托，甚或是其人格的自况。酝藉：宽和有涵容。《汉书·薛广德传》："广德为人，温雅有酝藉。"

⑧木犀花：桂花属木犀科，木犀系桂花之学名。

【赏析】

这首词创作于作者的晚年,主要写她病后的生活情状,委婉动人。

蝶 恋 花

泪湿罗衣脂粉满①,四叠阳关②,唱到千千遍。人道山长山又断③,潇潇微雨闻孤馆④。

惜别伤离方寸乱,忘了临行,酒盏深和浅。好把音书凭过雁⑤,东莱不似蓬莱远⑥。

【注释】

①这句说:眼泪和着脂粉沾湿了衣裳。

②阳关:乐曲名,一名《小秦王》,一说即《清平词》。

③这句是说离乡远了,望不见送别的人们。

④潇潇:雨声。孤馆:孤寂的驿馆。

⑤这句是说如有书信,可托空中的飞雁捎带。

⑥东莱:山东莱州。蓬莱:传说中神仙所居的渺茫遥远之地。

【赏析】

这首词,旧说都以为清照送明诚赴莱州时作。据近人发现,元人选本《翰墨大全》所载,词前有序说:"昌乐馆寄姊妹。"昌乐是从青州去莱州必经之地。李清照于宣和三年八月十日到莱州(见感怀诗),这首词应是从青州去莱州途中,住在昌乐县馆驿时所作。

上阕写别时的悲伤,旅途驿馆中的孤寂;下阕回忆别时心情的紊乱:"忘了临行,酒盏深和浅。"最后由思念而产生希望,希望她的姊妹们寄书信到莱州,以慰渴念情怀。感情真挚,语意婉约,纯用白描手法,真实地写出驿旅离人的内心动态。

一 剪 梅

红藕香残玉簟秋①,轻解罗裳②,独上兰舟③。云中谁寄锦书来④?雁字回时⑤,月满西楼。

花自飘零水自流,一种相思⑥,两处闲愁⑦。此情无计可消除,才下眉头,却上心头⑧。

【注释】

①红藕:荷花。玉簟:音 yù diàn,精美的席子。秋:凉意。这句写秋天的景象:荷花凋谢了,铺着竹席子也嫌凉了。

②罗裳:丝绸制的裙子。

③兰舟:船的美称。这一行说:轻轻地解开绸裙子,一个人划着小船游玩。

④锦书:锦字回文书,情书。

⑤雁字:雁儿成群飞行时队列整齐,有时像"一"字,有时像"人"字。古代传说,雁儿会捎带书信,所以作者看到它就想起爱人的书信。

⑥这句说:彼此牵挂的感情是一样的。

⑦这句说:两边都在为相思愁苦。

⑧这一行说:这种相思之情是没法排遣的,皱着的眉头方才展开,心里头却又惦记上了。

【赏析】

李清照和赵明诚结婚后十分相爱,可是没有多久赵明诚就出外求学。这首词写她思念丈夫的心情。

声 声 慢

寻寻觅觅,冷冷清清,凄凄惨惨戚戚①。乍暖还寒时候②,最难将息③。三杯两盏淡酒,怎敌他,晚来风急。雁过也④,正伤心,却是旧时相识。

满地黄花堆积,憔悴损,如今有谁堪摘?守着窗儿,独自怎生得黑?梧桐更兼细雨,到黄昏,点点滴滴。这次第,怎一个愁字了得⑤!

【注释】

①"寻寻觅觅"三句:写作者由于心情百无聊赖,想寻找精神上的安慰,然而眼前的秋天景色和环境气氛都是那么冷冷清清,于是她的心境更加凄惨而愁寂了。

②乍暖还寒:忽冷忽热。

③将息:调养休息。

④"雁过也"三句:雁飞过去了(相传雁足能传书)。正伤心,谓其夫赵明诚已故,现在无书可寄了。却是旧时相识,谓曾经托它传过书。

⑤这次第:这一连串的情况。

【赏析】

这词上段,写秋日难禁之状,下段写孤独莫耐之情。词虽分前后两阕,根据内容,可作一个整体来看。开始三句,全文总冒。作者自述心情,非常凄清惨戚。中间约分六层:"乍暖"两句,说气候不佳,难于养息。"三杯"两句,说秋风多厉,非酒能当。"雁过"三句,说一见新雁,便触旧哀。"满地"三句,说憔悴身摧,无心赏花。"守着"两句,说满眼牢愁,昼窗难耐。"梧桐"两句,说雨打桐叶,滴断衷肠。最后三句,总结情况,非一"愁"字可了,言之痛切。其结构极为精谨。这是作者晚年著名之作,人多称之。特别叠词,用得突出。

点 绛 唇

蹴罢秋千①,起来慵整纤纤手。露浓花瘦,薄汗轻衣透。

见客入来,袜划金钗溜②。和羞走,倚门回首,却把青梅嗅③。

【注释】

①蹴罢秋千:打过了秋千。蹴:踩,踏。

②袜划金钗溜:急忙中来不及穿鞋,就穿着袜子朝里走;头上的金钗冷不防也滑脱了。李煜《浣溪沙》词:"佳人舞点金钗溜。"又《菩萨蛮》词:"划袜步香阶,手提金缕鞋。"

③却把青梅嗅:李白《长干行》:"郎骑竹马来,绕床弄青梅。"

【赏析】

这首小令,是李清照早年的作品。从环境、氛围和情态看,女主人公是一位活泼可爱的大家闺秀。前半阕描写少女在后花园打罢秋千以后的神态,笔触十分细腻、生动。"慵整纤纤手"、"薄汗轻衣透"活灵活现地刻画出一位娇美好动的千金小姐的形象。"露浓花瘦"既是写景,点明时间、环境,也有以花喻人之意。后半阕写少女看见生人来到之后的反应和行动。正当她"蹴罢秋千"、满身是汗的时候,忽然发现有个人影溜进了花园,由于不知来者是谁,又加上衣衫不整,心里有些慌张,只得含羞而走;匆忙间连鞋子也来不及穿,干脆光着袜子逃吧;真不凑巧,头上的金钗又滑脱掉了下来。可是当她快到门口的时候,却又回过头来,瞅了瞅那位不速之客,故作从容之态,并且顺手折下一枝青梅来闻一闻。这五句通过一连串动作,将女主人公乍见生人时复杂的心理活动描绘得十分传神逼真,惟妙惟肖。

如 梦 令

昨夜雨疏风骤①,浓睡不消残酒②。试问卷帘人③,却道"海棠依旧④"。知否? 知否? 应是绿肥红瘦⑤!

【注释】

①雨疏风骤:雨疏疏落落地下个不停,风刮得很紧。

②这句说:夜里睡得很好,可是酒意还没有全消掉。

③卷帘人:站在窗口卷帘子的侍女。这句是问侍女"院子里的花可怎样了"的意思。

④这句说:侍女却回答说:"海棠花还照旧开着。"

⑤这句说:该是叶子更肥大,花儿更稀少了。

【赏析】

这首小词用精炼的对话来描写女主人爱惜花的心情,"绿肥红瘦"四个字把春末夏初的景色,刻画得很形象。

凤凰台上忆吹箫

香冷金猊①,被翻红浪②,起来慵自梳头。任宝奁尘满,日上帘钩。生怕离怀别苦,多少事,欲说还休。新来瘦,非干病酒,不是悲秋③。

休休④!者回去也⑤,千万遍《阳关》,也则难留⑥。念武陵人远,烟锁秦楼。惟有楼前流水,应念我、终日凝眸。凝眸处,从今又添,一段新愁。

【注释】

①金猊:狮形铜香炉。猊:即狻猊,狮子。

②红浪:散置的红锦被,形似波浪,故云红浪。

③这三句说:近来的消瘦,既不是病酒,也不是悲秋。

④休休:罢了。

⑤者回:这回。

⑥也则:也即。

【赏析】

李清照夫妇"隐居故乡"十年,徽宗宣和初(约1120),赵明诚出任莱州守,清照未同行。这首词是这次别后相思之作。"千万遍《阳关》也则难留",可见明诚出门不是一般的出游。"武陵人远"是指曾经一度隐居的赵明诚离乡远去。词的抒情手法迂回曲折,回忆临别时满腔心事,欲言不言的神情,宛然如绘。

临 江 仙

庭院深深深几许?云窗雾阁常扃①。柳梢梅萼渐分明。春归秣陵树②,人老建康城。

感月吟风多少事,如今老去无成。谁怜憔悴更凋零。试灯无意思,踏雪没心情。

【注释】

①云窗雾阁:以云雾迷漫形容居处之深。扃:音 jiōng,关。

②秣陵:属丹阳郡。即今南京市。

【赏析】

建炎二年(1128),李清照与其夫赵明诚居建康,此词作于次年春天。虽然已是春归大地,梅柳生发,可她毫无游春之趣,心情黯然,连吟诗作赋也兴致全无。为何在春归之时反增憔悴凋零之感、人老建康之叹呢？这其中实有深刻、丰富的历史内涵:(1)时代的动乱造成了流离漂泊,岁月蹉跎,谁又能担保不会客死他乡!(2)宋高宗于南京(河南商丘)即位之后,罢免力主抗金的名相李纲,而任用奸邪黄潜善、汪伯彦之流,在建康营造宫室,以备巡幸,致使恢复事业前路渺茫,词人对此能不忧心忡忡!有人认为此词可当作"史诗"来读,信然。

醉 花 阴

薄雾浓云愁永昼,瑞脑消金兽①。佳节又重阳,玉枕纱厨②,半夜凉初透。东篱把酒黄昏后③,有暗香盈袖。莫道不销魂?帘卷西风,人比黄花瘦。

【注释】

①瑞脑:香料名,一名龙瑞脑。金兽:兽形的铜香炉。

②玉枕纱橱:磁枕和纱帐。

③东篱:种菊的地方。陶渊明《饮酒》诗:"采菊东篱下,悠然见南山。"

【赏析】

词的上段,总写凉秋情景,下段特写重九感伤。"薄雾"句,是多愁天气。"瑞脑"句,是遣愁生活。"玉枕"两句,是新凉消息。重九赏菊,把酒东篱;时际黄昏,暗香盈袖。最感伤的,是帘卷西风,黄花劲瘦;人而与比,更觉新腥! 文就典故,提到东篱饮酒;就气象,点出西风;于花,只写香色,不言菊而菊自见,自是一种烘云托月的手法。

永 遇 乐

落日熔金①,暮云合璧②,人在何处③?染柳烟浓④,吹梅笛怨⑤,春意知几许?元宵佳节,融和天气⑥,次第岂无风雨⑦?来相召⑧、香车宝马,谢他酒朋诗侣⑨。

中州盛日⑩,闺门多暇,记得偏重三五⑪。铺翠冠儿,捻金雪柳,簇带争济楚。如今憔悴,风鬟雾鬓,怕见夜间出去。不如向、帘儿底下,听人笑语。

【注释】

①落日熔金:快下山的太阳,光焰像熔化了的黄金那么灿烂。

②暮云合璧:傍晚的云彩像玉璧联成似的。

③人:指的是亲人。这句写作者自己的孤单生活。

④染柳烟浓:浓密的烟气笼罩着柳树。

⑤梅:春梅,兼指《梅花落》曲调。句意为在春梅正开的时候,笛子吹出幽怨的《梅花》曲。

⑥融和:和暖。

⑦次第:转眼,接着。这句说:转眼难道就不会有风雨吗?

⑧召:邀请。

⑨"香车"两句:喝酒做诗的朋友们打发华美的车马来邀请,我谢绝了他们的盛意。

⑩中州:这里指的是北宋的汴京(今河南省开封市)。句意为正当汴京繁盛的时候。

⑪偏重三五:特别注重元宵节。三五,指的是正月十五。

【赏析】

作者早期住在汴京,生活很美满。北宋亡国后,一家逃过长江,不久,丈夫赵明诚死在建康(今江苏省南京市)。她晚年住在金华、杭州(今都属浙江省)等地,境遇非常孤苦。宋时,每年正月十五元宵节的灯景很热闹,这首词写两种元宵灯节光景的不同,构成鲜明的对照,显出自己生活环境的变化。词里流露出作者思念故国的感情,也流露出她饱经忧患、消极低沉的思想。

渔 家 傲

天接云涛连晓雾①,星河欲转千帆舞②。仿佛梦魂归帝所③。闻天语④,殷勤问我归何处⑤?

我报路长嗟日暮⑥,学诗谩有惊人句⑦。九万里风鹏正举⑧。风休住⑨,蓬舟吹取三山去⑩。

【注释】

①云涛:云彩铺在天空里像起伏的波浪一样。

②星河:天河。转:指佛晓前天河西移。"天接"两句:满天迷漫着云雾,雾里露出了曙光,星河正在转动,像无数船儿在扬帆前进。

③帝所:天帝住的宫殿。

④天语:天帝的话语。

⑤殷勤:关心地。

⑥报:回答。嗟:音 jiē,悲叹。

⑦谩有:空有。"我报"两句:我告诉天帝,自己前途茫茫,人又老了,空有一肚子才学,毫无用处。

⑧鹏正举:大鹏鸟正飞上天。庄周《逍遥游》里说:大鹏鸟乘风上天,一飞就是九万里。

⑨休住:不要停止。

⑩蓬舟:像飘蓬一样轻快的船。吹取:吹向。三山:古代神话:东方大海里有三座仙山,叫做蓬莱、方丈、瀛洲。

【赏析】

李清照南渡以后,在变乱中受到许多折磨,正是处在"路长嗟日暮"的境地。她不愿意听从命运的摆布,梦里渡过天河,直上天宫,向天帝陈述自己对现实生活不满的苦闷,然后乘风破浪到仙岛上去。全词气势豪迈,显示这位女词人风格的另一面。

张元干

张元干(1091—约1170)字仲宗,长乐(今福建长乐)人。自号芦川居士。向子谭之甥。曾为李纲行营属官。官至将作少监。四十一岁致仕。绍兴中,坐以词送胡铨,得罪除名。约寿七十余。有《芦川归来集》。

贺 新 郎

寄李伯纪丞相①

曳杖危楼去②,斗垂天③,沧波万顷,月流烟渚④。扫尽浮云风不定,未放扁舟夜渡⑤。宿雁落、寒芦深处。怅望关河空吊影⑥,正人间鼻息鸣鼍鼓⑦。谁伴我,醉中舞⑧。

十年一梦扬州路⑨。倚高寒、愁生故国,气吞骄虏⑩。要斩楼兰三尺剑⑪,遗恨琵琶旧语⑫。谩暗涩、铜华尘土⑬。唤取谪仙平章看,过苕溪、尚许垂纶否?风浩荡,欲飞举。

【注释】

①李伯纪:李纲,字伯纪,南宋初年抗战派的代表,建炎元年(1127)曾出任宰相,后被投降派排斥,长期受到贬谪。

②曳杖:拖着手杖。危楼:高楼。

③斗垂天:北斗星悬挂在天空。

④月流烟渚:月光洒在烟水迷茫的沙洲上。

⑤"未放"句:是说风急浪大,不能乘船来和你会面。

⑥吊影:形影相吊,表示孤独无依。

⑦鼻息鸣鼍鼓:鼻息如雷的意思。鼍:音tuó,即扬子鳄。鼍皮可以做鼓。这句隐含投降派醉生梦死之意。

⑧这两句说无人陪我夜半闻鸡起舞。这是用东晋祖逖和刘琨中夜闻鸡起舞

的典故。

⑨"十年"句：十年前，即建炎元年（1127）。这年宋高宗在南京（今河南商丘）称帝，用李纲为相，后被投降派排斥罢职。金兵大举南侵，扬州被焚。宋高宗匆匆南逃。

⑩倚高寒：在高楼上凭栏眺望，感到寒气侵人。故国：指中原地区。骄虏：指骄横的金兵。

⑪要斩：即腰斩。楼兰：汉西域国名，汉傅介子出使西城，设计刺死为匈奴作间谍的楼兰王。傅介子因功封侯。这里是以楼兰指金，以傅介子喻李纲等主战派。

⑫"遗恨"句：用王昭君出塞事。汉元帝时以王昭君出嫁匈奴单于，表示汉朝与匈奴和好。相传昭君在途中弹着琵琶，匈奴使者唱胡语歌曲安慰她。这里借昭君和亲事谴责南宋当局对金屈膝投降。

⑬ 谩：徒然。暗涩：形容铜上生锈，暗然无光。涩：一作"拭"。华：同"花"。剑上的锈痕像花一样。这句是以宝剑不用而生锈，比喻英雄无用武之地。

【赏析】

词的上片写景，描绘月夜登楼所见，境界壮阔，情调悲凉，暗喻局势艰难动荡，当权者醉生梦死，爱国志士孤立无援，国家已经处于危急存亡之秋。下片融情入景，对朝廷执行妥协投降政策，排斥抗战派，英雄无用武之地，表示无比悲愤。结尾处振悲起兴，希望李纲不要消极隐退，应当满怀豪情壮志，气冲霄汉，去夺取反侵略、反投降斗争的最后胜利。此词意境阔大，慷慨悲壮，大义凛然，标志着词从酒筵歌席、啼香怨粉的樊篱中挣脱出来，开始进入政治斗争的舞台，这是由于时代生活的巨变在文学创作领域里所引起的必然反响。

石 州 慢

寒水依痕①，春意渐回，沙际烟阔②。溪梅晴照生香，冷蕊数枝争发。天涯旧恨，试看几许销魂，长亭门外山重叠③。不尽眼中青，是愁来时节④。

情切，画楼深闭，想见东风，暗消肌雪⑤。辜负枕前云雨⑥，尊前花月。心期切处，更有多少凄凉，殷勤留与归时说。到得再相逢，恰经年离别⑦。

【注释】

①寒水依痕：谓江水仍寒，岸边往年的水痕清晰可见。杜甫《冬凉》："早霞类随影，寒水各依痕。"

②"春意渐回"两句：春天将归，春意渐浓，沙滩远处烟云浮荡。杜甫《阆水歌》："正怜日破浪花出，更复春从沙际回"。

③长亭:古代设在大道旁供行人休息的亭舍,因亭与亭之间距离不等,故有长亭短亭之分。庾信《哀江南赋序》:"十里五里,长亭短亭。"

④"不尽眼中青"两句:言自长亭望去,一眼望不到边的是青青的群山,令人生愁。

⑤暗销肌雪:雪白的肌肤悄悄消瘦。

⑥枕前云雨:宋玉《高唐赋》写楚怀王梦与神女欢会,神女临行前告诉楚王:"妾在巫山之阳,高丘之阻,旦为朝云,暮为行雨。"后因以云雨指男女欢情。

⑦恰经年离别:离别正好一年。经年:过了一年。

【赏析】

此词与《满江红》"春水迷天"一样,写的仍是倦游念远的意思。上片也以写景开启,但不像上首写得壮丽飞动,而沉静空阔。"溪梅"两句用笔尤细致幽洁。"天涯旧恨"以下,以情带景,秋恨深浓。下片仍写想象中佳人形貌,而殷殷牵挂之意自然流出。"辜负"以下,思绪纷乱,缠绵低回,愈转愈深。可见张元干非徒以激昂悲壮为工,亦有细腻深情之一面。

浣 溪 沙

山绕平湖波撼城①,湖光倒影浸山青,水晶楼下欲三更②。

雾柳暗时云度月,露荷翻处水流萤,萧萧散发到天明。

【注释】

①波撼城:形容水势浩大。

②水晶楼:四面环水的屋宇。

【赏析】

这首词既写出湖光山色之美,又表达了作者沉浸在自然风光中的流连忘返的感情,流露出一种闲适、潇洒的超脱情怀。

石 州 慢

己酉秋吴兴舟中作①

雨急云飞,惊散暮鸦,微弄凉月。谁家疏柳低迷②,几点流萤明灭。夜帆风使,满湖烟水苍茫,孤蒲零乱秋声咽③。梦断酒醒时,倚危樯清绝④。

心折⑤。长庚光怒⑥,群盗纵横,逆胡猖獗。欲挽天河,一洗中原膏血。两宫何处⑦?塞垣只隔长江⑧,唾壶空击悲歌缺⑨。万里想龙沙⑩,泣孤臣吴越⑪。

【注释】

①己酉:指宋高宗建炎三年(1129)。吴兴:今浙江湖州市。

②低迷:模糊的样子。

③菰蒲:均为浅水植物。菰:音gū,嫩茎可食,俗称茭白。蒲:即水杨,嫩蒲亦可食。

④危樯:很高的桅杆。

⑤心折:心碎,内心极为悲痛。

⑥长庚:即金星。我国古代把早晨出现于东方天空的金星叫做启明星,黄昏出现于西方天空的金星叫做长庚星。《史记·天官书》:"长庚如一匹布著天,见则兵起。"

⑦两宫:指宋徽宗赵佶和宋钦宗赵桓,二人均被金兵虏至北方。

⑧塞垣:边界。

⑨唾壶:承唾液的器具。刘义庆《世说新语》:"王处仲(敦)每酒后,辄咏'老骥伏枥,志在千里。烈士暮年,壮心不已。'以铁如意打唾壶,壶口尽缺。"这里是借以表达作者的悲愤之情。

⑩ 龙沙:白龙堆沙漠,在今甘肃和新疆之间。这里借指徽钦二帝被囚禁的塞外之地。

⑪孤臣:孤立无助的臣子,作者自谓。吴越:古代的吴国和越国,今江苏、浙江一带。

【赏析】

建炎三年(1129),金兵不断进犯南宋,相继攻陷青州、沧州、鄜州、磁州及南京(今河南商丘)等地。宋高宗赵构仓皇渡江南逃,形势十分危急。同年秋天,作者避难途中经过吴兴,月夜舟中有感国事而赋此词。上片描绘舟中所见,展现出一幅凄迷衰败的秋夜景色,黑云翻滚,骤雨初歇,惊鸦飞散,残月在天,疏柳低迷,流萤明灭,烟水苍茫,菰蒲零乱,一切都显得十分黯淡凄凉,从而暗示出险恶动乱的政局形势。下片抒写作者的忧国之情,表达驱逐敌寇、迎回两宫、收复中原的强烈愿望。全篇情景交融,语言自然,意境浑成,风格悲壮,流露出深沉的爱国激情。

满 江 红

自豫章阻风吴城山作①

春水迷天,桃花浪②、几番风恶。云乍起、远山遮尽,晚风还作。绿卷芳洲生杜若③,数帆带雨烟中落。傍向来,沙嘴共停桡,伤飘泊。

寒犹在,衾偏薄。肠欲断,愁难著。倚篷窗无寐,引杯孤酌。寒食清明都过却,最怜轻负年时约。想小楼,终日望归舟,人如削。

【注释】

①豫章:江西南昌。吴城山在南昌东,临长江。张元干于宣和元年(1119)出都返家乡,经南昌作。

②桃花浪:旧历三月,春水涨,名桃花浪。

③杜若:香草名。

【赏析】

在舟中抒写思乡之情。作者妙于改变抒情角度,设想家乡妻子在终日思念,而且想象她因此瘦削了。

念 奴 娇

题徐明叔海月吹笛图①

秋风万里,湛银潢清影②,冰轮寒色③。八月灵槎乘兴去,织女机边为客④。山拥鸡林⑤,江澄鸭绿⑥,四顾沧溟窄⑦。醉来横吹,数声悲愤谁测?

飘荡贝阙珠宫,群龙惊睡起,冯夷波激⑨。云气苍茫吟啸处,鼍吼鲸奔天黑。回首当时,蓬莱方丈⑩,好个归消息。而今图画,漫教千古传得。

【注释】

①徐明叔:名竞,宋和县(今属安徽省)人,南宋著名画家。

②湛:澄清。银潢:银河。

③冰轮:月轮。

④槎:木筏。相传有人乘筏沿黄河而上,到达银河,并见到了牛郎织女。见晋张华《博物志》。

⑤鸡林:即新罗,今韩国。

⑥鸭绿:鸭绿江。

⑦沧溟:大海。

⑧贝阙珠宫:指龙宫。《楚辞·九歌·河伯》:"紫贝阙兮珠宫。"

⑨冯夷:黄河之神。这里指水神。

⑩蓬莱方丈:海上仙山名。《史记·封禅书》:"自威、宣、燕昭使人入海求蓬莱、方丈、瀛州。此三神山者,相传在渤海中。"

【赏析】

此词题画。上片写画面构图:银汉清浅,月色清寒,为下文抒发其悲愤之情铺垫了环境气氛。整个画面以渤海为背景,鸡林、鸭绿贯其北,黄河亘其南。秋风万里,银河纵横,"四顾沧溟窄",可见其视野之开阔,空间之壮阔。下阕自"横吹"过片,写笛声之高亢激越。群龙惊起,冯夷波激,云气苍茫,鼍吼鲸奔。笛声的悲愤通过画面风起水涌的澎湃气势传达出来。画家和词作者为了什么而如此慷慨激昂,画面和词作都没有提供正面解答。不过,我们只需要知道,画面上出现的区宇,正是有宋三百年志士仁人所魂牵梦萦的华夏故土幽燕之地,诗人的激动,也就很容易理解了。

如 梦 令

卧看西湖烟渚①,绿盖红妆无数。帘卷曲栏风,拂面荷香吹雨。归去,归去。笑损花边鸥鹭②。

【注释】

①烟渚:烟水闲闲的小岛。

②笑损:笑着挖苦。

【赏析】

这首小令是张元干因作词送李纲、胡铨,遭秦桧迫害后,漫游江南时所作,该词歌咏西湖美景,清新婉丽,描绘了西湖优美的景色。

蝶 恋 花

窗暗窗明昏又晓,百岁光阴,老去难重少。四十归来犹赖早①,浮名浮利都经了。时把青铜闲自照②,华发苍颜,一任傍人笑。不会参禅并学道,但知心下无烦恼。

【注释】

①四十归来:指作者四十一岁退休。

②青铜:青铜镜。

【赏析】

此词写作者中年退居林泉的心情。"但知心下无烦恼",已将那种优游自在、无忧无虑的乐趣写尽。然而,反观词人经历及词意,这种似无烦扰的心境上有着苦涩的旧痕。绍兴中,胡铨上书请斩秦桧被贬,作者以词送胡铨,坐罪被除名。朝廷的昏庸腐朽,官场的尔虞我诈,使他感到"四十归来犹赖(作"幸而"解)早"。这种遭贬斥之后的退居世外,是并不轻松的。

菩 萨 蛮

三月晦,送春有集,坐中偶书

春来春去催人老,老夫争肯输年少①。醉后少年狂,白髭殊未妨②。

插花还起舞,管领风光处③。把酒共留春,莫教花笑人。

【注释】

①争肯:哪里肯。

②白髭:喻作者年龄之长。

③"管领"句:化用唐白居易《早春晚归》诗:"金谷风光依旧在,无人管领石家春。"

【赏析】

送春感怀词。此情上景下情,直抒胸臆,旷达洒脱,可谓别具一格。

渔 家 傲

楼外天寒山欲暮①,溪过雪后藏云树②。小艇风斜沙觜露③,流年度,春光已向梅梢住④。

短梦今宵还到否⑤,苇村四望知何处⑥。客里从来无意绪⑦,催归去,故园正要莺花主⑧。

【注释】

①此句点明是黄昏。

②此句点明还有残雪。意指天还很寒冷。

③沙觜:小沙滩。

④此句是说,又一年过去了,梅已发芽。喻指春天已到,如秦观《虞美人》:"天涯也有江南信,梅破知春近。"

⑤此句是说今夜还能梦见故乡吗?如苏轼《江城子》:"尘满面,鬓如霜。夜来幽梦忽还乡。"

⑥苇村:指水边小村。

⑦无意绪:指心情不好,没有情绪。

⑧正要:正好,正是时候。莺花主:指黄莺、香花正当时。此句是说,若现在回去,正赶上莺语花开之时。意犹王观《卜算子》句:"若到江南赶上春,千万和春住。"

【赏析】

这首词是写客居思归的。古人以思乡为题的词很多,但各有写法。当然也有合写的,把感物候时节与忆想相连的如周邦彦的《苏幕遮》:"燎沉香,消溽暑……故乡遥,何日去?家住吴门,久作长安旅。五月渔郎相忆否,小楫轻舟,梦入芙蓉浦。"

邓 肃

邓肃(1091—1133),字志宏,沙县(今属福建)人。少警敏能文。入太学,以诗备述贡花石搜求扰民事,被屏出学。钦宗时,召对赐进士出身,补承务郎。张邦昌僭位,奔赴南京。擢右正言,遇事敢言。罢归家居。有《栟榈集》。今存词45首。

长 相 思

一重溪,两重溪,溪转山回路欲迷,朱阑出翠微①。

梅花飞,雪花飞,醉卧幽亭不掩扉,冷香寻梦归。

【注释】

①翠微:指青翠掩映的山腰幽深处。

【赏析】

这首小令写作者残冬冒雪出游。他涉过一道又一道小溪,眼看"山重水复疑无路",忽然发现山腰林木掩映之中隐隐约约地露出一道朱红色的阑干,于是便翻山越岭来到这座幽静的小亭之中。亭外梅花凌寒而开,天空雪花纷纷扬扬,词人心旷神怡,于是小酌数盏,不觉醉意朦胧。干脆在这里睡它一觉,让梅花的幽香伴随着飘飘欲仙的梦魂缓缓而归。小词清新明快,意境幽深而富有诗情画意,读来韵味极浓。

又

红花飞,白花飞,郎与春风同别离,春归郎不归。

雨霏霏,雪霏霏,又是黄昏独掩扉,孤灯隔翠微①。

【注释】

①翠微:青翠的山气,这里是指山而言。

【赏析】

当百花盛开之时,情郎与春风一起离去,如今春回大地,为什么你却迟迟不肯归来?眼看冬天又来到了,雨雪交加,门掩黄昏,孤灯之下,相思的人儿多么寂寞凄苦啊!本篇语短情长,缠绵悱恻,在抒写离别相思之情的小令中也颇有特色。

岳 飞

岳飞(1103—1142),字鹏举,相州汤阴(今河南县名)人。少年从军。他是南宋初期抗金的名将,屡次打败金兵,战功卓著。因坚持抗敌,反对和议,为秦桧所陷害。他的文学作品虽不多,质量却很高。有文集传世。

满 江 红

怒发冲冠,凭阑处、潇潇雨歇。抬望眼、仰天长啸,壮怀激烈。三十功名尘与土①,八千里路云和月②。莫等闲、白了少年头,空悲切。

靖康耻③,犹未雪;臣子恨,何时灭。驾长车、踏破贺兰山缺④。壮志饥餐胡虏肉,笑谈渴饮匈奴血。待从头、收拾旧山河,朝天阙。

【注释】

①三十:此时岳飞已三十多岁,这里取其整数。

②八千里:泛指转战数千里的战斗生活。八千里是以金国的大本营作目标计算的。

③靖康耻:指钦宗靖康二年(1127)京师和中原沦落,徽钦二帝被掳往金国的奇耻大辱。

④贺兰山:在宁夏与内蒙交界处。这里借指金国的核心地。

岳王庙内岳飞像

【赏析】

这首词大约作于宋高宗绍兴二年(1132)前后。全词充满着战斗豪情、洋溢着勇赴国难的爱国精神。慷慨悲歌、壮怀激烈、忠义填膺,确是一首气贯日月的千古绝唱的名作。上片抒写情怀。作者凭栏远眺,面对祖国破碎的山河,不禁满腔激愤,仰天长啸。回想自己转战南北的戎马生涯,功名虽小微不足道。而今身处逆境,更要珍惜年华。表现了作者渴望及时为国建功立业的远大抱负。下片转入言志。靖康二年,徽钦二帝被掳,未雪奇耻大辱,心中愤愤不平。他满怀信心消灭敌人,勇战沙场收复失地。他要吃"胡虏"的肉,要喝匈奴的血,表现他为国复仇的雄心和对敌人切齿的痛恨,同时对战胜敌人充满信心。这首词风格粗犷,音调激越,一气呵成,不可抑勒。词中那激扬蹈厉的爱国精神,那金戈铁马,气吞万里的英雄气概,激发起后代无数志士仁人的爱国主义热情。正如陈廷焯在《白雨斋词话》中所说:"千载后读之,凛凛有生气焉。"

小　重　山①

昨夜寒蛩不住鸣②。惊回千里梦③，已三更。起来独自绕阶行④。人悄悄，帘外月胧明⑤。

白首为功名⑥。旧山松竹老⑦，阻归程。欲将心事付瑶琴。知音少，弦断有谁听？

【注释】

①《小重山》：词牌名。又名《小冲山》《小重山令》等。双调五十八字，平韵。

②寒蛩：秋天的蟋蟀。

③"惊回千里梦"二句：梦中仿佛回到千里外的中原，惊醒之后已是三更时分了。

④起来独自绕阶行：起床后，一个人默默地沿着台阶走来走去。

⑤"人悄悄"二句：人们都睡了，到处寂静无声，只有窗外的月光分外明亮。

⑥白首为功名：意谓为国建功立业是我一生的抱负。

⑦"旧山松竹老"二句：中原故土被金兵占领，进兵收复道路又被阻隔（指投降派的反对），故乡难回！旧山：家乡的山。岳飞的故乡是河南汤阴，借指广大中原地区。归程：回家的路程。

【赏析】

绍兴八年(1138)，南宋向金称臣，岁贡银二十五万两，绢二十五万匹与金达成屈辱的和议。岳飞一再上书论和议之非，由此便犯了高宗、秦桧之忌。秦桧一伙加紧策划，阴谋夺走了岳飞等爱国将领的兵权。就在这种情况下，岳飞写下了这首词。这首词主要是表现他抗金报国的壮怀以及壮志难酬的孤愤。上片写深夜梦醒，只听见蟋蟀鸣叫不停。作者心事重重，难以成睡，独自绕阶徘徊。表现他心忧国事、不忘收复失地的内心忧愤。下片重抒情。作者感叹自己白首已成，功名未就；松竹已老，归程受阻；琴弦已断，知音难求。表现了作者种种复杂的心理和难以言明的愤懑情绪。这首词即景抒情，隐忧时事，用比兴手法曲折地道出心事，含蓄委婉，抑扬顿挫，余味无穷。

满　江　红

登黄鹤楼有感①

遥望中原，荒烟外、许多城郭。想当年，花遮柳护，凤楼龙阁。万岁山前珠翠绕②，蓬壶殿里笙歌作③。到而今、铁骑满郊畿④，风尘恶⑤。

兵安在？膏锋锷⑥。民安在？填沟壑。叹江山如故，千村寥落。何日请缨提锐旅⑦,一鞭直渡清河洛⑧。却归来、再继汉阳游,骑黄鹤。

【注释】

①黄鹤楼:故址在今湖北省武汉市蛇山的黄鹤矶头。相传始建于三国吴黄武二年(223),历代屡毁屡建。《元和志》:"因矶为楼,名黄鹤楼。"《寰宇记》:"费祎登仙,每乘黄鹤于此憩驾,故号为黄鹤楼。"唐宋时为游览胜地,崔颢、李白及陆游等均有题诗。

②万岁山:即艮岳,宋徽宗宣和四年(1122)五月建成的一座假山,在汴京城东北,消耗了大量的民力财力。周围十余里,最高处九十尺,楼阁亭台无计其数,奇花异石应有尽有。

③蓬壶殿:疑指北宋汴京皇宫内的蓬莱殿。

④郊畿:指汴京附近地区。

⑤风尘:比喻战乱。杜甫《赠别贺兰铦》诗:"国步初返正,乾坤尚风尘。"

⑥膏:音gào,滋润。作动词用。锷:音è,剑刃。

⑦请缨:请求出兵杀敌报国。缨,绳子。《汉书·将军传》:"(汉武帝)乃遣军使南越,说其王,欲令入朝,比内诸侯。军自请,愿受长缨,必羁南越王而致之阙下。"锐旅:精锐的部队。

⑧河洛:黄河和洛水。

【赏析】

本篇存有岳飞手书墨迹,收于近人徐用仪所编《五千年来中华民族爱国魂》卷端照片。词的上片从登楼眺望中展开画面,展现出中原大好河山在金兵铁骑蹂躏下,一片凄凉的景象。下片前六句紧承上片结拍,进一步说明国家正处于危急存亡之秋,广大军民付出了惨重的牺牲。最后呼吁朝廷下诏北伐,实现光复中原,统一祖国的愿望。全词充分体现出岳飞忧国忧民的思想和对抗金斗争满怀必胜的信心。可惜"一鞭直渡清河洛"的理想未能实现,英雄却蒙受不白之冤,含恨九泉,令人愤惋泣下。

康与之

康与之,字伯可,号顺庵,滑州(今河南省滑县)人。谄事秦桧,为秦门下十客之一,官军器监丞。桧死后,编管钦州。绍兴二十八年(1158)移雷州,复送新州牢城。绍兴十五年(1145),曾为藉田令。有《顺庵乐府》五卷,今不传,有赵万里辑本。

长 相 思

南高峰①,北高峰②,一片湖光烟霭中③。春来愁杀侬。

郎意浓,妾意浓。油壁车轻郎马骢④,相逢九里松⑤。

【注释】

①南高峰:在杭州西湖的西南面。

②北高峰:在南高峰西北。两峰遥遥相对,合称:双峰插云",是西湖诸山中两个最高的著名风景点。登峰远眺,西湖和钱塘江景物尽收眼底。

③烟霭:云气与雾气。

④油壁车:四周垂帷幕,用油涂饰车壁的香车。《苏小小歌》云:"妾乘油壁车,郎骑青骢马;何处结同心? 西陵松柏下。"作者借此表现她们的浓情蜜意。

⑤九里松:"钱塘八景"之一,从葛岭至灵隐、天竺间的道上,唐刺史袁仁敬守杭时,植松于左右各三行,达九里之远,故称九里松。

【赏析】

这首词写少女的离情。题曰"游西湖",但重点不在游乐写景,而在触景怀人。上片写西湖春景。春到西湖,山光水色,美丽动人。而这时也促使少女触景生愁。下片写回忆。那时她与情郎初次相见,郎骑青骢马,她乘油壁车,邂逅于九里松。这首词民歌风味很浓,作者借女子的口吻,表现其相逢的欢乐与分别的愁绪。娓娓诉来,动人情怀。

西 江 月

名与牡丹联谱①,南珍独比江瑶②。闽山入贡冠前朝③,露叶风枝袅袅④。

香玉满苞仙液⑤,绉红圆感鲛绡⑥。华清宫殿蜀山遥,一骑红尘失笑。

【注释】

①联谱:联,联结。联谱:名字写在一起。

②南珍:珍,珍宝。南珍,南方的珍宝。独:惟独。江瑶:也作江珧,贝类。名为江珧柱,为海味珍品。

③闽:福建。冠:位居第一。

④袅袅:音 niǎo niǎo,树枝随风摇曳的样子。

⑤香玉:指荔枝果。仙液:指荔枝汁。

⑥绉:音 zhuò,褶叠不伸展。绉红,指荔枝壳。圆感:内衣的心形领口。鲛绡:相传为鲛人所织的绡。此处指荔枝壳内的果膜。

【赏析】

这首是咏荔枝的咏物词。这类词需得形似,而又富有人事的情意。

黄公度

黄公度,字师宪,莆田(今属福建)人。绍兴八年(1138)进士第一,签书平海军节度判官。后被秦桧诬陷,罢归。桧死复起,仕至尚书考功员外郎。著有《知稼翁词》。

卜 算 子

薄宦各东西①,往事随风雨。先自离歌不忍闻,又何况、春将暮。
愁共落花多,人逐征鸿去②。君向潇湘我向秦③,后会知何处?

【注释】

①薄宦:官职卑微。

②人逐征鸿去:人和大雁一起远去。逐:跟随,追随。

③"君向潇湘"句:用郑谷《淮上与友人别》中"数声风笛离亭晚,君向潇湘我向秦"成句。

【赏析】

此词一题"别士季弟之官",是与其从弟黄童分手时之作。一起而感慨深沉,"先自"句收回,"又何况"句点明分手时节,转深一层。下片承春暮而抒离愁,"君向"句用前人现成句,而天涯飘泊之意流出。结以后会无期,忧思无穷。词作不同于一般送别词之写景抒情,而以情带景,景物全是由离愁引出,又为离愁所包容。抒情真率深切,笔力也清劲挺拔。

王 炎

王炎(?—1178),字公明,安阳(今属河南省)人。以荫入仕。乾道四年(1168)赐同进士出身,签书枢密院事、参知政事、四川宣抚使,进枢密使。九年(1173)罢,除观文殿大学士。淳熙二年(1175),落职。旋复资政殿大学士。存词二首。

梅 花 引

裁征衣,寄征衣,万里征人音信稀。朝相思,暮相思,滴尽真珠①,如今无泪垂。
闺中幼妇红颜少,应是玉关人更老②。几时归? 几时归? 开尽牡丹,看看到
荼蘼。

【注释】

①真珠:即"珍珠",指泪珠。

②玉关:即玉门关,在今甘肃省境内。这里是泛指边关。

【赏析】

此阕抒写闺中少妇对出征军人的相思之情。宋代战争频仍,许多人家都有
子弟参军参战,为国捐躯。他们的妻子或恋人朝思暮想,眼枯泪尽,盼望亲人早
日凯旋归来。词中女子多次为亲人寄去征衣,但却很少收到他的回信,几度花开
花落,年复一年,仍然不见"征人"归来。她已经"滴尽真珠,如今无泪垂",心中
悲痛到了极点。"几时归? 几时归?"两个重叠问句,语短情长,感人肺腑,不同
于一般的男女离别相思之词。

朱淑真

朱淑真,号幽栖居士,钱塘(今浙江杭州)人。有《断肠诗集》《断肠词》。

眼 儿 媚①

迟迟风日弄轻柔,花径暗香流②。清明过了,不堪回首,云锁朱楼③。
午窗睡起莺声巧,何处唤春愁④? 绿杨影里,海棠亭畔,红杏梢头⑤。

【注释】

①眼儿媚:词牌名,又名《小阑干》《东风寒》等。

②"迟迟风日"二句:回忆美好的春光。春天里白昼长长,阳光明媚,和暖的
薰风轻轻地抚弄着娇嫩的柳条,幽静的小径上,飘逸着满苑芬芳的花香。迟迟:
形容春日渐长。《诗经·七月》:"春日迟迟,采蘩祁祁。"后来诗人多用以入诗,
如杜甫《绝句二首》:"迟日江山丽,春风花鸟香。"

③"清明过了"三句:笔锋顿转,抒发不堪回首的愁情。清明已过,云雾笼罩
着华丽的楼阁,回首往事,思绪万千。不堪,不能忍受。

④"午窗睡起"二句:从听觉着笔,莺声唤起的不是欢乐,而是春愁啊,可这

春愁在哪里呢?

⑤"绿杨"三句:用三种不同的事物,对"何处"迂回作答,且一语双关:既衬托春愁,又交待莺声来自何处。这三个画面重叠交织在一起,以丽景衬哀景,以闹景衬悲凉,反衬出闺人内心的悲苦。

【赏析】

此词上片从"云锁朱楼"的阴霾季节,回忆早春弄柔流香的美好时光。下片从午睡后入耳的莺声着笔。上下片分工细密,构思精巧,虽写春愁,却显得幽雅、巧丽。

生 查 子 ①

寒食不多时,几日东风恶②。无绪倦寻芳,闲却秋千索③。
玉减翠裙交,病怯罗衣薄④。不忍卷帘看,寂寞梨花落⑤。

【注释】

①生查子:词牌名,本唐教坊曲名。又称《楚云深》《柳和梅》《晴色入青山》等。

②"寒食"二句:寒食节刚过不久,就连着吹了好几天的东风。东风:春风。《礼记·月令》:孟春之月"东风解冻,蛰虫始振"。

③"无绪"二句:指她没有心思去春游,秋千也闲着。无绪:没有心情。

④"玉减"二句:描写女子弱不胜衣的妖怯体态。玉体瘦损,罗衣单薄,一副娇弱的样子使人顿生怜悯。怯:体质虚弱。

⑤"不忍"二句:哪里能忍心卷上珠帘看那孤寂的梨花凄凉地飘落?梨花落:意味着美好事物或青春年华的逝去,更触动女主人公的春愁。

【赏析】

此词运用白描手法,通过抒写女子的切身感受,表达闺中孤单和寂寞的愁怨。语言浅白流利,感情深沉真切。

菩 萨 蛮

秋

秋声乍起梧桐落,蛩吟唧唧添萧索①。欹枕背灯眠,月和残梦圆。
起来钩翠箔②,何处寒砧作③?独倚小阑干,逼人风露寒。

【注释】

①蛩:音 qióng,蟋蟀。

②箔:帘子。

③砧：音 zhēn，捣衣石。

【赏析】

本篇写秋夜无眠，独自披衣起床，倚阑凝神张望。景物萧索凄清，处处笼罩着"寒"意，主人公孤独寂寞的心情，通过描绘环境，渲染气氛，自然而然地流露出来。词意含婉深永，无限心事尽在不言之中。

谒 金 门

春 半

春已半，触目此情无限①。十二阑干闲倚遍，愁来天不管。

好是风和日暖，输与莺莺燕燕②。满院落花帘不卷，断肠芳草远。

【注释】

①此情：指惜春之情。

②输与：不如，比不上。

【赏析】

此阕抒写闺中人的惜春之情。词中触景伤感，寓情于景，风格凄婉清丽，语言真率自然。

清 平 乐

风光紧急，三月俄三十①。拟欲留连计无及，绿野烟愁露泣。

倩谁寄语春宵②？城头昼鼓轻敲③。缱绻临歧嘱付④。来年早到梅梢。

【注释】

①俄：正当。

②倩：请。

③昼鼓：城楼在早、晚按规定时间打鼓，以作为开门、关门的信号。

④缱绻：音 qiǎn quǎn，依依难舍。

【赏析】

此词通篇不见有人，用比兴手法创造了一个神话般的送别场面，而作者本人的惜春之意，即充溢于字里行间。

蝶 恋 花

送　春

楼外垂杨千万缕,欲系青春,少住春还去。犹自风前飘柳絮,随春且看归何处。

绿满山川闻杜宇①,便做无情②,莫也愁人苦③。把酒送春春不语,黄昏却下潇潇雨。

【注释】

①杜宇:杜鹃。

②便做:便使,就使。

③莫:恐怕。

【赏析】

春天是短暂的。千万缕垂杨留她小住一阵,她终究还是要走。飘絮似在送行,杜宇声声呼唤"不如归去",黄昏时的潇潇春雨正像离人的送别泪。这首送春词,写得抑郁、低沉、悲苦。词人也在送别自己的青春和自己内心中一种难以表述的春思春情。

陆　游

陆游(1125—1210),字务观,自号放翁,越州山阴(今浙江绍兴市)人。他始终坚持抗金主张,在仕途上不断受到当权派的排斥和打击。中年入蜀,在国防前线上担任过军中职务。军事的生活实践丰富了他的文学内容,作品从此吐露出万丈光芒。他一生的精力贯注在诗歌方面,成为南宋最杰出的诗人。词作的收获量不如诗篇那么巨大,今所传《放翁词》(一称《渭南词》)约一百三十首。

鹧　鸪　天

家住苍烟落照间,丝毫尘事不相关。斟残玉瀣行穿竹①,卷罢黄庭卧看山②。

贪啸傲③,任衰残,不妨随处一开颜。元知造物心肠别④,老却英雄似等闲!

【注释】

①玉瀣:酒名。

②黄庭:即《黄庭经》,道家的一种经书。

③啸傲:谓言行自在,无所检束。

④造物:古时以为万物是天造的,故称天为"造物"。这里是借指当时的最高统治者。

【赏析】

此阕为作者闲居山阴故居时所作。词中通过放浪自适、与世无争生活的描写,报发了壮志未酬、英雄无用之地的苦闷情绪。前七句叙述闲适生活,后两句点明题旨,表达了词人对南宋统治者排斥爱国志士、坐失北伐良机的强烈不满。

钗 头 凤

红酥手①,黄滕酒②,满城春色宫墙柳③。东风恶,欢情薄④,一怀愁绪⑤,几年离索⑥。错,错,错!

春如旧⑦,人空瘦⑧,泪痕红浥鲛绡透⑨。桃花落,闲池阁,山盟虽在⑩,锦书难托⑪。莫⑫,莫,莫!

【注释】

①红酥手:红润、柔软的手。

②黄滕酒:黄封酒,古时候一种官家酿的酒。这两句写唐琬把酒送给陆游喝。

③宫墙柳:围墙里一片绿柳。

④欢情:美满的爱情生活。这两句说,东风无情,把美满的姻缘吹散了。(这里把东风比方拆散他们夫妇的封建家长。)

⑤这句说,满怀都是愁苦的情绪。

⑥离索:离别后孤独的生活。

⑦这句是说春景还是像当初一样的美丽。

⑧这句是说只是人白白地为了相思清瘦了。

⑨红浥:泪水沾了脸上的胭脂。浥:音yì,湿润。鲛绡:薄绸的手帕。这句说:和着胭脂的泪水把手帕都湿透了。

⑩这句说,锦乡般的花园已经冷落了。

⑪锦书:锦字回文书,情书。托:寄。

⑫莫:罢了(表示没奈何的感叹)。

【赏析】

陆游原来的妻子是他的表妹唐琬,两人婚后感情很好。因为陆游的母亲不喜欢这个媳妇,棒打鸳鸯。后来,唐琬改嫁,陆游也另外娶了妻子。公元1155年春天,陆游到沈园去游玩,又遇见唐琬。她殷勤地招待陆游,彼此心头都很苦恼。这首词就是陆游当时写在沈园墙上的。据说唐琬由于伤心过度,不久便死掉了。她的不幸遭遇,反映了封建礼教的残酷性。

卜 算 子

驿外断桥边,寂寞开无主。已是黄昏独自愁,更着①风和雨。

无意苦争春,一任群芳妒②。零落成泥碾作尘,只有香如故。

【注释】

①著:音 zhuó,加上。

②"无意"两句:自己不想费尽心思去争芳斗艳,完全听凭百花去妒忌吧。

【赏析】

作者一心报国,可是受到统治集团里主和派的排挤打击,一生都不得志。这里借梅花比喻自己不幸的遭遇和高尚的品格,也有封建文人孤芳自赏的一面。

诉 衷 情

当年万里觅封侯①,匹马戍梁州②。关河梦断何处③,尘暗旧貂裘④。

胡未灭,鬓先秋⑤,泪空流。此身谁料,心在天山⑥,身老沧洲⑦。

【注释】

①觅封侯:寻觅建立功业以取封侯的机会。

②戍梁州:指陆游四十八岁时在汉中川陕宣抚使署任职期间一段军事性的活动。梁州,今陕西汉中市一带地区,因梁山得名。

③关河梦断何处:边塞从军生活像梦一般消逝了。关河:关塞、河防,指边疆。何处:不知何处,无踪迹可寻的意思。

④尘暗旧貂裘:貂裘积满灰尘,颜色也变了。这是表示长期闲散没有建立功业的机会。《战国策·秦策》:"苏秦说秦王,书十上而不行,黑貂之裘弊,黄金百斤尽,资用乏绝,去秦而归。"

⑤鬓先秋:两鬓早已白如秋霜。

⑥天山:在今新疆维吾尔自治区境内,这里借指前方。

⑦身老沧洲:陆游晚年住在绍兴镜湖边的三山。沧洲,水边,古时隐者住的地方。

【赏析】

陆游 48 岁时,应四川宣抚使王炎的邀请,曾到西北前线南郑军中任职,度过了八个多月的戎马生活。那是诗人一生中最值得怀念的一段岁月。晚年被弹劾罢官、退隐山阴故居以后,他还常常在风雪之夜,孤灯之下,回忆往事,梦游梁州,写下了一系列爱国诗词。此阕苍凉悲壮,通过今昔对比,抒发了壮志未酬、岁月虚度、英雄无用武之地的愤慨和不平。词的语言明白晓畅,用典自然,不着痕迹,感情深沉,如叹如诉,有很强的艺术感染力。

秋 波 媚

七月十六日晚登高兴亭望长安南山①

秋到边城角声哀②,烽火照高台③。悲歌击筑④,凭高酹酒⑤,此兴悠哉⑥。多情谁似南山月,特地暮云开⑦。灞桥烟柳⑧,曲江池馆⑨,应待人来⑩。

【注释】

①高兴亭:在南郑(今陕西省汉中市)内城西北。南山:终南山。主峰在长安(今陕西省西安市)南面。

②边城:这里指南郑。宋高宗赵构(1127—1162年在位)绍兴十一年(1141)与金议和,规定宋金东以淮水为界,西以大散关(今陕西省宝鸡市西南)为界,所以这里称南郑为边城。角声:军队里吹的号角声。

③烽火:古代边境上告警燃烧的烟火。高台:指高兴亭。这一行说:秋天来到了南郑,战事即将紧张,你听城头上的号角声多么悲壮!烽火熊熊燃烧,照亮了高兴亭。

④悲歌:高亢激越的歌声。筑:古代一种敲击乐器。

⑤酹酒:把酒洒在地上,表示祭奠。这里有祷祝收复长安的用意。

⑥这句是说兴奋激动的心情,久久不能平静。

⑦这一句说谁能像终南山的明月那样多情?此时此刻特地破云而出。

⑧灞桥:即霸桥,在长安东面的灞水上。烟柳:雾气缭绕着的柳树。

⑨曲江:池名,在长安东南,是游览胜地。

⑩这一句是说想来月下的灞桥烟柳和曲江宫殿也正盼望着人们胜利归来吧!

【赏析】

这首词写在宋孝宗赵昚(shèn)(1162—1189在位)乾道八年(1172)。当时陆游在南郑军中任职,掌权的是主战派王炎,正在积极筹化收复长安。诗人兴奋极了,他登高酹酒,慷慨高歌,歌祝长安的收复。词中表现的情绪高昂乐观,这在南宋爱国词中是少见的。

极 相 思

江头疏雨轻烟,寒食落花天。翻红坠素①,残霞暗锦②,一段凄然。　　惆怅东君堪恨处③,也不念、冷落尊前。那堪更看,漫空相趁④,柳絮榆钱⑤。

【注释】

①素:白花。

②锦:彩色花

③东君:春神。

④相趁:相互追逐。

⑤榆钱:榆荚。

【赏析】

陆游庆元元年(1195)所作《雨夜书感》诗云 :"春残桃李尽,风雨闭空馆。"此词或作于同时。上片悼惜落花,下片怨及东君,而漫空相趁的柳絮榆钱更使他惆怅,当是别有寄托之作,意境凄婉。

长 相 思

云千重,水千重①,身在千重云水中,月明收钓筒。

头未童②,耳未聋,得酒犹能双脸红,一尊谁与同。

【注释】

①水千重:《剑南诗稿》卷十四《壬寅新春》:"门外烟波三百里,此心惟与白鸥亲。"自注:"镜湖三百里。"

②头未童:头发未全脱,唐韩愈《进学解》:"头童齿豁,竟死何裨?"

【赏析】

陆游晚年词作多有"渔歌菱唱",写他退隐以后披渔蓑,泛烟波,趁明月,钓孤篷的闲散生活。《长相思》共五首。此阕叙写作者罢官归隐鉴湖之滨,甘心终老云水之乡。如今虽已年近七旬,但"头未童,耳未聋",身体健壮,有酒仍能豪饮,可惜壮志未酬,只能乘着明月,驾着扁舟,到湖上去收取钓筒,流露出英雄无用武之地的悲愤之情。

范成大

范成大(1126—1193),字致能,号石湖居士,吴县(今江苏苏州市)人。进士出身。曾充赴金使节。官至四川制置使(掌管边防军务的长官)、参知政事(副宰相)。他是南宋负盛名的诗人之一。他的词,所涉及的面没有诗歌那么广阔,主要写自己闲适的生活,缺少社会意义。文字精美,音节谐婉,可是温软无力,和婉约派一脉相通。姜夔以晚辈的身份和他往来,受了他的词风的一定影响。今传《石湖词》。

秦 楼 月

楼阴缺①,阑干影卧东厢月②。东厢月,一天风露③,杏花如雪。

隔烟催漏金虬咽④,罗帏暗淡灯花结。灯花结,片时春梦,江南天阔。

【注释】

①楼阴缺:高楼被树荫遮蔽,只露出未被遮住的一角。

②阑干影卧:由于高楼东厢未被树荫所蔽,因此当月照东厢时,阑干的影子就卧倒在地。

③一天:满天。

④金虬:即铜龙,指针时的漏器上所装的铜制龙头。

【赏析】

这是一首怀人念远的词作。上片写室外景色。月照东厢,栏干影斜,风露满天,杏花如雪。上片凝静,全是静景,只有"风"是动的,但在杏花、明月、楼荫、斜影的衬托下,寓动于静,反而给人以愈静之感。这里写的全是周围的环境,并没有人,全是景物,没有情思。不过,在这一片淡素的"冷色"中,是可以揣测到"此中人"的情思的。下片抒写怀人的情思。催漏声咽,罗帏暗淡,灯花频结,片时春梦,江南天阔,这全是室内的情景。此中人物,若隐若现:她先是东厢望月;后是寂寞听漏;忽见灯火报喜。"她"是实实在在,但写得轻灵、缥缈,若有似无,若无实有。此词委婉含蓄,清疏雅洁。

浣 溪 沙

江村道中

十里西畴熟稻香①,槿花篱落竹丝长②。垂垂山果挂青黄。

浓雾知秋晨气润,薄云遮日午阴凉。不须飞盖护戎装。

【注释】

①畴:田亩。

②槿花:木槿之花。木槿,落叶灌木,夏秋开花,或白或红,可供观赏,亦可兼作绿篱。

【赏析】

本篇系作者秋日公出,途经江村道中所作。词从浓雾弥漫的清晨写到薄云遮日的正午。石湖居士经过半天跋涉,终于来到江边的一座小山村旁。驻马眺望,只见十里平川,稻谷飘香;篱落周围,槿花盛开,细长的竹枝随风飘舞;屋后小山坡上挂满或青或黄的累累硕果,好一派喜人的丰收景象。刚刚停下,侍从立即打伞上来为他遮蔽太阳。词人挥手望着天空微笑地对侍从说:用不着,用不着,你看太阳不是被浮云遮住了吗!词的上片写景,下片叙事,语言通俗,色彩鲜明,是一幅江村秋日小景图。

霜天晓角

梅

晚晴风歇^①,一夜春威折^②。脉脉花疏天淡,云来去,数枝雪^③。
胜绝,愁亦绝^④,此情谁共说^⑤。惟有两行低雁,知人倚、画楼月。

【注释】

①"晚晴"句:谓傍晚之时,天气晴和,风已停了。风歇:风停。

②"一夜"句:谓肆虐了一夜的春寒渐渐减退。春威:指春寒的余威。温庭筠《阳春曲》:"霏霏雾雨杏花天,帘外春威著罗幕。"折:此处有减损之意。

③数枝雪:言数枝梅花,皎洁如雪。

④"胜绝"两句:言眼前之景可谓美极,而心中之情可谓愁极。胜:美盛。绝:极。、

⑤"此情"句:言此愁绝之情无人可与诉说。谁共说:即共谁说。

【赏析】

梅花可说是古代文人最为青睐的花,故而两宋词人赋梅之作颇多,且颇有佳篇。范成大此词可以跻身其中而无愧,以其立意,构思上都有独到之处。开篇两句着笔题前,点出耐寒品格、早芳之意。"脉脉"三句正面赋梅,以皓皓白雪为喻,轻云远天相托,卓然独立之意态顿出,可谓形神俱备。换头处承上启下,领起对赏梅者心情的抒写。而愁情亦并不刻意渲染,只以飞雁、明月点染景物,情已具含其中。整首词以梅花的清绝与作者的幽寂之情相互映衬,别具一格,不独以赋写工致见长。

蝶 恋 花

春涨一篙添水面。芳草鹅儿,绿满微风岸。画舫夷犹湾百转^①,横塘塔近依前远^②。
江国多寒农事晚。村北村南,谷雨才耕遍。秀麦连冈桑叶贱,看看尝面收新茧。

【注释】

①夷犹:从容不迫。

②横塘:地名。在江苏吴县西南。

【赏析】

作者擅长以朴素清新的文字描写农村景色,多有佳作,此词即是一例。上片写谷雨前后的江南春景。"横塘塔近依前远",写出野游中景物与人若即若离的距离感。下片叙农事耕作,末句似农家口吻,甚有生活情趣。

朱 熹

朱熹(1130—1200),字元晦,一字仲晦,号晦庵,别号紫阳,徽州婺源(今江西婺源)人。绍兴十八年(1148)进士。历仕高宗、孝宗、光宗、宁宗四朝,官至宝文阁待制。为宋代著名的理学家。有《晦庵先生朱文公集》《晦庵词》及《四书集注》《诗集传》《楚辞集注》等。存词十九首。

水调歌头

隐括杜牧之齐山诗

江水浸云影,鸿雁欲南飞。携壶结客何处?空翠渺烟霏。尘世难逢一笑,况有紫萸黄菊①,堪插满头归。风景今朝是,身世昔人非。

酬佳节,须酩酊,莫相违。人生如寄,何事辛苦怨斜晖。无尽今来古往,多少春花秋月,那更有危机。与问牛山客②,何必独沾衣!

【注释】

①紫萸:即茱萸,一种有浓烈香味的植物。古俗,重阳节佩茱萸囊以去邪避恶。

②牛山:在山东淄博市临淄南。牛山客,指齐景公。《晏子春秋·内篇谏上》:"景公游于牛山,北临其国城而流涕曰:'若何滂滂去此而死乎!'艾孔、梁丘据皆从而泣。"

【赏析】

此阕为重阳登高之作。作者采用隐括体,也就是将前人题材相同或相近的作品加以改写、概括而成。这种体裁难成佳构,不宜提倡。朱熹此篇却能青出于蓝,在音韵、情调和意境方面均较原作有所创新,故备受人们赞赏,堪称隐括词中一首难得的佳作。

严 蕊

严蕊,生卒年不详,字幼芳,天台(今属浙江省)营妓(军营中妓女)。琴棋书画,冠绝一时。朱熹曾以有伤风化为名,将她捕入狱中。后岳霖继任,将她释放。今存词三首。

卜 算 子

不是爱风尘,似被前身误①。花落花开自有时,总赖东君主②。
去也终须去,住也如何住。若得山花插满头,莫问奴归处。

【注释】

①前身:一作"前缘"。前世的因缘,命中注定如此。
②东君:司春的神,借指主管妓女的地方官吏。

【赏析】

严蕊曾与台州知府唐与正来往,后朱熹以使节行部至台州,指斥唐和她的关系不正常,并将她关进狱中刑讯。岳霖继任后,对她深表同情,命她作词自陈,严蕊略一思索,当场吟成此篇。词作表现了她对自己不幸命运的不平,也表现了对自由生活的渴望。语不雕琢,直诉情怀。上片写得愤激,下片写得轻快,自然感人。

张孝祥

张孝祥(1132—1169),别号于湖,南宋历阳乌江(今安徽省和县)人。曾经做过建康留守,赞助张浚北伐,受到免职的处分。后来在荆州(今湖北省江陵县)做官,也有政绩。他写的部分词具有强烈的爱国思想,也长于写景抒怀。

南 乡 子

送朱元晦行,张钦夫、刑少连同集

江上送归船,风雨排空浪拍天。赖有清尊浇别恨①,凄然,宝蜡烧花看吸川。

楚舞对湘弦,暖响围春锦帐毡②。坐上定知无俗客,俱贤,便是朱张与少连。

【注释】

①清尊:清酒。此指饮酒。

②锦帐毡:用毡及锦做的帐篷。

【赏析】

乾道三年(1167)朱熹为衡岳之游,晤孝祥于长沙。此词为送行时作。

浣 溪 沙

已是人间不系舟,此心元自不惊鸥。卧看骇浪与天浮。

对月只应频举酒,临风何必更搔头①。暝烟多处是神州。

【注释】

①搔头:杜甫《春望》:"白头搔更短,浑欲不胜簪。"

【赏析】

本词是作者任知荆南府兼荆湖北路安抚使时作品。整首词色彩鲜明,意绪悲凉,是一首具有强烈爱国感情的小词。

水调歌头

过岳阳楼作

湖海倦游客①,江汉有归舟。西风千里,送我今夜岳阳楼。日落君山云气②,春到沅湘草木③,远思渺难收。徙倚栏杆久,缺月挂帘钩。

雄三楚④,吞七泽⑤,隘九州⑥。人间好处,何处更似此楼头。欲吊沈累无所⑦,但有鱼儿樵子,哀此写离忧。回首叫虞舜⑧,杜若满芳洲⑨。

【注释】

①倦游客:倦于宦游之人。

②君山:又名湘山,亦称洞庭山,在湖南岳阳市西南洞庭湖中。传说舜帝二妃娥皇、女英曾居此,一说秦始皇南巡泊此,故名君山。四面环水,风景优美,由七十二个大小山峰组成,山上有二妃墓、柳毅井、龙涎井、秦始皇封山印等名胜古迹。山中异竹丛生,有斑竹、罗汉竹、实竹、方竹、紫竹等,各具特色。君山茶叶,名闻天下。

③沅湘:沅江和湘江,湖南境内的两条大河。这里是泛指宋代行政区域荆湖南路。

④三楚:古地区名。秦汉时分战国楚地为东、西、南三楚,包括今长江中下游一带。这里是指今湖南地区而言。

⑤七泽:泛指湖南地区的湖泊沼泽。

⑥九州:中国上古行政区划,分中原地区为冀、兖、青、徐、扬、荆、豫、梁、雍等九州,说法或不尽相同。后来以九州泛指中国。

⑦沉累:亦作湘累,指屈原忧愤国事,自沉汨罗江而死。累,无罪被迫而死。

⑧虞舜:我国古代传说中的部落联盟领袖。姚姓,有虞氏,名重华,史称虞舜。

⑨杜若:多年生草本植物,别称竹叶莲,夏季开白花。

【赏析】

岳阳楼,湖南岳阳西门城楼,高三层,雄伟壮观,下瞰洞庭湖,碧波千里,遥望君山,气象万千。相传原为三国吴将鲁肃训练水师的阅兵台,唐时改建,宋滕子京重修,范仲淹为作《岳阳楼记》,名声益大,是我国江南三大著名楼阁之一。近年整修一新,连同附近地区辟为公园。张孝祥于乾道五年(1169)结束宦游生活,请祠东归。同年春天,作者离开荆州(今湖北江陵)任所,沿江而下。一日黄昏,舟过岳阳,乘兴登楼为赋此词。上片写倚栏所见,下片抒怀古之情。全篇寓情于景,境界壮阔,寄托了很深的感慨,读来饶有韵致。

西 江 月

阻风三峰下

满载一船秋色,平铺十里湖光。波神留我看斜阳①,放起鳞鳞细浪。
明日风回更好②,今宵露宿何妨。水晶宫里奏《霓裳》③,准拟岳阳楼上④。

【注释】

①波神:水神。

②风回:风转变方向。

③《霓裳》:《霓裳羽衣曲》。这里是仙乐的意思。

④岳阳楼:在湖南岳阳县西门上,洞庭湖边,天下名胜。

【赏析】

"三峰"似指建康(今南京)的三山,上有三峰。张孝祥曾领建康留守,转官荆湖南北路安抚使,此词似由建康至湖南、湖北时由眼前即景而展望前途之作。岳阳楼是湖南名胜,下瞰洞庭湖,烟波浩渺,气象万千,北宋范仲淹作《岳阳楼记》有名句"先天下之忧而忧,后天下之乐而乐。"此词云"阻风",但词人对前途充满希望,心胸开阔,意志坚强。

水调歌头

闻采石战胜[①]

雪洗虏尘静[②]，风约楚云留[③]。何人为写悲壮，吹角石城楼。湖海平生豪气[④]，关塞如今风景，剪烛看吴钩[⑤]。剩喜然犀处[⑥]，骇浪与天浮。

忆当年，周与谢[⑦]，富春秋[⑧]。小乔初嫁，香囊未解[⑨]，勋业故优游。赤壁矶头落照，肥水桥边衰草[⑩]，渺渺唤人愁。我欲乘风去，击楫誓中流[⑪]。

【注释】

①采石：采石矶，原名牛渚矶，在今安徽省马鞍山市长江东岸，为牛渚山突出长江而成，江面较狭，形势险要，自古为江防重地。本篇别本题作"和庞佑父"。

②虏尘：指金人的兵马。

③约：约束。留：羁留。这句谓词人当时正羁留于宣城一带。

④湖海平生豪气：意谓平生志在江湖沧海，豪纵不羁的气概。《三国志·陈登传》："许汜与刘备并在荆州牧刘表坐，表与备共论天下人，汜曰：'陈元龙湖海之士，豪气不除。'"

⑤吴钩：弯头宝刀。

⑥剩喜：更喜。然犀处：指牛渚矶。《晋书·温峤传》："峤至牛渚矶，水深不可测。世云其下多怪物，峤遂毁犀角而照之。须臾，见水族复火，奇形异状，或乘马车著赤衣者。"

⑦周与谢：指周瑜和谢玄。

⑧富春秋：谓春秋正富，即年富力强的意思。

⑨香囊：指谢玄少年时事。《晋书·谢玄传》："玄少好佩紫罗香囊，安患之，而不欲伤其意，因戏赌取，即焚之于地，遂止。"

⑩肥水：即淝水，为淮河支流，流经安徽寿县一带。东晋时谢安指挥谢玄等曾在此击溃前秦符坚数十万军。

⑪击楫誓中流：据《晋书·祖逖传》，祖逖北伐，"渡江，中流击楫而誓曰：'祖逖不能清中原而复济者，有如大江！'"楫：划船的短桨。

【赏析】

宋高宗绍兴三十一年（1161）九月，金主完颜亮大举南侵，宋军仓皇溃退。十一月，中书舍人参谋军事虞允文在采石矶指挥宋军，背水一战，大败金兵，取得了巨大的胜利。此时作者正在安徽宣城一带，当他听到采石之战胜利的消息后，不禁欢欣鼓舞，挥笔写下了这首气概豪迈的爱国之作。词中将采石之战与赤壁之战和淝水之战相比，充分肯定了这次战役的历史意义，同时指出中原河山尚待恢复,自己决心"击楫誓中流",奔赴前线,为统一祖国而战。全篇格调高昂,音节振拔,意境壮阔,洋溢着爱国激情,读之令人鼓舞。

辛弃疾

辛弃疾(1140—1207),字幼安,号稼轩,历城(今山东济南)人。21岁起义抗金,不久归宋。历任江阴签判、建康通判等地方官职。42岁遭谗落职,退居江西信州,长达二十年之久。虽曾两度被起用,但一直未被重用。68岁病逝。一生力主抗战北伐,提出许多有关方略,均未被采纳。词风慷慨悲壮,有不可一世之慨。

阮 郎 归

耒阳①道中

山前灯火欲黄昏,山头来去云②。鹧鸪声里数家村,潇湘逢故人③。
挥羽扇,正纶巾,少年鞍马尘④。如今憔悴赋招魂⑤,儒冠多误身⑥。

【注释】

①耒阳:县名,今湖南省耒阳县,宋属衡州,隶荆湖南路。据此可知此词大约作于作者任湖南安抚使期间。张处父:生平不详。推官:州郡的副长官。

②"山前灯火欲黄昏"二句:临近黄昏,山前灯火闪烁,山头的彩云也来来去去地不断飘动。

③潇湘:潇水和湘水。二水在湖南省零陵县汇合之后称潇湘,这里指耒阳一带。故人:老朋友,此指张处父。

④鞍马尘:指军事生涯。

⑤憔悴:此指丧魂落魄,疲惫不堪的样子。赋招魂:做《招魂》诗,表示希望重新任用爱国将士。《招魂》:《楚辞》名篇。据司马迁说是屈原所作,王逸《楚辞章句》说是宋玉所作。当今学者多采用前说。作者借用此典,表明自己满腹哀怨牢骚。

⑥儒冠:古代读书人戴的帽子,借指书生。误身:害了自己。杜甫《奉赠韦左丞丈二十二韵》:"纨袴不饿死,儒冠多误身。"作者借用此典,表现自身落魄的蹉跎遭遇。

【赏析】

这首词大约作于淳熙六年或七年(1179 或 1180),时辛弃疾任湖南转运副使和安抚使。此词主要表现作者屡遭排斥、频繁调任、无法施展抱负的哀愁。上片写作者在凄凉的旅途中遇到老朋友的时间和地点。黄昏时刻,夜幕降临,山村里,鹧鸪数声。如此荒凉冷落之景,衬托出作者对前途忧虑的凄苦心境。下片写作者与老朋友回忆青年时代抗金的战斗生活,倾吐自己目前远离前线,不能亲临抗金战场的苦闷,并以三国时诸葛亮形象比喻当年抗金时的潇洒风度。抚今思昔,心潮澎湃,无限感慨,表现了作者对统一祖国的决心,同时也流露了内心的抑郁感情。这首词的特点是写景与心理状态密切关合,用典自然巧妙,语调低沉,感情凄怆。

水调歌头

壬子被召,端仁相饯席上作①

长恨复长恨,裁作短歌行②。何人为我楚舞,听我楚狂声③。余既滋兰九畹,又树蕙之百亩,秋菊更餐英④。门外沧浪水,可以濯吾缨⑤。

一杯酒,问何似,身后名⑥。人间万事,毫发常重泰山轻⑦。悲莫悲生离别,乐莫乐新相识,儿女古今情⑧。富贵非吾事,归与白鸥盟⑨。

【注释】

①壬子:即绍熙三年。端仁:陈端仁名岘,闽县人,此时正废退家居。

②"长恨"两句:且将无穷长恨,写入眼前这首歌行。复:又。裁:剪裁,制作。短歌行:汉乐府曲调名。此处借指这首《水调歌头》词。

③"何人"两句:无人为我舞,无人听我歌,感叹世无知音。为我楚舞:《史记·留侯世家》载:戚夫人泣,高祖刘邦安慰她说:"为我楚舞,吾为若(你)楚歌。"楚狂:春秋时楚国的狂人,姓陆名通,因昭王政令无常,乃佯狂不仕,时人称楚狂。又因他迎孔子的车而歌,又称接舆。据《论语·微子》,他曾当面嘲笑孔子作《凤兮歌》说:"……已而,已而,今之从政者殆而。"

④"余既"三句:化用屈原《离骚》诗句,亦用其洁身自好,勤修美德的本意。《离骚》:"余既滋兰之九畹兮,又树蕙之百亩。""朝饮木兰之坠露兮,夕餐秋菊之落英。"滋、树:栽培,种植。兰、蕙:皆香草。畹:音 wǎn,古时以十二亩为一畹。英:花瓣。

⑤"门外"两句:语出《孟子·离娄上》中所载的歌谣:"沧浪之水清兮,可以濯我缨;沧浪之水浊兮,可以濯我足。"意谓为人处世,必须清浊分明。辛词用以

表示不同流合污。沧浪水:汉水,此泛指。濯:音 zhuó,洗涤。缨:帽带。

⑥"一杯酒"三句:西晋张翰(字季鹰)放纵不拘,有人问他:你只图一时放纵之乐,难道不考虑死后的名声不好? 张翰答曰:"使我有身后名,不如即时一杯酒。"(《世说新语·任诞篇》)辛词用疑问口气提出,在一定程度上表现了醉世和用世的矛盾心理,但更主要的是引出下文对现实的批判。何似:含有两物并相比较的意思。

⑦"人间"两句:毫发重而泰山轻,谓当今社会轻重倒置,是非混淆。

【赏析】

本词作于绍熙三年(1192)冬,稼轩在福建提点刑狱任上。因奉召赴京师临安,友人为其饯行,稼轩即席为词。

浪 淘 沙

山寺夜半闻钟

身世酒杯中①,万事皆空。古来三五个英雄②。雨打风吹何处是③,汉殿秦宫④?

梦入少年丛,歌舞匆匆⑤。老僧夜半误鸣钟。惊起西窗眠不得,卷地西风⑥。

【注释】

①身世:指人的经历、遭遇。

②"古来"句:谓古来英雄不多。

③雨打风吹:比喻时世的变迁。

④汉殿秦宫:秦汉是中国历史上强盛的朝代,此处借指北宋王朝。

⑤匆匆:谓好梦不长。

⑥西风:秋风,喻指恶势力。

【赏析】

此词当写于词人隐居农村时。词中抒写夜半闻钟的种种感受。个人身世的不幸、国家兴亡的感慨、历史变迁的感叹尽在词中。

西 江 月

示儿曹,以家事付之①

万事云烟忽过,百年蒲柳先衰②。而今何事最相宜,宜醉宜游宜睡③。
早趁催科了纳,更量出入收支④。乃翁依旧管些儿,管竹管山管水⑤。

【注释】

①此闲居瓢泉之作。儿曹：指自家儿辈。以家事付之：把家务事交代给他们。

②"万事"两句：言万事如云烟过眼，而自己也像入秋蒲柳渐见衰老。蒲柳：蒲与柳入秋落叶较早，以喻人之早衰。《世说新语·言语篇》："顾悦与简文同年而发早白。简文曰：'卿何以先白？'对曰：'蒲柳之姿，望秋而落；松柏之质，经霜弥茂。'"

③"而今"两句：谓自己如今最宜醉酒、游赏、睡眠。

④"早趁"两句：向儿曹交代家事：及早催租纳税，妥善安排一家收入和支出。催科：催收租税。了纳：向官府交纳完毕。

⑤"遁翁"两句：谓自己依然只管竹林、青山、绿水。遁翁：你的父亲，作者自谓。

【赏析】

乍读此词，往往容易着眼于它的上下两结，为其狂放不羁、清雅洒脱的风神所吸引。琐细家事，信笔写来，平易自然，尤其"三宜"、"三管"，笔调轻松流畅，更富诙谐幽默情趣。但细细想来，起首两句也至关重要。往事如烟云过眼，自身似蒲柳先衰，其间思绪纷纭，一边参悟人生，看破红尘，一边却又自伤不遇，感慨万千，牢骚满腹。由此看来，"三宜""三管"，不过聊以自我遣怀，为稼轩独具之抒情方式而已。

水 龙 吟

登建康赏心亭①

楚天千里清秋，水随天去秋无际。遥岑远目，献愁供恨，玉簪螺髻②。落日楼头，断鸿声里③，江南游子④，把吴钩看了⑤，栏杆拍遍，无人会、登临意。

休说鲈鱼堪脍，尽西风，季鹰归未⑥？求田问舍，怕应羞见，刘郎才气⑦。可惜流年，忧愁风雨⑧，树犹如此⑨。倩何人，唤取红巾翠袖，揾英雄泪⑩？

【注释】

①建康赏心亭：建康是六朝时期的京城，今江苏南京市。

②"遥岑远目"三句：远山看起来，很像美人插戴的玉簪，和螺旋形的发髻，可是却处处触发自己的愁恨。遥岑，远山，指长江以北沦陷区的山（所以说它"献愁供恨"）。

③断鸿：失了群的孤雁。

④江南游子：作者自称（时客居江南一带）。

⑤把吴钩看了:看刀剑,是希望有机会用它立功的意思。

⑥"休说鲈鱼堪脍"三句:写自己不贪恋生活享受,不愿意学张季鹰那么忘情时事,弃官回乡。尽:尽管。归未:用提问语表示未归。

⑦"求田问舍"三句:是说求田问舍会被贤者所耻笑。

⑧忧愁风雨:忧愁国势飘摇于风雨中。

⑨树犹如此:刘义庆《世说新语·言语》:"桓公(桓温)北征,经金城,见前为琅邪时种柳皆已十围,慨然曰:'木犹如此,人何以堪!'攀枝折条,泫然流泪。"

⑩"倩何人"三句:这是作者自伤抱负不能实现,得不到同情与慰藉的感叹。唤取:唤得。红巾翠袖:少女的装束,借指歌女。宋时宴会席上多用歌女唱歌劝酒,故云。红巾:一作"盈盈"。揾:同"抆",揩掉。英雄泪:英雄失意的眼泪。

【赏析】

辛弃疾写这首词的时候,到南宋来已经有六七年光景,做过江阴(今属江苏省)和建康(今江苏省南京市)等地方官吏,得不到朝廷的重视,更谈不上抗敌报国。现在登楼望远,想起北方广大的中原地区,不由他不激动得滴下眼泪。前段说,"把吴钩看了,栏杆拍遍",点明报国无路的苦闷。后段说自己不只是怀念乡土,更不愿意作个人身家打算,忧愁的是国势飘摇和年光虚度。词中深刻地写出了一个爱国志士壮志难申、抑郁悲愤的心情。

摸 鱼 儿

淳熙①己亥自湖北漕移湖南,同官王正之置酒小山亭②,为赋③。

更能消④、几番风雨?匆匆春又归去。惜春长怕花开早⑤,何况落红无数。春且住。见说道、天涯芳草无归路⑥。怨春不语,算只有殷勤,画檐蛛网⑦,尽日惹飞絮。

长门事,准拟佳期又误,蛾眉曾有人妒。千金纵买相如赋,脉脉此情谁诉⑧?君莫舞!君不见⑨、玉环飞燕皆尘土。闲愁⑩最苦,休去倚危栏,斜阳正在,烟柳断肠处⑪。

【注释】

①淳熙己亥自湖北漕移湖南:宋孝宗淳熙六年(1179),辛弃疾四十岁,由湖北转运副使调任湖南转运副使。漕,漕司,宋代称转运使为漕司,管钱粮的官。

②同官王正之置酒小山亭:王正之,名特起,是辛弃疾的同僚(也是老朋友),在官署里的小山亭治酒替他饯行。

③为赋:因而写这首词。

④消:经得起。

⑤长怕花开早:老是忧虑着花开得太早(就会早落)。

⑥见说道天涯芳草无归路:听说芳草铺到了天边,遮断了春天的归路。这是说春天已尽,不再回来。

⑦"算只有殷勤画檐蛛网"两句:算来只有屋檐边的蛛丝网在整天地沾惹纷飞的柳絮,像是想把春天网住似的。

⑧"长门事"五句:司马相如《长门赋序》:"孝武皇帝陈皇后,时得幸,颇妒,别在长门宫,愁闷悲思。闻蜀郡成都司马相如天下工为文,奉黄金百斤,为相如文君取酒,因于解悲愁之辞。而相如为文以悟主上,皇后复得亲幸。"按此序不是司马相如自己所作,史传也没有陈皇后复得亲幸的记载。这里是说,由于有人妒忌,千金重价买来的《长门赋》并没有产生预期效果,她的愁苦之情仍旧得不到安慰。蛾眉:形容美貌,指陈皇后。《楚辞·离骚》:"众女嫉余之蛾眉兮,谣诼谓余以善淫。"脉脉:含情貌。

⑨"君莫舞"两句:你(指善妒之人)不要得意忘形,像玉环、飞燕那样得宠的妃子都化为尘土了。玉环:杨贵妃的小名,唐玄宗最宠幸的妃子。安禄山叛变后,赐死于马嵬坡。飞燕:汉成帝宠爱的皇后,后来废为庶人,自杀。她俩都以善妒著名。舞:这里用来表示得意。

⑩闲愁:指精神上的苦恼。

⑪烟柳断肠处:暮烟笼罩着杨柳、使人愁苦的地方。

【赏析】

这首词《花庵词选》题作"暮春",是借春意的阑珊来衬托自己的哀怨。词里面的玉环、飞燕,似是用来比喻朝廷里当权的主和派。

木兰花慢

中秋饮酒,将旦,客谓前人诗词有赋待月,无送月者,因用《天问》体赋①。

可怜今夕月,向何处,去悠悠?是别有人间,那边才见,光影东头?是天外,空汗漫②,但长风浩浩③送中秋?飞镜④无根谁系?嫦娥不嫁谁留?

谓经海底问无由⑤,恍惚使人愁。怕万里长鲸⑥,纵横触破,玉殿琼楼。虾蟆⑦故堪浴水,问云何玉兔解沉浮?若道⑧都齐无恙,云何渐渐如钩?

【注释】

①《天问》:楚辞篇名,屈原作。全篇由一百七十多个问题组成,包括天文现象、神话传说、历史人物等方面的内容,反映了屈原勇于探索的精神。用《天问》体赋,就是采用《天问》的形式写词。可怜:可爱。

②汗漫:辽阔无边。

③浩浩:广大貌。

④飞镜:指月亮。姮娥:即嫦娥,传说为月宫仙子。这两句说,月亮没有根,

是谁把它拴在空中的？嫦娥不出嫁，又是谁把她留在月宫中呢？

⑤无由：无从，没有门径。恍惚：模糊隐约，不可捉摸。这两句说，如果说月亮经过海底，又无从寻问，叫人难以想象，使人百思不得其解，从而为之发愁。

⑥万里长鲸：巨大的鲸鱼。玉殿琼楼：传说中月宫中的玉殿琼楼。

⑦虾蟆：指传说中月宫的蟾蜍。故堪：本来可以。玉兔：指传说中月宫的白兔。解沉浮：识水性。这两句说，虾蟆本来就会游水，所以它可以随着月亮出没海中，可是请问白兔怎么会识水性呢？

⑧若道：如果说。无恙：没有毛病。这两句说，如果说月宫中的一切都依然无恙，那么为何中秋的圆月逐渐又变成弯钩的月牙了呢？

【赏析】

中秋之夜，作者与客人饮酒赏月，遥望碧空，浮想联翩，于是即兴挥毫，仿效《天问》体写作此词，用艺术形式提出了若干有关天体方面的问题。词的构思新颖，想象丰富，既富于浪漫主义色彩，也表现了词人探索自然奥妙的兴趣。王国维《人间词话》说："词人想象，直悟月轮绕地之理，与科学家密合，可谓神悟。"

永 遇 乐

千古江山，英雄无觅、孙仲谋处①。舞榭歌台，风流总被雨打风吹去。斜阳草树，寻常巷陌，人道寄奴曾住②。想当年，金戈铁马，气吞万里如虎③。

元嘉草草，封狼居胥，赢得仓皇北顾④。四十三年，望中犹记，烽火扬州路⑤。可堪回首，佛狸祠下，一片神鸦社鼓⑥。凭谁问，廉颇老矣，尚能饭否⑦？

【注释】

①孙仲谋：孙权字仲谋，三国时东吴国主。他曾在京口建立吴都，并打败来自北方的曹操军队。

②寄奴：南朝宋武帝刘裕的小名。他的祖先由北方移居京口。刘裕在这里起事，最后建立政权。

③"想当年"三句：晋安帝义熙五年、十二年，刘裕曾两次统率晋军北伐，先后灭南燕、后秦，收复洛阳、长安等地。此指其事。金戈：用金属制成的长枪。铁马：披着铁甲的战马。都是当时精良的军事装备。

④"元嘉"三句：宋文帝刘义隆（刘裕的儿子）在元嘉二十七年草率出师北伐，想要建立像古人封狼居胥山那样的功绩，最后落得惨败。当时韩侂胄试图北伐而准备不足，辛弃疾借元嘉事以针砭。封狼居胥：汉朝霍去病追击匈奴至狼居胥山（今内蒙古自治区西北部），封山（筑土为坛以祭山神，纪念胜利）而还。

⑤"四十三年"二句：作者于绍兴三十二年从北方抗金南归，至此任镇江知府作本词时，前后其四十三年。烽火：指金兵南下的战火。

⑥"可堪"二句：以敌占区庙宇香火正盛，暗示北方金国统治已稳固。佛狸：魏太武帝拓跋焘小名佛狸，击败王玄谟军后，他曾率追兵至长江北岸的瓜步山，在山上建立行宫，即后来的佛狸祠，也叫太武帝庙。神鸦：庙里吃祭品的乌鸦。社鼓：社日祭神时击的鼓。

⑦"凭谁问"三句：作者以廉颇自比，说自己虽然老了，但仍思为国效力恢复中原，可朝廷早就把他撇在一边了。《史记·廉颇蔺相如列传》载：廉颇被免职后，跑到魏国。赵王想再用他，派人去看他身体情况，"廉颇之仇郭开多与使者金，令毁之。赵使者既见廉颇，廉颇为之一饭斗米，肉十斤，被甲上马，以示尚可用。赵使还报王曰：'廉将军虽老，尚善饭；然与臣坐，顷之三遗矢矣。'赵王以为老，遂不诏。"

【赏析】

辛弃疾六十六岁时做镇江（今属江苏省）知府（地方长官），这首词是这时写的。他歌颂孙权、刘裕能够抵抗北方的强敌，谴责刘义隆北伐的失败，可以看出作者是要求做好一切准备来争取抗金的胜利的。但是四十多年来，战斗的火焰熄灭了，女真贵族在中原的统治加强了，南宋小朝廷根本不重视有抗敌经验的老将，这些都使他感到苦闷和愤慨。词的风格抑郁低沉，反映出作者对国事无能为力、忧心如焚的情绪。词里用了不少典故，显得有些艰深难懂；可是，概括的内容和意义却是丰富的。

鹧 鸪 天

壮岁旌旗拥万夫，锦襜突骑渡江初①。燕兵夜娖银胡䩮，汉箭朝飞金仆姑②。追往事，叹今吾，春风不染白髭须③。却将万字平戎策，换得东家种树书④。

【注释】

①"壮岁"两句：回忆当年率众起义、突骑渡江情景。壮岁：少壮之时。拥万夫：率领上万名抗金义士。锦襜：锦衣。襜：音 chān，短上衣。突骑：突击敌军的骑兵。渡江：指南渡归宋。

②"燕兵"两句：描叙夜闯金营、活捉叛将的战斗场面。上句言金兵戒备森严，下句言义军奔袭和突围。燕兵：指金兵。燕，战国时燕国，据有今河北北部和辽宁西部一带，此泛指被金人占领的中原地区。银胡䩮：饰银的箭袋，多用皮革制成。既用以盛箭，兼用于夜测远处声响。唐人杜佑《通典·守拒法》："令人枕空胡䩮卧。有人马行三十里外，东西南北皆响于胡䩮中。名曰'地听'，则先防备。"宋人《武经备要前集》也有类似之说。娖：音 chuò，谨慎貌，小心翼翼的样子。汉箭：用"汉"字代表"宋"，指稼轩率领的部队。金仆姑：箭名。据《左传·庄公十一年》载，鲁庄公曾用此箭射伤宋国大将南宫长万。按：或谓上片仅写首次南渡事。

言稼轩一行奉表至扬州,正值金主亮被部下射杀。稼轩等乘兵乱之际,冲过敌阵而渡江南去。

③春风不染白髭须:言春风染绿万物,却不能染黑我的白须。欧阳修《圣无忧》词:"春风不染髭须。"髭须:胡须。

④"却将"两句:谓空有壮志宏略,只落得种树田园。万字平戎策:指抗金复国的良策。按:稼轩南归后,曾先后上《美芹十论》和《九议》,力陈抗金战略,但都未得朝廷重视,故有此叹。东家:东邻家。种树书:研究栽培树木的书籍。《史记·秦始皇本纪》记始皇焚书"所不去者,医药、卜筮、种树之书"。比喻归隐。韩愈《送石洪》诗:"长把种树书,人云避世士。"

【赏析】

这首词大概作者晚年闲居铅山瓢泉时,因客人与他谈起建立功名之事,引起他回想从青年到晚年的经历而作的。

菩 萨 蛮

郁孤台下清江水①,中间多少行人泪②。西北望长安,可怜无数山③。
青山遮不住,毕竟东流去④。江晚正愁余⑤,山深闻鹧鸪⑥。

【注释】

①郁孤台:在今赣州市西北,因"隆阜郁然,孤起平地数丈"得名。唐李勉为虔州(即赣州)刺史,登临北望,慨然曰:"余虽不及子牟,而心在魏阙一也,郁孤台岂令名乎!"遂改郁孤为望阙。清江:即赣江。章、贡二水抱赣州城而流,至郁孤台下汇为赣江北流,经造口、万安、太和、吉州(今吉安)、隆兴府(即洪州、今南昌市),入鄱阳湖注入长江。

②行人:此指流离失所之人。据《宋史·高宗本纪》记载,建炎三年至四年间(1129—1130)金兵南侵,分两路渡江。一路是主力军,陷南京,直指临安(杭州),追宋高宗,扰乱浙东。另一路从湖北进军江西,追隆祐皇太后。隆祐由南昌仓猝南逃,到赣州才获致安全。赣西一带受到金兵的侵扰,劫掠杀戮很惨,致使百姓大批流亡。

③"西北望长安"二句:意谓远望西北故都长安,可惜被重重迭迭的山遮住了视线。长安:在今陕西省西安市附近,汉、唐等朝建都于此。这里指北宋都城汴京(今河南开封)。

④"青山遮不住"二句:是说青山虽能阻挡人的视线,但却不能阻挡激流勇进的江水。暗示收复北方山河的大业是历史发展的必然趋势,任何人改变不了它的方向。

⑤愁余:使我感到忧愁。

⑥鹧鸪:鸟名。它啼声凄厉似呼"行不得也哥哥!"罗大经《鹤林玉露》认为:"闻鹧鸪之句,谓恢复之事行不得也。"此解过实。其实作者闻鹧鸪而悲,是对前途感到迷惘,感慨自己的恢复志向难以实现。

【赏析】

这首词作于宋孝宗淳熙二、三年间(1175—1176),作者任提点江西刑狱,驻节赣州,途经造口,书词于壁。

破 阵 子

为陈同甫①壮词以寄之

醉里挑灯看剑②,梦回吹角连营③。八百里分麾下炙④。五十弦翻塞外声⑤,沙场秋点兵⑥。

马作的卢飞快⑦,弓如霹雳弦惊⑧。了却君王天下事⑨,赢得⑩生前身后名。可怜白发生⑪!

【注释】

①陈同甫:即陈亮。

②醉里挑灯看剑:喝"醉"酒后,把灯拨亮,抽出宝剑细看(表示想要杀敌立功)。

③梦回吹角连营:从睡梦中醒来,听到各个军营里接连响起了嘹亮的号角声。梦回:梦醒。

④八百里分麾下炙:意思是烤牛肉分赏给广大部下。八百里:牛名。古代一种肥健能行的牛称八百里。《世说新语·汰侈》:"王君夫有牛,名八百里驳(花牛)。"是说晋王恺有牛名八百里驳。王济与王恺比射,以八百里驳为赌物。济获胜,遂杀牛作炙。苏轼《约公择饮是日大风》诗:"要当啖公八百里,豪气一洗儒生酸!"分:分享。麾下:部下。炙:烤肉。

⑤五十弦翻塞外声:乐队奏起雄壮的边塞乐曲。五十弦:指瑟。《史记·封禅书》记太帝使素女鼓五十弦瑟,其音悲切。这里代指军中乐器。翻:此指演奏。塞外声:以边塞生活为题材的雄壮悲凉歌曲。此句借军乐的悲壮写军中生活的豪壮气氛。

⑥沙场秋点兵:秋天在战场上检阅军队。沙场:战场。点兵:阅兵。

⑦马作的卢飞快:战马像的卢那样奔驰。作:如,像。的卢:一种烈性的快马。《相马经》说,马白额入口至齿者名的卢。《三国志·蜀书·先主传》注引《世语》说,刘备在一次逃难中,横渡檀溪,陷进深水中,所骑"的卢乃一跃三丈,遂得过。"

⑧弓如霹雳弦惊:拉弓射箭,发出霹雳般的惊人响声。《南史·曹景宗传》:"景宗谓所亲曰:'我昔在乡里,骑快马如龙,与年少辈数十骑,拓弓弦作霹雳声,

箭如饿鸱叫……此乐使人忘死,不知老之将至。'”霹雳:雷声。此处用以形容弓弦声之有力。

⑨了却:完成。君王天下事:国家大事。此指恢复国家统一之事。古代把君王看作国家的象征,所以说“君王天下事”。

⑩赢得:取得。生前身后名:生前死后都留个美名。

⑪可怜白发生:可叹我如今头发都白了。(意思是壮志未酬,白发先生,一事无成。)

【赏析】

这是一首“壮词”,是作者在与陈亮相互唱和了五首《贺新郎》之后写的。全词以雄快酣畅的笔墨,描写自己想象中的为国杀敌立功、驰骋疆场的战斗生活和英雄事业。这是作者平生梦寐以求的理想,也对陈亮寄予的巨大希望、热情支持和鼓励。

清 平 乐

茅檐低小①,溪上青青草②。醉里吴音相媚好,白发谁家翁媪③。
大儿锄豆溪东④,中儿正织鸡笼;最喜小儿无赖⑤,溪头卧剥莲蓬⑥。

【注释】

①茅檐低小:低矮的茅屋。

②溪上:溪边。

③“醉里吴音相媚好”二句:不知道是谁家的老公公、老婆婆喝醉了,讲着柔媚动听的南方话,谈笑取乐。吴音:吴方言。作者居住的上饶地区,旧属吴国。相媚好:指相互亲近地交谈。媪:音ǎo,年老的妇女。

④锄豆:锄掉豆地里的野草。

⑤无赖:指小孩嬉皮笑脸的样子。

⑥卧剥:一作“看剥”。“卧”字比“看”字较胜。更能表现小儿“无赖”神态。

【赏析】

这首词是作者归隐上饶地区闲居时所写。它描写江南农村某人家的环境和一个老小五口之家的风俗生活画面。作者以白描手笔,将这一家老小五人的不同面貌和情态表现得惟妙惟肖、活灵活现,具有浓厚的生活气息。

太 常 引

一轮秋影转金波①。飞镜又重磨。把酒问姮娥:被白发、欺人奈何!
乘风好去,长空万里,直下看山河。斫去桂婆婆,人道是、清光更多②。

【注释】

①金波:指月光。飞镜:指月亮。这两句说一轮明月在秋夜的天空中移动,它像刚刚重新磨过的铜镜那样晶莹明亮。

②斫去:砍掉。婆娑:形容月中桂树枝叶纷披的样子。这两句用杜甫《一百五月夜对月》诗:"斫去月中桂,清光应更多。"

【赏析】

本篇是辛弃疾在建康(今南京)任江东安抚司参议官时所写,上篇写中秋对月兴叹,抒发作者事业无成,岁月虚度的感慨,下篇通过幻想乘飞上升。表达词人对祖国山河的热爱,对光明的向往和对黑暗的憎恶。

念 奴 娇

我来吊古,上危楼,赢得闲愁千斛①。虎踞龙蟠何处是?只有兴亡满目。柳外斜阳,水边归鸟,陇上吹乔木②。片帆西去,一声谁喷霜竹③?

却忆安石风流,东山岁晚,泪落哀筝曲。儿辈功名都付与,长日惟消棋局。宝镜难寻,碧云将暮,谁劝杯中绿④?江头风怒,朝来波浪翻屋。

【注释】

①千斛:喻愁之多。

②陇:高地。乔木:高大的树木。

③喷霜竹:吹笛。

④杯中绿:谓酒。古代酒多呈青绿色。

【赏析】

金陵为"六代豪华"之地,历来登临者多有咏叹,但不少仅仅流于发思古之幽情。此词不然,它是借古讽今而深含国忧之作。

木兰花慢

老来情味减,对别酒,怯流年。况屈指中秋,十分好月,不照人圆。无情水都不管,共西风、只管送归船。秋晚莼鲈江上①,夜深儿女灯前。

征衫,便好去朝天,玉殿正思贤。想夜半承明②,留教视草③,却遣筹边。长安故人问我,道愁肠殢酒只依然④。目断秋霄落雁,醉来时响空弦。

【注释】

①"秋晚"句:用张翰事。

②承明:汉代宫中有承明庐,用侍臣轮流值班明住宿的地方。

③视草:为皇帝拟制诏书之稿。

④殢:音tì,困于,沉溺于。

⑤"目断"二句:《战国策·楚策》:"更羸(léi)与魏王处京台之下,仰见飞鸟,更羸谓魏王曰:'臣为君引弓虚发而射鸟。'……有间,雁从东方来,更羸以虚发而下之。"这里是说自己见到落雁便联想到弓箭,即使酒醉之后,也好像时时听到弓弦声。

【赏析】

这首词作于乾道八年(1172)滁州(今属安徽)任上。为送他的同事赴京城临安而作。辛弃疾南归后多年辗转后方州县,始终不得重用,内心非常悲愤。于是在送别好友的时候,表达了自己有志难伸的感怆。

西 江 月

明月别枝惊鹊①,清风半夜鸣蝉②。稻花香里说丰年,听取蛙声一片③。
七八个星天外,两三点雨山前④。旧时茅店社林边,路转溪桥忽见⑤。

【注释】

①明月别枝惊鹊:是"明月惊鹊别枝"倒文。意思是明亮的月光惊飞了栖在树枝上的鹊儿。别:离开,飞走。苏轼《次韵蒋颖叔》诗:"明月惊鹊未安枝。"此用其意。

②清风半夜鸣蝉:清风徐徐吹来,半夜里蝉声鸣叫不停。

③"稻花香里说丰年"二句:稻花飘香,蛙声一片,听起来好像它们在歌唱丰年。听取:听着,听到。

④"七八个星天外"二句:意谓天外稀疏的星星和山前零落的小雨。

⑤"旧时茅店社林边"二句:走过溪桥,再拐个弯,在土地庙的树林旁边,忽然发现了那个旧时的茅店。旧时:指从前。社林:土地庙边的树林。

【赏析】

这首词是作者闲居上饶时所作。上片写农村夏夜里的幽美景色:皎皎明月,微微清风,幽幽稻香;乌鹊飞啼,蝉鸣高树,蛙声一片。作者通过对大自然中动、静景物的形象描绘,表现他对丰收在望及与人民同呼吸的喜悦心情与深厚感情。下片写作者沉浸在稻花香中以致忘路远近。及遇小雨,便急行赶路。而于路转溪桥之处,旧时茅店忽然在眼前的动人情景,其惊喜之态,跃然纸上。这首词运用大体整齐匀称的句式,灵活多变的手法,笔调轻快,语言浅明,摹写真实,使人闻到一股浓郁的乡土气息。

千 年 调

蔗庵子阁名曰厄言,作此词以嘲之①

厄酒向人时,和气先倾倒②。最要然然可可,万事称好③。滑稽坐上,更对鸱夷笑④。寒与热,总随人,甘国老⑤。

少年使酒,出口人嫌拗⑥。此个和合道理,近日方晓。学人言语,未会十分巧⑦。看他们,得人怜,秦吉了⑧!

【注释】

①约写于淳熙十二年(1185)前后,稼轩正罢居带湖。蔗庵:郑汝谐,字舜举,号东谷居士,浙江青田人。主抗金,稼轩称他"老子胸中兵百万"。其时任江西转运使,兼知信州。后为大理寺少卿,曾持公论释陈亮,历官吏部侍郎。(见《青田县志·人物志》)他在信州建宅第取名"蔗庵",并以此自号。又为其小阁取名"厄言",稼轩借题发挥,作词以嘲。厄言:没有独立见地、人云亦云的话。语出《庄子·寓言》:"厄言日出"。后人亦借作自己言论或著作的谦词。

②"厄酒"两句:做人应如"厄",满脸和气,一见权贵就倾倒。厄:音 zhì,古时的一种酒器。它满酒时就向人倾倒,酒空时则仰起平坐。

③"最要"两句:最要紧的须万事唯唯诺诺,连连称"好"。然然:对对。可可:好好。

④"滑稽"二句:滑稽、鸱夷,一唱一和,相对而笑,一路货色。滑稽:古代的一种斟酒器。鸱夷:古代一种皮制的酒袋。按:两种器具不停地倒酒,喻滔滔不绝、巧言花语、取媚权贵的小人。

⑤"寒与热"三句:处世应如甘草,无论寒症热病,均可调和迎合。甘国老:指中药甘草,它味甘平,能调和众药,治疗百病,故享有"国老"之美称。

⑥"少年"两句:言己少年时说话不顺世俗,惹人生厌。使酒:喝酒任性。拗:别扭,不顺,指不合世俗。

⑦"此个"四句:谓此种调和折中的处世之道,刚刚懂得,可惜那一套应酬的语言技巧,尚未学到家。

⑧"看他们"三句:谓他们正像秦吉了,所以博得人们的喜爱。怜:爱怜,疼爱。秦吉了:鸟名,一名鹩哥,黑身黄眉,善学人语,尤胜鹦鹉。白居易《新乐府·秦吉了》:"耳聪心慧舌端巧,鸟语人言无不通。"

【赏析】

借题发挥,堪称绝妙的讽刺小品,上片连用四喻——酒厄、滑稽、鸱夷、甘草,将世俗小人那种俯仰随人,巧言令色,八面玲珑,四方讨好的丑态,讽刺得淋漓尽致,入木三分;下片转笔自身,由出时幼逆,到初晓其理,到为人言语,最后结以功不到家,体会深切,实是一种对比反衬之笔,既说明了自己刚正不阿,不肯随波逐流的秉性难移,更反衬出"耳聪心慧舌端巧"的"秦吉了"辈的卑下品格。

丑奴儿近

博山①道中效李易安体②

千峰云起,骤雨一霎儿价。更远树斜阳,风景怎生图画?青旗③卖酒,山那畔、别有人家。只消山水光中,无事过这一夏。

午醉醒时,松窗竹户④,万千潇洒。野鸟飞来,又是一般闲暇。却怪白鸥,觑着人欲下未下。旧盟都在,新来莫是,别有说话?

【注释】

①博山:在永丰西(今江西广丰)二十里,古名通元峰,因形似庐山玉炉峰,故改名博山。

②易安体:著名女词人李清照,字易安。她的词善用白描,明白如话,生动细腻地描写了景物和人的心理状态。本词注明"效李易安体"即用白描手法。

③青旗:酒店的布招牌多用青色,故称青旗。

④松窗竹户:窗户外面全是松树和竹子。

【赏析】

本词通过对博山风景的赞美,表达了词人对大自然的由衷热爱。在孤独环境中,不甘寂寞,在逆境中仍想报效国家,托物言志,以古喻今,挥洒自如,意蕴深厚,感情浓烈,波澜起伏。在悲凉的气氛中表现了豪放不羁的风格。

鹧鸪天

送　人

唱彻阳关①泪未干,功名余事②且加餐。浮天水送无穷树,带雨云埋一半山。

今古恨,几千般,只应离合是悲欢?江头未是风波恶,别有人间行路难。

【注释】

①阳关:送别的曲子。据王维《送元二使安西》谱成的《阳关三叠》。

②功名余事:功名是次要的事。

【赏析】

这是一首送别词。由于他本身政治遭遇的不幸,使他把功名当作余事的旷达,只是暂时的解脱。政治上的阴影时刻萦怀,驱之不散,即使在劝慰友人看透世事时,自己仍不免堕入感慨悲叹的旧渊。

程 垓

程垓,生卒年不详。字正伯,眉山(今四川)人。有《书舟词》。

卜 算 子

独自上层楼,楼外青山远。望到斜阳欲尽时,不见西飞雁①。
独自下层楼,楼下蛩声怨②。待到黄昏月上时,依旧柔肠断。

【注释】

①不见西飞雁:古代有鸿雁捎书之说,不见西飞雁即是说久无音信。

②蛩声怨:蟋蟀的叫声凄凉悲哀。

【赏析】

这是一首佳人望远怀人的闺情词,上片写登楼所见,不见归雁,徒见青山残阳而增愁思。下片写下楼所闻,蛩声悲切,似助人愁。结推至黄昏,黄昏月夜,情境愈加凄寒,"依旧"句举重若轻,收合全篇。全词由上楼、下楼、待到的时间线索,组织形象,凡所闻见,皆足伤心。上下片以"独自上楼"、"独自下楼"开始,伶俜无依,百般无聊的形象十分突出。语言流畅自然,风格凄清。

愁 倚 阑

春犹浅,柳初芽,杏初花。杨柳杏花交影处,有人家。
玉窗明暖烘霞①。小屏上、水远山斜。昨夜酒多春睡重,莫惊他。

【注释】

①玉窗:窗之美称。王维《班婕妤》:"玉窗萤影度,金殿人声绝。"烘:渲染,衬托。

【赏析】

全词写景由远及近,铺排而下,步步烘托。词人在对景物的描绘中,渗透了他对生活的理想与愿望。

水 龙 吟

夜来风雨匆匆,故园定是花无几。愁多怨极,等闲孤负,一年芳意。柳困花慵,杏青梅小,对人容易。算好事长在,好花长见,元只是、人憔悴。
回首池南旧事,恨星星,不堪重记①。如今但有,看花老眼,伤时清泪。不怕逢花瘦,只愁怕,老来风味。待繁红乱处,留云借月②,也须拼醉。

【注释】

①星星:犹点点,形容细小。

②留云借月:意为珍惜美好的时光。朱敦儒《鹧鸪天》:"曾批给雨支风券,累奏留云借月章。"

【赏析】

此词为作者客中伤春感怀,抒发思念家乡、忧伤时事之作。全篇情景相生,刚柔相济,风格凄婉绵丽,表达了一位失意者的彷徨和苦闷。

渔 家 傲

独木小舟烟雨湿,燕儿乱点春江碧①。江上青山随意觅②,人寂寂,落花芳草催寒食③。

昨夜青楼今日客,吹愁不得东风力④。细拾残红书怨泣⑤,流水急,不知那个传消息⑥。

【注释】

①此句言舟小、雨细、江水碧而雨燕穿飞其间。此景凝幽、湿重。

②此句言舟缓行慢。因舟行不快,对两岸青山才可随意巡览。虽有李白"两岸青山相对出"之意,却无其"孤帆一片日边来"之心情。

③人寂寂:指行人寥寥无几。寂寂:本指清静无声,晋左思《咏史》:"寂寂杨子宅,门无卿相舆。"寒食:指寒食节。此句是说时近清明,而不见扫墓之人。极言此地之荒凉。

④此句是说,借助春风之力也吹不去心中的愁绪,况现在此地无一点春风。

⑤此句是说,强打精神写了一封倾述心中愁怨的书信。

⑥此句是说,信写得了,而望着湍急的江水却不知怎样才能寄给你。此处言水急,方显见前言舟行慢乃是心急之语,而实非船慢。

【赏析】

该词是以一女子的口吻,述说与情人的失散流离之苦,及切盼与之相聚而无着的心情。

陈 亮

陈亮(1143—1194),字同甫(即同父),婺州永康(今浙江省)人。《宋史》本

传称他："为人才气超迈,喜谈兵,议论风生,下笔数千言立就。"对于"隆兴和议",他不同众议,表示反对,始终坚持抗战。不仅在政治上,在学术上也提出了自己独到的见解。他具有积极的用世精神,一生没有做过官(死前的一年考取进士第一名),个人的生活遭遇到很多不幸。今传《龙川词》。

念 奴 娇

登多景楼①

危楼还望②,叹此意、今古几人曾会?鬼设神施③,浑认作、天限南疆北界④。一水横陈,连岗三面⑤,做出争雄势⑥。六朝何事,只成门户私计⑦?

因笑王谢诸人⑧,登高怀远,也学英雄涕。凭却长江,管不到、河洛腥膻无际⑨。正好长驱,不须反顾,寻取中流誓。小儿破贼⑩,势成宁问强对⑪!

【注释】

①多景楼:在江苏镇江市北固山上甘露寺内,北面长江。

②危楼还望:在高楼上四面眺望。还:通环。

③鬼设神施:是说江山构造的奇巧非人工所能。

④"浑认作"句:都认为长江是天然划分南北的疆界。

⑤"一水横陈"两句:镇江北面长江,东、南、西三面都是山冈环绕着。

⑥做出争雄势:形成进可以争雄中原的有利形势。

⑦只成门户私计:是说南朝统治阶级依靠长江天堑作为偏安的自私打算。

⑧王谢诸人:泛指当时有声望地位的士大夫。

⑨河洛腥膻无际:广阔的中原地带都成为敌占区,充满了腥膻之气。河洛:黄河、洛水,指中原地带。腥膻,同膻腥。

⑩小儿破贼:《通鉴》卷一百○五记淝水之战:"谢安得驿书,知秦兵已败。时方与客围棋,摄书置床上,了无喜色,围棋如故。客问之,徐答曰:'小儿辈遂已破贼。'"当时统率东晋军队和秦兵作战的是谢安的弟弟谢石、侄儿谢玄,故称为"小儿辈"。

⑪势成宁问强对:大势有利于我,又何必怕它是强敌呢。强对:犹言劲敌。强:一作"疆",误。以上两句按照词意,也可以标点为:"小儿破贼势成,宁问强对?"

【赏析】

这首词表现出作者卓越不凡的观点和坚定的爱国立场。他反对所谓天然界限、南北分家的谬论,认为江南的形势有利于争取中原,南朝统治者划江自守只是为了自私的打算。他坚决要求恢复中原,并指出当前"正好长驱"北伐的胜利前景。向来写怀古词总不免夹杂一些抚今追昔的伤感成分,这是一个例外,他批判了东晋士大夫悲观、失望的情绪,重申祖逖中流誓师、义无反顾的决心。这种积极、豪迈的精神,在南宋词人中是不多见的。

贺 新 郎

答辛幼安和见怀韵①

老去凭谁说②?看几番、神奇臭腐,夏裘冬葛③!父老长安今余几④?后死无仇可雪。犹未燥、当时生发⑤?二十五弦多少恨⑥,算世间、那有平分月⑦!胡妇弄,汉宫瑟⑧。

树犹如此堪重别⑨!只使君、从来与我,话头多合⑩。行矣置之无足问⑪,谁换妍皮痴骨⑫?但莫使伯牙弦绝⑬!九转丹砂牢拾取,管精金只是寻常铁⑭。龙共虎,应声裂⑮。

【注释】

①辛幼安:即辛弃疾。和见怀韵:用辛弃疾为怀念陈亮而写的《贺新郎·把酒长亭说》原韵奉和,故称为“和见怀韵”。

②老去凭谁说:年纪老了,有话向谁去诉说。凭:向的意思。

③“看几番”三句:意思是看够了三番几次世事不断反复变化,颠倒离奇。神奇臭腐:指事物巨大而频繁的变故。夏裘冬葛:是说夏天穿皮毛衣,冬天穿葛布衣,形容事情的颠倒离奇。

④父老长安今余几:意谓中原沦陷已久,当年父老渐已死去,所剩无几。长安:代指以汴京为中心的中原地区。

⑤“后死无仇可雪”二句:如今在世的,都是当年胎发未干的婴儿,他们未经过亡国之初的深重灾难,对誓雪国耻的观念已逐渐淡薄,甚至感到无仇可报。后死:后辈,指青年一代。生发:胎毛发。南朝宋文帝刘义隆要收复黄河以南故土,北魏太武帝拓跋焘说:“我自生发未燥(胎毛发未干)即知河南是我境土,安得为南朝故地。”(见《资治通鉴·宋纪三》)

⑥二十五弦多少恨:是说瑟中弹出多少悲恨。二十五弦:指瑟。《史记·封禅书》记:“太帝使素女鼓五十弦瑟,悲,帝禁不止,故破其瑟为二十五弦。”

⑦平分月:月亮分成两半。比喻祖国山河南北分裂。

⑧“胡妇弄”二句:是说北宋故都宫殿里的瑟而今被金贵族占领者的妇女弹弄。借指汴京破后礼器文物被金人掠取一空的悲剧。胡妇:指金国女子。汉宫:指北宋故宫。

⑨树犹如此堪重别:意谓人都老了,不堪忍受再度别离的痛苦。重别:陈亮与辛弃疾曾在临安相会过,所以说是又一次分别。

⑩“只使君”三句:意思是说,只有你我说话很投机,你是最能理解我的惟一

知己。使君:指辛弃疾。使君:古时对州郡行政长官的尊称。

⑪ 行矣置之无足问:意思说,我走了,那些事且放在一边,没有什么可说的。

⑫ 谁换妍皮痴骨:我改变不了被人视为狂怪的本性。妍皮痴骨:外貌俊美,内心愚笨。

⑬ 但莫使伯牙弦绝:意谓希望我们的信念和友谊永不断绝。伯牙弦绝:指失去知音。

⑭ "九转丹砂牢拾取"二句:是说我们要像炼丹一样,坚持修炼;精金就是由普通的铁炼成的。此二句比喻只要坚定信心,永不灰懈,抓住有利时机,则救国大业必能成功。九转丹砂:古代道教徒炼丹,认为经过九转炼成的丹砂,可以点铁成金;人吃了可以成神。拾取:收领。管:即使。精金:指纯钢。

⑮ "龙共虎"二句:谓只要火候一到,丹炉中裂响了,龙虎丹就炼成而迸裂出丹鼎。龙共虎:指龙虎仙丹。应声:随着声音。裂:迸发。

【赏析】

淳熙十五年(1188)冬,陈亮由浙江东阳到江西上饶,访问罢官闲居带湖的辛弃疾。然后,二人同往紫溪,等候相约的朱熹,在那里盘桓了十日,朱熹未至,陈亮只好东归。别后,辛弃疾惆怅思之,乃作《贺新郎》(把酒长亭说)以寄意。时隔五日,辛收到陈亮索词的书信,便将《贺新郎》录寄。陈见辛词后,依辛弃疾词原韵而作此词答之。这是陈亮与辛弃疾所唱和的第一首。以后,两人又以此调相和了几首,计辛弃疾两首,陈亮三首。

水调歌头

送章德茂大卿使虏①

不见南师久②,谩说北群空③。当场只手④,毕竟还我万夫雄。自笑堂堂汉使⑤,得似洋洋河水⑥,依旧只流东⑦。且复穹庐拜⑧,只向藁街逢⑨。

尧之都,舜之壤,禹之封⑩。于中应有,一个半个耻臣戎⑪。万里腥膻如许⑫,千古英灵安在⑬,磅礴几时通?胡运何须问⑭,赫日自当中⑮。

【注释】

①章德茂:章森,字德茂,四川绵竹人。淳熙十二年(1185)冬,以大理少卿试户部尚书使金,贺万春节(金世宗完颜雍生辰)。

②南师:指南宋的军队。

③谩说:胡说。北群空:相传伯乐善于相马,过冀北而马群空(良马都被挑选走了)。

④当场只手:当场大事,只手可了。

⑤堂堂:形容强大。《史记·滑稽列传》:"以楚国堂堂之大,何求不得?"

⑥得似:岂能像。洋洋:水大的样子。

⑦流东:向东流去。古代以河水东流归海,比喻诸侯朝见天子。

⑧且复:姑且再次。穹庐:北方少数民族居住的圆形毡帐。这里指金廷。

⑨蒿:音gǎo,汉代长安城内的一条街名,是当时各国使节居住的地方。

⑩尧、舜、禹:传说中的古代贤君。都:都城。壤:土地。封:疆域。

⑪耻臣戎:以向敌人称臣为可耻。戎:古代对西部少数民族的称呼,这里是指女真族而言。

⑫腥膻:腥膻的气味。这里指金人占领的疆土。

⑬千古英灵:指古代英雄人物的灵魂和精神。

⑭胡运:指金朝的命运。何须问:何必再问,有不问可知的意思。

⑮赫日:光辉的太阳。自当中:自当照耀于中天。

【赏析】

淳熙十二年(1185)冬,章德茂奉命使金,祝贺金主完颜雍生辰(万春节),临行时陈亮写了这首词来鼓舞和勉励他。本篇即事感怀,立意高远,气豪语壮,是一曲慷慨激昂、充满胜利信心的爱国主义战歌。词中议论和抒情相结合,语言劲直而不粗率,痛快淋漓,挥洒自如,深得阳刚之美。

虞 美 人

春 愁

东风荡飏轻云缕①,时送萧萧雨。水边台榭燕新归。一口香泥湿带、落花飞。

海棠糁径铺香绣②,依旧成春瘦。黄昏庭院柳啼鸦。记得那人和月、折梨花。

【注释】

①荡飏:即荡扬。

②糁:这里是散落之意。

【赏析】

这是一首描写春愁的词作。上片写落花和春愁。"东风"两句,写风、云、雨。词人用"萧萧"状之声,衬托春雨之大。叫人从雨声中去想像那愁人的场面。"水边"两句,写在"水边台榭"上观察到的情景。词人抓住从烟雨中飞回的燕子来刻画残春的景色。燕子悠然而飞,词人却能注意到它身上粘带的一片落花,这不仅写出了词人的敏感,也与前边的寒风苦雨紧相照应,令人想到百花是怎样地遭受着摧残,从而联想到人生的短暂和无常。一种愈来愈强烈的伤春之感,通过眼前的物象,生动地传达给了读者,引起人们强烈的共鸣。

姜　夔

　　姜夔(约1155—1221),字尧章,号白石道人,饶州鄱阳(今江西县名)人。少年时流寓两湖的汉阳、长沙一带。后来家居浙江吴兴,漫游苏、杭、扬、淮之间,到处依人作客。在政治上困顿、失意,始终是个布衣。他以唐朝隐居江湖的诗人陆龟蒙自比。可是他并不是什么隐士,而是名公巨卿的清客。他在文学艺术上具有多种才能,是诗人、词人、书法家、音乐家。当时的大作家范成大、杨万里和辛弃疾都激赏他的作品。词的成就为最高。今传《白石道人歌曲》。其中十七首注明工尺谱,是研究宋词乐谱稀有的宝贵资料。

点　绛　唇

丁未冬过吴松作①

燕雁无心,太湖西畔随云去。数峰清苦②,商略黄昏雨③。
第四桥边④,拟共天随住⑤。今何许?凭栏怀古,残柳参差舞。

【注释】

①宋孝宗淳熙十四年(1187)作者道经吴松至苏州时作。吴松:即吴淞江,俗称苏州河,是太湖的支流,经吴淞、苏州等地至上海合流于黄浦江。

②清苦:形容寒山的寥落、荒凉。

③商略:商量、蕴酿。

④第四桥:《苏州府志》:"甘泉桥一名第四桥,以泉品居第四也。"

⑤天随:唐诗人陆龟蒙号天随子,居松江甫里。辛文房《唐才子传》说他时放扁舟,挂蓬席,安置束书、茶灶、笔床、钓具,游于江湖间。姜夔以他自比。

【赏析】

　　陈廷焯《白雨斋词话》说:"《点绛唇》一阕,通首只写眼前景物,至结处云:'今何许?凭阑怀古,残柳参差舞',感时伤事,(中略)无穷哀感,都在虚处;令读者吊古伤今,不能自止,洵推绝调。"这里所谓"虚处",也就是指姜夔"清空"的特征。陈氏特别赏识这一点,因而对这首空泛的怀古词评价过高。

侧 犯

咏 芍 药

恨春易去,甚春却向扬州住。微雨。正茸栗梢头弄诗句①。红桥二十四②,总是行云处③。无语。渐半脱宫衣笑相顾。

金壶细叶,千朵围歌舞④。谁念我、鬓成丝⑤,来此共尊俎。后日西园,绿阴无数。寂寞刘郎,自修花谱⑥。

【注释】

①茸栗:本言牛犊之角初生,如茸如栗,见《礼记·王制》。引申比喻花蕾,黄庭坚《广陵早春》诗云:"红药枝头初茸栗。"

②红桥二十四:杜牧《寄扬州韩绰判官》诗"二十四桥明月夜,玉人何处教吹箫"。据沈括《补笔谈》,扬州有名之桥有二十四座。据李斗《扬州画舫录》"廿四桥即吴家砖桥,一名红药桥"。

③行云:用巫山神女典。

④围歌舞:据《能改斋漫录》,扬州芍药"自三月初旬初开,浃旬而甚盛。观者相属于路,幕帘相望,笙歌相间"。

⑤鬓成丝:黄庭坚《广陵早春》有"扬州风物鬓成丝"句。

⑥刘郎:据《宋史·艺文志》刘敞曾著《芍药谱》一卷,今不传。

【赏析】

这是一首吟咏芍药风情,描写扬州景物的咏物词。词中没有把花苞受雨后迅速发育成长状况具体显示出来,却深刻地提示出变化的微妙及难以言说的诗意美。

淡 黄 柳

客居合肥南城赤阑桥之西,巷陌凄凉,与江左异①;唯柳色夹道,依依可怜②。因度此曲,以纾客怀③。

空城晓角,吹入垂杨陌④。马上单衣寒恻恻⑤。看尽鹅黄嫩绿⑥,都是江南旧相识。

正岑寂⑦,明朝又寒食。强携酒。小桥宅⑧。怕梨花落尽成秋色⑨。燕燕飞来,问春何在?惟有池塘自碧⑩。

【注释】

①江左:江南。

②依依:杨柳轻柔的样子。可怜:可爱。

③纾:缓和,缓解。客怀:乡愁。

④这两句说,早晨空城中悠扬的号角声,散入了杨柳低垂的街巷。

⑤恻恻:凄愁貌。这句说:羁旅中身上衣着单薄,感到寒意逼人。

⑥鹅黄嫩绿:指初春的杨柳。

⑦岑寂:寂寞。

⑧小桥宅:指作者合肥情人的住处。此指到情人处过节。

⑨这句点化李贺《河南府试十二月乐词》:"梨花落尽成秋苑"诗句,表达自己惜春的情怀。

⑩这几句是说日暖燕归时恐怕春光已尽,门前惟有一池碧水而已。

【赏析】

这首词是绍熙二年(1191)在合肥作。"空城"、"马上",烘染出凄凉清寒况味;新春柳色虽如旧相识,可惜地点和心情不同;寒食将到,又增加一层乡思;虽与情人共饮,总把心花落春尽;几经转折,写尽了客怀的落寞难遣。

扬　州　慢

淳熙丙申至日①,余过维扬。夜雪初霁②,荠麦弥望③。入其城,则四顾萧条,寒水自碧。暮色渐起④,戍角悲吟⑤。余怀怆然⑥,感慨今昔,因自度此曲⑦。千岩老人以为有《黍离》之悲⑧也。

淮左名都⑨,竹西佳处⑩,解鞍少驻初程⑪。过春风十里,尽荠麦青青。自胡马窥江去后⑫,废池乔木⑬,犹厌言兵⑭。渐黄昏,清角吹寒⑮,都在空城。

杜郎俊赏⑯,算而今、重到须惊⑰。纵豆蔻词工,青楼梦好,难赋深情。二十四桥仍在,波心荡,冷月无声。念桥边红药⑱,年年知为谁生?

【注释】

①淳熙丙申:淳熙三年(1176)。淳熙是宋孝宗赵昚的一个年号。至日:冬至那天。

②霁:音jì,转晴。

③荠:音jì,荠菜。弥望:满眼。

④暮色渐起:天色晚了下来。

⑤戍角:驻军吹的号角。吟:指号声悠长飘荡。

⑥怆然:悲伤的样子。

⑦自度此曲:创制这个曲谱。

⑧千岩老人:萧德藻,南宋诗人。晚年住在湖州(今属浙江省),自号千岩老人。作者的妻子是他的侄女。《黍离》之悲:国家破亡、都城荒废的悲哀。《诗经》里有一首《黍离》,写诗人看到西周(约公元前11世纪—前770)的京城荒废

了,庄稼长到了宫殿的旧址上,头一句"彼黍离离"就是说谷类庄稼长得很茂盛的意思。

⑨淮左:淮河东部。这句说:扬州是淮河东部的著名大城市。(当时扬州属淮南东路。)

⑩竹西:竹西亭,扬州的一处古迹。

⑪少驻:暂时停留。初程:长途的开始阶段。

⑫胡马:指的是金兵。胡是古代汉族人对北方民族的通称。窥江:进犯长江流域。

⑬废池:破坏了的池苑。乔木:高大的老树。

⑭这句说,还怕谈起战乱的年代。

⑮清角:凄凉的号角。

⑯杜郎:杜牧,唐朝诗人,写过一些描写扬州繁华的诗。

⑰算:料想。这一行说:杜牧当年曾经在这里游玩得很快意,如果今天重到这里也要大吃一惊。

⑱ 红药:红色的芍药花。

【赏析】

扬州(今属江苏省)在隋、唐时一直是个繁华城市。1127年,由北宋过渡到南宋,金兵不断向南进犯,这个"淮左名都"就多次遭到破坏。到写这首词的1176年,已经有四五十年。作者看到兵荒马乱之后扬州荒凉残破的情形,发出"废池乔木,犹厌言兵"的感慨。但他所追怀的不过是士大夫的冶游生活而已。

念 奴 娇

余客武陵,湖北宪治在焉。古城野水,乔木参天。余与二三友,日荡舟其间,薄荷花而饮,意象幽闲,不类人境。秋水且涸,荷叶出地寻丈,因列坐其下,上不见日,清风徐来,绿云自动。间于疏处,窥见游人画船,亦一乐也。揭来吴兴,数得相羊荷花中。又夜泛西湖,光景奇绝,故以此句写之。

闹红一舸,记来时、尝与鸳鸯为侣。三十六陂人未到,水佩风裳无数。翠叶吹凉,玉容消酒,更洒菰蒲雨①。嫣然摇动,冷香飞上诗句。

日暮,青盖亭亭,情人不见,争忍凌波去?只恐舞衣寒易落,愁入西风南浦。高柳垂阴,老鱼吹浪,留我花间住。田田多少,几回沙际归路。

【注释】

①菰蒲:水草。菰即茭白。

【赏析】

本词写泛舟赏荷,所选词调不新,题材更是陈旧,但作者却将它写得生动传神,意趣深远,恰恰体现了"生香真色"四字的特点。生者,生新峭拔也,通篇写花却不流于纤弱柔媚,格调高雅,笔力劲健。香,不是红花翠叶的冷香,而应理解为一种精神气质的自然外逸,那种"三十六陂"却"人未到"的清幽绝俗,那种"风为裳,水为佩"的潇洒古朴,这才是真正"令人挹之无尽"的"幽韵冷香"。该篇语俊词丽,绘景如画,可谓五色缤纷,但吟诵全词,自有一股真气流转其间,只因深情动于中,故能文不灭质,言美且信。

小　重　山

　　人绕湘皋月坠时①,斜横花树小,浸愁漪②。一春幽事有谁知③,东风冷,香远茜裙归④。

　　鸥去昔游非。遥怜花可可,梦依依⑤。九疑云杳断魂啼⑥,相思血,都沁绿筠枝。

【注释】

①湘皋:湘江边的高地。

②浸愁漪:谓含愁之梅花,清影倒映水中。漪:音 yī,水波纹。

③幽事:即花事,梅花品性幽独,故如此称。

④香远茜裙归:谓梅花零落,清香四溢。茜裙:大红色的裙子。此指梅。

⑤可可:隐约、模糊。

⑥九疑:即九嶷山。在今湖南宁远县南,相传为舜所葬处。用舜帝二妃娥皇、女英悲泣思夫比喻相思情深。绿筠枝:其义双关,一义是指为二妃血泪所沾染的斑竹;又义当指绿萼梅,好事者比之九嶷仙人萼绿化。

【赏析】

　　此词或作于湘中。此咏物之作,却寄托了自己对情人的爱怜、思念之情。上片从湘皋月落写起,时间、地点、清幽的环境同时点到。"斜横"两句,从林逋诗句脱出,"浸愁漪"用笔清雅,而意态生动。"一春"三句怜其幽独,伤其飘零,而"香远茜裙归"似又暗寓离别伤感之意。下片追忆旧游,追思情人。"花可可"两句,是人是花,依约难辨。"九疑"三句,仍扣题面,而伤别之情更深。出语冷艳清雅,赋梅细致传神,而人之标格亦依稀可见。意绪杳远,情致悱恻。

湘　月

　　长溪杨声伯典长沙楫棹①,居濒湘江。窗间所见,如燕公、郭熙画图②,卧起闲适。丙午七月既望③,声伯约予与赵景鲁、景望、萧和父、裕父、时父、恭父④,大舟浮湘,放乎中流,山水空寒,烟月交映,凄然其为秋也。

坐客皆小冠練服⑤,或弹琴,或浩歌,或自酌,或援笔搜句。予度此曲,即念奴娇之鬲指声也,于双调中吹之。鬲指亦谓之"过腔"⑥,见晁无咎集⑦,凡能吹竹者便能过腔也。

五湖旧约,问经年底事,长负清景⑧。暝入西山⑨,渐唤我、一叶夷犹乘兴⑩。倦网都收,归禽时度,月上汀洲冷。中流容与,画桡不点清镜⑪。

谁解唤起湘灵,烟鬟雾鬓,理哀弦雁阵⑫。玉麈谈玄,叹坐客、多少风流名胜⑬。暗柳萧萧,飞星冉冉⑭,夜久知秋信⑮。鲈鱼应好,旧家乐事谁省⑯。

【注释】

①长溪:福建县名,在今霞浦县南。杨声伯:未详。典长沙楫櫂:掌管长沙水运。

②燕公:未明所指。郭熙:宋代著名画家,长于山水寒林。

③丙午七月既望:即孝宗淳熙十三年(1186)七月十六日。既望:古以每月十五为望日,既望则已过十五。

④赵景鲁、景望:其人未详。萧和父、裕父、时父、恭父:皆萧德藻子侄辈,姜夔内亲。

⑤練服:粗丝布制成的衣服。

⑥鬲指声、过腔:皆词乐中用语,不赘述。

⑦晁无咎:北宋文学家,名补之,为"苏门四学士"之一。有《鸡肋集》《晁氏琴趣外篇》。

⑧"五湖旧约"三句:言自己久意于五湖美景,而一年来忙忙碌碌,辜负了湖上清景。五湖:此处泛指湖南江湖。经年:过了一年。底事:何事,为何。清景:清丽美好之景。

⑨暝入西山:谓暮色降临西山。

⑩一叶:一只小船。夷犹:从容不迫貌。

⑪"中流容与"两句:言船至中流,不用桨楫,任其随波飘荡。容与:闲适自在貌。画桡:指船桨之属。清镜:谓江水碧绿澄净如镜。

⑫"谁解唤起湘灵"三句:意说谁能唤来湘灵,为奏一只凄哀的曲子呢?谁解:谁能。湘灵:湘水二女声。相传舜巡游南方,二妃追之不及,自沉湘水,后为湘水之神。烟鬟雾鬓:湘灵为湘江之神,故以江上烟雾形容其鬓发。哀弦鸿阵:指理琴弦奏曲。湘灵善奏,《楚辞·远游》:"使湘灵鼓瑟兮,今海若舞冯夷。"鸿阵:指筝。筝柱排列,形如雁行,故称。

⑬"玉麈谈玄"两句:言座中诸人,皆清远有魏晋间风度。玉麈谈玄:魏晋名士清谈之际,常手持麈尾。玉麈:玉把之麈尾,持以挥拂。

⑭冉冉:低垂貌。

⑮夜久知秋信：久坐夜中，感到秋意渐浓。

⑯"鲈鱼应好"两句：谓家乡的鲈鱼此时该正肥美，而从前的快乐谁还记得呢？鲈鱼应好：用晋张翰事。《晋书·张翰传》载：张翰在洛阳为官时，见秋风起，想到了故乡菰菜、莼羹、鲈鱼的美味，弃官飘然而归。省：记得。

【赏析】

此词是在湖南依萧德藻时所作，放情湖山的乐趣与久客思乡的清愁相交织，意绪清冷。开篇一问振起，笔势劲健，而人世佺偬之意透出。接写湖山纵赏的清兴，而"倦网"、"归禽"仍移情于景，暗应下片之鲈鱼思归。下片仍写游兴，而湘灵鼓曲，玉尘谈玄，又略含今古之思，情致幽远。最后以眼前秋景带出乡愁作结。思绪空灵飘忽，不重不滞。写景简炼而传神，可见姜词清空硬朗之特色。

鹧　鸪　天

元夕有所梦

肥水东流无尽期①，当初不合种相思②。梦中未比丹青见③，暗里忽惊山鸟啼④。

春未绿，鬓先丝⑤，人间别久不成悲⑥。谁教岁岁红莲夜⑦，两处沉吟各自知⑧。

【注释】

①肥水：源出安徽省合肥市西南紫蓬山，东流经合肥入巢湖。这句用肥水的无穷，比喻离恨的不尽。

②不合：不该。

③丹青：绘画用的颜料，代指绘画。这句说，梦中依稀相遇，还不如绘画见得真切。

④这句说，幽暗的梦境忽被山鸟的啼声惊醒。

⑤这句说，鬓角生满了白发。

⑥这句说，久别的创痛把人折磨得感情迟钝麻木了。

⑦红莲：指花灯。

⑧沉吟：默默地相思。这两句说，每年元宵佳节，正是情人们欢会之夕，而我们却远隔两地。这些年来两地默默地相思的滋味，只有各人自己知道。

【赏析】

这首小词是庆元三年(1197)元夕(正月十五)因感梦而作。上片写因相思而入梦，但连隐约依稀的梦境也不能长存。下片记梦后感怀，先慨叹春浅愁深、饱经创痛，再点明元夕，兼写两方离恨。用劲峭的笔锋，写深婉的离思，感情极为真挚沉痛。

刘克庄

刘克庄(1187—1269),字潜夫,号后村居士。莆田(今属福建)人。以荫入仕,淳祐六年(1246)赐进士出身。官至工部尚书兼侍读。诗词多感慨时事之作,是南宋江湖诗人和辛派词人的重要作家。词风粗豪肆放,慷慨激越。著有《后村先生大全集》《后村别调》。

生 查 子

元夕戏陈敬叟

繁灯夺霁华①,戏鼓侵明发②。物色旧时同,情味中年别。
浅画镜中眉,深拜楼西月。人散市声③收,渐入愁时节。

【注释】

①霁华:晴朗貌。

②明发:黎明。《诗经·小雅·小宛》:"明发不寐,有怀二人。"朱熹《集传》:"明发,谓将旦而光明开发也。"

③市声:街市的喧闹声。

【赏析】

这是一首元宵观灯戏友感怀之作,突出中年情怀与往昔不同,抒写自己中年气衰、叹世事沧桑和对友人和美夫妻生活的羡慕及自己生活的愁苦。

风 入 松

归鞍①尚欲小徘徊。逆境难排。人言酒是消忧物②,奈病余、辜负金罍③。萧瑟捋衣时候④,凄凉鼓缶情怀⑤。

远林摇落晚风哀,野店犹开。多情惟是灯前影,伴此翁、同去同来。逆旅主人相问⑥,今回老似前回⑦。

【注释】

①归鞍:回家所乘的马。

②"人言"句:曹操《短歌行》:"何以解忧,唯有杜康。"李善注:"《汉书》东方朔曰:'臣闻消忧者莫若酒也。'"

③金罍:盛酒器。

④捣衣时候:指秋天。杜甫《捣衣》:"亦知戍不返,秋至拭清砧。"李白《子夜吴歌·秋歌》:"长安一片月,万户捣衣声。秋风吹不尽,总是玉关情。"

⑤鼓盆情怀:哀悼亡妻的情怀。《庄子·至乐》:"庄子妻死,惠子吊之,庄子则方箕踞鼓盆而歌。"成玄英《疏解》:"盆,瓦缶也。"

⑥逆旅:客舍。

⑦老似前回:谓人比上回经过此地时老了。

【赏析】

这是一首悼之词,悼念其亡妻林氏夫人。此词大概作于 1229 年自建阳县令任上罢职归莆田,道经福清之际。

清 平 乐

风高浪快①,万里骑蟾背②。曾识姮娥真体态,素面原无粉黛③。
身游银阙珠宫④,俯看积气蒙蒙⑤。醉里偶摇桂树⑥,人间唤作凉风。

【注释】

①这句是说天上的风浪速度很快。

②骑蟾背:骑在蟾蜍的背上。蟾蜍,癞蛤蟆。古代神话说月宫里有蟾蜍。

③黛:古代妇女画眉的颜料。句意为曾经看到嫦娥真正的模样儿,白净的脸上没有涂脂抹粉。

④银阙珠宫:华丽的月中宫殿。

⑤蒙蒙:迷茫不清的样子。这句说,低头向下边看,只见层层的雾气一片迷茫。

⑥偶摇:偶而摇一摇。桂树:神话说月宫里有一棵大桂树。

【赏析】

这里写的游月宫,是一种游仙的幻想。神话里的嫦娥、月宫、桂树,作者都身历目见了。后段着重写从天上俯看人间和摇桂树、送凉风的景象,构思别致。词的浪漫色彩很浓,和古代某些宣扬出世思想的游仙诗是有区别的。

吴文英

吴文英(约 1212—1272),字君特,号梦窗,晚号觉翁,本姓翁氏,入继吴氏,四明(今浙江鄞县)人。绍定中入苏州仓幕。曾任吴潜浙东安抚使幕僚,出入苏杭一带权贵之门。知音律,能自度曲,词名极重。有《梦窗甲乙丙丁稿》传世。

望 江 南

三月暮,花落更情浓。人去秋千闲挂月,马停杨柳倦嘶风。堤畔画船空。恹恹①醉,长日小帘栊②。宿燕夜归银烛外,啼莺声在绿阴中。无处觅残红。

【注释】

①恹恹:形容精神恍惚困倦。

②帘栊:挂有珠帘的窗户。

【赏析】

这是一首描写惜春之情的词作。上片写"花落更情浓"。三月暮春,花落情浓。秋千挂月,倦马嘶风,堤畔船空。下片写"无处觅残红"。人情困慵,长日帘栊,宿燕夜归,啼莺绿阴,难觅残红。全词委婉明丽,含蓄蕴藉。

浣 溪 沙

门隔花深梦旧游,夕阳无语燕归愁,玉纤香动小帘钩。

落絮无声春堕泪,行云有影月含羞,东风临夜冷于秋①。

【注释】

①"东风"句:韩偓《惜春》:"节过清明却似秋。"

【赏析】

吴文英虽是密丽词风的代表,但其小令仍有不少清隽可喜之作。本词为感梦之作。上片记梦,首句即苦不堪言,旧游难再暂有小梦相慰已极可怜,梦中却又有重门深花间阻则倍觉无奈,独立无语。见燕子双归,自然愁绪满怀,"玉纤"句是遥想之辞,因是梦里遥想,更触及心底。过片或云化自"细看来,不是杨花,点点是离人泪"(苏轼《水龙吟》),但此处非花之泪,乃春之泪也,更为抽象、虚幻,覆盖面也较前者为广。本词中先有"无语",后又有"无声",绝非疏忽之笔,无言落泪,不知是人类自古及今的实相,还是词人一生参透的禅机。结句陈廷焯认为"情余言外,含蓄不尽"(《白雨斋词话》),显然,春冷于秋是艺术的错觉,在此展示的却是词人的一片真情。

鹧 鸪 天

化度寺作①

池上红衣伴倚栏,栖鸦常带夕阳还②。殷云度雨疏桐落,明月生凉宝扇闲。乡梦窄,水天宽。小窗愁黛淡秋山。吴鸿好为传归信,杨柳阊门屋数间。

【注释】

①化度寺:《杭州府志》:"化度寺在仁和县北江涨桥。原名水云,宋治平二年(1065)改。"

②"栖鸦"句:王昌龄《长信秋词》:"玉颜不及寒鸦色,犹带昭阳日影来。"周邦彦《玉楼春》:"雁背夕阳红欲暮。"

【赏析】

化度寺在临安都城附近,阊门是苏州西门,可见此词是在杭怀念苏州家人之作。上片四句写景,由荷池倚栏落笔,暗寓客居他乡孤独无聊之况,从夕阳写到明月,时移景变,一句一画,异地虽美,仍不忘故园,思情更见深挚。"小窗"句或许以愁黛暗指伊人,故引出末二句,"杨柳阊门屋数间"与上片秀丽景色相映衬,浓淡搭配,可见作者词笔婉细。

高 阳 台

丰乐楼分韵得如字

修竹凝妆①,垂杨系马,凭阑浅画成图。山色谁题?楼前有雁斜书。东风紧送斜阳下,弄旧寒、晚酒醒余。自消凝,能几花前,顿老相如②。

伤春不在高楼上,在灯前攲枕,雨外熏炉。怕舣游船③,临流可奈清癯④?飞红若到西湖底,搅翠澜、总是愁鱼。莫重来、吹尽香绵,泪满平芜。

【注释】

①凝妆:盛妆。王昌龄《闺怨》:"春日凝妆上翠楼。"

②相如:司马相如,汉武帝时文学家,所作有《子虚》《上林》等赋。

③舣:音yǐ,或作"杈",停船靠岸。

④清癯:清瘦。

【赏析】

据《咸淳临安志》载:"半乐楼在丰豫门处,旧名耸翠楼,据西湖之会,千峰连环,一碧万顷,为游览最。"词人登上此楼,面对湖山之胜,本当豪情满怀,但此词竟是"吴词之极沉痛者"。亦是国运使然。上片以描绘楼外美景始,语调愈紧,辞情亦愈凄黯。换头处将辞意推开,陈廷焯尝言:"梦窗长处,正在超逸之中沉郁之意",于此即可见。"飞红"以下数句,悲楚凝咽,几乎难以自持。即席分韵之词,寄情如此,实为罕见,可知词人已是触处皆痛,真情自溢。

唐 多 令

何处合成愁?离人心上秋①。纵芭蕉、不雨也飕飕。都道晚凉天气好,有明月、怕登楼。

年事梦中休，花空烟水流②。燕辞归、客尚淹留③。垂柳不萦裙带住④，漫长是、系行舟。

【注释】

①心上秋：合起来成一"愁"字。两句点明"愁"字来自惜别伤离。

②年事：往事。这两句是说往事如梦，似花落水流。

③燕辞归：曹丕《燕歌行》："群燕辞归雁南翔"。客：作者自称。淹留：停留。

④萦：旋绕。裙带：指别去的女子。

【赏析】

本词是羁旅怀归之作。首二句一问一答，是《子夜》变体，有民歌风味，不少词家言其"油腔滑调"，似属偏见，这二句在词中仅为引逗之辞，非全篇皆然，且乡愁题材，本来就颇具普遍性，雅俗难分，古意古调，实在无可厚非。全词语言疏快，情感朴质，简洁而又耐读。

风 入 松

听风听雨过清明，愁草瘗花铭①。楼前绿暗分携路，一丝柳、一寸柔情。料峭春寒中酒②，交加晓梦啼莺③。

西园日日扫林亭，依旧赏新晴。黄蜂频扑秋千索，有当时、纤手香凝。惆怅双鸳不到④，幽阶一夜苔生⑤。

【注释】

①瘗：音 yì，埋葬。庾信有《瘗花铭》，铭为文体的一种。

②中酒：病酒。中，音 zhòng。

③交加：纷多杂乱貌。

④双鸳：鸳鸯履，指女鞋。

⑤"幽阶"句：南朝庾肩吾《咏长信宫中草》："全曲履迹少，并欲上阶生。"

【赏析】

本词作于清明，既伤春又思人。首句"听"字便值得品味，不忍看的孤凄之况自现，且重复使用，更觉沉痛。次句又着一"草"字，看似平常，实能反映词人想借之遣怀却心烦意乱的愁绪。"一丝柳"更是以武断的计量表达思念日久且深，可谓沁肌浃髓。上片以"料峭"二句作结，文情愈趋紧张，换头处则用以闲疏之笔，缓解语势。"'黄蜂'二句是痴语，是深语"（谭献《谭评词辨》），笔触空灵奇幻。歇拍以古诗化句作语，温厚纯雅。

刘辰翁

刘辰翁(1232—1297),字会孟,号须溪,吉州庐陵(今江西吉安)人。少登陆九渊门,补太学生。景定三年(1262)廷试对策忤贾似道,置丙第。入元不仕。词近稼轩。有《须溪集》《须溪词》。

减字木兰花

有　　感

东风似客,醉里落花南又北。客似东风,携手斜阳一笑中。
佳人怨我,不寄江南春①一朵。我怨佳人,憔悴江南不似春。

【注释】

①江南春:南朝陆凯《赠范晔》诗:"江南无所有,聊赠一枝春。"

【赏析】

此词作于宋亡后,伤春感时。江南沦陷,在词人眼里,江南没有春天。运用反复的修辞手法,增强了词情的艺术感染力。

兰　陵　王

丙子送春①

送春去,春去人间无路。秋千外,芳草连天,谁遣风沙暗南浦?依依甚意绪?漫忆海门飞絮②。乱鸦过、斗转城荒,不见来时试灯处。
春去谁最苦?但箭雁沉边③,梁燕无主,杜鹃声里长门暮④。想玉树凋土⑤,泪盘如露⑥。咸阳送客屡回顾⑦,斜日未能度。
春去尚来否?正江令恨别⑧,庾信愁赋,苏堤尽日风和雨。叹神游故国,花记前度⑨。人生流落,顾孺子⑩,共夜语。

【注释】

①丙子:宋恭帝德祐二年(1276)。

②海门飞絮:海边飞絮。指南宋幼帝南下从海上逃亡。

③箭雁:受箭伤的雁。指被俘虏的南宋君臣。

④长门:本汉武帝时长门宫,即陈皇后遭贬后居处。此泛指宋亡后的宫殿。

⑤玉树凋土：《世说新语·伤逝》："庚文康亡,何扬州临葬云:'埋玉树著土中,使人情何能已!'"

⑥泪盘如露：汉武帝晚年为求长生,命人在长安建章宫造神明台,作承露盘,以铜铸之。魏明帝曹睿景初元年,将铜人从长安搬出,准备移立于洛阳宫殿前。拆卸时,据说铜人眼中流下泪来。

⑦咸阳送客：李贺《金铜仙人辞汉歌》："衰兰送客咸阳道,天若有情天亦老。"

⑧江令恨别：南朝梁诗人江淹著有《别赋》,曾被贬为建安吴兴令。

⑨花记前度：刘禹锡因游玄都观作诗被贬,十四年后回长安重游此地,作《再游玄都诗》："百亩庭中半是苔,桃花净尽菜花开。种桃道士归何处,前度刘郎今又来。"

⑩孺子：指作者的儿子刘将孙。

【赏析】

本词题为送春,实写亡国之痛。全词分为三片,每片均以送春发端,但三处各有不同。首片"春去人间无路"言宋亡已成为现实,不可逆挽。"春去谁最苦"一句则写遗民之痛。末片一句"春去尚来否"虽是痴语,但遥引全词结处,绝望中环顾孺子,更见其悠扬悱恻。

山 花 子

此处情怀欲问天,相期相就①复何年。行过章江②三十里,泪依然。
早宿半程芳草路③,犹寒欲雨暮春天。小小桃花三两处,得人怜。

【注释】

①相期相就：相互约期聚会。

②章江：章水,赣江西源,在江西省西南部。

③"早宿"句：化用《楚辞·淮南小山·招隐》："王孙游兮不归,春草生兮萋萋"句意。咏离情别绪。

【赏析】

本词纪游。词情沉郁,却不失轻灵婉丽之色。清人况周颐《蕙风词话》评："此等小词,乃至略似国初顾梁汾、纳兰容若辈之作,以谓《须溪词》中之别调可也。"

虞 美 人

用李后主韵二首①

情知是梦无凭了,好梦依然少。单于吹尽五更风,谁见梅花如泪、不言中。

儿童问我今何在？烟雨楼台改。江山画出古今愁。人与落花何处,水空流。

【注释】

①用李后主韵:即用李煜亡国后所作《虞美人·春花秋月何时了》词原韵。

【赏析】

本篇写于宋亡之后。词中即事抒感,表达了南宋遗民的沉哀巨痛,字里行间流露出难以泯灭的亡国之恨,与李后主原作情调相同,读来感人至深。

柳 梢 青

春 感

铁马蒙毡①,银花洒泪②,春入愁城③。笛里番腔④,街头戏鼓⑤,不是歌声⑥。那堪独坐青灯？想故国,高台月明⑦。辇下风光⑧,山中岁月⑨,海上心情⑩。

【注释】

①铁马:指战马。蒙毡:指马上用毡制作的鞍鞯。

②银花:指花灯。苏味道《正月十五日夜》诗:"火树银花合,星桥铁锁开。"

③愁城:指为元军占领的临安故都。

④番腔:北方少数民族的腔调,这里指蒙古族的歌曲。

⑤戏鼓:蒙古族的鼓吹杂戏。

⑥以上三句意在表示对元军的蔑视。

⑦高台:指赏月之台。

⑧辇下:即辇毂之下,犹说在皇帝车驾下。词中代指京师。这句词承上句,表明作者对故国的眷恋。

⑨宋亡后,作者不仕,在山中隐居,这句即指此而写。

⑩临安沦陷后,陆秀夫、张世杰等人在闽、广沿海一带拥立帝昺继续抗元,这句表现作者对他们的怀念。

【赏析】

这首词题为"春感",实为元宵节抒怀,写得质朴自然,晓畅明白,感情很深沉。

周 密

周密(1232—1308?),字公谨,号草窗,又号萧斋,又号弁阳啸翁,祖籍济南,后流寓吴兴(今浙江湖州市)。生平以漫游吟咏为乐。宋理宗淳祐中做过义乌(今浙江县名)令。宋亡,隐居不仕,自号四水潜夫。他的著作很丰富,以辑录旧闻为主,有《齐东野语》《武林旧事》《癸辛杂识》等多种。他的词集有《蘋洲渔笛谱》,又名《草窗词》。

闻 鹊 喜

吴山观涛①

天水碧,染就一江秋色。鳌戴雪山龙起蛰②,快风吹海立③。
数点烟鬟青滴,一杼霞绡红湿④。白鸟明边帆影直⑤,隔江闻夜笛。

【注释】

①吴山:在今浙江杭州市西湖东南,俗名城隍山,一面临钱塘江,一面靠西湖,为杭州的名胜。观涛:观潮。

②鳌戴雪山:相传渤海中有五座神山,即岱舆、员峤、文壶、瀛洲、蓬莱,根底互不相连,常随潮水上下往还。于是上帝便令神仙派十五个巨鳌(大龟)去用头顶住大山,六万岁交班。见《列子·汤问》。龙起蛰:过了冬眠时期,龙开始活动。这句形容翻滚的潮水,好像巨鳌顶起了雪山,又好像巨龙在搅动着海水。

③快风:指大风。这句是化用苏轼《有美堂暴雨》的诗句"天外黑风吹海立"。

④杼:音 zhù,织布梭子。以上两句说,水中数点青山,苍翠欲滴;天边一抹红霞,疑是鲛人织成。

⑤明边:明处。这句写举目所见。

【赏析】

这首词上片写观潮,下片写景。开头"天水碧,染就一江秋色"两句,用极其洗炼的语言,描绘了蓝天和碧水连成一片的广阔而壮观的美丽画图。

木兰花慢

断桥残雪①

觅梅花信息,拥吟袖、暮鞭寒。自放鹤人归,月香水影,诗冷孤山②。等闲。泮寒睍暖③、看融城④、御水到人间。瓦陇竹根更好⑤,柳边小驻游鞍。

琅玕⑥。半倚云湾。孤棹晚、载诗还。是醉魂醒处,画桥第二,衾月初三。东阑。有人步玉,怪冰泥、沁湿锦鹈斑⑦。还见晴波涨绿,谢池梦草相关⑧。

【注释】

①《西湖志》:"出钱塘门,循湖而行,入白沙堤,第一桥曰断桥,界于前后湖之中,水光潋艳,桥影倒浸,如玉腰金背。"《武林旧事》:"断桥又名段家桥,万柳如云,望如裙带。"

②"自放鹤人归"句:暗用林逋事。《梦溪笔谈》:"林逋隐居孤山,常蓄两鹤。纵之则飞入云宵,盘旋久之,复入笼内。"

③泮寒睍暖:泮、泮通畔,水滨。睍:音 jiàn,日光。《诗经·小雅》:"雨雪瀌瀌,见睍曰消。"

④融城:杜甫《晚出左掖》诗:"楼雪融城湿,宫云去殿低。"

⑤瓦陇:屋顶的瓦楞。

⑥琅玕:美石。《尚书·禹贡》:"黑水西河惟雍州……厥贡惟球琳琅玕。"

⑦锦鹈斑:鸟纹绣履。

⑧"谢池"句:化用谢灵运《登池上楼》"池塘生春草"诗意。

【赏析】

这是一首吟咏西湖景色的词作,作者写有十首《木兰花慢》,分别描写西湖十景,该词是第三首。

文天祥

文天祥(1236—1283),初名云孙,字天祥,后改字宋瑞,又字履善,吉州庐陵(今江西吉安)人。理宗宝祐四年(1256)进士第一(状元)。恭宗德祐元年(1275),元兵进攻江南,时文天祥拜右丞相兼枢密使,奉使元营,和元丞相伯颜展开辩论,被拘,后逃脱,由海道南下。益王立,拜右丞相,以都督出江西,招集义军抵抗元军,转战浙江、福建、江西各地。后兵败潮州(今广东潮安)被元兵所俘,押送燕京,囚居四年,坚贞不屈,以身殉国,死时年四十七岁。文天祥是南宋末年著名的民族英雄,也是一个著名的爱国词人。著有《指南录》和《吟啸集》等。他的诗、文、词多抒写其宁死不屈的决心。仅存的几首词,大都是在战斗和被囚的这几年写的。词中所表现的不屈不挠的斗争精神,大义凛然的民族气节,无不使人为之感动。

酹　江　月

和①

乾坤能大②,算蛟龙元不是池中物③。风雨牢愁无着处,那更寒虫四壁④。横槊题诗⑤,登楼作赋⑥,万事空中雪⑦。江流如此,方来还有英杰⑧。

堪笑一叶漂零,重来淮水,正凉风新发⑨。镜里朱颜都变尽,只有丹心难灭⑩。去去龙沙⑪,江山回首,一线青如发⑫。故人应念⑬,杜鹃枝上残月⑭。

【注释】

①和:音 hè,唱和。指文天祥依照邓光荐所作《酹江月》(水天空阔)词的格律、音韵而作的和词。

②乾坤能大:天地这样广大。能:同"恁",即如许、这样之意。

③蛟龙:指豪杰之士。《三国志·吴书·周瑜传》载:"刘备以枭雄之姿,而有关羽、张飞熊虎之将,恐蛟龙得云雨,终非池中物也。"元:同"原"。池中物:比喻蛰居一隅,无远大抱负之人。

④"风雨牢愁无着处"二句:意思说风雨凄迷,愁闷难消;再加上寒虫四面啾唧,更使人愁肠百结。牢愁:忧愁。

⑤横槊题诗:苏轼在《前赤壁赋》中说曹操:"方其破荆州,下江陵,顺流而东也,舳舻千里,旌旗蔽空,酾酒临江,横槊赋诗,固一世之雄也……"槊:长矛。

⑥登楼作赋:汉末王粲避难荆州时,曾作《登楼赋》寄托乡关之思和乱离之感。

⑦万事空中雪:慨叹事业有如空中飘雪般的过去了。

⑧"江流如此"二句:是说抗敌复国事业像江河流水奔腾不息,必定还会涌现杰出人物。方来:将来。

⑨"堪笑一叶漂零"三句:可笑我乘一叶扁舟,四处漂零,迎着秋风,又来到了秦淮河边。堪笑:可笑,含有自嘲之意。一叶漂零:指被押乘舟北上。重来淮水:宋德祐二年(1276),文天祥出使元营,痛斥敌帅伯颜,被拘至镇江,伺机脱逃,自海上南归。这次被俘北行,又抵金陵一带,故谓"重来淮水"。淮水:此处指秦淮河。

⑩ "镜里朱颜都变尽"二句:揽镜自照,昔日年轻的容貌已经变得甚衰老,而唯有这颗赤诚报国之心,永远不会泯灭。朱颜:指青春的容颜。

⑪ 去去:越离越远的意思。龙沙:泛指塞外沙漠之地。

⑫ "江山回首"二句:回首遥望故国山河,但见青山隐隐,如同一发。一线青如发:苏轼《澄迈驿通潮阁》:"杳杳天低鹘没处,青山一发是中原。"

⑬ 故人:老朋友,此指邓光荐。

⑭ 杜鹃枝上残月:唐崔涂《春夕》诗:"蝴蝶梦中家万里,杜鹃枝上月三更。"杜鹃:相传周末蜀国君主望帝(名杜宇),死后魂魄化为鸟,名杜鹃。此句隐含思念故国故乡之痛。

【赏析】

宋祥兴元年(1278)十二月,文天祥在五坡岭(今广东海丰县北)为叛徒出卖而被俘。次年四月,被押送燕京。与他同时被押北行的是他的同乡好友邓光荐。二人患难与共,一路上时相唱和。抵金陵(今江苏南京)后,邓光荐因病留寓天庆观就医。临别之时,邓光荐作《念奴娇·驿中言别》(水天空阔)词送文天祥,文天祥遂写此词酬答他。这首词,通篇直抒胸臆,不假雕饰,慷慨激昂、苍凉悲壮,从中表现出视死如归的乐观主义豪情,给人以深刻的印象。它是辛派爱国壮词的名篇,于词史上富有极强的生命力。

沁 园 春

题潮阳张许二公庙

为子死孝,为臣死忠,死又何妨!自光岳气分,士无全节①;君臣义缺,谁负刚肠。骂贼张巡,爱君许远,留取声名万古香。后来者,无二公之操,百炼之钢。

人生翕歘云亡②。好烈烈轰轰做一场。使当时卖国,甘心降房,受人唾骂,安得留芳。古庙幽沉③,仪容俨雅④,枯木寒雅几夕阳。邮亭下⑤,有奸雄过此,仔细思量!

【注释】

①光岳:指日月星辰、天地山河。光,谓三光,即日、月、星。岳,谓五岳,即东岳、西岳、南岳、北岳、中岳,中国五大名山之别称。这句是说安史乱起,天崩地陷,很少守节不屈的志士。

②翕歘:音 xī xū,即倏忽,如火光之一现,转瞬即逝。

③古庙:即潮阳的张巡、许远庙。据《隆庆潮阳县志》,此庙初建于北宋熙宁(1068—1077)年间,当时已经经历了二百多年。

④俨雅:端整、庄重。

⑤邮亭：古代设在沿途、供传送文书的人和旅客歇宿的馆舍。

【赏析】

张巡和许远是唐代两位著名的以身殉国的死难烈士。当安史之乱时，他们同心同德，协力坚守睢阳(今属河南商丘市)，屏障江淮，终因粮尽援绝，城陷被俘，双双从容就义。南宋祥兴元年(1278)，文天祥以少保右丞相兼枢密使驻兵潮阳(今属广东省)，特意前往县城东郊拜谒后人为纪念张许二公而修建的双忠庙，并赋此词抒发其为国献身的决心。词中通过咏史，表达了作者在南宋亡国前夕力挽狂澜、视死如归的决心。

满 江 红

代王夫人作①

试问琵琶，胡沙外、怎生风色②。最苦是、姚黄一朵，移根仙阙③。王母欢阑琼宴罢，仙人泪满金盘侧④。听行宫、半夜雨淋铃，声声歇⑤。

彩云散，香尘灭⑥。铜驼恨⑦，那堪说。想男儿慷慨，嚼穿龈血⑧。回首昭阳离落日，伤心铜雀迎秋月⑨。算妾身、不愿似天家，金瓯缺⑩。

【注释】

①《永乐大典》收此词，题作"王夫人至燕题驿中云，中原传诵，惜末句欠商量，代王夫人作。"王夫人即王清惠，她于南宋末年被选入宫当女官，宋亡被元军掳往燕京。她在途中驿馆写有《满江红》词，文天祥认为最后两句"若嫦娥于我肯相容，从圆缺"有缺点，因此代她写了这首词。

②怎生：怎样。风色：风光物色。以上两句用王昭君比喻王清惠，想像她问手中琵琶：除了胡沙以外，风色如何？意思是说，塞外之地，除了胡沙，别无风色。

③移根仙阙：指把牡丹从仙宫里移植他处。以上三句写皇后、宫女一行被掳北上的不幸遭遇。

④王母欢阑琼宴罢：指西王母在瑶池设宴的故事。阑：尽。琼宴：指仙人的宴会。以上两句暗喻南宋欢乐告终，悲剧到来。

⑤以上三句以唐玄宗比宋恭帝，写他被掳北上的痛苦心情。

⑥以上两句说，随着南宋的灭亡，繁华景象也不存在。

⑦铜驼恨：即亡国之恨。

⑧以上两句用张巡故事。《旧唐书·张巡传》载，安禄山部将子琦问张巡说："闻公督战大呼，辄眦裂血面，嚼齿皆碎。何至是？"张巡答道："吾欲气吞逆

贼,顾力屈耳!"子琦大怒,用刀抉其口齿,仅存其齿三、四个。张巡大骂子琦说:"我为君父死尔!附贼乃犬彘也,安得久?"龈:牙根肉。

⑨昭阳:汉代后宫有昭阳殿,这里指宋代宫殿。铜雀:铜雀台。辞:一作"离"。以上两句写南宋的后妃、宫女们前开南宋宫殿,来到了元朝囚禁她们的地方。

⑩天家:皇帝自命为天子,谓以天下为家,故称天家。金瓯缺:比喻山河破碎。以上三句说,虽然南宋被元灭亡,我还要保全名节。

【赏析】

这首是作者用王清惠口气所写的,词中写她被掳北的痛苦和亡国之恨,同时也表现了她坚守贞节,决不屈从的坚强态度。显而易见这也是作者的自我写照。

汪元量

汪元量,生卒年不详,字大有,号水云,钱塘(今浙江省杭州市)人。著有《湖山类稿》《水云集》。

忆 王 孙

集句数首,甚婉娩①,情至可观。

汉家宫阙动高秋,人自伤心水自流。今日晴明独上楼,恨悠悠。白尽梨园子弟头②。

【注释】

①婉娩:柔美。

②梨园子弟:唐玄宗时设梨园,教练宫廷歌舞艺人。后因称歌舞戏剧艺人为"梨园子弟"。汪元量曾任宫廷琴师,故自称"梨园子弟"。

【赏析】

汪元量被俘北行,滞留燕京十余年,抱琴南归以后,用《忆王孙》这个词牌写了九首集句词,感情真挚,韵律谐美,确如作者在小序中所说:"甚婉娩,情至可观。"

水龙吟

淮河舟中夜闻宫人琴声

　　鼓鼙惊破霓裳①，海棠亭北多风雨②。歌阑酒罢，玉啼金泣③，此行良苦。驼背模糊，马头匼匝④，朝朝暮暮。自都门燕别，龙艘锦缆⑤，空载得、春归去。

　　目断东南半壁，怅长淮、已非吾土。受降城下⑥，草如霜白，凄凉酸楚。粉阵红围⑦，夜深人静，谁宾谁主。对渔灯一点，羁愁一搦⑧，谱琴中语。

【注释】

　　①霓裳：即《霓裳羽衣舞》，唐代宫廷乐舞。白居易《长恨歌》："渔阳鼙鼓动地来，惊破霓裳羽衣曲。"这里是以安史之乱比喻元军入侵，攻破临安，并兼寓谴责南宋统治者沉溺酣歌艳舞，从而导致亡国之意。

　　②海棠亭：即唐代皇宫中的沉香亭。因唐玄宗在沉香亭上曾将杨贵妃比为睡起之海棠，故称。

　　③玉啼金泣：指被俘北行的后妃、宫女、王孙等临行时痛哭流涕。

　　④匼匝：环绕。匼，音 kē。杜甫《送蔡希曾还陇右》诗："马头金匼匝，驼背锦模糊。"

　　⑤龙艘锦缆：指被俘北上人员所乘龙船。

　　⑥受降城：本为汉代接受匈奴贵族投降而筑的土城，故址在今内蒙古阴山北。这里是指宋朝向元朝投降的临安城。

　　⑦粉阵红围：指被掳的宫女。

　　⑧一搦：一把。

【赏析】

　　宋恭帝德祐二年（1276）正月，元军进逼临安城下，宋遣使奉表称臣请降。三月，掳恭帝赵显、谢、全两太后、宗室、宫女、侍臣、乐官、太学生等三千余人和大批图籍、祭器、仪仗、财物北去。作为宫廷琴师的汪元量，当时也在被俘北行人员行列之中。船入淮河，夜闻宫女弹琴之声，词人欷歔感叹不已，于是写成了这首去国离乡、凄凉酸楚的《水龙吟》。上阕从元军攻破临安，写到宴别都门，被俘北行的苦难历程。过变痛悼东南半壁河山已非吾土，寄托了深沉的亡国之恨。后六句点出"夜闻宫人琴声"，余音袅袅，哀婉凄绝，犹如寒蛩之悲鸣。全词主要描写被掳北行过程中的感受，情辞悲苦，风格苍凉，"谁宾谁主"一句包含着无限的感慨。

望 江 南

幽州九日①

官舍悄②，坐到月西斜。永夜角色悲自语③，客心愁破正思家。南北各天涯。肠断裂，搔首一长嗟。绮席象床寒玉枕④，美人何处醉黄花？和泪捻琵琶⑤。

【注释】

①幽州：古九州之一，辖境在今河北、辽宁一带。这里是指元大都燕京(今北京市)。

②官舍：官方的馆舍。作者初到燕京时，被拘留于会同馆内。

③永夜：长夜。

④绮席：华丽的卧具。象床：镶有象牙的床，床的美称。寒玉枕：用碧玉做的枕头。这句说官舍的陈设很华丽。

⑤捻：弹奏琵琶的一种指法。

【赏析】

本篇是作者被掳北上，到达元大都燕京以后写的。上片即景生情，叙写囚禁客馆，长夜不眠，含悲忍泪，思念遥远的家乡和亲人。下片搔首长叹，将家国之恨融入身世之感。时逢重九，更加使人肠断肝裂，无可奈何，只得"和泪捻琵琶"，聊以一曲表达佳节思亲之情。此词朴实自然，语极沉痛，表达了阶下之囚的心声，读来凄恻动人。

张 炎

张炎(1248—约1320)，字叔夏，号玉田，又号乐笑翁，先世成纪(今甘肃天水)人，寓居临安(今浙江杭州)。他是南宋初大将张浚后裔，张枢之子，从小生长在一个官僚和文学的家庭环境里，过着承平公子的优游生活。宋亡，其家亦破，闲游纵饮，落拓而终。元世祖至元二十七年(1290)，他曾北上元都，希望能谋得一官半职，结果失意而归。晚年在浙东、苏州一带漫游，依人为活，生活愈益穷困，竟至于卖卜谋生，最后落魄而死。张炎之父张枢是一个注重音律的词人，对张炎影响较大。张炎词多抒写个人的哀怨，在一些词作中，反映出悲凉凄楚的亡国哀音和身世之感，具有一定的现实意义。张炎是宋词的最后一位重要作者，也是南宋格律派的最后一位重要词人，所著《词源》，集中反映了他的词学理论。

鹧 鸪 天

楼上谁将玉笛吹①,山前水阔暝云②低。劳劳燕子人千里③,落落梨花雨一枝④。

修禊⑤近,卖饧⑥时,故乡惟有梦相随⑦。夜来折得江头柳,不是苏堤也皱眉⑧。

【注释】

①楼上谁将玉笛吹:用李益《夜上受降城闻笛》:"不知何处吹芦管,一夜征人尽望乡"诗意。

②暝云:暮云。暝:音 míng,日暮,夜晚。

③劳:"辽"的假借字,远。《诗经·小雅·渐渐之石》:"山川悠远,维其劳矣。"人千里:指自己远在千里之外。

④落落梨花雨一枝:这句可能是写实景,也可能是作者自喻伤心貌。白居易《长恨歌》:"梨花一枝春带雨,玉容寂寞泪阑干。"落落:稀疏貌。孙绰《游天台山赋》:"荫落落之长松。"

⑤修禊:古代习俗,于阴历三月上旬的巳日(魏以后固定为三月初三日),到水边嬉游,以消除不祥。王羲之《兰亭集序》:"暮春之初,会于会稽山阴之兰亭。修禊事也。"

⑥饧:古"糖"字,亦作"餹"。后特指用麦芽或谷芽等熬成的糖。《本草纲目·谷部》:"饴即软糖也,北人谓之饧。"沈佺期《岭表逢寒食》诗:"岭外无寒食,春来不见饧。"宋祁《寒食》诗:"箫声吹暖卖饧天。"可见饧是寒食的应时食品。

⑦这句是说,只有梦中才能回到故乡。

⑧"夜来折得"两句:寒食节有插柳的习俗,这两句是说,尽管折来了江头的柳枝,却不是西湖苏堤上的柳,令人感伤,因为故国难返。周密《武林旧事·祭扫》:"清明前三日为寒食节,都城人家,皆插柳满檐,虽小坊幽曲,亦青青可爱。大家则加枣锢于柳上,然多取之湖堤。有诗云:'莫把青青都折尽,明朝更有出城人。'"

【赏析】

这首词写自己独在异乡为异客的感受。"劳劳燕子"两句语言虽平常,意味却很深长。"故乡惟有梦相随"是本词的主题。江头虽有柳枝可折,却不是家乡苏堤的柳,由此生发的故国思、故乡情就是不可收拾的了。

清 平 乐

候虫凄断①,人语西风岸。月落沙平江似练,望尽芦花无雁。

暗教愁损兰成②,可怜夜夜关情。只有一枝梧叶,不知多少秋声!

【注释】

①蛩:蟋蟀。按季节气候出没活动,故称"候蛩"。

②兰成:庾信,字子山,小字兰成。初仕梁,后出使西魏,值西魏灭梁,被拘留,历仕西魏、北周。著有《哀江南赋》《枯树赋》等,感伤遭遇,寄托乡关之思。

【赏析】

据《珊瑚网·名画题跋》所载陆行直(辅之)《清平乐·重题碧梧苍石图》的序言说,此词为张炎赠给他及其家妓卿卿的,其中过片两句原为"可怜瘦损兰成,多情因为卿卿。"后经作者修改,略去赠友、赠妓之意,从而成为一首抒写秋夜怀人之作。词中寓情于景,意境清空,音调悲凉,风格沉郁,造语精警,表达了作者的沦落之感和故国之思。

八声甘州①

辛卯岁,沈尧道同余北归②,各处杭、越③。逾岁,尧道来问寂寞,语笑数日,又复别去。赋此曲,并寄赵学舟④。

记玉关踏雪事清游⑤,寒气脆貂裘⑥。傍枯林古道,长河饮马,此意悠悠。短梦依然江表⑦,老泪洒西州⑧。一字无题处⑨,落叶都愁。

载取白云归去⑩,问谁留楚佩,弄影中洲⑪?折芦花赠远,零落一身秋⑫。向寻常野桥流水,待招来、不是旧沙鸥⑬。空怀感,有斜阳处,却怕登楼。

【注释】

①《八声甘州》:即《甘州》。

②"辛卯岁"两句:沈尧道名钦,是张炎的词友。他们于元世祖至正辛卯(1291)的前一年同游燕京(今北京市)。北归:从北方回到南方。

③各处杭、越:这时沈尧道在杭州,张炎在绍兴(舒岳祥《山中白云词序》说他北归后,"不入古杭,扁舟浙水东西为漫浪游")。越:州名,今浙江绍兴市。

④赵学舟:赵与仁字元父,号学舟。宋朝的宗室。做过教授。张炎的词友。

⑤记玉关踏雪事清游:指年前北游的生活。他们没有到玉门关,这里用玉关泛指边地风光。

⑥脆:依周济《宋四家词选》应作"敝"。

⑦短梦依然江表:是说北游匆猝,像做了一个梦,醒来依然身在江南。周邦彦《隔浦莲》词:"屏里吴山梦自到,惊觉,依然身在江表。"

⑧老泪洒西州:《晋书·谢安传》载羊昙为谢安所重,"安薨后,辍乐弥年,行不由西州路。尝大醉,不觉至州门,痛哭而去。"(节录)按谢安扶病还都时曾经过西州门,所以羊昙触景生悲。这里是借羊昙事寄寓家国之愁。西州,古城名,在今南京市西,借指杭州。

⑨一字无题处:是说深秋时候叶子落了,无处题诗以寄相思之情。这是借用红叶题诗的典故。

⑩载取白云归去:说沈尧道来访问后,又复别去。白云,隐居的标志。陶弘景《诏问山中何所有赋诗作答》:"山中何所有? 岭上多白云。只可自怡悦,不堪持赠君。"

⑪"问谁留楚佩"两句:《楚辞·湘君》:"捐余玦兮江中,遗余佩兮澧浦。""君不行兮夷犹,蹇谁留兮中洲?"都是写湘夫人对于湘君的怀念。这里用来表示友情。楚佩:楚女湘夫人的佩玉。

⑫零落一身秋:身世像秋天一样的零落。

⑬旧沙鸥:借指旧友。

【赏析】

这是张炎四十五岁寄寓绍兴所作的词。主要是写北游归来的失意和离别的愁情。其间织进了一些怀念故国的内容,但更浓厚的是个人身世零落、前途无望的伤感成分,因此表现出来的情调极度低沉。

解 连 环

孤 雁

楚江空晚。怅离群万里,恍然惊散①。自顾影、欲下寒塘②,正沙净草枯,水平天远。写不成书,只寄得、相思一点③。料因循误了④,残毡拥雪⑤,故人心眼。

谁怜旅愁荏苒。谩长门夜悄,锦筝弹怨⑥。想伴侣、犹宿芦花,也曾念春前,去程应转。暮雨相呼,怕蓦地、玉关重见。未羞他、双燕归来,画帘半卷。

【注释】

①恍:失意貌。

②"自顾影"句:崔涂《孤雁》:"暮雨相呼失,寒塘欲下迟。"

③"写不成书"二句:雁群飞如字。又用《汉书·苏武传》雁足传书事。

④因循:随便。

⑤残毡拥雪:《汉书·苏武传》:"(匈奴)幽武置大窖中,绝不饮食。天雨雪,武卧啮雪与毡毛并咽之,数日不死。"

⑥长门:杜牧《早雁》:"仙掌月明孤影过,长门灯暗数声来。"锦筝弹怨:钱起《归雁》:"二十五弦弹夜月,不胜清怨却飞来。"

【赏析】

此篇为咏孤雁词。张炎精于咏物,这首咏孤雁词最为有名,寄意深微,体物细腻,构思奇巧,用典亦妥贴自然,浑化无迹,实为精品佳作。上片先以空阔凄寒的环境衬托雁之孤单,"写不成书"以下五句从雁影不成字只能成点生发开来,再与苏武故事结合,柔情与壮怀融合无间。下片借长门事兼用杜牧《早雁》诗意,再巧设拟想之辞,新警而又婉转,咏雁而不滞于雁,清空一气,自然如话。

清 平 乐

采芳人杳①,顿觉游情少。客里看春多草草②,总被诗愁分了。

去年燕子天涯,今年燕子谁家③。三月休听夜雨,如今不是催花④。

【注释】

①采芳人杳:游春采花的人不见踪迹。

②草草:马虎、随便。

③这两句是说容自己如同燕子漂泊不定。谁家:什么地方。

④"三月休听"两句:如今的风雨不是初春时能催花开放,而是暮春时使繁花凋谢的风雨,听到会令人感伤。

【赏析】

近人俞陛云评论这首词说:"羁泊之怀,托诸燕子,易代之悲,托诸夜雨,深人无浅语也。"

宋词

元好问

元好问(1190—1257),字裕之,号遗山。太原秀容(今山西忻县)人。金宣宗兴定五年(1221)中进士。除南阳令,调内乡。历官尚书省掾(属员),左司都事员外郎。天兴初(1232)入翰林,知制诰。金亡后不仕。卒年六十八。好问多与元散曲家有交往,为一代著名诗人、文学家、散曲家。有《遗山集》《中州集》《壬辰杂编》等。

中吕·喜春来①

春 宴②

一

春盘宜剪三生菜③,春燕斜簪七宝钗④。春风春酝透人怀⑤。春宴排,齐唱喜春来。

二

梅残玉靥香犹在⑥,柳破金梢眼未开⑦。东风和气满楼台。桃杏折⑧,宜唱喜春来。

【注释】

①中吕·喜春来:中吕是元曲宫调之一,隶属于这一宫调的曲牌有迎仙客、红绣鞋等三十余个,喜春来也是其中的一个。

②春宴:是根据曲子内容所标示的题目,有些散曲作品,只有宫调名和曲牌名,没有标题。这是四首曲子组成的组曲,题为《春宴》,实际上只有第一首写宴,其余三首主要写春光明媚的景色。

③"春盘"句:古代民俗,于立春日,将莴苣之类可以生吃的菜、水果、春饼等食物置于盘中,邀请亲友聚会宴饮。这一习俗自隋唐以来就有,杜甫《立春》诗有"春日春盘细生菜"之句。三生菜:并非实指三样生菜,意谓多样,下句七宝钗的"七",亦同此意。

④"春燕"句:指与会妇女头饰之美。

⑤春酝:即春酒。

⑥"梅残"句:意谓洁白如玉的梅花虽已凋残,而幽香尚在。靥:原是人微笑时脸上显现的酒窝,玉靥,用以形容梅花洁白的颜色和优美的神韵。

⑦"柳破金梢"句:描写初春时节柳色,柳梢才吐出金黄色的嫩芽,有如朦胧醉眼尚未张开。

⑧桃杏折:桃花杏花也刚绽露花苞。折:应是"拆"字之误,此指花苞初绽。

【赏析】

第一首带有《春宴》组诗点题的性质,突出宴会的时令特色,着意描写宴上的三生菜,女眷头饰的华美入时,春风拂面,开怀畅饮醇美的春酒,构成一幅温馨、和谐、欢悦的亲友聚会迎春图。在这祥和欢乐的气氛中,情不自禁地齐声唱起迎春曲,喜庆美好的春天又来临。全首五句都含有特定意义的"春"字,春盘、春燕、春风、春酝、春宴、喜春来,俗中显雅,春意洋溢,生机勃然,富有浓郁的生活气息。

第二首重在写景,寓情于景。在楼台上俯视春景,残梅的幽香风神、柳梢的嫩芽,初开的桃杏,一派生意盎然的景象,包含着诗人热爱生活的情趣。末句"宜唱喜春来",迸发出作者对春的激情。组曲在着意写景中,很自然地抒发感情,既明快,又逐步深化。

双调·骤雨打新荷

绿叶阴浓,遍池塘水阁,偏趁凉多。海榴初绽①,妖艳喷香罗②。老燕携雏弄语,有高柳鸣蝉相和。骤雨过,珍珠乱糁,打遍新荷。

人生有几,念良辰美景,一梦过切。穷通前定③,何用苦张罗④。命友邀宾玩赏,对芳樽浅酌低歌⑤。且酩酊⑥任他两轮日月,来往如梭。

【注释】

①海榴:即石榴,因从西域移植,故名。绽:音 zhàn,开放。

②罗:稀疏而轻软的丝织品。

③穷通:处境的困窘(穷)和顺利(通)。这里指人命运的好坏。

④张罗:料理,筹划。

⑤芳樽:美好的酒杯。这里指代美酒。

⑥酩酊:音 mǐng dǐng,大醉的样子。

【赏析】

此曲分上下两阕,上阕写景,作者以比兴的艺术手法,绘出一幅完美的自然图画,"老燕携雏弄语,有高柳鸣蝉相和"句,写得绝妙逼真,堪称名句。下阕抒情,"人生有几"、"浅酌低歌",虽有消极因素,但更多表现了作者达观情绪,给人以心情洒脱之感。

仙吕·赏花时①

春 情

花点苍苔绣不匀②,莺唤垂杨语未真③。帘幕絮纷纷④。日长人困,风暖兽烟喷⑤。

[幺] 一自檀郎⑥共锦衾,再不曾暗掷金钱⑦卜远人。香脸笑生春。旧时衣袂⑧,宽放出二三分。

[赚煞尾] 调养就旧精神,妆点出娇风韵。将息划损苔墙玉笋⑨。拂掉了香冷妆奁宝鉴尘⑩,舒开系东风两叶眉颦。晓妆新。高绾起乌云⑪。再不管暖日朱帘鹊噪频。从今听鸦鸣不嗔⑫,灯花谁信⑬,一任教子规声啼破海棠魂⑭。

【注释】

①仙吕:宫调名。《中原音韵》称:"仙吕调清新绵邈。"元人杂剧楔子和第一折常用之。

②"花点苍苔"句:落花飘撒在长满苍苔的庭院中,美如锦绣,因非人工着意刺绣,故曰"绣不匀"。

③"莺唤垂杨"句:从垂杨中传来莺鸣之声,鸣声时强时弱,听不真切。

④絮纷纷:柳絮飘落的样子。

⑤兽烟:古人喜欢在室内薰香,用香料调和炭末,制成各种兽形,叫香兽,置于炉中点燃,兽烟从炉内喷出。

⑥檀郎:晋人潘安,小字檀奴,风姿俊秀,后遂以檀郎为美男子的代称。

⑦暗掷金钱:掷钱币以卜吉凶。

⑧衣袂:女衣腰部褶叠线,可按照穿着者腰身的肥瘦变化,放宽或收紧。

⑨玉笋:喻女人手指。思妇为计算丈夫别后的日期,用手指在长苔的墙上划痕。

⑩妆奁:置放化妆品之类的梳妆盒。宝鉴:镜子,古代以铜磨镜,故称宝鉴。

⑪绾:盘结。乌云:喻女人头发。

⑫鹊噪、鸦鸣:古代民间认为喜鹊叫客人到,乌鸦叫不祥兆。

⑬灯花:古代油灯,以灯草作芯,点燃后芯灰结成灯花,民俗视为喜讯。

⑭子规:杜鹃,其啼声似"不如归去",旧时诗词借以表现离愁。啼破海棠魂:苏轼有《海棠》诗云,"只恐夜深花睡去,故烧高烛照红妆。"后人遂以海棠喻睡美人。全句意谓任凭子规鸟如何啼鸣,也难以惊破我的睡梦了。

【赏析】

这套散曲中的主人是闺中少妇,抒发她自从与郎君欢聚后特有的情怀。作者首先用一支[赏花时]曲子,借助少妇对春色的视觉、听觉和主观感受,描绘出暮春时节落英缤纷、莺燕啼鸣、柳絮飞扬、房中兽烟缭绕的环境氛围,给人以优美、温馨、和谐之感。接着以[幺]和[赚尾煞]两支曲子,尽情抒发少妇"一自檀郎共锦衾"后的喜悦、欢快心情。作者的艺术表现手法非常巧妙,既不是直接描写少妇眼前如何欢悦,也不是直接倾诉往日的愁苦,而是着力描写她与夫婿欢聚后形神心态的变化,把今昔两种截然不同的举止心情,形象地表现出来。

杨 果

杨果(1195—1269),字正卿,号西庵,祁州蒲阳(河北安国县)人。金正大初(1224)中进士,为偃师令,以廉洁精干著称。元中统元年(1260),拜北京宣抚使;次年拜参政知事。工文章,尤长于乐府散曲。有《西庵集》。

仙吕·翠裙腰①

莺穿细柳翻金翅,迁上最高枝。海棠零乱飘阶址,堕胭脂。共谁同唱送春词。

[金盏儿]②减容姿,瘦腰肢,绣床尘满慵针指。眉懒画,粉羞施,憔悴死。无尽闲愁将甚比,恰如梅子雨丝丝③。

[绿窗愁]④有客持书至,还喜却嗟咨。未委归期约几时,先拆破鸳鸯字⑤。原来则是卖弄他风流浪子,夸翰墨,显文词。枉用了身心空费了纸。

[赚尾]⑥总虚脾⑦,无实事,乔问候的言辞怎使⑧。复别了花笺重作念,偏自家少负你相思。唱道再展放重读⑨,读罢也无言暗切齿。沉吟了数次,骂你个负心贼堪恨,把一封寄来的书都扯做纸条儿。

【注释】

①《仙吕·翠裙腰》:意为使用[仙吕]中的曲调,第一支曲子为[翠裙腰],结尾用[赚尾]和[后庭花煞]的套数。[翠裙腰]的句式为:七五七,三七。凡五句五韵。

②金盏儿:[仙吕]曲调。又名[醉金盏]。仅用于套数。

③梅子雨:亦称黄梅雨。初夏产生在江淮流域持续较长的阴雨天气,时值梅子黄熟,故云。

④绿窗愁:[仙吕]曲调。仅用于套数。句式为五五,七五,六三三七。凡八句七韵(第六句可不入韵)。

⑤先拆破句:意谓男方写来的绝情信。

⑥赚尾:又名[赚煞尾],用作结曲。句式常格为:三三六(七),七六(七),三(二)四七,四四七。凡十一句十韵(第一句可不入韵)。

⑦虚脾:虚情假意。

⑧乔:假装。

⑨唱道:元曲中衬字,无实义。

【赏析】

这套数曲写闺中女子对远游的负心汉的愤恨。以白描手法刻画女子的形象,活灵活现,具有很强的感染力。

越调·小桃红二首

一

满城烟水月微茫①,人倚兰舟唱②,常记相逢若耶上③。隔三湘,碧云望断空惆怅。美人笑道:莲花相似,情短藕丝长。

【注释】

①烟水:指湖面泛起水气,缥缈似烟。微茫:若明若暗,朦胧不清。

②兰舟:形容船的华美,在此指采莲船。

③若耶:指若耶溪,在浙江绍兴南诸暨县,西施曾在此溪上浣纱。

【赏析】

该曲写采莲女对爱情的坚贞。在这满城烟水的月光下,采莲女一面劳动,一面忆起当初和情人相互唱和的情形。如今,一对伴侣已被隔断,采莲女只有望断碧云空自惆怅了。然而,她不是绝情的,她以莲自比,他们间的情丝恰如藕丝一样,永远无法割断。

二

采莲人和采莲歌①,柳外兰舟过②,不管鸳鸯梦惊破。夜如何?有人独上江楼卧。伤心莫唱,南朝旧曲③,司马泪痕多。

【注释】

①采莲歌:南朝乐府歌曲名,此泛指采莲女所唱之歌。

②兰舟:木兰之木所造的船,实是对优美舟船的一种形容。

③南朝旧曲:疑指梁元帝所制之《采莲曲》,词有"碧玉小家女,来嫁江南王"、"因持荐君子,愿袭芙蓉裳"句。

④司马:以中唐诗人白居易喻指作者自己。白在被贬官江州司马时写过长诗《琵琶行》,由同情沦落天涯的琵琶女,联想到自己遭谪远窜的不幸,因而涕下沾襟,青衫为湿。

【赏析】

此曲一改《采莲曲》多写男女情思的旧习,隐写作者怀念故国的感情。内蕴深厚,风格婉秀,音韵谐美,以欢乐反衬深忧的写法尤为别致。

刘秉忠

刘秉忠(1216—1274),字仲晦,邢州(今河北邢台县)人。年十七,为邢台节度使府令史,后弃去,隐武安山中为僧,改名子聪。后游云中,被召见,元世祖忽必烈见他博学多才,留侍左右。至元初(1264),拜光禄大夫,位太保,参预中书省事。卒年五十九。秉忠自幼好学,至老不衰,终日斋居蔬食,每以吟咏自适,不为名利所动,自号藏春散人。有《藏春散人集》。

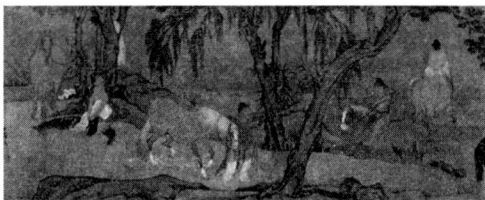

赵孟頫《浴马图》

南吕·干荷叶

干荷叶,色苍苍①,老柄风摇荡。减了清香,越添黄。都因昨夜一场霜,寂寞在秋江上。

【注释】

①苍苍:深暗的颜色。

【赏析】

这支曲描绘了一派萧疏、寂寥的深秋景象,锤字炼句,构思新颖,物我合一,情景交融,达到很高的艺术境界。

双调·蟾宫曲

夏

炎天地热如烧。散发披襟,纨扇轻摇。积雪敲冰①,沉李浮瓜②,不用百尺楼高;避暑凉亭静扫,树阴稠绿波池沼。流水溪桥,右军观鹅③,散诞④逍遥。

【注释】

①积雪敲冰:此指将冬日储存的冰块拿出来消暑。

②沉李浮瓜：此言吃李吃瓜消暑。因李重瓜轻，水洗时李沉瓜浮，故言。

③右军观鹅：右军，指东晋大书法家王羲之。《晋书·王羲之传》云："(羲之)性爱鹅。山阴有一道士养好鹅，羲之往观焉。意甚悦，固求市之。道士云：'为写《道德经》，当举群相赠耳'。羲之欣然，写毕，笼鹅而归"。

④散诞：逍遥自在。范成大《步入衡山》有"更无骑吹喧相逐，散诞闲身信马蹄"诗句。

【赏析】

这支曲子写夏日消暑的闲适。起句以"炎"极写酷暑难当，"散发"二句写消暑人的潇洒自如的风度，摇之轻，风雅活脱可喜。"积雪"三句进一步铺写主人公的悠然自乐。"避暑"二句写景，以树绿、水绿强调凉亭的幽雅环境，与首句遥相呼应，形成鲜明对比。结三句用典，借王右军观鹅之事写夏日的逍遥自乐。整个曲子活画出士大夫生活的情趣，但情调不高，使人很自然地想起"赤日炎炎似火烧，野田禾稻半枯焦。农夫心内如汤煮，公子王孙把扇摇"的诗句。

王和卿

王和卿，河北大名人，生卒年不详，世祖至元中(1279)前后尚在世，与关汉卿过从甚密。为人滑稽佻达，常讥谑汉卿，汉卿极意还答，终不能胜。无杂剧传世，善为散曲，《辍耕录》载有他作《醉中天》小令声名播于燕市的情形。今存小令二十一首、套数三篇(内残套两篇)。作品多写男女情事，次为杂咏，风格俚俗诙谐。

仙吕·醉中天

咏大蝴蝶

挣破①庄周梦，两翅驾东风，三百座名园，一采一个空②，难道风流种③？唬杀④寻芳的蜜蜂。轻轻的飞动，把卖花人扇过桥东⑤！

【注释】

①挣破：借用庄周梦被弹破来形容蝴蝶之大。庄周梦：庄周梦见自己变成大蝴蝶在花丛中飞舞，见《庄子·齐物论》。

②采空：采尽，采完。

③风流种：指喜爱情色、对妇女多情的人。

④唬杀：吓死。

⑤扇过桥东：极言蝴蝶翅膀之大。

【赏析】

蝴蝶是采花蜜的，世人因以喻指那些寻花问柳的人。所谓"采花"，即是此等人的行径。另外，蝴蝶的花翅同纨袴子弟花花绿绿的服饰，蝴蝶翩翩飞动的样子与浮浪轻薄者的轻狂，都有类似之处。此曲即抓住这些形貌状态的相似，嘲讽元代社会上"花花太岁"之类人物的恶劣行径。它以浪漫和夸张的手法，使用庄周梦中大蝴蝶的形象，和前人诗歌里蝴蝶追赶卖花人过桥的情境，凸显了浮浪"子弟"的轻狂、嚣张、有恃无恐、作恶多端。缺点是没有表现出作者应有的义愤和憎恶感情来，因而批判力度不足。

仙吕·一半儿

题 情

别来宽褪缕金衣，粉悴烟憔①减玉肌。泪点儿只除衫袖知。盼佳期，一半儿才干一半儿湿。

【注释】

①粉悴烟憔：这里"粉"、"烟"均指女子容貌。

【赏析】

这首小令写得凄怆动人，隽永悠扬，并巧妙地利用"一半儿××一半儿×"的曲牌格式，将思妇肝肠寸断的心情深刻地表现出来。

双调·拨不断

大 鱼

胜神鳌①，夯②风涛，脊梁上轻负着蓬莱岛。万里夕阳锦背③高，翻身犹恨东洋小。太公怎钓④？

【注释】

①神鳌：神话传说里的海中大鳖。

②夯：音 hāng，扛着。

③锦背：指夕阳照耀下的大鱼美丽的脊背。

④太公：姜子牙。他曾在渭水之滨钓鱼，遇周文王后才受到重用。

【赏析】

世传姜子牙渭滨垂钓时方法很特殊：钓钩离水面三尺，尚高言曰："负命者上钩来!"他虽没有钓得鱼,却得遇周文王,委以重任,建立了功业,钓到了功名利禄。所谓"太公钓鱼,愿者上钩",说的就是这种情形。后人往往用以比喻统治者用利禄权位引诱和笼络士人。这首小令即以此故事立意,抒写了胸有韬略、高视一世的知识分子虽然处境逼仄,逆风负重,却绝不会汲汲于功名,不会为统治者的诱饵所动的高傲情志,表现了一种固守高尚志节、蔑视权豪势要的思想态度。曲文立意超卓,想象丰富,形象鲜明,主旨显豁。

双调·拨不断

自　叹

恰春朝,又秋宵,春花秋月何时了①。花到三春②颜色消,月过十五光明少。月残花落。

【注释】

①春花秋月何时了:李煜《虞美人》:"春花秋月何时了,往事知多少"。

②三春:此指春末。

【赏析】

此曲由叹时光流逝之迅疾而生"月残花落"之深慨,抒发了一种老大无奈的伤感情绪,自叹亦复叹人。若就诗意看,无非如此,似不足誉扬。然而若就律艺方面看,此曲由"春"、"秋"而衍"花"、"月",然后似辘轳蝉联而下,一脉贯通;短短三十一字中,两用对偶,一为工对,一为流水,神于变化,显得和顺谐畅;用典自然浑化,若出己手,这一切却又使得它流光溢彩,具有了不可或缺的艺术价值。

胡祗遹

胡祗遹(zhī yù)(1227—1293),字绍开,号紫山,磁州武安(今属河北省)人。早年丧父,后刻苦读书得知于名流。元世祖时出仕,政绩显著。诗、文、词、曲、书法都有成就。著有《易经直解》《紫山大全集》。散曲作品"如秋潭孤月"(《太和正音谱》),现存小令11首。

中吕·喜春来

春景二首

其 一

几枝红雪墙头杏①,数点青山屋上屏②。一春能得几晴明③? 三月景,宜醉不宜醒。

【注释】

①"几枝"句:陆游《马上作》:"杨柳不遮春色断,一枝红杏出墙来。"叶绍翁《游园不值》:"满园春色关不住,一枝红杏出墙来。"

②屋上屏:屋外屏风。

③"一春"句:苏轼《东栏梨花》:"惆怅东栏一株雪,人生能看几清明。"

【赏析】

原作共三首,这里选一、二首,此曲描写春光明媚、鸟语花香的景色,给人一种清新的感受。

其 二

残花酝酿蜂儿蜜,细雨调和燕子泥①。绿窗春睡觉来迟。谁唤起?窗外晓莺啼②。

【注释】

①"残花"二句:此二句为一时名句,广为传诵,关汉卿、卢挚集中皆有。

②"绿窗"三句:意承孟浩然《春晓》:"春眠不觉晓,处处闻啼鸟。"又金昌绪《春怨》:"打起黄莺儿,莫教枝上啼。啼时惊妾梦,不得到辽西。"

【赏析】

小曲写的是暮春时节的情景,从写景着笔,景中寄意。首两句说:花已残而蜂还在采蜜,细雨中燕子仍在衔泥筑巢,颇有生生不息之意。这是大自然的景色,以此衬托室内之人的闲适懒散,他在绿窗下春睡得很香,醒来很迟,这还是窗外黄莺儿的啼声把他唤醒的呢!说明他的心情是适意放旷的。意境似孟浩然《春晓》,又巧用唐人金昌绪《春怨》:"打起黄莺儿,莫叫枝上啼"的诗意,而内涵完全不同,既无怨,亦无伤,而是怡然自得。

中吕·快活三过朝天子

赏 春①

梨花白雪飘,杏艳紫霞消。柳丝舞困小蛮腰②。显得东风恶。

野桥,路迢,一弄儿③春光闹。夜来微雨洒芳郊,绿遍江南草。蹇驴④山翁,轻衫乌帽,醉模糊归去好。杖藜头酒挑,花稍上月高,任拍手儿童笑。

【注释】

①快活三过朝天子:属中吕宫的带过曲,由快活三和朝天子两支曲子组成。

②小蛮:白居易侍女,善舞。此指柳丝,习惯上以柳丝比喻女子细腰,这里则将柳丝人格化。

③一弄儿:犹言一派。此指野外一派春光。

④蹇驴:驽钝的坐骑。

【赏析】

这是一幅非常潇洒的游春图。以写春景之美为背景,而重在表现赏春之人欢快、自得的心境。

双调·沉醉东风①

月底花间酒壶,水边林下茅庐。避虎狼,盟鸥鹭,是个识字的渔夫。蓑笠纶竿钓今古②,一任他斜风细雨。

【注释】

①沉醉东风:[双调]常用曲调。句式为:六(七)六(七),三三七,七七(六)。凡七句六韵(第三句可不入韵)。首二句和三四句各自多作对仗。

②纶竿:挂钓丝之渔竿。

【赏析】

"识字的渔夫",是披着蓑衣的知识分子。他们在虎狼当道时,只好和鸥鹭为盟,表明文人处境的不得已。结句以白眼冷看今古,感慨颇深。

又

渔得鱼心满意足①,樵得樵眼笑眉舒。一个罢了钓竿,一个收了斤斧,林泉下偶然相遇。是两个不识字的渔樵士大夫,他两个笑加加②的谈今论古。

【注释】

①渔:打鱼的人。下句第一个"樵"字,指樵夫,砍柴的人。第二个"樵"字,指柴火。

②笑加加:笑吟吟。

【赏析】

写渔父樵夫的生活乐趣。作者肯定他们的放情不羁,敢于在谈笑中"评今论古",称赞他们是不识字的士大夫,借此发泄了对现实政治的不满和嘲讽。

徐 琰

徐琰,字子方,号容斋,又号汶叟,东平(今属山东)人。元初为陕西行省郎中。至元末年,历任岭北湖南道提刑按察使、南台中丞。后升任江南浙西肃政廉访使、翰林学士承旨。曾与侯克中、姚燧、王恽等人交游。存世散曲有小令12首,套数1套,并有《爱兰轩诗集》。

双调·沉醉东风

御食饱清茶漱口①,锦衣穿翠袖梳头②。有几个省部交③,朝廷友,樽席上玉盏金瓯。封却公男伯子侯④,也强如不识字烟波钓叟。

【注释】

①御食:指皇帝御赐筵席上的食品,此指美味佳肴。

②翠袖:指美女。

③省部交:省,中书省,总管国家政务;部,指吏、户、礼、兵、刑、工六部。这里指所结交的朋友,都是高官显贵。

④公男伯子侯:自古以来的五等爵位名称,一直沿用至清朝。

【赏析】

作者运用白描手法,假借歌者之口,刺讽王公,触景生情,抒发内心不满朝政之情。表现了一代文人的胆量。

南吕·一枝花

间 阻①

风吹散楚岫云②,水湮断蓝桥路③;死分开莺燕友,生拆散凤鸾雏④。想起当初,指望待常相聚,谁承望巧姻缘遭间阻。月初圆忽被⑤阴云,花正发频遭骤雨。

[梁州] 他为我画阁⑥中倦拈针指,我因他在绿窗⑦前懒看诗书。这些时不由我心忧虑,这些时琴闲了雁足⑧,歌歇骊珠⑨。叫我这身心恍惚,鬼病揶揄⑩。望夕阳对景嗟吁⑪,倚危楼朝夜踟蹰。我觑不的小池中一来一往交颈鸳鸯,听不的疏林外一递一声啼红杜宇⑫,看不的画檐间一上一下斗巧蜘蛛。景物,态度。蜘蛛丝一丝丝又被风吹去,杜宇声一声声唤不住,鸳鸯对一对对分飞不趁逐⑬,感起我一弄儿嗟吁⑭。

[尾声] 再几时能够那柔条儿再接上连枝树,再几时能够那暖水儿重温活比目鱼⑮。那的是着人断肠处,窗儿外夜雨,枕边厢泪珠,和我这一点芳心做不的主。

【注释】

①间阻:隔离,离别。

②楚岫云:典出宋玉《高唐赋·序》,说当年楚怀王游于云梦之台,昼寝之时遇一神女,二人相爱。这里说的楚岫(xiù)就是云梦的一个山洞,神女与怀王在云雾之中亲爱之处。

③蓝桥路:通往蓝桥的路。《庄子·盗跖》说,一个叫尾生的青年同相爱的女子相约在蓝桥下会面。女子未来而大水忽至,尾生紧抱桥柱而死。头一句和这一句都比喻爱情受挫。

④莺燕友,凤鸾雏:像莺燕凤鸾一样的恋人。雏:本作幼禽解,此处指年轻的情人。

⑤被:遮盖。

⑥画阁:华丽的楼阁。

⑦绿窗:指书房。

⑧雁足:原指传书带信的人。《汉书·苏武传》说汉昭帝遣使者向匈奴索要长期被扣押的汉使苏武。匈奴说苏武早已故去。使者说昭帝射下一只雁,雁足上拴着苏武的信,说他还在某地。这里说的"琴闲了雁足",应指雁足状的琴的弹拨器。

⑨骊珠:一种极珍贵的珠子,据说出于骊龙的颔下。此处喻美妙的歌声。

⑩鬼病揶揄:相思病的捉弄。揶,音 yē。揄,音 yù。

⑪嗟吁:音 jiē xù,感叹声。

⑫啼红杜宇:杜鹃鸟在春天不住地啼叫,传说直到吐血,所以说啼红。

⑬趁逐:追赶。

⑭一弄儿:一古脑儿。《失金环》第二折:"一弄儿凄凉味,不由人长吁短叹,废寝忘食"。

⑮比目鱼:《韩诗外传》说"东海之鱼名曰'鲽',比目而行,不相得不能达。"连枝树、比目鱼都是比喻感情深厚的夫妻或恋人。

【赏析】

这是写一对热恋中的年轻人被强行拆散隔离后的刻骨相思。主人公是一位饱读诗书又多情多义的人,这也就决定了这首小令的语言特色:用典多,骈偶句多,形象丰富、激切的言辞多。总的风格是直抒胸臆。

王　恽

　　王恽(1227—1304),字仲谋,号秋涧,卫州汲县(今属河南)人。元初文学家,金元著名作家元好问弟子。自幼年至老年勤奋好学,手不释卷。为人耿直,知无不言。诗、词、曲、文都有佳作。有《秋涧先生大全文集》100卷,《金元散曲》辑其小令41首。《元史》有传。

正宫·黑漆弩

游金山寺并序

　　邻曲子严伯昌①,常以《黑漆弩》侑酒②。省郎仲先谓余曰③:"词虽佳,曲名似未雅。若就以《江南烟雨》目之,何如④?"予曰:"昔东坡作《念奴》曲⑤,后人爱之,易其名曰《酹江月》⑥,其谁曰不然?"仲先因请余效颦,追赋《游金山寺》一阕,倚其声而歌之。昔汉儒家畜声妓⑦,唐人例有音学,而今之乐府,用力多而难为工。纵使有成,未免笔墨劝淫为狭耳⑧。渠辈年少气锐,渊源正学,不致费日力于此也。其词曰:

　　苍波万顷孤岑矗,是一片水面上天竺。金鳌头⑨满咽三杯,吸尽江山浓绿。蛟龙虑恐下燃犀⑩,风起浪翻如屋。任夕阳归棹纵横⑪,待偿我平生不足⑫。

【注释】

①邻曲子:邻居家的年青人。

②黑漆弩:曲牌名。因白无咎以此调写过"侬家鹦鹉洲边住"的名句,故后来又名[鹦鹉曲]。侑酒:劝酒,唱曲以助酒兴。侑,音 yòu。

③省郎:在中书省供职的官员。仲先:作者的友人,事迹不详。

④若就以句:就把[黑漆弩]曲牌改名为[江南烟雨]怎么样?因白无咎[黑漆弩]中有"睡煞江南烟雨"一句,故有改曲名之议。

⑤念奴曲:指苏东坡所作《念奴娇·赤壁怀古》词。

⑥酹江月:因苏词[念奴娇]中有"一尊还酹江月"之句,故[念奴娇]又称[酹江月]。

⑦汉儒家畜声妓:汉代的儒学大师往往喜养家庭歌舞女妓。最著名者为东汉马融,据记载,他讲学时是"前授生徒,后列女乐。"

⑧笔墨劝淫为狭:以文字宣扬色情,引诱人不学好。

⑨金鳌头:金山最高处有金鳌峰,此指金鳌峰颠。

⑩"蛟龙虑恐"句:意为水中蛟龙水怪害怕有人点燃犀牛角照见它们的原形,所以兴风作浪,把江水搅得翻腾不已。燃犀照水怪事,见《晋书·温峤传》。

⑪归棹:归来的船。棹:本为船桨,代指船。

⑫待偿我平生不足:来补偿我平生为官场所缚,不能享受山水之乐的遗憾。

【赏析】

这首小令是作者游览镇江金山寺的追忆。首先写远望,次写登临,最后描写夕阳下的归舟。全篇意境雄阔,具有笼天地江山于袖中的豪迈气慨。

越调·平湖乐

尧庙秋社①

社坛烟淡散林鸦,把酒观多稼②。霹雳弦声斗高下③,笑喧哗。壤歌亭外山如画④。朝来致有,西山爽气⑤,不羡日夕佳⑥。

【注释】

①尧庙:在平阳(今山西临汾市)城南10里,每遇丰收,农民常祭祀于尧庙。秋社:立秋后的第五个戊日,是古代祭祀土神、庆祝丰收的节日,称为秋社。

②多稼:语出《诗经·小雅·大田》:"大田多稼,……"本指广种,后常用来指丰收。

③霹雳弦:指霹雳琴上的琴弦。柳宗元《霹雳琴赞引》对霹雳琴有所介绍:霹雳琴,零陵湘水西,震余枯桐之为也。"

④壤歌亭:即击壤亭。传说在尧时,有老人击壤而歌,其地在平阳城北三里,古时筑有击壤亭。

⑤朝来致有,西山爽气:语出《世说新语·简傲》:晋王子猷为桓冲骑兵参军,生性简傲,不屑理事。"桓谓王曰:'卿在府久,比当相料理。'初不答,直高视,以手版拄颊云:'西山朝来,致有爽气。'"作者用此典形容秋社美景,空气清爽宜人,也隐含了作者高雅的兴致。

⑥日夕佳:典出"山气日夕佳",意谓夕阳西下,山上云雾朦胧,景色美好。陶渊明《饮酒》诗:"山气日夕佳,飞鸟相与还。"

【赏析】

这首小令,描绘人们怀着丰收的喜悦,秋社日在尧庙祭神的欢乐景象,同时,也抒发了作者自己的心情和感受。

越调·平湖乐

采菱人语隔秋烟①,波静如横练②。入手风光莫流转,共留连,画船一笑春风面③。江山信美④,终非吾土,问何日是归年⑤?

【注释】

①秋烟:湖面上浮动着的轻雾。

②练:白色绢绸。

③画船:装饰彩绘的游船。春风面:指采菱女子娇美的面容。杜甫《咏怀古迹五首》:"画图省识春风面。"

④信:的确。王粲《登楼赋》:"虽信美而非吾土分,曾何足以少留。"

⑤何日是归年:杜甫《绝句二首》:"今春看又过,何日是归年?"

【赏析】

作者以白描手法,形象生动地写出采莲人怀念故乡之情。

卢 挚

卢挚(1235—1300),字处道,一字莘老,号疏斋,又号嵩翁,涿郡(今河北涿县人)。元至五年(1268)进士,累迁河南路总管。大德初授集贤学士,持宪湖南,迁江东道廉访使。仕至翰林承旨。元初文坛,卢挚文与姚燧齐名,诗与刘因并称,曲则与黎琰、鲜于枢雁行,有《疏斋集》,已佚。

双调·沉醉东风

秋 景

挂绝壁枯松倒倚,落残霞孤鹜齐飞①。四围不尽山,一望无穷水。散西风满天秋意。夜静云帆月影低,载我在潇湘画里②。

【注释】

①"落残霞"句:化用唐代王勃《滕王阁序》"落霞与孤鹜齐飞,秋水共长天一色"成句。鹜:野鸭。

②潇湘画:指精工的山水画。宋朝沈括《梦溪笔谈》载:"度支员外郎宋迪,工画,尤善为平远山水,其得意者,有平沙落雁、远浦归帆、山市晴岚、江天暮雪、

洞庭秋月、潇湘夜雨、烟寺晚钟、渔村夕阳,谓之潇湘八景。好事者多传之。"

【赏析】

描写秋天夜晚的迷人景色,气象空阔,意境飞动,令人陶醉,连作者似乎也融进曲中的山水画里了。

闲　居

恰离了绿水青山那答①,早来到竹篱舍人家②。野花路畔开,村酒槽头榨③。直吃的欠欠答答④,醉了山童不劝咱,白发上黄花乱插。

【注释】

①那答:那边,那里。一作"那搭"。

②早:已经。

③槽头:榨酒时酒液流泄而出的地方。

④欠欠答答:形容口唇颤动,痴痴呆呆。

【赏析】

这首作者写得非常洒脱、狂放。全用白描手法,画出一张醉翁图。用语也是平民百姓的语言。既没有道学气,又没有官僚气。山童不劝,白发黄花在头,老少扮演了一出极好的生活喜剧。

双调·折桂令

寒食新野道中①

柳濛烟梨雪参差②。犬吠柴荆③,燕语茅茨④。老瓦盆边,田家翁媪⑤,鬓发如丝。桑柘外秋千女儿⑥,髻双鸦斜插花枝⑦。转眄移时⑧,应叹行人,马上哦诗⑨。

【注释】

①寒食:节名,在清明前两日。新野,今河南新野县。

②柳濛烟梨雪参差:绿柳上弥漫着一层轻烟,洁白的梨花犹如一团白雪。参差:音 cēn cī,不齐样子。

③犬吠柴荆:犬在柴门见行人不住汪汪地鸣叫。柴荆,柴门。

④燕语茅茨:小燕在檐间不住地呢喃鸣啼。茅茨:茅檐。

⑤媪:音 ǎo,年老的妇人。

⑥桑柘外秋千女儿:桑柘树的外边女孩们正在打秋千。柘,音 zhè,常绿灌木,叶可喂蚕。

⑦髻双鸦斜插花枝:两个乌黑的发髻上斜插着鲜艳的花枝。髻双鸦:形容两

个发髻象乌鸦羽毛那样黑。

⑧转眄移时:转动着眼睛看了一会儿。眄面:眄,音 miàn,斜视。移时:一会儿。

⑨哦:音 é,低声吟咏。指在马上吟咏看到的景象。

【赏析】

这支曲是写作者在清明前在新野道中看到的农村景象。开头三句是写农村的自然风光。下三句是写农村老年人的悠闲生活。"桑柘"两句是写农村孩子们的快乐生活。最后三句是写作者看到这些迷人的景象,感到无比的喜爱,情不自禁地"转眄移时",在马上不住吟诗颂赞。这支曲可能是作者做河南路总管时写的。写得景象喜人,表现出作者对农民怀有深厚的感情。

双调·寿阳曲

夜 忆①

一

窗间月,檐外铁②,这凄凉对谁分说。剔银灯欲将心事写,长吁气把灯吹灭。

二

灯将残,人睡也,空留得半窗明月。孤眠心硬熬浑似铁,这凄凉怎捱今夜。

【注释】

①本题四首,此选第一、第二。

②檐外铁:指悬挂在屋檐上的铁马,即金属片,风吹时撞击发声。

【赏析】

这两支曲写相思之苦,则抓住"凄凉"二字做文章。将月色之静与铁马之动相结合,既烘托出一幅凄凉的夜景,又写出主人公在平静的夜晚内心的不平静。长吁一口气能把灯吹灭,说明主人公心中痛苦之深。而灯油将尽,月色也已西斜,只剩下了半窗,极写夜之深。这么晚了还睡不着,只好象铁一样硬熬,进一步展示主人公心中深深的痛苦。作者抓住铁之坚硬与人之难捱的相通之处,把这种痛苦写得无以复加。通过借景象征心境,以动作展现心境,用比喻直写心境,层层递进,把这一份"凄凉"充分表达了出来。

双调·殿前欢

酒杯浓，一葫芦春色醉山翁①，一葫芦酒压花梢重。随我奚童②，葫芦干，兴不穷。谁人共？一带青山送。乘风列子③，列子乘风。

【注释】

①山翁：山简，晋代襄阳镇守，生性喜好喝酒，出外嬉游时，常常醉酒而归。

②奚童：书童。

③列子：列御寇，战国时代郑国人，被道教徒称为能"御风而行"、超凡脱俗的仙人。

【赏析】

题为"酒兴"，所以这首小令通篇扣住"酒"与"兴"，写酒浓，写兴高。全曲一开篇便把杯中、葫芦中全都注满浓浓的美酒，又借醉倒之态衬出酒的香醇浓烈，然而，通读全曲，我们却发现，作者重在写"兴"，酒只是借托而已。与其说主人公是因酒而醉，不如说是因大自然的美丽春色而醉。

关汉卿

关汉卿，号已斋叟，大都(今北京)人，生活于13世纪20年代前后到14世纪初年之间。他把一生的主要精力贡献给当时正在蓬勃兴起的元杂剧，是我国最早的伟大戏曲家，被称为"元曲四大家"之首。一生写了60多种杂剧，流传至今的还有《窦娥冤》《救风尘》等15种以上。他同时是重要的散曲名家，留下小令57首、套曲14、残套2首。

仙吕·一半儿

题情二首

云鬟雾鬓胜堆鸦①，浅露金莲簌绛纱②，不比等闲墙外花。骂你个俏冤家，一半儿难当一半儿耍。

【注释】

①云鬟雾鬓：形容女子头发乌黑蓬松的样子。堆鸦：鸦鬓，妇女盘起头发作

元代文学家关汉卿

成的一种发式。

②浅露:微微露出。金莲:旧时指女子缠过的纤足,俗称"三寸金莲"。籁:风吹动的样子。绛纱:深红色纱裙。

【赏析】

关汉卿这组曲共四首,这里是第一首。整首小令共五句,可以分成两层,前三句写形,后二句写神。

<h2 style="text-align:center">二</h2>

碧纱窗外静无人,跪在床前忙要亲,骂了个负心回转身。虽是我话儿嗔①,一半儿推辞一半儿肯。

【注释】

①嗔:音 chēn,生气,发怒。

【赏析】

流传至今的关汉卿散曲,套曲中最有名的自然是[南吕·一枝花]《不伏老》,小令恐怕就要数这首[一半儿]了。它极生动地体现了早期元曲语言本色的特点,用白描手法勾勒出生活中一个充满情趣的画面。

南吕·四块玉

别　　情

自送别,心难舍,一点相思几时绝。凭阑袖拂杨花雪①,溪又斜,山又遮,人去也!

【注释】

①杨花雪:白色的杨花纷纷飘落,像下雪一样。

【赏析】

写妇女对情人的相思之情。后四句寄情于景,描绘了一幅令人难堪的景色,衬托出主人公内心的孤寂与苦闷。

南吕·四块玉

闲适二首

其　　一

旧酒投,新醅泼①。老瓦盆边笑呵呵,共山僧野叟闲吟和。他出一对鸡,我出一个鹅,闲快活。

【注释】

①醅:音 pēi,未滤的酒。

【赏析】

《闲适》曲共四首,这是第二首,曲中描写家酿的酒和醅,家养的禽,粗糙的老瓦盆,与山僧野叟无拘无束地畅饮畅谈,悠哉游哉,好一幅闲居野趣图!

其　　二

意马收,心猿锁,跳出红尘恶风波。槐阴午梦谁惊破①?离了利名场,钻入安乐窝,闲快活。

【注释】

①槐阴午梦:谓荣华富贵虚幻不实。唐李公佐《南柯太守传》中的主人公淳于棼,一日午后醉卧,梦入大槐安国,赘为驸马,享尽荣华富贵,醒后太阳尚未西斜。

【赏析】

此曲写出作者历尽世态人情,跳出红尘,安于闲适的生活。

双调·大德歌

春

子规啼,不如归,道是春归人未归。几日添憔悴,虚飘飘柳絮飞。一春鱼雁无消息①,则见双燕斗衔泥②。

【注释】

①鱼雁:喻书信。

②斗:争着。

【赏析】

这是一支暮春闺怨曲。暮春时节,杜鹃声声啼鸣着"不如归去",眼见得春将去,可是夫婿在哪儿呢?怎么还不归来?岂不辜负三春美景,岂不辜负美好青春!

夏

俏冤家,在天涯,偏那里绿杨堪系马①!困坐南窗下②,数对清风想念他③。蛾眉淡了教谁画④?瘦岩岩羞带石榴花⑤。

【注释】

①偏那里绿杨堪系马:偏是那里的绿杨可以拴住你的马?这是一句怨词,恨她爱人久游不归。

②困坐南窗下：无精打采地坐在南窗下。

③数对清风想念他：想念他，对着清风屈指计算他离去有多少日子了。

④蛾眉淡了教谁画：眉毛淡了教谁来给我描画呢。蛾眉，弯而长的眉毛。

⑤瘦岩岩羞戴石榴花：脸瘦得露骨羞戴鲜艳的石榴花。

【赏析】

作者选择了"绿杨"、"石榴花"做为夏日的特征，用来衬托人物内心思念的深切。

秋

风飘飘，雨潇潇①，便做陈抟睡不着②。懊恼伤怀抱，扑簌簌泪点抛③。秋蝉儿噪罢寒蛩儿叫④，淅零零细雨打芭蕉。

【注释】

①潇潇：音 xiāo xiāo，形容雨声。

②便作：即便是。陈抟：五代宋初的道士，曾隐居华山修道，传说他极能睡眠，往往一入睡就百天不醒。

③扑簌簌：眼泪纷纷落下的样子。簌，音 sù。

④寒蛩儿：秋天的蟋蟀。蛩，音 qióng。

【赏析】

这首小令既描绘秋景又刻画人物，可以说是情景交融、浑然一体的作品。

冬

雪纷纷，掩重门，不由人不断魂①！瘦损江梅韵②，那里是清江江上村③？香闺里冷落谁瞅问？好一个憔悴的凭阑人④。

【注释】

①不由人不断魂：不由人不悲伤，都像是失去了魂魄。魂：与"销魂"同义，形容人极度悲伤。

②瘦损江梅韵：瘦损了像梅妃那样的风韵。梅韵：是离妇自比有像梅妃那样的风韵。

③这句是离妇遥望远处的景像。

④这句是离妇说自己在大雪纷飞中倚着楼栏翘望远人的归来。

【赏析】

作者用"雪纷纷，掩重门"表示冬天的季节，用梅妃的故事表明思妇由于怀念远人瘦损了自己的容颜，失去了旧日的风韵。这首的重点句是最后的"好一个憔悴的凭栏人"。在大雪纷飞,家家紧闭重门这样寒冷的天气里,不是思念难忍,怎能冒雪凭栏遥望归人呢?她憔悴、沮丧的神态是可以想像得出的。

双调·沉醉东风

咫尺的天南地北,霎时间月缺花飞。手执着饯行杯,眼阁着别离泪①。刚道得声"保重将息"②,痛煞煞教人舍不得。"好去者,望前程万里!"

【注释】

①阁:通"搁"。

②将息:休养,养息。

【赏析】

"黯然销魂者,唯别而已矣"(江淹《别赋》),自古写离情别绪的作品不胜枚举,关汉卿这首小令当为其中佳品。亲爱的人要离别而去,主人公感到如月缺花飞,热泪盈眶。可是为了不将伤感影响对方,却强忍泪水道:千万保重,好好保重身体呀!这里应扬却抑,这一转折正衬出主人公的情深意切。

又

你性随邪①,迷恋不来也。我心痴呆,等到月儿斜。你欢娱受用别,我凄凉为甚迭②!休谎说,不索寻吴越③!喒④,负心的教天灭!

【注释】

①随邪:又作随斜,意谓随顺邪恶,着魔。

②甚迭:什么。迭:同"的"。

③不索:不要。吴越:春秋时吴国与越国互相攻打,后因以指敌对双方。

④喒:同"咱"。

【赏析】

这首小令描写一个女子对负心男子的怨恨。作者塑造了一个痴心女子的形象,并模拟她的语气,对不来赴约的情人的指责。这位女子按约等着与情人相会,然而久等不见情人来。因此,她认为情人必定被别的女子所迷住,"迷恋不来也"。"我心痴呆"二句,则表明自己的痴情,并以此指责情人的薄情。"你欢娱"二句,写负心的情人有了新的"欢娱受用"处,而自己痴心不变,却落得如此凄凉,想到此,心中的怨气便愈来愈强烈,终于由怨发展为恨,"休谎说,不索寻吴越",她警告男子,不要说谎哄骗,否则恋人会变成冤家对头。最后一句,这种怨恨则发展到了极点,指天罚咒,表达了对负心薄情的痛恨。

离　愁

膝上琴横，哀愁动离情。指下风生，潇洒弄清声①。锁窗前月色明，雕阑外夜气清②。指法轻，助起骚人兴。听，正漏断人初静③！

【注释】

①潇洒：凄凉。与洒脱之意不同。

②锁窗、雕阑：非实指刻有图案之窗、雕花之栏，"锁"与"雕"均属修饰性的字。这在词曲中习以为常。

③漏断：古代以铜壶滴漏计时，漏断：犹言漏尽，夜已深。

【赏析】

关汉卿用[碧玉箫]曲牌作的小令有十首，主题不一，以写离愁、相思居多，也有描写少女荡秋千天真浪漫的情态，或士大夫效渊明归隐之致的。这是第七首，也写离愁，但在手法上与一般抒发闺中少妇的离情别绪不同，作品描绘的是一对文化素养较高的情侣，在离别前夜，以抚琴吟诗倾诉哀愁离情。

商调·梧叶儿

别　情

别离易，相见难，何处锁雕鞍①？春将去，人未还。这其间，殃及杀愁眉泪眼。

【注释】

①锁雕鞍：柳永《定风波》："早知恁么，悔当初不把雕鞍锁。"

【赏析】

"别离"总领全曲，"易"与"难"相对，将离情层层展开。言在不语中，"春将去"，既点明伤春因"人未还"的内容，又为"这其间"蓄势，把离别后的愁情发挥得淋漓尽致。

正宫·端正好

窦　娥　冤

没来由犯王法，不隄防遭刑宪，叫声屈动地惊天。顷刻间游魂先赴森罗殿①，怎不将天地也生埋怨！

[滚绣球]　有日月朝暮悬，有鬼神掌著生死权。天地也只合把清浊分辨，

可怎生糊突了盗跖颜渊②！为善的受贫穷更命短，造恶的享富贵又寿延。天地也做得个怕硬欺软，却元来也这般顺水推船。地也，你不分好歹何为地！天也，你错勘贤愚枉做天！哎，只落得两泪涟涟。

【注释】

①森罗殿：迷信说法指阎王殿。

②盗跖颜渊：跖(zhí)是古代传说中反抗贵族统治的领袖，被统治者诬为"盗跖"，此代表坏人。颜渊是孔子的得意门徒，贫而好学，此代表贤人。此句意在控诉不辨善恶、颠倒黑白。

【赏析】

第三折是全剧的高潮，七百多年来常以《六月雪》《法场》等剧名上演不衰。窦娥在公堂上的屈

《窦娥冤》插图

招是为了救婆婆，不是认罪。对于这位秉性刚直的妇女，屈招本身就使她在精神上蒙受极大的冤屈。她以为还有辩白的机会，谁知像宰一只羔羊一样就被判了斩。她憋了一肚子的怨气更加郁结，满腔悲愤无处发泄，"要忍耐如何耐？"她无论如何也咽不下这口气，临刑时像一只充气超过容量的气球终于爆炸开来。在中国封建社会的传统观念里，天地是世界万物的主宰，此时的窦娥不是骂张驴儿和太守，而是埋怨天地，咒骂天地："地也，你不分好歹何为地？天也，你错勘贤愚枉做天！"其意义已超出对一个具体冤狱的不平，实际上已上升到对整个封建秩序的怀疑和指斥。

南吕·一枝花

赠朱帘秀

轻裁虾万须①，巧织珠千串②。金钩光错落，绣带舞蹁跹。似雾非烟，妆点就深闺院，不许那等闲人取次展。摇四壁翡翠浓阴，射万瓦琉璃色浅。

[梁州] 富贵似侯家紫帐，风流如谢府红莲③，锁春愁不放双飞燕④。绮窗相近，翠户相连，雕栊相映，绣幕相牵。拂苔痕满砌榆钱，惹杨花飞点如绵。愁的是抹回廊暮雨萧萧，恨的是篩曲槛西风剪剪⑤，爱的是透长门夜月娟娟。凌波殿前⑥，碧玲珑掩映湘妃面⑦，没福怎能够见？十里扬州风物妍，出落着神仙。

[尾] 恰便似一池秋水通宵展，一片朝云尽日悬。你个守户的先生肯相恋⑧，煞是可怜，则要你手掌儿里奇擎着耐心的儿卷⑨。

【注释】

①虾万须:虾须为帘的一种,后亦作为帘的美称。

②珠千串:帘多用珠串缀成;旧时惯以成串的珍珠形容歌声的清圆,此处意含双关。

③谢府:晋时谢氏为望族,此处代指贵家。

④锁:幽闭。

⑤剪剪:此形容风轻微而带有寒意。

⑥凌波殿:唐代洛阳宫殿名。

⑦湘妃:湘水女神娥皇、女英。相传她们是尧女舜妻。舜南巡死于苍梧,她俩痛哭于湘水,泪滴竹上成斑痕,后人称之为湘妃竹。

⑧先生:宋元时称道士为先生。朱帘秀在杭州嫁一道士,当指此人。

⑨奇:语音助词,无意义。

【赏析】

朱帘秀是元代著名的戏曲女演员,元代夏庭芝的《青楼集》说她"杂剧为当今独步",花旦、小生等"悉造其妙"。全曲用珠帘的华美异常,写朱氏容貌的秀丽,歌喉的圆润;用珠帘的光芒四射,写朱氏神采奕奕,光可照人;用珠帘的华贵,比喻朱氏的品质高洁,字字句句皆是发自作者内心由衷的赞叹。珠帘似思春少女一般,脉脉含情。怎不令人神往?而这正如同作者对朱氏貌美品洁的爱恋之情。却可恨"剪剪西风"这恶毒的中伤,使朱氏好不神伤,独自掩面。叹只叹,一个有着像一池粼粼秋水通宵舒展、一片莹莹朝云尽日悬空的人儿,最终竟只能委身于一个道士,好不公平!

南吕·一枝花

杭州景

[一枝花]　普天下锦绣乡,寰海内风流地①。大元朝新附国②,亡宋家旧华夷③。水秀山奇,一到处堪游戏④。这答儿忒富贵⑤,满城中绣幕风帘,一哄地人烟凑集⑥。

[梁州第七]　百十里街衢整齐,万余家楼阁参差,并无半答儿闲田地⑦。松轩竹径⑧,药圃花蹊⑨,茶园稻陌,竹坞梅溪。一陀儿一句题诗,行一步扇面屏帏。西盐场便似一带琼瑶,吴山色千叠翡翠,兀良望钱塘江万顷玻璃。更有清溪、绿水,画船儿来往闲游戏。浙江亭紧相对,相对着险岭高峰长怪石,堪羡堪题。

[尾]　家家掩映渠流水,楼阁峥嵘出翠微,遥望西湖暮山势。看了这壁,觑了那壁,纵有丹青下不得笔。

【注释】

①寰海内:指整个中国。寰,广大的地域。海内,四海之内,古代传说中国的四周有海环绕,故以海内称国内。风流地:这里指风光最美好的地方。

②新附国:元朝在至元十三年(1276)攻下杭州。这篇套曲写于南宋灭亡后不久,所以称南方为"新附国"。

③"亡宋家"句:意为杭州是被灭掉的南宋王朝的旧领土。华夷,古代对汉族(华)和偏远少数民族(夷)的泛称。这里指国家疆域。

④一到处:所到之处,处处。堪:可以。

⑤这答儿:这地方。忒:音 tè,太。

⑥一哄地:形容人多嘈杂的样子。

⑦半答儿:半点儿,半块。

⑧松轩:松下的长廊。轩,有窗的廊。

⑨蹊:音 xī,小路。

【赏析】

"钱塘自古繁华",特别是南宋以杭州为都城,经过一百多年的经营,使它成为当时世界上少见的美丽城市。这篇《杭州景》就是赞美杭州绮丽风光、市井繁华的著名作品。

南吕·一枝花

不 伏 老

攀出墙朵朵花,折临路枝枝柳①。花攀红蕊嫩,柳折翠条柔②。浪子风流③。凭着我折柳攀花手,直煞得花残柳败休④。半生来折柳攀花,一世里眠花卧柳。

[梁州七] 我是个普天下郎君领袖⑤,盖世界浪子班头⑥。愿朱颜不改常依旧,花中消遣,酒内忘忧。分茶攧竹⑦,打马藏阄⑧。通五音六律滑熟⑨,甚闲愁到我心头!伴的是银筝女银台前理银筝笑倚银屏;伴的是玉天仙携玉手并玉肩同登玉楼;伴的是金钗客歌《金缕》捧金樽满泛金瓯⑩。你道我老也,暂休,占排场风月功名首,更玲珑又剔透⑪。我是个锦阵花营都帅头⑫,曾玩府游州。

[隔尾] 子弟每是个茅草岗沙土窝初生的兔羔儿,乍向围场上走⑬,我是个经笼罩受索网苍翎毛老野鸡踏踏的阵马儿熟⑭。经了些窝弓冷箭蜡枪头⑮,不曾落人后。恰不道"人到中年万事休",我怎肯虚度了春秋⑯?

[尾] 我是个蒸不烂煮不熟槌不扁炒不爆响珰珰一粒铜豌豆,恁子弟每谁教你钻入他锄不断斫不下解不开顿不脱慢腾腾千层锦套头⑰?我玩的是梁园月⑱,饮的是东京酒,赏的是洛阳花,攀的是章台柳⑲。我也会围棋、会蹴踘、会打

围、会插科、会歌舞、会吹弹、会咽作、会吟诗、会双陆。你便是落了我牙、歪了我嘴、瘸了我腿、折了我手,天赐与我这几般儿歹症候,尚兀自不肯休。则除是阎王亲自唤、神鬼自来勾,三魂归地府、七魄丧冥幽,天哪,那其间才不向烟花路儿上走!

【注释】

①出墙花、临路柳:旧时多用来暗指被玩弄、遭践踏的娼优一类妇女。下文的"攀花折柳、眠花卧柳",均是指在歌妓群里厮混。

②红蕊嫩、翠条柔:均比喻歌妓的年轻貌美。

③浪子风流:即风流浪子,指有才学、放荡不羁而无正当职业的人。

④休:语助词。

⑤郎君:公子,这里指花花公子之类。

⑥浪子:浪荡公子。班头:即头领,头目。

⑦分茶攧竹:旧时妓院里的技艺。分茶:指斟茶待客。攧竹:即画竹。

⑧打马藏阄:古代的两种博戏。

⑨五音六律:泛指音乐。五音,即古代音乐中宫、商、角、微(zhǐ)、羽五个音阶;六律,指古代十二律中的六个阳律:黄钟、太簇、姑洗、蕤宾、夷则、无射(yì)。滑熟:非常熟悉。

⑩金钗客:戴金钗的人,指歌妓。金缕:即《金缕衣》,歌曲名。金瓯:华贵的酒杯。

⑪"占排场"二句:意为要成为花柳场中有地位的首领,就要非常灵活敏捷。

⑫锦阵花营:指歌台舞榭和其它冶游场所。都帅头:总首领。

⑬子弟:指风流子弟,即嫖客。每:宋元时口语,同"们"。乍:刚。围场:圈起来供打猎的场地。

⑭受索网:被绳子网络捕捉过。苍翎毛:苍老的羽毛。蹅踏:奔走践踏。

⑮"经了些"句:意为经受过各种明枪暗箭的攻击。窝弓:藏在草丛或浮土里用来打猎的弩弓,触动机关,就能发出箭。这里与"冷箭"一起比喻用机关阴谋暗算人。蜡枪头:这里指攻击、中伤人的矛头。蜡,应作"镴"(là),是锡和铅的合金。

⑯春秋:指年龄。《楚辞·九辩》:"春秋逴逴而日高兮。"王逸注:"年齿已老,将晚暮也。"

⑰恁:音 nèn,那么,那样。套头:即套子。

⑱梁园:又名兔园,内有池馆林木,为汉代梁孝王所营建,在今河南省开封市附近。

⑲章台:汉代都城长安的街名,是娼妓聚居的地方。

【赏析】

这是一篇书会才人的自叙,风流浪子的自白。相传元朝统治者把知识分子列为十等人中的第九等,所谓"九儒十丐",而且长期废止科举,使知识分子置身仕林的梦想幻灭了。于是,知识分子有的隐居山林,与清风唱和;有的沉湎声色,放浪形骸;有的依附权贵,充当统治者的仆从;然而还有一些人,挣脱传统观念的束缚,走向方兴未艾的瓦舍书会等民间伎艺场所,他们就成为中国文学史上特有的戏曲创作者——"书会才人"。关汉卿正是他们当中最杰出的代表。

越调·斗鹌鹑

女 校 尉①

换步那踪②,趋前退后,侧脚傍行,垂肩軃袖③。若说过论茶头④,膁答扳搂⑤,入来的掩,出去的兜。子要论道儿着人⑥,不要无拽样顺纽⑦。

[紫花儿] 打的个桶子膁⑧特顺,暗足窝粧腰⑨,不揪拐回头。不要那看的每侧面,子弟每凝眸。非是我胡诌,上下泛前后左右瞅⑩,过从的圆就。三鲍敲⑪失落,五花气从头。

[天净沙] 平生肥马轻裘⑫,何须锦带吴钩⑬?百岁光阴转首,休闲生受,叹功名似水上浮沤⑭。

[寨儿令] 得自由,莫刚求。茶余饭饱邀故友,谢馆秦楼⑮,散闷消愁。惟蹴鞠最风流。演习得踢打温柔⑯,施逞得解数滑熟。引脚蹑龙斩眼,担枪拐凤摇头⑰。一左一右,折叠拐鹘胜游⑱。

[尾] 锦缠腕、叶底桃、鸳鸯叩⑲,入脚面⑳带黄河逆流。斗白打赛官场㉑,三场儿㉒尽皆有。

【注释】

①女校尉:宋元圆社中踢毬技艺高超的女艺人。《蹴鞠谱》中《须知》谈校尉名称来由时说:"出入金门,驾前承应,赐为校尉之职。"同书又云:"凡做校尉者,必用山岳比赛过,才见其奥妙。"

②那踪:挪动脚步,那通"挪"。蹴鞠(cù jū)的基本步法。

③軃:音 duǒ,下垂的样子。

④过论:发毬给对方。论即毬。《蹴鞠图谱·官场下作》:"背剑拐:论过头出,使左拐,从右肩后出,使踢出论。"茶头:蹴鞠的角色。《蹴鞠图谱·三人场户》:"校尉一人,茶头一人,子弟一人,立站须用均停。校尉过轮(论)与子弟,子弟用右膁与茶头。"

⑤膁答扳搂:踢球的几种动作。膁,音 qiǎn。《蹴鞠谱》:"膁:须用肩尖对脚

尖,要宜身倒腿微偏,直腰挺身脚跟出,方可平撞使放臁。""搭:论众正面须当搭,脚放低垂眼放亲,若要踢牢轻入力,却思步活内中寻。"又《圆社锦语》:"搭,上前。"答即搭。

⑥论道儿:指毬的传行路线。着人:《事林广记》:"臁辞远近着人侥。"

⑦拽(zhuāi)样:《蹴鞠谱》载对毬员"整齐"的要求,"一格样,二拽扎"。顺纽:随便踢球。

⑧桶子臁:小腿平端的一种踢法。《蹴鞠谱》:"桶子臁平拈去得疾。"

⑨暗足窝:用脚掌处理毬的一种踢法。桩腰:装模作样,这里有刻意做作之意。

⑩泛:踢球规定所必须通过的一种器械或区域,也指相应的动作。《蹴鞠谱》:"三人各依资次相立顺行,子弟、茶头过泛,周而复始。只许一踢,到泛无妨两踢。"

⑪三鲍敲:蹴鞠的技术动作。《蹴鞠图谱·中截解数》中有"三捧(棒)敲。"

⑫肥马轻裘:指服御豪华,形容生活豪奢。

⑬锦带吴钩:化用鲍照《代结客少年行》中"骢马金络头,锦带佩吴钩"诗句。吴钩:指产于吴地的利剑。

⑭浮沤:水面上的泡沫。因其易生易灭,故喻人生之短暂和世情变化无常。

⑮谢馆秦楼:此指妓院。

⑯温柔:圆社要求其成员"性格温柔。"《蹴鞠谱》把它列为"三可教"的第一条,强调要"令刚气潜消"、"一团和气"。

⑰担枪拐:蹴鞠的踢法之一。《蹴鞠谱·官场侧脚踢蹬》:"担抢搭拐,稍拐用高起出论。"同书《官场下作》:"枪拐:下一或左拐、或右拐,直起直落,使搭出论。"凤摇头:《蹴鞠谱·下脚》:"十字拐如凤摇头。"

⑱折叠拐:踢球的技艺。《蹴鞠图谱·官场下作》:"摺叠拐:左右上一般,或一边,或两边,连三拐四,五拐寻论。"鹘胜游:花样踢法的一种。《蹴鞠谱·下脚》:"堪观处似鲍老肩挠,鹘胜游,争似花脚银。"

⑲鸳鸯叩:不详。《蹴鞠图谱·踢搭名色》有"鸳鸯拐"、"鸳鸯足幹"。《水浒传》第二回:"那高俅见气毬来,也是一时的胆量,使个鸳鸯拐,踢还端王。"

⑳入脚面:一种踢球法的方法。《蹴鞠谱·诸踢法》有"白入脚面"。

㉑白打:两人对踢的形式。《蹴鞠图谱·二人场户》:"曳开大踢名白打,……亦惟校尉能之。"官场:三人进行的较复杂的踢球形式。焦　(hóng)《焦氏笔乘》引《齐云谱》:"三人角踢的官场。

㉒三场儿:《高林广记》:"齐云社规,先小踢,次官场,次高而不远。"所谓高而不远。"即"或打二(二人赛),或落花流水(七人赛),或打花心(九人赛),或皮

破(五人赛),或白打放踢。"

【赏析】

套曲《女校尉》可谓关汉卿的优秀代表作之一。有三点值得注意:一、关汉卿如实地描绘了当时市井圆社中蹴鞠的女艺人,以艺术形象描绘了元代市井中风俗画的一个侧面。在第一、第二支曲子中以茶头、子弟蹴鞠中的两个角色衬托了女校尉的英姿,从而表达了对市井女艺人由衷的赞美。二、后三支曲子由女校尉的蹴鞠转而抒发情怀,表现了一个书会才人浪迹市井,与统治者的决绝之情,在蹴鞠中寻找精神慰藉的形象。三、关汉卿是元代早期的散曲作家,这套曲本色地露透出"浪子"精神的端倪,从某种意义上说,它是关汉卿的又一[南吕·一枝花]《不伏老》。

白 朴

白朴(1126—约1295),字太素,又字仁甫,号兰谷。原籍隩(yù)州(今山西河曲),后居真定(今河北正定)。其父白华为金枢密院判。蒙古灭金时,白华远出,白朴之母被蒙古兵掳走,他随父亲好友元好问居聊城(今属山东)。此时,他受到元好问的指教,打下良好的文学创作基础。元世祖时,虽有人多次举荐不肯出仕。元灭南宋后,他徙居金陵(今南京),与宋金遗老寄情山水,诗酒为事。他与关汉卿、马致远、郑光祖并称"元曲四大家",在元杂剧创作中占有重要地位;写过杂剧16种,今存《梧桐雨》《墙头马上》《东墙记》3种爱情剧。前二种为元杂剧代表作品。他的散曲与杂剧风格相同,以绮丽婉约见长,多写恋情、风光与隐逸生活。现存小令37首,套曲4套。

中吕·阳春曲①

题情二首②

其 一

轻拈斑管书心事③,细折银笺写恨词。可怜不惯害相思。则被你个肯字儿④,迤逗我许多时⑤。

其 二

从来好事天生俭⑥,自古瓜儿苦后甜。奶娘催逼紧拘钳⑦,甚是严,越间阻越情忺⑧。

【注释】

①阳春曲:曲牌名,一名"喜春来",中吕宫常用的曲调。

②题情:共六首,这里选第一首、第六首。

③斑管:笔管上有斑纹的毛笔。

④肯:首肯、点头同意。

⑤迤逗:挑逗、勾引。

⑥俭:少。

⑦拘钳:拘束。

⑧情忺:情投意合。忺:音 xiān,高兴、快意。

【赏析】

谚云:好事多磨,因而也格外值得珍惜。美好的爱情从来就是少有的,青年男女,特别是女子,为了追求爱情的幸福,敢于冲破严格的束缚,与意中人相会。感情直率而执著,语言朴素而泼辣。比喻生动,以瓜儿苦后甜,喻经过艰苦斗争赢得爱情的幸福;"越间阻越情忺",任何艰难险阻,都不可能阻挡有情人的结合。这是一支充满青春活力的情歌。

越调·天净沙

夏

云收雨过波添,楼高水冷瓜甜,绿树阴垂画檐。纱橱藤簟①,玉人罗扇轻缣②。

【注释】

①纱橱:形状像橱一样的纱帐。藤簟:用藤做成的凉席。

②轻缣:轻薄的丝绢衣衫。

【赏析】

好一幅美人夏景图。作者紧扣住"云收雨过",着力写凉爽的夏日给人带来的快意。前三句笔墨重点放在写户外之景,后两句转入户内,把笔墨放在美人消夏的举止上。对其悠闲自得行为的描绘突出了雨过天晴、空气清新的氛围,给整个曲子带来了淡雅的格调。

冬

一声画角谯门①,半亭新月黄昏,雪里山前水滨。竹篱茅舍,淡烟衰草孤村。

【注释】

①画角:饰以采色的号角,为古时军中的乐器,并于早晚用以报时。谯,古时建筑在城门上用以了望的楼。谯门:即城门。

【赏析】

"一声画角"三句描写:城楼上吹响了报时的画角;黄昏时刻,月亮初升,亭内半明半暗;山前水畔都被皑皑白雪所覆盖。"画角数声呜咽,雪漫漫。"(牛峤词《定西番》)那如人呜咽的画角声,给这冬天的景色增添了无限悲凉之意。"竹篱茅舍"两句,描绘了一幅乡村晚景图:枯草遍野,在淡淡的炊烟之中,静卧着一座孤村,竹篱茅舍,若隐若现。此情此景,动人哀思。字里行间。还隐藏着一股孤傲清高之气,这也许是作者人格的一种自况吧!

双调·沉醉东风

渔　夫

黄芦岸白蘋渡口①,绿杨堤红蓼滩头②。虽无刎颈交③,却有忘机友④。点秋江白鹭沙鸥⑤。傲杀人间万户侯⑥,不识字烟波钓叟⑦。

【注释】

①黄芦:枯黄的芦苇。蘋:一种多年生浅水水草。

②蓼:音liǎo,一类水边植物名,红蓼指开着淡红色花的蓼。

③刎颈交:生死与共的朋友。

④忘机:忘却计较与奸诈,甘心淡泊,与世无争。

⑤点:一触即起。

⑥傲杀:极为蔑视,看不起。万户侯:古代贵族封地以户数计算。汉代封侯,大的受封万户,习称万户侯。这里指高官显宦。

⑦烟波:烟云和水浪,这里指江湖。

【赏析】

作者敢于面对现实"傲王侯",难能可贵地表现了一代文人的勇气,曲中描写了渔夫生活,隐士行径,并以"白鹭"与"沙鸥"的名义,"傲杀人间万户侯",蔑视功名富贵,讴歌"烟波钓叟"。反映出时代叛逆者的形象。

双调·庆东原

叹 世

忘忧草,含笑花,劝君闻早冠宜挂。那里也能言陆贾①?那里也良谋子牙②?那里也豪气张华③?千古是非心,一夕渔樵话。

【注释】

①陆贾:汉初创建与巩固汉朝政权的谋臣,著有《新书》。《史记》《汉书》都有传。

②子牙:即吕望,又名姜尚,字子牙。他佐周文王、武王灭商有功封于齐,人称姜太公。

③张华:字茂先,西晋大臣,历任侍中,中书令,中书监,司空。后为赵王司马伦与孙秀所杀害。张华也是西晋文学家,有《张司空集》已佚,今存有《博物志》一书。

【赏析】

作者此曲情深义厚,语重心长。劝友人挂冠辞官、早归隐、莫贪功名富贵。超脱的思想、放达、潇洒的性格跃然纸上。白朴借姜子牙、陆贾、张华等历史人物,说明人才那里都有,就是元王朝不重人才,英雄无用武之地,不如早日归隐。

双调·得胜乐

独自走,踏成道,空走了千遭万遭。肯不肯疾些儿通报,休直到教担阁得天明了①。

【注释】

①担阁:同"耽搁",耽误之义。

【赏析】

白朴这一组[得胜乐]共四首。均为言情之作,这里选的是第三首。这首小令初看之下,难以断定抒情主人公为男为女,甚至可以说更像男性。但这组曲其余三首,均为闺阁口吻,这一首不应例外,仍是一首闺怨曲,只不过它不只内容独特,而词句也极为新颖。

又

红日晚,残霞在,秋水共长天一色①。寒雁儿呀呀的天外②,怎生不捎带个字儿来?

【注释】

①"秋水"句:用唐代王勃《滕王阁序》"落霞与孤鹜齐飞,秋水共长天一色"句。

②"寒雁"句:古代有大雁传书之说。

【赏析】

这是一首怀念友人的作品。

大石调·青杏子

咏　雪①

空外六花番②,被大风洒落千山。穷冬节物偏宜晚③。冻凝沼沚④,寒侵帐幕,冷湿阑干。

[归塞北]⑤貂裘客,嘉庆卷帘看⑥。好景画图收不尽,好题诗句咏尤难。疑在玉壶间⑦。

[好观音]⑧富贵人家应须惯,红炉暖不畏严寒。开宴邀宾列翠鬟⑨,拼酡颜⑩,畅饮休辞惮。

[幺篇]　劝酒佳人擎金盏,当歌者款撒香檀⑪。歌罢喧喧笑语繁,夜将阑,画烛银光灿⑫。

[结音]　似觉筵间香风散,香风散非麝非兰。醉眼朦腾问小蛮⑬,多管是南轩蜡梅绽⑭。

【注释】

①大石调:宫调名,属北曲。青杏子:曲牌名,也即青杏儿,可入小石调。

②六花:雪花六瓣,所以称雪花为六花。

③偏:最。

④沼:音zhǎo,小池。沚:音zhǐ,水中的小洲。

⑤归塞北:这就是词中的[望江南]。它叫归塞北,是原名的反意。如夜行船叫日停舟。麻婆子叫美脸儿等都是。这个曲调的首句可以押韵,这首没有押。

⑥这两句说:一些放纵不羁的富贵人,高兴地卷帘赏雪。

⑦玉壶:月宫。

⑧好观音:曲调名。后面的[幺]篇首句无变化,押韵也和前首同,叫"重头"。

⑨翠鬟:侍女。

⑩酡颜:醉脸。酡,音tuó。

⑪这句说,唱歌的人边唱边慢慢地散布一种香气。

⑫这两句说,夜深了,银白色的烛光十分的亮。

⑬朦腾:朦胧不清。小蛮:本是白居易的侍女名,后常作侍女的代称。

⑭多管:多半、大概。绽:开放。

【赏析】

这篇作品从富豪人家隆冬醉酒宴饮的眼光里,来描写雪景。清丽婉约,别具一格。

仙吕·点绛唇

东 墙 记①

万物乘春②,落花成阵。莺声嫩,垂柳黄匀③,越引起心问闷。

[混江龙] 三春时分,南园草木一时新;清和天气,淑景良辰。紫陌游人嫌日短,青闺素女怕黄昏④。寻芳俊士,拾翠佳人;千红万紫,花柳分春。对韶光半晌不开言,一天愁都结做人间恨。憔悴了玉肌金粉,瘦损了窈窕精神。

[油葫芦] 杏朵桃枝似绛唇,柳絮纷,春光偏闪断肠人。微风细雨催花信,闲愁万种心间印。罗帏绣被寒孤,欲断魂。掩重门尽日无人问,情不遂越伤神。

【注释】

①《东墙记》:杂剧名。写书生马文辅游学至松江,暂寓于董府后花园仅隔一东墙的山寿家之花木堂。一日攀墙看花,适遇董府小姐秀英同侍女梅香在花园内赏春,两人一见钟情,互递诗简,私下成欢。被董母撞见,逼文辅进京应试。后文辅状元及第,夫妻团圆。

②万物乘春:意谓万物随着春天的到来而复苏。

③黄匀:淡黄色。

④素女:善歌的女神。汉扬雄《太玄赋》:"听素女之清声兮,观宓妃之妙曲。"

【赏析】

三支曲选自《东墙记》第一折,女主人公董秀英面对满园春色,唱出了她内心的苦闷。[点绛唇]曲,托物起兴,写女主人公的所见,引出其所感。大地回春,万物勃发,百花盛开,莺燕鸣叫,眼前春光明媚,鸟语花香,撩拨起女主人公万般愁思。[混江龙]曲,作者由游人的欢愉嬉戏反衬女主人公的孤寂。三春时节,在这个"淑景良辰"的时候,女主人公想到,京郊路上的游人,一定会嫌一天时光太短;而青闺中的素女,又害怕黄昏匆匆来临。于是,"寻芳俊士"、"拾翠佳人"在"千红万紫"、"花柳分春"中尽情嬉笑游玩。此时,女主人公却"对韶光半晌不开言,一天愁都结做人间恨"。这种难言的抑闷,使这位窈窕淑女容颜憔悴,恹恹瘦损。[油葫芦]曲,女主人公抒发了春情难遣苦闷。

梧 桐 雨

第 四 折

(高力士上)(云)自家高力士是也。自幼供奉内宫,蒙主上抬举,加为六宫提督太监①。往年主上悦杨氏容貌,命某取入宫中,宠爱无比,封为贵妃,赐号太真。后来逆胡称兵②,伪诛杨国忠为名,逼的主上幸蜀。行至中途,六军不进,右龙武将军陈玄礼奏过了国忠,祸连贵妃。无可奈何,只得从之,缢死马嵬驿中。今日贼平无事,主上还国,太子做了皇帝,主上养老,退居西宫,昼夜只是想贵妃娘娘。今日教某挂起真容,朝夕哭奠,不免收拾停当,在此伺候咱。(正末上)(云)寡人自幸蜀还京,太子破了逆贼,即了帝位,寡人退居西宫养老,每日只是思量妃子。教画工画了一轴真容供养着,每日相对,越增烦恼也呵!(做哭科)(唱)

[正宫][端正好] 自从幸西川、还京兆,甚的是月夜花朝。这半年来白发添多少?怎打迭愁容貌?

[幺篇] 瘦岩岩不避群臣笑,玉叉儿将画轴高挑。荔枝花果香檀桌,目觑了伤怀抱。

(做看真容科)(唱)

[滚绣球] 险些把我气冲倒,身遝靠,把太真妃放声高叫。叫不应雨泪嚎咷,这待诏③,手段高。画的来没半星儿差错,虽然是快染能描,画不出沉香亭畔回鸾舞④,花萼楼前上马娇⑤,一段儿妖娆。

[倘秀才] 妃子呵常记得千秋节华清宫宴乐⑥,七夕会长生殿乞巧。誓愿学连理枝比翼鸟⑦。谁想你乘彩凤,返丹霄、命夭。

(带云)寡人越看越添伤感,怎生是好?(唱)

[呆骨朵] 寡人有心待盖一座杨妃庙,争奈无权柄谢位辞朝!则俺这孤辰限难熬⑧,更打着离恨天最高⑨。在生时同衾枕,不能够死后也同棺椁,谁承望马嵬坡尘土中,可惜把一朵海棠花零落了⑩。

(带云)一会儿身子困乏,且下这亭子,去闲行一会咱!(唱)

[白鹤子] 挪身离殿宇,信步下亭皋。见杨柳袅翠蓝丝,芙蓉拆胭脂萼。

[幺] 见芙蓉怀媚脸,遇杨柳忆纤腰。依旧的两般儿点缀上阳宫⑪,他管一灵儿潇洒长安道。

[幺] 常记得碧梧桐阴下立,红牙箸手中敲⑫。他笑整缕金衣,舞按霓裳乐。

[幺] 到如今翠盘中荒草满[13]，芳树下暗香消。空对井梧阴，不见倾城貌。

(做叹科)(云)寡人也怕闲行，不如回去来。(唱)

[倘秀才] 本待闲散心追欢取乐，倒惹的感旧恨、天荒地老。快快归来凤帏悄。甚法儿，捱今宵、懊恼。

(带云)回到这寝殿中，一弄儿助人愁也！(唱)

[芙蓉花] 淡氤氲、串烟袅，昏惨刺、银灯照。玉漏迢迢，才是初更报。暗觑清霄，盼梦里他来到。却不道口是心苗，不住的频频叫。

(带云)不觉一阵昏迷上来，寡人试睡些儿。(唱)

[伴读书] 一会家心焦躁，四壁厢秋虫闹。忽见掀帘西风恶，遥观满地阴云罩。俺这里披衣闷把帏屏靠，业眼难交[14]。

[笑和尚] 原来是滴溜溜绕闲阶败叶飘，疏剌剌刷落叶被西风扫，忽鲁鲁风闪得银灯爆，斯琅琅鸣殿铎，扑簌簌动朱箔，吉丁当玉马儿向檐间闹。(做睡科)(唱)

[倘秀才] 闷打颏和衣卧倒，软兀剌方才睡着。(旦上)(云)妾身贵妃是也，今日殿中设宴，宫娥，请主上赴席咱！(正末唱)忽见青衣走来报，道太真妃，将寡人邀宴乐。

(正末见旦科)(云)妃子，你在那里来？(旦云)今日长生殿排宴，请主上赴席。(正末云)分付梨园子弟齐备着。(旦下)(正末做惊醒科)(云)呀！元来是一梦，分明梦见妃子，却又不见了。(唱)

[双鸳鸯] 斜軃翠鸾翘，浑一似出浴的旧风标[15]，映着云屏一半儿娇。好梦将成还惊觉，半襟情泪湿鲛绡[16]。

[蛮姑儿] 懊恼，窨约，惊我来的又不是楼头过雁，砌下寒蛩，檐前玉马，架上金鸡。是兀那窗儿外梧桐上雨潇潇。一声声洒残叶，一点点寒梢。会把愁人定虐。

[滚绣球] 这雨呵又不是救旱苗，润枯草。洒开花萼，谁望道秋雨如膏。向青翠条、碧玉梢，碎声儿刻剥，增百十倍歇和芭蕉[17]。子管里珠连玉散飘千颗[18]，平白地瀽瓮番盆下一宵，惹的人心焦。

[叨叨令] 一会价紧呵似玉盘中万颗珍珠落；一会价响呵，似玳筵前几簇笙歌闹；一会价清呵似翠岩头一派寒泉瀑；一会价猛呵似绣旗下数面征鼙操。兀的不恼杀人也么哥，兀的不恼杀人也么哥，则被他诸般儿雨声相聒噪。

[倘秀才] 这雨一阵阵打梧桐叶凋，一点点滴人心碎了。枉着金井银床紧围绕[19]。只好把泼枝叶做柴烧，锯倒。

(带云)当初妃子舞翠盘时，在此树下；寡人与妃子盟誓时，亦对此树。今日梦境相寻，又被他惊觉了！(唱)

[滚绣球] 长生殿那一宵，转回廊说誓约，不合对梧桐并肩斜靠，尽言词絮絮叨叨。沉香亭那一朝，按霓裳舞六幺㉟，红牙箸、击成腔调，乱宫商、闹闹炒炒。是兀那当时欢会栽排下，今日凄凉厮睿着，暗地量度。

（高力士云）主上，这诸样草木，皆有雨声，岂独梧桐？（正末云）你那里知道？我说与你听者。（唱）

[三煞] 润濛濛杨柳雨凄凄院宇侵帘幕，细丝丝梅子雨妆点江干满楼阁。杏花雨红湿阑干，梨花雨玉容寂寞㉑，荷花雨翠盖翩翩，豆花雨绿叶潇条。都不似你惊魂破梦，助恨添愁，彻夜连宵。莫不是水仙弄娇㉒，蘸杨柳洒风飘。

[二煞] 咻咻似喷泉瑞兽临双沼㉓，刷刷似食叶春蚕散满箔。乱洒琼阶，水传宫漏，飞上雕檐，酒滴新槽。直下的更残漏断，枕冷衾寒，烛灭香消。可知道夏天不觉，把高凤麦来漂㉔。

[黄钟煞] 顺西风低把纱窗哨，送寒气频将绣户敲。莫不是天故将人愁闷搅。度铃声，响栈道㉕。似花奴羯鼓调㉖，如伯牙水仙操。洗黄花润篱落，渍苍苔倒墙角。渲湖山漱石窍，浸枯荷溢池沼。沾残蝶粉渐消，洒流萤焰不着。绿窗前促织叫，声相近雁影高。催邻砧处处捣，助新凉分外早。斟量来这一宵，雨和人紧厮熬，伴铜壶点点敲，雨更多泪不少。雨湿寒梢，泪染龙袍，不肯相饶，共隔着一树梧桐直滴到晓。

【注释】

①六宫提督太监：指太监总管。

②逆胡称兵：指安禄山叛乱，攻打长安，玄宗逃往四川，途经马嵬驿，六军不发，龙武将军陈玄礼请杀杨国忠与贵妃。这段情节，本剧第三折已铺演。

③待诏：此指供奉翰林院的画师。

④沉香亭：在长安兴庆宫。杨贵妃与玄宗常在亭中赏花歌舞，李白《清平乐》有"沉香亭北倚阑干"句。回鸾：舞名。

⑤花萼楼：花萼相辉楼，在内宫。

⑥千秋节：八月五日，是唐玄宗生日。华清宫：唐玄宗在骊山建的行宫，有华清池。

⑦"七夕会"二句：用白居易《长恨歌》"七月七日长生殿，夜半无人私语时。在天愿为比翼鸟，在地愿为连理枝"句。

⑧孤辰限：旧时星命家认为不吉利的日子。此指孤寂有限的日子。

⑨离恨天：传说中三十三重天的最高一重。

⑩"谁承望"二句：化用《长恨歌》"马嵬坡下泥土中，不见玉颜空死处"句。海棠花，指贵妃，唐玄宗曾说她如"海棠春睡未足"。

⑪上阳宫：在唐东都洛阳。此代指长安宫殿。

⑫红牙箸:敲打乐器的红色象牙筷。本剧第二折有"红牙箸趁着五音击着梧桐板"句。

⑬翠盘中荒草满:谓贵妃舞翠盘的地方荒芜一片。本剧第一折中有贵妃舞盘的情节。

⑭业眼难交:意谓难以入睡。业:同"孽",曲词中常用以表示自恨、自责。

⑮出浴的旧风标:谓当年旧模样。《长恨歌》有"春寒赐浴华清池,温泉水滑洗凝脂"句。

⑯鲛绡:手帕、丝巾。鲛绡传为南海鲛人所织。

⑰歇和:附和、相和。全句意为雨打在树梢、芭蕉上的声音交织,分外急骤响亮。

⑱子管里:只管里,一味地。

⑲金井银床:指宫中园林内的井与井栏。

⑳按霓裳舞六幺:霓裳与六幺均为舞曲名。白居易《琵琶行》:"初为霓裳后六幺。"

㉑"梨花雨"句:《长恨歌》:"玉容寂寞泪阑干,梨花一枝春带雨。"

㉒水仙:此指观音,观音变相中有持杨枝洒甘露一相。

㉓哜哜:音 chuáng chuáng,象声词。瑞兽:指喷水池边所筑的龙、龟一类喷水的兽。

㉔把高凤麦来漂:东汉人高凤,勤苦读书。有天晒麦,天忽下大雨,将麦漂走,他丝毫没察觉,仍在专心读书。

㉕度铃声,响栈道:《明皇杂录》《杨太真外传》等载,玄宗入蜀,经过栈道,天下雨,闻铃声与山相应,因悼念杨贵妃,采其声为《雨霖铃》曲以寄恨。

㉖花奴羯鼓:汝阳王李琎小名花奴,擅长击羯鼓,玄宗与贵妃曾共赏之。羯鼓为一种形如桶的小鼓,击打时声音急促。

【赏析】

《梧桐雨》全名《唐明皇秋夜梧桐雨》,是根据白居易《长恨歌》及陈鸿《长恨歌传》《杨太真外传》等传奇、笔记所改编,写唐玄宗与杨贵妃的生死爱情。全剧把重心放在唐玄宗身上,着力渲染他对爱情的执著,写得缠绵悱恻、凄怆感人,有浓郁的悲剧气氛。这里所选的第四折是全剧的重头戏,叙述安史乱后,官军收复长安,玄宗从四川返回宫中,对画像思念贵妃,梦中与贵妃相遇,梦醒后聆听着萧瑟秋风、雨打梧桐,不禁无限惆怅。作者巧妙地把秋雨与唐玄宗的愁苦相结合,即景生情,从意境、声响、变化等各方面抒发感受,描写生动细腻,词句优雅华美,情感曲折委婉,犹如一首抒情长诗。尤其是一连串的比喻,仿佛珠连玉叠,充分体现了作者遣词造句的高超技艺。

【国学精粹珍藏版】 李志敏⊙编著

◎尽览中国古典文化的博大精深 ◎读传世典籍，赢智慧人生 —— 受益终生的传世经典

唐诗·宋词·元曲

卷四

民主与建设出版社
·北京·

姚 燧

姚燧(1238—1313),字端甫,号牧庵,原籍营州柳城(今辽宁省朝阳市),后迁居洛阳(今属河南省)。3 岁丧父,由伯父姚枢抚养,并随他到苏门(今河南省辉县市西北苏门山)学习。24 岁学韩愈文章,被国子祭酒许衡赏识,38 岁作秦王府文学,后担任太子少傅、翰林学士承旨等职。以倡导并创作古文著名,与虞集并称于时,著有《牧庵文集》50 卷。散曲创作风格婉丽,语言浅白,笔调流畅,与卢挚齐名,时人并称"姚卢"。散曲现存小令 29 首,套数 1 套。

中吕·满庭芳①

天风海涛,昔人曾此,酒圣诗豪。我到此闲登眺,日远天高。山接水茫茫渺渺,水连天隐隐迢迢。供吟笑,功名事了,不待老僧招。

【注释】

①本题二首,此选第一。

【赏析】

此首小曲极有气魄,风格豪爽。"山接水茫茫渺渺,水连天隐隐迢迢",对仗工整,可谓绝妙之笔,曲中绝唱。

中吕·醉高歌

感 怀

十年燕月歌声①,几点吴霜鬓影②。西风吹起鲈鱼兴,已在桑榆暮景③。

【注释】

①十年燕月歌声:在京城度过了十年赏月听歌的生活。"燕"即指大都。这句是写他回顾过去在京城做官时的生活。

②几点吴霜鬓影:来到吴地两鬓又增添了许多白发。吴,周时吴国领有今江苏省一带的地方,后人也沿称江苏省为吴地。霜,指白发。这句是写他到吴地做官几年不觉已经老了。

③这两句是借引晋人张翰(字季鹰)当秋风起时思乡弃官的故事,说自己当秋风起时也想辞官归乡,可是已到了晚年。桑榆晚景,指日将夕时斜光照在桑榆之间的景象,古人常以"桑榆晚景"比喻人的晚年。王勃《滕王阁序》"东隅已逝,

桑榆非晚"是表示不甘没落的意思。

【赏析】

此首小曲意境虽不及唐人刘禹锡："莫道桑榆晚,为霞尚满天",但"鲈鱼兴"一句仍有浓厚的生活气息,具有积极生活情调。

中吕·阳春曲

笔头风月时时过①,眼底儿曹渐渐多②。有人问我事如何,人海阔③,无日不风波④。

【注释】

①笔头风月:笔墨生涯中的美好光景。

②眼底:眼下,眼前。儿曹:孩子们,儿孙们。

③人海阔:人生如同宽阔无边的大海。

④无日不风波:没有一天不发生纠纷和祸乱。

【赏析】

作为赠答之作,极容易流于干涩和枯燥的说教,而这首小令虽然篇幅短小,但内孕激越之情,感情的抒发既真实又自然,让人感到亲切。

越调·凭阑人

两处相思无计留,君上孤舟妾倚楼。这些兰叶舟①,怎载如许愁②!

【注释】

①兰叶舟:小船。

②怎载如许愁:怎么能载下这么多的愁。如许,这么多。

【赏析】

这是写一个妇女送别丈夫的曲子。写得很凄苦,知道离后要两地相思,但又无计留住不走。想到江边送行,封建礼教又不允许跨出闺门,只好"君上孤舟妾倚楼",从远处瞭望自己的丈夫乘着一叶扁舟去到遥远的他乡。"这些兰叶舟"确实难装"如许愁"。这两句作者巧妙地化用李清照《武陵春》中"只恐双溪舴艋舟,载不动许多愁"的词意,翻做自己的语言,深刻地表达出离妇内心的凄楚。

越调·凭阑人①

一

博带峨冠年少郎,高髻云鬟窈窕娘。我文章你艳妆,你一斤咱十六两。

二

马上墙头瞥见他,眼角眉尖拖逗咱②。论文章他爱咱,论妖娆咱爱她。

【注释】

①本题七首,此选第一、第二。

②拖逗:撩拨,勾引。

【赏析】

前一支曲子描写一对青年的美貌和才华。"博带峨冠",主要就少年的风度进行描绘。"高髻云鬟",写少女的美貌。"文章"与"艳妆"相呼应,突出了这一对佳人恰好是郎才配女貌。末二句通俗晓畅,直述情怀,真率纯朴。

后一支曲子描写一对青年暗中相见悄然相爱的情景。首句"瞥"字形象地刻画出了暗暗爱慕的心理状态,生动传神。"眼角眉尖",想看不敢看,反映出少女初恋时含蓄羞怯的神态。三、四句点明了这对青年即作者的爱情观是郎才女貌。描写细腻传神,语言通俗晓畅。可谓是白朴杂剧《墙头马上》的浓缩。

中吕·普天乐

浙江秋①,吴山夜②。愁随潮去,恨与山叠。塞雁来,芙蓉谢。冷雨青灯读书舍,怕离别又早离别。今宵醉也,明朝去也,宁奈些些③。

【注释】

①浙江:指钱塘江。

②吴山:山名,在浙江省杭州西湖东南。

③宁奈:宁耐,忍耐。些些:一些,一点。

【赏析】

这是一首抒写别离的小令,《中原音韵》题作《别友》。在深秋之夜,作者要与一位朋友分别了。离愁,如钱塘江潮,汹涌奔腾;别恨,如吴山峰峦,重重叠叠。这一动一静,便状写出作者心中无法抑制的离愁别绪。北雁南飞,荷花凋零。秋雨凄冷,油灯青幽,使静寂的书斋愈显得凄凉。"怕离别又早离别",此句为全篇精辟之处,一笔点明作者愁恨之情、凄凉之感之由来。相聚苦短,别易会难,重见无期。一句直白情语,道尽作者此时此刻复杂心情。

越调·凭阑人

寄　征　衣

欲寄君衣君不还①,不寄君衣君又寒。寄与不寄间,妾身千万难。

【注释】

①君:这里是妻对夫的敬称。

【赏析】

如果寄去征衣,担心他因暖衣在身,不肯速速归来;如果不寄征衣,又担心他因无衣御寒,而饱受寒冻之苦。这首小令以这种欲作不甘,欲罢不能的矛盾心理,开始了对闺怨这一类历代诗人似已把话说尽的传统题材进行创新。他没有沿习传统的手法,正面直述闺中少妇无尽的思念,而是选择了一个颇多内蕴的细节,使澎湃的相思之情以委婉真切的方式得以表现。

双调·寿阳曲

酒可红双颊,愁能白二毛①。对樽②前尽可开怀抱。天若有情天亦老,且休教少年知道。

【注释】

①白二毛:白,使变白。二毛,黑白两种头发。意为满头黑发的人,过分忧愁会使一部分头发变白。

②樽:盛酒器具。

【赏析】

这首曲子以"愁"字总领全篇,借酒浇愁,抒发对人生命运的感慨。"红双颊"、"白二毛"是对胸中之愁的形象刻画。无法"开怀抱",只有痛饮美酒,麻醉于幻境,只有这样才能暂时忘掉现实中的痛苦。长醉不醒固然消极颓废,但这是排遣愁闷,远避污俗的惟一途径。最后两句化用前人名句,进一步强化了愁的色彩。"且休教少年知道"凝聚了作者对现实命运的感叹和对理想生命的珍爱。

马致远

马致远(1250?—1321?)字千里,号东篱,大都(今北京市)人。曾一度出任江浙行省务官,后退出官场,隐居杭州附近,过"酒中仙、尘外客、林间友"的放诞生活。在大都曾参加李时中、花李郎、红字李二等的"元贞书会",以才华出众,被推为"曲状元"。与关汉卿、白朴、郑光祖合称"元曲四大家"。著有杂剧16种,今存《汉宫秋》《青衫泪》等7种;散曲今存小令115支,散套21套,近人辑为《东篱乐府》。明朱权《太和正音谱·古今群英乐府格势》列于首位,评其词"典雅清丽","有振鬣长鸣,万马齐瘖之意,又若神凤飞鸣于九霄。"被公认为元曲第一流作家。

南吕·金字经

夜来西风里,九天雕鹗飞①。困煞中原一布衣②,悲! 故人知未知? 登楼意③,恨无天上梯④!

【注释】

①九天雕鹗飞:这是一句比喻词。是说一群像雕鹗一样的恶人,却在朝廷里飞黄腾达,掌握生杀之权。九天:高天。古代传说天有九重,九天是最高的一层。雕:凶猛的飞禽,以捕杀弱小的兽禽为食。鹗:俗名鱼鹰,是凶猛的水禽,以捕杀鱼类为食。这里雕鹗都是比喻朝中当权的恶人。

②困煞中原一布衣:困煞了我这个中原百姓。布衣:指没有官职的平民,这里是作者自指。中原:暗指汉民族。

③登楼意:取意于王粲的《登楼赋》。据传王粲初投荆州牧刘表,刘表见他貌丑体弱不肯重用,王粲登当阳县城楼感而作赋,内容主要是抒发怀才不遇和乡思。马致远的“登楼意”亦即此意。

④恨无上天梯:遗恨的是没有进入朝廷的门路。上天梯,比喻进入朝廷的途径。

【赏析】

这是一首作者抒发怀才不遇的曲子。开头两句是比喻朝廷黑暗,恶人当道。下几句是抒泄自己怀才不遇的悲愤。从这支曲的思想内容来看,马致远在仕途上,原来并非无意进取,而是由于“夜来西风里,九天雕鹗飞”,自己原有“登楼意,恨无上天梯”。恐怕这是他后来产生“恬退”的思想根源。这支曲对了解马致远的思想变化是有帮助的。

南吕·牧羊关

汉 宫 秋

兴废从来有,干戈不肯休。可不食君禄,命悬君手。太平时卖你宰相功劳,有事处把俺佳人递流①。你们干请了皇家俸,看甚的②分破帝王忧? 那壁厢锁树的③怕弯着手,这壁厢攀栏的怕攧破了头④。

【注释】

①递流:递解,流放。

②着甚的:用什么。

③锁树的:西晋末前赵主刘聪欲为皇后起鹔仪殿,廷尉陈元达进谏,刘聪要杀他,元达将自己锁在树上,左右曳之不能动。

④攀栏的:指汉代朱云上书事。攧(diān):跌、摔。

【赏析】

《破幽梦孤雁汉宫秋》写王昭君和番故事:民女王嫱被选入宫,因不肯向中大夫毛延寿行贿遭陷害发入冷宫,汉元帝偶遇昭君(即王嫱),十分宠幸。毛延寿逃往番邦,唆使呼韩邪单于武力索要昭君,元帝被迫送出昭君,内心十分痛苦,而昭君也于番汉交界处投水自尽。元帝最后终于杀了毛延寿。本剧是马致远重要代表作,也是元杂剧成就最高的作品之一。

南吕·四块玉

叹 世

带野花,携村酒,烦恼如何到心头。谁能跃马常食肉①?二顷田,一具牛,饱后休。

【注释】

①跃马常食肉:喻富贵的志向。战国时燕人蔡泽曾自述其志:跃马疾驱,食肉富贵,四十三年足矣。

【赏析】

这是一首写作者晚年田园生活的小曲。马致远青年时期曾积极入世,但一直未能得到重用,经过二十多年的宦海浮沉,他看够了世态炎凉。当他晚年在宁静的隐逸生活中寻找心的轨迹时,回想起半世蹉跎,不免感慨万千。

又

带腥,披星走,孤馆①寒食故乡秋。妻儿胖了咱消瘦,枕上忧,马上愁,死后休②。

【注释】

①孤馆:独处客馆。

②休:结束,终了。

【赏析】

这是一首回忆羁旅官宦生活小令。马致远曾出任过"江浙行省务官"这样的小官,过的是"世事饱谙多"的漂泊生涯,到了晚年,回想起来,仍感慨万千。

南吕·四块玉

紫芝路①

雁北飞,人北望,抛闪煞明妃也汉王②。小单于把盏呀剌剌唱③。青草畔有收酪牛④,黑河边有扇尾羊⑤。他⑥只是思故乡!

【注释】

①紫芝路:昭君出塞时经过的道路。

②抛闪煞明妃也汉王:这句是倒装句,顺读是:明妃抛闪煞也汉君王,意为明妃撇得汉君王好苦。明妃:即王嫱,字昭君,汉元帝宫女。汉元帝常按画像召幸宫女,因此宫女多贿赂画工,昭君自持貌美不肯行贿,画工毛延寿故意将昭君画得很丑,所以元帝一直没召见过她。匈奴王入朝求婚,元帝便把她嫁给了匈奴王。临行时元帝见到了她,容光动人,很后悔,但又不能失信,一气之下,把画工毛延寿杀了。昭君,晋时避司马昭讳,改称明君,因此后人亦称明君为明妃。

③小单于把盏呀剌剌唱:小单于面对昭君高兴得呀剌剌高声歌唱。小单于:指呼韩邪单于。呀剌剌:象声词,指小单于唱的歌声。

④青草畔有收酪牛:草原牧场上有大量产乳的牛。青草畔,指草原牧场。酪:一种乳制品,这里泛指牛乳。

⑤黑河边有扇尾羊:黑河岸边有肥壮的尾像扇形的羊。黑河,在呼和浩特市南郊,昭君墓在河畔。

⑥他:指昭君。

【赏析】

这是一首咏史曲,写昭君出塞的故事。昭君出嫁匈奴,自汉以来,一向被人认为是带有民族屈辱性的憾事。

南吕·四块玉

恬　　退①

绿鬓衰,朱颜改,羞把尘容画麟台②。故园风景依然在,三顷田,五亩宅。归去来③!

【注释】

①恬退:追求安闲,淡泊名利,安于退让。

②麟台:指麒麟阁,汉朝图画功臣之像于其上以为表彰的地方。

③归去来:辞去官职,离开官场,回归田园。"来"是语助词。晋陶渊明辞官归隐后曾作《归去来兮辞》。

【赏析】

此曲表现了作者怀才不遇,不满当时社会的心情。大有陶潜自比之意。

双调·清江引①

野 兴②

一

绿蓑衣紫罗袍谁是主③？两件儿都无济④。便作钓鱼人，也在风波里。则不如寻个稳便处闲坐地。

二

林泉⑤隐居谁到此？有客清风至⑥。会作山中相⑦，不管人间事。争什么半张名利纸！

【注释】

①清江引：双调所属曲牌名，其句式为：七、五、五、五、七。因曲中可加衬字，实际字数不一定如此。

②野兴：组曲，共有八首，反复歌唱隐居闲适生活的乐趣。这里所选是第二、六两首。

③绿蓑衣：钓鱼人所穿遮雨之衣，喻指隐居不仕者。紫罗袍：官服，喻指仕宦者。谁是主：意谓做渔夫抑或出仕？

④两件儿都无济：回答上句所问，认为无论是做渔夫还是做官，都不行。

⑤林泉：指山水，高人雅士隐居的理想之地。

⑥有客清风至：意谓除了清风来作客外，别无他人至此。

⑦山中相：喻隐居山中而颇负声望的名士。

【赏析】

马致远曾经历过官吏生涯，也有过希望得到统治者器重的幻想，生活实践使他认识到现实的黑暗，仕途的险恶，故绝意功名，不问世事，做一个真正的隐士。前一首披露了他厌世的愤激之情，"便作钓鱼人，也在风波里"，足见处世之难，故在组曲的前五首中，都以"则不如寻个稳便处闲坐地"作结，什么事都不做，只求有个可以安稳闲坐之地，道出了心灵的伤痛。后一首也说得非常决绝沉重，退居林泉之下，他不愿做陶弘景式的"山中宰相"，他会做主宰大自然的宰相，唯以清风为客，不管人间之事，根本不想统治者赐与他半点儿名利，其风格之豪放洒脱，是这一组曲的共同特色。

越调·天净沙

秋 思

枯藤老树昏鸦①，小桥流水人家，古道西风瘦马。夕阳西下，断肠人②在天涯。

【注释】

①昏鸦:黄昏时的乌鸦。

②断肠人:痛苦已极之人。

【赏析】

这首曲虽然只有短短的五句二十八字,但却雕绘出一幅深有诗情的画面和感动人心的意境。元人周德清评此曲为"秋思之祖",近人王国维在他的《人间词话》中说它"寥寥数语,深得唐人绝句之妙境"。这正道出这首曲的艺术成就——言有尽而意无穷。

双调·寿阳曲①

山市晴岚②

花村外,草店西,晚霞明雨收天霁③。四围山一竿残照④里,锦屏风⑤又添铺翠。

【注释】

①据北宋沈括的《梦溪笔谈·书画》记载,度支员外郎宋迪善画,尤擅长平远山水,最得意之作是平沙落雁、远浦帆归、山市晴岚、江天暮雪、洞庭秋月、潇湘夜雨、烟寺晚钟、渔村落照,被人称为八景,或潇湘八景。元代散曲作家中,以八景之名写作者不少。马致远的[双调·寿阳曲]一组散曲,共八首,题目与宋迪之平远山水八景全同,亦当为咏潇湘风光景物之作。这一首《山市晴岚》与下面的《远浦归帆》《潇湘夜雨》,即其中之三首。

②山市:山区小市镇。晴岚:雨后天晴,山间散发的水气。

③天霁:雨止天晴。霁,音jì。

④一竿残照:太阳西下,离山只有一竿高的距离了。

⑤屏风:指像屏风一样的山峦。

【赏析】

这支曲子写傍晚时分,雨过天晴,小山村的秀美景色。仰望天空,刚好是雨过天晴,天空明净如洗,晚霞又照得满天光华绚艳,景色够美的了。再看山村小镇四周的山峦,笼罩在夕阳的光辉里,给人一种柔和而明丽的感觉。本来就很美的像是小镇屏风的山峦,经过雨水的洗濯,又在夕阳的映照之下,还飘散着薄纱似的水气,显得格外青翠,像是在原来的绿色上又添上一层绿色。作者并未浓墨重抹,只是轻轻几笔,而且主要是写了天上的晚霞和四围的山色,但这个山村小市的静谧气氛和美丽景色,却突现在我们眼前,给人一种清新爽美的心灵愉悦。

远浦①帆归

夕阳下,酒斾②闲,两三航③未曾着岸。落花水香茅舍晚,断桥头卖鱼人散。

【注释】

①浦,水边。

②酒斾:斾,音 pèi,古代后部如燕尾的旗。此处即指酒旗:酒店的招子。

③两三航:两三只船。

【赏析】

这首小令以"潇湘八景"旧题,描绘了江村风光和渔民生活,宛如一幅风俗画,给人以清新幽美的感受。

潇湘①夜雨

渔灯暗,客梦回,一声声滴人心碎②。孤舟五更家万里,是离人几行情泪。

【注释】

①潇湘:潇水和湘水,是湖南的两条水名,源于九嶷山,在零陵县西会合,称作潇湘。

②一声声滴人心碎:唐温庭筠的《更漏子》词中有"梧桐树,三更雨,不道离情正苦。一叶叶,一声声,空阶滴到明"的句子;宋李清照《声声慢》词中有"梧桐更兼细雨,到黄昏、点点滴滴。这次第,怎一个、愁字了得?"的句子。马致远的这句话,自然受到它们的影响,是说落雨声使游子的愁苦更甚,心都要为之碎了。

【赏析】

这支曲子写远离家乡的游子,在潇湘的孤舟之中,夜晚里被雨声从梦中惊醒后的凄楚悲凉的内心感受。这也是元代一般知识分子被轻贱的冷酷现实,在马致远心中所引起的感情的另一种反映。曲题虽然称作《潇湘夜雨》,但整篇曲文并未正面去写潇湘之夜如何下雨等情况,而是写客观自然界的夜雨,在他乡游子心里所激起的主观感情的波澜,藉以表达作者心灵深处的沉痛和凄苦。这在马致远"潇湘八景"一组散曲中,可以说是另具一格。

烟寺晚钟

寒烟细,古寺清,近黄昏礼佛人静①,顺西风晚钟三四声,怎生教老僧禅定②。

【注释】

①礼佛:烧香拜佛。

②禅定:即打坐,参禅入定,以求得悟。

【赏析】

［寿阳曲］《烟寺晚钟》，描写的是古寺僧人孤寂的生活情景。

又

云笼月，风弄铁①。两般儿助人凄切②。剔银灯③欲将心事写，长吁气一声吹灭。

【注释】

①铁：铁马，又做檐马。是悬挂在檐间的铁片，风吹则相击而发声。

②两般儿：两样东西。指代"云笼月"和"风弄铁"。助：更增添。

③剔：挑亮。银灯：指古人用金属（多为锡）制作的一种油灯。

【赏析】

此曲抒情，未著"情"字，却句句关情。先从环境写起，从视觉——"朦胧月色"，到听觉——"铁马声"，两方面把人物限定于一个凄清孤单的氛围之中。再通过人物系列连贯动作：剔灯，欲写难下笔，叹气、吹灯等描写，将主人公孤独、相思之情形象地表现了出来。人物行动，心理等与环境巧妙结合，形成一个完整的艺术境界。此曲以背景、动作塑造人物，抒发感情，大有戏剧艺术的特色。

又

从别后，音信杳，梦儿里也曾来到。问人知行到一万遭①，不信你眼皮儿不跳。

【注释】

①问人知：向人打听是否知道。行到一万遭：即打听的事已做到一万次了，极言其多。

【赏析】

曲之为体，可直抒胸臆，而不必讲究蕴藉，这就给思亲怀远之作带来极大方便。但语言的直捷明畅，并非感情的平铺直叙。在这首小令中，作者先以"梦"的形式，迭起思妇情急难捱的内心波澜，继之以"逢人便问"的行动和遥想悬揣的方式，将这一波澜推向了顶峰。"梦"的营构，是一种情感的震荡，它不但从时间上引出分别之久的思念，更从空间上造成孤单的氛围。"不信你眼皮儿不跳"，是全曲警策之所在，它以心灵感应的悬想方式、视接万里的形象描绘，道出对情人"思极而恨"的心情和"归来吧"的呼唤。语气是那样执着，情思是那样浓烈，渴望是那样焦灼。

江天暮雪①

天将暮,雪乱舞,半梅花半飘柳絮②。江上晚来堪画处,钓鱼人一蓑归去。

【注释】

①江天暮雪:"潇湘八景"旧题之一。

②半梅花:指江边落梅与雪花一起飞舞。半飘柳絮:以柳絮形容雪乱舞的样子。

【赏析】

所谓"诗中有画",被称为诗之妙境。马致远善于在曲中描绘自然风景,曲中有画,是他散曲的艺术特色之一。他所描绘的这幅"江天暮雪"图,历历如在眼前,富有雅淡幽静之美的意趣。湘江的傍晚时候,纷飞的大雪中夹杂着飘落的梅花,江上的晚景是优美寂静的,这时穿着蓑衣的钓鱼人,踏雪归去,于静寂中显露出人间的生气和高雅淡泊的情趣,成了一幅最美的天然图画。

又

心间事,说与他。动不动早言两罢①!罢字儿碜可可你道是耍②。我心里怕那不怕。

【注释】

①动不动:无论事情怎样总是……。两罢:双方算了,相当于今天的"咱俩再见。"罢,结束。

②碜可可:碜,音chěn。也作"碜磕磕",意谓令人内心寒冷、悲戚、伤痛、害怕。《小孙屠》:"背着个碜可可骨匣相随定。"

【赏析】

曲以天然为最高境界,此曲纯属天籁。它以通俗流畅的语言、逼真的口吻,写出了一个热恋中少女的怕、怨及爱的复杂心理。其语言之直率,心理之坦诚、情感之细腻,使少女的痴、娇之态如在目前。诚可谓曲中之佳作。

又

人初静,月正明,纱窗外玉梅斜映。梅花笑人休弄影,月沉时一般孤另①。

【注释】

①孤另:即孤零。

【赏析】

全曲写"孤另"二字,空灵幽邈,不着痕迹,在人、月、梅、影的意象组合和时空布设中,映照出一位愁人夜思难眠、孤寂无奈的面影。前三句通过外境的构设,勾出纱窗里人儿内心的孤单。后两句是前三句语链的伸直,承前破题,但又构思巧妙,不直说"孤另",而是以对梅花弄影笑人的回答,表明此时的心境。可谓以彼写此,相映成趣;逆衬烘托,手法高妙。

又

实心儿待,休做谎话儿猜,不信道为伊曾害①。害时节有谁曾见来,瞒不过主腰胸带。

【注释】

①伊:你;害:为"害相思"的缩语。

【赏析】

从语义的变换和语境的构成中,我们可以看出,这首剖白小曲至少包含着下列三方面的内容:①二人久别重逢;②男方对女方的真诚和相思持怀疑态度;③女方表白。因此,乍看这是一首女主人公的自白曲,而实则包含着二人之间的"对话",是一种复调式的结构。世间唯有情难诉。以"主腰胸带"的宽窄来表达相思之情,除达到一种无以比拟的最佳证明效果外,还把读者引入一种肉体亲近的语境中来。于是"胸带"下的一颗"实心"脱然而出,殷然可见。

双调·拨不断

叹 世

叹寒儒,谩①读书,读书须索题桥柱②。题柱虽乘驷马车③,乘车谁买《长门赋》④? 且看了长安回去。

【注释】

①谩:通"漫",聊且或胡乱义。此处引申为徒然、空自等义。

②须索:应该的意思。

③驷马:古时高官乘车,一车套四匹马,因称四马之车为"驷"。

④《长门赋》:司马相如在《长门赋序》中说:汉武帝的陈皇后失宠,被置于长门宫。听说司马相如善作赋,乃奉黄金百斤。相如作《长门赋》,终于感动了皇上,陈皇后果然又得宠幸。事见《文选·司马长卿长门赋序》。

【赏析】

这是一首愤世之作。古代司马相如尚能以己之才,得帝王赏识,而元代知识分子却因长期停止科举而苦于没有出路。这支曲感情激越,语言流畅,读起来朗朗上口,一气呵成。

又

布衣中,问英雄,王图霸业成何用? 禾黍高低六代宫,楸梧远近千官塚①? 一场恶梦。

【注释】

①"楸梧"二句:借用许浑《金陵怀古》诗:"楸梧远近千官塚,禾黍高低六代宫。"六代指东吴、东晋、宋、齐、梁、陈。

【赏析】

这也是一首叹世之作。作者以"一场恶梦"总结了历史上的帝王将相建功立业的空幻,曲折地反映了作者仕途失意的情怀。比喻形象、生动、鲜明。两个问句和结语,表达了作者对功名富贵的否定。

看　潮

浙江亭①,看潮生,潮来潮去原无定,惟有西山万古青。子陵一钓多高兴②。闹中取静。

【注释】

①浙江亭:据《乾道临安志》记载:"浙江亭在钱塘旧治南,到县一十五里。"

②子陵:东汉人严光的字。严光少时与光武帝一同游学,光武即位后,严光改名易姓,隐居不出。光武帝找到他,要他做谏议大夫,他不肯,归隐富春山,以耕田、钓鱼过活,直到老死。

【赏析】

知识分子既然无法"兼济天下",只好隐居乡野,"独善其身"了。这支曲子写的就是对隐居的感受。前四句表面写潮水,实则暗喻官场错综复杂,瞬息万变,令人捉摸不定,如潮水一般时起时伏。世上万古不变的只有大自然,何不学子陵,与西山为伴呢! 作者借此求得心灵上的平衡。

又

子房鞋①,买臣柴②,屠沽乞食为僚宰③,版筑躬耕有将才④。古人尚自把天时待,只不如且酩子里⑤胡捱。

【注释】

①子房:汉张良之字。张良年轻时在圯(yí)桥上遇一老人,老人故意将鞋扔到桥下,命张良去拾。张良不仅为之拾取,还按老人要求跪着把鞋穿在他脚上。老者见他有忍耐性,后来就传授他本领,使他成就了功名。事见《史记·留侯世家》。

②买臣:汉朝的朱买臣。他在未发迹之前曾有若干年过着打柴卖柴的贫苦日子。后来被汉武帝选中,封官会稽太守。事见《汉书·朱买臣传》。

③屠沽:杀牲卖酒者,此指刘邦大将樊哙,他曾以屠狗为事,后随刘邦打天下,封舞阳侯。乞食:指刘邦大将韩信。韩少时"家贫无行","常从人寄食",故曰"乞食"。僚宰:辅佐大臣。

④版筑:一种筑土墙的方法。殷高宗的贤相傅说未遇之前,曾在傅岩地方版筑。躬耕:亲自耕田。诸葛亮未遇前曾"躬耕于南阳"。

⑤酪子里:昏惑,糊里糊涂。

【赏析】

这首小令表现的都是参破功名的思想和对于期求功名者怜悯傲视的情感,反映了作者人生失意、壮志未酬的愤郁不平。在表达上,都使用借古(或借用古人诗句,或借用古人事迹)抒情和先事铺叙、篇末点题的方法,给人以突然醒悟、终于看透式的印象,增强了艺术感染力。

双调·蟾宫曲

叹　世

其　一

东篱①半世蹉跎,竹里游亭,小宇婆娑②。有个池塘,醒时渔笛,醉后渔歌。严子陵③他应笑我,孟光台④我待学他。笑我如何? 倒大⑤江湖,也避风波。

【注释】

①东篱:马致远号东篱,一作东篱老。蹉跎:虚度光阴。

②婆娑:音,pó suō,本指舞姿之盘旋,此为形容小院曲折延伸之貌。

③严子陵:即严光,曾与刘秀一同游学,后来刘秀成了东汉的开国皇帝,乃隐身不见,耕于富春山。

④孟光台:为人名,然此名无考。权解为"孟光之台"。孟光之台即孟光之案,案与台盏、椀同义。此即举案齐眉的故事。

⑤倒大:大,绝大。

【赏析】

经历半生光阴虚度换来的大彻大悟,就是潜心经营自己的安乐窝。此曲的前半就是对这安乐窝的具体描绘。既然在另外的隐士中找到了依据,他才有恃无恐地反问:我的行为又有什么可笑的呢? 偌大的江湖都可躲避风波,我在安乐窝中又何尝不可! 这样就在自问自答之中,实现了自我解疑,自我开慰,自我解脱。

其 二

咸阳百二山河①,两字功名,几阵干戈②。项废东吴③,刘兴西蜀④,梦说南柯⑤。韩信功兀的般证果⑥,蒯通言那里是风魔⑦。成也萧何,败也萧何⑧,醉了由他⑨。

【注释】

①百二山河:形容战国时代秦国地形的险要,二万兵力可抵挡诸侯一百万兵。咸阳,是秦国的都城。

②"两字"二句:为了功名二字,几次大动干戈。干和戈都是古代常用的武器,后来用以泛指武器和比喻战争。

③项废东吴:楚霸王项羽在垓(gāi)下兵败,被迫在乌江自杀。乌江在今安徽和县东北,古属吴地。

④刘兴西蜀:汉高祖刘邦被封为汉王,利用封地汉中和蜀中的人力物力,战胜了项羽。

⑤梦说南柯:说像南柯一梦。唐代李公佐传奇《南柯太守传》说淳于棼午间梦入大槐安国。被招为驸马,做了二十多年太守,荣宠至极。后因战败和公主死亡,被遣归,醒来才知是一梦。大槐安国原来就在宅南大槐树下的蚁穴里。

⑥韩信:是汉高祖刘邦的开国功臣,辅佐刘邦平定天下,封为齐王、楚王。与张良,萧何并称汉初三杰。后被吕后设计杀害,并诛夷三族(父族、母族、妻族)。兀的般:这般。证果:佛家语,因果报应,结果。

⑦"蒯通"句:蒯(kuǎi)通,汉高祖的著名辩士。本名彻,史家因避汉武帝名讳,遂称蒯通。韩信用蒯通之计定齐地。后蒯通要求韩信背汉自立,韩信不从。他怕受牵累,就假装风魔。后韩信为吕后所斩,他临刑前叹曰:"悔不听蒯彻之言,死于女子之手。"

⑧"成也萧何"二句:萧何足智多谋,后来成了刘邦的丞相。韩信因萧何再三推荐才得到刘邦的重用。后来吕后杀韩信,也是用了萧何的计策。

⑨他:读 tuō。

【赏析】

这首联系历史人物表现自己的历史观、政治观的小令别具一格。作者把人们带入熟悉的史实,并画龙点睛地作出了结论。

仙吕·寄生草

荐 福 碑

这壁拦住贤路,那壁又挡住仕途。如今这越聪明越受聪明苦,越痴呆越享了痴呆福,越糊突越有了糊突富。则这有限的陶令不休官①,无钱的子张学干禄②。

【注释】

①陶令:陶渊明曾做过彭泽县令,故称陶令。他在彭泽任上仅八十余日,因不愿"为五斗米折腰向乡里小儿"辞官归田。

②子张:孔子弟子,春秋时陈阳城人,姓颛孙,名师。《论语·为政》:"子张学干禄。"干:求;禄:俸禄。干禄即求官。

【赏析】

本曲写儒生张镐求取功名屡遭挫折的经历。第一折写张镐因贫穷在地主张浩家坐馆,故友范仲淹来访,同情他的贫苦,给他写了三封举荐信。正末扮张镐主唱。这里所选数曲是张镐诉说儒生遭遇不平内心苦闷的唱词。

般涉调·耍孩儿

借 马

近来时买得匹蒲梢骑①,气命儿般看承爱惜②。逐宵上草料数十番③,喂饲得膘息胖肥。但有些秽污却早忙刷洗,微有些辛勤便下骑④。有那等无知辈,出言要借,对面难推。

[七煞] 懒设设牵下槽⑤,意迟迟背后随⑥,气忿忿懒把鞍来鞴⑦。我沉吟半晌语不语⑧,不晓事颓人知不知⑨。他又不是不精细,道不得他人弓莫挽,他人马休骑。

[六煞] 不骑呵西棚下凉处拴,骑时节拣地皮平处骑。将青青嫩草频频的喂。歇时节肚带松松放,怕坐的困尻包儿款款移⑩,勤觑着鞍和辔,牢踏着宝镫,前口儿休提⑪。

[五煞] 饥时节喂些草,渴时节饮些水。着皮肤休使粗毡屈⑫,三山骨休使鞭来打⑬,砖瓦上休教稳着蹄。有口话你明明的记:饱时休走,饮了休驰。

[四煞] 抛粪时教干处抛⑭,绰尿时教净处尿⑮,拴时节拣个牢固桩橛上系。路途上休要踏砖块,过水处不教践起泥。这马知人义,似云长赤兔⑯,如益德乌骓⑰。

[三煞] 有汗时休去檐下拴,渲时休教侵着颓⑱。软煮料草铡底细⑲。上坡时款把身来耸,下坡时休教走得疾。休道人忒寒碎⑳,休教鞭彄着马眼㉑,休教鞭擦损毛衣㉒。

[二煞] 不借时恶了兄弟,不借时反了面皮。马儿行嘱咐叮咛记,鞍心马户将伊打,刷子去刀作疑。则叹的一声长吁气,哀哀怨怨,切切悲悲。

[一煞] 早晨间借与他,日平西盼望你,俺门专等来家内,柔肠寸寸因他

断,侧耳频频听你嘶。道一声好去,早两泪双垂。

[尾] 没道理,没道理,忒下的忒下的。恰才说来的话君专记,一口气不违借与了你。

【注释】

①蒲梢:良马名。汉朝时征伐大宛获胜,得到一种宝马,名蒲梢。骑:音jì,马。

②气命儿:性命儿。

③逐宵:每天夜间。番:回。

④下骑:下马。

⑤懒设设:懒洋洋。

⑥迟迟:依恋不舍的样子。

⑦鞴:音bèi,驾上马鞍。

⑧语不语:欲言又止。

⑨颓人:骂人的话。颓:雄性外生殖器。

⑩尻包儿:尻,音kāo,屁股。款款:慢慢地。

⑪前口儿:指马嚼子。

⑫着皮肤休使粗毡屈:不要让未铺平的粗毡子贴在马的皮肤上。粗毡:指马鞍子。屈:未伸直,即铺得不平。

⑬三山骨:指马的髀臀骨。

⑭抛粪:屙屎。

⑮绰尿:撒尿。

⑯云长赤兔:三国时蜀将关羽所骑良马名赤兔。

⑰益德乌骓:三国时蜀将张飞所骑的良马名乌骓。

⑱渲:本是画法之一,即将水墨淋漉在画纸上。这里指为马洗浴。颓:雄性生殖器。

⑲铡底细:铡细。底:得。

⑳忒寒碎:特别的寒酸琐碎。忒:太。

㉑彪:音diū,甩。鞭彪:甩鞭子。

㉒毛衣:指马的皮毛。

【赏析】

这是一篇叙事性的长篇套曲,它通过对主人公心理、情态、动作尤其是其语言的形象描写,塑造了一个性格鲜明的人物形象:爱马如命,吝啬小气,又要护脸皮、充大方,因而在不得不借马给朋友时演了一出令人忍俊不禁的讽刺喜剧。曲文成功地运用了铺陈手法,不厌其烦地叙写主人公的谆谆叮咛,表现他的绝不放心,使其思想性格凸显出来。

双调·夜行船

秋　思

百岁光阴一梦蝶①,重回首往事堪嗟。今日春来,明朝花谢,急罚盏夜阑灯灭。

[乔木查] 想秦宫汉阙,都做了衰草牛羊野。不恁么渔樵无话说②。纵荒坟横断碑,不辨龙蛇③。

[庆宣和] 投至④狐踪与兔穴,多少豪杰!鼎足虽坚半腰里折,魏耶?晋耶?

[落梅风] 天教富,莫太奢。无多时好天良夜。富家儿更做道你心似铁,争辜负锦堂风月!

[风入松] 眼前红日又西斜,疾似下坡车。不争镜里添白雪,上床与鞋履相别。莫笑巢鸠计拙,葫芦提一向装呆。

[拨不断] 名利竭,是非绝。红尘不向门前惹,绿树偏宜屋角遮。青山正补墙头缺,更那堪竹篱茅舍。

[离亭宴煞] 蛩吟罢一觉才宁贴,鸡鸣时万事无休歇。何年是彻?密匝匝蚁排兵,乱纷纷蜂酿蜜,急攘攘蝇争血。裴公绿野堂,陶令白莲社。爱秋来时那些:和露摘黄花,带霜分紫蟹,煮酒烧红叶。想人生有限杯,浑几个重阳节。人问我顽童记者,便北海探吾来,道东篱醉了也。

【注释】

①梦蝶:《庄子·齐物论》:"昔者庄周梦为蝴蝶,栩栩然蝴蝶也,……俄然觉,刚蘧蘧然周也。不知周之梦为蝴蝶与,蝴蝶之梦为周与?"这里用来形容人生如庄周梦为蝴蝶一般虚幻。

②恁么:这样,如此。

③不辨龙蛇:辨不清文字。龙蛇:文字笔划。秦汉时的篆书曲折盘屈,故用龙蛇来形容之。

④投至:指埋葬到坟墓中。

【赏析】

这是马致远的代表作,被誉为元散曲套数中的"绝唱",是一曲很有艺术感染力的隐逸者的颂歌。第一曲《夜行船》以"百岁光阴一如梦蝶"开篇,在回首往事的嗟叹中,作者发出了对时光匆匆、人生无常的感慨。这是全篇的题旨,由此引发了他对人生的看法和愤世嫉俗的情怀。

双调·新水令

汉 宫 秋①

锦貂裘生改尽汉宫妆，我则索看昭君画图模样。旧恩金勒短，新恨玉鞭长。本是对金殿鸳鸯，分飞翼，怎承望！

[驻马听] 宰相每商量，大国使还朝多赐赏。早是俺夫妻悒怏，小家儿出外也摇装②。尚兀自渭城衰柳助凄凉③，共那灞桥流水添惆怅。偏您不断肠，想娘娘那一天愁都撮在琵琶上。

[步步娇] 你将那一曲阳关休轻放，俺咫尺如天样，慢慢的捧玉觞。朕本意待尊前捱些时光，且休问劣了宫商④，您则与我半句儿俄延着唱。

[落梅风] 可怜俺别离重，你好是归去的忙。寡人心先到他李陵台上⑤，回头儿却才魂梦里想，便休题贵人多忘。

[殿前欢] 则甚么留下舞衣裳，被西风吹散旧时香。我委实怕宫车再过青苔巷，猛到椒房⑥。那一会想菱花镜里妆，风流相，兜的又横心上。看今日昭君出塞，几时似苏武还乡⑦？

[雁儿落] 我做了别虞姬楚霸王，全不见守玉关征西将。那里取保亲的李左车⑧，送女客的萧丞相？

[得胜令] 他去也不沙架海紫金梁，枉养着那边庭上铁衣郎。您也要左右人扶侍，俺可甚糟糠妻下堂？您但提起刀枪，却早小鹿儿心头撞。今日央及煞娘娘，怎做的男儿当自强！

[川拨棹] 怕不待放丝缰，咱可甚鞭敲金镫响⑨。你管燮理阴阳⑩，掌握朝纲，治国安邦，展土开疆。假若俺高皇，差你个梅香，背井离乡，卧雪眠霜；若是他不恋恁春风画堂，我便官封你一字王⑪。

[七弟兄] 说甚么大王不当，恋王嫱；兀良⑫怎禁他临去也回头望！那堪这散风雪旌节影悠扬，动关山鼓角声悲壮。

[梅花酒] 呀！俺向着这迥野悲凉。草已添黄，兔早迎霜。犬褪得毛苍，人搁起缨枪，马负着行装，车运着糇粮⑬，打猎起围场。他他他，伤心辞汉主；我我我，携手上河梁⑭。他部从入穷荒，我銮舆返咸阳。返咸阳，过宫墙；过宫墙，绕回廊；绕回廊，近椒房；近椒房，月昏黄；月昏黄，夜生凉；夜生凉，泣寒螀；泣寒螀，绿纱窗；绿纱窗，不思量！

[收江南] 呀！不思量，除是铁心肠！铁心肠，也愁泪滴千行。美人图今夜挂昭阳，我那里供养，便是我高烧银烛照红妆。

[鸳鸯煞] 我煞大臣行说一个推辞谎，又则怕笔尖儿那火编修讲。不见他

花朵儿精神,怎趁那草地里风光?唱道伫立多时,徘徊半晌。猛听得塞雁南翔,呀呀的声嘹亮。却原来满目牛羊,是兀那载离恨的毡车半坡里响。

【注释】

①《汉宫秋》:全名为《破幽梦孤雁汉宫秋》。这里选的是汉元帝送昭君出塞的一折。

②摇装:或作遥装。古代一种习俗。送人远行,事先择一吉日,亲友到江边饯行,上船移棹即返,改日再正式出发,叫做摇装。

③尚兀自:还……。渭城衰柳:用王维《渭城曲》诗意。原诗是:"渭城朝雨浥清尘,客舍清清柳色新。劝君更进一杯酒,西出阳关无故人。"《渭城曲》又名《阳关曲》。

④劣了宫商:音调不协。宫商是古代五音宫商角徵羽的省称。

⑤李陵台:李陵台古迹在元上京(在今吉林省)。李陵:汉将,兵败降匈奴。

⑥椒房:汉代皇后居住的地方,因为用椒和泥涂壁,所以叫椒房。

⑦苏武:汉代出使匈奴的使臣,被留十八年,不辱使命而返。

⑧李左车:汉初功臣。

⑨鞭敲金镫响:元代成语,往往和"人唱凯歌还"连用,形容胜利后兴高采烈地回朝。

⑩燮理阴阳:调和阴阳,这是大臣治理国家的比喻。语见《尚书·周官》。

⑪一字王:辽、元有一字王、两字王的差别。一字王更尊贵,如赵王、魏王等。汉代没有这个名称。

⑫兀良:表示惊讶,加重语气。

⑬糇粮:干粮。《诗经·大雅·公刘》:"乃裹糇粮。"

⑭携手上河梁:见李陵《与苏武》诗:"携手上河梁,游子暮何之。"河梁:桥。

【赏析】

《汉宫秋》为我国古代戏剧作品的杰作。此剧取材于汉代昭君和亲的故事,但注入了作者新的理解和虚构,已与史实记载相去甚远。这折戏是全剧的高潮,不仅表现了鲜明的主题思想,而且具有精湛的艺术特色。

赵孟頫

赵孟頫(1254—1322),字子昂,号松雪道人、水精宫道人。宋王室后嗣,赐第湖州,故为湖州(今浙江吴兴县)人。宋末为真州司户参军,宋亡入元后,授兵部郎中,又历任浙江等地学提举,后官至翰林学士承旨。孟頫有多方面才能,是著名书画家,书法家,篆隶真草书无所不精,留世的书、画迹颇多。又精于音律、文学,诗文曲清逸。有《松雪斋集》。

仙吕·后庭花

清溪一叶舟,芙蓉两岸秋①。采菱谁家女,歌声起暮鸥②。乱云愁,满头风雨,戴荷叶归去休③。

【注释】

①芙蓉:荷花的别称。

②鸥:水鸟,白羽毛,常飞翔于水上,捕食鱼虾。

③休:语尾助词。

【赏析】

自然界的风雨阴晴没有谁会真正害怕,但政治的风云突变又该怎样去面对呢?这恐怕是赵孟頫所经常思索的了。词中少女处惊而不变的坦荡,喜怒哀乐不为进退荣辱所牵的胸襟,恰恰正与作者内心的追求相契合。

黄钟·人月圆

一枝仙桂香生玉,消得①唤卿卿②。缓歌金缕,轻敲象板③,倾国倾城。几时不见,红裙翠袖,多少闲情。想应如旧,春山淡淡,秋水盈盈。

【注释】

①消得:值得。

②卿卿:夫妻、情人之间的昵称。《世说新语·惑溺》:"王安丰妇常卿安丰,安丰曰:'妇人卿婿,于礼为不敬,后勿复尔'。妇曰:'亲卿爱卿,是以卿卿,我不卿卿,谁当卿卿?'遂恒听之。"

③象板:象牙制成的拍板,一种乐器。

【赏析】

这是一支诉说相思之意的小令。上半阙并未直写女子的容貌,而是着笔于"她"给予"我"的主体感受。下半阙则抓住最能传神的眉眼刻画,使其活现于作者心中,这就扬诗歌间接描写之长,避直接刻划之短,以飘忽不定的形象完成对如仙的美女的刻划。看来作者是以书法之抽象、写意来作曲了。

王实甫

王实甫,本名德信,是名剧《西厢记》的作者。大都(今北京)人。生于金末元初,约与关汉卿同时,创作活动大致在元成宗的元贞、大德年间。早年曾做过官,宦途坎坷,晚年弃官归隐,混迹于官妓、杂剧演员聚居的勾栏瓦舍,吟诗诵赋,才华横溢。元人所称"元曲四大家"中没有他,明人为他鸣不平,认为应将他列入"元曲四大家"。现存小令1首、套曲2套。

中吕·十二月过尧民歌

别 情

[十二月]自别后遥山隐隐,更那堪远水粼粼①。见杨柳飞绵滚滚②,对桃花醉脸醺醺。透内阁香风阵阵,掩重门暮雨纷纷。

[尧民歌]怕黄昏忽地又黄昏,不销魂怎地不销魂!新啼痕压旧啼痕,断肠人忆断肠人。今春,香肌瘦几分,搂带宽三寸③。

【注释】
①更那堪:怎能再经得起。
②飞绵:杨花像白绵似地飞舞。
③搂带:衣带;搂即缕。

【赏析】
这首带过曲描写的是一位思念情人的女子缠绵幽怨的内心情感。[十二月]写景。春天,本是群芳争艳的美好季节,是人们播种爱情和享受欢乐的幸福时节;可给这位思念情人的女子的感觉,却是凄凉的、痛苦的。青山隐隐,把她的想念引向"遥山";绿水粼粼,把她的思绪导向"远水"。水远山遥,何日再聚首?"更那堪"三个字是她盼君归已非一朝一夕、相思日积日深、不胜负荷而发出的深深的叹息。

仙吕·金盏儿

破 窑 记

绣球儿你寻一个心慈善、性温良、有志气、好文章,这一生事都在你这绣球儿上。夫妻相待,贫和富有何妨! 贫和富,是我命福;好共歹,在你斟量。休打着那无恩情轻薄子,你寻一个知敬重画眉郎①。

【注释】

①画眉郎:指恩爱夫君。

【赏析】

《吕蒙正风雪破窑记》写洛阳富豪刘员外独生女刘月娥,因"高门不答,低门不就",只好结彩楼抛球择夫。穷书生吕蒙正和寇准居住在城外破窑中,前往观看,意欲在刘家择定女婿后,作诗庆贺,赚点钱钞,用作一二日生活费。不料绣球巧中吕蒙正。刘员外嫌吕穷,拒不认婿。刘女认命,誓必嫁吕,于是刘员外命人脱去女儿衣服首饰,将他二人赶出门去。二人回窑后,生活困窘,吕蒙正除每日在市上"搊笔为生"外,还得常去白马寺化斋,受到长老的侮弄。经过十年漫长岁月,刘月娥安贫守志;吕蒙正发愤向上,终于考上状元,除本县县令。此时白马寺长老一改故态,刘员外也前去认亲,全剧在夫妻翁婿欢好的气氛中终场。

崔莺莺待月西厢记

第四本第三折

[正宫·端正好] 碧云天,黄花地①,西风紧,北雁南飞。晓来谁染霜林醉?总是离人泪②。

[滚绣球] 恨相见得迟,怨归去得疾。柳丝长玉骢难系③,恨不倩疏林挂住斜晖。马儿迍迍的行,车儿快快的随,却告了相思回避,破题儿又早别离④。听得道一声"去也",松了金钏;遥望见十里长亭,减了玉肌⑤。此恨谁知!

[叨叨令] 见安排着车儿、马儿,不由人熬熬煎煎的气;有甚么心情花儿、靥儿,打扮的娇娇滴滴的媚;准备着被儿、枕儿,则索昏昏沉沉的睡;从今后衫儿、袖儿,都揾做重重叠叠的泪,兀的不闷杀人也么哥! 兀的不闷杀人也么哥? 久已后书儿、信儿,索与我恓恓惶惶的寄。

[脱布衫] 下西风黄叶纷飞,染寒烟衰草萋迷。酒席上斜签着坐的,蹙愁眉死临侵地。

[小梁州] 我见他阁泪汪汪不敢垂,恐怕人知;猛然见了把头低,长吁气,推整素罗衣。

[幺篇] 虽然久后成佳配,奈时间怎不悲啼。意似痴,心如醉,昨宵今日,清减了小腰围。

[上小楼] 合欢未已,离愁相继。想着俺前暮私情,昨夜成亲,今日别离。我谂知这几日相思滋味,却原来比别离情更增十倍。

［幺篇］ 年少呵轻远别，情薄呵易弃掷。全不想腿儿相挨，脸儿相偎，手儿相携。你与俺崔相国做女婿，妻荣夫贵，但得一个并头莲，强似状元及第。

［满庭芳］ 供食太急，须臾对面，顷刻别离。若不是酒席间子母每当回避，有心待与他举案齐眉。虽然是厮守得一时半刻，也合着俺夫妻每共桌而食。眼底空留意，寻思起就里，险化做望夫石⑥。

［快活三］ 将来的酒共食，尝着似土和泥；假若便是土和泥，也有些土气息，泥滋味。

［朝天子］ 暖溶溶玉醅，白泠泠似水，多半是相思泪。眼前茶饭怕不待要吃，恨塞满愁肠胃。蜗角虚名，蝇头微利，拆鸳鸯在两下里⑦。一个这壁，一个那壁，一递一声长吁气。

［四边静］ 霎时间杯盘狼籍，车儿投东，马儿向西。两意徘徊，落日山横翠，知他今宵宿在那里？有梦也难寻觅。

［耍孩儿］ 淋漓襟袖啼红泪，比司马青衫更湿。伯劳东去燕西飞，未登程先问归期。虽然眼底人千里，且尽生前酒一杯。未饮心先醉，眼中流血，心内成灰。

［五煞］ 到京师服水土，趁程途节饮食，顺时自保揣身体。荒村雨露宜眠早，野店风霜要起迟！鞍马秋风里，最难调护，最要扶持。

［四煞］ 这忧愁诉与谁？相思只自知，老天不管人憔悴。泪添九曲黄河溢，恨压三峰华岳低。到晚来闷把西楼倚，见了些夕阳古道，衰柳长堤。

［三煞］ 笑吟吟一处来，哭啼啼独自归。归家若到罗帏里，昨宵个绣衾香暖留春住，今夜个翠被生寒有梦知。留恋你别无意，见据鞍上马，阁不住泪眼愁眉。

［二煞］ 你休忧文齐福不齐⑧，我则怕你停妻再娶妻。你休要一春鱼雁无消息。我这里青鸾有信频须寄，你却休金榜无名誓不归。此一节君须记：看见了那异乡花草，再休似此处栖迟。

［一煞］ 青山隔送行，疏林不做美，淡烟暮霭相遮蔽。夕阳古道无人语，禾黍秋风听马嘶。我为甚懒上车儿内，来时甚急，去后何迟？

［收尾］ 四围山色中，一鞭残照里。遍人间烦恼填胸臆，量这些大小车儿如何载得起？

【注释】

①"碧云"二句：天空碧云密布，地上菊花零落。

②"晓来"二句：天刚破晓，那经霜的树林变得像喝醉酒似的一片通红，是谁染的？是行将离别的恋人一夜之间的血泪染的。按此二句从《董西厢》"君不见满川红叶，尽是离人眼中血"化出。

③"柳丝"句：长亭送别诸曲，皆莺莺抒发感触，此句是说柳丝虽长，却拴不住张生的马。玉骢：即玉花骢(cōng)，一种青白色的骏马。此处泛指马。

④"却告了"二句：刚告别了既相思、又不得不回避的痛苦，又开始了伤离恨别的煎熬。却：才。破题儿：八股文的开头叫破题，引申为事情的开头。

⑤"听得"以下四句：听张说一声"我走了啊"，金镯子立刻变得宽松：手腕细了；遥望见十里长亭那个即将与张生分手的地方，全身的肌肉立刻减少：瘦了。

⑥"眼底"三句：夫妻不能同席(共桌)，只能眼底留意，但留意也是空的。寻思经过许多波折才被夫人许婚的种种事实，真让人对张生难割难舍，我几乎要化作望夫石了。望夫石：相传古有贞女，其夫从军赴国难，女饯送至山头，立而远望，化为石。因称此石为望夫石，见《幽明录》。湖北武昌北山上有石如人立，名望夫石。

⑦"蜗角"三句：为了虚名微利，把夫妻拆散。《庄子·则阳》寓言：建立在蜗牛左角的国，叫触；建立在蜗牛右角的国，叫蛮。两国争地而战，死伤惨重。班固《难庄论》载：小青蝇贪食肉汁而忘了溺死的危险。苏轼因而有"蜗角虚名，蝇头微利"的词句(见《满庭芳》词)，此处全用苏轼成句。

⑧"你休忧"句：你别为文章好而福气不好发愁，万一福气不好考不中，你就回来，我绝不嫌你。

【赏析】

《西厢记》有五本二十一折，本处选取的第四本第三折主要描写了莺莺在送别途中，对母亲逼张生赶考的怨恨，和自己突然面临离别的苦楚。

越调·斗鹌鹑

丽 春 堂

闲对着绿树青山，清遣我烦心倦目。潜入那水国渔乡，早跳出龙潭虎窟。披着领箬笠蓑衣①，堤防他斜风细雨。长则是琴一张，酒一壶。自饮自斟，自歌自舞。

[紫花儿序]　也不学刘伶荷锸②，也不学屈子投江③，且做个范蠡归湖④。绕一滩红蓼，过两岸青蒲。渔夫，将我这小小船儿棹⑤将过去。惊起那几行鸥鹭。似这等乐以忘忧，胡必归欤！

[小桃红]　水声山色两模糊，闲看　云来去。则我怨结愁肠对谁诉？自踌躇⑥。想这场烦恼都也由咱取。感今怀古，旧荣新辱。都装入酒葫芦。

【注释】

①箬笠：竹编的帽子。

②刘伶荷锸:刘伶:魏晋时人,《晋书·刘伶传》:"(伶)常乘鹿车,携一壶酒,使人荷(hè)锸而随之,谓曰:'死便埋我!'"

③屈子投江:屈原因无法挽救国家的危亡,投汨罗江而死。

④范蠡归湖:范蠡助越王灭吴后,功成身退,泛舟五湖。

⑤棹:音 zhào,划船。

⑥踌躇:犹豫不决。

【赏析】

《丽春堂》梗概:金主召集群臣到御花园射柳,射中者赏以锦袍玉带,以会弹唱得官的右副军统使李奎三箭不中,左丞相完颜乐善三箭皆中夺赏。李奎最后一局赌赢,欲用墨涂乐善脸以出气,乐善怒打李奎,因此被贬济南。后"草寇作乱",金主召回乐善,立功复职后,大宴丽春堂。这里选其第三折,是描写乐善被贬济南闲居时的生活与心情的。

贯云石

贯云石(1286—1324),维吾尔族人,本名小云石海涯,自号酸斋,又号芦花道人。父名贯只哥,因以贯为姓。他出身于贵族世家,丰神俊秀,膂力绝人。仁宗时,拜翰林侍读学士,知制诰,同修国史。他为了避免卷入政治风波,称病辞官,变换姓名,卖药钱塘市中。卒谥文靖,封京兆郡公。其散曲描摹湖光山色儿女风情,笔调俊逸,风格豪放,在艺术上有较高成就。后人把他和徐再思(号甜斋)的散曲,合编为《酸甜乐府》。现存小令 79 首,套曲 8 套。

正宫·小梁州

秋①

芙蓉映水菊花黄,满目秋光。枯荷叶底鹭鸶藏。金风荡,飘动桂枝香。

[幺]雷峰塔②畔登高望,见钱塘一派长江。湖水清,江潮漾,天边斜月,新雁两三行③。

【注释】

①秋:这是贯云石写杭州景物的[正宫·小梁州]的一首小令。另外还有《春》《夏》《冬》。

②雷峰塔:也叫黄妃塔。遗址在今杭州市西湖南夕照山上。五代吴越王钱

傲(chù)妃黄氏所建。已于1924年9月倾塌。

③新雁:初从北方飞来的雁阵。

【赏析】

贯云石在他短短一生的最后十年,主要隐居于杭州。杭州当时是南方首富之区,风光秀丽,古迹如林。贯云石对杭州怀有深厚的感情。吴梅在《顾曲麈谈》中说"其在钱塘日,无日不游西湖"。他写的[正宫·小梁州]一组散曲,构成了西湖风光的长卷,四时各有特色。与《春》《夏》的暖色调不同,《秋》引导我们进入一个清爽、沉静的境界。实际上也流露出他淡泊名利、飘然出世的心态。

正宫·塞鸿秋

代 人 作

战两风几点宾鸿至①,感起我南朝千古伤心事②。展花笺欲写几句知心事,空教我停霜毫半晌无才思③。往常得兴时,一扫无暇疵④。今日个病厌厌,刚写下两个相思字。

【注释】

①宾鸿:鸿雁,因其春去秋来如宾客,故有此称。

②南朝千古伤心事:指因凭吊金陵六朝旧事而产生世事变迁,繁华成梦的伤感之情。

③霜毫:毛笔。

④瑕玼:音 xiá cī,玉上的小毛病,这里指好文章中的缺点。

【赏析】

这首小令是代人所写,其实不妨看作托别人口,抒自己情的作品。秋风阵阵,大雁南飞,引起抒情主人公对远方情侣的无限思念,犹如人们一到金陵凭吊六朝兴亡。就会产生悲伤之情一样。

南吕·金字经

闺 情

泪溅描金袖①,不知心为谁? 芳草萋萋人未归②。期,一春鱼雁稀③。人憔悴,愁堆八字眉。

【注释】

①描金袖:用金丝绣上花纹的衣袖。

②萋萋:草茂盛的样子。

③鱼雁:代指书信。

【赏析】

这是一首抒写情怨的小曲,曲辞缠绵清丽,与诗人"天马脱羁"的散曲风格形成了鲜明的对比。曲中塑造了一个怀人念远的闺阁佳人的形象。丰富复杂而又难以言说的情感煎熬着抒情者那颗柔弱的心灵,为爱情而憔悴、愁苦的艺术形象是十分动人的。

中吕·红绣鞋

双 情

挨着靠着云窗同坐①,偎着抱着月枕双歌②。听着数着愁着怕着早四更过③。四更过情未足,情未足夜如梭④。天那! 更闰一更儿妨甚么⑤?

【注释】

①云窗:绘饰着云彩之窗。

②月枕:形状如月牙儿的枕头。

③四更:更,音 gēng。旧时夜间计时一夜分成五更,每更约相当于今天的两个小时。四更为现在的凌晨1—3点,临近天明时分。

④夜如梭:比喻夜间如织梭般飞逝。

⑤更闰一更儿妨甚么:再增加一个更次又何妨? 闰:常规之外多出的时间,如闰月。

【赏析】

这首写男女欢爱的小令,描写大胆直露,穷形尽相,有着元代散曲抒写闺怨的时候注重世俗性、感官性特点。开篇三句中连用"挨"、"靠"、"坐"、"偎"、"抱"、"歌"、"听"、"数"、"愁"、"怕"10个动词和8个表示动作正在进行的助词"着",把情人多日相思,一朝相会,两个人亲昵地又挨又靠,又搂又抱,同坐、同歌、同听、同数、同愁、同怕的行动和既喜又忧的心理状态刻画到无以复加的程度。

双调·蟾宫曲

送 春

问东君何处天涯①? 落日啼鹃,流水桃花。淡淡遥山,萋萋芳草,隐隐残霞。

随柳絮吹归那答②？趁游丝惹在谁家？倦理琵琶③，人倚秋千，月照窗纱。

【注释】

①东君：司春之神，指春天。

②萋萋：草生长茂盛的样子。

③倦理琵琶：懒得弹奏琵琶。

【赏析】

这首小令写闺中女子在暮春黄昏时的所见所感，及所思所问，抒发春归引起的忧愁。文笔雅淡，意境清丽，给无形的春赋予有形的象，并且写得极其空灵生动，富有诗情画意。是以词为曲、追求雅丽委婉的代表作品。

双调·清江引

竞功名有如车下坡，惊险谁参破？昨日玉堂臣①，今日遭残祸。争如我避风波走在安乐窝②！

【注释】

①玉堂臣：指翰林学士一类皇帝的亲近重臣。

②安乐窝：宋代邵雍称其所居为安乐窝，宅址在洛阳市天津南。后人用以指与世隔绝、清静安适的居所。

【赏析】

这首小令写弃官隐居的真正原因是为了远害全身，是出于对官场险恶、祸福无常、天意难测、伴君如伴虎的恐惧和忧虑。用"下坡车"比喻官场中身不由己，一发不可收拾的处境，通俗而形象。作者出身官僚家庭，又做到翰林学士，后终于辞官归隐，所言必非虚构，应当包含了自己的切身体验。

又

南枝夜来先破蕊①，泄漏春消息。偏宜雪月交②，不惹蜂蝶戏。有时节暗香来梦里。

【注释】

①破蕊：开花。蕊：这里指未开的花苞。

②偏宜：偏偏适宜，喜欢。交：交结，交朋友。

【赏析】

这是一首优美的咏梅言志的散曲。全篇咏物，句句不离梅花纯洁高雅的品性，同时，又是字字言志，正是作者崇尚高洁，不慕名利的高尚人格的写照。他辞官而隐居，就是此曲的最佳注脚。曲境活泼，格调明朗。

双调·清江引

咏　梅

芳心对人娇欲说①,不忍轻轻折。溪桥淡淡烟,茅舍澄澄月。包藏几多春意也。

【注释】

①芳心:即芳情,优美的情怀。

【赏析】

原作四首,此为其一,咏月夜梅花。起用拟人手法,"娇欲说"三字,意蕴无穷,写尽梅花的动人神态,惹人怜爱。然后由近及远,由眼前之梅花,说到四周之物色:"溪桥淡淡烟,茅舍澄澄月。"作者是在写景,同时也在抒情。在传神写物的同时,细腻地吐露着自己的微妙情怀,情景交融,物我浑然,自能引起读者共鸣。

惜　　别

若还与他相见时,道个真传示①,不是不修书,不是无才思,绕清江②买不得天样纸。

【注释】

①传示:消息,音信。

②清江:水名,一在湖北,即古夷水;一在江西,即流经新干、清江等地的那段赣江。亦可泛指清澈的河流。

【赏析】

这是支描写男子叹惜与情人离别之苦的小曲。写离愁别绪的词曲数以万计,这支小曲则别出心裁,饶有新意。小曲妙在不是直抒别怀的苦味,而是采用"节制"的笔法来表达这种郁结的情感。整支小曲句短情长,曲折深妙,似抑还扬,韵味无穷。

知　　足

烧香扫地门半掩,几册闲书卷。识破幻泡身,绝却功名念。高竿①上再不看人弄险。

【注释】

①高竿:缘竿而上,作种种惊险动作以娱人,又名寻橦,古代百戏之一。

【赏析】

本曲作于辞官以后,写自己隐居自乐的情景。扫地烧香,自然是雅事;门户半掩,说明虽不绝于人事,但无杂宾俗客的搅扰,陪伴自己的只有"几册闲书卷"。结语将追求功名的世俗之徒比作高竿上弄险的冒险家,尤为警策之至。

立　春

金钗影摇春燕斜①,木杪生春叶②。水塘春始波,火候春初热。土牛儿载将春到也③。

【注释】

①金钗影:喻指翩飞的春燕,谓金钗两股摇曳如同燕展两翅。

②木杪:树梢。杪,音 miǎo。

③土牛:泥土做的春牛。古代风俗,立春前一天,官员们把泥做的春牛迎到府署门前,次日用红绿鞭抽打,谓之"打春"。

【赏析】

这支写立春时节农村景象的小令,不仅表现了生机勃勃、春意盎然的大好春光,还表现了劳动人民迎接新一年劳动,希望春耕顺利、奠基丰收的欢乐。

双调·寿阳曲

新秋至,人乍别,顺长江水流残月。悠悠画船东去也①,这思量起头儿一夜②。

【注释】

①悠悠:远远地。画船:装饰华丽的船。

②思量:怀念的思绪。起头儿一夜:第一夜。

【赏析】

像贯云石大多数的伤离念远的作品一样,这首小令同样显示出华美婉丽的特点。第一句,交代了送别的时间是在秋天,而秋在古人的心目中是凄凉忧愁的代称,这就为全曲定下了伤感的情调。第三句中"水流残月",可作为眼前实景来看,更应看作一种心境的外化。"悠悠画船东去"把视线由近前推向远方,使离愁伴随画船播散到远方,主人公江边伫立的身影,凝眼呆望的神态凸现诗行之中,而留恋、孤独、相思、无奈等等复杂的情绪都得到极好的显现。结尾一句,强调这只是头一夜,这就反衬出未来岁月的离愁别绪之深,意蕴深远,令人回味无穷。

双调·殿前欢

隔帘听①,几番风送卖花声②。夜来微雨天阶净。小院闲庭,轻寒翠袖生。穿芳径,十二栏杆凭③。杏花疏影,杨柳新晴④。

【注释】

①隔帘听:指在闺房里听到。

②卖花声:指卖花人的叫卖声。

③十二栏杆:指所有栏杆。十二在古文学中用作约数,并不是定指,可译为大多数等。

④这两句描写暮春景色。

【赏析】

这首伤春之作,纯用人物行动及所见暮春景色,巧妙准确地传达出青春期少女特有的微妙心理。情景交融,含蓄蕴籍,堪称"不著一字,尽得风流"。此曲不仅注意选境,造语也极工,如"听""送""轻寒""穿""凭"等都很精到。特别是末尾两句点题,不浓不淡,恰到好处,极耐人寻味。全曲格调清新、音律谐美,读来上口。

又

畅幽哉,春风无处不楼台。一时怀抱俱无奈,总对天开。就①渊明归去来②,怕鹤怨山禽怪。问甚功名在?酸斋③是我,我是酸斋。

【注释】

①就:跟从。

②归去来:辞赋篇名,晋陶潜作。此处指归隐。

③酸斋:贯云石的自号。

【赏析】

这首抒情散曲体现了诗人豪迈清逸的风格,是诗人真实人格的写照。"畅幽哉"的春风最能激发人的奋昂精神,也使诗人壮志未酬的"无奈"情绪一扫而空。于是,诗人效仿陶渊明"载欣载奔",辞仕归隐。这既是对现实社会的不满,也表明诗人不为功名利禄所束缚,能够超拔脱俗。结尾两句是发自灵魂深处的呐喊,表现了对自己人格的执拗、倔强的认同。这种豪迈的气势风格恐怕正是源于诗人豪迈的胸襟。

又

数归期,绿苔墙划损短金篦①,裙刀儿刻得阑干碎②,都为别离。西楼上雁过稀,无消息,空滴尽相思泪。山长水远,何日回归!

【注释】

①金篦:即妇女用来梳头的篦梳。此处指篦梳刺,可用来划字。

②裙刀儿:古代女子佩在裙腰间的装饰物。

【赏析】

这首相思曲妙就妙在打破了捣衣、寄帕之类的传统写法,而对爱的痕迹进行描述刻画。每个记号都刻进一片相思,"划损的墙苔,""刻碎的雕栏","磨短的金篦"等——都是相思的日记,爱的佐证。这种写法甚是别致新颖。而末尾两句则概括上文,期望中含有淡淡的绝望,一切相思苦衷尽在其中,表现出了极凝炼的艺术概括力。

又

楚怀王①,忠臣跳入汨罗江②。《离骚》读罢空惆怅,日月同光③。伤心来笑一场,笑你个三闾强④,为甚不身心放?沧浪污你,你污沧浪⑤?

【注释】

①楚怀王:战国楚王,姓熊名槐,宠信奸佞,疏远屈原等忠臣,弄得国政腐败不堪,后受骗入秦,被扣,死于秦国。见《史记·楚世家》。

②忠臣跳入汨罗江:指屈原投江自杀。汨罗江:在湖南省境内。

③日月同光:与日月争光,永远不朽。这是司马迁对屈原及其作品的评价。见《史记》屈原列传。

④三闾:指曾任三闾大夫的屈原。强:性子执拗,愚强。

⑤沧浪污你,你污沧浪:犹言你也应和大家一起趟混水,而不必独标清白。典出《孟子·离娄》:"沧浪之水清兮,可以濯我缨;沧浪之水浊兮,可以濯我足"。

【赏析】

此首,作者吊楚三闾大夫忠臣屈原,称他的名著《离骚》与日月同光。但作者既同情屈原又批评他不必跳水,"你死于江,江害了你",表明他与屈原的不同生活态度。

畅　幽　哉

畅幽哉①,春风无处不楼台②。一时怀抱俱无奈③,总对天开④。就渊明归去来,怕鹤怨山禽怪,问甚功名在! 酸斋是我,我是酸斋。

【注释】

①畅幽哉:好畅快而幽静呀。

②春风无处不楼台:即楼台无处不春风。

③一时:一时间。怀抱:心中的抱负。

④总对天开:全都向天表白。总:全。开:一一陈说。

【赏析】

贯云石共写了九首[殿前欢],这是第一首。否定功名利禄,肯定隐居生活,成为散曲创作的一个经常性的主题。许多作家在自己的作品中,歌咏渔夫的闲情逸志,心仪樵夫的放任旷达,并借以抒发自己的归隐之志,互相仿习,几成定式。这首小令却一反常态,写自己的感受,倾吐自己的情怀。

双调·水仙子①

田　家

绿阴茅屋两三间,院后溪流门外山,山桃野杏开无限。怕春光虚过眼,得浮生半日清闲②。邀邻翁为伴,使家僮过盏③,直吃的老瓦盆干。

【注释】

①水仙子:双调所属曲牌名,又名凌波仙、凌波曲、湘妃怨、冯夷曲。亦可入中吕、南吕。其句式为:七、七、七、五、六、三、三、三。首两句对仗,第三句则为单句,最后三句,固以三字句为好,但亦可用四字或五字,此首末句实际上是七个字,因曲有衬字,运用恰当,就很灵活。

②浮生:虚浮不定的人生。《庄子·刻意》:"其生若浮,其死若休。"后遂称人生为浮生。

③使家僮过盏:使唤家奴来敬酒。过盏,金元时宴会敬酒的一种仪式,主人捧酒给宾客,并致祝愿之辞。

【赏析】

贯云石用[水仙子]曲牌写了《田家》组曲四首,描写田园隐居之乐。这是第一首。赞美田家生活,话外之音,正好反衬仕宦生活的险恶。组诗每首的末句,都是"直吃的老瓦盆干",可谓乐在其中。语言直率而意味隽永。

鲜于必仁

鲜于必仁,字去矜,号苦斋。渔阳郡(今北京市密云、平谷县以及河北蓟县一带)人。太常寺典簿鲜于枢(1256—1301)之子,以乐府擅场(压倒众人)。必仁与海盐杨梓二子杨国材、杨少中交;杨家上上下下无不善南北歌调,以能歌名于浙右,创海盐腔。

中吕·普天乐

渔村落照①

楚云寒,湘天暮。斜阳影里,几个渔夫。柴门红树村,钓艇青山渡。惊起沙鸥飞无数,倒晴光金缕②扶疏。鱼穿短蒲,酒盈小壶,饮尽重沽。

【注释】

①渔村落照:这里作者描写湖南潇湘地区景物风光的“潇湘八景”组曲之一。

②金缕:指阳光。

【赏析】

此曲为作者潇湘八景之一,写景如画,渔家生活历历在目,语言朴实,不加雕饰,给人以美的享受。

越　　调

寨　儿　令①

汉子陵②,晋渊明③,二人到今香汗青④。钓叟谁称?农父谁名?去就一般轻。五柳庄月朗风清⑤,七里滩浪稳潮平。折腰时心已愧,伸脚处梦先惊⑥。听,千万古圣贤评。

【注释】

①寨儿令:越调所属的常用曲牌之一,又名柳营曲。其句式为:三、三、七、四、四、五、六、六、五、五、一、五,计十二句十一韵。相连的两句字数相同的可对仗。六字句也或有作上三下四的七字句者。

②汉子陵:东汉严子陵,隐居不仕,垂钓于富春江的七里滩。

③晋渊明:东晋诗人陶渊明,曾任彭泽令,不愿为五斗米折腰,挂冠归隐田园。

④香汗青:意即留芳百世。汗青,史书。

⑤五柳庄:陶渊明归隐处,宅边有五柳树,故称五柳庄。

⑥“伸脚处”句:严子陵隐于七里滩垂钓,他与汉光武帝刘秀是同学,刘秀称帝后,邀子陵至京,夜同卧一榻,子陵睡梦中伸脚,架到光武帝的肚皮上。这里是说伴君的不自由,会提心吊胆,睡不好觉。

【赏析】

这首曲子采取将两人合传的史家写法,赞赏隐居不仕的高风亮节,以曲为史,与一般的咏史怀古之作不同,是其创造性的表现。

双调·折桂令

卢沟晓月①

出都门鞭影摇红。山色空濛,林景玲珑。桥俯危波,车通远塞,栏倚长空。起宿霭千寻卧龙②,掣流云万丈垂虹③。路杳疏钟④,似蚁行人,如步蟾宫。

【注释】

①卢沟晓月:这是《燕山八景》组曲中的一首。八景是"太液秋风、琼岛春阴"、"居庸叠翠、芦沟晓月"、"蓟门飞雨"、"西山晴雪"、"玉泉垂虹"、"金台夕照"。

②"起宿"句:形容芦沟桥之雄伟,如同从夜雾中腾起的千寻(古代八尺为一寻)卧龙。

③"掣流"句:形容芦沟桥的壮丽如同拉住流云垂向大地的万丈彩虹。

④路杳疏钟:大路深暗幽远,稀疏的钟声隐隐约约。

【赏析】

这是描绘元代芦沟桥的晓月很有特色的小令。出了京城的门,催马前进,摇着红色的鞭鞘。远山还没脱离开夜幕,一片朦朦胧胧的,近处的树林倒很明彻清晰。

西山晴雪①

玉嵯峨高耸神京。峭壁排银,叠石飞琼。地展雄藩②,天开图画,户判③围屏④。分曙色流云有影,冻晴光老树无声。醉眼空惊,樵子归来,蓑笠青青。

【注释】

①西山晴雪:元代燕山八景之一,西山在今北京市西北。

②雄藩:雄伟的屏藩。

③判:分开。

④屏:屏风的一种,通常是四扇,六扇或八扇连在一起,可以折叠。

【赏析】

这是一幅西山晴雪图,整首小令不着一"雪"字,而雪景无处不在。结局平添一个走来的"樵子",确实令人"空惊"一番,然而正是这个身披青青蓑笠的砍柴樵子的出现,更让人感到雪"晴"之后的生机活力。整首小令写雪景有大小有动静,详略多寡,参差错落,即清丽隽雅又雄浑壮美。

邓玉宾子

邓玉宾子:大都(今北京)人,杂剧风格,以朴素本色见长。他的《雁儿落带得胜令》和他父亲的《叨叨令》都是元人散曲中的佳作。

双调·雁儿落过得胜令

闲适二首

其 一

乾坤一转丸,日月双飞箭。浮生梦一场,世事云千变。万里玉门关①,七里钓鱼滩②。晓日长安近③,秋风蜀道难④。休干⑤,误杀英雄汉。看看,星星两鬓斑⑥。

【注释】

①万里玉门关:意指追逐功业,谋求封侯拜相的劳心和累人。典出班超晚年但愿生入玉门关事。

②七里钓鱼滩:指隐居不仕的安适和清闲。这里引用严子陵垂钓于富春江七里滩的典故。

③晓日长安近:指入朝为官。

④秋风蜀道难:指仕途难险,如蜀道之难。这里借用李白《蜀道难》诗意。

⑤休干:意为千万别去做官。干:干禄,求官谋职。

⑥星星:犹言点点。

【赏析】

此曲感叹生命短暂,浮生如梦,世事变幻无常,劝人不要为功名利禄所役所误,空耗了有限的青春和生命。从反面说明了清闲安适对于有价值的人生的可贵和重要。

其 二

晴风雨气收,满眼山光秀。寻苗枸杞香,曳杖桃椰瘦①。识破抱官囚②,谁更事王侯？甲子无拘系③，乾坤只自由。无忧，醉了还依旧；归休，湖天风月秋。

【注释】

①桄榔：又称"砂糖椰子"棕榈科，花序所流的液汁，蒸发成砂糖。

②识破抱官囚：看破做官像囚徒一样束缚人。

③甲子：泛指岁月、光阴。

【赏析】

此曲从时空展现修道环境的宁静幽美，生活的怡然自得。

张养浩

张养浩（1270—1329），字希孟，号云庄，济南历城（今济南市）人。历任礼部令史、堂邑县尹、监察御史、礼部尚书、陕西行台中丞等职。刚直敢言，屡遭罢官。晚年赴陕西救灾，积劳成疾，死于任所。《元史》卷175 有传。著有诗文集《归田类稿》，散曲集《云庄休居自适小乐府》。散曲存世有小令162 首、套曲2 篇。《太和正音谱》评其曲"如玉树临风"。

中吕·醉高歌兼喜春来

诗磨的剔透玲珑①，酒灌的痴呆懵懂②。高车大纛成何用③？一部笙歌断送④。金波激滟浮银瓮⑤，翠袖殷勤捧玉钟⑥。对一缕绿杨烟⑦，看一弯梨花月⑧，卧一枕海棠风⑨。似这般闲受用，再谁想、丞相府帝王宫！

【注释】

①磨：琢磨、锤炼。意谓自己工于诗。

②此句意谓自己耽于酒

③高车大纛：高官显宦出行的车仗，以示威风。

④笙歌：送殡所用之乐曲。断送：葬送，此处作戏谑语，即打发了。

⑤金波：酒的通称。激滟：音 liàn yàn，满溢之状。

⑥殷勤捧玉钟：宋晏几道《鹧鸪天》词有"彩袖殷勤捧玉钟"句，指美女频频敬酒。

⑦绿杨烟：初春杨柳枝条泛绿发芽，有如轻烟。唐李贺《浩歌》诗有"娇春杨柳含细烟"句，此处即借此意。

⑧梨花月：即月照梨花。宋晏殊《寓意》诗有"梨花院落溶溶月"句。

⑨海棠风：即风吹海棠。元元好问《雪岸鸣鹤》诗有"秋千红索海棠风"句。

【赏析】

曲之意旨是十分清楚的,既然官高位显也免不了一抔黄土的下场,不如作诗饮酒来得开怀痛快。把对散诞清新生活的陶醉,与对丞相府、帝王宫的厌烦对立起来,自然可以想见后者的紧张而龌龊,这是不言自明的了。

中吕·喜春来

路逢饿莩须亲问①,道遇流民必细询。满城都道好官人。还自哂②,只落的白发满头新。

【注释】

①莩:音piǎo,饿死的人。

②哂:音shěn,微笑,此为讥笑之意。

【赏析】

张养浩是元曲大家中少见的高官,也是封建社会少见的比较关心民生疾苦的好官,这支曲子就是他这一方面的真实写照。他退职家居后,朝廷几次召他,他都不肯就职。1329 年,陕西大旱,死人无数,文宗任命他为陕西行台中丞,前往赈灾。他立即动身,在路上写了四首[喜春来],这里选的是第三首。

又

无穷名利无穷恨,有限春光有限身。也曾附凤攀鳞①。今日省,花鸟一般春。

【注释】

①附凤攀鳞:指侍奉君王,依附权贵。

【赏析】

这首小令写于辞官退隐之后,表达了对人生短暂的感慨与对归隐田园的庆幸。开头二句,表现了作者对人生的看法,有生必有死,故人生有限,而光阴似箭,人的一生如白驹过隙,转瞬即逝。然而在有限的生命中,无休无止地去追求名利,带给自己的,只能是无穷的烦恼和怨恨,更有甚者,还会祸及生命。作者的这一人生观,也正是在自己的坎坷生活中形成的。

又

乡村良善全性命①,廛市凶顽破胆心②。满城都道好官人,未戮乱朝臣③。

【注释】

①全性命:保全其性命。

②廛:音 chán,集市。

③乱朝臣:祸乱朝政的臣子。

【赏析】

这支曲牌小令塑造了一个关心民瘼、保护良善、弹压凶顽、痛恨乱臣贼子的正直官吏形象(在他身上分明有作者的影子)。

中吕·喜春来探春

梅花已有飘零意,杨柳将垂袅娜枝,杏桃仿佛露胭脂。残照底①,青出的草芽齐。

【解释】

①残照底:在夕阳映照底下。

【赏析】

这曲写的是冬去春来的自然景色。头三句通过"已有"、"将"、"仿佛"等字眼写明梅花、杨柳、杏桃在早春交替的神态,特别是最后两句说,刚长出的草芽,只有在落日斜照下才觉察出它有一点点青绿的意思,刻划入微,充满新意。

中吕·朱履曲①

警 世

才上马齐声喝道②,只这的便是送了人的根苗③,直引到深坑恰心焦④,祸来也何处躲?天怒也怎生饶⑤?把旧来时的威风不见了。

【注释】

①朱履曲:也叫"红绣鞋"。

②喝道:官员出巡或赶路时,差役在前呵喝人们让路回避。

③送了人:断送了人,祸害了人。根苗:根源。

④深坑:指祸坑。恰心焦:才焦急,才着慌。

⑤怎生饶:怎么能轻饶。

【赏析】

这首小令警告封建官员不可轻视民众、擅作威福。

中吕·朱履曲

鹦鹉杯从来有味①,凤凰池再也休提②。荣与辱展转不相离。挂冠归山也喜,抬手舞月相随。却原来好光景都在这里。

【注释】

①鹦鹉杯:鹦鹉螺制的酒杯,用金或银镶足。

②凤凰池:即中书省。唐代宰相称同中书门下平章事,故世以凤凰池指宰相。

【赏析】

这首小令表现了作者抛弃功名、归隐山林的喜悦之情。开头二句,作者以"鹦鹉杯"与"凤凰池"相对比,"鹦鹉杯"借指纵情诗酒,放诞不拘的生活;"凤凰池"本为中书省的别称,此借指追逐功名利禄、荣华富贵。作者明确表示了自己对这两种生活的看法,即肯定前者,否定后者。"鹦鹉杯从来有味",这种"味",便是无拘无束,悠闲自在的生活趣味。"凤凰池再也休题",表明了作者抛弃功名利禄的坚决态度。"荣与辱展转不相离",是承前句"凤凰池再也休题"而言的,说明"休题"的原因,即一旦进入"凤凰池",虽然荣华无比,然而荣华与耻辱常常展转相连,昔日堂上臣,今日阶下囚,这种事例在历代王朝中屡见不鲜。"挂冠归山也喜"二句,描写了辞官归隐后的闲适生活,也是具体说明首句中的"味"。归隐山林后,虽然没有了荣华,但这里自由自在,悠闲自得。最后一句,以欣喜的语气,表达了自己脱离官场来到山林的喜悦心情。全曲语言浅显,然而富有哲理,意蕴丰富,耐人体味。

又

那的是为官荣贵①?止不过多吃些筵席,更不呵安插些旧相知。家庭中添些盖作②,囊箧里攒些东西。教好人每看做甚的③。

【注释】

①那的是:究竟有哪些是。

②盖作:指盖造房屋等。

③好人每:好人们,正派人。每:同们。看做甚的:看成什么,怎么看。

【赏析】

人们为什么都喜欢当官,嗜权如命?当官的好处究竟在哪里?这首小令说出了一个谁也不愿说,不曾说破的简单事实和真象:一是可以大吃大喝,享受口腹之乐;二是安插亲信,提携亲朋,编织自己的关系网,从中捞取更大更多的好处;三是进行权力和金钱的交易,中饱私囊,添置家产。这三项都是在封建法律允许范围之内的,还不是贪官污吏之所为。作者不仅是官,而且是高官,对此一针见血,直言不讳,并表示了深切的厌恶和反感,说明他良心未泯,是个少有的清官。

中吕·山坡羊

潼关①怀古

峰峦如聚,波涛如怒,山河表里潼关路。望西都②,意踟蹰③。伤心秦汉经行处,宫阙万间都作了土④。兴,百姓苦;亡,百姓苦。

【注释】

①潼关:关名,在陕西省潼关县。地势险要,关城在山腰,下临黄河,自古以来是兵家必争之地。

②望西都:望长安。东汉以长安为西京,也称西都。

③意踟蹰:心里犹豫不定。是说去长安去不去呢?

④宫阙万间都作了土:秦汉以来历代皇帝建筑的万间宫室都变成了废墟。

【赏析】

这是作者的一首名曲。是写作者在万历二年陕西大旱,他重被召做陕行台中丞时,途经潼关所引起的感慨。名义是"怀古",实际是"伤今"。"兴,百姓苦;亡,百姓苦"它说出了封建时代的一条历史真理,但作者的主要感受是在当今。它表现出作者对当前灾民的深切同情和关怀,也表现出作者崇高的思想境界。从下面的几首选曲中也可以证实这一点。

中吕·山坡羊①

休图官禄,休求金玉,随缘得过休多欲。富何如?贵何如?没来由②惹得人嫉妒,回首百年都做了土③。人,皆笑汝;渠④,干受苦。

【注释】

①张养浩的这组[中吕·山坡羊]共十首,这是其中的第二首。下面选的"无官何患"是其中的第四首,"与人方便"是其中的第七首,"真实常在"是其中的第八首。

②没来由:无缘无度的,平白无端的。

③回首百年都做了土:意谓人活一世,无论贫贱富贵,终不免一死,埋入黄土,一切都化为乌有了。

④渠:他。

【赏析】

追求官爵禄位,贪图金玉财宝,不仅是元代社会中突出的社会现象,就是在整个中国封建统治阶级中,也是一种很普遍的社会现象。张养浩的这支曲子,就是针对这种腐败现象而发的。虽然他说,人生百年,终了还是变作一抔黄土,又说道:"随缘得过"的话,似乎显得有些消极,甚至虚无主义;但是,结合中国封建社会、特别是元代社会的具体情况来看,整个曲子所表现的思想情调,显然是与当道者背谬的,不合拍的。

又

无官何患,无钱何惮?休教无德人轻慢。你便列朝班①,铸铜山②,止不过只为衣和饭,腹内不饥身上暖。官,君莫想;钱,君莫想。

【注释】

①列朝班:言在朝作官的大臣们依次排列于朝廷,即在朝廷作官。班:次序。

②铸铜山:指西汉时邓通的故事。据《史记·佞幸列传》记载,汉文帝给自己的宠臣邓通赐钱十数万。官至上大夫,"上使善相者相通,曰:'当穷饿死'。文帝曰:'能富通者在我也,何谓贫乎?'于是赐邓通蜀严道铜山,得自铸钱,邓氏钱布天下,其富如此"。至景帝时,邓通被人告发,乃藉没其家,"竟不得名一钱,寄死人家"。

【赏析】

在这首曲子中,张养浩利用元散曲直率显豁的风格特点,直接了当地表明了自己的社会价值观念。官、钱与道德品行,哪个轻,哪个重?作者明确地表示,后者重于前者。无官无钱,没有什么可怕的!张养浩的这种认识,是从元代那种政治腐败,官贪吏污的黑暗现实中体验出来的,具有一定的现实意义。它对于我们当前社会中那些官迷钱迷们,也不啻一副清凉剂。

又

与人方便,救人危患,休趋①富汉欺穷汉。恶非难,善为难②。细推物理③皆虚幻,但得个美名儿留在世间。心,也得安;身,也得安。

【注释】

①趋:趋附,亲近。

②恶非难,善为难:作坏事容易,作好事就不容易了。

③细推物理:仔细推究事物的道理。

【赏析】

张养浩这支曲子,也是有所感而发。元代社会里,除了贪官污吏,豪权势要之外,还有那么一批地痞恶棍,恃强凌弱,欺压良善,横行霸道,无恶不作,成为一般老百姓的一大祸害。张养浩这支曲子就是劝人为善,劝诫人们不要趋炎附势,欺侮贫弱;要多作好事,争取在世上留个好名声。这样,身心才得安稳。否则如何呢?曲中没有说,但言外之意,读者已体悟明白了,那只是心劳日拙,身败名裂,良心永远受到谴责。多作好事,不作坏事,善良的中国人从来希望如此!

中吕·山坡羊

真实常在,虚脾①终败,过河休把桥梁坏。你便有文才,有钱财,一时间怕不人觑待②。半空里③若差将个打算的④来,强,难挣揣⑤;乖,难挣揣。

【注释】

①虚脾:虚情假意。

②怕不人觑待:大概人不会原谅。怕:大概、恐怕。觑待:宽容,宽恕,原谅。

③半空里:犹言半道里,平空里。

④打算的:即谋算的,难对付的。

⑤挣揣:挣扎、抗拒。

【赏析】

张养浩这首曲子,也是感慨世事的。曲中对那些待人处事虚情假意,毫无真诚,甚至过河拆桥,忘恩负义的人,发出了尖锐的警告和尖刻的诅咒,表现出张养浩对现实社会的浇薄风气的不满和反感;而希冀一种比较合理的真诚相待的人与人之间关系的出现。只是,这种希冀没有在这支曲子中用文字符号显现出来罢了。这首曲子在语言运用上也很有特色,几乎全用口语、俗语写成,既富生趣,又有一种嘲弄调侃的幽默,很能体现元散曲的本来风格。

中吕·山坡羊

骊山怀古

骊山四顾,阿房一炬①,当时奢侈今何处?只见草萧疏,水萦纡,至今遗恨迷烟树,列国周齐秦汉楚。赢,都变做了土;输,都变做了土。

【注释】

①"骊山"二句:意为登骊山而四顾,知阿房成一炬。

【赏析】

作者以秦的"输"和"赢"来概括列国诸侯的兴亡;指出其结果都进入坟墓,不过是一抔黄土而已。此曲虽有些消沉,但融进了深沉的历史感慨。

中吕·十二月兼尧民歌

归 田 乐

从跳出功名火坑,来到这花月蓬瀛①。守着这良田数顷,看一会雨种烟耕②,

倒大来心头不惊。每日家直睡到天明。　　见斜川③鸡犬乐升平,绕屋桑麻翠烟生。杖藜④无处不堪行,满目云山画难成。泉声,响时仔细听,转觉柴门静。

【注释】

①蓬瀛:蓬莱和瀛洲,神话传说中海上两座仙山。这里比喻田园环境清幽如同仙境。

②雨种烟耕:雨中种田,用火烧荒后耕地,泛指农事劳动。

③斜川:曲折的河道旁。

④杖藜:拄着藤藜手杖。

【赏析】

本曲抒写归隐田园后的闲适和愉悦的心情,表现出对污浊官场的厌弃。思想性和艺术性都有陶渊明的《归去来兮辞》的韵味。陶渊明把官场看成是尘网,作者把功名看成是火坑,认识上何其相似乃尔。他把田园当成"花月蓬瀛",以下则是归隐后闲适轻松的生活情景和主体感受。

中吕·普天乐

折腰惭,迎尘拜①。槐根梦觉②,苦尽甘来。花也喜欢,山也相爱。万古东篱天留在③,做高人轮到吾侪。山妻稚子,团栾笑语,其乐无涯。

【注释】

①折腰惭,迎尘拜:这是倒置句,顺读是:迎尘拜,折腰惭。这是引用陶潜"不为五斗米折腰"的故事。这两句是作者表示他辞官,也像陶潜一样不愿为微少的俸禄向上司折腰。

②槐根梦觉:对做官像淳于棼做梦在槐树根里做官那样醒过来了。

③万古东篱天留在:陶潜的高尚节操流芳千古。东篱,代指陶潜。

【赏析】

这支曲是作者表达自己辞官的原因和辞官后的乐趣。引用陶潜解印归田的故事,说明自己辞官也是因为"折腰惭"。引用《南柯太守传》的故事,说明自己对做官也认为犹如南柯一梦。最后三句写辞官后的生活乐趣,也是用来说明在官与辞官两种不同的生活状态。

中吕·朝天曲

柳堤,竹溪,日影筛金翠。杖藜徐步近钓矶①。看鸥鹭闲游戏。农父渔翁,贪营活计,不知他在图画里。对这般景致,坐的,便无酒也令人醉。

【注释】

①钓矶:近水边的钓鱼的石矶。

【赏析】

这首曲子是作者在"休居自适"的心境中,对山水的逍遥游;是在"无利害关系"(康德语)的审美中,对田园风光的描画;是站在"图画"之外,对图画拉开距离的观照。"鸥鹭闲游戏"一句的"闲"字,是该曲的曲眼,也是作者闲适心态的写照。农父和渔翁,之所以不知身在"图画"中,只为"贪营活计"。所以在他们看来,自己不是在"造美",而是在"受苦"。但在诗人的"自由观照"中,这一"有目的"的劳作,恰好构成一幅"无目的的合目的性"的美景。这三句实际道出了一个颇为深刻的美学原理。如此看来,"鸥鹭闲游戏"一句中的"游戏",当另作读解,它正是作者为观赏而观赏的"审美游戏"(席勒语)的注解,是超越"必然",进入"自由"意境的隐喻。因之才能面对这般景致,"便无酒也令人醉";不然,以酒助兴(或借酒浇愁),就称不上是一种"游戏"式的审美心态了,因为饮酒的行为中,自有某种功利性、目的性在。

中吕·朝天曲

恰阴,却晴,来往云无定。湖光山色晦复明,会把人调弄。一段幽奇,将何酬应?吐新诗字字清。锦莺,数声,又唤起游山兴。

【赏析】

这是一首诗人与春景互为应答的小曲。"湖光山色"之所以会把人"调弄",是由于它"晦复明"的变幻之故;而晦复明的变动不居,又是由于"云无定"的"恰阴,却晴"所造成的。于是这一"幽奇"的景色,引出了作者"酬应"的诗兴。可谓"目既往还,心亦吐纳。"(《文心雕龙》)如果说湖光山色的"幽奇",是一种视觉的"调弄",那么,"锦莺数声",则是一种听觉的"调弄",它所唤起的游山之兴,又是诗人对"耳闻"的回应。可见"调弄"与"酬应"是通贯全篇的意脉。全曲的更深刻之处,还在于天空的阴晴与山色晦明的"多元"变幻,恰好符合人的"好奇"的认知追求,因之才能引起既是"悦耳悦目",又是"悦心悦意",更是"悦志悦神"的审美感受和愉悦来。它的"调弄",不正是对人的知解力的引动和开启吗?

双调·殿前欢

对菊自叹

可怜秋,一帘疏雨暗西楼。黄花零落重阳后①,减尽风流②。对黄花人自羞。花依旧,人比黄花瘦。问花不语③,花替人愁。

【注释】

①黄花:菊花。

②减尽风流:减去了美好的风光。风流,这里指美好的风光。

③问花不语:仿用欧阳修《蝶恋花》词中"泪眼问花花不语"句意,合下句意思是说,将自己的心事问花,花不回答,暗自替人惆怅。

【赏析】

此首小令借菊感叹人生如流水,一去不复返。"可怜秋,一帘疏雨暗西楼。"起句写秋,秋风萧瑟,秋雨缠绵,天气转凉,当然"暗西楼"。秋之可怜,是因为秋风秋雨造成的自然环境凄凉:草木凋零,寒霜为露,极易在人心里涌起一种悲凉之意。那么起句写秋,为对菊自叹创造一种悲凉意境。

双调·殿前欢

登会波楼

四围山,会波楼上倚阑干,大明湖铺翠描金间。华鹊中间①,爱江心六月寒。荷花绽,十里香风散。被沙头啼鸟,唤醒这梦里微官。

【注释】

①华鹊:指在大明湖附近的华不注山与鹊山。

【赏析】

这首曲子写登上会波楼的所见所感。作者先从看到的大明湖风光起笔:"铺翠描金"、"荷花飘香",色香俱备,这大自然的乐园不禁叫人陶醉忘归。接着,作者以"沙头啼鸟"巧妙衔接,点明曲旨,表达了自己对官场的厌倦,甚是自然。此曲写景清丽,抒情真挚,二者给合完美,结构谨严,曲旨鲜明,体现了作者高超的艺术技巧。

双调·雁儿落兼得胜令

退　隐

云来山更佳,云去山如画。山因云晦明,云共山高下。倚仗立云沙①,回首见山家。野鹿眠山草,山猿戏野花。云霞,我爱山无价。看时行踏②,云山也爱咱。

【注释】

①云沙:白云覆盖着的沙石。

②行踏:行走,散步。

【赏析】

这是一首寄情山野的双调曲。曲中热情歌咏山水,赞美田园山野生活,表达了作者久居令人窒息的官场,一旦回归自然后那无比喜悦轻松的心情。

双调·沽美酒兼太平令

在官①时只说闲,得闲也又思官,直到教人做样看。从前的试观,那一个不遇灾难？楚大夫行吟泽畔②,伍将军血污衣冠③,乌江岸消磨了好汉④,咸阳市乾休了丞相⑤。这几个百般,要安,不安。怎如俺五柳庄逍遥散诞⑥？

【注释】

①在官:即居官,封建时代的大小官员,通称为在官人员。

②楚大夫:屈原为战国时楚国人,曾任三闾大夫,故称楚大夫。

③伍将军:伍员字子胥,春秋时吴国大夫,因参谋军务,故称伍将军。曾因忠言进谏,吴王夫差赐剑使其自杀。

④乌江:在今安徽省和县境内。项羽与刘邦争天下,失败后在乌江边自刎。

⑤丞相:指秦丞相李斯,助秦始皇削平六国,为秦皇朝的建立曾立过功勋,后为赵高所害,腰斩于咸阳市。干休:指徒然被杀害。

⑥五柳庄:作者隐居时的住所。晋陶潜归隐后,曾在其宅边植柳五株,并作《五柳先生传》以自况。作者仰慕陶渊明,也在宅边栽柳五棵,号五柳庄。散诞:自由自在。

【赏析】

张养浩是元代名臣,以为官清廉、直言敢谏著称。几次因直言得罪了皇帝,在元英宗时,毅然弃官归隐。这首曲就是在这样的背景下写的,表明自己厌恶官场,决心归隐的心迹。

双调·折桂令

中　秋

一轮飞镜谁磨①？照彻乾坤,印透山河。玉露泠泠②,洗秋空银汉无波③,比常夜清光更多④,尽无碍桂影婆娑⑤。老子高歌,为问嫦娥⑥,良夜恹恹⑦,不醉如何。

【注释】

①一轮句:辛弃疾《太常引》"一轮秋影转金波,飞镜又重磨。"飞镜:喻月。李白《渡荆门送别》:"月下飞天镜,云生结海楼。"

②玉露泠(líng 灵)泠:玉露:言露珠晶莹如玉。泠泠:清冷的样子。

③银汉:即银河。

④比常夜句:言中秋之月比平常更明亮。

⑤桂:指传说中月中的桂树。婆娑:形容桂影摇动的样子。

⑥老子:作者自称。嫦娥:传说中月宫里的仙女。本后羿之妻,窃其夫不死之药以奔月。见《淮南子·览冥》。

⑦恹恹:音 yàn,安静的样子。

【赏析】

此曲借描写中秋美景,贯穿叹世的闲散情怀。不满社会黑暗,自己对人世不平又无能为力,只有痛饮沉醉以消苦闷。

双调·庆东原

鹤立花边玉①,莺啼树杪弦②。喜沙鸥也解相留恋③:一个冲开锦川④,一个啼残翠烟⑤,一个飞上青天。诗句欲成时,满地云撩乱。

【注释】

①鹤立花边玉:这是诗中常有的倒装句法,意谓鹤站立在洁润似玉的花边。

②莺啼树杪弦:与上句句法相同,意即莺在细似琴弦的树梢上啼鸣。杪,树梢。

③解:懂得。

④锦川:美丽似锦的平川。

⑤翠烟:指烟雾笼罩的青翠树林。

【赏析】

曲中写鹤、莺、沙鸥三种飞禽的不同神态,历历在目。冲开锦川、啼残翠烟、飞上青天的动态及其背景,各具特色,颇有诗的意境,鹤立、莺啼两句对仗工巧,而加上"喜沙鸥"一句,更显得灵活自然,丰富多样。末两句,表现出创作者的主体与自然界变化着的客体,既物我两忘,而又融化为统一的境界。

双调·水仙子

中年才过便休官,合共①神仙一样看。出门来山水相留恋,倒大来②耳根清静眼界宽,细寻思这的是③真欢。黄金带④缠着忧患,紫罗襕⑤裹着祸端,怎如俺藜杖藤冠⑥。

【注释】

①合共:和,共。

②倒大来:倒头来。

③这的是:这真是。

④黄金带:黄金装饰的官服束带。

⑤紫罗襕:紫色的官服。

⑥藜杖藤冠:藜木杖,藤帽子;指过退隐生活。

【赏析】

这首曲子写"中年才过便休官"的喜悦心情,也是作者自己的真实写照,由于有感而发,情感真挚,所以富于感染力。尤其是其中的"黄金带缠着忧患,紫罗襕裹着祸端"两句,揭示了官高祸随的现实,很具有警世作用。

南吕·西番经①

累次征书至②,教人去往难。岂是无心作大官?君试看,萧萧双鬓斑③;休嗟叹,只不如山水间。

【注释】

①此曲共四首,《乐府群珠》题作乐隐。此为第三首。

②累次:多次,屡次。征书:皇帝征召的文书。此曲其一云:"天上皇华使,来往三四番。"其二云:"七见征书下日边。"

【赏析】

这支小曲抒发了作者不慕荣达、热爱山水的隐逸之情。征召文书,"累次"下达,而作者却是去往唯"难",对照之下,见出作者敝屣富贵的坚决态度。"岂是"一句设问,承上启下,引出对其原因的推究。作者先以"萧萧双鬓斑"自答,年老体衰,难以赴召,确是个理由;然作者旋以"休嗟叹"一语宕开,说明其真正原因是"只不如山水间"。小小短篇,而含几层波澜,转跌衬垫,一气盘旋,读之令人兴味益然。

双调·水仙子①

咏 江 南

一江烟水照晴岚。两岸人家接画檐。芰荷丛一段秋光淡②,看沙鸥舞再三。卷香风十里珠帘。画船儿天边至,酒旗儿风外飐③,爱杀江南!

【注释】

①水仙子:即[湘妃怨],详见卢挚用此曲调咏《西湖》注。

②芰荷:芰,菱角。芰荷连用,一般指荷叶。屈原《离骚》:"制芰荷以为衣兮,集芙蓉以为裳。"

③风外飐:迎风招展。

【赏析】

曲中形象地描绘了江南水乡秋天的风光,既有诗的意境,又像一幅具有淡雅之美的水彩画。作者善于捕捉最具江南秋色的特征:晴天江面上的烟雾,江两岸紧相连接的屋檐,芰荷秋光,沙鸥起舞,风卷珠帘带来十里芳香。遥望天际,彩船正从远方归来,酒旗迎风招展。多么可爱的江南风光呵!从画面上,使我们联想到柳永[望海潮]词所描写的景象。

郑光祖

郑光祖,字德辉,平阳襄陵(今山西临汾县附近)人,生卒年不详,《录鬼簿》列在下卷"方今已亡名公才人,余相知者"中。

越调·圣药王

倩女离魂

近蓼洼①,缆钓槎②,有折蒲衰柳老兼葭③;近水凹,傍短槎,见烟笼寒水月笼沙④,茅舍两三家。

【注释】

①蓼洼:长满蓼草的水洼。

②缆钓槎:用缆绳拴住船。钓槎,渔船,这里泛指一切船只。

③兼葭:芦苇。

④见烟笼寒水月笼沙:移用唐杜牧《夜泊秦淮》诗的第一句。

【赏析】

这套曲子,都是描写倩女的灵魂月夜里沿江追赶王文举的情景。

《梅香》第一折　仙吕·鹊踏枝

花共柳笑相迎,风与月更多情。酝酿出嫩绿娇红①,淡白深青。对如此良辰美景,可知道动骚人风调才情。

【注释】

①酝酿:即渐而成。

【赏析】

此曲咏春夜,起首四句写景,"笑相迎"、"更多情"二语,用拟人手法,使描写物象花、柳、风、月，具有浓烈的感情色彩；接着"酝酿出"二语，更以绿、红、白、青诸色，渲染出一个春意盎然的花的世界。以上虽为写景，但写景之中，处处都可体会出主人公那种沉醉于景物的激动而又喜悦的心情。这种情绪深化扩展的结果，自然由景及情，过渡到抒情，引起"对如此良辰美景，可知道动骚人风调才情"的咏叹！

中吕·迎仙客

王粲登楼

雕檐外红日低，画栋畔彩云飞；十二阑干，阑干在天外倚。我这里望中原，思故里，不由我感叹酸嘶①，越搅的我这一片乡心碎。

红绣鞋

泪眼盼秋水长天远际，归心似落霞孤鹜齐飞②；则我这襄阳倦客苦思归③。我这里凭阑望，母亲那里倚门悲，争奈我身贫归未得④？

普天乐

楚天秋⑤，山叠翠⑥，对无穷景色，总是伤悲。好教我动旅怀难成醉⑦，枉了也壮志如虹英雄辈，都做助江天景物凄其；气呵做了江风淅淅⑧，愁呵做了江声沥沥⑨，泪呵弹做了江南霏霏⑩。

【注释】

①酸嘶：哀叹，悲鸣。

②鹜：音 wù，鸭子，在此泛指野鸭。这句语出初唐王勃《滕王阁序》"落霞与孤鹜齐飞，秋水共长天一色"。

③襄阳：今襄樊市，古代属荆州地区。王粲登楼时正客居荆州，故自称"襄阳倦客"。

④争奈：怎奈。

⑤楚天：南方的天。古时长江中下游一带属楚国，故常用来泛指南方的天空。

⑥叠翠：层层绿色。指山上高高低低的树木。

⑦旅怀：旅居外地时的一种情怀。

⑧淅淅：象声词，在此形容风声。

⑨沥沥：象声词，形容水流声。

⑩霏(fēi)霏：形容雨雪之密。

【赏析】

《王粲登楼》是郑光祖根据东汉文学家王粲的《登楼赋》和《三国志·魏书》中王粲本传敷衍而成。剧本写王粲投奔荆州刘表,未被重用,心中异常苦闷。在重阳佳节登上襄阳城中的溪山风月楼,遥望中原,思念家乡,感慨功名不遂,壮志未酬。

曾 瑞

曾瑞 (约 1260—1335),字瑞卿,大兴(今北京市大兴县)人自北来南,喜浙江人才之多,羡钱塘景物之盛,因而移家杭州。神彩卓异,衣冠整肃,优游于市井,洒然如神仙中人,志不屈物,故不仁,因号褐夫。临终,诣门吊者以千数。善丹青,能隐语,著杂剧《才子佳人误元宵》,今存。有散曲集《诗酒余音》,今佚。

南吕·四块玉

叹 世

罗网施,权豪使,石火光阴不多时。劼①活若比吴蚕似:皮作锦,茧作丝,蛹烫死。

【注释】

①劼(jié)活:费尽心力。

【赏析】

这首语言犀利、感情充沛的小令,痛斥为非作歹的权贵。

南吕·四块玉

闺 情

簪玉折①,菱花缺②。旧恨新愁乱山叠③,思君凝望临台榭④。鱼雁无⑤,音信绝,何处也?

【注释】

①簪玉折:插髻的玉簪折损了。古代妇人往往用簪篦在壁上划数归期,划之既久,簪篦为之磨损。这是表示盼望之久。

②菱花缺:喻情人的分散。孟棨《本事诗·情感》:南朝陈将亡时,驸马徐德言与其妻乐昌公主破一铜镜,各执一半,以为凭信,并约定正月十五日卖镜于市,以相探讯。后来果得破镜重圆,偕老江南。此用其事。菱花,铜镜。

③乱山叠:形容眉毛皱起来象乱山一样。这是化用温庭筠《菩萨蛮》"小山重叠金明灭"的语意。一说,此以"乱山叠"喻新愁旧恨之多,系化用赵嘏的"夕阳楼上山重叠,未抵闲愁一倍多"的句意。

④"思君"句:这是化用温庭筠《望江南》"梳洗罢,独倚望江楼"和姜夔《翠楼吟》"玉梯凝望久,叹芳草萋萋千里"的语意。凝望,注视着远方,聚精会神地望着远方。

⑤鱼雁无:音书断绝。参见贯云石《南吕·金字经》"一春鱼雁稀"注。

【赏析】

这是写少妇怀远盼归的情思。前幅写相思之深,盼望之切。语语含愁,字字带泪。后幅写行人未归,音书久绝,嗔中含情,怨而不怒,足见曲中的女主人公是深于情、忠于情的。

南吕·骂玉郎过感皇恩采茶歌①

闺中闻杜鹃

无情杜宇闲淘气②,头直上耳根底。声声聒得人心碎。你怎知,我就里③,愁无际?

帘幕低垂,重门深闭。曲阑边,雕檐外,画楼西。把春醒唤起④,将晓梦惊回。无明夜,闲聒噪,厮禁持⑤。我几曾离,这绣罗帏,没来由劝我道不如归。狂客江南正着迷⑥,这声儿好去对俺那人啼。

【注释】

①骂玉郎过感皇恩采茶歌:属南吕宫的带过曲,由骂玉郎、感皇恩、采茶歌三支曲子联缀而成,它既不是套数,各支曲又都不能独立为小令。

②杜宇:古代蜀王名,号望帝,传说他禅位死后,魂化为杜鹃,其啼声似"不如归去"。后来诗词曲中,称杜鹃鸟为杜宇,或称望帝。

③就里:其中原因。此指人的情绪。

④醒:醉酒后神志不清的样子。春醒:此曲的背景是春天,故称春醒。

⑤厮禁持:相折磨,捉弄人。

⑥狂客:行为不受拘束的风流浪子。此特指曲中女主人公所思念的那个人。

【赏析】

杜鹃的啼鸣声似"不如归去",一般客游他乡的人,听到这种叫声会引起思乡情绪。此曲中却是一个从不曾离开闺房的少妇,春日听到杜鹃的叫声,使他格外感到厌烦、心碎。她认为杜鹃太淘气,它不理解她无边无际的愁绪,独自空守深闺,思念远在江南的心上人,也许她借酒浇愁,也许她正梦见那个人,而杜鹃却偏偏无明无夜地在檐外楼边不停地叫,把她从醉意朦胧中唤起,使她从美梦中惊醒,真烦死人了。她怪杜鹃叫的不是地方,因为她根本不存在"不知归"的问题。我心上的那个人倒正着迷在江南,你该到他那里啼鸣"不如归"才对哩!借思妇闻杜鹃之声的反应,巧妙地刻画了闺中少妇的春情,真率坦露。这也正是曲不同于诗词的艺术表现手法。

中吕·山坡羊

自 叹

南山空灿,白石空烂,星移物换愁无限。隔重关①,困尘寰②,几番眉锁空长叹③,百事不成羞又赧④。闲,一梦残;干⑤,两鬓斑。

【注释】

①隔重关:被重重关碍阻隔。

②困尘寰:为俗情所困扰。尘寰:人间之尘事俗务。

③肩锁:锁肩,耸肩,拘蹙不安的样子。

④赧(nǎn):羞愧脸红。

⑤干:音gān,追求。

【赏析】

本曲抒写功业无成的叹息,有愤世嫉俗之慨。开头两句用互文见义笔法写山河壮丽,暗含自己功名无成的遗恨,"星移物换愁无限"点题,进一步表现时光飞逝的怅恨。"隔重关"两句则说明自己仕途阻隔,为俗务所困的窘迫处境,为末尾两句埋下伏笔。"几番"两句写自己的愁苦情状,感慨深沉,描摹生动。结尾两句则再进一步用对比法突出自己为俗务所困而功业无成的憾恨,把"自叹"的感伤情调推向高潮。小曲由实入虚,层层加码,篇末点出主旨,发人深思。曲子表现出作者无可奈何的痛苦心境,抒情效果很强烈。

大石调·青杏子

骋 怀

[青杏子]花月酒家楼①,可追欢亦可悲秋②。悲欢聚散为常事,明眸皓齿,歌

莺舞燕,各逞温柔。

[幺]人俊惜风流,欠前生酒病花愁,尚还不彻相思债。携云挈雨,批风切月③,到处绸缪④。

[催拍子]爱共寝花间锦鸠,恨孤眠水上白鸥。月宵花昼,大筵排回雪韦娘⑤,小酌会窃香韩寿⑥。举觞红袖,玉纤横管⑦,银甲调筝,酒令诗筹。曲成诗就,韵协声律,情动魂消,腹稿冥搜⑧,宿恩当受⑨。水仙山鬼,月魅花妖,如还得遇,不许干休⑩。会埋伏未尝泄漏⑪。

[幺]群芳会首,繁英故友⑫,梦回时绿肥红瘦⑬。荣华过可见疏薄,财物广始知亲厚。慕新思旧,簪遗佩解⑭,镜破钗分⑮,蜂妒蝶羞。恶缘难救,痼疾长发,业贯将盈⑯,努力呈头⑰。冷餐重馏⑱。口摇舌剑,吻搋唇枪⑲,独攻决胜,混战无忧。不到得落人奸彀⑳。

[尾]展放征旗任谁走,庙算神机必应口。一管笔在手,敢搦㉑孙吴㉒女兵斗。

【注释】

①花月酒家楼:指歌楼酒馆,旧时书会才人等吃花酒、狎妓的地方。

②可追欢亦可悲秋:有欢乐,也有悲哀。

③携云挈雨,批风切月:云、雨、风、月,古代常用来作为男女性爱的代称。

④绸缪:犹缠绵,谓情意深厚。

⑤回雪韦娘:回雪,回风舞雪,形容舞姿的飘忽轻盈。韦娘,即杜韦娘,唐代著名歌妓,此处借指青楼歌女。

⑥窃香韩寿:指晋时韩寿与贾充之女恋爱的故事。韩寿在此处指出入歌楼舞榭的风流子弟。

⑦玉纤横管:玉纤,指歌女洁白而纤细的手指。横管,指吹笛。

⑧腹稿冥搜:暗中打腹稿。

⑨宿恩当受:指与歌妓们宿世有缘,当受回报。

⑩水仙四句:指美丽聪明的歌妓们一遇上他,就纠缠不休。

⑪会埋伏未尝泄漏:指彼此暗中有情,却不露声色。

⑫群芳会首,繁英故友:群芳、繁英,皆是以花喻歌妓。意说自己是歌妓们的头领和老朋友。

⑬绿肥红瘦:谓春深时节草木绿叶茂盛而花朵却渐萎谢稀少。这里比喻美好的日子已经过去。

⑭簪遗佩解:比喻别离时赠送信物。

⑮镜破钗分:比喻离别时各执信物的一半,作为来日重见的凭证。

⑯业贯将盈:业,同孽,即恶贯满盈之意。

⑰努力呈头:呈,犹承,呈头,犹承当。

⑱冷餐重馏:餐,意指冷饭剩菜。

⑲吻搦唇枪:搦,疑为槊,古代兵器,意即为唇枪舌剑。

⑳不到得落人机彀:不到得,不至于,岂肯,怎么能。机彀,陷井,圈套。

㉑搦:音 nuò,挑惹。

㉒孙吴:指春秋时的孙武和战国时的吴起,两人精通兵法,善于用兵。

【赏析】

这篇散套描述了作者在风月场中既快乐又悲哀的生活,并以欢乐与悲哀为两条主线展开了全部内容。从表面看,作者是在追忆过去风花雪月、花天酒地的亲身经历,但实际上,他是借对歌楼酒馆生活的叙写,来描摹人世间的世态炎凉。最后,作者笔调一转,发出了"独攻决胜,混战无忧","一管笔在手,敢搦孙吴女兵斗"的豪言壮语,决心单枪匹马,以笔为武器,与黑暗势力一决高低。这使我们看到了"洒然如神仙中人"的曾瑞的另一种情怀:志不屈物、刚直不阿,笑傲于浊世。

刘时中

刘时中(生卒年不详),名致,号逋斋,时中为其字。石州宁乡(今山西省离石县)人。历官永新(今属江西省)州判、河南行省掾、翰林院待制、江浙行省都事等职。与姚燧、虞集等有交往而辈分略晚。散曲存世有小令74首、套曲4篇。一说作《上高监司》套曲者为另一刘时中。

双调·殿前欢二首

一

醉翁酡①,醒来徐步杖藜拖。家童伴我池塘坐,鸥鹭清波。映水红莲五六科②,秋光过,两句新题破:秋霜残菊,夜雨枯荷。

【注释】

①酡:酒醉后两颊呈红色。

②科:通"棵"。

【赏析】

第一支曲子是一首秋的恋曲:有暮年时的"悲秋"之感慨,也有对自然界秋风已至的咏叹,但前者是其真正的寓意。全曲格调由轻松欢快转而低沉微吟。

醉酒、"徐步杖藜"、"池塘"边上的怡悦心态,表现了一个黄昏老人对生活的无限热爱恋眷之情,读来有青春气息。"秋光过"三字,似琴弦嘎然而断,一股怜惋沉闷气氛顿时笼罩全篇,但整个文气也不乏磊落旷达之势。"秋霜残菊,夜雨枯荷"文字对仗工整,堪称描写秋景的绝妙佳句。

二

醉颜酡,太翁庄上走如梭。门前几个官人坐,有虎皮驮驮①。呼王留唤伴哥②,无一个,空叫得喉咙破。人踏了瓜果,马踏了田禾。

【注释】

①虎皮驮驮:蒙古族置于马背装载东西的兜驮,用虎皮做成,是官吏使用的东西。

②王留、伴哥:农村中人的通名,犹今言张三、李四。

【赏析】

写元朝官吏下乡扰民。他们喝得醉醺醺,带着一群如狼似虎的差役,驮着抢得的财物,来到太翁庄上。村民都吓得逃走了,没有一个出来招待他们。这伙强盗般的官差非常恼怒,临走时把瓜田庄稼践踏得一塌糊涂。作者用方言俗语不动声色地记下了现实生活中发生的这一幕,真切实在,未加评论,但爱憎之情已深寓其中。

正宫·端正好

上高监司①(前套)

[端正好]众生灵遭魔障②,正值着时岁饥荒。谢恩光拯济皆无恙,编作本词儿唱。

[滚绣球]去年时正插秧,天反常,哪里取若时雨降③?旱魃生四野灾伤④。谷不登,麦不长,因此万民失望。一日日物价高涨,十分料钞加三倒⑤,一斗粗粮折四量⑥,煞是凄凉!

[倘秀才]殷实户欺心不良,停塌户瞒天不当⑦。吞象心肠歹伎俩⑧:谷中添秕屑⑨,米内插粗糠,怎指望他儿孙久长!

[滚绣球]甑生尘老弱饥⑩,米如珠少壮荒。有金银哪里每典当⑪?尽枵腹高卧斜阳⑫。剥榆树餐,挑野菜尝。吃黄不老胜如熊掌⑬,蕨根粉以代糇粮⑭。鹅肠苦菜连根煮⑮,荻笋芦莴带叶噇⑯,则留下杞柳株樟⑰。

[倘秀才]或是捵麻柘稠调豆浆或是煮麦麸稀和细糠,他每早合掌擎拳谢上苍。一个个黄如经纸,一个个瘦似豺狼,填街卧巷。

[滚绣球]偷宰了些阔角牛,盗斫了些大叶桑。遭时疫无棺活葬,贱卖了些家业田庄。嫡亲儿共女,等闲参与商。痛分离是何情况!乳哺儿没人要撇入长江⑱。那里取厨中剩饭杯中酒,看了些河里孩儿岸上娘,不由我不哽咽悲伤。

[倘秀才]私牙子船湾外港⑲,行过河中宵月朗⑳。则发迹了些无徒米麦行㉑。牙钱加倍解,卖面处两般装,昏钞早先除了四两。

[滚绣球]江乡相,有义仓,积年系税户掌。借贷数补搭得十分停当,都侵用过将官府行唐。那近日劝粜到江乡,按户口给月粮。富户都用钱买放,无实惠尽是虚桩。充饥画饼诚堪笑,印信凭由却是谎,快活了些社长、知房。

【注释】

①监司:官名,负责监察州郡。高监司:可能指侍御史高昉,他在仁宗延祐二年(1315)担任此职。

②魔障:指灾难。

③若时:如时,及时。

④旱魃:魃,音bá。中国神话里主旱的神。

⑤十分料钞:十足的钞票。加三倒:(用钞票买米粮时)要再加十分之三才能倒换(粮食)。

⑥折四:(粮店售粮)要扣去十分之四。

⑦停塌户:囤积米粮的人家。不当:不合理。

⑧吞象:喻指贪心不足。歹伎俩:卑劣手段。

⑨秕屑:秕,音bǐ。瘪而粒小的谷子。

⑩甑:音zèng,蒸饭用的陶质炊具。

⑪每:语气词,无实义。

⑫枵腹:枵,音xiāo。空肚子。

⑬黄不老:黄檗树的果实,可食,但味极苦。熊掌:是佳肴美味之一。

⑭蕨:音jué,一种草本植物,地下茎可制淀粉。糇(hóu)粮:干粮。

⑮鹅肠:一种野菜,学名繁缕。

⑯荻:荻,音dí。笋;荻的嫩芽。荻;形似芦苇的草本植物。芦莴(wō):芦笋与莴苣,嫩时均可食。唪(chuāng):吞咽。

⑰则:只。杞柳:杞,音qǐ。一种灌木,不可食。株樟:樟树,亦不可食。

⑱撇:音piē,丢弃。

⑲私牙子:不公开的经纪商。港:停泊,靠港。

⑳宵月:半夜。

㉑无徒:无赖之徒。

【赏析】

作品反映了封建社会广大人民苦难的深重、揭示出元代地方官员、地主富豪利用自然灾害巧取豪夺、贪污行贿等情形。

双调·新水令

代马诉冤

世无伯乐怨他谁^①？干送了挽盐车骐骥^②。空怀伏枥心^③，徒负化龙威^④。索甚伤悲^⑤，用之行舍之弃^⑥。

[驻马听]玉鬣银蹄^⑦，再谁想三月襄阳绿草齐^⑧。雕鞍金辔^⑨，再谁收一鞭行色夕阳低^⑩。花间不听紫骝嘶^⑪，帐前空叹乌骓逝^⑫。命乖我自知，眼见的千金骏骨无人贵^⑬。

[雁儿落]谁知我汗血功^⑭，谁想我垂缰义^⑮，谁怜我千里才^⑯，谁识我千钧力^⑰？

[得胜令]谁念我当日跳檀溪^⑱，救先生出重围？谁念我单刀会随着关羽^⑲？谁念我美良川扶持敬德^⑳？若论着今日，索输与这驴群队！果必有征敌，这驴每怎用的^㉑？

[甜水令]只为这乍富儿曹^㉒，无知小辈，一概地把人欺。一地里快蹄轻踣^㉓，乱走胡奔，紧先行不识尊卑^㉔。

[折桂令]致令得官府闻知，验数目存留，分官品高低，准备着竹杖芒鞋，免不得奔走驱驰^㉕。再不敢鞭骏骑向街头闹起^㉖，则索扭蛮腰将足下殃及。为此辈无知，将我连累，把我埋没在蓬蒿^㉗，坑陷在污泥。

[尾]有一等逞雄心屠户贪微利，咽馋涎豪客思佳味^㉘。一地把性命亏图，百般地将刑法凌迟^㉙。唱道任意欺公，全无道理。从今去谁买谁骑？眼见无客贩无人喂。便休说站驿难为^㉚，则怕你东讨西征那时节悔^㉛！

【注释】

①伯乐：古代著名相马专家,最能识千里马。

②干送：白白断送。盐车骐骥：用千里马去拉盐车,使其无法发挥作用。语出《战国策·楚策》："夫骥之齿至矣。服盐车而上太行,漉汗洒地,白汗交流。中坂迁延负辕不能上。"

③伏枥心：指驰骋沙场的壮志。语出曹操《龟虽寿》："老骥伏枥,志在千里。"

④化龙威：《周官》曰："凡马八尺以上为龙。"

⑤索：须。

⑥"用之"句：意谓千里马被重用则可施展才能,不被用则成废物。

⑦鬣：音liè,马鬃,马颈上之长而硬的毛。

⑧"再谁想"句：用何典未详。《襄阳记》曰："中庐山有一地穴,汉时尝有数百匹马出,遂因名马穴。吴时陆逊亦知此穴,马出得数十匹。"

⑨雕鞍：雕绘的马鞍。金辔：金饰的辔头。

⑩一鞭：这里意为太阳尚有一鞭高。

⑪紫骝：指宝马。

⑫"帐前"句：用项羽之事。据《史记》载,项羽骑的宝马叫乌骓,常骑之。

⑬千金骏骨：据《战国策·燕策》载：燕昭王求千里马,派人购之。人归,花千金只购得千里马的骨头。后来,得到真正的千里马。

⑭汗血功：流汗血所建之大功。《史记·西域传》曰："大宛国多善马,马汗血,言其先天马子也。"

⑮垂缰义：谓领会主人的恩义。

⑯千里才：谓日行千里的才能。

⑰千钧力：谓有负担千钧的力量。钧：古代重量单位。30斤为1钧。

⑱跳檀溪：据《世说新语》载,刘备依刘表时,刘表左右欲暗害刘备。刘备骑的卢马逃跑。马陷檀溪中,情况极危急。的卢马一跃三丈而跳上对岸,脱离险境。

⑲"单刀会"句："我",指赤兔马。赤兔马原为吕布坐骑,后归关羽。关羽曾骑赤兔马单刀赴东吴所设宴会。

⑳敬德：唐初大将尉迟敬德。美良川：一名美阳川,在山西闻喜县南40里。尉迟敬德袭破永安王孝基,军还沧州。秦王李世民破之于美良川。见《唐书·刘武周传》。

㉑驴每：驴子们。

㉒乍富儿曹：刚刚暴富的小青年们。曹：辈、同类。

㉓一地里：一味地。

㉔紧先行：赶紧抢先行走。

㉕奔走驱驰：此处指徒步行走奔波。

㉖"再不敢"句：谓那些少年们再不敢骑马在街上横冲直撞。

㉗蓬蒿：借指民间。

㉘豪客：豪爽的顾客,有贬义。

㉙刑法陵迟：谓把马杀后再割肉去卖。

㉚站驿难为：即难于到驿站中去拉车或借人骑乘,谓马非所用。

㉛"则怕你"句：就怕到打仗时没有骏马而后悔。

【赏析】

作品托物寄情,以一匹被废弃不用的千里马的口吻倾述世道不公的愤慨,实质是作者怀才不遇、不为社会所重用的真实写照。第一支曲为总领,统摄全篇。

双调·蟾宫曲

怀 友

动高吟楚客秋风①,故国山河,水落江空。断送离愁,江南烟雨,杳杳孤鸿。依旧向邯郸道中②,问居胥③今有谁封?何日论文,渭北春天,日暮江东④。

【注释】

①"动高吟"句:抒发诗人叹老悲秋、去乡离家的感情。高吟:指宋玉代表作《九辩》。

②邯郸道中:沈既济《枕中记》云,卢生在邯郸客店昼寝入梦,历尽富贵荣华。梦醒时,主人炊黄粱未熟。后因以"邯郸道"喻追求功名富贵的道路。

③居胥:即狼居胥,一名狼山,在今内蒙五原县西北部。汉时霍去病讨伐匈奴,曾打到狼居胥,大胜,封山而归。

④"何日论文"三句:化用杜甫《春日忆李白》诗"渭北春天树,江东日暮云。何时一樽酒,重与细论文"之意。渭北:杜甫在长安时曾住过渭水北面的咸阳。江东:李白所在,指今江苏南部和浙江北部。

【赏析】

"动"字总领全篇,"悲哉秋之为气也!"因景引起心悸。对故乡山河的依恋,一"落"一"空"更添无限惆怅。想送走离愁,但烟水茫茫、秋雨点点偏偏袭上心头;怕触景伤情,偏偏又见形影相吊的孤鸿。真可谓"剪不断,理还乱,是离愁"。"依旧"对过去追求功名自省。"问"句推进一层,对建功立业、实现自我价值的过程发出无限感慨。末三句言天各一方的现状,追忆往日与意趣相投的朋友一起"论文"的场面,将怀友之情溢于纸上。

薛昂夫

薛昂夫(? —1345后),又名超吾。回鹘(今新疆)人,维吾尔族,汉姓马,故亦称马昂夫,字九皋。官三衢路达鲁花赤(元时官名)晚年退隐杭县(今杭州市东)。善篆书,有诗名与萨都刺唱和。王德渊《薛昂夫诗集序》,称他"诗词新严飘逸,如龙驹奋迅,有'并驱八骄一日千里'之想"。《南曲九官正始》序称"昂夫词句潇洒,自命千古一人"。其散曲意境宽阔,风格豪迈。

中吕·朝天子

沛公,大风①,也得文章用。却教猛士叹良弓②,多了游云梦③。驾驭英雄,能擒能纵,无人出彀中④。后宫⑤,外宗⑥,险把炎刘并⑦。

【注释】

①《大风》:刘邦是沛县人,称帝后曾回乡作《大风歌》,见《史记·高祖本纪》。

②却教猛士叹良弓:韩信被刘邦逮捕之后曾说:"果若人言:狡兔死,良狗烹;高鸟尽,良弓藏;敌国破,谋臣亡。天下已定,我固当烹。"见《史记·淮阴侯列传》。

③游云梦:刘邦诈游云梦泽,在会见诸侯时出其不意擒住韩信。

④彀(gòu)中:意为圈套中。

⑤后宫:指吕太后。

⑥外宗:指吕后家族。

⑦炎刘:五行家认为秦朝的命运属水,汉朝命运属火,故称炎刘。

【赏析】

这组重头小令计有22首,皆为咏史之作,选6首。这第一首是感怀汉高祖刘邦之事。作者对刘邦玩弄权术反而招致诸吕内乱的愚蠢策略予以无情的讽刺,并对无辜被杀的功臣良将寄寓了深切的同情和怜悯。

正宫·塞鸿秋

功名万里忙如燕①,斯文一脉微如线②。光阴寸隙流如电③,风霜两鬓白如练④。尽道便休官⑤,林下何曾见?至今寂寞彭泽县⑥。

【注释】

①"功名"句:为了功名,整天像衔泥筑巢的燕子一样忙忙碌碌。功名万里:是化用东汉名将班超投笔从戎,远赴西域,建功立业,最后得封定远侯的典故。

②"斯文"句:士子品格清高,文雅脱俗的传统,已经微弱如细线一样。比喻那些苟苟营 营于功名利禄的人几乎已把人格丧失殆尽。

③"光阴"句:时间像白驹过隙,又如电光石火,转瞬即逝。寸隙:一寸那样的小缝隙。电:电光石火。

④"风霜"句:饱经风霜的两鬓白得像素练一样。练:洁白的丝绢,此处指鬓

发雪白。

⑤"尽道"二句:都说就要辞官归隐,可林下哪里见到了?这是化用唐代灵澈和尚的诗句:"相逢尽道休官去,林下何曾见一人!"

⑥"至今"句:直到现在也只有彭泽县令陶渊明孤独地一人辞官退隐而已。寂寞:这里是指孤独、孤单。彭泽县:指陶渊明。陶渊明曾在彭泽县任县令,因不愿摧眉折腰事权贵,辞官归里。意谓像陶渊明这样真休官、真隐逸的人太少了。

【赏析】

揭出禄蠹们的鬼脸、撕掉假名士的画皮,是薛昂夫这一首讽刺小令特别引人注目的思想艺术特色。

中吕·朝天子

董卓①,巨饕②,为恶天须报③。一脐燃出万民膏④,谁把逃亡照?谋位藏金⑤,贪心无道,谁知没下梢⑥!好教,火烧,难买棺材料⑦。

【注释】

①董卓:汉末权臣,曾废立天子,独揽朝纲,残暴贪婪,筑媚坞而藏金银珠宝。后被司徒王允用连环计杀死。死后暴尸,卫者在其肚脐上安一灯蕊点燃,燃烧了很长时间。

②饕:音 tāo,贪财、贪食。

③"为恶"句:人做恶事天要报应的。

④"一脐"句:指董卓死后被燃之事。

⑤谋位藏金:董卓曾有心篡位,在眉坞中藏有粮食珠宝。

⑥下梢:下场。

⑦"难买"句:讽刺挖苦董卓死后尸体被烧,无法用棺材盛殓。

【赏析】

这是薛昂夫咏史[朝天曲]第12首,借嘲讽东汉末年权奸董卓下场,表示对贪官污吏的憎恶与痛恨。开头在提出董卓名字后,即下了"巨饕"二字,这是极准确、极概括的评语,抓住这一历史人物本性,写其贪得无厌,贪婪地聚敛搜刮财富,贪婪地攫取权势,位极人臣仍不满足,一心要篡夺皇位。针对董卓所作所为,接着作者下了一句断语:"为恶天须报。"这是整首曲的曲眼所在,所表现的思想贯串通篇。"

中吕·山坡羊

大江东去

大江东去,长安西去①,为功名走遍天涯路。厌舟车,喜琴书。早星星鬓影瓜田暮②,心待足时名便足。高,高处苦;低,低处苦。

【注释】

①"大江"二句:意为向长江下游所在的东方去,向长安所在的西方去。

②"早星星"句:意为归隐为时已晚。瓜田,见前字罗御史[南吕·一枝花]《辞官》注④。

【赏析】

这支曲子抒发了为功名而奔波的厌倦。待鬓影星星时,觉悟已晚。末四句劝人们要"心足":争名到"高处",依旧有苦处。

中吕·山坡羊

秋《西湖杂咏》①

疏林红叶,芙蓉将谢,天然妆点秋屏列。断霞遮,夕阳斜,山腰闪出闲亭榭。分付画船且慢者。歌,休唱彻②;诗,乘兴写。

【注释】

①西湖杂咏:共七首,计咏春、夏、秋、冬四季景色各一首,另有《忆旧》《筱步》《苦雨》等三首。

②唱彻:唱完,了结。

【赏析】

这是一首咏西湖秋色的小令,前大半首写西湖秋景的特色,疏林、红叶、芙蓉、断霞、夕阳、山腰亭榭,色彩鲜明,构成一幅天然画屏。后小半是触景生情,主人为欣赏自然美景,吩咐划船者慢慢地划,歌也不要很快就唱完,美景激发诗人的灵感,乘兴挥毫题诗,诗情画意,融为一体,情趣盎然。

双调·楚天遥过清江引①

春 归

一

花开人正欢,花落春如醉。春醉有时醒,人老欢难会。一江春水流,万点杨花坠。谁道是杨花?点点离人泪②。回首有情风万里,渺渺天无际。愁共海潮来,潮去愁难退③。更哪堪晚来风又急。

二

有意送春归,无计留春住④。明年又着来,何似休归去。桃花也解愁,点点飘红玉⑤。目断楚天遥,不见春归路⑥。春若有情春更苦,暗里韶光度⑦。夕阳山外山,春水渡傍渡。不知那答儿是春住处!

【注释】

①楚天遥过清江引:这是双调所属的带过曲,由[楚天遥]和[清江引]两个曲牌组合而成。

②"谁道是杨花"二句:这是化用苏轼[水龙吟]《次韵章质夫杨花词》之句:"细看来,不是杨花,点点是离人泪"。

③"回首有情风万里"四句:万里长风也好像有感情变化。这是化用苏轼[八声甘州]《寄参寥子》词中"有情风万里卷潮来,无情送潮归"之句。

④无计留春住:这是借用南唐冯延巳[鹊踏枝]词中的成句:"雨横风狂三月暮,门掩黄昏,无计留春住。"

⑤点点飘红玉:指桃花流泪。

⑥"目断楚天遥"二句:纵目望断遥远的南方天空,也看不见春天归去的道路。楚地在南方,楚天即指南天。

⑦"春若有情"二句:春天如果有情,也会感到更加痛苦,因为美好的春光就这样悄悄地逝去了。

【赏析】

这两首曲子所写的主题,在诗词曲中带有传统性。正面写的是惜春,而从中表现的感情,则是美好的青春年华一去难以再来。

双调·楚天遥过清江引

[楚天遥]屈指数春来,弹指惊春去。蛛丝网落花①,也要留春住。几日喜春晴,几夜愁春雨。六曲小屏山②,题遍伤春句。

[清江引]春若有情应解语,问着无凭据③。江东日暮云,渭北春天树④。不知那答儿是春住处!

【注释】

①网:这里用作动词,意为网住,粘住。

②六曲小山屏:指一组六扇屏风,上面画着山水画,题写着伤春的诗句。

③问着无凭据:意为问不出个究竟。

④"江东日暮云"两句:出自杜甫《春日忆李白》诗,引指春去无迹,遍寻不见。

【赏析】

这是一首伤春的带过曲。借景言情,抒写春尽花残,良辰美景一去不返所引起的闲愁别绪。全篇十三句中九用"春"字,回环往复,缠绵悱恻,在很大程度上吸取了词的意境和语句,但结尾"那答儿"俗语词的衬入,又带出曲子的风味,和谐自然,是雅丽派以词为曲的上乘之作。

吴弘道

吴弘道字仁卿,号克斋,生卒未详,金台蒲阴(今河北安国)人,做过江西省检枝掾史。著有《金缕新声》《曲海丛珠》及杂剧《楚大夫屈原投江》等5种,今均不传。现存小令34首,套数4套。

南吕·金字经

伤 春

落花风飞去,故枝依旧鲜①,月缺终须有再圆。圆,月圆人未圆。朱颜变,几时得重少年②?

【注释】

①"落花"二句:凋谢的花被风吹飞了,但它的树枝依然是活鲜鲜的。

②重少年:重新少年,即再少年。

【赏析】

见落花而伤春,见月缺而感离别,是自古以来人之常情。

双调·拨不断

闲 乐

泛浮槎,寄生涯①,长江万里秋风驾。稚子和烟煮嫩茶,老妻带月烹新鲊②。醉时闲话。

【注释】

①生涯:犹生计。

②烹:音páo,烹煮。鲊(zhǎ):腌制的鱼。

【赏析】

吴弘道以同一宫调曲牌创作了四首《闲乐》小令,这是其中第一首。此曲并无直言利名宦情,但从一叶扁舟,长江万里,老妻稚子,其乐融融的情调气氛,不难看出他的这种选择是有所排拒,他的闲适是有所对比的。此曲所写乃个人之乐,更是家庭之乐,家庭的幸福,比较难得。"稚子和烟煮嫩茶,老妻带月氽新鲊"两句对仗极工,诗意甚浓。

赵善庆

赵善庆(生卒年不详),字文贤,一作文宝。饶州乐平(今江西省德兴县)人。善卜术,曾任阴阳学正。著杂剧八种,均失传。存世散曲有小令二十九首。《太和正音谱》称其曲"如蓝田美玉"。

中吕·普天乐

江上秋行

稻梁肥,蒹葭秀。黄添篱落①,绿淡汀洲。木叶空,山容瘦②。沙鸟翻风知潮候,望烟江万顷沈秋。半竿落日,一声过雁,几处危楼。

【注释】

①黄添篱落:篱笆中的花草树木在秋天里渐渐变黄。

②山容瘦:指秋山干枯。脱去了绿装。

【赏析】

写秋日江边出行所见,如同一幅秋江落日图。措辞凝练,笔调清丽,结尾三句略带一丝苍凉之意。

中吕·山坡羊

长安怀古

骊山横岫①,渭水环秀②,山河百二还如旧③。狐兔悲,草水秋,秦宫随苑徒遗臭。唐阕汉陵何处有?山,空自愁;河,空自流。

【注释】

①岫:音 xiù,这里指山峰。

②渭水:即渭河,是黄河最大的支流,流经关中平原,环绕长安。

③山河百二:指关中优越的山河形势。

【赏析】

通过吟咏燕子秋去春来，年年岁岁忙忙碌碌来往不断，感慨历史兴亡盛衰的循环交替。意绪苍凉，充满深沉的沧海桑田之感。

双调·沉醉东风

秋日湘阴道中

山对面蓝堆翠岫[①]，草齐腰绿染沙洲。傲霜橘柚青，濯雨蒹葭秀[②]。隔沧波隐隐江楼[③]。点破潇湘万顷秋[④]，是几叶儿传黄败柳[⑤]。

【注释】

①蓝堆翠岫(xiù)：翠绿的山峰像是由蓼蓝堆染而成。蓝：蓼蓝，一种可制染料的草。岫：峰峦。

②濯雨蒹葭秀：濯，音 zhuó。蒹葭，音 jiān jiā。经过雨水的洗刷，芦苇显得更加秀美。濯：洗刷。蒹葭：芦苇。

③沧波：深绿色的江流。

④点破潇湘万顷秋：点染出潇水、湘江流域广大地区的秋意。点破：点染出。

⑤传黄败柳：形容柳树枝叶枯黄凋零。

【赏析】

同样在逆旅，同是写秋，这首曲与[沉醉东风]《秋日湘阴道中》的意境不同，但也仍非悲秋之作。小令以物动显景静，以景静衬心乱，成功地表达出一个游子脉脉不忘的乡情。"秋心"、"秋愁"、"秋梦"的排比连用，紧抓季节特征，涵盖力强，感染力深。全曲清丽静谧，意境深邃。

双调·庆东原

泊罗阳驿[①]

砧声住[②]，蛩韵切[③]，静寥寥门掩清秋夜[④]。秋心凤阙[⑤]，秋愁雁堞[⑥]，秋梦蝴蝶[⑦]。十载故乡心，一夜邮亭月[⑧]。

【注释】

①泊：音 bó，寄宿。罗阳驿：小驿站名。

②砧声：捣衣声。

③蛩：音 qióng，蟋蟀。切：急促。

④静寥寥：意为静悄悄。

⑤凤阙：指朝廷。

⑥雁堞：堞，音 dié。指城池。堞，城墙上的垛。

⑦秋梦蝴蝶：典出《庄子·齐物论》，说他做梦变成一只大蝴蝶，醒来后，"不知周之梦为蝴蝶与？蝴蝶之梦为周与？周与蝴蝶必有分矣，此之谓物化"。

⑧邮亭：驿站。

【赏析】

这首绘秋的小令却超出传统藩篱，绘出另一番气象，表达另一种心情。如果不是结尾两句的"点破潇湘万顷秋，是几叶传黄败柳"提醒人们作者描写的是秋天景色的话，人们或许要把前面的描摹当作夏景来欣赏。"兰堆翠岫"、"绿染沙洲"、"草齐腰"、"桔柚青"、"蒹葭秀"的景象中充溢着无限的生机与活力，使人想到鸟语花香；而"隔沧波隐隐江楼"更脱尽肃杀与凄清，平添人间的温情。秋在自然中，更在诗人们心里。不同诗人因不同的境遇对秋有不同的感受。这首小令虽然全为景语，但是无处不透露出身为小官吏的作者内心的恬静与安然。

双调·折桂令

西 湖

问六桥何处堪夸①？十里晴湖，二月韶华②。浓淡峰峦，高低杨柳，远近桃花。临水临山寺塔，半村半郭人家。杯泛流霞③，板撒红牙④。紫陌游人⑤，画舫娇娃。

【注释】

①六桥：指杭州西湖外湖苏堤上映波、锁澜、望山、压堤、东浦、跨虹六桥。宋代苏轼所建。其《轼在颍州与赵德麟同治西湖湖成德麟有诗见怀次韵》有"六桥横绝天汉上，北山始与南屏通"之句。

②韶华：美丽的春光。

③流霞：泛指美酒。

④红牙：乐器名。檀木制的拍板，用以调节乐曲的节拍。

⑤紫陌：指京师郊野的道路。

【赏析】

西湖，在苏轼笔下有"西子"的美誉，历来歌诵吟咏之作颇富，加大了后人创新的难度。这首小令以外湖苏堤上之六桥着笔，用"何处堪夸"一问句开篇，直指实质，引入注目。"十里晴湖，二月韶华"是对开篇所问作答，也概括了六桥的面积水域及引入之时间季节。下面五句具体铺陈西湖自然景色和人工风光，峰峦、杨柳、桃花、寺塔、人家诸种物象，远近高低，浓淡深浅，错落有致，尽加点染。"浓淡"、"高低"、"远低"这些词的反义组合和"临水临山"、"半村半郭"字的叠用,描写精当,韵调口感极佳。结尾四句,写西湖的繁华升平景象:游人如织,画舫穿棱,杯斝美酒,朱唇轻唱,美不胜收,达到高潮。由自然景色、人工风光和人文景象构成了西湖春天的繁盛妩媚,令人乐而忘返。

马谦斋

马谦斋,元代后期散曲作家,与张可久同时,他曾在大都、上都等处做过官,后辞官居杭州。现存小令17首。

中吕·快活三过朝天子四边静

秋

芰荷衰翠影稀,豆花凉雨声催。谁家砧杵捣寒衣①,万物皆秋意。

燕归,雁飞,霜染芙蓉醉。长江万里鲈正肥②,漫忆家乡味。啸月吟情,凌云豪气,岂当怀宋玉③悲?赏风光帝里④,贺恩波凤池⑤,喜生在唐虞世⑥。

香山⑦叠翠,红叶西风衬马蹄。重阳佳致⑧,千金曾费。黄橙绿醅⑨,烂醉登高会。

【注释】

①砧杵:捣衣的工具。捣寒衣:秋天将准备用来做寒衣的衣料置砧上捣之,使净使平。李白《子夜吴歌·秋歌》:"长安一片月,万户捣衣声。"

②"长江"句:《晋书·张翰传》:"翰因见秋风起,乃思吴中菰菜、莼羹、鲈鱼脍,曰'人生贵得适志,何为羁官数千里,以邀名爵乎?'遂命驾而归。"后世人遂以思莼羹鲈脍比喻思归故里。

③宋玉:战国时楚国人,曾在《九辩》中慨叹:"悲哉!秋之为气也!萧瑟兮草木摇落而变衰。"

④帝里:帝王所居之地。此处指京城大都。

⑤凤池:"凤凰池"的省称。凤凰池是禁苑中的池沼名,为中书省所在地。此处是用以代称朝廷。

⑥唐虞世:儒家所称道的太平盛世。虞,指舜;唐,指尧。

⑦香山:在今北京西山,为秋天观赏红叶的游览胜地。

⑧重阳佳致:阴历九月九日为重阳节。古人常在该日登高饮宴。

⑨绿醅:绿色的酒。

【赏析】

这是支伤物抒情的曲子。虽以"芰荷衰"领起,加强伤秋的气氛,却寄托着愤世之情。此曲有声、有色、有味,同时又有悲有喜。既重在社会现实,又着眼矛盾复杂的内心世界刻划。但因无法解脱,于是,只好以"烂醉"了之。

双调·水仙子

咏 竹

贞姿①不受雪霜侵,直节亭亭易见心。渭川②风雨清吟枕,花开时有凤寻③,文湖州④是个知音。春日临风醉,秋宵对月吟,舞闲阶碎影筛金⑤。

【注释】

①贞姿:谓竹子具有常年翠绿永不改变的姿色。

②渭川:即渭河,古代渭河流域以盛产竹子著称。《汉书·货殖传》:"齐鲁千亩桑麻,渭川千亩竹"。

③"花开"句:传说凤凰喜欢竹子,"非练实(竹籽)不食"(见《庄子·秋水》)。

④文湖州:指宋代著名画家文同,字与可,以善画竹子闻名于当世。因他曾被任命为湖州知州,故世称文湖州。

⑤碎影筛金:月光从竹子的枝叶间照射下来,闪闪发亮。

【赏析】

作者咏竹,比人的高风亮节,将竹的品格赋予坚贞和刚直的性格,极为深刻感人。文湖州,即宋画家文同,字与可,后曾为湖州太守,故称文湖州。

越调·柳营曲

叹 世

手自搓,剑频磨,古来丈夫天下多。青镜摩挲,白首蹉跎,失志困衡窝①。有声名谁识廉颇,广才学不用萧何。忙忙的逃海滨,急急的隐山阿,今日个②,平地起风波。

【注释】

①衡窝:即衡门,指隐者所居的横木为门的简陋小屋。《诗·陈风·衡门》:"衡门之下,可以栖迟。"

②今日个:今天。个,语助词。

【赏析】

"叹世",慨叹世道,从题目来看,就流露出了对现实的不满之意。这支小曲,表达了对士子入仕之难和仕途险恶的感叹悲愤之情。这支曲子虽然言词简短,但所蕴含的容量却很大。曲中夹叙夹议,风格精警,具有很高的思想性和艺术性。

双调·沉醉东风

自 悟

其 一

瓷瓯内激滟莫掩①,瓦盆中渐浅重添②。线鸡肥③,新篘酽④,不须典琴留剑⑤。二顷桑麻足养廉,归去来长安路险⑥。

【注释】

①瓷瓯:酒杯。激滟:水满貌。

②瓦盆:酒罐之类。

③线鸡:阉鸡。

④新篘:新酿的酒。篘,音 chōu。酽:浓,味厚。

⑤典:典当。

⑥长安:代指朝廷。

【赏析】

小令写农村生活的富足美好,瓷瓯瓦盆,美酒肥鸡,自给自足,自得其乐,表达出作者对田园生活的向往。

其 二

取富贵青蝇竞血①,进功名白蚁争穴②。虎狼丛甚日休③?是非海何时彻?人我场慢争优劣④。免使旁人做话说,咫尺韶华去也⑤。

【注释】

①青蝇竞血:苍蝇在争着啄血。比喻当时社会的尔虞我诈、明争暗斗。

②白蚁争穴:像一群蚂蚁在争着洞穴。

③虎狼丛:同下文的"是非海"、"人我场"皆是比喻当时官场乃至整个社会的黑暗现象。甚日:何日,什么时候。

④慢:同"漫",不要的意思。

⑤咫尺韶华:指人生很短暂的光阴。去:过去,消逝。

【赏析】

这首曲是写对自己以前的官场生涯的反省。"自悟"就是自己醒悟。从此曲所写的内容来看,还真令人有些大彻大悟之感。

双调·水仙子

雪 夜

一天云暗玉楼台,万顷光摇银世界①。卷帘初见栏干外。似梅花满树开,想幽人冻守书斋②。孙康朱颜变,袁安绿鬓改,看青山一夜头白。

【注释】

①万顷光摇银世界:无边无际的大雪在夜晚映现出闪光,整个世界都披上了银妆。万顷,极言无边无际。

②幽人:深居之人,这里指隐士。

【赏析】

这是一首描写雪夜景色的曲子。曲子先写夜间大雪,天地一片白茫。作者运用夸张的手法,生动地描绘了天空彤云密布、大雪纷飞、整个世界如同万顷银海的情形。同时,曲子又借用典故,进一步烘托渲染夜雪的奇特景象,使全幅画面更加生动。

张可久

张可久(约 1270 – 1348 后),字小山。一作字伯远,号小山。庆元路(今浙江宁波市)人。以路吏转首领官(掌管文牍),又曾为桐庐典史。小山多有与卢挚、贯云石等人唱和之作,又称马致远为先辈。至正初,小山年七十余,尚作昆山县幕僚,至正八年(1348)尚在世。生平好游,遍及江南各地。有《张小山北曲联乐府》三卷,又有《小山乐府》不分卷(天一阁本)。

越调·天净沙

鲁卿庵中

青苔古木萧萧①,苍云秋水迢迢。红叶山斋小小。有谁曾到?探梅人②过溪桥。

【注释】

①萧萧：草木摇落声。

②探梅人：作者自指。

【赏析】

此曲紧扣题目，先以"青苔古木"、"苍云秋水"描画鲁庵旷古幽邈。而庵处红叶之中，却又不失幽雅清丽。庵主与世隔绝，却有探梅者来访。深秋何来梅花？当是写意寄情。可知庵主喜梅，高洁脱俗，探梅人之志趣，也就不言而喻。

双调·折桂令

村庵即事①

掩柴门啸傲烟霞②。隐隐林峦③，小小仙家。楼外白云，窗前翠竹，井底朱砂④。五亩宅无人种瓜⑤，一村庵有客分茶⑥。春色无多⑦，开到蔷薇，落尽梨花。

【注释】

①村庵：茅舍、书斋均可称庵，此指村舍。即事：就眼前所见之事，抒发随感。

②啸傲烟霞：自由自在地在大自然中放声长啸。烟霞：山林水际，泛指大自然。

③林峦：长有树林的小山。

④井底朱砂：含有朱砂矿质的泉水。朱砂，红色矿砂，可入药。井泉含朱砂者为清凉佳品。

⑤五亩宅：指宅傍不大的园子。

⑥分茶：唐宋以来待客饮茶的习惯，有煎茶与分茶两种，煎茶用姜盐，分茶则不用姜盐，把茶饼研细后用水煮开即可饮用，故杨万里《澹庵坐上观显上人分茶》诗云："分茶何似煎茶好，煎茶不似分茶巧。"

⑦春色无多：意谓春光易过。

【赏析】

这是一首闲适诗性质的小令，写作者来到一个村舍所见的情景，颇有世外桃源的意象。首句就描绘出村舍主人不同凡俗的形象，他掩上简陋的房门，在林间放声长啸，这是一个特写性的素描。接着写村舍的环境之美，远处小山树林，近观"楼外白云、窗前翠竹、井底朱砂。"既有空间的立体感，又有鲜明的色彩。幽美的环境，衬托出村舍主人的高雅风度，分茶之客，也应是高人雅士。最后三句，点明时间是春末夏初，梨花已经落尽，春天过去了，也含有惋惜时光易逝、对恬淡素雅之美生活的向往之情。所谓"小小仙家"，正是这种理想境界。

黄钟·人月圆

山中书事

兴亡千古繁华梦,诗眼倦天涯①。孔林乔木②,吴宫蔓草,楚庙寒鸦。数间茅屋,藏书万卷,投老村家。山中何事,松花酿酒,春水煎茶。

【注释】

①诗眼:诗人的眼睛。

②孔林:孔子及其后代的墓。

【赏析】

通过感慨历史的兴亡盛衰,表现了作者勘破世情、厌倦风尘的人生态度,以及隐居田园,诗书自误,茶酒自乐的欣慰和满足,抒写了安贫乐道、甘心寂寞的生活情趣和心志。

中吕·迎仙客

秋 夜

雨乍晴,月笼明①,秋香院落砧杵鸣②。二三更,千万声,捣碎离情,不管愁人听。

【注释】

①月笼明:霁月笼罩大地,一片澄明。

②砧杵:音 zhēn chū,过去人洗衣时捶衣用的基石和木棒。

【赏析】

作者以清丽之笔勾画出一幅秋夜思妇游子图。月光下,思妇捣衣怀远人,而捣衣声又引起了游子的一片离情,可谓画中有画,情外有情。李白有"长安一片月,万户捣衣声"的名句,描写长安风情,其捣衣场面宏大热闹,既含有对征人的思念,又充满对凯旋回师的希望;而此曲作者却不避前贤大笔,以同一题材写思妇的寂寞、热切又沉重的思情,更妙是引出游子的离情,翻出新意,诚可谓妙笔生花。

中吕·红绣鞋

虎丘道上

船系谁家古岸,人归何处青山。且将诗做画图看:雁声芦叶老,鹭影蓼花寒^①,鹤巢松树晚。

【注释】

①鹭:鸟类的一科,嘴直而尖,颈长,飞翔时缩着颈。《诗·周颂·振鹭》:"振鹭于飞,于彼西雝。"蓼(liǎo 潦)花:植物名,为一年生或多年生草本。

【赏析】

此曲《太平乐府》《乐府群珠》题作"虎丘道士",此从《北曲联乐府》。这是一首写景之作,诗人行走在虎丘道上,船横岸边,青山隐隐,清寂无人,从心里发出了"船系谁家古岸,人归何处青山"的疑问。同时,岸为古岸,山为青山,也透露出苍凉之意。小山在本曲中流露的情感非常含蓄,非常抽象,但艺术的魅力却是不可抗拒的。

天台瀑布寺

绝顶峰攒雪剑^①,悬崖水挂冰帘。倚树哀猿弄云尖。血华啼杜宇^②,阴洞吼飞廉^③。比人心山未险。

【注释】

①峰攒雪剑:意指披雪的山峰聚集在一起,像一柄柄直指云天的宝剑。

②血华啼杜宇:这句指杜鹃鸟叫得很凄凉,用了杜鹃啼血的典故。华:同花。

③飞廉:传说中的风神(见屈原《离骚》),这里指风。

【赏析】

天台山在浙江省天台县北,山中有方广寺,寺旁瀑布系天台八景之一,宋大书法家米芾题为"第一奇观"。这首小令极写天台瀑布及周围景观的险恶怪奇,惊心动魄,反衬世道人心之险恶尤甚于此,表现了作者强烈的愤世嫉俗情绪。构思新奇,用笔冷峭,在写景之作中别具一格。

秋　望

一两字天边白雁^①,百千重楼外青山^②。别君容易寄书难^③。柳依依花可可^④,云淡淡月弯弯,长安迷望眼。

【注释】

①一两字天边白雁:倒装句,即天边白雁排成行,像一行行写在空中的文字。

②百千重楼外青山:倒装句,楼外青山百千重。

③可可:可人貌。

【赏析】

这是写思念友人的小令。开首两句以数词、名词构成,已显出这首曲的意境自是不凡。天边白雁,楼外青山,阻隔了作者与友人音信的往来。此情此景,本已令人伤感之极了,但依依的杨柳,可人的花朵,淡淡的云彩,弯弯的月亮,使诗人对朋友的思念之情更加无法抑止,体味到人生的缺憾与无奈。情中景,景中情,情景融通,将"思念"二字抒写得入木三分。

中吕·满庭芳

金华道中

营营苟苟,纷纷扰扰,莫莫休休。厌红尘拂断归山袖,明月扁舟。留几册梅诗占手①,盖三间茅屋遮头。还能够:牧羊儿肯留,相伴赤松游②。

【注释】

①梅诗:咏梅的诗篇。

②赤松:赤松子,传说中古代的神仙,张良曾追随他退隐,见《史记·留侯世家》。

【赏析】

抒写对官场营营苟苟和俗世纷扰的憎恶和厌倦,表现了作者跳出红尘,归隐田园,去过诗酒悠游的自由自在生活的决心。

中吕·山坡羊

闺　　思

云松螺髻①,香温鸳被,掩春闺一觉伤春睡。柳花飞,小琼姬②,一声"雪下呈祥瑞",团圆梦儿生唤起③。谁,不做美?呸!却是你。

【注释】

①云松螺髻:云松,形容妇女发髻像云一样浓密,蓬松;螺髻,是妇女发式的一种。

②小琼姬:美丽的小丫头。

③生:硬。

【赏析】

读罢此曲,不由人惊叹作者构思之妙。此类曲词一般都写得哀婉幽怨、缠绵悱恻,而此曲却独辟蹊径,为读者描绘出一幅迷人的美人春睡图,只有细心品味才能从字里行间隐隐觉出美人的愁闷。

中吕·卖花声

怀　古

美人自刎乌江岸①,战火曾烧赤壁山②,将军空老玉门关③。伤心秦汉,生民涂炭④,读书人一声长叹!

【注释】

①美人:指项羽宠爱的虞姬。她在项羽乌江自刎时,亦自杀殉情。

②赤壁山:三国时周瑜火烧曹军处,在湖北嘉鱼县。

③将军:指东汉班超,为通西域,他在玉门关外奔走和经营了三十多年,年老时上书请求回中原,有"但愿生入玉门关"之语。

④涂炭:泥涂与炭火,喻指遭罪受苦的境遇。

【赏析】

这首小令用三件史事表述作者的兴亡感慨,揭出了"怀古"的旨意。对于一次又一次的战乱给人民带来巨大灾难给予谴责。由于这种谴责实际上已经无补于事,也不为当事人注意,所以发为一声长叹,表现了无可奈何的感伤。作品选用的典故看似信手拈来,实际上是经过严格筛选的,各自都与其主题思想有内在联系。

中吕·喜春来

永康①驿中

荷盘②敲雨珠千颗,山背披云玉一蓑。半篇诗景费吟哦③,芳草坡,松外采茶歌。

【注释】

①永康:地名,今属浙江省。

②荷盘:如盘荷叶。

③吟哦:写作诗词,推敲诗句。唐李郢《偶作》诗:"一杯正发吟哦兴,两盏还生去住愁。"

【赏析】

这是一首即兴小诗,作者行于永康道上,忽逢阵雨,躲避于驿站之中,望着外面雨敲荷盘,仿佛天上掉下的千万颗珍珠;山背云罩,又似披着一领玉色蓑衣。眼前一切充满了诗意,正当他冥思苦想、仔细推敲之时,从芳草如茵的山那边,传来了采茶姑娘欢乐的歌声。此景此情,更富有诗情画意,诗人亦不觉沉醉其间。

用"敲"形容雨打荷盘,用"披"形容云罩山背,将自然之景赋予拟人化动态,十分形象而生动。

中吕·普天乐

西湖即事

蕊珠宫①,蓬莱洞。青松影里,红藕香中。千机云锦重,一片银河冻②。缥缈佳人双飞凤,紫箫寒月满长空③。阑干晚风,菱歌上下④,渔火西东。

【注释】

①蕊珠宫:道教传说中神仙所居宫殿。

②"千机云锦重"二句:这是由彩霞倒映西湖水面的景色,联想到天上织女织出的千重云锦,映在冰冻的银河上,更显出西湖傍晚景色之美。

③"缥缈佳人双飞凤"二句:这是由所见游湖佳人及其箫声,联想起传说中吹箫乘鸾仙去的故事,因而产生紫箫寒月满长空的幻觉。

④菱歌上下:采菱姑娘的歌声彼此应和。

【赏析】

这首描写西湖景色的散曲,最显著的特色是虚实融合,神仙洞府,人间佳境,相映成趣。其艺术构思的脉络是:由虚带实,又由实入虚,最后复归于实。中心内容是写西湖从傍晚到黄昏时候的景致,为形容西湖美如仙境,却以传说中的神仙宫殿洞府起兴,然后写西湖有特色的景象。

别　怀

故人疏,忧心悄①。愁云淡淡,远水迢迢。一声白雁寒②,几点青山小。满目凄凉谁知道,赋情词写遍芭蕉。明月洞箫,夕阳细草,沙渚残潮。

【注释】

①悄:忧愁。《诗经·邶风·柏舟》:"忧心悄悄,愠于群小。"

②白雁:似雁而小,深秋来,来则霜降。

【赏析】

这首曲子写对友人的怀念。"故人疏,忧心悄",开门见山,抒发朋友疏离引起的心中忧愁。接下来四句写景,由于作者情系远方的朋友,心情抑郁,所以放眼一望,无论高空的云,远方的水,也无论是啼鸣的白雁,隐约的青山,都笼罩上一层清寒黯淡的伤感。而对此情此景,"满目凄凉谁知道,赋情词写遍芭蕉",把作者的满目凄凉和深沉思念,都付诸诗词。芭蕉题词,传说唐代书法家怀素住在零陵,常用芭蕉代纸书写。末三句写景,黯淡的色彩、哀婉的箫声和残落的潮水,透露出的是作者伤感的情怀和绵绵的思念。前四句写景,是触景生情;后三句写景,是寄情于景。小令情景相融,有蕴藉之美。

徐再思

徐再思,字德可,浙江嘉兴人,生卒年不详,与贯云石、张可久同时,到明初尚在世。贯云石号酸斋,徐甫思因喜甜食,故号甜斋。曾任嘉兴路吏。

黄钟·人月圆

甘露怀古

江皋楼观前朝寺①,秋色入秦淮。败垣芳草②,空廊落叶,深砌苍苔③。远人南去④,夕阳西下,江水东来。木兰花在⑤,山僧试问,知为谁开?

【注释】

①江皋:江边高地,此指北固山。

②败垣:倒坍的墙壁。

③深砌:深曲的台阶。

④远人南去:远游之人还要到南方去。

⑤木兰花:一种开花的树,状如楠树,又名杜兰、林兰。皮香叶大,晚春开花。

【赏析】

这组重头小令存有两首,皆为怀古之作。此曲写游览甘露寺之所见所感。他以纳天地于寸纸的胸怀气概,勾勒出一个江天空旷的雄浑意境。最后收拢视线,眼光停留在断墙荒草中自开自落的一棵木兰树上,把胸中郁积的兴灭盛衰和个人难以把握的身世之感全部倾注在最终的有问无答之中。

中吕·喜春来

皇亭晚泊

水深水浅东西涧,云去云来远近山,秋风征棹钓鱼滩①。烟树晚②,茅舍两三间。

【注释】

①棹:音 zhào,乘船的桨。

②晚:傍晚。

【赏析】

此曲对仗工整自然,又是至理名言,写景如画,意境深远。

中吕·普天乐

西山夕照

晚云收,夕阳挂。一川枫叶,两岸芦花。鸥鹭栖,牛羊下①。万顷波光天图画②,水晶宫冷浸红霞③。凝烟暮景,转晖老树④,背影昏鸦⑤。

【注释】

①牛羊下:牛羊下山,指放牧归来。

②天图画:老天画成,指天然图画。

③水晶宫:传说中海里的龙宫,这里指晚霞映水所引出的幻觉。

④转晖老树:夕阳的光辉随时间流动而照着老树的不同侧面。

⑤背影昏鸦:乌鸦在逆光视线中飞过,好像背上驮着太阳光影。

【赏析】

这组重头小令共有八首,总题《吴江八景》,这里选一首。此曲写落日晚霞中的吴江秋色,意境空灵,笔调清丽,富有韵味,如同一幅幽雅淡远的水墨画。

垂虹夜月①

玉华寒②,冰壶冻③。云间玉兔④,水面苍龙⑤。酒一樽,琴三弄。唤起凌波仙人梦⑥,倚阑干满面天风。楼台远近,乾坤表里,江汉西东。

【注释】

①本篇为作者《吴江八景》之一。吴江,在今江苏省。古吴江泛指吴淞江流域,大致包括苏州、太湖和长江下游一带。垂虹:指吴江上的垂虹桥。桥有七十二洞,俗称长桥。因桥形若虹,故名。今已不存。

②玉华:指月亮的光华。

③冰壶:盛冰的玉壶,比喻洁白。这里是形容月色。

④玉兔:月亮。传说月中有白兔,故称。

⑤苍龙:形容垂虹桥如长龙卧波。

⑥凌波:形容女性步履轻盈。曹植《洛神赋》曾以"凌波微步,罗袜生尘",描绘洛水女神。

【赏析】

前面四句点题,描写"夜月"和"垂虹"。曲文却没有拘泥于眼前景物。人在景中,携酒弄琴,仿佛唤起凌波仙子,迎来满面天风。放眼远近楼台,水光天色,境界陡然开阔,心旷神怡。诗人爽朗的胸襟,无须多用笔墨了。

中吕·朝天子

西 湖

里湖,外湖①,无处是无春处。真山真水真画图,一片玲珑玉②。宜酒宜诗,宜晴宜雨。销金锅、锦绣窟③。老苏④,老逋⑤,杨柳堤梅花墓⑥。

【注释】

①里湖、外湖:西湖以白堤、苏堤为界划分为里湖、外湖,堤西为里,堤东为外。

②玲珑玉:形容山水清秀空明。

③销金锅:指挥霍金钱的处所。

④老苏:指北宋著名文学家苏轼。

⑤老逋:北宋诗人林逋,字君复,杭州人。终身不仕不娶,隐居西湖孤山,喜欢种梅养鹤,人称"梅妻鹤子"。

⑥杨柳堤:即苏堤,堤上杨柳成荫。梅花墓:即林逋在孤山的墓。

【赏析】

朱权的《太和正音谱》曾以"徐甜斋之词,如桂林秋月"概括徐再思散曲的风格。这首描绘西湖春色的小令,以清新明丽的文字堪称这一风格的代表作品。西湖,以其"山外青山楼外楼"的秀美自然景观和随处可见的人文景观,吸引着历代的文人墨客,歌咏之作不胜枚举,要写出一篇超越他人的作品决非易事。再加上西湖畔一步一景,要想写尽她的风韵更是难上加难。作者经过精心的构思,运用写意的笔法,多写全景,对具体景物也采用远眺式、俯瞰式的描写,使作品具有极强的感染力。

越调·天净沙

探 梅

昨朝深雪前村①,今宵淡月黄昏②,春到南枝几分③?水香冰晕,唤回逋老诗魂④。

【注释】

①昨朝深雪前村:借用唐人齐己《早梅》"前村深 雪里,昨夜一枝开"诗意,暗示梅花应已绽开。

②今宵淡月黄昏:宋代林逋《山园小梅》有:"暗香浮动月黄昏"诗句,此处以"淡月黄昏"诗句,引出对梅花的联想。

③南枝:向阳的树枝。唐代韩偓《早玩雪梅有怀亲属》诗中有"北陆候才变,南枝花已开"之句。

④逋老:指宋代诗人林逋,以爱梅著称,作有不少咏梅诗。

【赏析】

前村深雪,淡月黄昏,正是前人咏梅诗中描述过的情景。由此引出"探梅"之意,发出"春到南枝几分"的探问,题目扣得很紧。在作品中,化用古人诗句,也是一种常用的手法。不过,在这里却算不得"点铁成金"、"脱胎换骨"。好在那些曾经脍炙人口的咏梅名句,对古代读者并不生疏,不致由于过多的堆砌造成欣赏的隔阂。倒是"水香冰晕"四字,形容梅花清纯的香气和冰清玉洁的姿态,堪称点晴之笔,画出了梅花的神韵。

双调·蟾宫曲

春　情

平生不会相思,才会相思,便害相思。身似浮云①,心如飞絮②,气若游丝③。空一缕余香在此④,盼千金游子何之⑤。症候来时⑥,正是何时? 灯半昏时,月半明时。

【注释】

①身似浮云:比喻身体十分虚弱。

②心如飞絮:比喻心神不定。

③气若游丝:比喻气息微弱。游丝:游曳的轻丝。

④空:只留下。

⑤千金游子:比喻游子高贵。何之:即"之何",到哪儿去了。

⑥症候:这里指相思病。

【赏析】

写闺情相思是中国古典诗词中重要的题材,更是元代散曲作家拿手好戏,几乎所有的散曲家都曾涉猎这一领域,而以五六十首作品投身其中的徐再思可以称得上是他们之中的佼佼者。这首小令就以其独具的艺术魅力深深打动读者的心,成为这一题材的代表作品之一。

双调·清江引

相　思

　　相思有如少债的①,每日相催逼。常挑着一担愁,准不了三分利②。这本钱见他时才算得。

【注释】

①少债:欠债。

②准不了:折不了,抵不上。三分利:利息的十分之三。

【赏析】

　　这首小令写男女相思的心理熬煎之苦,犹如欠人之债,整日被人催逼追讨一样,叫人难以忍受。即使整天挑着一担子愁烦去折还,竟连利息的三分都抵不上,反而越欠越多,债台也越积越高。恰似当时流行的高利贷,驴打滚,羊生羔,本利倍生,永远偿还不清。可是,只要能和情侣见上面,过去所有的欠债连本带利就会一下子偿清。构思奇特,颇富想象力,非常真切精确地表达出了男女相思之情的力度和强度。

双调·殿前欢

观音山眠松①

　　老苍龙②,避乖高卧此山中③。岁寒心不肯为梁栋④,翠蜿蜒俯仰相从⑤。秦皇旧日封⑥,靖节何年种⑦? 丁固当时梦⑧。半溪明月,一枕清风。

【注释】

①观音山:在今南京观音山外。

②老苍龙:形容卧松的形态。

③避乖:躲避乱世。

④岁寒心不肯为栋梁:具有抵御严寒的坚强意志,宁可高卧山中,也不愿做浊世的栋梁。

⑤翠蜿蜒:指缠绕于松树上的青藤。俯仰相从:以青藤缠树比喻夫妻关系和美,长相厮守。

⑥秦皇旧日封:秦始皇登泰山,风雨骤至,便到松下避雨,后封这五棵松树为"五大夫"。

⑦靖节:东晋诗人陶渊明的号。

⑧丁固当时梦:三国时,吴人丁固任尚书时,曾梦见松树长在肚子上,就对人说:"松字为十八公。"意指十八年后,丁固他要成为三公之一。十八年后,果然升为大司徒。

【赏析】

好的咏物作品,应当刻画出物体逼真的形态,更应传达出物中隐寓的精神,在物与人的象征中达到一种契合一致的神似。前二句,画出高卧荒山的老松形象。"老"点出年代的久远,"苍"绘出它的颜色,"龙"描出它的神态。三、四两句,写老松的品格,写它安于淡泊的坚定意志,形象陡然变活,给画中之物注入了无限生机。接下三句,运用典故,以它传奇般的经历,为"老"字做了注脚。最后两句描画它的生存环境,为坚定意志的存在做出解释。

双调·沉醉东风

春　情

一自多才间阔①,几时盼得成合?今日个猛见他,门前过,待唤着怕人瞧科②。我这里高唱当时《水调歌》③,要识得声音是我。

【注释】

①多才:对恋人的一种爱称。间阔:长时间的分离。

②瞧科:瞧见,瞧着。

③《水调歌》:即《水调歌头》,调曲名。

【赏析】

徐再思写过多首题为《春情》的小令,别的多为表达或浓或淡的哀愁,女主人公对恋人的不尽相思,唯有这首与其他不同,从另一个角度下笔,而风格也洋溢着欢快、乐观的俏皮。恋人的心头自会有思念、企盼,思念是甜与苦的杂糅,企盼则是急切的,愿早结良缘,朝朝暮暮。

双调·水仙子

春　情

九分恩爱九分忧①,两处相思两处愁,十年迤逗十年受②。几遍成几遍休③,半点事半点惭羞④。三秋恨三秋感旧⑤,三春怨三春病酒,一世害一世风流⑥。

【注释】

①"九分恩爱"句:意为有几分恩爱就有几多忧愁;爱之愈深,忧也愈深。

②逗逗:原义为逗引、勾引,引指身入爱河,无力自拔,越陷越深。受:受折磨,受熬煎。

③几遍成几遍休:意指恋爱过程中忽然恼了忽然好了的磨擦和波折。

④"半点事"句:意为回忆既往,所有的事情都让人感到羞愧悔恨。

⑤三秋:整个秋天。下句三春也同,指整个春天。这两句与《红楼梦》十二支曲《枉凝眉》"想眼中能有多少泪珠儿,怎经得秋流到冬,春流到秋"大意相近。

⑥害:害相思病受折磨。句意是,即使害一辈子相思病也决不放弃爱情。

【赏析】

强调真正的爱情不光是幸福甜蜜和欢乐,还同时伴随着忧愁苦涩、烦恼和悲伤;爱有多深,愁就有多深;爱得愈久愈执着,精神熬煎和折磨就愈久愈剧烈。作者充分表达了全身心投入爱情后要死要活的那种内在体验和感受,相当深刻真切。每句都用数量词重复构成,形成流丽和婉、曲折跌宕的节奏和旋律,读来产生一种盘旋而上、往复回环的感觉。韵味深厚,富有哲理启示意义。

夜　雨

一声梧叶一声秋①,一点芭蕉一点愁②。三更归梦三更后③。落灯花棋未收④,叹新丰孤馆人留⑤。枕上十年事,江南二老忧,都到心头!

【注释】

①一声梧叶一声秋:化用温庭筠《更漏子》:"梧桐树,三更雨,不道离情正苦。一叶叶,一声声,空阶到黎明"诗意,意为雨点打到梧桐叶上,一声声地报告着秋天的来临。

②一点芭蕉一点愁:化用杜牧《芭蕉》:"芭蕉为雨移,故向窗前种。怜渠点滴声,留得归乡梦"诗意,意为雨打在芭蕉叶上,点点不断,增添游子的离愁。

③归梦:归乡之梦。

④落灯花棋未收:即灯花落棋未收。化用宋代赵师秀《约客》:"有约不来过夜半,闲敲棋子落灯花"诗意。灯花落:灯油熬干,灯芯烧尽。

⑤叹新丰孤馆人留:典出《新唐书·马周传》。唐初文士马周,家贫好学,去西安求官时途经新丰(今属陕西),留宿客店,主人见他贫穷而冷落他。

【赏析】

取材于传统而又能以独特的艺术构思、确切的艺术手段向世人展示自己的艺术风格,表达自己的思想感情,这是散曲大家徐再思的一贯作法。这首小令也不例外。

孙周卿

孙周卿(？—1330 后),古邠(今陕西邠县)人,或汴(今河南开封市)人。傅若金(1304—1343)《绿窗遗稿序》云:"故到孙氏蕙兰,早失母,父周卿先生"云云,其父当即曲家孙周卿。又《遗稿》还载若金志(记)妻殡有云,"君讳淑,字蕙兰,姓孙氏,其先汴人也"。近人《元曲家考略》,据此疑"邠"乃"汴"之误。傅若金江西人,周卿到过江西浔阳(今九江市),孙、傅相识可信。

双调·蟾宫曲

自 乐①

想天公自有安排,展放愁眉,开着吟怀。款击红牙②,低歌玉树③,烂醉金钗④。花谢了逢春又开,燕归时到社重来。兰芷庭阶,花月楼台。许大乾坤,由我诙谐。

【注释】
①本题二首,此选其一。
②红牙:调节乐曲节拍的拍板。
③玉树:乐曲名,玉树后庭花的简称,为陈后主所制。
④金钗:本指女子发髻上的首饰,此处代指歌女。

【赏析】
这是支冷眼旁观世情之曲。"想"字总领全篇,透露出洒脱之气。"想"不是想入非非,而是陶冶性情,放纵自由,因"想"才"有安排"、"放愁眉"、"开着吟怀"。"款击红牙"三句写诗人醉歌之态。"花谢"四句由室内之景转入写户外的春景。春光明媚,燕舞兰香,花好月圆,正是赏春的大好时光,切莫错过。因而很自然地引出末尾二句。这样,一个超然于物外、旷达的艺术形象就矗立在我们的面前。

双调·水仙子

山居自乐

西风篱菊灿秋花,落日枫林噪晚鸦①。数椽茅屋青山下②,是山中宰相家③。

教儿孙自种桑麻。亲眷至煨香芋,宾朋来煮嫩茶,富贵休夸。

【注释】

①噪:音 zào,鸟鸣叫。

②数椽茅屋:几间茅屋。椽:音 chuán,椽子,此为代词,意同"间"。

③山中宰相:用南朝陶弘景的典故。陶弘景曾隐居勾曲山(即今江苏西南茅山),曾谢绝武帝多次礼聘。国有大事,武帝则前往咨询,人称山中宰相。作者借以自比,表达其隐居之乐。

【赏析】

《山居自乐》共四首,这是第一首。小令描绘了山间清新秀丽的景色,表现了纯朴自然的生活情趣,以及对功名富贵的鄙视。一二两句写景,篱边菊花迎着西风,璀璨夺目,使人不由得想起陶渊明东篱采菊的韵致,令人神往。后四句以铺陈之笔,展示了山居生活的种种动人画面。"教儿孙自种桑麻",使人联想到陶渊明"相见无杂言,但道桑麻长"的躬耕生活。"煨香芋"、"煮嫩茶",纯朴中透着淡雅,平淡中藏着真情,与篇首的菊花、枫叶相互映衬,使人不由得陶醉其中,神往不已。最后以"富贵休夸"四字作结,与前面恬淡自然的情趣形成鲜明的对比,更衬托了作者高洁的情操。这首小令写景、叙事、抒情融合无间,前面使用典故,后面以口语入曲,有雅俗共赏之妙。

王仲元

王仲元,杭州人,生平不详。钟嗣成《录鬼簿》称:"余与之交有年矣。所编者皆佳。"著有《于公高门》《袁盎却座》《私下三关》等杂剧三种。《太和正音谱》则指称后一种杂剧为无名氏所作。

中吕·普天乐

春日多雨

无一日惠风和①,常四野彤云布②。那里肯妆金点翠③,只待要进玉筛珠④。这其间湖景阴,恰便似江天暮。冷清清孤山路,六桥迷雪压模糊⑤。瞥见游春杜甫,只疑是寻梅浩然,莫不是相访林逋⑥?

【注释】

①惠风:和风。惠风和的"和",作动词,吹的意思。

②彤云：黑云。

③妆金点翠：意即妆点大自然，金黄色的花盛开，翠绿的树成荫。

④迸玉筛珠：下暴雨下大雪。以玉、珠喻雨雪。

⑤孤山、六桥：都是杭州西湖的胜景。

⑥"瞥见游春杜甫"三句：这三句用了三个诗人的典故，杜甫游曲江池欣赏春色，而此曲所写却是雨雪纷纷的西湖，所以说怀疑是孟浩然踏雪寻梅，因而也就自然地联想起隐居孤山酷爱梅花的林逋。

【赏析】

此曲题为《春日多雨》，实为春日多雨雪。曲中描写雨雪天的西湖景色，很是别致。春天原该是风和日丽、鸟语花香、桃红柳绿的，可是这一年却很反常，没有一天和风拂面的日子，常常是四野乌云沉沉，总是下雨下雪，所以自然季节都似乎变迟了，花卉未开放、树木无绿色。西湖景色笼罩在阴霾中，恰如江天暮霭。作者抓住最有特色的胜景却游人冷落，来表现多雨雪的西湖景象，平时游人众多的孤山路上冷冷清清，六桥在白雪覆盖下茫茫一片。偶而看见骚人雅士游春，倒像是孟浩然踏雪寻梅，莫非是去孤山拜访隐士林和靖的吗？作者联想丰富而且新奇，又不露斧凿之痕，用词取譬也颇为精当。

吕止庵

吕止庵或吕止轩，生平不详。《太和正音谱》称他的作品"如晴霞结绮"。

仙吕·后庭花

西风黄叶疏①，一年音信无。要见除非梦，梦回总是虚。梦虽虚，犹兀自暂时节相聚②。近新来和梦无。

【注释】

①"西风"句：表明是暮秋季节，西风阵阵，树叶已经变黄，而且稀疏。

②犹兀自：还能够。

【赏析】

深秋是一个最容易触发人思绪的时刻。当此时，游子思归，闺妇忆远，已是常情，而朋友间也常互相思念。值此"渐霜风凄紧，关河冷落，残照当楼"时，游子该是"叹年来踪迹，何事苦淹留"？而佳人更是"妆楼颙望，误几回天际识归舟"？（柳永《八声甘州》）真是"梳洗罢，独倚望江楼。过尽千帆皆不是，斜晖脉脉水悠悠,肠断白蘋州。"(温庭筠《忆江南》)这首曲里写的,大概也正是这样一个"思妇",全曲写的全是思妇的心事。

仙吕·后庭花

怀　古

功名览镜看,悲歌把剑弹①。心事鱼缘木②,前程羝触藩③。世途艰,艰声长叹,满天星斗寒。

【注释】

①悲歌把剑弹:此是化用战国时冯谖的故事。冯谖在孟尝君家作食客,没有得到应有的待遇,于是倚柱而弹其铗,歌曰:"长铗归来乎,食无鱼!"铗,剑把。弹铗,即弹剑。此处用以比喻有所希求于人。

②鱼缘木:此出自《孟子·梁惠王》:"(孟子)曰:'然则王之所大欲可知已,欲辟土地,朝秦楚,莅中国而抚四夷也。以若所为,求若所欲,犹缘木而求鱼也。'"这是孟子说梁惠王的时候所用的比喻。是说沿着树去找鱼,方法不对,劳而无功。此处用意是说心中的愿望无法实现。

③羝触藩:此出自《易经·大壮》:"羝羊触藩,羸角",羸,困倦的意思。意为羝羊触藩篱,其角挂在藩篱之上,因而不能进,不能退。比喻一种进退两难的境地。

【赏析】

这首小令题为怀古,实则抒情。全篇抒发了仕途不得意的感伤之情。前四句连连用典,将自己当时的处境、心境都表达出来,后三句直抒胸臆,一个"寒"字,既写当时的自然环境,更是作者内心世界的表白,他对世事前途已完全失望的悲哀情绪,用一"寒"字点出,尤为恰当。

仙吕·醉扶归

瘦后因他瘦,愁后为他愁。早知伊家不应口,谁肯先成就。营勾①了人也罢手,吃②得我些酪子里③骂低低的咒。

【注释】

①营勾:俗语,意为勾引,诓骗。

②吃:俗语,意为被、让。

③酪子里:俗语,意为暗地里。

【赏析】

这首小令表现了一个受人欺骗的少女的怨恨之情,篇幅虽不长,然人物个性却跃然纸上,受害者的那种泼辣而又大胆的个性表现得非常充分。全曲多用俗语,明白晓畅。

查德卿

查德卿,生卒年和生平事迹均不详,大约在元仁宗朝(1311—1320)前后在世。现存小令二十二首,多怀古叹世之作,抒发对现实不满,感叹仕途艰难。其描写男女恋情的曲作,曲文通俗晓畅,格调活泼。

仙吕·寄生草

感　叹

姜太公贱卖了磻溪岸,韩元帅命博得拜将坛①。羡傅说守定岩前版②,叹灵辄吃了桑间饭③,劝豫让吐出喉中炭④。如今凌烟阁一层一个鬼门关⑤,长安道一步一个连云栈⑥!

【注释】

①韩元帅:即韩信,汉初封楚王,后被刘邦所杀。

②傅说:音 fù yuè。殷商时人。初为奴隶,曾于傅岩(在今山西平陆)夯土为墙,后殷高宗召之为相。版:筑墙用的夹板。

③灵辄:春秋晋灵公时人。他在饥饿欲死时得晋大夫赵宣子一饭之恩,晋灵公以伏兵刺杀赵宣子时,灵辄为报恩而救了宣子。

④豫让:春秋时晋人。他事智伯而深得信任。后智伯为赵襄子所灭,豫让为之报仇,漆身为厉,吞炭为哑,伺机刺杀赵襄子。

⑤凌烟阁:唐代皇宫中的一座殿阁。为表彰功臣,太宗李世民于贞观十七年把二十四位开国功臣图画于此。

⑥连云栈:在悬崖峭壁上凿孔、架木、铺板而成的栈道。这里比喻险恶的仕途。

【赏析】

姜尚、韩信、傅说、灵辄、豫让是封建时代建功立业、具有忠贞义侠思想的典型,历来为统治者所宣扬、为士子们所称道;但是在这支曲子里却成了被冷嘲、被贬抑的人物。因为他们走过的道路已被堵塞,他们对元代知识分子已无任何示范作用了。

仙吕·一半儿

春　情①

自调花露染霜毫②，一种春心无处托。欲写写残三四遭，絮叨叨，一半儿连真一半儿草③。

【注释】

①总题为《拟美人八咏》，共八首，今选其八。

②霜毫：色白如霜的毛笔。

③真：亦叫"真书"，即汉字正楷。草：指草书。此处言女子才学出众。

【赏析】

本首写一位女子起草情书时的情景。作者抓住富于特征性的典型动作细节和主人公复杂微妙的心理矛盾，细腻逼真地展示出少女郑重而又娇羞的情态和思慕爱恋的情怀。前几句以铺叙为主，末句陡然翻空出奇，波澜顿起而又戛然而止，把主人公的情感、心理和读者的注意力都定格在一个最佳点上，令人感到妙趣横生而又联想无穷，这也正是"一半儿"的精妙之处。

越调·柳营曲

金陵故址

临故国，认残碑，伤心六朝①如逝水。物换星移②，城是人非，今古一枰棋③。南柯梦一觉初回，北邙④坟三尺荒堆。四周山护绕，几处树高低。谁，曾赋"黍离离"⑤？

【注释】

①六朝：三国的吴、东晋，南朝时宋、齐、梁、陈都建都南京，合称六朝。

②物换星移：王勃《滕王阁序》："物换星移几度秋。"言景物变换，星月推移，沧桑变化，光阴易逝之意。

③枰：音 píng，棋盘。这里是说岁月飞逝之速。

④北邙：邙，音 máng，山名，在河南洛阳北，东汉建武以来，达官贵人死后多葬于此。

⑤黍离离：《诗经·王·黍离》首句为"彼黍离离"。其诗写周朝东迁以后，周大夫途经故都，见昔日宗庙宫室尽为禾黍，顿有亡国之悲，彷徨不忍离去。

【赏析】

本篇为怀古之作。作者先以故都残碑，如水而逝的六朝，挑明兴感之由，点出怀古之意。虽然星移斗转、物是人非，但作者却在朝代兴衰、世事沧桑、岁月如流的叹息和伤感之余，又引出了"古今一枰棋"、世事如游戏的感慨。历史的沧桑变化犹如南柯一梦，成败荣辱、忠奸贤愚，都得归入荒坟三尺。冷眼旁观的调侃，事事皆空的虚无，萌发着对封建统治及其历史的否定意识。结语别出心裁："谁，曾赋黍离离？"那黍离之悲，失国之痛原来也似可不必。面对朝代更迭、历史兴替，作者流露出的这种冷漠佻达，也许只是故作姿态，却真实地反映了当时知识分子对元朝封建统治的极大失望与不满。

越调·柳营曲

江　　上

烟艇闲，雨蓑干，渔翁醉醒江上晚。啼鸟关关①，流水潺潺，乐似富春山②。数声柔橹江湾，一钩香饵波寒。回头贪兔魄③，失意放渔竿。看，流下蓼花滩④。

【注释】

①关关：鸟鸣声。《诗经·关雎》中有："关关雎鸠，在河之洲。"

②富春山：东汉时严子陵不愿出来做官，曾隐居于富春江边钓鱼。

③兔魄：古人称月初生明为魄。又传说月中有白兔捣药，所以称月亮为兔魄。

④蓼花滩：指开满蓼花的河滩。蓼：音liǎo，植物名，多生于水中或水边，花淡红色或白色。种类很多。

【赏析】

本篇描绘了一幅寒江独钓夜归图，以反映封建时代文人的失意之痛。冒雨垂钓，却又大醉昏睡至暮，看来渔翁之意并非在鱼，也非真正的渔翁。胸中难言之痛已微露端倪。虽也有山水之乐，但从"数声柔橹"中却又更分明他感受到了自己的孤寂凄清。而举头望月更勾起他万千思绪和无限隐痛。蟾宫折桂之想可望而不可及，沉重的失落感愈加压在心头，挥之不去。如果隐逸山水的独得之乐也不能排遣内心苦闷，这种苦闷压抑多么沉重也就可想而知了。全曲情绪变化细腻曲折，委婉有致，和周围景物的声色动静妙合无迹，在情绪的流动起伏和景物渲染烘托中，作者揭示出隐藏在山水之乐背后的失意之痛，并使之逐渐加强，逐渐清晰，成为回荡全曲的主旋律。

双调·蟾宫曲

怀　　古

问从来谁是英雄？一个农夫①，一个渔翁②。晦迹南阳③，栖身东海④，一举成功。八阵图名成卧龙⑤,《六韬》书功在非熊⑥。霸业成空,遗恨无穷。蜀道寒云,渭水秋风。

【注释】

①农夫:指诸葛亮,他曾隐居南阳卧龙岗,以农耕为业。

②渔翁:指殷周时姜太公吕尚,他曾怀才不遇,在渭水边钓鱼。

③晦迹:隐迹、隐居。

④栖身东海:姜太公吕尚隐居于东海之滨。东海,相当于今天的黄海。

⑤八阵图名成卧龙:诸葛亮推演兵法,曾作八阵图。卧龙,为诸葛亮,早先隐居,在今河南省南阳县西南,徐庶称他为"卧龙"。

⑥六韬书功在非熊:吕尚著《六韬》兵书,建立了丰功伟业。《六韬》,兵书,相传为姜太公吕尚所著,分文、武、虎、豹、龙、犬六韬。非熊,传说周文王有一次打猎前占卜,卜辞说:"非龙非骊,非熊非罴,所获霸主之辅。"周文王果然在渭水桥边得遇姜太公吕尚,遂成霸业。

【赏析】

"一个农夫,一个渔翁。"一个指辅佐刘备建立蜀汉的孔明,一个指辅佐武王伐殷的吕尚。孔明出仕之前曾躬耕于南阳,故称他是"农夫",吕尚微时曾在渭水垂钓,故称他是"渔翁"。这两个人都在历史上建立了卓著的功业,所以作者称他俩是"英雄"。然而如今呢?一切都已随着时间流逝,"霸业"已成一场空梦,所剩的只有蜀道的寒云、渭水的秋风。这是一首发思古之幽情的作品,带着消极的情绪。

吴西逸

吴西逸,元代后期散曲作家,生平不详。与贯云石同时。今存小令四十七首,善于摹写景物和抒闲适之情。《太和正音谱》评其曲"如空谷流泉"。

越调·天净沙

闲　题

江亭远树残霞,淡烟芳草平沙。绿柳阴中系马。夕阳西下,水村山郭人家①。

【注释】

①山郭:这里指山村。

【赏析】

这一组闲题共四首,这里选的是第四首。这首小令描绘了在夕阳映照下水乡山村优美恬静的迷人景象。"江亭远树残霞,淡烟芳草平沙"两句总写村江之景。远远望去:江天一色,树木葱茏,红霞映天;烟雾朦朦,芳草凄凄,平沙漫漫,好一幅村江夕照图。"绿柳阴中系马"一句点明作者所在。美不胜收的景致使作者系马绿柳荫中,驻足欣赏,留连不已。"夕阳西下"一句,将前面三个相对独立的画面融成一个整体,同时,又引出最后一句"水村山郭人家",使读者恍若进入仙境,心向神往,陶醉其中。这首小令写景纯用白描,情景交融,意味隽永,足可追步马致远的[天净沙]《秋思》,但并无马致远那首名作的消极凄凉。

双调·清江引

秋　　居

　　白雁乱飞秋似雪①,清露生凉夜。扫却石边云,醉踏松根月②,星斗满天人睡也。

【注释】

①白雁:宋彭乘《续墨客挥犀》七《白雁至则霜降》:"北方有白雁,似雁而小,秋深到来,白雁至则霜降,河北人谓之霜信。"此句言秋夜天高气爽,白雁群飞。

②松根月:指从枝缝中漏下洒在松下的月光。

【赏析】

本篇写秋夜之景。秋雁、清露等景物烘托出恬淡静谧的气氛,而"扫云"、"踏月"的动作既逼真传神地极写出主人公醉态可掬,又加强了旷达、脱俗的意蕴。虽是更深夜静,万物沉睡,主人公却在美好的秋夜中醒着;虽是醒着,却又沉醉在清雅皎洁的夜色中了。一半是醉酒,一半却是醉月。主人公无欲无求无烦无忧、恬静淡泊的情怀和这远离尘嚣、淡雅宁静的环境是那样和谐一致,真愿意把全部身心都溶化在这大自然的怀抱中。也许,这正是作者的精神追求吧。

越调·天净沙

闲　　题

　　长江万里归帆,西风几度阳关①,依旧红尘满眼②。夕阳新雁,此情时拍阑干③。楚云飞满长空,湘江不断流东,何事离多恨冗?夕阳低送,小楼数点残鸿。

【注释】

①阳关:地名,故址在今甘肃敦煌西南。唐代诗人王维《送元二使安西》中有"劝君更尽一杯酒,西出阳关无故人"句,后世常常用以指代离别。

②红尘:飞扬的灰尘,形容繁华热闹或繁华热闹的地方。

③阑干:同"栏杆"。宋辛弃疾《水龙吟·登建康赏心亭》有"江南游子,把吴钩看了,阑干拍遍,无人会,登临意"句。

【赏析】

吴西逸[越调·天净沙]《闲题》四首,都是描述暮色苍茫江边送别的情景。长江万里,一点归帆;红尘满目,故人日稀,喧嚣与寂寞,形成强烈的对比。落日西风,益增惆怅。满怀愁绪,无人可诉。拍遍阑干,这时的心情,有谁能够领会和同情呢?楚云湘水,是曾留下屈原《离骚》的地方。"迁客骚人,多会于此"。这样的环境,更加增添了离别的凄怆。长空飞云,滚滚流水,气氛的渲染,加强了"何事离多恨少"这个直抒胸臆的点题之句的感情色彩。夕阳西下,故人远去。登楼眺望,唯见数点残鸿。离情别绪,尽在不言中了。这两首小令,风格清丽淡雅,不求尽态极妍,近似诗词,是元代后期散曲逐渐文人化了的特色。

杨朝英

杨朝英,元代后期散曲作家。号澹斋,青城(今山东高唐县)人。生卒年不详。曾编元人散曲为《阳春白雪》及《太平乐府》二书。今存小令二十七首。《太和正音谱》评其曲"如碧海珊瑚"。

双调·水仙子

依山傍水盖茅斋①,旋买奇花赁地栽②,深耕浅种无灾害,学刘伶死便埋③。促光阴晓角时牌④,新酒在槽头醉,活鱼向湖上买,算天公自有安排。

【注释】

①茅斋:茅草小屋。斋,这里指书房、学舍。

②旋:很快;赁:音lìn,租借。

③刘伶:字伯伦,西晋人,当时"竹林七贤"之一。伶为人纵酒使性,放达不羁。常乘车携酒出游,命人携锄相从,说"死便埋我"。事见《晋书》本传。

④晓角时牌:早晚时分。晓,早晨;角,角宿,二十八宿之一。此处代指夜晚。

【赏析】

这是一首自叙其隐逸生活的畅想曲,作者厌倦了尔虞我诈的市俗社会,欲从山水野趣中寻求解脱。在他的笔下,大自然是那样的美好,一般的游山玩水已不足以畅其心志,他要盖房、租地栽种,就此定居下去,让自己陶醉在花香酒趣之中。可以说这也表现出人对黑暗现实的一种反抗,尽管这种反抗是那样的微弱和消极。全篇读来活泼、流畅,意趣盎然。

踏雪探梅

雪晴天地一冰壶①,竟往西湖探老逋②。骑驴踏雪③溪桥路,笑王维作画图④。拣梅花多处提壶,对酒看花笑,无钱当剑沽,醉倒在西湖。

【注释】

①冰壶:形容雪晴后天气极冷,人像是生活在冰壶之中。

②老逋:指北宋诗人林逋,时隐居于西湖,以种梅、养鹤自娱,有"梅妻鹤子"之称,卒谥和靖先生。此处"探老逋"实代指寻梅。

③骑驴踏雪:文学典故,言唐诗人孟浩然骑驴踏雪、寻梅吟诗之事,后世戏曲、小说多引为题材。此处为作者自比。

④王维:字摩诘,唐代诗人,大画家,擅长雪景,有《雪溪图》《雪里芭蕉图》等。此处言"笑",是说王维所画雪景不如眼前。

【赏析】

这是一首纵酒自娱的放言曲。通篇不脱"雪"与"酒"二字,取材原非冷僻,然在这里却独具新意。作者下笔先极言其"雪",渲染天冷,后又极言其"酒",雪中赏花饮酒,渲染其情热,酒香压倒了雪寒。前后映衬,对比鲜明。也就是在这逐句深化的意态进逼过程中,一个与世抗争、傲岸不屈的坚强人格即突现在读者的眼前了。这里表现的精神不仅是貌视自然界的严寒,而且对周围污浊的黑暗现实来说,也是一个抗争不屈的斗士形象。全篇寓深于浅,雅俗并举,别有一种特殊的意趣。

又

寿阳宫额得魁名①,南浦西湖②分外清。横斜疏影③窗间印,惹诗人说到今。万花中先绽琼英。自古诗人爱,骑驴踏雪寻,忍冻在前村。

【注释】

①"寿阳宫"句:《太平御览》卷九七。引《北宋》曰:"武帝女寿阳公主,一日卧于含章檐下,梅花落公主额上,成五出之华(花),拂之不去,皇后留之。自后

有梅花妆,后人多效之。"

②南浦:此泛指水滨。

③横斜疏影:林逋《山园小梅》颔联:"疏影横斜水清浅,暗香浮动月黄昏。"

【赏析】

这是一支咏梅的曲词,通过驱典使事,描摹了梅花的形、神、韵、品,一个"惹"字展现了其无限诱人的魅力,一个"爱"字传达了世人对她的格外垂青。前人尝言咏物须不滞于物,此曲深得之。试读"南浦西湖分外清"、试吟"万花中先绽琼英",何仅是咏物,分明有人的性灵在嘛!这是一颗狷介的心灵在搏动,这是一颗先觉的心灵在振颤。人谓曲以不曲为本色,以直率为归趣,其实似此曲之曲隐,亦毫不失其风采。至周德清笑其"开合同押"、"不知法度",恐反难免胶柱鼓瑟之诮。

双调·殿前欢

和阿里西瑛韵

白云窝,樵童斟酒牧童歌,醉时林下和衣卧。半世磨陀①,富和贫争甚么?自有闲功课,其野叟闲吟和②。呵呵笑我,我笑呵呵。

【注释】

①磨陀:逍遥自在。

②吟和:互相唱和诗、歌等。

【赏析】

杨朝英共写了五首和阿里西瑛的[殿前欢],这里选第一首,除第六、第七两句外,其余各句均用阿里西瑛第二首《懒云窝》的韵字。内容上自然也写隐居不仕,但没有像阿里西瑛那样极力描写在懒云窝中懒散,而写不慕富贵、别有旨趣的乡间生活。开头与贯云石、乔吉等人和曲不同,没有直接袭用"懒云窝"三字,而改为"白云窝"。杨朝英号澹斋,白与澹都有素洁之意,对白云窝的描写,自是作者自己生活的写照。

正宫·叨叨令

叹世二首

一

想他腰金衣紫青云路①,笑俺烧丹炼药修行处。俺笑他封妻荫子叨天禄②,不如我逍遥散诞茅庵住③。倒大来快活也末哥!倒大来快活也末哥!那里也龙韬虎略擎天柱④!

二

昨日苍鹰黄犬齐飞放⑤，今日单鞭羸马江南丧⑥。他待学欺君罔上曹丞相⑦，不如俺葛巾漉酒陶元亮⑧。倒大来快活也末哥！倒大来快活也末哥！渔翁把盏樵夫唱。

【注释】

①腰金衣紫：谓身居高官。金：金印；紫：紫绶。青云路：比喻高位或谋求高位的路径。

②封妻荫子：妻子受诰封，子孙袭爵禄。叨：犹"忝"，谓无功德承受。天禄：俸禄。

③散诞：放诞不羁，逍遥不自在。

④那里也：犹言哪里是、说什么、说不上，常用在成语等之前，表否定的意思。龙韬虎略：兵书的代称，也指用兵的谋略。擎天柱：托住天的柱子。这里比喻有大才干、大本领、肩负重任的人。

⑤苍鹰黄犬：代指打猎。李斯被杀时，对他的儿子说：想和你再回老家上蔡，牵着黄犬追逐狡兔，又怎么可能呢？

⑥单鞭羸马：指符坚之败。前秦符坚攻晋，败于淝水，"单骑遁还淮北"。羸马：音 léi mǎ，瘦弱之马。

⑦欺君罔上：欺骗蒙蔽君主。曹丞相：指曹操。

⑧葛巾：用葛布制成的头巾。漉酒：滤酒。陶元亮：渊明字元亮。

【赏析】

写"叹世"的曲子不少，往往采用正面议论或直抒胸怀的方式。杨朝英别具一格，他摒弃旧程式，而借助对比的修辞手段。第一支曲子通过汲汲荣华富贵者和修行逍遥者的对比，说明了"腰金衣紫"、"封妻荫子"者的可笑和不足取，作者肯定的是"烧丹炼药"、"逍遥散诞"的快乐生活。第二支曲子讥讽贪图富贵权势、疆土皇位者，以他们的被刑受戮、生死国灭、青史留奸与隐士渔夫的自在生活作对比，表明了作者的取舍。这里既有"他"之"昨日"和"今日"不同命运的对比，也有"他"和"俺"不同品性的对比，表现了作者批判社会浊恶，看破红尘，从而走向无为任性、返朴归真的思想，"叹世"之情纯然流溢在字里行间。

中吕·阳春曲

浮云薄处朦胧①日，白鸟明边②隐约山。妆楼③倚遍泪空弹。凝望眼，君去几时还？

【注释】

①朦胧:似明不明貌。此写云间穿行的落日不甚明亮。

②白鸟明边:飞过的白鸟映衬明亮之处。杜甫《雨》:"紫崖奔处黑,白鸟去边明。"

③妆楼:少女少妇居住的楼房。

【赏析】

"朦胧日"、"隐约山",组成一幅去路迢遥、望而不见的迷惘意境。"妆楼倚遍",示凝望时间之久,或从早到晚,或日复一日,最终却难免"泪空弹"。此以闺中少女怨望之深,反衬其盼归之切,由侧面烘托其情爱之笃,语简意丰,有情有态,形象欲活。

越调·小桃红

题写韵轩①

当年相遇月明中,一见情缘重。谁想仙凡隔春梦,杳无踪,凌风跨虎归仙洞,今人不见,天孙标致②,依旧笑春风③。

【注释】

①写韵轩:在南昌。唐·裴铏《传奇·入仙坛》说仙女吴彩鸾书生文箫,相互爱悦而成夫妇。文箫贫,彩鸾为写孙愐《唐韵》,售以为生。后二人皆乘虎仙去。后人附会而建"写韵轩"。

②天孙标致:天孙,织女。标致,秀丽的容貌。

③依旧笑春风:唐进士崔护曾在都城南遇一村女立桃花下,互有爱慕意。次年再至,见花而不见人,遂题诗曰:"人面不知何处去,桃花依旧笑春风"。

【赏析】

此曲题为《题写韵轩》,却实写自己与一女郎一见钟情而相聚不久便匆匆分离以致无缘再会的怅惘。全曲隐括彩鸾跨虎的神话故事和崔护诗意,将缠绵缱绻的情景置于如真似幻之间,倍觉幽渺空灵,引人神往。抒离愁而不言愁,得委曲蕴藉之妙。

双调·清江引

秋深最好是枫树叶,染透猩猩血①。风酿楚天秋,霜浸吴江月②。明日落红多去也。

【注释】

①染透猩猩血:枫树叶像浸染过猩猩血一样的红。猩猩,动物名,毛长,呈赤

褐色,传说猩猩血最红。

②霜浸吴江月:秋霜好像浸湿了吴江上空的月亮。浸,浸透,滋润。吴江,即吴淞江,这是指南方的江河。

【赏析】

这首《清江引》写深秋的景象,而深秋最美的要属枫树的红叶了,它的红艳的颜色,就像是用猩猩的血染就的。加上辽阔的秋空和霜浸的吴江月,形成了一幅多么美妙的秋景晚图。

双调·水仙子

灯花占信又无功①,鹊报佳音耳过风②。绣衾温暖与谁共?隔云山千万重。因比上惨绿愁红③。不付能博得个团圆梦④,觉来时又扑个空。杜鹃声又过墙东⑤。

【注释】

①灯花占信:古人认为灯蕊结成花瓣便是远行人归来的吉兆。

②耳过风:与上文的又无功同义,均指落空。

③惨绿愁红:由于思妇心头苦闷,把红花绿叶等美好的东西都看成了愁惨的景象。

④不付能:元人方言,指方才,刚才。

⑤"杜鹃声"句:叫着"不如归去"的杜鹃,一忽儿又飞过了墙东。

【赏析】

这首曲写闺中少妇思念远行的亲人。夜占灯花,朝卜鹊喜,均没有灵验,连一个好不容易做成的团圆梦也被惊醒了,耳边只听见杜鹃"不如归去"的一声声啼叫。其闺情春思深浓,口吻毕肖,心态如画,使读者读来历历在目,异常生动。

双调·水仙子

自　　足

杏花村里旧生涯,瘦竹疏梅处士家①。深耕浅种收成罢②,酒新篘③,鱼旋打④,有鸡豚竹笋藤花⑤。客到家常饭,僧来谷雨茶⑥,闲时节自炼丹砂⑦。

【注释】

①瘦竹疏梅处士家:隐士居住在瘦竹疏梅的掩映之间。瘦竹,竹子细长故称瘦竹。疏梅,指梅花,来自"疏影斜横水清浅"的诗句。处士,未出仕为官的人。

②收成罢:庄稼收获完了。

③酒新篘:酒刚刚滤出。篘:音 chōu,过滤的酒。

④鱼旋打:鱼刚刚打出。旋:刚刚。

⑤豚:音 tún,小猪,这里泛指猪。

⑥谷雨茶:谷雨时节采的茶,这时的茶叶最新嫩。

⑦炼丹砂:道家的一种修炼方法。丹砂:为水银与硫磺之化合物,经分析后可得水银,道教以为仙药。

【赏析】

这首小令也如题目所标出的,表现了作者无所追求、自足常乐的思想。一年耕种、收获完毕,便打鱼饮酒,过着逍遥自在的生活;及至有客到时,就以家常饭相待,有僧人到时,就奉献给他一杯谷雨新茶。闲时节呢,自己来炼丹砂进行养性——这,就是"自足"。其实,在封建社会里,那儿有这样不受社会干扰的"自足"生活呢!它不过是人们的一种空想而已。

宋方壶

宋方壶,名子正,元末明初华亭(今上海松江县)人。因于华亭莺湖筑室数间,四面轩窗镂花,昼夜长明,仿佛洞天,遂命曰"方壶",并以之为号。散曲今存套数五篇、小令十三首。

中吕·山坡羊

道　情

青山相待,白云相爱,梦不到紫罗袍共黄金带①。一茅斋②,野花开,管甚谁家兴废谁成败!陋巷箪瓢亦乐哉③!贫,气不改;达④,志不改。

【注释】

①紫罗袍、黄金带:均为古代高级官员的服饰,这里指做官。共:和,与。

②茅斋:茅屋。

③陋巷箪瓢:形容生活清苦,居处条件差,饮食不好。语出《论语·雍也》:"一箪食,一瓢饮,在陋巷,人不堪其忧,回也不改其乐。"箪(dān):古代盛饭用的圆形竹器。

④达:通达,显贵。

【赏析】

此曲一片浩然之气,壮志凌云,真正能做到:"贫贱不能移","富贵不能淫"的境地。争夺帝业,不管谁成谁败,我就是不去做那些事,不当那样狗马。

道　情

布袍粗袜,山间林下,"功名"二字皆勾罢。醉联麻①,醒烹茶。竹风松月浑无价。绿绮纹楸时聚话②。官,谁问他！民,谁问他！

【注释】

①联麻:即所谓的"顶真续麻"。此指酒令中的一种修辞格式,其要求是以前句之尾字作后句之首字,这样首尾相联,递接而下。

②绿绮:古琴名。宋贺铸《小梅花》:"愁无已,奏绿绮,历历高山与流水。"纹楸:围棋棋盘。宋向子𬤇《减字木兰花》:"画戟森间,玉子纹楸手共谈。"

【赏析】

对这首曲的思想意义要从两方面来分析。元代的社会政治总的来说是令文人士子们失望的,这从大量讥时骂世的散曲中不难得到印证。所以,由于失望而产生厌世出世的思想便不足为怪了。

仙吕·一半儿

别时容易见时难,玉减香消衣带宽①。夜深绣户犹未拴②,待他还,一半儿微开一半儿关。

【注释】

①宽:宽松。这里是说人因相思而日渐消瘦,衣带显得宽松。

②绣户:雕绘华美的门户,这里是指女子的居处。

【赏析】

在这首小令中,主要是抒发了思妇对夫君的无限思念之情,读来情真意切、感人。

双调·水仙子

居庸关中秋对月

一天蟾影映婆娑①,万古谁将此镜磨②?年年到今宵不缺些儿个。广寒宫好快活,碧天遥难问姮娥③,我独对清光坐④,闲将白雪歌⑤。月儿,你团圆我却如何?

【注释】

①蟾影:月光。传说月中有蟾蜍,故名。婆娑:舞动的样子。

②此镜：指月。唐李白有诗"月下飞天镜"（《渡荆门送别》），后因以"飞镜"代月。

③姮娥：传说中月宫的仙女，亦作嫦娥。姮，音 héng。

④清光：指月光，因其给人感觉清冷明亮而得名。

⑤白雪歌：原指古代楚国一种比较高雅的乐曲，与《阳春》齐名，后泛指一切高雅难学的乐曲。

【赏析】

这是一首借景抒情的思乡曲。作品以月领起，把对宇庙和人生的思索贯穿于月光中。"蟾影"、"广寒宫"、"姮娥"虽然俱为作者的想象之辞，但其中流露出对大自然的赞颂，实际上是对人间世事的反衬，正因为作者自身的孤独，所以他才在万家团圆时"独对清光坐"。这里的"独"字既是作者的现实处境，也是此刻的情感主调。高雅的白雪歌并不能使孤独感得以缓解，相反却强化了它。末句的设问突出了月圆人缺的鲜明对比，从而使全曲的感情旋律落到了它最终的归宿。作品明暗交替，虚实结合，为读者留下了充分的回味余地。

双调·水仙子

隐　者

青山绿水好从容，将富贵荣华撇过梦中。寻着个安乐窝胜神仙洞，繁华景不同。忒快活别是个家风，饮数杯酒对千竿竹，烹七椀①茶靠半亩松，都强如相府王宫。

【注释】

①椀：音 wǎn，盛食器具，今同"碗"。

【赏析】

这支曲同样是对山林隐逸生活的讴歌赞美。"好从容"三字总领全篇，作者将一般人求之不得的富贵荣华视作粪土，而把与市俗"繁华景"截然不同的大自然看作安乐窝。正是从这点出发，作者将对竹饮酒、松间烹茶看做"别是个家风"，是超过宰相府、帝王宫的最高境界，显然，作品在这里表现了对世俗权贵的极端蔑视，实际上这里也隐含着一种对黑暗现实的反抗乃至挑战意识，而不同纯粹的消极避世，这一点的确是难能可贵的。全篇情感充沛、构思新颖，语言酣畅流利，造境宜人。

又

青山绿水暮云边，堪画堪描若辋川①，闲歌闲酒闲诗卷。山林中且过遣②。

粗衣淡饭随缘③，谁待望彭祖千年寿④，也不恋邓通数贯钱⑤，身外事赖了苍天。

【注释】

①辋川：辋，音 wǎng，水名，在今陕西省蓝田县南，唐代山水田园诗派的代表作家王维曾隐居于此。

②过遣：过日子、消遣。

③随缘：佛家语，这里指随其机缘，不加勉强之意。

④彭祖：传说中人物，姓籛名铿，尧时封于彭城，至周时尚为柱下史，寿过八百，后人因称为彭祖。

⑤邓通：西汉人，初为文帝宠幸，因赐蜀铜山铸钱而成巨富，后世遂以为有钱的代名词；贯：串，古代铜钱皆用绳索串起，故名。

【赏析】

山林隐逸生活是元散曲作家经常接触的题材，本篇亦不例外。作者把大自然描绘得如诗如画，有情有趣，正是体现着他在这方面的人生追求，这就是我们前面即曾指出过的：生活的贫困，哪怕是"粗衣淡饭"，哪怕是没有钱，或者是少活几年都不要紧，关键在于人要享受着身心的绝对自由。它构成了这支散曲的灵魂，也是整个作品的气脉所在。当然，作者把万事归于苍天，表现了在命运面前无可奈何，是其思想的局限，这也是无可隐讳的。总的看来，作品具有一定的艺术感染力。

中吕·红绣鞋

阅　世

短命的偏逢薄幸①，老成的偏遇真诚②，无情的休想遇多情。懵懂的怜瞌睡，鹘伶的惜惺惺③。若要轻别人还自轻。

【注释】

①"短命"句：缺德阴损的人偏偏碰到无情无义的人。短命：民间对那些缺德的人的骂语。

②"老成"句：练达持重的人偏偏遇上真挚诚实的人。真成，犹真诚。

③"鹘伶"句：聪明机灵的人必然互相敬爱倾慕。鹘：猛禽，刚烈勇猛；鹘伶：含有勇敢、机智、聪明的意思。惺惺：机警，聪慧。惜惺惺：即"惺惺惜惺惺"的略称，聪慧之人互相怜爱倾慕。

【赏析】

世上最深刻的道理，往往也最明白易懂。这篇小令最为引人注目的特点就在于，它用几乎是人们日常习用的口语，概括了人们司空见惯的人情世态，对善恶美丑、是非曲直作出了旗帜鲜明的道德评判,用以荡涤污浊卑下的灵魂,赞美纯洁崇高的人格,以使社会空气得到净化,生活变得更加美好。

倪 瓒

倪瓒(1301—1374),初名斑,幼名明七,字泰宇,后名瓒,字元镇,曾更名奚元朗,字玄瑛,自号风月主人、云林子、沧浪漫士,净名庵主等。无锡人。元末著名诗人及书画家。诗作多为题赠抒怀之作,风格清丽淡雅。画以水墨山水著称,意境淡远幽雅。善操琴,精音律,散曲也脍炙人口。散曲作品如诗如画,骨气奇高,意境脱俗。至正初年,把家资财产散发亲故,隐居泛舟五湖三泖(今太湖附近水乡)间,纵情山水书画,绝意仕进,晚年尤为狂放。著有《清闷阁集》《云林诗集》。今存小令十二首。

黄钟·人月圆

一

伤心莫问前朝事,重上越王台①。鹧鸪啼处②,东风草绿,残照花开。怅然孤啸③,青山故国,乔木苍苔。当时明月,依依素影④,何处飞来?

【注释】

①越王台:春秋时越王勾践为招贤纳士修筑的台榭,在今绍兴。

②鹧鸪:鸟名,啼声凄苦。

③怅然孤啸:心中惆怅,独自一人发出长啸。啸:放开喉咙拖长声音喊叫,古人的抒情方式之一。

④依依素影:形容月光洁白轻柔。素影:白色的倩影,这里指月光。

【赏析】

这首吊古伤今的小令,开篇即直触主题。"伤心莫问前朝事",正常语序本为"莫问前朝伤心事",作者为表现当时的心境,巧妙地调整了语序,把"伤心"一词提前,这样就把"伤心"的基调定下,并笼罩于全篇之上。"莫问"一词看似平淡,却极逼真地抒发出作者内心无限惆怅。"重上越王台",作为启下之句,十分自然地完成向写景的过渡。"重上"一词,说明作者登台的目的在于欲借登高远眺以忘却心中之忧,且登台已不止一次。接下六句,以饱含激情的画笔描画出一幅令人清然泪下的故国青山图:又是东风吹、百草翠的时节,如血的残阳映照盛开的花朵。鹧鸪哀啭,啼声凄惨,一位老者伫立在高高的台上,怅然长啸。他的脚下横亘着绵绵秀翠的青山,乔木苍苔葱茏。整幅画面色彩斑斓。怅惘孤独的情怀,物是人非的叹惋都在情调凄婉的图景中得到了艺术的体现。结尾三句,质问明月素影,将心中的澎湃之情一泻而尽。总之,小令颇有柳永、秦观词的婉约风格;词丽句工,绘声绘色,充满诗情画意,使人回味无穷。

二

惊回一枕当年梦,渔唱起南津①。画屏云嶂,池塘春草,无限销魂。

旧家应在,梧桐覆井,杨柳藏门。闲身空老,孤篷听雨,灯火江村。

【注释】

①"惊回一枕"二句:意即在南边渡口的渔歌声中,我从往事的梦中惊醒过来。在句法上与前一首的头二句一样,都是倒装句。

【赏析】

后一首是写泛舟江湖之上的生活感受。上半片写他在渔歌声中惊醒,看到他自己绘画的景色,感到无限伤神。于是,过渡到下半片,描写使他销魂的具体内容,想起他的旧家。在一种荒凉破败的景象映衬下,抒写着作者独臂的心理体验。

双调·水仙子

东风花外小红楼,南浦山横眉黛愁①。春寒不管花枝瘦,无情水自流。檐间燕语娇柔,惊回幽梦,难寻旧游,落日帘钩②。

吹箫声断更登楼,独自凭阑独自愁③。斜阳绿惨红消瘦④,长江天际流⑤。百般娇千种温柔,金缕曲新声低按⑥,碧油车名园共游,绛绡裙罗袜如钩。

【注释】

①南浦:《楚辞·九歌》中有"送美人兮南浦"句,后人常把送别之地称为南浦。眉黛:指女子的眉毛。黛,青黑色的颜料,女人用以画眉。山横:也是指眉毛的形态,古人常以"远山"形容女子淡淡的眉毛。

②落日帘钩:落日映照帘钩。

③独自凭阑:借用李煜"独自莫凭阑,无限江山,别时容易见时难"词意。

④绿惨红消瘦:绿叶惨淡,红花消瘦。

⑤长江天际流:用李白"孤帆远影碧空尽,惟见长江天际流"诗意。

⑥金缕曲:又名金缕衣。唐代杜秋娘诗:"劝君莫惜金缕衣,劝君惜取少年时。花开堪折直须折,莫待无花空折枝。"宋代作词牌名。有时用以引发亲近之情的联想,如苏轼诗:"日夜更歌金缕曲,他时莫忘角弓篇"。《角弓》是《诗经·小雅》中的一篇,表达骨肉之情。

【赏析】

据《录鬼簿续编》，倪瓒"所作乐府有送行[水仙子]二篇，脍炙人口"。近人考证，就是这两首。作家别开生面，不是直接描写"送别"时难分难舍的场面，也没有着意渲染情人牵肠挂肚的哀怨。展现在读者面前的，是女主人公送别恋人以后的情景。每首的前面四句写人写景。吹箫声断，独自凭栏，玉容寂寞，无情无绪。夕阳斜照，春残花谢，逝水东流，映衬她内心的空虚、失落。每首的后面四句，则是由远及近，引出无限幽思。燕语呢喃，惊回幽梦，旧日温柔，携手同游，轻歌曼舞，都成往事，一去不复返了。含蓄淡雅，几乎没用什么"离别"之类的字眼，却笼罩着浓浓的离情别绪，这是元末文人作品的风格。

越调·凭阑人

赠吴国良①

客有吴郎吹洞箫，明月沉江春雾晓②。湘灵不可招③，水云中环珮摇④。

【注释】

①吴国良：作者友人，善于吹箫。

②明月沉江春雾晓：明月好像沉到了江底，江上泛起薄雾，天就快亮了。

③湘灵：湘水女神。

④水云中环珮摇：水面晓雾之中能够听到她行走时玉饰摇动发出的撞击声。

【赏析】

在中国古典诗词曲赋之中，赞颂音乐之妙的作品并不十分少见。如王褒的《洞箫赋》，苏轼的《前赤壁赋》，元曲中也有张可久[凭阑人]《江夜》等。与一般赞颂乐声之妙的作品惯常采用的铺排、博喻等手法不同，这首小令的作者在对友人精湛的技艺进行称颂之时，把对箫声的理解以及在自己内心深处涌起的波澜，以朦胧的意境和神奇的想象营造出一种感发人心的氛围，令人陶醉其中。在这精心营造的氛围中，我们领略了一种朦胧的美，体味到了震撼人心的神奇力量。

刘庭信

刘庭信，原名廷玉，排行第五，身长而黑，人称黑刘五。风流蕴藉，超出伦辈。风晨月夕，唯以填词为事，信口成句，能道人所不能道者。所作[双调·新水令]《春恨》、[南吕·一枝花]《秋景怨别》和《春日送别》三套曲，一时盛传。现存小令三十九首,套数七套。

中吕·朝天子

赴 约

夜深深静悄,明朗朗月高,小书院无人到。书生今夜且休睡着,有句话低低道:半扇儿窗棂①,不须轻敲,我来时将花树儿摇。你可便记着,便休要忘了。影儿动咱来到。

【注释】

①棂:音 líng,窗户上的木格子。

【赏析】

曲文纯用口语,摹写一位少女与情人约会的情景,生动活泼。在元末作家渐趋绮丽的风气中,刘庭信确是独具一格。语言也很平易,但还是显得比较含蓄。除却诗歌与散曲在艺术风格上的区别之外,这里,女主人公的感情也更加炽热、泼辣。市民文艺的特点,是发挥得相当充分的了。

双调·水仙子

相 思

秋风飒飒撼苍梧①,秋雨潇潇响翠竹②,秋云黯黯迷烟树③。三般儿一样苦,苦的人魂魄全无。云结就心间愁闷,雨少似眼中泪珠,风做了口内长吁。

【注释】

①飒飒:音 sà sà,风声。

②潇潇:音 xiāo xiāo,急骤的雨声。

③"秋云"句:深黑色的秋云把树丛融入一片迷迷蒙蒙的烟霭之中。

【赏析】

屈原在《九歌·少司命》中有这样的名句:"悲莫悲兮生别离",如果将其稍加变易,改为"苦莫苦兮长相思",大概也不会有人提出异议的。正因为此,古往今来,描写相思之苦的,真可谓名手如林,佳作似云。要别具一格,超出伦辈,也确实就难乎其难了。刘庭信的这一首小令,却用人人习见的意象、朴拙如话的语言来写相思,通篇绝不见相思字样,然而相思的深情、苦情却贯串于小令的始终。

梁 寅

梁寅(1303—1389),字孟敬,江西新喻人。大德七年生,家贫,自力于学。至正八年授集庆路儒学教授。元末天下兵起,隐居教授。明初,征至金陵,修礼书,书成授官,以老病辞归,结庐石门山,学者称石门先生。洪武二十二年卒,得年八十七。有《石门集》行世。

黄钟·人月圆

春 夜

三春月胜三秋月,花下惜清阴。锦围绣阵①,香生革履,光动兰襟②。棠梨枝颤,乍惊栖鹊,夜久寒侵。明朝风雨,休孤此夕,一刻千金。

【注释】

①锦围绣阵:谓人在花中,如入锦屏绣幛。

②兰襟:即衣襟。兰,美其香洁。

【赏析】

此曲写春夜赏花,写花朝月夕游赏之乐。上片紧紧围绕花月二事,反复咏叹,令人神往。起首二句,点明时令,写明月徘徊,花下一片清阴,可惜也;"锦围绣阵",极言百花之盛。

中吕·朝天子

学呆,妆痴,谁解其中意。子规叫道不如归①,劝不醒当朝贵②。闲是非,子心无愧,尽教他争甚底。不如他瞌睡,不如咱沉醉,都不管天和地。

【注释】

①子规:杜鹃鸟的别称。相传战国时期蜀王杜宇让位于臣子,自己隐居西山。死后化为杜鹃鸟,啼声十分凄切,听来像"不如归去"。

②当朝贵:在朝中做官的权贵。

【赏析】

这是一支抒怀言志的小令。"学呆,装痴",作者开篇伊始就坦诚地道出了自己的处世态度和人生哲学。然而在当时,世人大都为名利所诱惑,四处钻营,无人理解他的处世哲学。"谁解其中意"五个字包含着作者的无限苦衷和人生体验。封建社会是私欲横流的金钱世界,尽管杜鹃鸟声声啼叫"不如归去",也无法唤醒利欲熏心的当朝权贵。"闲是非"三个字看似轻轻道出,实则凝聚着作者对现实的无奈和愤慨。在那金钱万能、尔虞我诈的污浊世界里,有谁去分清善恶? 又有谁来判明是非?"是非"之前冠以"闲"字,突出了作者对名利是非的淡泊和蔑视。语似旷达,却包含无限悲辛,曲折地反映了元代知识分子对现实不满的普遍心理。一支短短的小令,竟出现五个"不"字,表现了作者对世态的强烈的不满,也为作品增添了几分情趣。

汤 式

汤式,字舜民,号菊庄,元末明初象山(今属浙江)人。生卒年不详,约明太祖洪武中(1383)前后在世。曾补县吏。成祖即位前,"宠遇甚厚"。永乐年间,常受皇家恩赏,但却没有任过官职。为人滑稽,工于作曲,著有杂剧《瑞仙亭》《娇红记》,均已佚失。散曲工巧,盛传江湖间,《太和正音谱》评其曲"如锦屏春风"。内容多为写景怀古,或有题情赠妓之属。今存手钞本《笔花集》。

中吕·醉高歌带红绣鞋

客中题壁

落花天红雨纷纷,芳草坠苍烟衮衮。杜鹃啼血清明近,单注着离人断魂①。
深巷静,凄凉成阵,小楼空寂寞为邻。吟对青灯几黄昏? 无家常在客,有酒不论文,更想甚江东日暮云②!

【注释】
①单注:特独注定将要发生什么事情之意,谓象征、征兆、标志。
②"有酒"二句:杜甫七律《春日忆李白》颈尾两联:"渭北春天树,江东日暮云。何时一樽酒,重与细论文。"作者化用此诗,谓身边无知己,有酒也无人可论文,对昔日之友人想也白想。

【赏析】
此曲写飘泊在外的作者,在时近清明之际对朋友的思念。小令以动衬静,以春光将去说明为客之久,委婉深曲地写出旅人的孤寂和朋友间的深厚友情。

中吕·普天乐

别友人往陕西①

有志在诗书,无计堪犁耙,十年作客,四海为家。休言许劭评②,不买君平卦③。望长安咫尺青云下,路漫漫何处生涯?知他是东陵种瓜④,知他是新丰殢酒⑤,知他是韦曲寻花⑥?

【注释】

①《乐府群珠》题目"友人"下有"陈孟颐"三字,不详陈氏其人。

②许劭:许劭字子将,后汉汝南平舆(今河南省平舆县)人。少峻名节,喜核论乡党人物,每月辄更其品题,故汝南有"月旦评"之谓。后多以"许劭评"喻喜品评人者。《后汉书》有传。

③君平:君平即严君平,名遵,西汉蜀人。"卜筮于成都市",以言人吉凶祸福为由而劝人为善,时人称焉。《汉书》有传。

④东陵:亦名巴陵,古地名,在今湖南省岳阳市。

⑤新丰:地名,即今陕西省临潼县新丰镇。殢酒:沉溺于酒。

⑥韦曲:镇名,在今陕西省长安县。其镇风景清丽,因唐代韦氏贵族多居此而得名。又与迤东杜曲并称"韦杜"。

【赏析】

这是一首与友人告别的留赠曲。曲中表达了作者既超脱尘俗又不知所往的惆怅、迷惘。标题明写"往陕西",又言其"路漫漫",考虑作者主要生活寓居南京这一事实,略可推断其写曲的地点是在南方。全曲紧扣住"四海为家"抒发情怀。前四句写过去"十年作客"的耕读生涯,"有志"、"无计"似又在超脱的胸襟中透露出一丝丝凄凉之气。结尾三句"种瓜"、"殢酒"、"寻花"皆以"不知"口气道出,对"何处生涯"作了种种设问而不回答,给读者留下的仍是"四海为家"的朦朦胧胧结论。

中吕·谒金门

落花二令

一

落花,落花,红雨似纷纷下。东风吹傍小窗纱①,撒满秋千架。忙唤梅香:休教践踏。步苍苔选瓣儿拿。爱他,爱他,擎托在鲛绡帕②。

【注释】

①傍窗纱:傍,依傍、依附。傍窗纱指落花沾在纱窗上。

②鲛绡:即手帕。

【赏析】

这是一支少女惜春的曲子。作者抓住落花一自然景物在少女的审美心理中所形成的特定意蕴,把一个天真烂漫而又多情善感的少女形象推到读者面前。整首曲子明白流畅,尤其是少女那一叠连声的叮咛、嘱咐,口吻毕肖,活灵活现。

二

落红,落红,点点胭指重。不因啼鸟不因风,自是春搬弄①。乱撒楼台,低扑帘栊,一片西一片东。雨雨,风风,怎发付孤栖凤②?

【注释】

①自是:因为是。搬弄:捉弄、戏弄。

②发付:打发。

【赏析】

这支曲子与前一支有所不同,字里行间流露出少女心底淡淡的哀愁,是伤春之曲。落花浓浓,春去匆匆。而此时此刻,窗外的"风风雨雨",越发增添了她内心的寂寞与惆怅。此曲情景交融,意境优美。

中吕·山坡羊

书怀示友人

羁怀萦挂①,人情浇诈②,相逢休说伤时话。路波踷,事交杂,秋光何处堪消暇?昨夜梦魂归到家。田,不种瓜;园,不灌花。

【注释】

①羁怀:居住他乡的心情。

②浇:浇薄,刻薄,无真心。

【赏析】

汤式这组曲共五首,这里选的第一首,是一曲伤时感世之作,向友人倾吐作客他乡的痛苦心情。"羁怀萦挂",作者一开头就向友人诉说,自己总被一种因飘泊在外而产生的烦闷困扰着,这种烦闷忧愁萦回脑畔,无法消除。至于这种忧愁的内容与形态,曲中并未明言,给读者留下想象与体味的空间。

越调·柳营曲

旅　次①

归路杳,去程遥,谁不恋故乡生处好！粝饭薄醪②,野蕨山肴③,随分度昏朝。隔篱度犬嗷嗷,投林倦鸟嘈嘈。烟霞云黯淡,风雨夜萧骚④,纱窗外有芭蕉。

【注释】

①旅次:《雍熙乐府》题作"丹阳道中"。以丹阳作地名者有湖北秭归县、安徽宣城县等。不能具体指实其"旅次"地点。

②粝饭薄醪:粗糙的米饭和淡薄的酒。

③野蕨山肴:皆指野菜。

④萧骚:象声词。此指风雨催打芭蕉发出之响声。

【赏析】

这是一篇归家途中写的感怀之作。全曲可分为两个层次:一是思乡,写过去;二是抒怀,写眼前。前者写诗人回忆家乡虽是粗茶淡饭,但能随意度日,无拘无束,自有乐趣。后者写诗人眼前之景:犬吠鸟嘈,烟云风雨,芭蕉作响。无论是抒写对过去的回忆或是眼前之景物,又都是"旅次"途中,从而表现出诗人急切思归之情。

越调·柳营曲

听　筝

酒乍醒,月初明,谁家小楼调玉筝？指拨轻清,音律和平,一字字诉衷情。恰流莺花底叮咛①,又孤鸿云外悲鸣②。滴碎金砌雨,敲碎玉壶冰③。听,尽是断肠声。

【注释】

①"恰流莺"句:恰如黄莺在花丝中细语叮咛。莺:即黄莺、黄鹂,其飞往来如穿梭,速度甚快,因谓之流莺。叮咛:一再嘱咐。

②"又孤鸿"句:又像孤独的大雁在云天外悲凉地鸣叫。

③"滴碎"二句:像雨水滴落在台阶上,又像敲碎玉壶中清彻莹洁的冰块一样。砌:台阶;金砌:台阶的美称。玉壶:玉制的壶,一般用以表示人品的高洁。

【赏析】

这是一篇颇见功力的音乐审美评论。"酒乍醒,月初明,谁家小楼调玉筝？"开始这三句,简约地点明了作者是在酒后微醺、皓月初升的黄昏时分,倾听邻近小楼上弹奏筝曲的规定情景,环境清幽,澄彻空明,为音乐审美首先提供了一个良好的时空。紧接下去就是小令的核心部分,即对于演奏者艺术技巧的具体评论。这里分成三个层次:一是从音乐演奏本体着眼,表达了对于筝曲的赞美。二是用各种生动的物象比喻来充分展示筝曲之美。第三,也是最重要的,则是筝曲"一字字诉衷情",即没有无关思想内容的纯技巧性卖弄,而是紧紧抓住题旨,精确地表情达意,使筝曲达到了艺术美的极致。最后,则以"听、尽是断肠声"戛然煞尾。

双调·天香引

戏赠赵心心

记相逢杨柳楼心,仗托琴心,挑动芳心。咒誓盟心:疼热关心,害死甘心。他爱我受禁持小心①,我念他救苦难慈心。但似铁球儿样在波心,休学漏船儿撑到江心。怎若是转关儿②负我身心,我定是尖刀儿剜你亏心。"

【注释】

①禁持:约束,摆布。此二句《笔花集》作"他爱我被窝里爱打骂耐禁持约的小心,我念他卧房中舍孤贫救苦难的慈心"。今从《雍熙乐府》。

②转关儿:变计、变心。

【赏析】

此曲巧妙地利用人名作韵脚,句句不离"心"字,甚是别致。全曲可分三层:第一层自始到"害死甘心",叙述二人相识相爱的过程。接下来二句为第二层,叙述二人相爱的原因。为了增添"戏"的效果,作者有意改变叙述对象,由赵心心转向第三者,犹如戏曲中的旁白。最后四句为第三层。面对赵心心,作者以戏谑打趣的方式,模仿其口吻话语,将一个爱得真切而又不无忧虑的直率女子心态端了出来,饶有意趣。

双调·蟾宫曲

冷清清人在西厢,叫一声张郎,骂一声张郎。乱纷纷花落东墙,问一会红娘,絮一会红娘。枕儿余,衾儿剩,温一半绣床,间一半绣床①。月儿斜,风儿细,开一扇纱窗,掩一扇纱窗。荡悠悠梦绕高唐②,萦一寸柔肠③,断一寸柔肠。

【注释】

①间:间隔,此指绣床的另一半因无人而与这一半间开、隔断。

②高唐:典出宋玉《高唐赋序》,写楚襄王游高唐梦见巫山神女的事,此后"高唐"便成为男女欢合的处所和象征。

③萦:缠绕、牵系。

【赏析】

这首小令即是借《西厢》中的人物作代表,抒写女主人公的极度相思之情。它虽是借人传情,但又分明和崔张故事有一定内容上的联系,从而可使读者的联想和《西厢》故事挂起钩来,扩大和丰富了曲词的意境和内涵。全曲巧妙地运用"重句格",既造成一种铺叙的效果,又透出女主人公急切的神情,将其渴盼相会的心态和情态,描绘得宛然逼肖、生动传神。

双调·庆东原

田 家 乐

黍稷秋收厚,桑麻春事好,妇随夫唱儿孙孝。线鸡长膘①,绵羊下羔,丝茧成缫②。人说仕途荣,我爱田家乐。

【注释】

①线鸡:即骟鸡,指阉割了生殖能力的鸡。线、骟音近假借。

②缫:深青而带红色的丝帛。

【赏析】

此曲写"田家"丰收的喜悦。曲子全用白描手法写了"田家"农副业丰收,禽畜兴旺,儿孙孝顺,一家和睦。末二句以"田家"之"乐"否定了"仕途"之"荣",表现了作者向往隐居生活的情趣。

双调·天香引

西湖感旧

问西湖昔日如何?朝也笙歌,暮也笙歌。问西湖今日如何?朝也干戈,暮也干戈。昔日也二十里沽酒楼香风绮罗,今日个,两三个打鱼船,落日沧波。光景蹉跎,人物消磨。昔日西湖,今日南柯①。

【注释】

①南柯:即南柯一梦,此处指梦中。

【赏析】

此曲作者以今昔对比方法,再现了元末的战乱变化的社会现实。

正宫·小梁州

九日渡江

秋风江上棹孤航,烟水茫茫。白云西去雁南翔,推篷望,清思满沧浪。

［幺］ 东篱载酒陶元亮①,等闲间过了重阳。自感伤,何情况;黄花惆怅,空作去年香。

【注释】

①"东篱"句:梁萧统《陶渊明传》载,渊明曾于重阳日出宅边菊丛中坐,久之,满手把菊。忽值江州刺史王弘送酒至,即便就酌。汤句本此。陶元亮:陶渊明,字元亮。此处作者以陶渊明自比。

【赏析】

本曲以萧疏之笔描绘出重阳日大江上的秋景并抒发渡江的感慨。个中不乏以陶渊明自比的清高和傲骨,又有老大无成的喟叹。

邵亨贞

邵亨贞,字复孺。本严陵(浙江桐庐县)人,元末徙居华亭(今上海市),以贞溪自号。博通经史,富文词,工篆隶。入明,为松江府学训导,卒年九十三。著有《野处集》《蚁术诗选》《蚁术词选》等。

仙吕·后庭花

拟　　古

铜壶更漏残①,红妆春梦阑②。江上花无语,天涯人未还。倚楼闲,月明千里③,隔江何处山?

【注释】

①铜壶:即漏壶,古代的计时器。

②红妆:这里指思妇、闺妇。

③月明千里:用谢庄《月赋》"美人迈兮音尘阙,隔千里兮明月"诗意。

【赏析】

这是一首描写思妇的小令。刻划了一个居住在江边的女子思念远人的情景。言简意赅,虽寥寥数语,却蕴含有不少的内容:时间——漏尽更残;人物——闺中思妇;季节——春季花开;事件起因——游人未还;事件——倚楼望远,以及四周特有的环境氛围:花、月、江、山。而这一切,似乎都因思妇的自怜蒙上了一层淡淡的哀愁和企盼。整个曲子动静结合,情景交融,寓无尽的情感于平淡的语言中。

高 明

高明(约1305—约1359),字则诚,号菜根道人。温州瑞安(今属浙江)人。顺帝至正初年中进士,先后在处州、杭州等地做过小官。方国珍起义后,他参加过镇压起义的军事行动。元末农民大起义爆发后,他归隐鄞县南乡。他擅长南戏创作,所撰《琵琶记》为宋元南戏水平最高作品。有诗文集二十卷,已散佚。现存小令二首,套曲一首。

商调·金络索挂梧桐

咏 别

羞看镜里花,憔悴难禁架①。耽阁②眉儿淡了教谁画,最苦魂梦飞绕天涯,须信流年鬓有华。红颜自古多薄命,莫怨东风当自嗟。无人处,盈盈珠泪偷弹洒琵琶。恨那时错认冤家,说尽了痴心话。

【注释】

①禁架:抵受,捱忍。《琵琶记》:"不想道相枉把,这做作难禁架。"

②耽阁:耽误,负累。

【赏析】

这是高明两首[金络索挂梧桐·咏别]的第一首。不但咏唱离别给少妇带来的无限思念和痛苦,并且刻划出少妇心灵深处的创伤。首两句借镜照形,意在辞外,接着用三句相关而又递进的意象:"眉儿淡了"、"魂梦飞绕天涯"、"流年鬓有华",极写离别之久,思念之深。"红"、"莫"两句,既是抒情主人公对自己命运的叹息,又是作者插入的总结性议论。结句以反省的口吻,悔恨"那时错认冤家,说尽了痴心话"。

无名氏

正宫·叨叨令

黄尘万古长安路①,折碑三尺邙山墓②。西风一叶乌江渡③,夕阳十里邯郸树④。老了人也么哥,老了人也么哥,英雄尽是伤心处。

【注释】

①"黄尘"句:自古以来,去长安的道上黄尘飞扬,行人络绎不绝。为了求取功名,人们不辞千辛万苦,奔赴京师。

②"折碑"句:邙山陵寝之地,满眼尽是长长短短折断的墓碑。邙山:其东段称北邙山,在今洛阳市东北,自汉以后,历代帝王以及公卿权贵的陵墓大多修建于此。

③"西风"句:秋风萧瑟,落叶飘落在乌江渡口。乌江渡,在今安徽和县东北。楚汉战争中,项羽在垓下被韩信彻底战败,遂于乌江渡掣剑自刎。

④"夕阳"句:卢生做过黄粱梦的邯郸十里林带,沐浴在夕阳残照里。

【赏析】

抚今追昔,怀古叹世,抒发历史的感悟,探索人生的哲理,尽管这类作品在元曲中占有相当的比重,名作迭出,但无名氏的这首[正宫·叨叨令],仍然以其深刻的思想意蕴和独特的艺术风格,博得了历代读者的关注和喜爱。

正宫·塞鸿秋

山 行 警

东边路西边路南边路,五里铺七里铺十里铺①。行一步盼一步懒一步,霎时间天也暮日也暮云也暮。斜阳满地铺,回首生烟雾,兀的不山无数水无数情无数②。

【注释】

①铺:驿站。

②兀的:这。

【赏析】

元曲中不乏描写背井离乡、浪迹天涯之作,多写得愁云满纸,冷雨凄风。如

"雨溜和风铃,客馆最难听……离情,闪得人孤另。"(景元启[得胜令]《孤另》)而无名氏这首[塞鸿秋]也描写羁旅情怀,却能独辟蹊径,用极富特色的语句,描写思乡思亲,创造出带有强烈美感的意境。全曲写主人公旅途所经所见,所为所思。

正宫·醉太平

堂堂大元,奸佞当权。开河变钞祸根源①,惹红巾万千②。官法滥,刑法重,黎民怨,人吃人,钞买钞,何曾见?贼做官,官做贼,混愚贤。哀哉可怜!

【注释】

①开河:指元顺帝至正十一年(1351)征发20万民工挖黄河故道之事。变钞:改变钱币,指元代实行纸币;至正十年发行"至正钞",面额极大,统治者以此搜刮民财,造成物价飞涨。

②红巾:红巾军,元末农民起义军。

【赏析】

据元末明初人陶宗仪在《南村辍耕录》中的记载,这首小令在元末极为流行,从南到北遍地流传。陶宗仪还评论它说"切中时弊"。确实,它真切地描写出元末社会的动乱与败坏,诉说了"黎民"在苦难中的愤怒与怨恨,是历史的如实记录。

正宫·醉太平

讥贪小利者

夺泥燕口,削铁针头,刮金佛面细搜求①,无中觅有。鹌鹑嗉里寻豌豆,鹭鸶腿上劈精肉,蚊子腹内刳脂油②,亏老先生下手!

【注释】

①刮金佛面：佛像的脸上刮金子。古代塑佛像以金箔贴其面,故有此说。

②刳:音 kū,用刀剖挖。

【赏析】

这首小令名为嘲讽贪小利者,实则把讽刺矛头直指那些丧心病狂地搜刮民脂民膏的贪官污吏和地主老财。作者紧抓住他们贪婪、吝啬、财迷心窍、卑鄙无耻的本性,连用六个夸张到极端的比喻,刻画其丑陋嘴脸,穷形极态,入木三分,这是民间集体智慧的结晶,决非文人作家在书斋中冥思苦索所能写出。

正宫·塞鸿秋

村 夫 饮

宾也醉主也醉仆也醉,唱一会舞一会笑一会。管什么三十岁五十岁八十岁,你也跪他也跪恁也跪①。无甚繁弦急管催②,吃到红轮日西坠。打的盘也碎碟也碎碗也碎。

【注释】

①恁:这,我。跪:跪坐,古代坐席的方式,即两膝着席,臀着于两脚跟上。

②繁弦急管:指急促欢快的管弦乐。

【赏析】

写农家宴客,尽情地唱歌跳舞,开怀大笑,放纵不拘。主宾不分老少尊卑,一律跪在炕席上。来客带着仆人,可能是有身份的人,但来到这里也不讲什么礼仪,连仆人也一块入席。这里一切都是那么淳厚古质,任情任意,尽心尽兴,没有丝毫的虚伪做作和礼仪客套,充满朴野原始的热情和炽烈气氛。曲辞全用日常生活语,朴茂古拙,不加藻饰,纯是一派天真本色的气象。

仙吕·寄生草

来　生　债①

富极是招灾本,财多是惹祸因。如今人恨不的那银窟笼里守定银堆儿盹,恨不的那钱眼孔里铸造下行钱印。争如我向禅榻上便参破禅机闷!近新来打拆了郭况铸钱鑪②,这些时厮撽碎了鲁褒的这《钱神论》③。

[六幺序] 这钱呵无过是乾坤象,熔铸的字体匀。这钱呵何足云云!这钱呵,使作的仁者无仁,恩者无恩。费千百才买的居邻。这钱呵,动佳人有意郎君俊④,糊突尽九烈三真⑤。这钱呵,将嫡亲的昆仲绝了情分⑥,这钱呵,也买不的山丘零落⑦,养不的画屋生春⑧。

【注释】

①《来生债》:杂剧名。写庞蕴有万贯家财,常放债而不索还。上界增福神化作秀士点化他。一日,忽闻家中驴马作人言,谓其皆为前生欠庞债未还,转世作驴马报答。庞听后,感悟到自己放债本为行善,不料竟放了造孽的"来生债",于是尽释家中奴仆与驴马,并将家财全沉入海底。后功成行满,全家升天。

②郭况铸钱鑪:郭况常得光武帝赏赐,京城称其家为"金穴",此称"铸钱鑪",也谓其富贵无比。

③撽碎:扯碎,撕破。鲁褒:字远道,晋南阳人。好学多闻,甘于贫困。元康之后,纲纪大坏,时尚贪鄙,鲁褒有感于此,乃隐名作《钱神论》以刺之。

④"动佳人"句:意谓男子本来不美,而女子见其有钱,便以为其俊而相爱。

⑤九烈三真:指烈士贞女。真:同"贞"。九、三,喻其真烈之极。

⑥昆仲:兄弟。

⑦山丘零落:喻指死后葬于荒丘。

⑧画屋生春:喻指青春永驻。

【赏析】

此二曲选自《来生债》第一折,为庞居士所唱。庞居士经增福神点化后,感悟到了金钱的罪恶。[寄生草]曲一开头便直接指出:财富是招惹灾祸的原因。接下去二句,指出了现实社会中人们重钱贪财的情形,世人不知财富是惹祸之因,还在疯狂地追求它。作者用了夸张的手法,写世人追求钱财的疯狂:"恨不的那银窟笼里守定银堆儿盹,恨不的那钱眼孔里铸造下行钱印。""争如我向禅榻上便参破禅机闷。"在物欲横流、世人皆疯狂地追求钱财时,只有他参破了"禅机",不把金钱放在眼里。

仙吕·寄生草

问什么虚名利,管什么闲是非。想着他击珊瑚、列锦帐石崇势①,则不如卸罗襕②、纳象简③张良退④,学取他枕清风、铺明月陈抟睡⑤。看了那吴山青似越山青⑥,不如今朝醉了明朝醉。

【注释】

①石崇:(249—300),字季伦,晋代南皮人。历任散骑常侍、荆州刺史等职。尝劫远使商客致富,于河阳置金谷园,奢侈成风。《世说新语·汰侈》记载他与贵戚王恺、羊琇"竞富"、"斗侈",崇以如意击碎珊瑚树。其居室豪华,锦帐罗列,侍妾成群,甚至厕所也有十余婢侍列,皆丽服藻饰。

②罗襕:锦衣,此指官服。

③象简:象牙所制的手版,为诸侯、五品以上大官所执。此象征官位。

④张良:汉高祖刘邦的开国功臣,有深谋卓识,功成隐退。《史记·留侯世家》:"愿弃人间事,欲与赤松子游耳。"

⑤陈抟:(公元?—989年),宋真源人,字图南,五代后唐长兴中曾举进士不第,先后隐居五当山、华山,自号扶摇子,宋太宗赐号希夷先生。据说抟"能辟谷,或一睡三年"(魏泰《东轩笔录》卷一),是个视功名富贵如浮云的大隐士。宋史四五七有传。

⑥吴山青似越山青:吴山、越山,在浙江杭州市西湖东南,春秋时为吴国、越国边界。宋林逋《长相思》词云:"吴山青,越山青,两岸青山相对迎。谁知离别情?"

【赏析】

这是一支抒发心志理想的小曲。开首两句劈空而来,直赋其情,中间三句有骏马注坂之势,以加强所言之志,末二句则水到渠成,卒章显志。元代知识分子地位低下,备受歧视,而"不读书有权,不识字有钱,不晓事倒有人荐",知识分子就因对社会不满而产生消极避世的隐遁思想。这首小曲就表现了作者视功名富贵如浮云粪土,追慕隐士潇洒出尘的生活态度,语似豪旷,实含悲辛,相当典型地反映了当时知识分子的普遍心理。艺术上语势奔泻,宛若明珠走盘;使事用典,信手拈来,明白如话,堪称雅俗共赏。

仙吕·游四门

落红满地湿胭脂,游赏正宜时。呆才料不顾蔷薇刺①,贪折海棠枝。支②,抓破绣裙儿。海棠花下月明时,有约暗通私。不付能等得红娘至,欲审旧题诗。支,关上角门儿。

【注释】
①呆才料:犹今言傻东西。
②支:象声词。

【赏析】
这两首小令写青年男女的恋情。第一首起始即点明这段恋情萌生在春雨过后,落红遍地,游赏正宜时的季节,一对恋人在这明媚的春光中同游,"柳径春深,行到关情处"(冯延巳词句),男青年情不自禁,"不顾蔷薇刺,贪折海棠枝。"小令此处用语甚妙,"海棠"当是对女青年的喻称,而"呆才料"显系女青年对男青年的昵称,由第三人称的旁观叙述,转入第二人称叙述视角,主人公热烈浓密的情感被一种亲昵的语调道出,既直白又娇俏动人,最后一句"支,抓破绣裙儿",象声词的使用又为这对恋人的欢会增添了欢快的气氛。第二首则首先勾勒了一个月色溶溶花影摇曳的氛围,一对恋人暗通佳期。小令直白地告诉读者这对恋人是"有约暗通私",一方面是曲家直露不藏风格的体现,另一方面也说明这对恋人恋情的炽烈。

仙吕·寄生草

相　　思

有几句知心话,本待要诉与他。对神前剪下青丝发,背爷娘暗约在湖山下,冷清清湿透凌波袜①,恰相逢和我意儿差。不刺②,你不来时还我香罗帕③!

【注释】
①凌波袜:原用以形容洛水女神步履轻盈,后用"凌波袜"作为妇女袜子的美称。典见三国魏国曹植《洛神赋》。
②不刺:曲中衬音,放在两个分句中间,只起音节和加强语气的作用,不

为义。

③香罗帕:男女定情信物。

【赏析】

这首小令描写了一个女子的爱情波折,表现了她对爱情的真挚。开头二句,表明波折的起因。原来女主人公是约情人来相会,"有几句知心话"要告诉他,然而他没有来。男子的失约,引起了女主人公的懊伤与怨恨。接着"对神前剪下青丝发"三句,便是对男子的埋怨,当初对神前剪下青发,向男子表明自己的爱心。如今又背着爹娘,与他在湖山下约会。然而他竟然失约,让女主人公独自在湖边空等了半天,以致露水湿透了鞋袜。最后二句:"不剌,你不来时还我香罗帕!"男子的失约,使女主人公怨恨之极,决定索回以前送给他的信物,了结这段恋情。作者采取了叙事体文学的表现手法,刻划了一个痴情的女子形象,并注重对她的心理刻划,使这一人物形象逼真感人。

中吕·朝天子

嘲妓家匾食①

白生生面皮,软溶溶肚皮,抄手儿得人意②。当初只说假虚皮,就里多葱脍③。水面上鸳鸯,行行来对对④,空团圆不到底。生时节手儿上捏你,熟时节口儿里嚼你,美甘甘肚儿内知滋味。

【注释】

①匾食:北方人称饺子为匾食。

②抄手儿:饺子的另一地方俗称;此处又含有抄在手中之意。

③就里:内里。葱脍:葱和细切的肉,指饺子馅;脍,音会,"葱脍"又谐"聪慧",一语双关。

④来:语气助词。

【赏析】

这首小令表面上是咏"匾食",实为"嘲妓家",笔带机锋,语含双关,描写得体,形象逼肖,为元散曲中俳体之一种。所谓"俳体"者,广而言之,"举凡一切翻新出奇,逞才弄巧,游戏嘲笑之体皆是也。"(任讷《曲谐》)咏事咏物要达到"嘲谑"的目的,关键在于求一"趣"字。"匾食"与"妓女"二者在理趣上正复相同,于是借此写彼,巧传戏谑之趣;构思奇特,极尽调笑之妙;刻画入里,别擅幽默之致;出奇不俗,亦游戏中之俊作,嘲体中之佳构也。但趣则趣矣,不免带有一种勾栏调笔之轻薄习气,在趣味盎然中,时时透出对妓女的赏玩意识、窥探意识与占有意识,反在一定程度上使机趣流为恶趣,风趣变为淫趣。